Helmut Schmidt

Weggefährten

Helmut Schmidt

Weggefährten

Erinnerungen
und Reflexionen

Siedler

Inhalt

Vorrede

Wenn man den fünfundsiebzigsten Geburtstag hinter sich hat und nicht nur viele der älteren Freunde davongehen, sondern auch manche der jüngeren, so fragt man sich immer öfter: Hat sie, hat er eigentlich bemerken können, daß ich wußte, wie vieles ich ihr oder ihm zu verdanken habe? Habe ich ihnen dafür jemals Dank gesagt? Oder war es nicht vielmehr so, daß ich in meiner norddeutsch-reservierten Art es für selbstverständlich gehalten habe, die anderen seien sich ihres Einflusses und meiner Dankbarkeit bewußt? So ist es wohl gewesen – und die Totenreden, welche ich zu halten hatte, haben meine Zuneigung zu den Toten und meinen Dank nur den Zurückbleibenden bezeugen können. Wie aber kann ich dieses Defizit auffüllen? Diese Frage habe ich mir in den letzten Jahren mehrmals gestellt.

Zwar habe ich vieler Leute Memoiren und Beschreibungen des eigenen Lebens gern gelesen. Aber um so weniger kann ich mich zu einer Autobiographie entschließen; denn mir ist klargeworden, daß diese Literaturkategorie in den allermeisten Fällen zur kosmetischen Operation, zur Verschönerung des eigenen Profils verleitet. Wahrscheinlich ist das unvermeidlich. Robert McNamaras »In Retrospect« ist wegen seiner tiefgreifenden Selbstkritik eine bemerkenswerte Ausnahme. Ihren größten Wert haben Autobiographien wahrscheinlich für die Autoren selbst, die ihr eigenes Leben auf die Reihe bringen möchten. Deshalb stellen sie in der Regel die Person des Autors, welche natürlich im Mittelpunkt steht, dem Leser in einem solchen Spiegelbild dar, wie es der Autor von sich selbst gern hinterlassen möchte.

Die Scheu vor derartiger Gefährdung war der erste Grund für mich, keinen Lebensbericht zu schreiben. Der andere Grund: Der ganze private Bereich des Autors bleibt bei der Selbstbiographie zumeist jedenfalls außen vor, die Liebe, die Ehe, die Eltern, die Kinder, die eigenen Ängste, die inneren Krisen, die Fehlschläge. Aber in Wirklichkeit kommen doch oft genug die Anstöße wie die Schwächen des eigenen beruflichen und des eigenen öffentlichen Lebensweges aus diesem privaten Bereich. So werden also Lebenserinnerungen oft zum Flachrelief, dem die zum Begreifen notwendige Dimension der Tiefe und Wahrhaftigkeit fehlt. Zwar gibt es unter den Memoirenschreibern bisweilen auch Exhibitionisten; ihre Gefahr liegt in der Bloßstellung von Personen, die ihnen nahestehen oder -gestanden haben. Mir sind Indiskretion und Selbstentblößung gleichermaßen widerlich. In meinen Büchern außenpolitischer, strategischer, ökonomischer oder innenpolitischer Themenstellung habe ich deshalb soweit wie möglich versucht, autobiographische Reflexionen beiseite zu lassen; die einzige Ausnahme war der Aufsatz »Politischer Rückblick auf eine unpolitische Jugend«*.

So will also abermals dieses Buch kein Lebensbild anbieten. Wohl aber versuche ich, die Menschen zu benennen, die meinen beruflichen und politischen Lebensweg beeinflußt haben. Einige von ihnen haben mir nicht persönlich nahegestanden; gleichwohl haben sie Einfluß auf mich gehabt – als Vorbilder, als Beispiele und als Anreger. Andere waren Partner, Kollegen oder – in einem sehr weit gefaßten Sinn – auch Freunde. Wiederum andere sind dagegen enge, herzliche Freunde gewesen wie Willi Berkhan; erst bei seinem Tode ist mir bewußt geworden, daß er über vier Jahrzehnte mein älterer Bruder gewesen ist, den ich seither unendlich vermisse. Wiederum andere waren Gegner, zwei waren sogar Feinde – gleichwohl habe ich auch von ihnen gelernt. Der Sinn dieses Buches ist es, ihnen allen gegenüber meiner Dankbarkeit Ausdruck zu geben.

Dabei werden viele Frauen und Männer fehlen, die mir im Laufe des politischen und des publizistischen Lebens durch Zuspruch und ebenso durch Kritik geholfen haben, ohne daß ich sie näher gekannt habe. Vor allem werden unzählbare Frauen und Männer aus der Sozialdemokratie fehlen, insbesondere die vielen ehrenamtlichen, hoch engagierten Wahlhelfer in Hamburg-Nord und in Hamburg-Bergedorf. Viele von ihnen sind bereits gestorben; andere haben sich ins Rentnerleben zurückgezogen. Bisweilen treffe ich einen der alten Freunde auf der Straße oder im Theater – oder bei einer Beerdigung; die Erinnerung an längst vergangene Zeiten tritt ins Bewußtsein, und wir umarmen uns. Ich hoffe, sie werden verstehen, daß ich in diesem Buche nur wenigen von ihnen danken kann. Aber wissen sollen sie dies: Viele von ihnen habe ich als zuverlässige Menschen kennengelernt – von geraderem Charakter als manche der Personen, die mir in der großen Politik begegnet sind.

---

* In »Kindheit und Jugend unter Hitler«, bei Siedler, Berlin 1992.

Zur Philosophie, zum spekulativen Denken, ganz allgemein zur abstrakten Theorie habe ich mich kaum je als sonderlich geeignet angesehen. Jedoch haben sehr viele Begegnungen – mit Kollegen, mit Freunden, mit Gegnern, mit Zeitgenossen, auch mit Büchern – mich dazu gezwungen, nachzudenken, meine eigenen Vorstellungen zu vervollständigen oder zu korrigieren. Dies galt ebenso für die Parlamentsdebatten und vielerlei andere, oft auch schriftliche Diskurse, an denen ich beteiligt war. Entsprechend enthält dieses Buch manche Reflexionen, die durch Personen ausgelöst worden sind.

Ich habe vielerlei Grund zur Dankbarkeit. Es ist nicht die Milde des Alters, die mich zu diesem Urteil führt, wohl aber ist es das Alter, das mich bewegt, meinen Dank auch auszusprechen.

Eine verspätete Liebeserklärung

Ida Ehre

Neulich habe ich im Hamburger Abendblatt nachgezählt. Eine Oper und 35 Theater und Theaterchen spielen 1996 jeden Abend in meiner Vaterstadt – ist das nicht großartig? Viele machen gutes Theater, einige wenige machen großes Theater, allerdings: Die größte Bühne spielt – ihrer gewollten Modernität wegen – oft genug nur vor halbleerem Haus. Aber eine der kleinen Bühnen hat über eine Reihe von Jahren ganz großartiges, in ganz Deutschland damals einzigartiges Theater gemacht – dank ihrer Prinzipalin Ida Ehre.

Das war in jener Zeit unmittelbar nach der deutschen Doppelkatastrophe von Nazidiktatur und Krieg, als wir überwältigt waren von dem Glück, überlebt zu haben. Als wir zugleich begannen, das ganze Ausmaß der Verbrechen, unserer Verführung und unserer Schande zu erkennen. Als wir in Kellern und Hütten froren und hungerten und doch zugleich der Hunger nach geistiger und moralischer Führung größer war als jemals vorher im Leben – und als jemals in dem halben Jahrhundert seither.

Der deutschen Jüdin Ida Ehre – sie wurde 1900 im damals österreichischen Mähren geboren – war in der Nazizeit Schreckliches geschehen. Seit 1933 konnte sie ihren geliebten Beruf als Schauspielerin nicht mehr ausüben. Mutter und Schwester wurden im KZ ermordet. Sie selbst und ihr Mann haben 1939 versucht, per Schiff nach Südamerika zu entkommen; aber bei den Azoren erhielt der Kapitän, des Kriegsausbruchs wegen, Befehl zur Rückkehr nach Hamburg. Danach sechs weitere Jahre, in denen Angst und Hoffnung sich abgewechselt haben. Sie mußte sich verstecken, wurde gleichwohl von der Gestapo abgeholt und wochenlang eingesperrt, dann wieder freigelassen und ist untergetaucht.

Aber ihre Vitalität blieb ungebrochen. Und ebenso ihre Menschlichkeit. Rache und Haß blieben ihr fremd. Statt dessen hat sie sich nach der Befreiung zwei großen Leidenschaften hingegeben: der Leidenschaft, ihren Mitmenschen zu helfen, und der

Leidenschaft, Theater zu machen. Für sie hatte das Theater eine moralische Anstalt zu sein.

Drei der Stücke, die in den ersten Jahren über ihre Bühne gegangen sind, trugen Titel, die symbolisch waren für das, was wir waren, und für das, was sie wollte, nämlich »Wir sind noch einmal davongekommen« von Thornton Wilder, »Draußen vor der Tür« von Wolfgang Borchert und »Leuchtfeuer« von Robert Ardrey.

Jawohl, wir waren tatsächlich noch einmal davongekommen. Aber wir standen – fassungslos über das Geschehene, das wir erst jetzt voll erfuhren – wirklich außerhalb des geistigen Kontinuums der Welt. Wir waren draußen, außerhalb der Tür zur Welt der geistigen Freiheit. Wir brauchten Leuchtfeuer und Leuchttürme, Wegzeichen und Wegweiser, um den Weg in eine anständige und hellere Zukunft finden zu können. Nicht nur ihr Theater, auch Ida Ehre selbst war ein Wegweiser. Sie hat vielen von uns Heimkehrern aus Konzentrationslagern und Gefängnissen, aus den Bunkern, aus dem Krieg, aus seinen Schlachtfeldern und Kriegsgefangenenlagern – sie hat den Heimkehrern insgesamt geholfen, ihre Wege zu finden.

Musiker, Schauspieler und Politiker sind den Beifall zwar gewohnt, aber sie brauchen ihn auch. Ob auch Ida Ehre den Beifall brauchte? O ja, gewiß; wie anders hätte sie sonst – nach allem, was hinter ihr lag – ein halbes Jahrhundert lang beharrlich Theater machen können. Und mit welcher Beharrlichkeit in der Neugierde, in der Unbefangenheit, im Optimismus, im Glauben an das Gute im Menschen! Beharrlichkeit im Willen, die Menschen zu bewegen, sie nachdenkend zu machen, sie zu erschüttern, sie zu trösten, sie lachen zu machen, sie zu unterhalten, sie in den Spiegel blicken zu lassen, ihnen das Leben zu zeigen, das schreckliche Leben, das gute Leben, die Süße und die Trauer des Lebens, die Komödie und die Tragödie, die Posse, das Drama – und die Lyrik des Lebens gleichermaßen. In einem Wort: Theater.

Ida Ehres Theater brauchte die Zuschauer und deren Beifall so sehr wie jedes andere Theater auch. Aber ihr Theater war etwas Besonderes, weil sie ein besonderer Mensch war. Ein sehr großer Teil ihres Lebens war schon vorbei, als endlich der Druck und die Angst von ihr genommen wurden. Aber dann, im Laufe der Jahre 1945 und 1946, kam es zu einer Explosion ihrer aufgestauten Vitalität.

Die Leute vom Schauspielhaus spielten Hofmannsthals »Jedermann« in der Kirche am Rothenbaum, Ida Ehre spielte die Mutter. Aus den Gesprächen untereinander ergab sich die Anregung der Kollegen: Mach du doch selbst Theater! Ida Ehre ging zu dem

Theateroffizier der britischen Militärregierung, John F. Olden. Er sprach kein gutes Englisch, Ida Ehres Englisch war sicher noch viel schlechter. Aber sie entdeckten schnell, daß sie beide eigentlich Wiener waren, beide von den Nazis verfolgt und am Leben bedroht gewesen. Olden half ihr auf vielfache Weise; Ida Ehre aber ergriff ihre Chance und wurde eine große Theaterprinzipalin.

Das Theaterchen an der Hamburger Hartungstraße hatte vor der Nazizeit den Anthroposophen gehört; die Machthaber hatten es ihnen weggenommen und den Juden gegeben, hatten es denen aber alsbald auch wieder weggenommen; nach Kriegsende wurde dort Theater für britische Soldaten gespielt. John Olden verschaffte Ida Ehre dieses Theater und außerdem die »Lizenz«. Max Brauer, der Hamburger Bürgermeister, ließ sich erweichen, und die Stadt kaufte das Haus und stellte es ihr zur Verfügung. Wahrscheinlich ist Ida Ehre einer der ganz wenigen Menschen, die jemals diesen großen Renaissance-Patriarchen umstimmen konnten.

John Olden war derjenige, der ihr den Zugang zu den zeitgenössischen Dramatikern des Auslandes verschaffte, von denen wir Deutschen damals keine Ahnung hatten. Bei Inge Meysel, die später John Oldens Frau wurde und damals am Thalia-Theater spielte, ist heute noch eine Spur heiteren Neides darüber zu spüren, daß die Kammerspiele und nicht das Thalia-Theater all die guten neuen Stücke bekamen.

Es ist aber fraglich, ob das Thalia-Theater damals jene Aufgabe hätte erkennen und lösen können, die Ida Ehre sich wie selbstverständlich stellte und die sie bewältigte. Als sei es selbstverständlich, versammelte sie brillante Schauspieler, Regisseure und Bühnenbildner in ihren »Hamburger Kammerspielen«. Der Name übrigens stammte von Erich Ziegel; er und seine Frau Mirjam Horwitz hatten ihr Theater am Besenbinderhof gegen Ende des Ersten Weltkrieges so genannt. Ida Ehre hatte den Namen also hamburgischer Theatertradition entnommen; der Inhalt aber war neu – und er war großartig. Ida Ehre brachte uns Giraudoux, Anouilh, Sartre, T. S. Eliot, Tennessee Williams, Wilder, Max Frisch, Dürrenmatt; aber eben auch Lessing, Schiller, Shaw, Werfel, Brecht; später dann, als die Kunst wieder nach Brot gehen mußte, auch Priestley, Graham Greene und viele andere.

Zunächst aber, »vor der Währung«, als unsereiner vom Verkauf der eigenen Raucherkarte lebte, vom Verkauf selbstgestrickter Pullover, von allerhand Gelegenheitsarbeiten, Nachhilfestunden, Ghostwriting, von Hilfe in Steuersachen und dergleichen, damals, als man nur wenig Geld brauchte, um die zugeteilten Lebensmittel davon kaufen zu können, als man sich Holz und Kohlen im Wald und auf den Güterzügen zusammenklaute, damals waren die Kammerspiele für jedermann erschwinglich. Sie boten Offenbarungen, die wir ohne fühlbare eigene finanzielle Opfer erlebten. Niemand, der dabei war, wird die Uraufführung von »Draußen vor der Tür« mit Hans Quest vergessen, niemand Ida Ehres Hekuba in den »Troerinnen« von Euripides/Werfel. Keiner wird Hilde Krahl in »Wir sind noch einmal davongekommen« vergessen. Zu Beginn des Stückes kam sie als Hausmädchen im Kopftuch auf die Bühne, Scheuereimer und Schrubber in der Hand, und sprach die Worte: »... es ist sechs Uhr! Es ist kalt. Es ist der kälteste Tag des Jahres, die Hunde kleben am Trottoir. Und der Herr ist immer noch nicht zu Haus...« – eine unter Freunden seinerzeit häufig rezitierte Klage.

Außer Ida Ehre und Hilde Krahl erlebten wir Tilla Hohmann, Gisela Mattishent, Käthe Pontow, Annemarie Schradiek, Hannelore Schroth, Edda Seippel; wir sahen Erwin Geschonnek, Walter Giller, Hermann Lenschau, Erich Linder, Hans Mahnke, Eduard Marks, Hermann Schomberg, Hans Quest. Regie führten Ulrich Erfurth, Wolfgang Liebeneiner, Richard Münch und Ida Ehre selbst.

Und dazu auf der klitzekleinen Bühne die großartig-einfachen Bühnenbilder, ohne Geld und ohne Material. Helmut Koniarski ließ die Troerinnen in sackleinenen Gewändern auftreten und machte damit aus der Not eine Tugend. Er war ein Bühnenbildner von hohen Graden; die Mittel, mit denen er große, den Stücken kongeniale Kulissen und Ausstattungen schuf, waren genauso bescheiden wie er selbst. Bei uns zu Hause hängt ein kleines, leuchtendes Blumen-Stilleben von seiner Hand. Er war ein guter Maler.

Auch Ida Ehre hat mir einmal ein Bild geschenkt. Es hing an der Wand ihrer kleinen Garderobe und interessierte mich sehr. Ein graues Städtchen im Hintergrund, Schnee auf den Dächern, ein grünlich-dunkler Himmel darüber, im Vordergrund aber eine Frau, hingestreckt auf dem grün-fahlen Boden. Das Weinglas ist ihrer linken Hand entfallen; in der Rechten ein großer bunter Blumenstrauß, der fast ein Viertel des Bildes ausfüllt. Oder sind die Blumen ihr Traum? Ist sie eine Trinkerin im Delirium – oder ist sie tot? Das rätselhafte, surrealistische oder absurde Bild trägt die Signatur B. H.; die Initialen stehen für Bernhard Heyde, Ida Ehres Ehemann seit 1928. Der Mann, der durch die ganze Nazizeit zu ihr gehalten hatte und später auf St. Pauli als Arzt arbeitete. Er muß viel Phantasie gehabt haben; vielleicht entstammte jenes Bild seinem eigenen Traum. Bernhard Heyde stand in Hamburg nicht im Rampenlicht, im Theater blieb er hinter den Kulissen. Aber er hat für Ida Ehre eine große Bedeutung gehabt.

Die alten Freundschaften der Nachkriegszeit blieben bis ins hohe Alter lebendig. Die Schauspielerin und Prinzipalin Ida Ehre (2. v. l.) und der Industrielle und Mäzen Kurt Körber (3. v. l.) zählten unwandelbar zum engen Freundeskreis.

Die Freundschaft zwischen Frau Ehre und den beiden Schmidts hat erst in den sechziger Jahren begonnen. Weil Loki und ich den größten Teil unserer Zeit in Bonn sein mußten, waren die Begegnungen seltener als die Briefe, die wir uns schrieben. Einmal hat sie mir ein Wort »geschenkt«. Ich weiß nicht, ob sie es selbst erfunden hatte. Es hieß »Roßtrotteles« und bedeutete wohl soviel wie Obertrottel.

Wir haben Ida Ehre die Treue gehalten, zunächst als Zuschauer und später, bis zu ihrem Tod im Jahr 1989, auch als Freunde. Wer sie kannte, der mußte sie verehren. Einmal hat sie die Frage nach ihrem »liebsten Romanhelden« mit dem lapidaren Satz beantwortet: »Ich mag keine Helden!« Aber später wurde sie dann noch einmal gefragt, diesmal nach ihren »Helden in der Wirklichkeit«. Und hier kam Ida Ehres Antwort, die den Menschen kennzeichnet, der sie gewesen ist. Sie sagte nämlich: Anwar as Sadat.

Ich habe sie geliebt für diese Antwort. Sadat war mein Freund gewesen. Er war ein Soldat gewesen, ein General. Aber er hatte doch Frieden machen wollen, Frieden zwischen Juden und Christen und Muslims. Er war für mich der größte unter den Staatslenkern, denen ich begegnet bin. Die Schauspielerin, die Nichtpolitikerin, der Mensch Ida Ehre, sie hatte den Menschen Sadat erkannt, ohne ihm je selbst begegnet zu sein.

Ich habe Ida Ehre aus vielen Gründen geliebt. Auch sie war ein Mensch, der Frieden machen wollte. Für mich steht sie in einer Reihe mit Leonard Bernstein, mit Yehudi Menuhin, Henry Kissinger, Fritz Stern und manchen anderen Juden in der Welt, die uns Deutschen in den letzten fünfzig Jahren geholfen haben, ihren Weg zurück in die internationale Gemeinschaft zu finden. Die uns geholfen haben zu begreifen, was im Namen Deutschlands geschehen und was durch Deutsche verbrochen worden war. Und die uns gezeigt haben, daß gleichwohl viele Juden draußen in der Welt bereit waren, uns aus unserer Isolierung herauszuhelfen.

Auch wenn viele Hamburger es selbst nicht wissen, so ist Hamburg doch eine Theaterstadt. Die Besucher der Stadt kommen oft wegen eines der Musicals, aber die Hamburger selbst hängen an ihren jeweiligen Theatern, jedes von ihnen hat sein eigenes treues Publikum. Es hing und hängt an seinen Theaterleuten, an Werner Hinz und Ehmi Bessel, an Will Quadflieg, an Hans Fitze, an Nicole Heesters, Heidi Kabel, Heinz Reincke und wie sie alle heißen. Es hing an Hans Albers, an Gustav Knuth und an Willy Maertens. Es hängt an Friedrich Schütters und Wolfgang Borcherts »Ernst-Deutsch-Theater«, einem »Theater als moralische Anstalt«, es hängt am »Theater im Park«, an Gerda Gmelins »Theater im Zimmer«, am »St.-Pauli-Theater«, an Eberhard Möbius' »Schiff« und an der Komödie im Winterhuder Fährhaus, es hing auch an Peter Ahrweilers »Kleiner Komödie«. Über dies alles hinaus gab und gibt es hier auch immer wieder strahlende Glanzlichter: großartiges Musiktheater unter Günther Rennert und Rolf Liebermann, faszinierendes Ballett unter John Neumeier, sehr gutes Theater unter Boy Gobert und Jürgen Flimm im Thalia und mitreißende Aufführungen unter Gustaf Gründgens im Schauspielhaus.

Den Hamburgern wird also vieles geboten, für sehr verschiedene Ansprüche. Und es ist – trotz hamburgischer Zurückhaltung – auch nicht schwer, Kontakt mit dem Theaterleben zu haben. Natürlich ist es für einen bekannten Politiker leicht, persönliche Begegnungen herzustellen; denn die Schaupieler sind ebenso eitel wie die Politiker, und beiderseitige Popularität oder sogenannte Prominenz schafft ein leicht begehbares Glacis und oft genug auch gegenseitige Anziehung.

Aber es gehört auch ein bißchen Glück dazu. So zum Beispiel der Glücksfall unserer schon 1953 entstandenen Freundschaft mit Gyula Trebitsch, der als Film- und Fernsehproduzent mit vielen Schauspielern zu tun hatte, woraus sich auch für Loki und mich nicht nur Bekanntschaften, sondern auch Freundschaften mit Schaupielern und Theaterleuten ergeben haben, so mit Lilli Palmer oder Heinz Rühmann. Oder der glückliche Zufall, daß unsere Freunde Kurt Körber und Karl und Ilse Klasen ihrerseits mit Musikern, Opern- und Theaterleuten befreundet waren und Loki und mich in ihren Kreis aufnahmen, als ob es selbstverständlich sei. Als wir Gründgens' Inszenierung von Shakespeares »Sturm« gesehen und eigentlich nicht ganz verstanden hatten, hieß der Glücksfall, einige Tage später, Carlo Schmid. Er kam zum Nachmittagskaffee und erklärte uns aus dem Stegreif die Shakespeareschen Figuren und Allegorien.

Die Fernsehmutter der Nation

Fast alle Theater in Bonn und in Hamburg haben wir im Laufe des Lebens besucht, einige von ihnen viele Male. Natürlich sind wir auch zur Niederdeutschen Bühne zu Heidi Kabel gegangen oder zu Freddy Quinn ins »St.-Pauli-Theater«, bloß um des harmlosen Vergnügens willen. Und wie oft hat uns Inge Meysel Vergnügen beschert! – zumeist allerdings nicht im Theater, sondern im Fernsehen.

Inge Meysel hat mich immer an meine Jugendfreundin Jutta Scheel erinnert, beide zierlich von Gestalt, aber voller Temperament und von oft umwerfender Schlagfertigkeit. Nach ihren großen Publikumserfolgen haben einige Journalisten sie zur Fernsehmutter der Nation erkoren; offenkundig hat sie nichts dagegen. Weil sie aber inzwischen doch längst eine alte Dame geworden ist und ihren 85. Geburtstag hinter sich hat, habe ich mir angewöhnt, von ihr als von der Großmutter der Nation zu sprechen. Bei irgendeinem offiziellen Empfang bin ich einmal fröhlich auf sie zugegangen und habe sie spontan als Großmutter angeredet. Aber das hat sie denn doch wohl nicht hören mögen; jedenfalls gab sie wie aus der Pistole geschossen zurück: »Na, Sie alter Opa, Sie!«

Nach den Definitionen der Nürnberger Rassegesetze war Inge Meysel eine Halbjüdin, wie mein eigener Vater auch. Mein Vater hat seinen unehelich geborenen jüdischen Vater während der ganzen zwölf Nazijahre verheimlichen können, allerdings hat er dabei in der ewigen Furcht vor Entdeckung leben müssen. Frau Meysel hat ihre jüdische Mutter nicht verheimlichen können und wahrscheinlich auch nicht wollen. Deshalb hat sie für sich selbst, für ihre Mutter, ihren Vater und ihren Bruder sehr viel Angst ausstehen müssen. 1935 verbot ihr die Reichstheaterkammer, ihrem Beruf als Schauspielerin weiterhin nachzugehen. Sie war damals fünfundzwanzig Jahre alt.

Später hat sie die Zeit von 1935 bis 1945 ihre gestohlenen Jahre genannt. Es war eine bedrückende Zeit für sie. Von 1936 bis zum Ende des Krieges lebte sie mit ihrem Lebensgefährten Helmut Rudolph in Hamburg; Rudolph spielte dort am Thalia-Theater. Die Gestapo machte beiden das Leben ungeheuer schwer, setzte ihn unter Druck, sich von ihr zu trennen, und verbot ihnen die gemeinsame Wohnung. Aber dank der Hilfe von unerschrockenen Mitbürgern sind sie davongekommen und haben 1945 endlich heiraten können. Im gleichen Jahr stand Inge Meysel zum ersten Mal wieder auf der Bühne, zusammen mit Ida Ehre. Und sie traf John Olden, der später ihr zweiter Ehemann werden sollte. Die Ehe hielt bis zu seinem Tode 1965.

Inge Meysel hat große Damen gespielt, auch die gnädige Frau. Dem Publikum aber bleiben vor allem die einfachen Frauen aus dem einfachen, normalen Leben ganz normaler Menschen im Gedächtnis, die Menschen so wie du und ich. Millionen deutscher Frauen können sich mit ihr identifizieren. Und mit der Haltung des »Trotzdem«, die sie ausstrahlt. Die Berliner Redensart vom »Herz mit Schnauze« paßt auf sie, als wäre sie für »die Meysel« erfunden. Die Kritiker haben ihr Mutterwitz bescheinigt, auch sei sie eine »Vollblut-Komödiantin«, eine »echte Volksschauspielerin«. Sie selbst hat sich an diesen Worten nicht gestört, im Gegenteil: Sie hat sie gern gelesen, sie wollte ja gar nicht zur Avantgarde gehören.

Der elitäre Intellektuelle Fritz J. Raddatz fand es 1980 unerhört, daß eine »eher avantgardistische, schwierige Aufführung fast boykottiert wurde und nach zwei Aufführungen leer blieb«. Es handelte sich dabei um die Recklinghäuser Ruhrfestspiele. Ich hielt ihm entgegen, die Recklinghäuser Festspiele würden für die Arbeiterschaft an der Ruhr inszeniert, und fügte hinzu: »Wenn sie aber die Arbeiterschaft rausspielen aus dem Theater, dann verfehlen sie ihren Zweck ... Man muß das Volk selbst entscheiden lassen, deswegen muß ja auch jeder seine Theaterkarte selbst kaufen...« Und umgekehrt: »Wer vor ausverkauftem Hause spielt, der hat prima facie recht.«

Inge Meysel spielt im Fernsehen vor vollen Häusern, die Leute schalten den Kanal nicht ab, im Gegenteil. Sie lieben die Meysel, gerade *weil* sie diese Frau empfinden als eine aus dem Volk, als jemand, der so ist, wie man selber gerne sein möchte. Immer wieder mit »Trotzdem!« Und immer wieder mit viel Herz.

Inge Meysel hat die Nazizeit weder vergessen noch verziehen. Es ist kein Wunder, daß ihr Herz links schlägt. Aber sie ist weder im Jammer noch im Haß, noch in der Anklage steckengeblieben.

Schmidts Nähe zu den Künsten zeigte sich nicht nur in seinem Umgang mit Musikern, Schriftstellern und bildenden Künstlern, sondern auch in der Nähe zu Schauspielern. Hier im Gespräch mit Heinz Rühmann und Curd Jürgens.

Sondern sie ist eine Frau, die den Menschen Mut zum Leben macht. Ein Bundesverdienstkreuz hat sie nicht haben wollen. Nun ist die Ablehnung von Orden für viele Hamburger eine ehrwürdige Tradition. Aber Inge Meysel hat ihre Ablehnung anders begründet: »Einen Orden dafür, daß man sein Leben anständig gelebt hat?«

Als ich einmal eine kleine Geburtstagsrede auf sie halten durfte, da habe ich bedauert, daß sie angeblich acht Jahre vor mir geboren sein soll; viel besser wäre es doch umgekehrt gewesen: »Und welch Vergnügen, wenn wir uns dann schon sechzig Jahre früher begegnet wären! Bestimmt wären wir beide dann nicht nur in St. Pauli ins Theater gegangen.« Inge Meysel hat dazu fröhlich gelacht.

Das Wort vom Volksschauspieler gilt auch für Heidi Kabel, für Willy Millowitsch und für viele andere, es galt in meiner Jugend gewiß für Hans Albers. Sie sind geliebt worden. Aber es wäre ein Irrtum zu meinen, die Deutschen seien nur für die leichtere Muse zu erwärmen. Tatsächlich sind wir in hohem Maße ein theaterbegeistertes Volk. Wer allwöchentlich in der ZEIT die Spielpläne der wichtigsten Theater deutscher Städte betrachtet, der ist über die

Vielfalt des Angebotes immer wieder erstaunt. Zwar ist es wahr: Die allzu seichten Fernsehprogramme, die ewig gleichen alten amerikanischen Wildwestfilme, die dreist-törichten Talkshows und die Mord-, Totschlag- und Gewaltstreifen, die billigen Programme nehmen heute in fast allen 25 Fernsehkanälen leider einen sehr großen Anteil der Freizeit des Publikums in Anspruch. Aber das Theater und der anspruchsvolle Kinofilm haben sich daneben doch behaupten können – jedenfalls bislang.

Einer der Filmstars meiner Generation war Victor de Kowa. Wir haben ihn in vielen Filmrollen gesehen, aber ich bin ihm auch persönlich begegnet. Da er in den sechziger Jahren Vorsitzender der Gewerkschaft Kunst war, mußten wir einmal gemeinsam auf einer großen gewerkschaftlichen Kundgebung zum 1. Mai sprechen. Seine Rede hatte höheres Niveau als die meinige, die stärker auf populäre Wirkung abgestellt war. Anschließend fuhren wir zu mir nach Hause, und er erzählte uns von seiner japanischen Frau Michiko und von seiner Leidenschaft für die Kultur Japans und insbesondere die dekorativen Künste. Zugleich gestand er, daß er selbst noch gar nicht in Japan gewesen sei, aber doch hoffe, demnächst gemeinsam mit seiner Frau dorthin zu reisen, auch um das Grundstück anzusehen, das die beiden in Japan gekauft hatten. Ich weiß nicht, ob es je zu dieser Reise gekommen ist. Später hat uns de Kowa ein von ihm selbst gemaltes Bild geschenkt – eine sehr farbenfrohe Darstellung eines japanischen Glückssymbols. Es hängt gemeinsam mit anderen Bildern in unserer Diele. Bisher ist noch keiner unserer Besucher auf den Maler gekommen.

Die Malerin, die ein Filmstar war

Es hat aber auch noch keiner die Malerin jener in warmen Farbtönen gehaltenen abstrakten Landschaftskomposition herausgefunden, die im gleichen Raum an der gegenüberliegenden Wand hängt. Sie stammt von Lilli Palmer, die als Filmschauspielerin ein internationaler Star gewesen ist, zugleich aber eine leidenschaftliche Malerin. Gegen Ende ihres Lebens war ihr die Malerei viel wichtiger geworden als die Schauspielerei. Diese werde sie an den Nagel hängen, so schrieb sie mir ein Vierteljahr vor ihrem Tode.

Loki und ich besuchten sie eines Nachmittags in ihrem schönen Haus La Loma, das sie sich zusammen mit ihrem Mann Carlos Thompson gebaut hatte – hoch über dem Zürichsee, mit einem ungeheuren Weitblick über ein grandioses Panorama. Es war ein anregendes Gespräch; unsere Gastgeberin war eine ungemein anziehende Persönlichkeit – und eine sehr attraktive Frau.

Später kam es zu weiteren Begegnungen und schließlich zu einem Gegenbesuch in Hamburg. Lilli Palmer betrachtete die Bilder und Graphiken an den Wänden unseres Hauses, und natürlich gerieten wir alsbald in ein Gespräch über unsere beiderseitigen Vorlieben in der Malerei. Das hatte zur Folge, daß sie mir eines Tages einen Katalog ihrer eigenen Bilder sandte, mit der Aufforderung, ich solle mir eines aussuchen. So bin ich in den Besitz jenes sehr modernen Bildes der Malerin Lilli Palmer gekommen, das sich neben den gleichfalls abstrakten Lithographien von Picasso und Miró an der gleichen Wand durchaus behauptet. Weil ja die Urheberin als Malerin keineswegs so bekannt und berühmt ist wie die beiden Katalanen, so vermuten unsere Besucher den Künstler meist in deren Nachbarschaft.

Am Anfang unserer Freundschaft hat es im April 1982 ein langes Fernsehgespräch zwischen Lilli Palmer und mir gegeben, Joachim Fuchsberger oder Gyula Trebitsch war daran schuld – wahrscheinlich beide zugleich. Ich kannte Frau Palmer schon, und deshalb war mir klar, daß sie nicht über Politisches reden würde, sondern über Persönliches. Dergleichen hatte ich bisher – ich war noch Bundeskanzler – immer abgelehnt; aber die Vorstellung, eine Stunde lang Lilli Palmer gegenüberzusitzen, war mir sehr attraktiv vorgekommen, deshalb habe ich dem Interviewwunsch zugestimmt. Lilli Palmer begann denn auch mit der Bemerkung, sie wolle ein unpolitisches Porträt von mir machen. Dann kamen Fragen nach meiner Erziehung, nach meiner Lebensphilosophie, nach meiner Einstellung zur Musik und zur Malerei, nach dem Herzschrittmacher, nach dem Schönen im Leben und nach dem Ungerechten.

Von all den tausend Interviews, die ich im Laufe meines Lebens gegeben habe, war dies für mich selbst das interessanteste; weil nämlich meine Gesprächspartnerin sehr viel von sich selber preisgab. Deshalb folgen hier einige (sehr gekürzte) Auszüge.

Palmer: Hatten Sie als junger Mann, als Teenager eine Ahnung – oder eine Hoffnung –, daß Sie Außerordentliches leisten würden in diesem Leben?

Schmidt: Nein, weder eine Hoffnung ...

Palmer: Ehrlich nicht?

Schmidt: ... noch eine Ahnung.

Palmer: Aber stellen Sie sich vor, wie Sie da in der Aula gesessen haben, unter Hunderten von Buben, plötzlich wäre ein Scheinwerfer gekommen und hätte Sie beleuchtet, und eine Stimme hätte gesagt: »Du, Helmut, du wirst der Bundeskanzler dieses ganzen Reiches werden.« Wären Sie erstaunt, ungläubig gewesen – oder wie hätte irgend etwas in Ihnen das verkraftet?

Schmidt: Nein – ich hätte gedacht: Der spinnt.

Palmer: Gut, das sehe ich ein.

Man erkennt: Lilli Palmer schloß von sich auf andere. Denn sie hatte schon als Kind gewußt, sie würde Schauspielerin werden, und hat dies Ziel während ihrer eigenen Teenagerzeit starrköpfig verfolgt und erreicht. Aber sie hat sich in jenem Interview auch verstellt, zum Beispiel als sie über zeitgenössische Kunst sprach.

Palmer: Ich finde, daß die Kunst unseres Jahrhunderts – die Malerei, die Musik – es uns unendlich schwermacht, sie zu lieben. Lieben Sie atonale Musik?

Schmidt: Nein.

Palmer: Können Sie Hindemith lieben?

Schmidt: Ja.

Palmer: Warum wird es uns so schwergemacht?

Schmidt: Ich glaube, es ist schon mehrfach vorgekommen, daß erst die nächste oder die übernächste Generation gelernt hat, eine Kunst zu verstehen und zu lieben.

Palmer: Finden Sie also nicht, daß die entkörperte Kunst (von heute) es uns schwermacht? Sie glauben sogar, daß spätere Generationen sie lieben werden?... Nehmen Sie mal die abstrakten Bilder, die Kleckse.

Schmidt: Darauf bin ich neugierig, ob sie von der übernächsten Generation geliebt werden. Heute weiß man das noch nicht.

Palmer: Ich kann mir das nicht vorstellen. Einfach aus dem Grunde, daß die Menschen sich seit 5000 Jahren in ihren Gefühlen nicht geändert haben. Man liebt die Mutter, man weint ihretwegen. Man liebt die Frau, den Mann. Aber die Kunst unserer Zeit ist gegen diese menschliche Natur.

Schmidt: Nein, da muß ich widersprechen.

Palmer: Kleckse sind nicht gegen die Natur?

Schmidt: Das weiß man alles noch gar nicht. In zwei oder drei Generationen wird sich das herausstellen. Auch die Liebe zum französischen Impressionismus oder zum deutschen Expressionismus kam doch erst ein oder zwei Generationen später zum Vorschein. Aber manches von dem, was im 19. Jahrhundert von den Zeitgenossen geliebt wurde, erkennen wir heute als furchtbaren Schinken.

Palmer: Im 19. Jahrhundert war die Kunst noch menschlich. Es sind ja erst die beiden Weltkriege, welche die Kunst entmenschlicht haben.

Helmut Schmidt wußte nicht zu sagen, weshalb er Lilli Palmers Drängen auf ein unpolitisches Fernsehgespräch eigentlich nachgegeben hatte, denn bisher hatte er Fragen nach persönlichen Dingen immer abgelehnt. Aber das Gespräch mit Lilli Palmer wurde zu einem ungewöhnlichen Erlebnis für Schmidt. »Von all den tausend Interviews, die ich im Laufe meines Lebens gegeben habe, war dies für mich selbst das interessanteste; weil nämlich meine Gesprächspartnerin sehr viel von sich selber preisgab.«

Wenn man heute Lilli Palmers Worte liest, könnte es scheinen, als ob sie den Advocatus Diaboli habe spielen wollen, um den Gesprächspartner zu verführen, die zeitgenössische Kunst und die »Klecksereien« pauschal zu verurteilen. Wahrscheinlicher erscheint mir jedoch im Gegenteil, daß sie – die selber abstrakt malte – sich eine sehr positive Antwort erhoffte. Ihr letzter Satz, der diese Gesprächspassage abschloß, führte sie zu einer recht pessimistischen Sicht der Menschheitsgeschichte.

Palmer: Sie glauben nicht, daß in der Natur des Menschen einige unausrottbare Bösigkeiten stecken? In denen wir uns nicht verändert haben, solange die Welt besteht?

Schmidt: Doch, das glaube ich auch. Und alle bösen Dinge, die in der Geschichte der Menschheit passieren oder in der Geschichte der einzelnen Person, die hinterlassen ihre Wirkungen. Die Weltkriege hinterließen schlimme, zerstörerische Wirkungen. Aber Hitler hat auch die Einsicht ausgelöst, daß jeder mithelfen muß, damit so etwas sich niemals wiederholt. Eine positive Wirkung ist also auch eingetreten.

Palmer: Glauben Sie denn, daß die Menschheit lernen kann? Haben wir in 5000 Jahren Fortschritte gemacht? Zwar verbrennen wir keine Hexen mehr, wir bringen auch keine Menschenopfer mehr – aber sonst?

Schmidt: Das wäre schon viel, wenn wir keine Menschenopfer mehr brächten. In Wirklichkeit werden immer noch jedes Jahr Menschen zu Tausenden geopfert, nur geschieht dies heute in anderen Zusammenhängen.

Palmer: Sie sind ja noch pessimistischer als ich.

Ich hatte mich im Laufe des Gesprächs gegen Lilli Palmers Pessimismus gewehrt; daraus erklärt sich wohl ihr letzter Satz. Natürlich hatten wir bei dem Thema Menschenopfer den Holocaust im Bewußtsein, Hitlers Verbrechen der Vernichtung aller Juden, deren er habhaft werden konnte.

Auch Lilli Palmer war Jüdin. Ihr Vater, Oberstabsarzt im Ersten Weltkrieg, war Chefchirurg eines großen jüdischen Krankenhauses in Berlin gewesen. Seine Tochter hatte 1932 zum ersten Mal als ausgebildete Schauspielerin auf der Bühne gestanden. 1933 hat sie Deutschland verlassen. Ein zunächst ziemlich elendes Emigrantenleben schloß sich an: Frankreich, England, schließlich USA. Die Eltern blieben in Berlin, aber ein Jahr später starb der Vater am Herzinfarkt. Die Mutter kam rechtzeitig vor Kriegsausbruch aus Deutschland heraus.

Lilli Palmer wurde als Filmschauspielerin erfolgreich, auch am Broadway. Sie hat in der Sowjetunion gedreht und in Deutschland Filme gemacht. Sie war vierzig Jahre alt, als sie – zwanzig Jahre nach ihrer Emigration – zum ersten Mal wieder nach Deutschland kam. Diese Rückkehr war nicht leicht. Sie mußte erst noch erfahren, daß keineswegs *alle* Deutschen Nazis gewesen waren, und auch, daß es Widerstand gegeben hatte. Und daß unendlich viele Mütter ihre Söhne und unendlich viele Frauen ihre Männer im Kriege verloren hatten. Ihre Lebenserfahrung hat sie weise werden lassen, zwar nicht verzeihend und immer ein ganz klein wenig ironisch, aber nie verletzend; nicht optimistisch, aber doch heiter. Und sehr liebenswürdig und – wenn sie wollte – charmant.

Das deutsche Publikum hat ihren deutschen Filmen sehr applaudiert. Hat es geahnt, wieviel harte, disziplinierte Arbeit darin steckte? Als eine »preußische Ameise« hat der Pflichtmensch Lilli Palmer sich bisweilen selbst charakterisiert. Aber sie war weder Preußin, noch fühlte sie sich als Deutsche. Und trotz ihrer Ehe mit dem Engländer Rex Harrison und ihrer britischen Staatsbürgerschaft sah sie sich auch nicht als Engländerin. Das Leben hatte aus ihr eine Europäerin gemacht – ohne nationale Identität, auch ohne religiöse Identität, wenngleich sie viel Sympathien für Israel besaß.

Dennoch hatte sie viele Freunde unter den Deutschen. Einmal hat sie einem Journalisten geantwortet: »Ich wäre doch ein Idiot, wenn ich sagen würde, ich sei antideutsch.« Aber dahinter verborgen blieb ein geheimer, nie ausgesprocher Soupçon gegen all jene Deutschen, die sie nicht durchschauen konnte.

Als wir uns kennenlernten, sprach ich sie mit »gnädige Frau« oder auch »Frau Palmer« an; sie sagte zu mir »Herr Bundeskanzler«. Bald wurde daraus Lilli und Helmut und Loki. Meiner Frau vertraute sie einmal an, sie werde selber Schluß machen, wenn es sich anständig nicht mehr leben ließe. Dazu sei sie fest entschlossen und habe für den Ernstfall vorgesorgt. Deshalb glauben wir, daß sie 1986 nicht an ihrem schon fortgeschrittenen Krebs gestorben ist, sondern von ihrer eigenen Hand. Wir haben ihre Konsequenz bewundert.

Während der Nazizeit hatte auch Inge Meysel eine Giftkapsel, um im äußersten Falle selbst Schluß machen zu können. Wie sie in ihrem Buch berichtet, hat ihr Mann Helmut Rudolph 1944 auch zum gemeinsamen Freitod gedrängt. Aber sie haben es nicht getan. Ein Jahr später waren sie beide tatsächlich davongekommen.

Damals, als Krieg und Nazidiktatur zum Ende kamen, war Inge Meysel 35 Jahre alt, Ida Ehre war 45. Lilli Palmer war damals 30, sie war weit weg, in London oder schon in Hollywood. Alle drei waren sie davongekommen. Am Anfang ihres Lebens war Deutschland ihre künstlerische und seelische Heimat gewesen. Jetzt mußten sie sich fragen, was sie von dieser einstigen Heimat halten sollten.

Als Ida Ehre 1945 die »Hamburger Kammerspiele« begründete, hat es auch Kollegen gegeben, die sie vorwurfsvoll gefragt haben: »Wie kannst du in Deutschland ein Theater gründen, so wie die Deutschen dich behandelt haben!« Ida Ehre hat sich später ihrer Antwort erinnert: »Was hat denn das Land damit zu tun? Es hat doch auch die anderen Deutschen gegeben.« Aber auf die damalige Frage: »Ist Deutschland denn deine Heimat?« hat sie noch Jahrzehnte später, in ihrem 81. Lebensjahr, dem Schriftsteller Ben Witter berichtet: »Ich fragte mich immer wieder: Ist es denn meine Heimat? ... Im Unterbewußtsein fühle ich mich auch heute manchmal fremd.«

Elsbeth Weichmann hat von Ida Ehre gesagt: »Sie ist eine große Schaupielerin geworden, weil sie das Furchtbare, durch das sie gegangen ist, menschlich fruchtbar machen konnte.« Dies gilt ähnlich auch für Inge Meysel und Lilli Palmer. Jede dieser drei einst geächteten Jüdinnen hat auf ihre eigene, ganz unverwechselbare Weise die Schlußfolgerungen gezogen. Aber schließlich gab es doch eine klar erkennbare gemeinsame Grundhaltung. Vergessen? Keineswegs. Vergeben? Nein. Aber Haß oder gar Rache? Auf keinen Fall. Statt dessen haben sie nach dem Menschen gesucht, haben nach vorn, in die Zukunft geschaut, haben anderen Mut gemacht. Alle drei waren besessen von ihrem Beruf als Schauspielerin, den sie in sehr verschiedener Weise ausgeübt haben.

Begegnung und freundschaftliche Berührung mit manchen Schauspielern hat Lokis und mein Leben bereichert. Über die Freundschaft mit diesen drei deutschen Jüdinnen war und bleibe ich glücklich – und sogar etwas stolz. Wer will, der mag diese Worte als eine verspätete dreifache Liebeserklärung deuten. Und er hätte recht.

Mir bleibt übrig, den heute heranwachsenden Deutschen die Lektüre ihrer drei autobiographischen Lebensberichte ans Herz zu legen. Sie könnten daraus einen wichtigen Teil dessen lernen, »wie es wirklich gewesen ist«, damals in der Nazizeit. Sie könnten daraus auch Mut zum Leben lernen. Und außerdem sind es alle drei spannende Geschichten.

Musikalische Antipoden

In der zweiten Hälfte der siebziger Jahre begründeten die Westberliner Bürgermeister und ich die Tradition eines alljährlichen gemeinsamen Festes in der geteilten Stadt (einige haben sie »Kanzlerfeste« genannt). Sie dienten dem Vergnügen und dadurch dem psychologischen Rückhalt für West-Berlin. Einen der Höhepunkte brachte Peter Ustinov zustande. Er karikierte nacheinander die vier alliierten Stadtkommandanten. Als er schließlich in sowjetischer Generalsuniform im Jeep auf die Bühne fuhr und die Sowjets in der östlichen Hälfte der Stadt besonders komisch durch den Kakao zog, haben wir Zuschauer uns vor Lachen ausgeschüttet (und ich befürchtete ein diplomatisches Nachspiel). Seither habe ich die Leistungen von Sir Peter Ustinov, Sohn eines Deutschen und einer Französin, mit Vorfahren aus vielen europäischen Völkern, mit Bewunderung und mit großer Sympathie verfolgt. Er ist nicht nur ein großer Schauspieler, sondern auch Schriftsteller, Dramatiker und Opernregisseur, ein Sprachgenie zugleich und außerdem ein unglaublich witziger Entertainer, von Gesinnung ein Internationalist und ein Humanist, ein einzigartiger schöpferischer Geist. Aber damals in Berlin erlebten wir nur seine Begabung als umwerfender Komiker.

Bei einem anderen der Berliner Feste, das 1979 in der von Hans Scharoun gebauten Berliner Philharmonie stattfand, hatten bis zur großen Pause die Berliner Philharmoniker mit Karajan als Dirigent musiziert, ein anspruchsvolles, aber heiteres Programm. Während der Pause ging man ins Foyer, um etwas zu trinken oder zu rauchen. Nach dem Klingelzeichen zurückgekehrt, erblickten wir die Bühne immer noch in dem etwas unordentlichen Zustand, in dem das Orchester sie verlassen hatte. Dann erschien jedoch ein einzelner Bühnenarbeiter im Blaumann, der einige der Notenpulte zurechtrückte. Im Vorbeigehen tippte er mit dem Zeigefinger einige Töne auf dem Flügel an, dann stellte er einige der Bässe in einer ordentlichen Reihe auf, dann wieder drei Stühle. Jedesmal wenn er am Flügel vorbeikam, machte er einige Töne; bald wurde es eine Tonreihe, und am Ende spielte er virtuos und mit beiden Händen. Inzwischen aber waren die Mitglieder des Orchesters nacheinan-

Während seiner Regierungszeit waren Helmut Schmidts Berliner Kanzlerfeste berühmt. 1982 erlebten 2000 geladene Gäste in der Deutschen Oper Berlins eine festliche Revue aus Oper, Operette, Musical und Kabarett. Peter Ustinov (l.), der die vom Intendanten Götz Friedrich in Szene gesetzte musikalische Reise begleitet hatte, wurde mit stürmischem Beifall bedacht. Rechts im Bild Boy Gobert.

der eingetroffen, zunächst eine Klarinette, dann einige Streicher und so fort. Sobald einer seinen Platz eingenommen hatte, fiel er in die Musik ein. Und so entwickelte sich die Sache vom Solo zum Duo, zum Trio und zur Kammermusik. Nach fünf oder sechs Minuten hat sich daraus ein Klavierkonzert mit vollem Orchester entfaltet - sozusagen eine umgekehrte Haydnsche Abschiedssymphonie. Die Verblüffung des Publikums und die Begeisterung waren groß und ebenso der Beifall für den Klavier spielenden und zugleich vom Klavier aus dirigierenden Bühnenarbeiter, nämlich Loriot, also Vicco von Bülow. Ich kannte Loriot bis dahin nur als einen überaus witzigen Karikaturisten, nunmehr hatte er sich als Musiker entpuppt; später habe ich verstanden, daß er darüber hinaus eine Allroundbegabung in sich vereinigt, um die man ihn beneiden kann, ähnlich wie Ustinov.

Herbert von Karajan

Die erste Hälfte jenes Abends hatte übrigens ein interessantes Vorspiel. Ich kannte Karajan damals nur von weitem. Als ein Bewunderer aus der Ferne fand ich es schmeichelhaft, daß er und die

Berliner Philharmoniker bereit waren, unser Fest mit ihrer Kunst zu bereichern. Über das Programm war man schnell einig geworden, nicht aber über dessen Schluß. Ich meinte, als Überleitung zum leichteren Teil des Festes sei ein Gershwin angebracht, zum Beispiel »Rhapsody in Blue«. Aber Karajan wollte dies absolut nicht, wahrscheinlich bedeutete es ihm eine Zumutung, eine Abweichung vom Pfad der musikalischen Tugend. Schließlich habe ich ihm einen persönlichen Brief geschrieben und meine Bitte erneuert. Darauf hat Karajan nachgegeben, aber unter der strikten Bedingung, daß Alexis Weissenberg den Klavierpart übernähme. So ist es auch geschehen, es wurde eine runde Sache. Gewiß ist Gershwin niemals vorher und niemals später von einem derart exquisiten deutschen Orchester, einem derart hervorragenden deutschen Dirigenten und gleichzeitig von einem so erstklassigen Solisten aufgeführt worden. Später habe ich Weissenberg noch ein zweites Mal erlebt; anläßlich eines runden Geburtstages von Yehudi Menuhin trat er als Komiker, als Parodist auf, auch er offensichtlich eine Mehrfachbegabung.

Herbert von Karajan hingegen habe ich nach jenem Berliner Abend zu meiner Freude näher kennengelernt und auch einige Tage bei ihm in Anif und in St. Tropez gewohnt. Dem Besuch in Anif war Karajans Einladung zu den Salzburger Oster-Festspielen vorausgegangen, die sein Werk sind. Nach den Konzerten fuhr meine Frau regelmäßig mit dem Maestro im selben Auto, Frau Eliette von Karajan und ich in einem zweiten Wagen nach Anif. Jedesmal hat Karajan Loki gefragt: »Wie war es?« Lokis Einwand, sie sei doch bloß eine dilettantische Bratscherin, ließ er nicht gelten, sondern insistierte: »Bitte Ihr Urteil, so wie Sie es empfinden.« In Anif angekommen, ging Karajan zunächst schwimmen. Erst später wurde gegessen; dabei entspannen sich dann Gespräche über Gott und die Welt, über die Musik und die Politik, über die Kunst, den Buddhismus, auch über die Natur, über Gärten – und über Bilder, besonders über die Bilder von Eliette von Karajan, die in der Wohnung hingen, farblich schöne abstrakte Landschaften, die auch auf den Covers für Karajans Schallplatten-Editionen zu sehen waren. Auch die modernsten Errungenschaften der Technik spielten mehrfach eine Rolle, denn Karajan war in die jeweils neuesten Techniken geradezu vernarrt. Die Unterhaltungen waren sehr anregend, Karajan war ein guter Zuhörer, konnte aber auch geduldig antworten. Weil er jedoch regelmäßig am nächsten Morgen Probe hatte, ging er relativ früh zu Bett – sogar am Vorabend seines Geburtstages, so daß Loki und ich unsere Glückwünsche nicht bereits um Mitternacht, sondern erst im Laufe des nächsten Tages aussprechen konnten.

Unsere drei Tage bei den Karajans in Anif waren für Loki und mich eine große Freude und zugleich eine große Überraschung. Die Freude hatte einen doppelten Grund, zum einen die hervorragenden Konzerte und zum anderen die persönliche Berührung mit einem ungewöhnlichen, hochinteressanten Mann, den man bisher immer nur von ferne als Dirigenten erlebt hatte, quasi weit entrückt und – wie es schien – ganz in die Sphären der Musik entflogen. Man hatte ihm von weitem seine professionelle Selbstdisziplin anmerken können; jetzt bestätigte sich dieser Eindruck im täglichen Leben, im Rahmen seiner Familie und auch als Gastgeber. Man hatte natürlich auch in den Zeitungen allerhand Geschichten und böse Bemerkungen über Karajans Arroganz, über seine Überheblichkeit und über seine Ansprüche gelesen; jetzt aber – und dies war die große Überraschung – stellte sich heraus: Karajan war sehr bescheiden, sehr liebenswert, ebenso wie seine Ehefrau und seine beiden Töchter. Ich glaube nicht, daß er sich uns gegenüber anders gab, als er wirklich war. Vielmehr drängt sich mir der Schluß auf, die Fama über Karajans Anmaßung muß dem Neid von Musikern entsprungen sein, die weniger erfolgreich waren als er; und natürlich gehören sehr viele Musikkritiker in diese Kategorie, und natürlich schreiben viele Journalisten von anderen Journalisten ab.

Nachträglich betrachtet, habe ich für den Neid ein gewisses, wenn auch mißbilligendes Verständnis. Denn der Erfolg Karajans und der Berliner Philharmoniker – auch der pekuniäre Erfolg – war tatsächlich ganz ungewöhnlich. Karajan war als Musiker gewiß ein Perfektionist, aber ebenso war er ein Perfektionist als multimedialer Produzent, und er war auch ein tüchtiger Verkäufer. Ob mittels der alten Schallplatte, der Tonbandkassette, mittels des Fernsehens, mittels Video oder Compact Disc – Karajan hat alle modernen Techniken sofort ausprobiert und alsbald meisterhaft beherrscht. Einmal hat er mir einen soeben erstmalig produzierten Walkman von Sony geschenkt, nachdem er begeistert über dessen Möglichkeiten gesprochen (ich glaube, er hat im Bett mit einem Walkman Musik gehört) und Sony und deren Gründer und Chef Akio Morita gelobt hatte. Als ich etwas später Morita traf und ihm von Karajans Lob berichtete, hat er sich darüber gefreut und seinerseits in hohen Tönen über Karajan gesprochen.

Im Begriff, von Salzburg nach Bonn zurückzufliegen, schon am Fuße der Gangway, kam ein Mensch in leicht verschmiertem weißem Overall auf uns zu. Zuerst dachte ich, es handle sich schon wieder um einen Autogrammjäger. Aber als der Mann direkt vor mir stand und mir die Hand entgegenstreckte, merkte ich,

Zu den Künstlern, mit denen Helmut Schmidt fast freundschaftlich verbunden war, zählte auch Herbert von Karajan, der Schmidt sowohl in sein Haus bei Salzburg als auch nach St. Tropez einlud, wo Karajans Rennjacht »Helisara VI« vor Anker lag. Bei einem Segeltörn an der Côte d'Azur wurde schnell deutlich, daß Karajan auch diese Kunst mit technischer Professionalität ausübte.

daß es Karajan war, der an seinem eigenen Flugzeug herumgebastelt und uns von weitem gesehen hatte. Sein Flugzeug, eine Mystère, war natürlich moderner und eleganter als die etwas plumpe kleine Reisemaschine des deutschen Bundeskanzlers.

Wie sehr Karajan auf Perfektion aus war, das habe ich auch bei meinem Besuch in St. Tropez erlebt, wohin Karajan mich eingeladen hatte, um mir seine Segeljacht zu zeigen. Ich selbst segelte leidenschaftlich gern, freilich zumeist nur in einer Conger-Jolle auf dem Brahmsee, verschiedentlich habe ich aber auch auf Hochseejachten mitgesegelt, stundenweise auch als Skipper. Wir müssen wohl vorher in Anif über unsere beiderseitige Segelpassion gesprochen haben. Jetzt also lag sein Schiff »Helisara VI« einige hundert Meter vom Strand entfernt, und wir mußten mit einem kleinen Outboard-Flitzer übersetzen. Die Männer an Bord und auch ich selbst, wir taten so, als ob wir nicht hinschauten, wie mühsam der von seiner Rückenverletzung schwer beeinträchtigte Karajan sich an Bord hievte; aber gewiß war ich nicht der einzige, der dabei seinetwegen Angst hatte – Gott sei Dank hatten wir ziemlich ruhiges Wetter. Das Schiff war eine reine Rennmaschine, ich hatte dergleichen bisher lediglich im Fernsehen gesehen. Eine Mannschaft von schätzungsweise zwölf oder fünfzehn jungen Männern befand sich an Bord, die für die Segelmanöver auch tatsächlich erforderlich waren. An Steuerbord wie an Backbord gab es je ein riesiges Steuerrad, im Cockpit eine erhebliche Zahl elektronischer Anzeige- und Meßgeräte – unter Deck gab es nichts weiter als den Stauraum für die Segel. Es zeigte sich, daß Karajan mit dem Schiff sehr gut umgehen konnte, wie auch seine beiden Töchter, die mit an Bord waren. Den Namen des Schiffes hatte er übrigens aus den Anfangsbuchstaben der Vornamen seiner Familie zusammengesetzt: Herbert, Eliette, Isabelle und Arabelle. Für mich war dieser Tag auf dem Mittelmeer ein großes Vergnügen und ein Privileg.

Als ich diese Episode später einmal Heinz Josef Herbort, dem Musikredakteur der ZEIT, erzählte, bemerkte dieser, es sei ja bekannt, daß einige wohlbetuchte Leute sich solche Schiffe kauften, sich auch am Ruder fotografieren ließen, aber für die Regatten dann wieder von Bord gingen. Er traute Karajan nicht zu, das Boot selbst zu segeln. Als Augenzeuge konnte ich ihn berichtigen und hinzufügen, früher, vor seinen Rückenoperationen, habe Karajan selber auch Hochseeregatten gesegelt – ein ausgesprochener Hochleistungssport.

Es ist wahr: Dieser Großmeister der Musik hat viel Geld verdient und auf großem Fuße gelebt. Aber wahr ist auch: Er hat mit seinem Gelde drei Stiftungen geschaffen, auf die er außerdem Liebe und viel Zeit verwandt hat, eine Orchesterakademie, Dirigentenwettbewerbe usw. Es gibt viele Musiker, Sänger und Dirigenten, die ihm in den frühen Stadien ihrer Laufbahn wesentliche Hilfe und Förderung verdanken.

Karajan glaubte an das Positive, das in der symphonischen Musik liegt und den Menschen das gibt, was sie im Alltag vermissen. Er war überzeugt von der inneren Erhebung des Menschen durch seine Musik; auch deshalb trachtete er danach, mit Hilfe der Schallplatte, mit Hilfe modernster multimedialer Technik und mit Hilfe der Massenmedien Millionen Menschen auf der ganzen Welt zu erreichen. Seine Programme fanden ihre Schwerpunkte in der Klassik und in der Romantik, nur selten hat man von ihm zeitgenössische Komponisten gehört. Aber in Erstaunen hat er mich versetzt, als er mir auf meine Frage nach seinen weiteren großen Vorhaben erzählte, er wolle noch Johann Sebastian Bachs »Kunst der Fuge« mit den Berliner Philharmonikern machen. Ich erinnerte mich an Bachs d-Moll-Toccata, die – für mich unvergeßlich – Leopold Stokowski für Orchester gesetzt und gespielt hat, und fragte Karajan, wer denn das grandiose Werk Bachs für Orchester instrumentieren solle. Karajans Antwort blieb vage, vielleicht traute er sich selbst diese Aufgabe zu. Ich weiß nicht, ob es je dazu gekommen ist, denn es blieb ihm nicht mehr sehr viel Zeit.

Herbert von Karajan ist 1989 in Anif bei Salzburg gestorben, in Salzburg war er 81 Jahre vorher geboren worden. Ich habe ihn bewundert und geliebt. Bewundert wegen seiner musikalischen Einfühlsamkeit, wegen seiner Fähigkeit, die Berliner Philharmoniker zur Vollkommenheit zu führen, auch wegen seiner Selbstdisziplin. Geliebt habe ich ihn wegen der unerhörten Musikerlebnisse, die ich ihm verdanke, und auch wegen seiner inneren Bescheidenheit. Man mußte mit seinem Ende rechnen; in seinen letzten Jahren hat es mir immer weh getan, ihn sehr mühsam auf das Podium des Dirigenten kraxeln zu sehen. Gleichwohl hat die Nachricht von seinem Tode auf mich gewirkt wie ein eigenes Herzversagen.

Kaleidoskop

Ein Regierungschef hat keine Schwierigkeiten, Menschen kennenzulernen, die er kennenlernen möchte. Die meisten sind gerne zu einem Treffen bereit, sei es aus Neugierde, aus Sympathie oder der Public Relations wegen. Ich habe von dieser Möglichkeit vor allem dann Gebrauch gemacht, wenn Musiker nach Bonn oder nach Hamburg kamen, die mich interessierten. Meine Neigung zur Musik hatte schon in früher Jugend begonnen. Die Familie meiner Mutter war dem Gesang zugetan, und so hatte es in meiner Kindheit bei uns zu Hause einen kleinen innerfamiliären Singkreis gegeben, der unter der Leitung eines Onkels drei- und vierstimmig sang. Vom 10. bis zum 18. Lebensjahr gingen Loki und ich in Hamburg auf die Lichtwark-Schule, eine musisch und stark musikalisch engagierte Schule; sie hatte zwei Orchester, zwei gemischte Chöre und zwei hauptamtliche Musiklehrer, von denen der eine, Hermann (Papi) Schütt, ein musikantisch hochbegabter, mitreißender Musikpädagoge war, der mit den von ihm einstudierten und geleiteten Aufführungen die ganze Schule begeistern konnte. Unser Repertoire reichte von polyphoner Barockmusik bis zu

Hindemith und Orff. Ein jüngerer Musiklehrer hat es fertiggebracht, mir Privatunterricht in Harmonielehre zu geben; einmal habe ich daraufhin als Jahresarbeit zwanzig Kirchenlieder in vierstimmigem Satz abgeliefert. Loki hat bis Kriegsbeginn in einem BDM-Orchester Bratsche gespielt und zu Hause in der Familie Quartette und Trios – zumeist Barockmusik.

All diese Erziehung zur Musik wurde aber dann durch den Krieg überdeckt; nur ganz, ganz selten habe ich in den Kriegsjahren gute Musik hören oder gar mich selbst musikalisch betätigen können. Um so stärker erwachte der Hunger auf gute Musik, als ich am Ende der vierziger Jahre endlich, zum ersten Mal, in einem normalen Beruf ein ordentliches Gehalt bekam und wir es uns bisweilen leisten konnten, in Konzerte zu gehen. Dann aber kam schon 1953 meine erste Wahl in den Bundestag und damit die allwöchentliche anstrengende Pendelei auf den Straßen zwischen Hamburg und Bonn. So hat es also eigentlich bis zum Beginn meiner Hamburger Senatorenzeit 1961 gedauert, ehe ich endlich einen größeren Teil unserer Freizeit auf die Musik verwenden konnte.

Wir hatten damals Kontakt zu einigen wenigen Orchestermusikern; die große Orientierungsfigur aber war Rolf Liebermann, Intendant der Hamburger Staatsoper von 1959 bis 1973 (und später abermals von 1985 bis 1988). Er setzte die Tradition des Musiktheaters fort, die in Hamburg Günther Rennert begonnen hatte; Jürgen Flimm, Chef des Thalia-Theaters, hat ihn einmal den größten Theatermann genannt, den Hamburg nach dem Kriege hatte. Liebermann brachte eine Reihe von Uraufführungen, auch von zeitgenössischen Komponisten; als Komponist bezog er den Jazz ein, den er liebte. Zu seinem 70. Geburtstag durfte ich in der Hamburger Oper eine Lobrede auf diesen Weltbürger und Europäer halten, was ich mit großer innerer Freude getan habe. Als er im Alter von 78 Jahren Hamburg endgültig verließ – das der Schweizer Bürger Liebermann großzügig seine »künstlerische Vaterstadt« genannt hat –, da haben viele seinen Weggang bedauert. Aber Peter Ustinov schrieb aus diesem Anlaß, neben der Traurigkeit über den Abschied bewege ihn die Freude darüber, daß Liebermann nun endlich mehr Zeit zum Komponieren haben werde, denn als Komponisten liebe er ihn.

Loki und ich haben Liebermann entweder durch Karl Klasen oder durch Kurt Körber kennengelernt, der erstere mehr dem Konzert, der letztere mehr der Oper zugeneigt, aber beide dem Ballett. Loki hat – unter Körbers Vorsitz – siebzehn Jahre lang dem Kuratorium zur Unterstützung der Staatsoper angehört. Alle drei haben uns im Laufe der Jahre mit einer größeren Zahl von

Musikern und Sängern, Männern und Frauen, zusammengebracht und unsere musikalischen Interessen aktiviert. Aber auf den Gedanken, die Bekanntschaft mit Musikern auf eigene Faust zu suchen, bin ich dann erst als Bundeskanzler gekommen.

Davor lagen noch weitere neun Bonner Jahre. Allerdings hatte ich auch als Verteidigungsminister mehrmals Gelegenheit, mich um musikalische Belange zu kümmern. So besaß die Bundeswehr ein gutes Stabsmusikorchester, das bei feierlichen Gelegenheiten klassische Musik darbot. Ich war damit durchaus zufrieden, aber mir fehlte die schmissige moderne Militärmusik im Stile von Glenn Miller, wie ich sie mehrfach in den USA gehört hatte, mir fehlten auch Swing und Pop, die Musik aus den Musicals und den Kinofilmen – ich vermißte vor allem jene Musik, die auch unsere jungen Soldaten ansprechen würde. Deshalb kam es 1970 mit Hilfe meines Mitarbeiters Herbert Laabs zur Gründung der »Big Band« der Bundeswehr, deren Mitglieder im Range von Feldwebeln und Unteroffizieren in einem etwaigen Ernstfall als Sanitäter zu fungieren hatten; lediglich Günter Noris als Leiter der Band war ein Zivilangestellter, der vorher beim RIAS in Berlin und beim WDR in Köln gearbeitet hatte. Noris hat seine Big Band binnen kurzer Zeit in die erste Reihe der großen Tanz- und Unterhaltungsorchester des Landes geführt. Als seine Band im Mai 1971 anläßlich einer NATO-Minister-Tagung in Mittenwald zum ersten Male öffentlich auftrat, gab es großes Lob meiner internationalen Kollegen. Vor allem aber waren die Soldaten der Bundeswehr und die Öffentlichkeit sehr zufrieden mit der Band. Sie ist seither sehr häufig öffentlich aufgetreten, in Konzerten für die Jugend, in der Öffentlichkeitsarbeit der Bundeswehr, bei Pressebällen, Kanzlerfesten, auch im Fernsehen; für die Krebshilfe unter der Obhut von Frau Dr. Mildred Scheel hat sie mehrere Millionen eingespielt.

In der kleinen Residenzstadt am Rhein war man sehr bemüht um Gastspiele erstklassiger Orchester, Dirigenten und Solisten. Fast immer hatte ich abends keine Zeit, ins Konzert zu gehen, Loki ging allein. Aber in vielen Fällen konnte sie meine Einladung auf einen Drink nach dem Konzert überbringen. So haben wir nacheinander fast alle großen Dirigenten der Welt spät abends im Kanzlerbungalow zu Gast gehabt, von Leonard Bernstein bis zu Zubin Mehta. Den letzteren hatte Karajan mir gegenüber gelobt; ob er dagegen auch den ersteren geschätzt hat, ist mir immer zweifelhaft geblieben.

Bernstein kam des öfteren, dabei liefen seine Besuche immer nach einem gleichbleibenden Muster ab. Er hatte mindestens schon zwei Whiskys getrunken, wenn er kam – den ersten angeblich in der großen Pause, den zweiten nach Ende seines Konzerts. Entsprechend fröhlich kam er bei uns an. Nun kamen der dritte, vierte und fünfte Whisky dazu. Im Laufe der Jahre wurden die Begrüßungen immer herzlicher und stürmischer; sie waren die Einleitungen für hochinteressante Unterhaltungen, natürlich über internationale Politik, aber auch – für Lenny ebenso natürlich – über das Leben. Und natürlich über Musik. Der Flügel stand offen, bisweilen hat er etwas gespielt, bisweilen haben wir zusammen gesungen. Einmal wollte ich einen bestimmten Song von Gershwin, aber der Maestro behauptete, den könne er nicht auswendig; er war dann ganz erstaunt, als ich ihm die Noten dazu auf das Pult stellte. Also mußte er nun doch »Somebody loves me ...« spielen, und die ganze Korona sang begeistert mit; Felicia Weathers übernahm die Rolle der Chorleiterin. Bernsteins mehrfache Besuche am Brahmsee zogen sich besonders in die Länge; einmal mußte Loki morgens um drei durch ein Machtwort für ein Ende sorgen.

Lenny war ein herzlicher, enthusiastischer, extravertierter Mensch. Er konnte schnell Freundschaften schließen; wahrscheinlich hatte er tausend Freunde auf der ganzen Welt – und ich wurde einer davon. Wenn später die Amerikaner von ihrem Präsidenten als von einem »great communicator« sprachen, so mußte ich bei diesem Wort immer an Bernstein denken – es hätte auch auf ihn gepaßt, freilich in einem kategorisch weiterfassenden Sinn als im Falle Reagan. Denn Bernstein – wahrscheinlich einer der bedeutendsten Musiker und zugleich Musikerzieher des 20. Jahrhunderts – war ein belesener und gebildeter Mann; er hat durch seine Musik, durch seine Lebensphilosophie, durch seine Ausstrahlung Millionen Menschen aufgeschlossen für Empfindung und Denken, weit über ihren Alltag hinaus.

Als Regierungschef habe ich auch Gelegenheit gehabt, neben den weltberühmten Großen viele Musiker kennenzulernen, die zur damaligen Zeit noch weniger bekannt waren, nämlich durch die beiden Hauskonzerte, welche ich alljährlich im Palais Schaumburg veranstaltete. Bei solcher Gelegenheit kam es auch zu einer Erneuerung der Bekanntschaft mit dem Klavierduo Christoph Eschenbach und Justus Frantz, die als Pianisten inzwischen großes Ansehen genossen. Die beiden wußten, daß ich in meiner Jugend ein wenig Klavier gespielt hatte, und darauf bauend haben sie mich zu einer gemeinsamen Aufnahme eines Mozartschen Konzerts für drei Klaviere überredet. Meine einzige Bedingung war, meinen etwaigen Honoraranteil an Amnesty International fließen zu lassen. Wenig später begriff ich meine Naivität: Die Aufnahme mußte zu meiner Überraschung mit dem London Philharmonic Orche-

Im Lauf der Jahrzehnte gehörten viele Musiker zum Freundeskreis Helmut Schmidts, unter anderem die Pianisten Christoph Eschenbach (l.) und Justus Frantz (r.). Einmal nahmen sie zu dritt ein Klavierkonzert mit dem Londoner Philharmonic Orchestra für eine Langspielplatte auf. Schmidt war überrascht, daß ihn das Orchester trotz seiner Laienhaftigkeit liebenswürdigerweise ernst nahm.

stra gemacht werden, und zwar in London; ich mußte also einen Reisetag in meinen Terminkalender hineinquetschen. Was mich dann noch mehr überrascht hat, war der Umstand, daß das Orchester und wir drei am Klavier keine gemeinsamen Proben brauchten; zwar hatten wir zu dritt in Hamburg einige Stunden geübt, aber das Orchester spielte vom Blatt. Am meisten hat mich allerdings das Tempo überrascht, mit dem Eschenbach vom Flügel aus dirigierte. Ich war seinem (wahrscheinlich völlig adäquaten) Tempo technisch nur mit größter Mühe gewachsen, obgleich Mozart dieses Tripelkonzert für zwei Pianisten und für eine dritte, jugendlich-dilettantische Klavierspielerin geschrieben hat, das heißt, mein Part war eigentlich ziemlich einfach in seinen Anforderungen. Gleichwohl haben mich die Mitglieder des Orchesters liebenswürdigerweise ernstgenommen. Das Ganze hat dann doch immerhin sechs Stunden gedauert.

Mir hat dieses Erlebnis sehr viel Spaß gemacht. Ich fühlte Johann Sebastian Bachs Wort bestätigt, wonach Musik der »Rekreation des Gemüts« dienen soll. Es muß aber auch meinen beiden Kollegen gefallen haben, denn wir haben später auf ihre Initiative hin auch noch ein Bachsches Konzert für vier Klaviere gemacht, als vierter kam Gerhard Oppitz dazu. Inzwischen ist Christoph Eschenbach neben seinem guten Ruf als Pianist längst weltweit als ein erstklassiger Dirigent anerkannt, so vor allem auch in Japan, wie ich bei meinen Besuchen in Tokio immer wieder höre. Und Justus Frantz hat inzwischen das Schleswig-Holstein Musik Festival begründet und binnen acht Jahren auf eine erstaunliche Höhe geführt.

Dabei hat sich gezeigt: Frantz ist nicht nur ein guter Pianist, sondern er ist auch unglaublich tüchtig im Umgang sowohl mit dem Publikum als auch mit den Künstlern, ein Naturtalent als Intendant und Impresario. Ich habe ihm und dem Festival seit 1986 ein wenig mit öffentlicher Unterstützung geholfen; er hat sich dadurch revanchiert, daß er Loki und mir wunderschöne Musikerlebnisse ermöglicht hat – teils in Schlössern, zumeist in großen landwirtschaftlichen Scheunen, teils in Mehrzweckhallen, also an Orten, von denen niemand zuvor erwartet hatte, Solti, Maazel, Rostropowitsch, Celibidache, Sinopoli, John Eliot Gardiner, Jessye Norman, Anne-Sophie Mutter, Christa Ludwig oder Swjatoslaw Richter zu Gehör zu bekommen. Das Publikum in Schleswig-Holstein hat niemals vorher eine solche Orgie guter Musik erlebt, viele Zuhörer kamen auch aus Hamburg und von sonstwo her – der Name des kleinen Landes zwischen Nord- und Ostsee hat durch dieses Festival einen neuen Klang bekommen. Anne-Sophie Mutter hat gesagt: »Wer da nicht hingeht, ist selber schuld.« Recht hat sie.

Einmal hat Frantz in der Hamburger Freitagsgesellschaft, am Klavier sitzend, uns Laien eine Einführung in die Zwölftonmusik gegeben, an einem anderen Abend einen Überblick über die Entwicklung der Beethovenschen Klaviermusik. Er ist ein glänzender Pädagoge – auch vor einem großen Publikum. Diese Fähigkeit hat zu seiner Popularität zusätzlich beigetragen. Wenn in Hamburg von ihm die Rede ist, so sprechen die Leute einfach nur von Justus – der Nachname wird weggelassen.

Leider sind meinem Freunde Frantz, der ein großer Improvisator ist, im Verlaufe seiner acht Festival-Sommer auch einige kleinere Fehler unterlaufen, leider sind der Landesregierung in Kiel einige größere Fehler unterlaufen, gegenseitige Vorwürfe haben 1994 schließlich zur Trennung geführt. Ich hoffe aber, die großartige musikalische und zugleich demokratische Tradition des Festivals wird erhalten bleiben. Es erscheint mir in der Tat als gelebte Demokratie, wenn in jedem Sommer junge, noch völlig unbekannte Musiker aus vielen Staaten auf der Wiese in Salzau von ganz großen, weltberühmten Dirigenten und Orchestererziehern lernen können, wenn es jedes Jahr in Lübeck Meisterkurse gibt und wenn alljährlich der Auftakt oder der Schluß des Festival-Sommers mit großer symphonischer Musik in der Marienkirche oder im Dom zu Lübeck stattfindet. Loki und ich haben dort durch Günter Wand eigentlich zum ersten Mal im Leben Anton Bruckner und durch Christoph Eschenbach Gustav Mahler verstehen und schätzengelernt. Gelebte Demokratie stellte sich auch dar in den Hunderten ehrenamtlicher Helfer, sogenannten Beiräten, die an den einzelnen Orten dafür sorgten, daß genug Stühle da waren, daß belegte Brote gemacht und angeboten wurden, auch daß Spenden gesammelt wurden.

Wer spendet, der tut etwas für die Kunst, ohne dafür eine Gegenleistung zu verlangen; wenn es sich im Verhältnis zum eigenen Einkommen um einen ansehnlichen Betrag handelt, dann soll man ihn loben und darf ihn getrost an die Seite des alten Maecenas stellen, den schon Horaz gelobt hat. Diese Form pekuniärer Kunstförderung wird heute allerdings selten. Statt dessen – und weitaus umfangreicher – treten heute Unternehmen an die Stelle von Einzelpersonen. Jedoch geschieht die Förderung von seiten der Unternehmen nur selten aus altruistischen Gründen, sondern dient der Werbung für eine Firma oder ein Produkt. Man nennt das inzwischen Sponsoring. Natürlich braucht die darstellende Kunst heute in vielfacher Weise Sponsoren; wenn heute – in der Mitte der neunziger Jahre – die laufenden Kosten aller in Deutschland öffentlich subventionierten Opernhäuser und Theater (einschließlich der Staatstheater) im Durchschnitt zu mehr als achtzig Prozent vom Steuerzahler finanziert werden, dann ist hier eine dem Steuerzahler auf die Dauer zumutbare Grenze weit überschritten. Deshalb ist Zusammenarbeit der Kunst mit den Sponsoren geboten. Sie ist moralisch in keiner Weise anrüchig, wenn auch manche Kritiker und manche Künstler dieser Ansicht sind. Denn es liegt kein moralischer Vorzug darin, sich vom anonymen Steuerzahler statt von einer bestimmten Markenartikelfirma subventionieren zu lassen.

Die Kritik am Sponsoring des Schleswig-Holstein Musik Festivals ging ebenso fehl wie die Kritik an den vermeintlich zu hohen Bezügen der Spitzenkünstler und des Intendanten – als ob nicht auch Karajan oder Bernstein und viele andere im Sinne eigener

Einkommensmehrung sehr gute Kaufleute gewesen wären. Natürlich spielt der Neid hier eine Rolle. Landesregierung und Landtag in Kiel aber sollten wissen: Ihr prozentualer Beitrag zur Finanzierung des Festivals war in der Ära Frantz viel kleiner als der prozentuale Beitrag der staatlichen Subventionen zur Finanzierung der darstellenden Kunst im allgemeinen.

Das Festival hat mir nebenher Gelegenheit gegeben, meine Verehrung und meine Freundschaft für einen der menschlich bewegendsten Internationalisten unter den großen Musikern meiner Generation zu erneuern. Ich hatte schon in meiner Bonner Zeit den Kontakt zu Yehudi Menuhin gesucht, auch hatte er mir zuliebe im Palais Schaumburg ein Hauskonzert gegeben, und unsere briefliche Verbindung war nie abgerissen. Jetzt aber kam Yehudi nach Schleswig-Holstein und auch an den Brahmsee. Schon als noch nicht ganz dreizehnjähriges Wunderkind hatte er in Berlin mit den Violinkonzerten von Bach, Beethoven und Brahms das Publikum – und Albert Einstein – zu stehenden Ovationen hingerissen. Unmittelbar nach Kriegsende hat er im Sommer 1945, zusammen mit Benjamin Britten, in Bergen-Belsen gespielt und 1947 unter dem damals verfemten Furtwängler in Berlin. Er wurde deshalb zu Hause in England als Verräter beschimpft und mit Mord bedroht. Aber er blieb fest, und seine Berliner Versöhnungsgeste blieb signifikant und symptomatisch für Menuhins ganzes weiteres Leben. Er hat sich immer als europäischen Friedenspolitiker empfunden und für seinen Altruismus und seine Versöhnungsvision seinen Ruf und seine Existenz aufs Spiel gesetzt. Als Geiger wie als Dirigent blieb die Musik das stärkste Ausdrucksmittel für seine ethisch-politischen Vorstellungen. Als er den Friedenspreis des Deutschen Buchhandels erhielt, sagte sein Laudator: »Die Musik ist die einzige Sprache, in der nicht gelogen werden kann.« Dieses Diktum erscheint mir als wahr. Aber es gibt auch ironische Musik, es gibt erregende und beruhigende Musik, es gibt Musik des seelischen Friedens, aber auch aggressive, sogar aufpeitschende Musik. Menuhin ist als Musiker ein Mensch, der am Ende die Auflösung in Harmonie und damit in Frieden braucht. Als Gesprächspartner und im täglichen Leben verstärkt sich dieser Eindruck von der Wesensart Menuhins noch um ein Vielfaches. Er spricht leise, bescheiden, immer freundlich, fast immer nachdenklich und deshalb langsam.

Ich habe mich oft darüber gewundert, daß Musiker so sehr verschiedene menschliche Typen darstellen. So scheint mir, daß Menuhins außermusikalische geistige Interessen wesentlich weiter gespannt sind als diejenigen Karajans, der – abgesehen von der

Helmut Schmidts Bekanntschaft mit Yehudi Menuhin führte zu einer der »menschlich bewegendsten« Freundschaften seines Lebens. Menuhin empfand sich immer als europäischen Friedenspolitiker, und seine Versöhnungsbereitschaft mit den Deutschen trug ihm nach dem Krieg in England manche Kritik ein. Auf Einladung des Bundeskanzlers gab Menuhin später Hauskonzerte im Palais Schaumburg und besuchte Helmut Schmidt auch in seinem Domizil am Brahmsee.

Musik – auf moderne Technik fixiert zu sein schien, ob es sich nun um neueste Ton- und Bildträger, um perfekte Automobile oder um Flugzeuge handelte. Mit Sergiu Celibidache (den für das Festival zu gewinnen zunächst nicht ganz einfach war, weshalb ich Justus Frantz mit einem Brief an den Maestro geholfen habe) habe ich nur relativ flüchtig sprechen können. Ich hatte ihn in der Kriegszeit einmal in Berlin in einem kleinen Konzert als außerordentlich temperamentvollen, wild gestikulierenden Dirigenten erlebt, dem seine wirren schwarzen Haare in das Gesicht flogen; jetzt dagegen, inzwischen 75 Jahre alt, erschien er zwar im Temperament sehr gebändigt, verkündete aber seine Meinungen quasi apodiktisch und war in seiner etwas verschlossenen, unkonzilianten Art beinahe ein Menuhin entgegengesetzes Extrem.

Wieder anders wirkt im Gespräch der vitale Kurt Masur auf mich: kraftvoll, zwar keineswegs anmaßend, aber doch beinahe lärmend, dabei offen und diskussionsbereit. Masur, 25 Jahre Gewandhauskapellmeister und heute bei den New Yorker Philharmonikern, ist im Gespräch überaus gewinnend. Er ist – insofern ähnlich wie Menuhin und Bernstein – ein sehr politischer Mann; aber anders als jene beiden großen Idealisten bleibt er – ungeachtet seiner politisch-musikalischen Wertvorstellungen – doch immer ganz realistisch. Das hat er zur Zeit der Honecker-Diktatur wohl auch sein müssen, besonders gegen deren Ende, als er in Leipzig im Herbst 1989 mit Mut geholfen hat, Gewalt und Blutvergießen zu vermeiden.

Das Gewandhausorchester unter Masur war einer der kulturellen Glanzpunkte der DDR, seine Leistung strahlte weit in die Welt hinaus. Als ich früher, *vor* der Vereinigung, einmal in New York zu Besuch war und dort von amerikanischen Freunden zu hören bekam, das Gewandhaus und Masur seien eine Woche zuvor in der Stadt gewesen und hätten wundervolle Musik gemacht, erfüllte mich das mit Stolz auf meine Leipziger Landsleute. Trotzdem hat es mich gewundert, daß die New Yorker Philharmoniker den Deutschen Masur 1990 in geheimer Abstimmung zu ihrem Chefdirigenten berufen haben, als Nachfolger so großer Namen wie Bernstein, Boulez oder Mehta. Als Masur kurz darauf am War Memorial Day Benjamin Brittens »War Requiem« aufgeführt hatte, konnte man in der New York Times lesen: »Lenny would have loved it.«

Nicht nur persönlich, sondern auch als Musiker sind alle diese genialen Menschen von erstaunlichen Unterschieden geprägt. Diese Unterschiede zu benennen, geschweige sie kritisch zu beleuchten kann allerdings meine Sache nicht sein. Wohl aber fasziniert es mich immer wieder, wenn ich die gleiche Bachsche h-Moll-Suite in einer Aufnahme von Pablo Casals höre und sie mit einer Aufnahme von Karajan vergleiche; die erstere klingt übermäßig romantisch für meine Ohren, die letztere dagegen eher angemessen. Beethovens Neunte unter Furtwängler (ich kenne nur eine Plattenaufnahme, habe Furtwängler nie im Konzert erlebt) klingt mir olympisch, unter Bernstein habe ich sie als zunächst aufwühlend und dann als große Befreiung erlebt. Selbst innerhalb des Lebens eines Musikers verändern sich seine Auffassung und seine Interpretation in erheblichem Maße. Mir wird dies besonders deutlich bei den verschiedenen Einspielungen von Bachs Goldberg-Variationen – meine meistgeliebte Klaviermusik – durch Glenn Gould. Seine erste Einspielung war nach meinem Verständnis schon phänomenal, seine letzte hingegen war für mich ein absoluter Höhepunkt der Bach-Interpretation (wobei es mich nicht stört, daß Gould die Angewohnheit nicht aufgegeben hat, leise mitzusummen).

Aber so groß die menschlichen wie musikalischen Unterschiede zwischen meinen Musiker-Freunden auch sind – in dem entscheidenden Punkte sind die meisten einander gleich, nämlich in der Besessenheit von der Musik. Als größte Gegensätze, gleichsam als Antipoden habe ich Karajan und Bernstein empfunden. Sie haben sich nicht sonderlich gut leiden können und empfanden sich deutlich als Rivalen (immerhin hat Karajan seinen Kollegen Mahlers Neunte mit den Berliner Philharmonikern machen lassen). Karajan war die personifizierte Disziplin, bei ihm war alles auf die Minute und im Konzert oder in einer Plattenaufnahme gar auf die Sekunde geplant. Bei Bernstein hingegen konnte es passieren, daß er sein Programm um Stunden über den Haufen warf; er war im Leben wie in der Musik die personifizierte Spontaneität. Bernstein lebte seine Gefühle, auch seine Bisexualität und seine Leidenschaften voll aus. Dennoch waren seine Konzerte und Dirigate nicht weniger sorgfältig erarbeitet als diejenigen Karajans. Beide sind kurz nacheinander gestorben. Beide Male habe ich einen tiefgehenden persönlichen Verlust empfunden.

Im Gespräch mit Lenny Bernstein

Von Anfang an und über eine Reihe von Jahren hat sich Bernstein dem Schleswig-Holsteiner Festival zur Verfügung gestellt; seine Konzerte und seine Arbeit mit dem jugendlichen Festival-Orchester haben Begeisterung ausgelöst. Später sind Georg Solti, Sergiu Celibidache, Yehudi Menuhin und andere seinem Beispiel gefolgt. Natürlich kam Bernstein bei seinen Reisen nach Norddeutschland auch zu uns an den Brahmsee; dabei war jedesmal unvermeidlich, von Lenny geküßt zu werden.

Einmal, im Sommer 1985, haben wir in Lübeck ein sehr langes Fernsehgespräch miteinander geführt, dem ein langer Brief Bernsteins an mich vorausging. Er stand unter dem Eindruck seines unmittelbar voraufgegangenen Besuches in Hiroshima, wo er zum 40. Jahrestag der atomaren Vernichtung der Stadt seine »Kaddisch«-Symphonie Nr. 3 dirigiert hatte. In einem früheren Gespräch hatte ich ihm eine Periode von dreißig, vierzig oder mehr Friedensjahren zwischen den Großmächten vorausgesagt. Aber unter dem Eindruck des Hiroshima-Erlebnisses schrieb er: »Die Zeit wird knapp ... Wir sind in einem Hundertmetersprint begriffen.« Er kritisierte Ronald Reagans Aufrüstungspolitik; dazu kämen all die vielen »kleinen« Kriege, von Israel, Libanon oder Afghanistan bis Grenada und Falkland, dazu käme der Staatsterrorismus von Schwarzafrika bis Nicaragua. Er möge vielleicht als naiv erscheinen, aber es gebe nicht mehr genug Zeit, auf das Ergebnis multilateraler Abrüstungsverhandlungen zu warten, vielmehr solle Amerika einseitig vorangehen und abrüsten. Auch die Verbündeten der USA sollten zum einseitigen, singulären Abrüstungsschritt erzogen werden.* Auf der Grundlage dieses Briefes entspann sich eine etwas einseitige Unterhaltung, in der ich auf die Thesen des Briefes antwortete.

Schmidt: Haben Sie herzlichen Dank, Lenny, für diesen bewegenden Brief. Sie bezeichnen sich darin als naiv. Ich stimme Ihnen zu: In grundlegenden Fragen muß man naiv sein. Sie nannten sich einen Idealisten; auch hier bin ich Ihrer Meinung: Ohne Idealismus sind die Probleme der Welt und der Menschheit nicht zu lösen. Gleichwohl glaube ich, und das mag uns unterscheiden, daß man zugleich realistisch und pragmatisch sein sollte.

Zweifellos sind Sie kein Pseudomarxist, wie einige Kritiker von Ihnen behaupten. Marxismus und Idealismus gehen nicht Hand in Hand. Marx würde sich über Idealismus amüsiert haben. Ihre Forderung nach Mut zur Naivität halte ich für vernünftig und wohlbegründet.

Auf einige Punkte, die Sie angesprochen haben, möchte ich näher eingehen. Der erste betrifft Elliott Richardsons Bemerkung über die non-proliferation, keine weitere Verbreitung von Kernwaffen. Sie zitieren ihn so: »Die multilateralen Anstrengungen müssen verdoppelt werden!«

Aus meiner Sicht muß die Frage lauten: Sind unilaterale Maßnahmen vonnöten oder partnerschaftliche, also bilaterale Maßnahmen?

Bernstein: Aber wie Sie wissen, sagt er nicht »bilateral«, er sagt »multilateral«; das macht die Sache nicht eben einfacher. Doch das ist ein anderes Thema.

Schmidt: Lassen Sie uns das Wort »multilateral« durch »bilateral« ersetzen.

Bernstein: Das wirft uns in den Manichäismus zurück, auf die zu stark vereinfachende Formel vom Teufel und vom lieben Gott.

Schmidt: Genau das ist es, was ich bei einigen Leuten, die mit Rüstungskontrolle zu tun haben, nicht leiden kann, gleichgültig ob sie Amerikaner, Russen oder Europäer sind. Etliche von ihnen betrachten die andere Seite entweder als Teufel oder als Feind. Mei-

---

* Der volle Text dieses Briefes wurde in der ZEIT, Ausgabe Nr. 46, 8. November 1985, abgedruckt, Copyright Leonard Bernstein.

ner Ansicht nach sollten sie sich als Partner verstehen. Anders ist der Friede nicht zu erhalten.

Bernstein: Bravo, einverstanden. Aber wie erreichen wir das?

Schmidt: Lenny, in einer wichtigen Hinsicht vertreten wir verschiedene Meinungen: Ich glaube an den Fortschritt – wie Sie sagen: poco a poco – Schritt um Schritt. Ich glaube nicht an eine große einseitige Aktion. Ich weiß von keiner großen einseitigen Anstrengung, die Frieden gebracht hätte. Aber ich habe eine Fülle einseitiger Entscheidungen beobachten können, die bewaffnete Konflikte ausgelöst und Tausende, ja Millionen Menschen das Leben gekostet haben.

Deshalb bin ich für Verhandlungen, bin ich für Gipfeltreffen der Regierungschefs, für gegenseitige Besuche, Reden und Zuhören, für beiderseitiges Entgegenkommen. Nach zwei Tagen persönlicher Gespräche zwischen Parteichef Gorbatschow und Präsident Reagan dürfte es Reagan ziemlich schwerfallen, Gorbatschow als Oberhaupt eines »evil empire« zu verunglimpfen. Und Gorbatschow hätte wohl kaum weniger Schwierigkeiten, Reagan als den großen Teufel des Kapitalismus hinzustellen.

Bernstein: Meines Wissens hat er es bis jetzt auch nicht getan.

Schmidt: Der andere große Unterschied zwischen uns beiden besteht darin, daß ich dem Bemühen um Gleichgewicht den Vorzug vor einer einseitigen Abrüstung gebe.

Bernstein: Nur haben wir immer weniger Zeit.

Schmidt: Lenny, sind Sie wirklich davon überzeugt, daß wir in einer Zeit leben, in der sich die Menschheit auf einen nuklearen Holocaust zubewegt? Ich bin nicht davon überzeugt. Die Tatsache, daß alle Kriege seit 1945 nicht zu nuklearen Auseinandersetzungen führten … Ich verstehe Ihre Besorgnis. Andererseits sollten wir unser Fühlen und Denken nicht von der Angst übermannen lassen. Denn je besorgter ich werde, desto größer wird meine Angst und desto eher laufe ich Gefahr, meine Urteilsfähigkeit einzubüßen.

Wenn dieses Buch erscheint, liegt jenes Gespräch über ein Jahrzehnt zurück. Die tiefe, hilflose Besorgnis des idealistischen Weltbürgers Bernstein und sein Wunsch nach einseitiger westlicher Abrüstung wurden damals und schon seit langem von manchen Intellektuellen auf der Welt geteilt, zumal auf dem linken Flügel der SPD. Ihre Besorgnis war weiß Gott berechtigt, Yehudi Menuhin hätte – so denke ich mir – damals möglicherweise ähnlich argumentiert wie Lenny Bernstein. Heute erscheint – trotz andauernd neuer »kleiner«, aber grausamer, blutiger Kriege – die Gefahr

Auch Leonard Bernstein gehörte zu den vielen musikalischen Freundschaften Helmut Schmidts; er nennt ihn einen »herzlichen, enthusiastischen, extravertierten Menschen, der schnell Freundschaften schließen konnte«. Im Sommer 1985 führten beide ein langes Fernsehgespräch miteinander, das aber weniger der Musik als der Weltpolitik galt.

eines atomaren Holocausts sehr viel geringer als damals, weil das schrittweise bilaterale Vorgehen zwischen Gorbatschow und Reagan, ihre gleichgewichtsorientierten Vereinbarungen zur beiderseitigen Abrüstung und weil schließlich der Zusammenbruch des bolschewistischen Großreiches einen dritten Weltkrieg ganz unwahrscheinlich gemacht haben. Jedoch ist äußerst fraglich, ob dieses Ergebnis auch dann erreicht worden wäre, wenn der Westen allein und einseitig abgerüstet hätte.

Später wandte sich unser Gedankenaustausch anderen Dingen zu. Ich fragte Bernstein, wie es eigentlich zu erklären sei, daß die Amerikaner soviel mehr über europäische Musik wüßten als umgekehrt die Europäer über amerikanische Musik.

Bernstein: Ich will nur einen Punkt herausgreifen: Es gab fast bis ins 20. Jahrhundert hinein keine eigene amerikanische Musik. Die amerikanische Musik hat sich im 19. Jahrhundert entwickelt, aber wir sind ja ein sehr junges Land. Unsere Musikgeschichte ist die Geschichte einer aus Europa importierten Musik. Wir dürfen nicht vergessen: Abgesehen von den Indianern, ist jeder Einwanderer aus einem anderen Land gekommen – und er hat die Musik seines

Landes mitgebracht. Daher ist die amerikanische Musik eigentlich europäische Musik.

Schmidt: Außer Jazz.

Bernstein: In gewisser Weise ist auch Jazz importiert. Denn wir haben ja auch die Schwarzen importiert. Dies ist übrigens eines der schwerwiegendsten Probleme in der amerikanischen Geschichte. Wir haben uns damit nicht ausreichend auseinandergesetzt. Diese ehemaligen Sklaven hatten ihre eigene Musik; die war aber afrikanisch. Und die hat sich mit verschiedenen Klängen vermischt, mit kreolischen, französischen und ...

Schmidt: ... spanischen ...

Bernstein: – spanischen – und dann natürlich mit der europäischen Hofmusik: Mit Quadrillen, Märschen, Walzern und so weiter. Und erst diese Mischung hat dann den Jazz hervorgebracht. Als aber Jazz als eigener Musikstil zu erkennen war, konnte man wirklich von amerikanischer Musik sprechen. Im 19. Jahrhundert hatte es zwar Komponisten wie Shadwick oder Gilbert gegeben. Aber das waren alles Leute, die in Europa studieren mußten. Sie kamen dann mit Klavierkonzerten nach Amerika zurück, die nach Liszt klangen, oder mit symphonischer Musik im Stil von Strauß und so weiter.

Als Anton Dvořák dann nach Amerika kam, setzte eine sehr interessante musikalische Entwicklung ein. Dvořák interessierte sich sehr für Amerika und seine Kultur. Er lebte in New York und war erstaunt, daß es gar keine eigene amerikanische Musik gab. Als Tscheche war er natürlich ein überzeugter Nationalist. Das heißt, er wollte, daß wir unser wunderschönes indianisches und schwarzes Volksgut benutzten. Er sagte uns: Daraus könnt ihr eine wunderbare amerikanische Musik machen. Ich zeige euch das. Deshalb schrieb er die berühmte Symphonie »Aus der Neuen Welt«. Sie sollte zeigen, wie man eine amerikanische Symphonie schreibt. Allerdings ist diese Symphonie nicht wirklich eine amerikanische Symphonie geworden, sondern eine sehr schöne tschechische Symphonie – mit einigen Melodien, die vielleicht indianisch sind. Allerdings können einige auch auf Spirituals zurückgeführt werden, wie zum Beispiel die berühmte Melodie des langsamen Satzes.

Es ist allgemeine Musik, keine spezifisch amerikanische. Aber dann haben alle amerikanischen Komponisten versucht, Dvořák nachzuahmen. Plötzlich gab es Millionen Indianeropern und Negerballette. Aber alle waren sehr gekünstelt. Erst mit dem Jazz erblühte in diesem Jahrhundert eine echte amerikanische Musik.

Schmidt: Und inzwischen ist Jazz auf der ganzen Welt zum

festen Bestandteil der transnationalen Musik geworden. Übrigens nicht nur Jazz. Auch das Musical ist ein rein amerikanischer Beitrag zur Musikkultur der Welt.

Bernstein: Stimmt. Aber ohne Jazz könnte das Musical nicht existieren.

Schmidt: Ich frage mich, ob man Musik nicht überhaupt für ein übergreifendes Phänomen halten sollte, das über die Grenzen nationaler Tradition hinausgeht.

Bernstein: Ja und nein. Es ist sehr kompliziert. Ja: weil Musik in der Tat nationale Grenzen überschreitet. Jeder halbwegs zivilisierte Mensch kann einer Beethoven-Symphonie zuhören und die gleichen Gefühle dabei haben – er ist bewegt, angerührt, er ist gelöst und empfindet Triumph. Es hat nichts damit zu tun, ob man Argentinier, Kanadier und sonst einer ist. Aber es gibt auch hochentwickelte Kulturen, denen Beethoven oder Mozart fremd bleibt.

Schmidt: Aber selbst die Japaner verstehen Beethoven.

Bernstein: Besonders die Japaner verstehen ihn. Die Japaner können jede Kultur assimilieren. Das ist ihre große Begabung. Zum Teil ist es Imitation. Sie übernehmen etwas und machen etwas Besseres daraus. Japan ist der größte Markt nach den USA für klassische Schallplatten.

Schmidt: Heutzutage ist das wichtigste zu lernen, wie man andere Völker versteht. Und zwar nicht nur deren Musik, sondern auch ihre Philosophie, ihre Haltung, ihr Verhalten. Nur dann können sich die Nationen untereinander verstehen.

Bernstein: Und hier können wir die großen Vorteile des technischen Fortschritts ausnutzen. Durch die moderne Technik können wir fremden Menschen zuhören und zusehen, sie verstehen, sie kennenlernen und vielleicht sogar liebgewinnen. Menschen, die andere Sprachen sprechen, die andere Schriftzeichen haben. Vor hundert Jahren waren für uns die Japaner noch ein völliges Rätsel, erst jetzt fangen wir an, ihre Umständlichkeit zu verstehen. Sie können zum Beispiel nicht einfach »nein« sagen; es gibt zwar ein Wort für »nein«, aber es wird nie benutzt, weil man es für ungehörig und beleidigend hält. Das verstehen wir jetzt.

Schmidt: Wir fangen an, es zu verstehen.

Bernstein: Ja. Es wurde möglich, weil Japan jetzt eine gewaltige technische Telekommunikation mit der ganzen Welt hat. Dadurch fangen Westeuropa, Japan und Amerika an, einander zu verstehen. Wenn das doch nur auch mit der Sowjetunion möglich wäre. Dann können wir uns alle sicherer fühlen. Ich habe gerade eine Tournee durch vier Länder gemacht. Eine »Reise für den Frieden«. Zwei Konzerte standen im Mittelpunkt unserer Tournee, die wir in

Hiroshima anläßlich der 40. Wiederkehr jenes schrecklichen Tages gegeben haben.

Schmidt: Wie haben die jungen Leute in Hiroshima reagiert?

Bernstein: Die jungen Leute dort haben sich einfach gefreut, daß wir da waren. Daß wir mit Musik gekommen sind und nicht mit der Bitte um Entschuldigung. Ich wußte, ich bin kein offizieller Vertreter der Vereinigten Staaten. Ich war einfach ein stolzer Bürger Amerikas. Mein Orchester war international, das Jugendorchester der zehn Länder der Europäischen Gemeinschaft. Auch der Chor war international; hauptsächlich Vietnamesen, einige Japaner, einige Griechen.

Schmidt: Welche Musik haben Sie gespielt?

Bernstein: Einige ungarische Komponisten. Beethoven. Eine 13jährige Japanerin hat ein Mozart-Violinkonzert ganz phantastisch gespielt. Ich habe das Konzert gemeinsam mit einem Protegé von mir gegeben. Er ist ein japanischer Dirigent, 25 Jahre alt, in Hiroshima geboren, ein Genie. Er hat das Mozart-Konzert dirigiert und dann noch ein Requiem, das eine Frau aus Hiroshima komponiert hat. Ein sehr schönes Stück für Streicher, es heißt »Hiroshima-Requiem«. Außerdem habe ich meine Kaddisch-Symphonie Nr. 3 dirigiert. Eine Musik zum Gebet. Im Grunde waren wir ja zum Gebet hingereist.

An dieser Stelle wurde mir peinlich bewußt, daß wenige Wochen zuvor Günther Anders in der ZEIT das Konzert Bernsteins in Hiroshima als »Obszönität« diffamiert und Bernstein die Absicht unterstellt hatte, mit seiner Kaddisch-Symphonie (Kaddisch = jüdisches Gebet für Verstorbene) das »mörderischste Ereignis seit Menschengedenken« (Auschwitz war ihm im Augenblick wohl nicht geläufig), das morgen abermals drohe, seines Ernstes zu entkleiden. Offenbar hatte Bernstein glücklicherweise davon keine Kenntnis. Ein Jahrzehnt später hat mich die Universität Hiroshima zum 50. Jahrestag eingeladen. Hiroshima ist heute eine landschaftlich sehr schön gelegene, zugleich eine sehr moderne Stadt; von der Katastrophe zeugen nur noch eine einzige, absichtlich konservierte Ruine und ein Denkmal. Die Menschen in Hiroshima sind genauso fröhlich wie die Menschen in Coventry oder Dresden oder Hamburg oder sonstwo in der Welt. Ich habe über die Grausamkeit des Krieges auf allen Seiten, über die Kriegsschuld besonders Deutschlands und Japans gesprochen und mich gegen jegliche Heroisierung gewandt – und habe mehr Verständnis gefunden, als ich erhofft hatte.

Schmidt: Die Japaner selbst haben im Zweiten Weltkrieg große Schuld auf sich geladen. Sie waren nicht so schlimm wie die Deutschen unter Hitler, aber wenn man die Koreaner fragt, die Chinesen, die Menschen in Singapur, auf den Philippinen oder in Indonesien ...

Bernstein: Oder einige amerikanische Soldaten ...

Schmidt: Sie alle haben ein gutes Gedächtnis – und das sollten sie auch. Aber die Japaner denken über den Zweiten Weltkrieg anders als zum Beispiel mein Volk oder die Europäer insgesamt. Und obwohl Sie gesagt haben, die Japaner hätten die Fähigkeit, sich an andere Kulturen anzupassen, so verstehen sie doch nicht, warum ihre Nachbarn ihnen mißtrauen. Es gibt kein ausreichendes Vertrauen zwischen der westlichen Welt und Japan.

Bernstein: Oder im Verhältnis zu den Chinesen, Indern, den Afrikanern, den Kubanern. Oder den Südamerikanern.

Schmidt: Wie denken Sie über die Beziehungen zwischen den Juden und der Welt auf der einen Seite und meinem Volk, den Deutschen, auf der anderen Seite? Und wie denken Sie über das Verhältnis zwischen Juden und Arabern? Wie sehen Sie die Zukunft?

Bernstein: Ich kann nicht sagen, daß ich irgend etwas voraussehe. Ich bin kein Prophet. Ich kann nur sagen, was ich empfinde und was ich beobachte. Sie haben sowohl nach dem deutsch-israelischen Verhältnis gefragt als auch nach dem israelisch-arabischen Verhältnis. In beiden Fällen gibt es zwei wichtige Aspekte, die beide nichts mit der Rassenfrage zu tun haben.

Ich glaube an alle Religionen, ohne hier zwischen echten und unechten Religionen unterscheiden zu wollen. Religion ist Religion. Ich glaube an den Glauben. Was ich mit Glauben meine, das bewegt sich an den Grenzen menschlicher Erkenntnis. An der Grenze unserer Fähigkeit, kausale Zusammenhänge zu ergründen. Wenn wir die Rolle des Kausalprinzips in den verschiedenen Philosophien zurückverfolgen, sei es bei Platon, bei Spinoza, Hegel, Kant oder Wittgenstein, so stößt man immer wieder auf die gleiche Mauer, nämlich auf die Frage nach der ersten Ursache.

Für den menschlichen Verstand ist es unmöglich, diese Mauer zu überwinden und unseren Ursprung zu begreifen. Man kann sie nur durch den Glauben überspringen. Es ist der menschlichen Vernunft ebenso unmöglich – abgesehen vielleicht von einigen Mathematikern –, sich die Unendlichkeit vorzustellen. Dieses Unvermögen ist dem Menschen eingeboren. Vielleicht macht die Menschheit später einen evolutionären Sprung in ihrer Erkenntnisfähigkeit.

Schmidt: Würden Sie meiner ziemlich naiven Formulierung zustimmen: Glaube heißt zu wissen, daß man in der Hand Gottes ist, wie immer man Gott nennt?

Bernstein: Darüber können wir streiten. Ich denke, darüber allein sind 24 Bände des Talmud geschrieben worden. Denn unter den Gaben Gottes ist auch der freie Wille des Menschen. Dies ist ebenso eine Gabe Gottes wie zum Beispiel unsere Fähigkeit zu sprechen.

Aber wir weichen zu sehr vom Thema ab. Ich wollte keine Diskussion über Religion anfangen. Ich bin überhaupt darauf nur zu sprechen gekommen, weil Glaube auch benutzt wird, um Menschen zu kontrollieren und zu unterjochen. Glaube und wirtschaftliche Macht können miteinander viel zu tun haben. In gewissen Fällen entsteht die Feindschaft aus dieser Kombination.

Selbstaufopferung im Namen Allahs oder Gottes kann einen tieferen Grund in den wirtschaftlichen Zusammenhängen haben. Erst wenn wir erkennen, daß mehr als neunzig Prozent aller Menschen um das tägliche Brot kämpfen müssen, daß sie daher zu allem fähig sind, verstehen wir ihre Lenkbarkeit durch jene Mächte, die sie mit politischen Mitteln und auch mit religiösen Mitteln kontrollieren. Und häufig wirken die religiösen und die politischen Kräfte zusammen.

Dieser Aspekt ist der Kern meiner Antwort auf Ihre Frage nach Juden und Deutschen, Juden und Palästinensern. In einem Wort: Die Menschen müssen erst zu essen haben, bevor man zu höheren Dingen übergehen kann.

Schmidt: Wirtschaftliche Not hat Hitler an die Macht gebracht. Sie kann andere Diktatoren in anderen Teilen der Welt an die Macht bringen. Ich will aber auf die Rolle der Religion zurückkommen. Ich hatte einen sehr guten Freund, mit dem ich über Philosophie und Religion gesprochen habe. Er wurde umgebracht. Es war der ägyptische Präsident Sadat. Er war eher Ägypter als Araber. Er war ein gläubiger Moslem.

Bernstein: Ich wünschte, ich hätte ihn gekannt.

Schmidt: Für mich war er einer der Menschen, die ich am meisten schätzte von all den vielen, die ich im Laufe des Lebens kennengelernt habe. Sadat hat zu mir häufig davon gesprochen, daß die drei großen monotheistischen Religionen der Juden, der Christen und der Moslems gleichermaßen ihr Gesetz von Gott bekommen haben – durch die Hände von Moses auf dem Berge Sinai. Es müsse möglich sein, diese drei Religionen und ihre Gläubigen wieder zum Frieden miteinander zu bringen, da sie doch die gleiche Wurzel und die gleichen Propheten miteinander haben. Es scheint, daß zwischen Christen und Juden beinahe überall Frieden herrscht ...

Bernstein: Mehr Friede als zwischen Christen und Christen.

Schmidt: Ja, zum Beispiel zwischen russischen Christen und ...

Bernstein: ... polnischen Christen. Oder zum Beispiel in Belfast, wo im Namen des Friedensfürsten Christen sich gegenseitig abschlachten.

Deshalb fordere ich, naiv zu sein. Wenn man auf die Worte Christi hört, wirklich zuhört, dann kann man auf den Straßen von Belfast keinen Mord begehen. Denn Christus war der Friedensfürst. Und wenn wir auf die Worte Mohammeds hören, dann würde es wohl diese schlimmen Kämpfe nicht geben.

Schmidt: Weltweit wird viel über den Vergleich christlicher Theologie mit jüdischer Theologie gearbeitet, jedoch nicht genug über einen Vergleich aller drei Religionen.

Bernstein: Jede hat etwas von ihren Vorgängern übernommen. Das Christentum hat das Judentum absorbiert und ist darüber hinausgegangen. Der Islam hat beide absorbiert und ist dann weiter fortgeschritten. Aber im Grunde entstammen alle drei derselben Religion.

Das Problem ist der Mythos. Die Texte der Propheten, seien es Mohammed, Jesus, Jeremia oder Isaak, sind reformistische Texte. Aber was wird daraus abgeleitet? Heiligsprechung, Vergöttlichung – mythische Aspekte bis hin zur Götzenanbetung. Weil es ja eine Lösung geben muß.

Es muß etwas Besseres geben als diese harte, hungrige, brotlose, kämpfende Welt. Aber diese bessere Welt finden Sie nur im Mythos.

Schmidt: Als Sie Konzerte in Moskau oder Leningrad gegeben haben, da haben Sie viele Russen getroffen. Welches Gefühl haben Sie dabei gehabt?

Bernstein: Liebe, nichts als Liebe. Sie nahm manchmal mystische Ausmaße an.

Schmidt: Warum?

Bernstein: Weil wir uns auf der elementarsten Ebene treffen – das ist die Musik. Schopenhauer hat dies sehr gut ausgedrückt: »Musik ist die einzige Kunst, durch die man sein Ego verlieren kann.« Schopenhauer meinte, es sei der tiefste Wunsch eines jeden Menschen, sein Ego aufzugeben, und dafür gebe es drei Wege. Der eine Weg geht über tiefe, religiöse Meditation, in der das Ego sich mit dem Kosmos identifiziert. Der zweite Weg geht durch die Liebe. Im Orgasmus mit einem wahrhaft geliebten Partner verliert man sein Ego auf gleiche Weise. Und der dritte Weg ist die Musik.

Schopenhauer sagte nicht etwa Malerei, Dichtung oder Tanz; er nannte nur die Musik. Und er hatte recht, denn Musik ist die einzig wirklich abstrakte Kunst! Selbst abstrakte Malerei ist dagegen niemals wirklich abstrakt, denn immer steckt als Möglichkeit etwas Gegenständliches in dem Bild. Eine Linie zum Beispiel könnte einen Baum meinen ...

Musik ist wie ein Geheimcode; sie wird auf einer elementaren Ebene von einer Person auf die andere gegeben, daß es wirklich im Schopenhauerschen Sinn wie Liebe ist – oder wie ein völliges Aufgehen im Universum.

Schmidt: Sie sind kurz nach dem Kriege, ich glaube, es war 1948, als amerikanischer Jude nach Deutschland gekommen. In das Land, das wenige Jahre zuvor die ganze Welt in Brand gesetzt hatte. Wie war das damals?

Bernstein: Sie müssen wissen, 1948 war ich ausschließlich amerikanisch erzogen. Ich kannte Europa überhaupt nicht. Meine musikalische Ausbildung und überhaupt meine ganze Erziehung hatte ich in der Boston Latin School und in der Harvard University erhalten. Erst nach dem Krieg habe ich Europa kennengelernt. London, Paris und so weiter. Das war 1946. Prag habe ich 1946 und 1947 kennengelernt. Aber in Deutschland war ich noch nicht gewesen. Erst 1948 machte ich meine erste Erfahrung mit einem deutschen Orchester, eigentlich mit zwei Orchestern, und zwar in München. Den ersten offiziellen Auftritt hatte ich mit dem Münchner Residenz-Orchester oder wie immer es damals hieß. Ein Orchester mit totaler Ex-Nazi-Besetzung. Sie hatten während der ganzen Nazizeit zusammen gespielt. Ihre Intendantin, Frau Fichtmüller, war auch die ganze Zeit über ihre Intendantin gewesen. Die erste Probe werde ich nie vergessen. Ich hatte solche Angst, daß ich nicht wußte, was ich tun sollte.

Schmidt: Die anderen hätten eher Angst haben müssen.

Bernstein: Ich war ein Junge, noch keine Dreißig. Ich hatte noch nie einen Nazi kennengelernt. Ich wußte nicht, ob sie Hörner hatten oder drei Beine und vier Arme. Ich wußte nichts davon. Nur aus Filmen, aus dem Radio und aus Zeitungen. Frau Fichtmüller war mein erster Nazi. Und das Orchester war meine erste Gruppe von Nazis. Und ...

Schmidt: Nicht alle werden Nazis gewesen sein.

Bernstein: Mag sein, aber man hatte mir erzählt, daß sie schon während des ganzen Dritten Reiches miteinander gespielt hatten. Die erste Probe habe ich mit einer Schumann-Symphonie begonnen. Heute, fast vierzig Jahre später, muß man sich vorstellen, wie das wohl auf sie gewirkt haben muß. Da kommt ein amerikanischer Jude, ganz jung, und probt mit ihnen Schumann. Für sie war das doch »heilige deutsche Kunst«, und sie hatten sie schon unter Furtwängler, Abendroth und so fort gespielt. Ich sagte: »Guten Morgen.« Aber es kam keine Antwort, keine Silbe. Ich sagte: »Schumann!« Aber keiner sah von seinem Pult auf. Kein Mensch hat mich angesehen.

Zuerst war es sehr schwierig, sie auf meine Art spielen zu lassen oder ihnen zu erklären, mit welchem Teil des Bogens es so klingen zu lassen, wie ich in meiner Seele Schumann empfinde. Wir haben fast eine Stunde lang geprobt. Sehr schwierige, harte Arbeit. Dann Zigarettenpause. Und jetzt plötzlich kamen sie, um mir Feuer zu geben oder meine Jacke zu halten. Diese plötzliche Verwandlung einer bis dahin ganz feindseligen Gruppe war unglaublich.

Schmidt: Am Anfang feindselig und nun unterwürfig?

Bernstein: Nicht einfach freundlich, sondern eher sklavisch. Es war mir peinlich. Ich hatte Zigaretten, Chesterfields. Sie starrten sie an, denn mit den Chesterfields konnte man beinahe ein ganzes Haus bauen. Ich bot ihnen die Zigaretten an, und sie spielten wunderbar. Es wurde ein Triumph.

Am Tag nach dem Konzert fuhr ich nach Feldafing und Landsberg. Dort dirigierte ich ein völlig anderes Orchester, vierzehn oder fünfzehn Mitglieder. Die hatten sich früher das Dachau Symphonie-Orchester genannt. Mein Gott!

Schmidt: Menschen aus dem KZ?

Bernstein: Nein, verschleppte Ausländer. Sie lebten in diesen beiden Flüchtlingslagern. In jedem Lager 5000 Menschen. Ich machte mit ihnen ein kleines Programm mit den Noten, die sie vorher versteckt und jetzt wieder ausgegraben hatten. Ich habe alle die Noten dirigiert, die sie besaßen. Eine Suite aus Bizets »Arlésienne«. Webers Freischütz-Ouvertüre, und aus irgendeinem Grunde hatten sie Gershwins »Rhapsody in Blue«. Bei Gershwin habe ich vom Klavier aus dirigiert. Morgens hatten wir geprobt, nachmittags um zwei Uhr spielten wir vor 5000 Menschen in Landsberg. Um vier Uhr spielten wir dann vor weiteren 5000 in Feldafing. Sie verstehen, daß ich die ganze Zeit in Tränen war. Das Außergewöhnliche war aber, daß in beiden Konzerten auf den ersten drei oder vier Reihen etwa 100 Musiker vom Bayerischen Residenz-Orchester saßen, auch Frau Fichtmüller. Und jeder von ihnen brachte mir eine Rose ans Pult. Ich kann es Ihnen kaum erzählen, ohne zu heulen.

Schmidt: Und als Sie abfuhren, erschien Deutschland ganz anders, als Sie es erwartet hatten. Aber Deutschland war nicht gut.

Bernstein: Nichts ist nur gut. Und nichts ist nur schlecht. Ich hatte einige Menschen kennengelernt. Das war die Hauptsache. Es war schön, einander nahezukommen durch dieses Schopenhauersche Medium Musik, sich diesen Menschen liebevoll zu nähern, die vorher nur Haß empfunden hatten.

Schmidt: Aber was denken Sie heute von den Deutschen?

Bernstein: Es sind beinahe vierzig Jahre vergangen. Ich habe seitdem viele Deutsche kennengelernt. Besonders gut habe ich die Wiener kennengelernt. Strenggenommen sind sie keine Deutschen in eurem Sinne. Die Wiener Philharmoniker sind für mich wie eine Familie, meine Brüder. Ich bin ein ordentliches Mitglied ihres Orchesters, das ist eine bedeutende Ehre.

Ich bin inzwischen vielen Deutschen und Österreichern sehr nahegekommen, ich kenne ihre Schwächen heute viel besser als damals. Ich kenne sie persönlich, und ich kenne auch ihre guten Seiten sehr persönlich. Ich weiß, wie sehr sie alle zur Nächstenliebe fähig sind, und auf diese Liebe kommt es an.

Ich hasse Verallgemeinerungen, erst recht Verallgemeinerungen nach Rasse oder Abstammung. Aber eine Verallgemeinerung möchte ich gleichwohl machen, und die betrifft die Menschheit als Ganzes: Jeder Mensch hat die Fähigkeit zur Liebe. Wenn diese Fähigkeit entfaltet wird, dann kann alles passieren. Dann können wir einander nahekommen, dann können wir Ihr Ideal des Gesprächs erfüllen: Nicht nur in Gipfeltreffen, sondern wirklich von Mensch zu Mensch.

Wenn dies nur möglich wäre! Überall auf der Welt. Dann könnten wir vieles erreichen. Was ich in dieser Stunde von Ihnen gelernt habe, das ist eine gewisse Geduld. Ich bin sehr ungeduldig gewesen, im Laufe des letzten Jahres immer ungeduldiger und auch verzweifelt.

Schmidt: Musik ist nicht Verzweiflung. Für mich ist Musik eine der großen Freuden im Leben.

Bernstein: Aber nicht nur Freude. Natürlich ist sie auch Freude, sonst würden wir keine Musik machen. Aber sie ist einer der besten Wege, Zugang zu einem anderen Menschen zu finden. Deshalb verbringe ich soviel Zeit mit Musizieren, obwohl ich eigentlich zu Hause sein sollte, um meine neue Oper zu schreiben. Denn eigentlich bin ich Komponist.

Von Zeit zu Zeit dirigiere ich. Aber ich bin kein Dirigent, sondern ich bin Musiker. Wenn ich sogar auf Kosten des Komponierens Konzerte dirigiere, dann, weil es mich so vielen Menschen nahebringt. Den Menschen im Orchester und durch das Orchester und mit Hilfe des Fernsehens Millionen Menschen.

Schmidt: Und wir beide haben uns dadurch kennengelernt.
Bernstein: Ja, das ist eines der besten Dinge.

Ich habe aus diesem Gespräch auch gelernt, daß ich mir selbst gründlich widersprochen habe. Ich habe gefordert: Es ist an der Zeit, aufzuhören mit Reden, es ist an der Zeit anzufangen, etwas zu tun. Und nun merke ich, daß ich die ganze Zeit rede. Alles Worte. Aber vielleicht bewirken sie doch etwas. Vielleicht hat heute doch etwas stattgefunden, was wir selbst noch nicht kennen.

Man erkennt aus diesem Gespräch: Bernstein war nicht nur ein großer Musiker, sondern er war auch ein philosophisch und politisch gebildeter Mensch, im Disput anregend, mit vielen Blicken zur Seite, Themen heranziehend, auf die man allein nicht gekommen wäre. Als glänzender Musikpädagoge konnte er aber auch einem Millionenpublikum von Fernsehzuschauern Musik erklären. Vor allem war er ein fruchtbarer Komponist, einer der wenigen zeitgenössischen Komponisten, dem ein großes Publikum unmittelbar folgen konnte. Erst die Zukunft wird zeigen, was von seinem umfangreichen Œuvre Bedeutung behalten wird.

Ganz nebenbei bin ich Bernstein übrigens auch dafür dankbar, daß er meine persönliche Zuneigung zu Kurt Weill, zu Gershwin oder zu Dave Brubeck mit einem allgemeinen Diktum legitimiert hat: »Was heißt hier E-Musik oder U-Musik? Die Unterscheidung ist absurd. Es gibt nur entweder gute oder schlechte Musik.« Mozart hätte ihm zugestimmt.

Platonische Liebe zu den bildenden Künsten

»Guckt es euch ganz ruhig an: Ist es nicht wunderbar?« Ja, in der Tat! Das aus einer bunten Zeitschrift herausgerissene Blatt enthielt die Abbildung einer Uferlandschaft von Karl Schmitt-Rottluff, vielleicht aus Dangast oder Hohwacht; sie war flach und grob vereinfacht, aber von den kraftvoll gegeneinandergesetzten Farben ging eine unerhörte Leuchtkraft aus. Wir jungen Leute liebten die Bilder der »Brücke«-Maler. Und Johnny Börnsen hatte recht – er hat auch endgültig recht behalten: Ob »Brücke« oder »Blauer Reiter«, ob die Einzelgänger wie Nolde oder Barlach – der ganze deutsche Expressionismus ist wundervolle Kunst. Und das wird sie auch noch nach Jahrhunderten sein, so denke ich, ähnlich wie der französische Impressionismus. Johnny Börnsen war Lokis und mein Zeichenlehrer in der Lichtwark-Schule zu Hamburg. Er war von Hause aus gelernter Steinmetz, ein Kunsterzieher aus natürlicher Begabung und kraft persönlicher Ausstrahlung. Jene kleine Episode mit dem Schmitt-Rottluff stand für hundert andere ähnliche Episoden. Börnsen ließ uns malen, formen, schnitzen. Das Selbermachen war ihm wichtig zum richtigen Betrachten und Verstehen von Kunst. Die ganze Schule liebte Börnsen.

Wenn ich es recht bedenke, so habe ich damals sehr viel Glück gehabt: eine Schule, die in ihrem musischen und literarischen Geist der nationalsozialistischen Geistlosigkeit widerstand; Verwandte, Freunde meiner Eltern und Eltern meiner Schulfreunde, die mir durch Gespräch und Beispiel halfen, ein eigenes Kunsturteil zu gewinnen; eigene Malerfreunde im Malerdorf Fischerhude – und mein späterer Schwiegervater Hermann Glaser, der als Elektriker einen großen Teil seiner freien Zeit zum Malen und zum Musizieren genutzt hat, besonders die sieben Jahre unfreiwilliger Arbeitslosigkeit. Ohne diese wahrhaft Erwachsenen, keiner von ihnen ein Nazi, hätte ich – wie viele der damaligen jungen Leute, die 1933 noch vor oder in der Pubertät waren – wohl selbst auch erst einmal ein Nazi werden können. Wenn meine Frau und ich heutzutage Arbeiten von Historikern über die Nazizeit lesen, so sagen wir uns bisweilen: »Mein Gott, der Mann hat ja keine Ahnung – allerdings, woher soll er sie auch haben? Er war ja nicht dabei.« Und dann wird uns jedesmal bewußt, daß alle Geschichtsschreibung a posteriori geschieht, aus zeitlichem Abstand, und daß wahrscheinlich alle Augenzeugen die dargestellten Epochen und Ereignisse anders sehen müssen als die Historiker, die zwar einerseits auch aus Quellen schöpfen, die der Zeitgenosse gar nicht gekannt hat, andererseits aber auf die Zufälle der Verfügbarkeit von Dokumenten angewiesen sind. Es waren jedenfalls für Loki und mich sehr glückliche Zufälle, die uns rechtzeitig Menschen begegnen ließen, die uns davor bewahrt haben, der Kunstdiktatur der Nazis anheimzufallen.

Dem Hamburger Architekten Richard Laage verdanke ich während meiner Schulzeit den Zugang zur Architektur Fritz Schumachers und Fritz Högers; die »Stufen des Lebens« des ersteren und das Chilehaus des letzteren waren gleichsam Schutzimpfungen für den Sechzehnjährigen. Den Malern Hugo Schmidt und Rolf Böhlig in Hamburg-Volksdorf verdanke ich die erste persönliche Berührung mit Malern und Graphikern; Hermann Schütt, Lehrer an der Lichtwark-Schule, verdanke ich das Verständnis für die damals zeitgenössische Musik; seiner Kollegin Erna Stahl mein allererstes Verständnis für Literatur. Sie alle redeten mit uns nicht über Politik – das wäre ihnen zu gefährlich gewesen –, aber sie sprachen über die Kunst, sie lebten in der Kunst.

Der Ausstellung »Entartete Kunst« im Sommer 1937, veranstaltet von Joseph Goebbels und Adolf Ziegler, verdanke ich das Entsetzen vor den Nazis, wenngleich ich die Ausstellung nicht gesehen habe. Sie war in München, und wir jungen Leute reisten damals nicht – wir hatten dazu gar kein Geld –, vielmehr gingen wir »auf Fahrt«, meist mit dem Fahrrad in die heimatliche Umgebung. So habe auch ich als »Arbeitsmann« im Reichsarbeitsdienst nur zufällig einige Abbildungen der in München an den Pranger gestellten Werke gesehen und Berichte in einer Tageszeitung gelesen. Aber das reichte voll aus. Franz Marcs »Rote Pferde« oder sein »Turm der blauen Pferde«, Pechstein, Nolde, Käthe Kollwitz, Barlach und sein Relief am Krieger-Ehrenmal an der Kleinen Alster, Corinths Walchenseelandschaften, Liebermanns Bilder vom Uhlenhorster Fährhaus und von Jacobs Garten auf der Elbchaussee, Paula Modersohn-Beckers mich tief berührende Bilder von den Menschen im Teufelsmoor, Lyonel Feiningers konstruktivistische Überhöhungen von Gebäuden, Kirchen und Segelbooten, Kokoschkas farbenprächtige Dresdener Stadtlandschaften – alle diese von mir geliebten Maler, Bildhauer und Graphiker sollten »entartet« sein?

Wohlgemerkt: Ich hatte nur in zwei oder drei Ausnahmefällen

ein Original gesehen; ansonsten aber sammelte ich Drucke und Kunstpostkarten und heftete sie zu Hause an die Wände. Aber wir lebten mit ihnen, sie waren Teil unseres Lebens. Und nun sollten sie »ausgemerzt« werden? Daß einigen Künstlern sogar verboten wurde, weiterhin zu malen, habe ich erst nach dem Kriege erfahren; aber da stand mein Urteil längst fest. Die Verdammung der von mir geliebten Künstler und Kunstwerke ging mir an die Nieren. Drei Monate danach war ich heilfroh, in den »einzig anständigen Verein«, nämlich in die Wehrmacht, eingezogen zu werden (so ganz anständig war dieser Verein freilich auch nicht, aber das merkte man erst im Laufe der Zeit und jedenfalls nicht bereits in den ersten anderthalb Jahren der Wehrpflicht als Kanonier und als Gefreiter).

Fischerhude

Die zwei Jahre meines aktiven Friedenswehrdienstes in Bremen-Vegesack führten zur Verdichtung des Kontaktes mit Freunden eines Onkels in Fischerhude; der Wehrsold reichte gerade aus für die kurze Eisenbahnfahrt am Wochenende. So kam ich zu der Bildhauerin Amelie Breling; sie war Schülerin Maillols gewesen und betrieb, zeitweise mit der Hilfe von Jan Bontjes van Beek, eine Kunsttöpferei. Am meisten fühlte ich mich angezogen von ihrer Schwester Olga Bontjes, die damals noch sehr zarte Landschaften malte und ihren kräftigen, erdigen Altersstil noch nicht gefunden hatte. Ich lernte die Bildhauerin Clara Rilke kennen und durfte in ihrem kleinen Häuschen bei Hauskonzerten zuhören.

Und ich kam in Fischerhude zu Otto Modersohn. Er lebte in einem Hause am nördlichsten Arm der Wümme, deren Delta man mit Hilfe von etwa zwanzig Brücken überqueren mußte, wenn man zu Fuß vom Bahnhof Sagehorn nach Fischerhude ging. Aus dem kleinen Bücherschrank meiner Mutter kannte ich die Tagebucheintragungen und Briefe Paula Beckers; ihre Worpsweder Zeit mit Otto Modersohn lag inzwischen dreißig Jahre zurück, und sie war schon lange tot. Aber Otto hatte in jenen Dokumenten eine zentrale Rolle gespielt; er hatte gemeinsam mit Mackensen, Overbeck, Hans am Ende und Vogeler die Worpsweder Malerkolonie zwischen Moor und Weyerberg begründet. Für mich war Modersohn bis zu dieser Zeit Legende gewesen; jetzt aber durfte ich ihn in Fischerhude besuchen, und er zeigte mir seine Landschaften. Die Gastfreundschaft in seinem Haus war ganz leise, ganz zurückhaltend, und gerade deshalb machte sie einen tiefen Eindruck auf den jungen Soldaten.

Die ganze Fischerhuder Kolonie war von gleicher Gastfreundschaft geprägt. Man traf Maler und Musiker aus dem In- und Ausland, die für einige Tage zu Besuch kamen (ich weiß nicht, auf was für Notlagern sie alle immer geschlafen haben); sie kannten die Welt, sie erzählten von draußen. Sie waren mit wenigen Ausnahmen keine Nazis, sondern Kommunisten, Sozialdemokraten, Liberale und Konservative (ich wußte damals gar nicht, was diese Begriffe bedeuteten), sie waren Juden, Christen oder Freidenker. Ihr gemeinsamer Boden war die Liebe zur Kunst und zur Moderne innerhalb der Kunst. Was ich in meiner Jugend bis Kriegsbeginn an geistiger Orientierung erhalten habe, das stammt zu großen Teilen von den Menschen in Fischerhude. Sie kannten Cézanne oder Picasso oder Chagall; sie wußten etwas über Frankreich und über Rußland; sie kannten Marcel Proust oder Werfel, Tucholsky oder die großen Amerikaner. Und sie verabscheuten die Kunstdiktatur des Dritten Reiches. Keiner trug es Franz Radziwill, dem Vorläufer des Surrealismus in Deutschland, den ich in Fischerhude kennenlernte, oder dem großen Emil Nolde nach, daß auch sie zunächst für ein paar Jahre auf die Nazis hereingefallen waren.

Fischerhude ist für mich jungen Heranwachsenden die eine, die einzige geistige Oase in der Nazizeit gewesen. Auch wenn die Zeitläufte des Krieges den direkten, persönlichen Kontakt unterbrachen, so wußte ich während des Krieges doch immer: Dahinten liegt Fischerhude, dahin kannst du immer gehen, wenn es dir einmal ganz dreckig gehen sollte.

Ich habe als junger Mann Glück gehabt, jenen Menschen in Fischerhude zu begegnen. Zwanzig Jahre später habe ich begonnen, meinen Fischerhuder Freunden meinen Dank abzutragen; so vor allem gegenüber Olga Bontjes van Beek, die in meiner Jugend für mich eine so große Rolle gespielt hatte.* Ich verdanke ihr mehr noch als den anderen Fischerhudern einen wesentlich erweiterten Zugang zur Malerei. Es war deshalb zugleich Dank und Genugtuung, daß ich mehrfach Ausstellungen ihrer Bilder und 1992 im Magdeburger Dom eine gemeinsame Ausstellung von Olga und Meme, also von Mutter und Tochter, eröffnen konnte; Olga war damals schon 98 Jahre alt, sie ist wenig später gestorben.

Im Laufe der Nachkriegszeit habe ich mehrere Bilder von Olga Bontjes bekommen, Meme hat mir einige ihrer eigenen Bilder ge-

---

* Ich habe über sie und ihre beiden Töchter Cato und Mietje (genannt Meme) ausführlich berichtet in: Helmut Schmidt u.a., »Kindheit und Jugend unter Hitler« bei Siedler, Berlin 1992.

schenkt, und ich habe auch Bilder von Paula Modersohn-Becker und von Otto Modersohn erwerben können. Und schließlich hat mir dessen Sohn Christian einige Handskizzen seines Vaters geschenkt, vor allem aber ein paar seiner eigenen, Naß in Naß gemalten Landschaftsaquarelle. Gewiß ist Paula Becker, in der Vorhut des deutschen Expressionismus, die Bedeutendste aus dem Kreise der Worpsweder und Fischerhuder. Otto Modersohns Kunst, für die sein Sohn aus alten, aus der Nachbarschaft geholten und in Fischerhude wiederaufgebauten Fachwerkscheunen ein wirklich sehenswertes Museum gebaut hat, ist endlich im Begriff, sich öffentlich durchzusetzen; lange nach seinem Tode bezeugen dies die Preise auf dem Kunstmarkt. Olgas und Memes Bilder werden darauf noch etwas warten müssen, beider Kunst ist in ihrer radikalen Vereinfachung der Formen miteinander verwandt; übrigens sind Olga Bontjes' Bilder schon wegen ihrer Technik unverwechselbar, nämlich wegen der Vermischung von Farbe und feinem Sand, die besonders die größeren Bilder beinahe wie Fresken auf einer nicht ganz glatten Wand erscheinen läßt.

Die Freundschaft mit Christian und seiner Familie hat sich erst in der Nachkriegszeit entwickelt; ich dränge ihn immer wieder, etwas weniger Zeit auf die Erinnerung an seinen Vater und das Museum zu verwenden, dafür etwas mehr Zeit auf die eigene Kunst. Man wird sehen – er ist schließlich noch ein wenig älter als ich selbst.

Kunst im Kanzleramt

Auf Auslandsreisen habe ich in den ersten Nachkriegsjahrzehnten beobachtet, daß selbst kunstverständige Menschen von der Malerei und der Bildhauerei des deutschen Expressionismus nicht viel wußten; sogar die Namen Noldes und Barlachs waren ihnen unbekannt. Als ich in öffentliche Ämter gekommen war, habe ich deshalb begonnen, den deutschen Expressionisten insgesamt meinen Dank abzutragen, indem ich geholfen habe, diese ehemals als entartet Verfemten der Welt zu zeigen – sei es im Guggenheim-Museum in New York, im Kanzleramt in Bonn oder in vielen Gesprächen mit meinen Kollegen aus den europäischen Hauptstädten. Als die Ausstellung deutscher Expressionisten im Guggenheim-Museum 1980 tatsächlich zustande kam, war ich darüber sehr glücklich, denn längere Zeit hatte es gar nicht danach ausgesehen. Selbst in den siebziger Jahren waren meine großen Idole in den USA noch fast völlig unbekannt, denn es handelt sich beim

Expressionismus ja um eine im wesentlichen auf Deutschland beschränkte Epoche der Malerei und der Bildhauerei. Deshalb war – allerdings nur im Vorwege – das amerikanische Interesse an ihnen nicht sonderlich groß. Dagegen war ich im neuen Kanzleramtsgebäude, das wir am 1. Juli 1976 bezogen haben, als Hausherr fest entschlossen, wenigstens den sogenannten Kanzlerflügel ausschließlich mit Werken des deutschen Expressionismus auszustatten, um allen Besuchern aus dem Inland wie dem Ausland diese mitreißende Kunst vorführen zu können – und, um ehrlich zu sein: auch um mich selbst täglich daran erfreuen zu können. Es war ein minimaler Akt geistiger, politischer Wiedergutmachung. Oder, um Helmut Kohls Wort in Anspruch zu nehmen, ein kleiner Akt geistig-moralischer Führung.

Mein Vorhaben war schwieriger als anfangs gedacht. Der Neubau, von Willy Brandt in Auftrag gegeben, war ein sehr nüchterner, auf Funktionalität abgestellter Stahlskelettbau, der die bis dahin auf über zwanzig verschiedene Orte in Bonn verstreuten Abteilungen und Büros der Regierungszentrale endlich unter einem Dach vereinen sollte. Von außen wirkte er auf mich wie eine übergroß geratene Sparkasse oder wie der Sitz eines Stahlkonzerns; innen erschwerte es die strenge, aber auffällige Rasterung der Wände und Korridore, größere Kunstwerke in einer ihnen gemäßen Weise zu plazieren. Als ich 1974 Brandts Nachfolger wurde, konnte man das Dilemma bereits erahnen. Weil aber der Bau längst in vollem Gange war, habe ich mich dazu diszipliniert, von jeglicher Einflußnahme auf den Bau abzusehen; denn alle Eingriffe hätten jetzt unvermeidlich Verwirrung und zusätzliche Kosten verursacht.

Die größte Schwierigkeit lag darin, daß der Etat nur einen geringfügigen Betrag für die Anschaffung von Kunstwerken vorsah, und dieses Geld war für stählerne Skulpturen in den Hofräumen des in mehrere Trakte und Verbindungsbauten gegliederten Gebäudes bereits bis auf einen kleinen Rest disponiert. Also waren wir auf Leihgaben angewiesen, besser noch: auf Dauerleihgaben. Glücklicherweise gab es im Bundeskanzleramt den Ministerialrat Dr. Erich Milleker (er wechselte später zu Richard von Weizsäcker in das Bundespräsidialamt). Milleker war nicht nur künstlerisch einfühlsam, er hatte auch persönliche Verbindungen zu Sammlern und Museumsdirektoren, und wo dies nicht der Fall war, verstand er es, solche Kontakte herzustellen. Für manche der Menschen, die wir ansprachen, war es wohl das erste Mal, daß ein Regierungschef sich um Kunst bemühte, außerdem wahrscheinlich zum ersten Mal eine Chance, persönlich mit einem Bundeskanzler zusammenzuarbeiten. Was immer für den einzelnen die Beweggründe gewesen sein mögen – insgesamt stießen wir auf eine beglückende Hilfsbereitschaft. Diese bewährte sich auch bei den zwei Kunstausstellungen, die wir nach 1974 alljährlich im Kanzleramt veranstaltet haben.

Für mich war die Zusammenarbeit mit diesen Kunstsachverständigen, die fast alle zugleich ein oder mehrere Kunstmuseen verwalteten, eine reine Freude. Besonders dankbar erinnere ich mich an Hugo Borger vom Römisch-Germanischen Museum in Köln, an Gerhard Bott vom Germanischen Nationalmuseum in Nürnberg und an Leopold Reidemeister vom Brücke-Museum in Berlin. Es waren wohl diese drei Herren, mit denen ich in der Anfangsphase des öfteren zusammensaß, um zu beraten, welche expressionistischen Maler und Bildhauer vertreten sein sollten. Sie wußten auch, wo oder von wem eventuell die leihweise Hergabe eines Kunstwerkes zu erhoffen war, worauf ich die entsprechenden Bettelbriefe schrieb. Besonders dankbar erinnere ich mich der Familie Pechstein, die uns zwei Bilder geliehen hat. Die ehrenamtlichen Berater entschieden auch, wenn im Einzelfalle ein Werk als zu schwach oder als für den Künstler nicht ausreichend repräsentativ beiseite getan wurde. So fingen wir mit dem Kabinettssaal an, mit den zugehörigen Nebensälen und dem Flur; dann kamen, ein Stockwerk höher, mein eigenes Arbeitszimmer, die Empfangsräume und so fort.

Auch meine persönlichen Wünsche konnten erfüllt werden. Mein Arbeitszimmer bekam ein prächtiges Meeresbild von Emil Nolde; es hing an der meinem Schreibtisch gegenüberliegenden Wand, so daß im Laufe eines Tages viele Male mein Blick darauf fiel, und außerdem drei Tuschpinselzeichnungen Noldes. Statt eines amtlichen Hinweises auf den Inhaber des Büros ließ ich draußen an der Tür ein kleines Schild mit der Aufschrift »Nolde-Zimmer« anbringen. Bei der Einrichtung hat mir Martin Urban, der langjährige Leiter der Nolde-Stiftung in Seebüll, durch Leihgaben sehr geholfen. Loki und ich haben über sehr viele Jahre hinweg im Sommer vom Brahmsee aus Seebüll besucht; es war jedesmal eine ergreifende Freude für uns, so viele und so unterschiedliche Noldes an einem Tage zu erleben – und jedesmal Gespräch und Kaffee und Kuchen bei den gastfreundlichen Urbans. Ich verdanke Martin Urban mehr an Einsichten, als er vielleicht ahnt.

Beim Amtswechsel zu Kanzler Kohl wurde der große Nolde alsbald abgehängt; etwas später sah ich ihn wieder – im Amtszimmer des Bundespräsidenten, der ihn mir demonstrativ zeigte, mit der Andeutung eines teils verschmitzten, teils triumphierenden Lächelns.

Ein anderes Bild aus dem Nolde-Zimmer, ein Porträt von August Bebel, gemalt von Georges Tronnier, habe ich freilich bei meinem Auszug am 1. Oktober 1982 mitgenommen. Bebel hatte in meinem Rücken gehangen, mir allzeit über meine linke Schulter blickend und meine Arbeit kontrollierend. Jetzt hängt er in meinem Büro, das der Bundestag mir im Ruhestand zur Verfügung gestellt hat. Allerdings muß der große August Bebel hier freie Wandfläche mit einer Büste des großen Immanuel Kant teilen. Manchmal belustigt mich die Vermutung, die beiden hätten einander sehr wohl respektiert, wenn sie sich gekannt hätten. Übrigens ist das Bebel-Bild ein Geschenk von Alfred Nau, lange Jahre der allseits geachtete Schatzmeister der SPD; er hatte es von einer sozialdemokratischen Berliner Familie, die es in der Nazizeit oben auf dem Boden versteckt gehalten hatte. Ich habe dafür gesorgt, daß es eines Tages an Hans-Jochen Vogel geht, der es seinerseits später an einen anderen herausragenden Sozialdemokraten weitergeben wird; vielleicht wird eine Tradition daraus.

Mein anderer persönlicher Wunsch war, eines der kleinen Besprechungszimmer mit alten Worpsweder Bildern auszustatten. Auch das gelang, ich nannte es das Worpswede-Zimmer. Überdies haben wir 1980 eine der wechselnden Kunstausstellungen den alten Worpswedern gewidmet, wobei mein Freund Christian Modersohn und ebenso die Bremer Kunsthalle sehr geholfen haben. Dies war allerdings keine Hommage an den Expressionismus, sondern ein Dank an meine Jugendidole, ein wenig Sentimentalität hat dabei mitgespielt. Überhaupt haben wir uns bei den wechselnden Kunstausstellungen keineswegs auf den Expressionismus beschränkt, sondern neben August Macke, Käthe Kollwitz, Ernst Barlach oder Emil Nolde kamen in den Ausstellungen auch Henry Moore oder Max Ernst oder B. F. Dolbin zu Wort.

Unserer kleinen Max-Ernst-Ausstellung war im Pariser Centre Pompidou die großartige Retrospektive »Paris – Berlin« um einige Jahre vorausgegangen; Valéry Giscard d'Estaing und ich hatten sie gemeinsam besucht, und ich war fasziniert gewesen von den vielen kulturellen Wechselwirkungen zwischen den beiden Metropolen – damals, vor Hitlers Weltkrieg. Der Surrealist Max Ernst, von dem keiner sagen kann, ob er eigentlich ein Deutscher oder ein Franzose ist, weil er nämlich beides zugleich war, und den die Nazis geächtet hatten, war in der Ausstellung »Paris – Berlin« vertreten gewesen. Das hatte Giscard und mich auf die Idee gebracht, zur nächsten offiziellen deutsch-französischen Konsultation in Bonn eine Ausstellung mit Werken von Max Ernst zu veranstalten und sie gemeinsam zu eröffnen. So geschah es, und Valéry Giscard erklärte im Hinblick auf das Verhältnis zwischen unseren beiden Nationen: »... Sein Leben wie sein Werk zeigen beispielhaft, wie der schöpferische Funke aus dem Zusammentreffen unserer verschiedenen Temperamente, Erfahrungen und Bemühungen entspringt. Lassen Sie uns eine Lehre daraus ziehen, ohne deren Anwendung auf die künstlerischen Beziehungen zu beschränken ...« Ich stimmte mit meinem Freunde überein, wie schon so oft.

Bei vielen der Besucher unserer Ausstellungen, für die das ansonsten der Öffentlichkeit verschlossene Gebäude wenigstens teilweise geöffnet wurde, besonders aber wohl bei den meisten ausländischen Kollegen, hat das Ensemble expressionistischer Skulpturen und Bilder im Kanzlerflügel Erstaunen ausgelöst.* Denn im Gegensatz zum Elysee oder zur Downing Street oder zum Weißen Haus, wo man von ehrwürdigen Gemälden aus längst vergangenen Epochen umgeben war, stieß man bei mir schon im Eingangsfoyer auf Ernst-Ludwig Kirchners monumentalen »Sonntag der Bergbauern«, ein vier Meter breites, ungemein farbenfrohes Bild, das fast zur Gänze ausgefüllt ist mit einer Gruppe von Menschen, die sich – vor einem alpinen Hintergrund – ihres Lebens erfreuen. Die Kunstwerke haben immer wieder Gespräche ausgelöst und mir die erwünschte Gelegenheit gegeben, für den Expressionismus zu werben. Ich bin heute noch stolz auf meine Leihgabensammlung und freue mich jedesmal, wenn ich aus aktuellen Aufnahmen im Fernsehen oder in Zeitungen entnehmen kann, daß Helmut Kohl daran offenbar nichts Wesentliches geändert hat. Allerdings muß man abwarten, wie es nach dem Umzug in die Bundeshauptstadt Berlin dort im Bundeskanzleramt aussehen wird.

Eines der größten ästhetischen Probleme, die uns das Bauwerk des Kanzleramtes aufgab, war der Vorplatz. Vom äußeren Einfahrtstor und von außerhalb des Gitters wirkte der Vorplatz vor dem als L-förmig erscheinenden Gebäude mit seinen dunkel brünierten metallischen Fassaden wie eine Mischung aus Westwall und lieblosem Heldengrab; und die geometrisch angelegten niedrigen Taxushecken erschienen, von oben aus den Fenstern betrachtet, geordnet wie ein phantasieloser Massenfriedhof oder wie eine größere Truppe beim Formationsexerzieren. Es war wohl mein Fehler, bei der Gestaltung dieses abweisenden Raumes nicht doch

---

* Es gibt dazu eine Dokumentation: »Kunst im Kanzleramt – Helmut Schmidt und die Künste«, ohne Verfasser, bei Goldmann, München 1982.

eingegriffen zu haben. Nach meinem Einzug in das neue Haus war ich alsbald entschlossen, dem Vorplatz eine menschliche Note zu geben. Aber dieses Vorhaben erwies sich als überaus schwierig, denn der Platz war eine einzige Kalamität.

Meine künstlerisch versierten Berater Gerhart Laage, Hugo Borger, Gerhard Bott und ich waren uns relativ bald einig, daß nur eine große Skulptur als beherrschender Akzent in Betracht käme. Vage dachten wir an Hans Arp, dann an Max Bill. Bill kam, sah sich den unerfreulichen Platz an – und blieb völlig schweigsam; ich verstand seine fast eiserne Zurückhaltung als Ausdruck dafür, daß er die Aufgabe für unlösbar hielt. Erst sehr viel später habe ich Max Bill anläßlich der Verleihung des »Imperial Prize« der Japan Art Association ein zweites Mal getroffen. Ich war einer derjenigen unter den internationalen Beratern der Japan Art Association gewesen, die für Bill votiert hatten, denn seine Arbeiten gefielen mir, auch genoß seine »Ästhetik des Nützlichen« weltweite Anerkennung. Bill war, wie viele der mir an Lebensalter überlegenen Menschen, persönlich leise und bescheiden. Ich war glücklich, ihm nach dem Bonner Fehlschlag nunmehr in Tokio – wenn auch sehr indirekt – meinen Respekt erweisen zu können.

Wegen des Bonner Vorplatzes hatten wir von Anfang an auch Henry Moore in Betracht gezogen, denn an vielen Orten der Welt hatten seine Skulpturen gezeigt, daß sie selbst riesige Gebäude in ihren menschlichen Bann ziehen, sehr technische Architektur-Situationen zähmen können und nicht in ihnen untergehen. Der Bonner Professor Eduard Trier half, die Verbindung zu Moore herzustellen, den ich nicht persönlich kannte; ich hatte zunächst einige Hemmungen, ihm im Frühjahr 1977 aus heiterem Himmel einen Brief zu schreiben, wohl wissend, daß nicht einmal der kleinste Betrag im Haushalt für unseren Zweck enthalten war.

Henry Moore

Am 13. Juni 1977 war er da; eine kleine, schlanke, fast grazile Person auf einem großen Exerzierplatz, der man auf den ersten Blick den Umgang mit seinen Form-Kolossen kaum zugetraut hätte. Im Gespräch wirbelte sein Gehstock, als Zeigestab, in alle Richtungen zugleich. Es war einer jener Tage, wie es sie in Bonn nur ganz selten gibt: eine volle Sonne in einem wolkenlos blauen Himmel. Der Spätnachmittag ließ die Konturen des Bauwerks noch unendlich schärfer geraten, als sie es tatsächlich sind. Zum Mißvergnügen einiger wichtiger Leute hatte ich eine Sitzung verlassen und zeigte

Der große englische Bildhauer Henry Moore war Schmidt seinem Werk und seinem Rang nach in der Nachkriegszeit bekannt geworden. Aber erst 1977 machte er seine persönliche Bekanntschaft. Es gelang Schmidt, Henry Moore für die große Skulptur auf dem Vorhof des Kanzleramtes zu gewinnen, und bei einem Besuch in Schmidts Arbeitszimmer besprachen beide zusammen die Einzelheiten. Manche deutsche Bildhauer nahmen es Helmut Schmidt übel, daß er nicht einen deutschen Künstler mit dem Auftrag betraut hatte.

dem gewinnenden alten Mann alles, was zu zeigen war. Ich führte ihn, vollständigkeitshalber, auch in den auf der anderen Seite des neuen Gebäudes gelegenen wunderschönen Park des Palais Schaumburg. Nach einer Stunde erklärte Moore mir spontan, er wolle gern für den Park eine Leihgabe zur Verfügung stellen, für einen Punkt etwa auf halber Wegstrecke zwischen Kanzleramt und Kanzlerbungalow. Der Vorplatz aber sei ungeeignet.

Soweit ich mich erinnere, habe ich kurz Luft geholt und ihm erwidert, ich sei dankbar gerührt, doch löse das mein Problem nicht ganz. Wir sind freundlich voneinander geschieden. Moore versprach zu überlegen und lud meine Frau und mich auf sein Anwesen in Much Hadham ein. Dort, in der prachtvollen englischen Grünlandschaft Hertfordshires, angefüllt mit seinen eigenen Schöpfungen, die als integrierte Natur aus der Landschaft herauswachsen, ist mir Moores Bonner Reaktion, auch wenn ich sie schon in Bonn begriffen hatte, nachträglich geradezu physisch erlebbar geworden.

Loki und ich waren nicht nur beeindruckt, sondern auf Anhieb begeistert, auch von den großen plastischen Entwurfsarbeiten, die auf mehrere Gebäude verteilt waren. Das Atelier, in einem kleinen ländlichen Haus, barg unendliche Schätze: Zeichnungen, Kleinplastiken und Gegenstände aus der Natur, absonderlich geformte Steine, Knochen, Baumwurzeln, Muscheln, Anregungen für Moores räumliche Phantasie. Moore war ein herzlicher Gastgeber, man fühlte sich wohl bei ihm. Der überwältigende Höhepunkt jenes Besuchs aber blieb ein Gang über die weiten, von Wallhecken eingefriedeten Wiesen und Weiden, auf denen Moore viele seiner großen Stücke aufgestellt hatte. Es waren organische, natürlich und menschlich wirkende Formen. Uns schien, als gehörten sie wie selbstverständlich zur Landschaft, die uns sehr an Schleswig-Holstein erinnerte. Es wurde jetzt ganz klar, warum Moore den Platz vor dem neuen Kanzleramt ungeeignet fand. Aber ich hoffte, es würde ihm ein rettender Einfall kommen, und bot ihm an, den ganzen Vorplatz nach seinen Notwendigkeiten umzugestalten. Dabei kam uns der glückliche Umstand zu Hilfe, daß ein Splintkäfer schon den größten Teil der Taxushecken vernichtet hatte.

Ein gutes Jahr später kam Moore abermals nach Bonn. Er hatte inzwischen seinen achtzigsten Geburtstag gefeiert und freute sich über unser nachträgliches Geburtstagsgeschenk, einen angeblich eine Million Jahre alten Mammut-Backenzahn, ein plastisch interessantes Objekt, das gut in sein Haus in Much Hadham paßte. Zufällig war gerade Premierminister Callaghan zu Besuch, die beiden Engländer kannten sich gut, und es wurde ein Gespräch wie unter drei uralten Freunden.

Moore schlug eine Umgestaltung des Platzes vor, die auf eine einfache Rasenfläche hinauslief, an zwei Stellen durch sanfte Hügel aufgelockert. Vor allem aber bot er einen eigentlich schon anderweitig vergebenen Guß seiner großen Bronze »Large Two Forms« an. Sie sollte auf einem der angedeuteten Hügel in der am weitesten vom Gebäude entfernten Ecke des Rasens stehen. Ich war zugleich gerührt und ergriffen, denn meine Berater hatten mich schon früher auf diese Skulptur aufmerksam gemacht, aber es war kein Guß davon mehr verfügbar gewesen; der letzte war bereits für Saudi-Arabien disponiert. Mir war klar: Dieses abstrakte Zeichen für Leben und Menschlichkeit wird nicht nur das von mir nicht geliebte Gebäude ins Gleichgewicht bringen, sondern es wird auch einen wohltuenden Kontrast bilden zu der traditionell großspurigen, oft gestelzten oder prunkhaften Feierlichkeit deutscher Staatsbauten der letzten Generationen.

Wir hatten Moore bereits früher gefragt, ob nicht die Anfertigung eines weiteren Gusses von »Large Two Forms« durch seine bewährte Berliner Gießerei Noack in Betracht käme; aber damals hatte Moore bloß die Geschichte einer kleinen Rodin-Figur zum besten gegeben, deren Auflage der Künstler auf dreißig Güsse limitiert hatte, von der aber ein bekannter New Yorker Kunsthändler im Laufe seines Lebens annähernd 200 Exemplare gezählt haben wollte. Immerhin hatte Moore tröstend erwähnt, er wolle sich erkundigen, ob nicht das letzte Exemplar von »Large Two Forms«, das schon für einen Komplex in Djidda vergeben sei, noch zurückgeholt werden könne. Keiner in Bonn hatte darin mehr als eine liebenswürdige Beschwichtigung sehen wollen. Aber nun ließ Moore uns zu unserer großen Überraschung wissen, das Djidda-Exemplar sei verfügbar. Später habe ich ihn gefragt, wie er das fertiggebracht habe. Er hat geantwortet, ihm seien wegen der in der Figur künstlerisch reduziert enthaltenen anatomischen Formen Bedenken gekommen, denn der Islam verbiete deren Abbildung – also habe er eine besser geeignete andere Skulptur angeboten.

Wir haben damals über den Preis nicht gesprochen; wohl aber mußte ich Moore – nicht ohne Verlegenheit – sagen, daß wir einstweilen keine Haushaltsmittel für den Erwerb hätten und daß deshalb eine parlamentarische Prozedur in aller Öffentlichkeit vonnöten sei. Mit unterdrücktem Humor, ganz Brite, kam Moore völlig ernst auf das seine gesamte künstlerische Arbeit durchziehende »Loch« zu sprechen. Erst das Nichtvorhandene mache gewisse Dinge deutlich. Er sei also bereit, mir »Large Two Forms« zunächst als Leihgabe zu überlassen, damit die Öffentlichkeit darüber diskutieren könne. Wenn das ungünstig ausfalle, so werde er die Skulptur zurücknehmen, ohne gekränkt zu sein. In der zu erwartenden Diskussion werde aber voraussichtlich die Frage eine Rolle spielen, was denn dort sein solle, wenn »Large Two Forms« nicht mehr da sei. Das Dagewesene werde erst empfinden lassen, daß da etwas fehle.

Allerdings war das ganze Vorhaben zeitweilig gefährdet, weil der überaus gewissenhafte Chef des Bundeskanzleramtes, Manfred Schüler, zunächst nicht mitspielen wollte; denn wir hätten ja nur eine ungefähre Vorstellung über die mögliche Größenordnung eines zukünftigen Kaufpreises, und eine heftige öffentliche und parlamentarische Diskussion darüber könne Kräfte binden, die für andere Fragen politisch wichtiger seien. Im weiteren ergab sich aber, daß aus anderen, jedoch zwingenden Gründen der gesamte Steinplatz vor dem Kanzleramt ohnehin umgestaltet werden mußte. Nun konnten wir nach Henry Moores Wünschen ein durchgängiges freundliches Grün daraus machen und seine Anhöhe daraufsetzen.

Am 29. August 1979 kam Henry Moore, um eigenhändig die Aufstellung der über fünf Tonnen schweren »Large Two Forms« zu dirigieren. Dieses Verbum ist hier ganz wörtlich zu nehmen; es war ein völlig unvergeßlicher Eindruck. Am selben Tage wurde das Arrangement einer begleitenden Ausstellung besprochen, die zugleich mit der Übergabe der Skulptur nebenan im Hause der Bonner Vertretung des Landes Nordrhein-Westfalen eröffnet werden sollte. Gerhard Bott hatte die Vorbereitung und Auswahl übernommen, ungefähr sechzig Maquetten, Bronzen und Handzeichnungen aus dem Eigentum Moores, der Moore Foundation, der Tate Gallery und des British Council; ein wunderschöner, von Bott verfaßter Katalog ist bleibende Erinnerung daran. Der Spätnachmittag des 19. September 1979 sah dann das wirklich wahr Gewordene: die offizielle Übergabe von »Large Two Forms«. Sie vollzog sich, ungemein dekorativ, aber nicht eben passend, vor wehenden italienischen Flaggen, denn Staatspräsident Sandro Pertini war auf Staatsbesuch gewesen, und sein Programm hatte sich verzögert. Die Zeit genügte nicht mehr, die Fahnen einzuholen; aber der Botschafter Ihrer Majestät und Henry Moore waren so großzügig, ausdrücklich nichts dagegen zu haben.

Die Reaktion der Öffentlichkeit war, mit einer einzigen Ausnahme – einem längeren polemisch-wütenden Namensartikel eines Kunstprofessors in der »Frankfurter Allgemeinen Zeitung«, dem der damalige Feuilletonchef Günther Rühle eine Entgegnung nachlieferte –, durchaus positiv. Als Epilog blieb danach nur noch das Bemühen um den Ankauf. Wir rechneten mit einem kulanten Kaufpreis, vielleicht um eine Million Mark. Dank des großen Entgegenkommens von Moore konnten wir 1980 eine auf etwa ein Jahr befristete verbindliche Kaufoption für 120.000 Pfund vereinbaren. Zu diesem Preis ist dann der Kauf vom Parlament genehmigt und im Juli 1981 vollzogen worden.

Seitdem gehört »Large Two Forms« der Bundesrepublik Deutschland. Ein eindrucksvolles, repräsentatives, schönes und bleibendes Signet für das Bundeskanzleramt, das sich dem Betrachter von verschiedenen Sichtpunkten des Geländes und der Straße oder aus der Vogelperspektive des Abgeordnetenhochhauses auf immer neue Weise und mit neuen Einblicken präsentiert, auch in verschiedenen Farben, von goldgelb bis kupferrot, abhängig von Wetter, Licht und Standort des Betrachters. Die Skulptur enthüllt ihre Bedeutung nicht unmittelbar. Sie mag für den einen eine ästhetische Freude, für den anderen eine Anregung zum Nachdenken sein. Für mich war sie auch ein Symbol für unser Land: zwei Teile, die doch organisch zueinandergehören.

Henry Moore ist viermal nach Bonn gekommen, auch in England bin ich mehrfach mit ihm zusammengetroffen. Einmal bin ich nach London geflogen, um in unserer Botschaft ein Abendessen für ihn zu geben, zu dem ich auch Karl Popper gebeten hatte, dazu Peter Ustinov und natürlich Jim Callaghan; die neue Premierministerin Margaret Thatcher erschien mit drei weiteren Kabinettsmitgliedern. Viele meiner Bonner Mitarbeiter und Freunde waren dabei, die Botschafter Ruhfus und von der Gablentz, Klaus von Dohnanyi und Christoph Bertram (der mir von der Hardthöhe vertraut war und dem ich später bei der ZEIT wiederbegegnet bin). Jedermann wollte Henry Moore die Ehre geben. Ich empfand eine große Liebe zu dem bescheidenen kleinen alten Mann, der ein ganz Großer war.

Für mich bleibt Moore einer der größten Bildhauer des 20. Jahrhunderts, ein wichtiges Glied in dem sich immer wieder erneuernden kulturellen Kontinuum Europas, zu dem ebenso die Meister der italienischen Renaissance oder die russischen Romanciers und Komponisten, die Autoren der französischen Aufklärung oder die Deutschen Bach oder Beethoven gehören. Ebenso, wie wir ganz selbstverständlich George Bernard Shaw oder Shakespeare in unseren Theatern spielen und uns zu eigen machen, so wird auch Henry Moores Kunst ein Teil von uns selbst bleiben.

Ein Porträt aus der DDR

Eine Hauptstadt muß die Anziehungskraft besitzen, Menschen sehr verschiedener Herkunft, verschiedener Charaktere und Lebensweise zusammenzuführen. Ohne ein reiches kulturelles Angebot ist eine Hauptstadt schwer vorstellbar. Es wird – so glaube ich zuversichtlich – in Berlin nicht allzu vieler Jahrzehnte bedürfen, um aus dieser 1990 endlich wiedervereinigten Stadt abermals nicht nur eine Weltstadt, sondern auch einen kulturellen Mittelpunkt der Nation entstehen zu lassen. Ich habe immer an der Überzeugung festgehalten, eines zukünftigen Tages werde es uns glücken, die beiden Teile Deutschlands – und damit auch die beiden Teile Berlins – wieder zusammenzufügen und Berlin wieder zur Hauptstadt zu machen. Deshalb habe ich Bonn als Provisorium verstanden. Aber den erhofften Zeitpunkt der Vereinigung habe ich mir zu meiner Amtszeit in einer weiteren, nicht definierbaren Ferne vorgestellt. In der Zwischenzeit aber, so dachte ich, müsse Bonn in den Stand gesetzt werden, wenigstens im Ansatz das ganze Spektrum der Kultur darzubieten, sei es durch Musik, durch Bilder, durch Feste.

Aus diesem Verständnis heraus kam es 1977 unter meinem Vorsitz zu einem konzeptionellen Beschluß für eine Bundeskunsthalle in Bonn. Natürlich stieß diese Idee ebenso auf Bedenken von seiten der Länder, wie schon Willy Brandts Konzept einer Nationalstiftung an der Eifersucht von Landesregierungen gescheitert war. Immerhin kam es ein Jahr später unter dem Vorsitz von Otto Herbert Hayek (er hatte schon bei der künstlerischen Innenausstattung des Kanzleramtes mit Rat und Tat geholfen und war zu jener Zeit Vorsitzender des Deutschen Künstlerbundes) zu einer großen dreitägigen Diskussionstagung über die Idee der Bundeskunsthalle. Allerdings hatte die Diskussion über lange Zeit noch kein praktisches Ergebnis; erst sehr viel später wurden unter Helmut Kohl erste bescheidene Ansätze verwirklicht.

Der inzwischen gefaßte Beschluß des Umzuges nach Berlin, der die Stadt Bonn unvermeidlich vor viel größere Probleme stellt, wird die Sache möglicherweise als obsolet erscheinen lassen – Bonn braucht insgesamt neue Konzepte für seine Zukunft. Und ebenso, in sehr viel größerem, sehr viel weiter greifendem Maßstab, die Stadt Berlin. Dabei werden wohl zwangsläufig einige meiner kunstpolitischen Initiativen ohne Fortsetzung bleiben. Nicht, daß mich diese Erwartung traurig stimmte, im Gegenteil: Mit Dankbarkeit und Freude erinnere ich mich meiner vielfältigen Berührung mit Kunst und Künstlern während meiner Kanzlerzeit. Hayek hat mich damals einmal gefragt, woher ich denn die zusätzliche Kraft nähme für den persönlichen Umgang mit Literatur, Musik und den bildenden Künsten. Ich habe ihm geantwortet, diese Beschäftigung koste keine Kräfte, sondern aus ihr fließe im Gegenteil zusätzliche Kraft. So ist es tatsächlich gewesen.

Von den durch mich begonnenen, auf die Kunst bezogenen Bonner Traditionen werden gewiß mindestens zwei Einrichtungen überleben, nämlich die 1981 geschaffene gesetzliche Künstlersozialversicherung und zum anderen die Anlage einer Galerie von Porträts der Kanzler der Bundesrepublik Deutschland im Bundeskanzleramt. Wir hatten ein gutes Adenauer-Porträt von Hans-Jürgen Kallmann, zwei künstlerisch weniger gewichtige Porträts von Erhard und Kiesinger, beide gemalt von Günter Rittner. Ich habe dann Willy Brandt um ein Porträt gebeten, zu malen von einem Künstler seiner Wahl; leider ist das Bild von Georg Meistermann so abstrakt geraten, daß der vierte Bundeskanzler für den Betrachter kaum zu erkennen war. Es war mir peinlich, Willy ein zweites Mal zu bitten, aber er ist geduldig darauf eingegangen; heute hängt im Kanzleramt ein repräsentatives Brandt-Porträt von Oswald Petersen.

Nach 1982 wollte das Kanzleramt auch von mir ein Porträt haben. Die Frage war sogleich: von welchem Maler? Schon früher hatte es die Überlegung gegeben, Oskar Kokoschka um ein Porträt zu bitten, den ich in Hamburg persönlich kennengelernt hatte, wo sich eine Reihe seiner größeren Arbeiten findet, darunter das Altarbild »Ecce Homines« in der neuen Nikolaikirche am Klosterstern und ein großes Mosaik in der Ruine der alten Nikolaikirche. Kokoschka hatte eine Kirchenrede von mir gelesen – er nannte sie Hirtenpredigt – und mir zu meinem Geburtstag Ende 1974 einen herzlichen Brief geschrieben. Es hatte zwar mehrfach einen persönlichen Briefwechsel zwischen uns gegeben, aber die Idee, Kokoschka um ein Porträt zu bitten, ging von Heinz Spielmann aus, damals noch in Hamburg, seit 1986 Landesmuseumsdirektor in Schleswig-Holstein, der enge Verbindung zu Kokoschka hielt. Im Herbst 1976, nach gewonnenem Bundestagswahlkampf, habe ich Kokoschka zwei- oder dreimal im Laufe einer Woche in Villeneuve am östlichen Ende des Genfer Sees besucht. Dort kam es zu langen Gesprächen mit ihm und seiner Frau Olda, in denen er über erlebte Geschichte sprach, über sich selbst und über seine Hoffnung für die Zukunft der Menschheit. Er war einer der ersten großen Expressionisten gewesen, geistig ein einzelgängerischer Revolutionär, den Hof und Bürgertum in Wien schon vor dem Ersten Weltkrieg mit bösen Worten bekämpft hatten; danach kamen in den zwanziger Jahren die Stadtlandschaften Dresdens, die ich sehr liebe. Natürlich haben die Nazis Kokoschka für entartet erklärt und ausgebürgert; jetzt erzählte er mir von seinem Leben in der Londoner Emigration, von der späten Wiedereinbürgerung nach Österreich durch Bruno Kreisky, von Adenauer und von Erhard, die er beide porträtiert hatte.

Während der Gespräche zeichnete er mich – aber die Kraft des damals bereits 90jährigen Mannes reichte für ein Porträt nicht mehr aus. Mir schien es, als ob die Zeichnungen weniger Ähnlichkeit mit mir, dafür aber mehr Ähnlichkeit mit ihm selbst hatten – so wie er sich in seiner Erinnerung als einen etwas jüngeren Mann selber sah. Er schenkte mir zum Abschied ein schönes Farblitho, blauer Rittersporn, mit einer persönlichen Widmung für meine Frau. Aus dem Porträt ist nichts mehr geworden, Kokoschka ist 1980 mit beinahe 94 Jahren gestorben.

Beim Nachdenken über einen Porträtmaler kam ich – natürlich – auch auf Olga Bontjes. Ihre Tochter Meme traute ihrer alten Mutter zunächst die nötige Kraft noch zu; später aber zeigte sich bei einem Besuch in Fischerhude, daß es kaum noch gehen würde. So habe ich einige meiner Freunde um Rat gefragt, ohne schnell zu einem Entschluß kommen zu können. Schließlich verfiel ich auf Bernhard Heisig, von dem ich einige Bilder und Abbildungen gesehen hatte.

Ich kannte Heisig nicht; er lebte in Leipzig in der DDR. Ich fand es wünschenswert, daß ein DDR-Maler im Bonner Kanzleramt vertreten war. So kam Heisig 1985 zu uns nach Hamburg, und Loki und ich sind 1986 in die DDR gefahren, um Heisig zu besuchen. Meine Idee erwies sich als ein Glücksfall. Zum einen begegneten wir zwei Menschen, die zu kennen sich lohnt. Zum zweiten traf Heisigs Malweise – er zeigte uns in seinem geräumigen Atelier fertige und nicht ganz fertige Bilder – ausgesprochen meine eigenen Vorstellungen. Seine Themen waren zum Teil von Otto Dix und Max Beckmann inspiriert, auch wohl etwas von Pieter Brueghel; Palette und Malweise zeigten die Schule des Expressionismus. Viele seiner Bilder hatten einen apokalyptischen oder einen anklagenden Inhalt. Schließlich hat Heisig mehrere gute Porträts von mir gemacht; eines hängt im Kanzleramt, ein anderes in Henri Nannens Kunsthalle in Emden, eine Ölskizze hat Heisig mir selbst geschenkt.

Bei jenem durchaus privaten Besuch in Leipzig hatte ich gebeten, zum Essen auch den Leipziger Musikprofessor Gustav Schmahl einzuladen; ich hatte ihn zufällig durch ein Kammerkonzert in Carmel in Kalifornien kennengelernt, und eine anschließende lange Unterhaltung hatte mich interessiert. Offenbar aber war der geplante Abend zu Ohren der SED oder der Stasi gekommen, jedenfalls erschien uneingeladen auch ein stellvertretender Minister aus Ost-Berlin; ich hatte den Eindruck, daß er zum Zwecke der Kontrolle geschickt worden war. Seine Anwesenheit störte mich nicht, vielmehr belustigte sie mich insgeheim; aber für die SED-Mitglieder Heisig und Schmahl war das Ganze offensichtlich etwas peinlich. Gudrun Brüne, die Heisigs Gefährtin war – sie haben später geheiratet –, und Loki hielten sich im Gespräch zurück. Später hatte ich den Eindruck, daß man in der SED zum Teil empört war über die Tatsache, daß Heisig, der doch von Staat und Partei hoch anerkannt war, auch gegenüber dem Westen einer ihrer wenigen – hochqualifizierten – Vorzeigekünstler, ausgerechnet den westdeutschen »Raketenkanzler« porträtierte. Honecker selbst wird sich, als er davon erfuhr, wohl eher in seiner Illusion über das »Weltklasse-Niveau« der DDR bestätigt gesehen haben.

Noch während der Honecker-Zeit kam es dann – zum Teil des Porträts wegen – zu Besuchen Heisigs in Hamburg und später, aus gegenseitiger freundschaftlicher Zuneigung, auch zu einem Besuch am Brahmsee, gemeinsam mit Gudrun Brüne. Dabei hat Bernhard

Heisig Loki einmal ein kleineres Bild geschenkt, auf dem – in wunderbarer impressionistischer Manier gemalt, vielleicht mit einem Anklang an Lovis Corinth – ein einsamer Mann unter dem Regenschirm dem Wind und dem Regen entgegengeht, auf einem ungepflasterten Weg, in dessen Fahrspuren sich Pfützen gebildet haben. Loki und ich lieben dieses Bild eigentlich noch mehr als Heisigs Porträtskizze, die an der gleichen Wand hängt. Gudrun Brünes Malerei schien uns eine Zeitlang auf Masken und Puppen fixiert, und zwar beschädigte Puppen, von denen sie selbst gesagt hat: »Die Puppe muß möglichst kaputt sein, ... sie ist eben der benutzte oder ausgenutzte Mensch.« Beide Maler sind Menschen, die über Geschichte, über Leben und Tod nachdenken; und obschon Heisig vom Regime anerkannt und Gudrun Brüne, soweit ich weiß, zumindest unbelästigt geblieben ist, so haben sie doch auch die Unfreiheit des »real existierenden Sozialismus« ertragen müssen und ebenso die unter jeglicher Diktatur zwangsläufige Einengung von Blickfeld und Urteil.

Im Sommer 1989 sind Heisig und ich in ein Gespräch über die Kunst und ihren gesellschaftlichen Auftrag geraten; Marie Hüllenkremer (damals bei der ZEIT) war dabei und hat einen kleinen Teil davon notiert.

Schmidt: Kunst ist Kunst. Einen gesellschaftlichen Auftrag muß man nicht ausschließen, aber nicht notwendigerweise einschließen. Da Männer wie Mozart oder Haydn oder Bach im Auftrag von hochgestellten und finanzkräftigen Auftraggebern komponiert haben, könnte man natürlich sagen, sie hätten einen Auftrag erfüllt, aber sie haben sicherlich mehr an den eigenen Ausdruck gedacht als an irgendeinen Zweck.

Heisig: Bach ist natürlich in seiner christlichen Welt zu sehen und damit als Teil eines Denk- und Gefühlszentrums.

Schmidt: Wenn Sie das so weiträumig definieren, könnte ich dem folgen. Aber welchen gesellschaftlichen Auftrag hat Emil Nolde erfüllt?

Heisig: Picasso hat dazu mal das gesagt: »Als man sich darauf einigte, daß es auf die Gefühle und Emotionen des Malers ankomme, daß jeder Malerei neu schaffen könne, war es mit der Malerei vorbei. Es gab nur noch Individuen.« Und weiter: »Und wenn die Individualität beginnt, sich auszudrücken, verliert der Künstler an Ordnung, was er an Freiheit gewinnt. Das ist zwar eine Befreiung, aber gleichzeitig eine ungeheure Begrenzung.« Und so weiter. Das berührt doch sehr gesellschaftliche Zusammenhänge. Es geht eben gar nicht darum, daß irgendein Funktionär sagt, ich solle rote Fahnen malen.

Schmidt: Ich habe trotzdem ein unangenehmes Gefühl im Bauch beim Wort Auftrag.

Heisig: Große Kunst ist oft im Auftrag entstanden – von Goya bis Velázquez.

Schmidt: Sicher, und das gilt erst recht für die Architekten, die könnten ohne Auftraggeber gar nichts werden.

Heisig: Die Frage ist doch, wieweit der Auftraggeber die Gesellschaft repräsentiert. Auch der Papst zum Beispiel war ein Partner für Michelangelo, repräsentierte ein geistiges Zentrum.

Schmidt: Das könnte ich eher unterschreiben als die Sache mit dem Auftrag.

Heisig: Ich will ja nicht unbedingt widersprechen, aber bei den Studenten zum Beispiel, mit denen ich arbeite, ist immer das Gefühl von Gebrauchtwerden wichtig. Daß man ihnen sagen kann, das wird gebraucht, das will jemand von ihnen.

Schmidt: Das ist wieder etwas anderes, weil nämlich die Kunst auch nach Brot geht. Wenn sie nicht gebraucht würde, könnte sie auch kein Brot verdienen. Außerdem sind Künstler genauso geltungsbedürftig und ehrgeizig wie andere Menschen auch.

Heisig: Mehr noch, sie sind auch hysterisch, neurotisch. Aber wenn sie immer nur machen können, was sie wollen, dann kommt mir das vor wie die Frage im Kindergarten: Fräulein, müssen wir heute wieder machen, was wir wollen? Das ist eine gefährliche Sache. Wenn wir keine Maßstäbe haben, haben wir auch keine Kriterien.

Schmidt: Aber das hat auch seine Grenzen. In wessen Auftrag hat denn Hölderlin seine Gedichte gemacht? Oder Novalis, oder in unserer Zeit Josef Weinheber?

Heisig: Ich denke immer, zwischen Künstler und Gesellschaft muß ein Reibungsfeld entstehen. Das ist wie beim Streichholz, sonst brennt es nicht. Und wenn der Druck zu stark ist, bricht der Streichholzkopf ab. Aber wenn ich danebenfummele, brennt es auch nicht.

Schmidt: Wenn Sie's anders formulieren, nämlich: daß der Künstler ohne den Resonanzboden der Gesellschaft psychisch verhungern muß, dann könnte ich das akzeptieren.

Heisig: Ja, das ist wohl richtig.

Später kam das Gespräch auf Henry Moore und auf das Bundeskanzleramt. Heisig sagte, er habe Moore jahrelang bewundert, seine eigene Graphikserie »Faschistischer Alptraum« sei unter Moores Einfluß entstanden. Ich berichtete, wie es schließlich zu der Aufstellung von »Large Two Forms« gekommen sei, und sagte: »Heute steht die Skulptur da, als sei sie von Anfang an für diese Stelle geplant gewesen.« Darauf Heisig: »Das hätte gar kein anderer gekonnt. Wenn ich sie sehe, bin ich immer begeistert.«

Wenn man heute unser damaliges Gespräch liest, vor dem Ende der Honecker-Ära geführt, so scheint mir, daß zumindest zweierlei erkennbar wird: Zum einen die Übereinstimmung im Geschmacksurteil, übrigens nicht nur bezüglich Moore, sondern – unter anderem – auf Gudrun Brünes Seite auch bezüglich Paula Modersohn-Beckers. Zum anderen läßt Heisigs Betonung des Auftrages für den Künstler doch wohl den Einfluß des kommunistischen Staates erkennen, während bei mir die liberale hamburgische Erziehung durchschlägt. In Wahrheit hatten wir wohl beide recht – zum Teil.

Wenn aber ein Mensch von sehr viel geringerer geistiger Souveränität als Heisig, wohl aber vom gleichen Jahrgang 1925, der niemals in einer liberalen Gesellschaft und in einem demokratisch verfaßten Staat gelebt hat und 45 Jahre lang der kommunistischen Erziehung, Propaganda und Berieselung ausgesetzt gewesen ist – wenn jemand nach solchem Lebensweg auch heute an einigen der Vorstellungen hängen sollte, zu denen er sein Leben lang erzogen worden ist – welcher Westdeutsche mit seiner völlig anderen Biographie will sich ihm gegenüber zum moralischen Richter aufwerfen? Die wirklichen Verbrecher der kommunistischen Diktatur gehören vor das Strafgericht. Aber die moralische Besserwisserei mancher Westdeutschen ist mir zum Speien; und die Überheblichkeit mancher westdeutscher Staatsanwälte und Richter, die auf Taten, die zur Honecker-Zeit in der damaligen DDR begangen worden sind, am liebsten das Recht der alten Bundesrepublik anwenden möchten, riecht mir bisweilen nach angemaßter Siegerjustiz. Manche strafrechtliche Verfolgung scheint den elementaren Grundsatz »nulla poena sine lege« außer acht zu lassen. Die Strafjustiz ist jedenfalls ungeeignet, staatliches Unrecht der Kommunisten »aufzuarbeiten«. Westdeutsche Richter sind in ihrem Leben niemals dem Zwang oder der Versuchung ausgesetzt gewesen, sich einer Diktatur anzupassen. Jede moralische Überheblichkeit erschwert das seelische Zusammenwachsen der Nation. Wenn wir es aber nicht fertigbringen sollten, aus dem unerwarteten Glücksfall der Vereinigung ein dauerhaftes Glück für uns alle zu schmieden, dann kann uns Deutsche der Teufel holen.

Bis zu meiner Wehrpflichteinziehung im Herbst 1937 – damals war ich noch keine 19 Jahre alt – habe ich mich auf den Beruf des Architekten und des Städteplaners vorbereitet. Als Deutschland 1945 in Trümmern lag, wurden für die nächsten Jahrzehnte Architekten und Städteplaner dringend benötigt, aber aus einem sehr simplen ökonomischen Grund kam dieser Beruf für mich nicht mehr in Betracht. Ich hatte mir als junger Mann immer vorgestellt, Architektur nicht an irgendeiner Technischen Hochschule zu studieren, sondern vielmehr in einer Stadt wie München oder Wien, wo es zugleich eine Kunstakademie gab. Der bereits erwähnte Architekt Richard Laage hatte sich des Freundes seines Sohnes Erwin

Seit frühester Jugend war Helmut Schmidt der Literatur, der Musik und der Malerei verbunden; ursprünglich hatte er dem Traum nachgehangen, ein Architekt und Städteplaner zu werden. Aber auch noch als Kanzler gehörte seine Leidenschaft der bildenden Kunst, und in freien Stunden malte er gern.

während unserer Schulzeit angenommen und mir geholfen, mich durch Sehen und Lesen auf den Architektenberuf vorzubereiten; durch ihn hatte ich auch den unlöslichen Zusammenhang zwischen der Kunst und der Statik und Technik des Bauens verstanden. Mein Interesse für Malerei, Skulptur und Architektur war in eins geflossen. Wenn ich in der Schulzeit und selbst noch im Arbeitsdienst viel gezeichnet und gemalt habe, wenn ich Kunst- und Architekturbücher durchgearbeitet habe, so bin ich mir dabei meines Berufszieles immer bewußt gewesen. Jetzt aber, nach der Rückkehr aus der Kriegsgefangenschaft, war ich inzwischen fast 27 Jahre alt, verheiratet, aber ohne die geringste Berufsausbildung. Also kam nur noch ein möglichst schnell zu absolvierendes Brotstudium in Frage. Deshalb studierte ich Volkswirtschaft, machte nach sieben Semestern mein Examen und fand anschließend meine erste zivile Anstellung in der Hamburger Behörde für Wirtschaft und Verkehr.

Ich bin deswegen zwar nicht unglücklich gewesen, habe aber doch bisweilen mit einer gewissen Wehmut an meine jugendlichen Pläne zurückgedacht; und meinen Freund Gerhart Laage, den jüngsten Sohn meines Mentors, habe ich manchmal sogar beneidet; denn er war – sieben Jahre jünger als ich – bei Kriegsende noch jung genug, um in die beruflichen Fußstapfen seines Vaters treten zu können. Er ist als Architekt erfolgreich und anerkannt und versteht natürlich auch von den bildenden Künsten sehr viel mehr als ich. Ich beobachte das oft mit einem gewissen Neid, wenn ich in der Hamburger Freitagsgesellschaft einem Gespräch zwischen ihm und Heinz Spielmann zuhöre. Ich dagegen bin durch meinen Lebensweg auf den Feldern der Kunst zwangsläufig ein Dilettant geblieben. Aber meiner Liebe zur Kunst tut dies keinen Abbruch.

Literatur und Terrorismus

In den fünf Jahren von 1932 bis 1937, etwa von meinem dreizehnten Lebensjahr bis zur Einziehung als Wehrpflichtsoldat, habe ich eine große Zahl von Romanen gelesen, die zur europäischen Weltliteratur gehören – deutsche, russische, französische und englische Autoren. Meine acht Soldatenjahre haben diesen Lesestrom unterbrochen; aus dieser Zeit erinnere ich mich nur an die Lyrik von Matthias Claudius, an Ernst Wiecherts »Einfaches Leben«, an Remarque und an Marc Aurel. Um so stärker erwachte während der ersten Nachkriegsjahre mein Lesehunger; vor allem kamen jetzt die großen Amerikaner des 19. und des 20. Jahrhunderts hinzu, nicht zuletzt dank Rowohlts Rotations Romanen. Bei alledem blieben mir die Personen der Dichter und Romanciers undeutlich, weder kannte ich Biographien über sie, noch gab es irgendeine persönliche Begegnung; die großen Autoren waren weit entfernt von meiner persönlichen Erlebnissphäre.

Es hat nur zwei Ausnahmen gegeben. Zum einen erinnere ich mich dankbar eines sehr anregenden seminarähnlichen Abends mit Ernst Bloch, vermutlich nach einem Vortrag Blochs, in den fünfziger Jahren. In meiner Erinnerung ist der Eindruck großer persönlicher Glaubwürdigkeit haftengeblieben. Zum anderen hatte ich Ende der vierziger Jahre ein oder zwei Semester lang persönliche Berührung mit Eduard Heimann, einem religiösen Sozialisten, der als Jude aus Deutschland hatte emigrieren müssen und nun als Amerikaner einige Gastvorlesungen in Hamburg hielt; von ihm habe ich einen soziologischen und auch einen sozialethischen Überblick erhalten. Beide waren eindrucksvolle Persönlichkeiten, übrigens auch als Lehrer hoch begabt. Weil sie aber beide nicht der Literatur im engeren Sinne zugehörten, blieb mit diesen beiden Begegnungen doch meine Neugierde unbefriedigt, einen der großen literarischen Geister persönlich kennenzulernen. Als ich acht Jahre nach Kriegsende in der SPD-Fraktion Carlo Schmid begegnete, wurde dieser der erste große Literat in meinem Leben.

Nachdem wir Sozialdemokraten zum Bundestagswahlkampf 1961 zum ersten Mal Willy Brandt an die Spitze gestellt hatten, erwies sich in den folgenden Bundestagswahlkämpfen, daß Brandt fähig war, links gestimmte Intellektuelle an sich und damit an die SPD zu ziehen; das hatten weder der sehr nüchtern wirkende Erich Ollenhauer noch vor ihm der auf viele sehr nationalistisch wirkende, scharf formulierende Kurt Schumacher vermocht. Brandt dagegen erschien in seinen öffentlichen Reden als die weit herausragende, idealistische Figur der sechziger und siebziger Jahre, dabei kam ihm seine Neigung zu im Grunde vage bleibenden visionären Gedanken und Formulierungen sehr zu Hilfe. Der Umstand, daß die sehr erfolgreichen, von einem breiten Publikum geschätzten Schriftsteller Heinrich Böll, Günter Grass, Siegfried Lenz sowie andere Autoren und Künstler Willy Brandt und die SPD öffentlich hörbar und sichtbar unterstützten, hat zu unseren zunehmenden Erfolgen bei den Bundestagswahlen 1965, 1969 und 1972 beigetragen. Von den zuweilen sich ergebenden euphorischen Stimmungen bin auch ich einmal erfaßt worden, wenngleich ich im allgemeinen und besonders 1972 gegenüber der Euphorie ziemlich skeptisch blieb; ich sah schon während der Jahre der »Großen Koalition« (1966 bis 1969) und viel deutlicher noch in den viereinhalb Jahren, in denen Willy Brandt der sozialliberalen Koalition vorstand (1969 bis 1974), daß es ihm – vor allem in der Innen- und der ökonomischen Politik – äußerst schwierig, ja unmöglich war, in der alltäglichen Wirklichkeit des Regierens die idealistischen und zum Teil utopischen Erwartungen zu erfüllen, die er geweckt hatte. Im Frühjahr 1974 hatte ich deshalb ein sehr unangenehmes Erbe zu übernehmen. Ein Teil der Brandt zugetanen Autoren und Publizisten kreidete dem Nachfolger die notwendige Ernüchterung an, einige sogar mit Bitterkeit, darunter wohl auch Grass und Böll.

Gleichwohl habe ich die in jenen Jahren entstehende persönliche Bekanntschaft mit Grass und Böll deutlich als Bereicherung empfunden. Mit Siegfried Lenz, der gleich mir in Hamburg wohnte, war früher schon ein freundschaftliches Verhältnis entstanden. Seine Romane und Novellen – nicht alle habe ich gelesen – sagten mir zu, weniger dagegen die Romane Heinrich Bölls und relativ am wenigsten die Romane von Günter Grass, dessen Zeichnungen mir jedoch sehr gefallen, vermutlich auch deshalb, weil sie für mein Gefühl eine gewisse Nähe zum Werk von Horst Janssen haben. Grass war unter den dreien der am stärksten politisch Orientierte, wobei es wohl seinem Naturell entsprach, sich vorwiegend *gegen* etwas zu engagieren – sein positives politisches Engagement für Willy Brandt ist jedenfalls die Ausnahme geblieben. Das soll aber kein Vorwurf sein; denn es ist eine sehr verständliche und darüber hinaus begrüßenswerte Tatsache, daß politisch engagierte Schriftsteller innerhalb demokratisch verfaßter Staaten sich weit überwiegend den Defiziten und den Mißständen in ihrer eigenen Gesellschaft zuwenden.

Deshalb habe ich Grass – ungeachtet seiner manchmal übertriebenen Kritik – viele Male im Gespräch mit konservativen oder christlich-demokratischen Partnern verteidigt. Dabei erschien mir Grass als ein ziemlich robuster Mann; er konnte eine gehörige Portion Anti-Kritik vertragen, ohne von ihr ernsthaft verletzt zu werden. Viele Jahre später, als 1995 der sich für allwissend haltende und als deutscher Literaturpapst gerierende Marcel Reich-Ranicki mit Dreschflegeln Grass' Roman »Ein weites Feld« in Grund und Boden stampfen wollte, habe ich mich darüber gefreut, daß die Attacken im Ergebnis, wie mir schien, im Gegenteil zu einem breiten Interesse und einer hohen Auflage des verrissenen Werkes (das ich selbst nicht gelesen habe) beigetragen haben; Grass hat sich durch Reich-Ranicki nicht zum Gegenangriff provozieren lassen.

Heinrich Böll war dagegen ein verletzbarer und ein häufig verletzter Mensch. Er schien mir vom Mitleiden geprägt; er war aber auch selbst ein Leidender, von mancherlei Krankheit geplagt, er starb mit nur 67 Jahren. Einmal habe ich den Kranken in seinem Haus in der Eifel besucht, mehrfach habe ich ihm aufmunternde Briefe geschrieben; aber auch umgekehrt gab es herzliche Wünsche von ihm, wenn ich selbst krank war. Wir mochten uns, obschon ich als Kanzler von Böll sehr viel härtere Kritik erfahren habe, als mir selbst gerechtfertigt erschien. Wir blieben in brieflichem Verkehr; insbesondere nachdem wir uns im Oktober 1977 persönlich näher kennengelernt hatten, auf dem Höhepunkt des deutschen Terrorismus, für dessen Motive Böll ein gewisses Verständnis hatte, nicht jedoch für dessen Morde.

Für meine Polenpolitik hat Böll mich ausdrücklich gelobt, auch war er überzeugt von dem den Frieden erhalten wollenden Grundmotiv meiner Außen- und Verteidigungspolitik. Mit einigen wichtigen Details der praktischen Ausprägung jedoch war er nicht einverstanden, besonders nicht mit dem NATO-Doppelbeschluß; was er sehr öffentlichkeitswirksam mit seiner Beteiligung an Demonstrationen in Mutlangen und in Bonn zeigte. Entgegen einigen teils albernen, teils bösartigen Unterstellungen und Insinuationen war Böll in keiner Weise dem Kommunismus oder der Sowjetunion zugeneigt, wohl aber mochte er das russische Volk. Gleichzeitig hegte er ein profundes Mißtrauen gegenüber der politischen Führung der USA, von Nixon bis zu Reagan. Nach der Bonner Friedensdemonstration, bei der er selbst als Redner aufgetreten war, schrieb er mir, ich möge deswegen »bitte keinen persönlichen Groll« gegen ihn hegen, und weiter: »Ich weiß, daß es auch Ihnen Ernst mit dem Frieden ist.«

Ich lag damals im Krankenhaus und hatte deshalb am 21. Oktober 1981 Zeit zu einer ausführlichen Antwort: »Das Ziel der Friedenserhaltung ... führt mich dazu, unser Land weder in eine Situation geraten zu lassen, wo es von einer sowjetischen Führung – gestützt auf gewaltige Übermacht – genötigt werden kann, noch in eine Situation, in der wir bedingungslos dem zu folgen hätten, was die jeweilige amerikanische Führung als im gemeinsamen Interesse liegend erachtet. Da wir gleichzeitig innerhalb des westlichen Korbes unentbehrlich bleiben, wenn das Gleichgewicht gewahrt werden soll, so folgt aus alledem: Der Weg für eine zukunftsgemäße, den Frieden bewahrende und ihn sogar festigende deutsche Politik ist und bleibt auch fürderhin ein sehr schmaler Weg. Glauben Sie mir: Es peinigt mich oft, über diesen Weg und seine Ziele nachzudenken. Es peinigt mich mehr als das unbeabsichtigte oder leider auch geflissentliche Mißverständnis einiger, meine Politik diene nicht mit aller Kraft dem Frieden. Dies ist jedenfalls aber ihr Zweck, mit aller Kraft und Konsequenz dem Frieden zu dienen. Ich fühle mich darin zwar von einigen Demonstrationsteilnehmern mißverstanden, von anderen Demonstrationsteilnehmern aber durchaus verstanden und bejaht ...«

Böll hat darauf freundlich geantwortet, er ging einige Tage später in einem ausführlichen Brief noch einmal auf die Sache ein. Er frage sich, ob nicht Rüstungstechnik und Rüstungsstatistik sich allmählich in irrationale Dimensionen begeben hätten. »... Mich ängstigt auch die Vorstellung, daß die Sowjetunion weiter und weiter mitrüsten wird und möglicherweise in eine schwere Versorgungskrise gerät, die sie gefährlicher macht als ihre gegenwärtige Rüstung ...« Dies war eine sachgerechte Frage; zumindest später, seit Reagans »Strategic Defense Initiative« (SDI), gab es in Washington in der Tat einige Leute, die davon ausgingen, die Sowjetunion im Rüstungswettlauf zum ökonomischen Kollaps bringen zu können.

Ingesamt gesehen haben Böll und ich fast überhaupt nicht über die in seinen Romanen aufgeworfenen gesellschaftskritischen Fragen miteinander geredet oder korrespondiert, sondern statt dessen fast ausschließlich über Außen- und Sicherheitspolitik (von dieser Ausschließlichkeit war der Terrorismus die einzige Ausnahme; davon soll unten noch die Rede sein). Dabei hatte er – ganz anders als sein zeitweiliger Kombattant Erhard Eppler – durchaus Verständnis für meine Positionen, auch wenn er sie nicht teilte.

Zum 60. Geburtstag von Heinrich Böll im Dezember 1977 stattete auch Helmut Schmidt dem Nobelpreisträger einen Besuch ab. Brandt und Schmidt hatten ein nicht immer konfliktfreies, aber stets vertrauensvolles Verhältnis zu den Repräsentanten der deutschen Gegenwartsliteratur, wobei Schmidt jedoch sehr bald auf größere Distanz zu dem utopischen Idealismus vieler Intellektueller ging.

Böll war eine ungewöhnliche moralische Autorität zugewachsen, weil er aufrichtig war, jedem Pathos abgewandt, weil er sich zur Schuld in Deutschlands jüngster Geschichte bekannte, weil er immer gütig und hilfsbereit war – Alexander Solschenizyn und Lew Kopelew sind unter denen, die Böll wichtige Hilfe verdanken. Heinrich Böll war ein kritischer Humanist, der vielen, zumal im Ausland, als das personifizierte Gewissen der Deutschen erschien; der Literaturnobelpreis 1972, zum ersten Mal seit Thomas Mann einem Deutschen verliehen, wurde als eine Besiegelung dieses Bildes empfunden. Freilich hatte er selbst damit nichts im Sinn. Vor mir liegt ein handgeschriebener Brief mit dem Satz: »Mir ist es immer peinlich, im Ausland als guter Deutscher bezeichnet zu werden.« Dieser Satz war mir gegenüber nicht nötig, denn ich kannte seine große persönliche Bescheidenheit – trotz seines Anspruchs, Anwalt von Moral und Freiheit und Gerechtigkeit zu sein.

Böll hat gewiß politische Irrtümer begangen; er konnte trotz der ihm immanenten Toleranz recht einseitig sein. Besonders fehlte seinen eher literarisch als politisch formulierten Reden bisweilen die Eindeutigkeit. Die beckmesserischen Gegner von rechts haben sich wie Geier darauf gestürzt, sie haben Böll teils mit Joseph Goebbels und teils mit Karl Eduard von Schnitzler in einen Topf geworfen und ihn zur Emigration aufgefordert. Der bereits zitierte Brief Bölls an mich vom 14. Januar 1978 enthält auch diesen Satz: »Ich fühle mich zugehörig – das ist, wie mir scheint, mehr als staatsergeben. Zugehörig zur Bundesrepublik, zu ihrem erstaunlichen Aufstieg, auch ihren Schwächen, den Opfern einer Aufbaubrutalität, die möglicherweise nicht zu vermeiden war.« Es war übrigens ein Dankbrief, der sich auf ein vorangegangenes Gespräch bezog, das ihm mehr Freude gemacht habe, als ich ahnen könne. Ich hingegen muß heute hinzufügen: Auch ich habe am Austausch mit Böll – trotz unterschiedlicher Standpunkte oder vielleicht gerade wegen unterschiedlicher Standpunkte – mehr Freude gehabt, als er vermutlich hat ahnen können.

Lew Kopelew, den ich erst relativ spät kennengelernt habe, hat in seiner umfassenden Humanität eine gewisse Ähnlichkeit mit Böll, freilich ganz ohne Bölls leicht resignativen Gesichtsausdruck. Kopelew ist mir besonders deshalb lieb, weil wir mit den gleichen Künstlern in Fischerhude befreundet sind. Als ich ihn das erste Mal traf, hat mich seine gewaltige weiße Haarpracht sogleich an Carlo Schmid erinnert, beide ausgestattet mit Charakterköpfen – wie man bisweilen bei uns sagt. Die literarische Bildung des Russen ist derjenigen Carlo Schmids vermutlich ebenbürtig. Einmal kamen wir in ein Gespräch über die Europa repräsentierenden Charakterfiguren; dabei wußte Kopelew über Don Quijote, Faust und Casanova wesentlich besser Bescheid als ich. Kopelew hat 1982 eine liebenswerte Laudatio auf Böll geschrieben, in der er die große Wirkung Bölls in der Sowjetunion beschrieb und die bemerkenswerte Tatsache erwähnte, daß die kommunistische Zensur ziemlich genau die gleichen Stücke Bölls nicht erscheinen ließ, die auch die deutsche Rechte in Zorn versetzt haben.

Zwei andere Schriftsteller, denen ich begegnet bin, möchte ich hier mit Dankbarkeit erwähnen. Der eine ist Rolf Hochhuth. Ich habe das eine oder andere von ihm gelesen, vor allem aber habe ich seinen »Stellvertreter« auf mehreren Bühnen gesehen, ein Stück, das mir genauso unvergeßlich bleiben wird wie – lange vorher – Zuckmayers »Des Teufels General« oder Borcherts »Draußen vor der Tür«. Dabei traue ich mir gar kein literarisches oder dramatisches Urteil zu. Wohl aber habe ich in allen diesen drei Fällen empfunden: Hier findet etwas auf der Bühne statt, an dem du im Leben als Zeitgenosse, als Mittäter und Mitleidender Anteil gehabt hast. Alle drei Dramen kamen jeweils zu einer Zeit auf die Bühne, als wir Deutschen – oder doch wenigstens ich selbst als Deutscher – seelisch ganz dafür aufgeschlossen waren, weil wir in dem andauernden, angestrengten Versuch begriffen waren zu erkennen, was mit uns geschehen war, was wir hatten geschehen lassen, was wir getan hatten – anderen angetan hatten. Ich hatte den Eindruck, Hochhuth habe sorgfältig recherchiert. Irgendwann in den achtziger Jahren habe ich ihn einmal zum Gespräch gebeten; wir trafen uns in meinem kleinen Büro bei der ZEIT und gerieten alsbald in ein intensives historisches Gespräch. Hinsichtlich sehr vieler Einzelheiten aus den Geschichtsepochen, über die wir sprachen, war Hochhuth mir an Wissen weit voraus, was ich mit innerer Anerkennung registriert habe. Meine Sekretärin hat später behauptet, Hochhuth sei nach zwei Stunden recht fröhlich und leicht schwankend fortgegangen. Ich glaube nicht so recht daran, denn ich habe nichts dergleichen bemerkt; ich kann lediglich einräumen, daß wir gemeinsam einige Whiskys konsumiert haben. Seither haben wir uns leider nicht wiedergesehen; viele seiner moralisch-anklägerischen Stücke sind inzwischen auf der Bühne. Seine Kritik (»Wessis in Weimar«) an dem von Bundesregierung und Bundestag ins Werk gesetzten Ausverkauf der ostdeutschen Betriebe an Westdeutsche ist prinzipiell leider ganz richtig. Aber mir ist vor allem der erste Eindruck fest im Gedächtnis geblieben: Hier ist nicht nur einer, der sehr wirksam Geschichte dramatisch verarbeitet, sondern außerdem einer, der zuvor sorgfältig recherchiert, um die Tatsachen so gut wie möglich zu kennen.

Ganz besonders gern erinnere ich mich an Max Frisch. Ich hatte in den fünfziger Jahren seinen Roman »Stiller« gelesen, hatte später »Andorra« auf dem Theater gesehen, ansonsten besaß ich aber keine allzu genaue Kenntnis von der Person und ihrem Werk, als ich Max Frisch 1975 einlud, mich auf einer offiziellen Chinareise zu begleiten. Ganz von weitem hielt ich Frisch zwar für einen hervorragenden Dramatiker deutscher Sprache, für einen Sozialdemokraten, einen kritischen Intellektuellen gegenüber der bürgerlichen und der kapitalistischen Gesellschaft im allgemeinen und gegenüber seinem Schweizer Vaterland im besonderen; aber der Anlaß für meine Einladung hatte damit eigentlich nur wenig zu tun. Vielmehr wußte ich von einem Stück, das Frisch lange vorher unter dem Titel »Die Chinesische Mauer« geschrieben hatte, und dachte, es müßte ihm eine Freude machen, diesseits der Metapher die reale, historische chinesische Mauer zu erleben.

Abgesehen von meinen amtlichen Beratern und Mitarbeitern kam eine kleine, illustre Gastdelegation zusammen: Neben Max Frisch Carl-Friedrich von Weizsäcker, mit dem ich in meiner

Hamburger Zeit bisweilen Unterhaltungen über die zukünftige Weltrolle Chinas geführt hatte, Klaus Mehnert, der von mir sehr geschätzte Herbert Grünewald, Chef von Bayer-Leverkusen, und mein Freund Rudolf Sperner, Chef der Bauarbeiter-Gewerkschaft – dazu meine Frau und ich selbst. Wir haben auf dem endlos langen Hinflug über Gott und die Welt, über die Philosophie und die Literatur miteinander geredet und ebenso auf dem Rückflug, wobei nun aber das Thema China im Vordergrund stand: Mao Zedong, der Befehlskommunismus, die Gesellschaft der blauen Ameisen und die lange, Respekt gebietende Kulturgeschichte des Reiches der Mitte. Wir haben aber auch, nebeneinander auf dem Boden des Flugzeuges hockend, die menschenleere Wüste Gobi betrachtet und gemeinsam über die schier endlose, von Menschenhand nicht beeinflußte Landschaft sinniert.

Einige Wochen später schrieb Max Frisch im »Spiegel« einen langen Bericht über seine chinesischen Eindrücke. Er verbarg nicht, daß er sich »vom Sozialismus etwas erhoffte«, verhehlte jedoch auch nicht die Skepsis, die ihm die vielfältigen, vom chinesischen Protokoll sorgfältig vorbereiteten und inszenierten Abläufe der Reise einflößen mußten. Frisch schloß seinen Reisebericht mit folgenden Worten ab: »Sie leben in einer anderen Zeit, und plötzlich ist man gar nicht so sicher, wer da rückständiger ist ... Wenn es das gibt, Politik mit Transzendenz, so gibt es sie in China.«

Dieser Optimismus hat sich mir allerdings keineswegs mitgeteilt. Ansonsten aber war ich – auf Frischs Frage hin – mit seinem glänzend geschriebenen, zugleich farbenfreudigen und nachdenklichen Essay durchaus einverstanden.*

Ich fühlte mich zu Max Frisch hingezogen. Damals entstand so etwas wie eine Freundschaft auf große Distanz zwischen dem humanitären Moralisten Frisch, der ein idealistischer, wenngleich resignativ gestimmter Sozialist und Demokrat war, als Schreiber ein urteilsstrenger Individualist, ein Kritiker von Selbstzufriedenheit, von Anmaßung, von Zwang und Vermassung gleichermaßen, von Bürokratie und staatlicher Organisation, und andererseits dem sozialdemokratischen Kanzler, der ungeachtet aller Unvollkommenheiten täglich praktisch zu handeln hatte. Nebenher war der Schriftsteller stolz auf seine Kochkünste; aber zu dem gemeinsamen Abendessen, das er selbst kochen wollte, ist es nicht gekommen.

---

* Auch ich selbst habe über jene Reise ausführlich berichtet, vgl. »Menschen und Mächte«, bei Siedler, Berlin 1987.

Als ich mich in den folgenden Jahren mit dem mörderischen Terrorismus der Baader-Meinhof-Gruppe herumschlagen mußte, die sich Rote-Armee-Fraktion (RAF) nannte, und als in den Reihen der achtundsechziger Studenten eine keineswegs bloß »klammheimliche« Sympathie mit dem Terrorismus offenbar wurde, kam mir in den Sinn, daß Frisch die Motive jener überwiegend noch jugendlichen Täter vielleicht besser verstünde als wir in Parlament und Regierung. Daraus resultierte die Idee eines privaten Gesprächs zwischen linken Autoren und einigen Regierungsmitgliedern. Das Gespräch mußte mehrfach verschoben werden, bis es schließlich an einem Sonntagnachmittag im Bonner Kanzlerbungalow zustande kam. Außer Max Frisch waren Heinrich Böll, Siegfried Lenz, Siegfried Unseld, meine Ministerkollegen Hans Matthöfer und Herbert Ehrenberg sowie schließlich meine Frau und ich dabei; Günter Grass hatte, seines 50. Geburtstages wegen, absagen müssen.

Das Gespräch dauerte fünf Stunden, und inmitten der zum Teil aufgeregten und aufwühlenden öffentlichen und parlamentarischen Terrorismusdebatte wurde es sehr ruhig und nachdenklich geführt. Wir suchten nach den Gründen für die politische und moralische Verwirrung in den Köpfen und den Seelen der Attentäter, nach den gesellschaftlichen und politischen Ursachen des Abgleitens junger Idealisten in das organisierte Verbrechen gegen das Leben anderer Menschen. Kurz vor dem Zusammentreffen hatten einige Sympathisanten der RAF ein Flugzeug der Lufthansa in ihre Gewalt gebracht, sie drohten mit der Tötung aller Passagiere, um so die Freilassung von Ulrike Meinhof, Andreas Baader und anderer Gefängnisinsassen zu erpressen. Wegen dieser Ereignisse und wegen der schon seit Wochen andauernden Entführung Hanns-Martin Schleyers hatte ich seit Tagen sehr wenig Schlaf gehabt, auch waren meine Nerven angespannt wie nie zuvor; Regierung und Oppositionsführung hatten im Einvernehmen miteinander dem entführten Flugzeug heimlich Polizeikräfte (GSG 9) hinterherfliegen lassen. Wir waren zum Befreiungsversuch entschlossen. Es war Sonntag, der 16. Oktober 1977; nachts gegen 24.00 Uhr sollte die Befreiung unter Hans-Jürgen Wischnewskis Führung in Mogadischu stattfinden. Natürlich durfte ich unseren Besuchern nichts darüber andeuten; sie haben lediglich bemerkt, daß ich einige Male zu kurzen Gesprächen oder Telefonaten aus dem Zimmer gebeten wurde.

Für mich war unser Gespräch eine kontemplative Unterbrechung. Ich war zunächst innerlich hoch nervös und hatte mittags noch den Gedanken erwogen (und dann verworfen), das Gespräch abzusagen. Aber dann hat mich unsere Diskussion schrittweise zur Ruhe gebracht; meine Gäste sprachen behutsam, zum Teil in Ergänzung und zum Teil im Widerspruch zueinander. Siegfried Unseld hat darüber notiert: »Böll wandelte sich im Laufe des Gespräches aus einem Ankläger in einen Mann, der vieles verstand und der sicherlich großes Verständnis für die Situation des Bundeskanzlers hatte .... Das Gespräch lockerte sich von halber Stunde zu halber Stunde; auch die Minister gingen aus ihrer Reserve heraus.«

Am stärksten hat mich Max Frisch beeindruckt, wenngleich er nur selten das Wort ergriff. Aber er gab zu verstehen – vielleicht nur zwischen den Zeilen seiner Beiträge –, daß es zwischen unseren Hoffnungen, Sehnsüchten, Zielen und Plänen einerseits und der Wirklichkeit andererseits einen Gegensatz gibt, den wir nicht beheben können. Wir müssen bereit sein, ihn zu ertragen und mit dem Widerspruch zu leben. Frisch konnte nicht wissen, wie sehr sein eher abstrakter Zuspruch mir in meiner konkreten Situation hilfreich war. Als ich vier Tage darauf im Parlament über den Mord an Hanns-Martin Schleyer, über die Befreiung in Mogadischu und über die Selbstmorde der Terroristen in Stuttgart-Stammheim zu berichten hatte, habe ich mich am Schluß ein wenig bei Frisch angelehnt und gesagt: »Wer weiß, daß er so oder so, trotz allen Bemühens, mit Versäumnis und Schuld belastet sein wird, wie immer er handelt, der wird von sich selbst nicht sagen wollen, er habe alles getan und alles sei richtig gewesen.« Als ich später Frischs Buch »Montauk« las, mit all der Traurigkeit über Verlust und Ende, und abermals viele Jahre später, bei seinem Tode, habe ich gedacht: Max Frisch, deine Maxime bleibt richtig. Sie ist aber kein Grund zur Resignation. Kein Grund auch zur Einsamkeit, denn deine Freunde bleiben dir.

Kurz nach Mogadischu habe ich Willy Brandt und meinen Kollegen in der Führung der SPD vorgeschlagen, Max Frisch als Gastredner zu unserem Parteitage einzuladen, der im folgenden Monat in Hamburg stattfand. In seiner Rede hat Frisch sein persönliches Resümee aus unserer fünf Wochen zurückliegenden Unterhaltung gezogen. Er begann mit einer Solidaritätserklärung an Böll, Grass, Lenz, an Hentig, Luise Rinser, Habermas, Jens und Walser: Nur einem Unwissenden oder einem Lügner sei es möglich, sie als Verteidiger des Terrorismus zu verdächtigen. Dann folgten drei Fragen, jeweils eingeleitet durch Tatsachenfeststellungen oder Problembeschreibungen.

Seine erste Frage griff zunächst zurück auf den Mogadischu-Sonntag und auf unser Gespräch; er sagte über den Bundeskanzler, er werde es nicht vergessen: »... ein Mann, als humane Persönlichkeit extremer Verantwortung gerecht«. Er bejahte ausdrücklich den »Rigorismus der Regierung«. Seine Frage an den Parteitag war: »Welcher Art muß ihr Recht und der Umgang mit ihrem Recht sein, damit die Gesellschaft die ethische Legitimation hat, notfalls ... achtzig Menschenleben opfern zu dürfen?« Seine Antwort: »Diese Legitimation hat eine Gesellschaft nur, wenn sie auch in keinem anderen Fall auf Erpressung eingeht, auch nicht auf die stille Erpressung durch den Besitz der Produktionsmittel ... oder kurz gesagt, wenn unser Staat ein Menschenrechtsstaat geworden ist.«

Seine zweite Frage leitete er mit der Feststellung ein, alle terroristischen Täter gehörten der jungen Generation an, viele von ihnen seien weiblichen Geschlechts, zwei von ihnen Pfarrerskinder, unter moralischen Imperativen herangewachsen, die eigentlich für uns alle gelten. Seine Frage: »Wie unschuldig oder schuldig sind wir an der Wiederkunft des Terrorismus? Nicht als Sympathisanten, die wir keinen Augenblick haben sein können, sondern ... durch familiären und institutionalisierten Unverstand gegenüber einer ganzen Generation? ... Welches Ziel finden die Heranwachsenden vor? Welchen Daseinssinn?« Seine Antwort zielte auf die »Wiederherstellung der Politik, auf daß Politik mehr sei als die Fortsetzung des Geschäfts mit anderen Mitteln ... Politik als Entwurf eines Zusammenlebens der Menschen ... im Gegensatz zur Profitschlacht aller gegen alle, das Lebenswerte stiftet«.

Frischs dritte Frage galt den Intellektuellen. Die Skepsis der Arbeiterschaft gegenüber den Intellektuellen habe viele Gründe, darunter auch gute. Auch Helmut Schmidt werde sich keinen Mangel an Skepsis gegenüber den Intellektuellen vorwerfen müssen (hier verzeichnet das Protokoll Heiterkeit und Beifall). »Was versteht man eigentlich unter einem Intellektuellen? ... Es gibt Leute, denen wenig Bildung eigen ist, aber eine beträchtliche Intelligenz. Wie sonst könnten sie zum Beispiel Wirtschaftsführer werden? (Abermals Heiterkeit und Beifall.) Was einen Menschen zum Intellektuellen macht, ist noch nicht die Intelligenz und sicher nicht der Umstand, daß einer – im Gegensatz zur Mehrheit, deren Arbeitskraft die Nation ernährt – die Universität hat besuchen können. Ich vermute, der Intellektuelle ist jemand, der vor allem besessen ist von einem Verlangen nach Erkenntnis der Wahrheit ... Meine dritte Frage: Was würde aus einer politischen Partei, die den möglichen Beitrag der Intellektuellen, nämlich Innovation durch Kritik, in ihre pragmatische Arbeit einzubauen nicht willens oder nicht fähig ist ...?« Seine Antwort war lapidar: »Ich kann mir nicht denken, daß Politik ohne die lästige Assistenz der Intellektuellen eine geschichtliche Chance hat.«

Max Frisch wurde viele Male von Beifall unterbrochen. Auf einem CDU-Parteitag wäre das vermutlich anders verlaufen, denn daß hier ein demokratischer Linkssozialist sprach, war unverkennbar. Wenn ich von seinen Seitenhieben einmal absehe (denen ich nicht restlos zustimmen konnte), so setzte er im Vorübergehen manche geistreichen Akzente und witzige Nuancen, wie man sie seit Carlo Schmid auf unseren Parteitagen kaum mehr gehört hatte. Seine drei Fragen jedoch gelten auch heute, auch wenn man andere Antworten für richtig finden wird. Als ich diesen Abschnitt schrieb, hatte ich kurz zuvor Zuckmayers Erinnerungen gelesen (»Als wär's ein Stück von mir«), ein Lob der Freundschaft. Zuckmayer hat Frisch kurz nach dem Kriege zum ersten Male getroffen und schreibt darüber: »Ein Mensch, mit dem man verbündet war, eh man ihn gekannt hatte – in der geheimen Brüderschaft, welche die Wahrheit liebt und das reine Wort.« Das Wort paßt zu Max Frischs Definitionsversuch, was ein Intellektueller sei.

In Wirklichkeit, so denke ich, reicht das Streben nach Wahrheit allein zur Definition nicht aus; sondern es gibt unter dem gemeinhin benutzten Begriffsnamen des Intellektuellen sehr verschiedene Kategorien, von Friedrich Schiller bis zu Karl Schiller oder von Carl Schmitt bis zu Carlo Schmid. Ohne die Kritik aller sehr verschiedenen Kategorien von Intellektuellen – und dazu gehören nicht alle Schreibenden und schon gar nicht ausschließlich die Literaten oder die sozialökonomisch Lehrenden – kann eine Gesellschaft sich nicht fortentwickeln. Allerdings habe ich nie viel von solchen Menschen gehalten, die zwar mangels Erfahrung selber keine Leitung ausüben oder gar einen Landkreis verwalten können, die weder das Grundgesetz noch das öffentliche Recht kennen, gleichwohl aber überheblich und besserwisserisch Konzepte für die Gesamtheit unserer Gesellschaft oder ihrer Wirtschaft oder des Staates anbieten.

Deshalb habe ich mich anfänglich auch geärgert, als ich von Möchtegernintellektuellen oder Halbintellektuellen als bloßer »Macher« abqualifiziert wurde, weil ich »theorielos« sei oder weil ich zwar möglicherweise bisweilen etwas zustande brächte, aber aus einem falschen Grunde oder weil mir eine »Vision« fehle. Später habe ich mich an diese zunächst aus marxistischen und pseudomarxistischen Zirkeln geäußerte Schmäh genauso gewöhnt wie an den zunächst meistens von rechts kommenden Vorwurf, ich kennte keine Grundwerte und übe keinerlei geistig-moralische Führung des Volkes aus. Noch später und lange schon sind mir alle derartigen Vorwürfe ganz gleichgültig geworden, zu allermeist verfolgten sie bloß tagespolitische Zwecke.

Natürlich ist die Diskussion unter wirklichen Intellektuellen notwendig. Als mich im Sommer 1980 der Vorschlag erreichte, für die ZEIT ein kulturpolitisches Streitgespräch mit Günter Grass, Siegfried Lenz und Fritz J. Raddatz (damals Redakteur bei der ZEIT) zu führen, habe ich diesen deshalb gern akzeptiert. Dabei erwartete ich, es werde sich im Gespräch auch eine Möglichkeit ergeben, über die obengenannten Vorwürfe gegen mich zu reden. Zwar wußte ich, daß Raddatz ein provokanter Polemiker ist. Als solcher hat er in der Ruhe unseres Brahmsee-Häuschens das Gespräch dann auch tatsächlich begonnen, aber das übergehe ich hier und fange mit einer längeren Passage von Grass an.

Ein Disput zwischen Intellektuellen

Grass: Wir wollen ein Gespräch über Kultur im breitesten Sinn führen, und Raddatz hat mit dem Wort Intellektueller eine Einengung in das Thema hineingebracht, die ich eigentlich so nicht hinnehmen kann. Leute, die in den verschiedensten Sparten der Kunst produktiv sind, müssen nicht Intellektuelle sein, können es allenfalls sein. Vieles, was in diesen Bereichen entsteht, bezieht seine Kraft gerade auch aus einer Spannung, die nicht in erster Linie intellektuell ist ... Ich habe das Gefühl, daß die deutsche Sozialdemokratie – insbesondere die deutsche, aber vielleicht auch die skandinavische – eine stark protestantische Prägung hat und daß in ihrem Verständnis den Künsten gegenüber etwas Puritanisches mitschwingt. Daß Kunst also schon akzeptiert wird, aber doch in erster Linie auch auf einen gewissen Nützlichkeitseffekt abgeklopft wird: Was bringt es? Welche Erfahrung vermittelt es? Wieweit belehrt es uns? Das führt zu vielen Mißverständnissen; denn in der Kunst liegt außer all diesen Dingen, die sie leistet, noch etwas anderes. Literatur kann unterhaltend sein, muß sogar unterhaltend sein, ja besonders dann, wenn sie stört, wenn sie stören, verstören will. Sie kann das nur, wenn sie, auf manchmal unerklärliche Art und Weise dabei noch unterhaltend, »schön« ist. Gleiches gilt von der Malerei. Das sind ästhetische Gesetzmäßigkeiten, die sich oft mit der Elle der praktischen Vernunft nicht messen lassen. Hier sind die Gegensätze.

Schmidt: Ich darf ausdrücklich unterstreichen, was Günter

Grass sagte. Kultur einzuengen auf das, was Intellektuelle hervorbringen, wäre unredlich. In vergangenen Jahrhunderten sind die großen Künstler normalerweise aus einem handwerklich erlernten Beruf hervorgegangen. Das gilt für die ganze große italienische Malerei über mehrere Jahrhunderte; das gilt für Veit Stoß, Tilman Riemenschneider, das gilt für die großen Kathedralenerbauer in Nordfrankreich und in Deutschland, um nur ein paar wenige Beispiele herauszugreifen. In vielen Fällen ist dann der große Künstler im Lauf seines Lebens ein Intellektueller geworden, das ist wahr.

Nun zu der zweiten Bemerkung von Grass mit dem Puritanismus. Mein eigenes Erlebnis ist ganz anders. Wenn ein Hafenarbeiter, ein Fabrikarbeiter oder ein Handwerker in Hamburg in den zwanziger Jahren sich für Graphik interessierte, dann hat ihm Frans Masereel, dann hat ihm Käthe Kollwitz eingeleuchtet, weil sie etwas beschrieben, was sein Leben war. Daß es außerdem noch große Kunst war, hat er vielleicht zunächst nur geahnt. Aber es war kongenial, es war sein Leben. Und so waren solche Leute wie Kollwitz und Masereel – mit Abstand sicherlich auch Barlach – hervorragend geeignet, Menschen, die ohne schulische Anleitung, ohne pädagogische Anleitung der Kunst begegneten, auf die Kunst hinzuführen. Die beiden, die ich eben nannte, passen nicht in Günter Grass' Kategorie des Puritanischen, Didaktisch-Zweckmäßigen.

Grass: Ja und nein. Aber nehmen wir eine andere Dimension, einen anderen Zeitgenossen, einen Beckmann zum Beispiel, in seiner sensiblen Brutalität, mit Bildern, die bis heute schockieren, die bis heute in keinen Bankpalast hineinpassen wollen. Von dieser unmittelbar schockierenden Wirkung, die von einem Beckmann-Bild ausgeht, läßt sich aber diese didaktische Wirkung, die von Masereel und Kollwitz abzuleiten sein mag, nicht herstellen.

Lenz: Ich wollte ein bißchen weg von der allgemeinen Kunsterörterung und persönlicher werden. Helmut Schmidt, der Politiker, hat selbstverständlich seine Außenansicht, er gilt als ein Mann des kritischen Rationalismus, als ein Pragmatiker allerkühlsten Wassers. Gleichzeitig kennen wir den Privatmann Helmut Schmidt, der, wie wir wissen, ein leidenschaftlicher Leser ist, ausübender Musiker …

Schmidt: Sehr dilettantisch.

Lenz: Gut. Aber es gibt eben den Privatmann Helmut Schmidt, der nebenbei auch ein Kunstsachverständiger ist. Ich möchte fragen, wenn es schon diese zwei deutschen Seelen gibt, dieses offenbar deutsche Dilemma, ob es da zu gewissen Spannungen kommt.

Daß der Rationalist dem Kunstliebhaber widerspricht oder der eine den anderen korrigiert. Gibt es das, kommt das vor?

Schmidt: Ich halte das weder für ein Dilemma noch für eine Polarisation in mir selbst. Ich habe ein Dilemma nie empfunden. Ich bin ganz überrascht von dem, was Sie in mich hineingeheimnissen ... Je nachdem, was zufällig jemand irgendwo aufgeschnappt hat, danach macht er sich ein Bild oder ein Klischee zurecht von einem anderen Menschen. Das, was Sie sagen, habe ich nie anders denn als selbstverständliche und mir völlig unproblematische Einheit empfunden.

Raddatz: Wenn das Klischee nun mal »der Macher« heißt: Das kommt ja nicht von ungefähr; und manche – wie wohl Lenz – denken: Stellt er sein Licht unter den Scheffel? Dann muß man fragen: Ist denn da überhaupt ein Licht unter dem Scheffel, oder ist nur Scheffel? Ist es nicht doch so, daß Äußerungen und Nichtäußerungen von Ihnen zu Kulturproblemen diesem Klischee Vorschub leisten? Wenn ich an die große Berliner Parteitagsrede denke, wo der Begriff Theorie – eigentlich ein in der Sozialdemokratie einst wichtiger Begriff – gar nicht vorkommt, wo der Begriff Kultur zweimal am Rande vorkommt: Da wird man sich schon fragen dürfen, wie geht eigentlich jemand wie Helmut Schmidt mit solchen Phänomenen um? Da gibt es ja von Franz Mehring dieses merkwürdige Wort: »Unter den Waffen schweigen die Musen.« Noch und wieder ein Außenbegriff von Kultur. Ist es nicht vielmehr richtig zu sagen: Während des Waffenklirrens – das man ja jetzt übersetzen kann – haben die Musen ihre integrierte Funktion, sollen mit eingedacht und eingeträumt werden?

Schmidt: Ja, eingedacht jedenfalls. Und ich glaube, den Ausdruck Waffenklirren sollten Sie ersetzen, das meinen Sie nicht wirklich, wir leben ja nicht im Kriege, sondern Sie haben diese Metapher benutzt, um damit von der Politik zu reden. Nur muß ich Ihnen sagen, nach meiner feststehenden Überzeugung: Ein Regierungschef hat in Deutschland nicht die Aufgabe des Volkserziehers, des Kunsterziehers schon gar nicht. Das hat das Grundgesetz nicht so gewollt, und er sollte es auch nicht wollen. Und mir tun jene deutschen Gebildeten leid, die sich selber einreden, der jeweilige Regierungschef habe von Amts wegen auf kulturellem Gebiet eine Erziehungsfunktion. Hat er nicht. Und so sehr, wie Sie sich dagegen wehren würden, sich Regierung als Kulturpapst vorstellen zu sollen, so sehr müssen Sie sich auch hüten vor der Vorstellung, daß Regierung gefälligst ihren langen Arm brauchen solle, um das zu fördern, was Sie gerade im Augenblick in der künstlerischen Hervorbringung präferieren. Das ist nicht Aufgabe der deutschen Bundesregierung, der – nach dem Grundgesetz – jede kulturpolitische Betätigung sowieso ausdrücklich so weit entzogen ist, daß sie nicht mal in der Lage ist, die Nationalstiftung gegen die Bundesländer durchzusetzen, um ein aktuelles Beispiel zu geben ... Der Regierungschef soll sich nicht in die Philosophie einmischen, das soll er den kommunistischen Regierungen überlassen.

Raddatz: Er kann Zeichen setzen.

Schmidt: Nein, es ist auch nicht seine Aufgabe, philosophische Zeichen zu setzen. Er soll nicht dem Volk vortäuschen, daß er ein großer Sachverständiger sei auf allerlei Gebieten, wenn er es nicht ist. Und umgekehrt, er braucht sich nicht für einen Banausen verkaufen zu lassen, wenn er kein Banause ist. Aber daß er Zeichen setzen soll, dies ist eine naive Übertreibung. Ich bin auch viel zu liberal, von Hause aus, als Hamburger, als Sozialdemokrat, um mir vorzustellen, daß die Regierung die Entwicklungsrichtungen der Kunst zu beeinflussen habe.

Lenz: Wir haben nun erfahren, was alles ein Regierungschef *nicht* als seine Aufgabe ansehen soll. Aber gibt es nicht bestimmte Nötigungen, etwas anzuerkennen? Beispielsweise die Literatur in einem Augenblick anzuerkennen, sie gar zu fördern, wo bemerkbar wird, welche politischen Aufgaben sie erfüllt, vielleicht im Vorfeld der Politik, allenfalls im Vorfeld der Politik. Daß sie womöglich bei der klimatischen oder stimmungsmäßigen Vorbereitung einer initiierten Politik sehr viel mithelfen kann ... Besteht da nicht die Aufgabe, eine Literatur mehr als zur Kenntnis zu nehmen, sondern sie ausdrücklich zu fördern, da wo sie hineinspielt in den politischen Raum?

Schmidt: Sie stellen sich die Regierung als eine allmächtige Instanz vor. Das ist sie nicht, sondern sie ist in ihrer Zuständigkeit sehr beschränkt, sie ist viel stärker beschränkt als die Reichsregierung zur Weimarer Zeit. Gut, ich will zugeben: Man kann manchmal so etwas wie ein Zeichen setzen. Als es notwendig wurde, den ästhetisch unerträglichen Vorplatz des neuen Bundeskanzleramtes erträglicher zu machen, sah ich eine Chance, ein kleines Zeichen zu setzen. Für Deutschland war es schon ein mittelgroßes Zeichen, denn daß der Bundeskanzler sich einen ausländischen Bildhauer – einige deutsche Bildhauer haben sich darüber aufgeregt – auswählte und ihn bat zu überlegen, ob man diesem Platz nicht mit seiner Hilfe ein menschlicheres Gesicht geben könne. Dieses Zeichen hat funktioniert, es ist akzeptiert worden, mit Grollen zunächst und Grummeln, aber schließlich voll akzeptiert ... Manchmal hat man ein solches Glück und kann ein solches Zeichen setzen. Man kann zum Beispiel im eigenen Haus, im Bundeskanzleramt, Kunstausstellungen machen. Gegenwärtig läuft da eine Ausstellung: Max Ernst – das, wenn Sie so wollen, ist ein kleines Zeichen.

Raddatz: Das ist gewiß eine wunderschöne, über ein Bürogebäude weit hinausreichende Ausstellung – aber auf Max Ernst kann man sich heute sehr leicht einigen, bewährte Überlieferung.

Schmidt: Man hat sich auf ihn nicht geeinigt, weil er ästhetisch relativ leicht zu schlucken gewesen wäre, sondern man ist auf ihn gekommen, weil Max Ernst zur einen Hälfte ein Deutscher war und zur anderen Hälfte ein Franzose geworden ist. Dies geschah aus dem Willen, die deutsch-französische kulturelle Symbiose an seinem Beispiel deutlich zu machen.

Raddatz: Ich fände, nur um irgendein mögliches Beispiel zu nennen, daß es natürlich im Sinne dieses Wortes »verstörend« oder »aufstörend« sehr viel ungewöhnlicher wäre, wenn da etwa eine John-Heartfield-Ausstellung hinge.

Grass: Also, da muß ich widersprechen. Ich bin ganz und gar dagegen, daß Bundeskanzler ein Zeichen setzen. Ich stimme hier mit Helmut Schmidt überein ... Aber wir leben in einem geteilten Land, wir sind ideologisch geteilt, wir stehen in zwei Blöcken militärisch gegeneinander, wir haben als zwei Staaten eine unheilvolle gemeinsame Vergangenheit bis heute zu tragen ... Ist das mittlerweile so, daß man von zwei Kulturen sprechen muß? Hier setzt eine andere Überlegung an, Sie haben das Stichwort vorhin gegeben. Willy Brandt hat im Jahr 1973 in der Regierungserklärung angekündigt: die Nationalstiftung. Eine schwierige und, wie sich auch aus den von Ihnen genannten Gründen zeigt, offenbar nicht zu realisierende Idee, weil der Föderalismus dem im Wege steht ... Es ist nicht zu leugnen, daß wir mehr Schwierigkeiten haben, uns als Deutsche mit Hilfe eines kulturellen Spiegels wiederzuerkennen, als andere Nationen. Doch ist es auch nicht zu leugnen, ... daß Kultur immer nur dann vorkommt, wenn irgendeine kleine Anfrage auf der Tagesordnung steht.

Schmidt: Ich halte es für einen Irrtum zu glauben, daß dies ein auf die deutsche Politik beschränktes Phänomen sei. Politik und Kunst sind in weiten Teilen der gegenwärtigen, zeitgenössischen Welt zwei sehr weit voneinander getrennte Bereiche der jeweiligen Gesellschaft, des jeweiligen Staates, am wenigsten noch in Frankreich. Aber in anderen Staaten mindestens so sehr wie bei uns. Das ist nichts spezifisch Deutsches. Und ich halte es auch für einen Irrtum zu glauben, weil der Bundestag nicht über Kunst redet, seien die Abgeordneten Banausen. In Sachen Kunst, in Sachen Literatur hat der Bundestag vom Grundgesetz her weitgehend keine Aufgabe.

Raddatz: Es gibt die Schaubühne in Berlin, die mit knapper Not dem Verdikt einer sozialdemokratischen Stadtregierung entkommen ist, aus der Stadt getrieben zu werden, und die ihr Publikum auch angezogen hat und heute noch vor stets ausverkauftem Haus spielt.

Schmidt: Wer vor ausverkauftem Haus spielt, hat prima facie recht.

Raddatz: ... hatte aber eine ganze Weile vis-à-vis seiner Stadtregierung nicht recht. Das ist der Unterschied.

Schmidt: Lieber Herr Raddatz, darüber kann ich nicht urteilen. Ich kenne die Umstände nicht. Aber ein Theater ohne kommunalpolitischen Skandal oder eine Kommunalpolitik ohne Theaterskandal wäre noch erst zu erfinden.

Raddatz: Nein, da weichen Sie ein bißchen aus, daran macht sich schon etwas fest.

Schmidt: Ich will nicht ausweichen, ich kenne den Fall nur nicht.

Raddatz: Daran macht sich fest, daß etwa in Recklinghausen, was Gewerkschaftsfestspiele sogar sind, eben eine - ich nenne es jetzt einmal pauschal - eher avantgardistische schwierige Aufführung fast boykottiert wurde, jedenfalls nach zwei Aufführungen leer blieb ... Ich meine nur, daß man viele solcher Beispiele à la Schaubühne, Recklinghausen nennen könnte, wo fast in CDU-Weise Sozialdemokraten das Sprengende, Neue, Schwierige in der Kultur, welchen Genres immer, angegangen sind. Das muß mit etwas zusammenhängen. Und das frage ich Sie: womit das zusammenhängen mag.

Schmidt: Das Berliner Beispiel kann ich nicht beurteilen. Die Recklinghäuser Festspiele sind entstanden als Theater für die Arbeiterschaft an der Ruhr. Wenn sie aber die Arbeiterschaft an der Ruhr rausspielen aus dem Theater, verfehlen sie ihren Zweck ... Reaktionäre Ansichten zur modernen Kunst sind rechts viel ausgeprägter als links. Niemand kann wissen, was das Volk will. Das muß man das Volk selbst entscheiden lassen, deswegen muß auch jeder seine Theaterkarte selbst kaufen, muß selbst entscheiden, ob er ins Theater gehen will oder zum Fußball oder in die Diskothek. Die Politiker haben nicht zu entscheiden, was das Volk schön finden soll.

Bis hierher zeigte das Gespräch eine Tendenz, die Sozialdemokratie oder die Bundesregierung verantwortlich zu machen für ein

Nach dem Rücktritt Willy Brandts als Bundeskanzler setzte Helmut Schmidt die Gespräche mit der unruhigen Intelligenz fort, obwohl sich die Beziehungen von Böll und Grass zur Regierung unter der Kanzlerschaft Schmidts erkennbar abkühlten. Schmidt war die undankbare Aufgabe zugefallen, die euphorischen Reformhoffnungen der Ära Brandt zu dämpfen, da längst deutlich geworden war, daß sie nicht mehr finanzierbar waren. Die Aufnahme zeigt das Trio Brandt, Schmidt und Wehner in typischen Haltungen – Brandt gutwillig auf Günter Grass eingehend, Schmidt eher resigniert-skeptisch und Wehner über seine Akten gebeugt.

Unbehagen der Intellektuellen an der Gesamtentwicklung des westdeutschen Staates und ebenso an der Gesamtentwicklung der Kultur in (West-)Deutschland, wenn auch Raddatz darin viel weiter ging als Grass. Raddatz setzte seine Vorwürfe anhand einiger punktueller, lokaler Beispiele fort. Dabei war erkennbar, daß unser Gespräch zwar Literatur, Malerei, Musik und Theater einbezog, meine Kritiker aber nicht daran dachten, einen Blick auf die Kultur des Rechtes, die Kultur von Bildung und Ausbildung, die Kultur des Wirtschaftens oder die Kultur des demokratischen Regierens und der öffentlichen Verwaltung zu werfen. Weil Intellektuelle in aller Regel aus geistigen, künstlerischen oder journalistischen Berufen hervorgehen, tendieren sie in Deutschland dazu, den Begriff der Kultur auf den Bereich ihrer eigenen Hervorbringungen einzuschränken. Raddatz brachte später die Sprache auf jugendliche Proteste – aber auch hier setzten meine Gesprächspartner allein die Regierung auf die Anklagebank; die Schulen, die Universitäten, die Kirchen oder die Medien kamen nicht vor.

Lenz: Ich wollte noch einmal persönlich werden. Ich weiß, daß Sie Lieblingsschriftsteller haben. Sie haben es selbst einmal gesagt. Hamsun gehöre dazu, Zola, Solschenizyn, Hemingway. Wenn man solche Äußerungen liest, beginnt man, sie auf den Mann zu beziehen, der ein bißchen kenntlicher wird durch solche Bekenntnisse. Mich würde interessieren, wie Sie Hemingway erläutern ... Haben Sie Lust, Ihre Lieblingsschriftsteller zu erläutern?

Schmidt: Erstens lasse ich mich ungern in solche Korsetts binden. Solchen Antworten haftet etwas Zufälliges an. Und zum anderen: Zu erläutern, was ich etwa an Hemingway oder Thornton Wilder oder an den anderen großen Amerikanern – Dos Passos, Faulkner, Saroyan, Dreiser – aus diesem Jahrhundert finde, dazu fehlt mir die literarhistorische Bildung ... Ich kann Ihnen auch nicht wirklich erklären, warum für mich Johann Sebastian Bach die Krone der Musik ist.

Raddatz: Mir ist das inzwischen ein bißchen brav, gar staatsmännisch geworden. Wir können doch den Kulturbegriff nicht so einengen, daß wir immer nur von ein paar Malern und Schriftstellern oder Komponisten reden und verschweigen, daß das Abdriften eines Teils der jungen Generation bis in Staatsverdrossenheit, Politikerverdrossenheit ein kulturelles Phänomen ist.

Schmidt: Es kommt immer wieder vor. Auf jedem Hof derselbe Kampf zwischen dem Sohn, der nachwächst, und dem Alten, der den Hof noch nicht abgeben will, und das mangelnde Verständnis zwischen beiden. Das gibt es immer wieder. Ich wehre mich dagegen, die gegenwärtigen Phänomene für etwas prinzipiell Neues oder für den Weltuntergang zu halten ... Wann hatten Sie denn eine volle Übereinstimmung der nachwachsenden Jugend mit ihrer Regierung? Ich bitte Sie, wo gibt's denn das? Die Jugend wäre doch nicht gesund ...

Raddatz: Niemand hat gesagt, daß es das nie gab. Ich sage, daß es zugenommen hat, daß auch Leuten wie Ihnen ein großer Teil der jungen Leute nicht mehr zuhört ... Der Fernseher wird ausgemacht, egal, ob Helmut Schmidt spricht oder Franz Josef Strauß.

Schmidt: Gucken Sie sich doch mal die Meinungsumfragen an – es stimmt nicht, was Sie sagen. Es ist ein sehr kleiner Teil der jungen Leute, die den Fernseher ausmachen.

Grass: Ich hielte es für falsch, es auf einen Generationskonflikt zu reduzieren und wie Sie zu sagen, »zu meiner Zeit war es auch nicht anders«. Es ist etwas anderes hinzugekommen bei der jungen Generation ... Ich glaube, daß einer der Gründe vielleicht darin zu suchen ist, daß wir dreißig Jahre lang mit Wiederaufbau, mit Stabilisierung zu tun hatten, materielle Werte geschaffen haben und dieses materielle Denken alles andere bestimmt und mitbestimmt hat. Auch die gesamte Motivierung der mittlerweile Vierzigjährigen, die damals junge Generation waren, in Richtung: machen, tüchtig sein, etwas leisten, hatte einen ganz anderen Wert als heute. Diese Motivierung findet in dem Maße nicht mehr statt ... Ich glaube, daß hier ein – jetzt komme ich eigentlich auf das, was ich mir von unserem Gespräch versprochen habe – kulturelles Vakuum entstanden ist ... Wir haben die Länderhoheiten – während auf der anderen Seite in der DDR der Staat sich das Sagen zumißt und par force eine separatistische Nationalkultur errichten will, die wiederum von der Masse der Bevölkerung, aus anderen Gründen, abgelehnt wird. Eine Identifizierung mit der einen wie mit der anderen Form kann bei der jungen Generation heute nicht stattfinden.

Schmidt: Sie kommen mir vor wie Leute, die sich in ihrer Aufgabe unzureichend unterstützt fühlen. Dies wäre zwar in allen drei persönlichen Fällen besonders abwegig, denn ihr drei seid anerkannte Leute, die sehr viel Zustimmung finden. Ihr fühlt euch aber, stellvertretend für andere, unzureichend unterstützt. Ich verstehe das zwar, aber es rührt mich nicht sonderlich. Ich wurde während des Dritten Reiches erwachsen, ich war 1933 vierzehn Jahre alt. Als ich nach heutigen Begriffen volljährig wurde, wurde ich Soldat, 1937. Mit welchen Konflikten *wir* als 18-, 19-, 20-, 25-, 26jährige haben leben müssen, das war schon sehr schlimm. Damit sind wir fertig geworden, sind halbwegs anständige Menschen geworden im Laufe dieses Lebens und haben auch gelernt, was gut ist und was böse ist. Das letztere hatten wir schon während des Dritten Reiches gelernt, daher stammte ja ein großer Teil unserer entsetzlichen Konflikte, in denen wir standen, weil wir schon während des Dritten Reiches wußten, was böse ist. Die Jugend vor der meinigen war durch die Massenarbeitslosigkeit geprägt, die ökonomische Aussichtslosigkeit. Wenn irgend etwas die heutige Jugend unterscheidet, dann sind es zwei Dinge: ein kategorischer Unterschied in den Lebensumständen, die unvergleichlich besser sind, so daß also kein ökonomischer Druck auf den allerallermeisten Menschen lastet. Das zweite ist nur ein gradueller Unterschied: Die Entleerung religiöser Inhalte macht natürlich von Generation zu Generation immer schnellere Fortschritte, sie spielt eine ganz große Rolle.

Grass: Das Aufrechnen von eigenen Generationserfahrungen läßt sich eben nicht auf eine jüngere Generation übertragen.

Schmidt: Richtig, dem stimme ich zu.

Grass: Dann können Sie sich auch der Einsicht nicht verschließen, daß wir feststellen müssen, daß die ökonomische Befriedigung dennoch ein Vakuum hat entstehen lassen. Und Sie bestätigen ja mit Ihrem zweiten Satz, auch wenn Sie es auf den religiösen Bereich einengen, daß hier etwas fehlt, daß unsere Gesellschaft nicht in der Lage ist, mehr anzubieten als die Sicherheit im ökonomischen Bereich.

Schmidt: Lassen Sie uns mal annehmen, daß wir darin übereinstimmen. Worin wir nicht übereinstimmen, ist, daß Sie offenbar die Vorstellung haben, es sei Sache der Regierenden, dies zu ändern.

Grass: Das habe ich ja nicht gesagt. Im Gegenteil, ich habe vorhin gesagt, ich will um Gottes willen keine Regierung, die uns die höheren Werte diktiert. Aber das andere Extrem ist, aus Ihrer verständlichen Scheu, Direktiven geben zu sollen, nun das ganze Problem auszuklammern.

Schmidt: Das tue ich nicht.

Grass: Doch. Wenn Sie in dem Augenblick, in dem ich hier mehrmals im Gespräch das Vakuum Nation anspreche, und ich habe Gründe, warum ich das anführe, sagen: Da kann die Regierung nichts machen.

Schmidt: Das habe ich nicht getan. Lieber Freund, ich habe nicht von der Nation gesprochen, ich habe von der politischen Idee der Nationalstiftung gesprochen, nicht von der Idee der Nation. Das müssen wir voneinander trennen.

Grass: Wenn wir als Deutsche nicht in der Lage sind, uns ohne Hybris als Nation zu definieren, sei es mit Hilfe unseres nach wie vor vagen Kulturbegriffes, dann entsteht ein Vakuum, das ist sogar schon da. Und die Gefahr tut sich dann auf, und das ist in deutscher Tradition immer so gewesen, daß dann dieses Vakuum eines Tages von rechts aufgefüllt wird.

Schmidt: Ich bin altmodisch und halte an dem Nation-Begriff fest, und ich bin darin von einem großen Optimismus: Ich sehe nicht, daß die deutsche Nation untergehen wird. Und ich bemühe mich, das, was ich tun kann, zu tun, auf daß sie im Bewußtsein bei möglichst wenigen verlorengehe, in dem Bewußtsein der anderen aber gestärkt werde. Ich habe mich dazu geäußert, viele Male, in einem Sinne, der mir dann – das ist eine Reihe von Jahren her – in einer großen Bundestagsdebatte den Vorwurf einbrachte, ich verengte den Nation-Begriff auf den Begriff der Kulturnation, wie Sie ihn gebraucht haben.

Grass: Woher wissen Sie das? Das sind doch ungeheure Vorurteile.

Schmidt: Ich muß mich doch gegen Frechheiten wie den »Macher« wehren dürfen, das hat Herr Raddatz doch alles gesagt, da muß er sich doch auch die Gegenrede anhören.

Grass: Sie sprechen im Plural ...

Schmidt: Gut, ich rede gern im Singular, ich nehme den Plural zurück. Wenn man mir das Machbare als Kennzeichen anhängen will, so hätte ich dagegen zunächst nichts einzuwenden.

Grass: Ich auch nicht.

Schmidt: Ich habe nur dann etwas dagegen einzuwenden, wenn damit unausgesprochen der Vorwurf verbunden wird: Im übrigen versteht er ja von vielem anderen nichts. Das ist ein Irrtum. Das verbitte ich mir, hingestellt zu werden als eine mindere Kategorie, als bloßer Macher des Praktischen, über den man erhaben sein kann, weil man selbst Philosophen liest oder selbst Philosophie schreibt. Ich halte es, entschuldigen Sie meine Arroganz der Formulierung, in Wirklichkeit für eine große kollektive Gesamtleistung der Regierenden der westlichen Welt in der zweiten Hälfte des eben abgelaufenen siebziger Jahrzehnts, daß wir wirtschaftliche Stabilität und Frieden gehalten haben. Leicht war das nicht.

Nun will ich Ihnen nach dieser Suada einräumen, daß, abgesehen vom großen Cäsar, die meisten Leute nicht sieben Sachen gleichzeitig tun können, sondern vielleicht nur zwei oder drei. Und es kann sein, daß, wenn man nicht mehr als zwei oder drei Sachen gleichzeitig machen kann, die vierte oder die fünfte Sache darunter ein bißchen zu kurz kommt. Das ist denkbar, das will ich nicht wegstreiten. Aber ich will damit nicht vergessen machen, was ich sagte: Die deutsche Regierung ist im Verhältnis zur französischen, zur englischen, zur amerikanischen, zur japanischen Regierung auf dem Gebiete der Kultur durch die geschriebene Verfassung und durch das Verfassungsgericht in einer Weise beschränkt, die mir persönlich sehr schmerzhaft ist. Die mir schmerzhaft, aber leider sehr bewußt ist. Es gibt nur drei Staaten auf der Welt, in denen die Zentralregierungen so eingeengt sind, wie das in Bonn der Fall ist. Das sind Jugoslawien, Kanada, und der dritte sind wir.

Lenz: Dennoch gibt es uns auch einiges zu denken, daß wohl in keinem anderen Parlament so etwas – Grass hat darauf angespielt – wie Autorenschelte vorgekommen ist. Und ich habe mich gefragt, ob das nicht doch hierzulande in unserer Republik ein bißchen das Verhältnis einiger Politiker, ich will nicht sagen aller, aber einiger Politiker zu den Autoren kennzeichnet.

Schmidt: Von wo kommt denn die Autorenschelte hier in Deutschland?

Lenz: Meist von der CDU. Ich kann sofort mit Namen dienen ...

Schmidt: Ich will von mir aus niemanden auf die Anklagebank heben.

Lenz: Aber die Kollegen können wir gerechterweise nennen, von Brecht bis Uwe Johnson, von Böll bis Grass, von Hochhuth bis Staeck und Wallraff. Und das, glaube ich, illuminiert die Situation hier in einer Weise, daß wir uns doch zumindest als Schriftsteller besorgt zeigen können. Denn in keinem anderen Parlament ist dieses geschehen, daß Autoren ausdrücklich gescholten wurden wegen ihrer Haltung zu aktuellen Ereignissen.

Schmidt: Wahrscheinlich meinen Sie die Entgleisungen von Ludwig Erhard bis zu jüngsten Entgleisungen, die wir vier noch im Ohr haben. Mir sind sie auch sehr unangenehm, übel, suspekt, bedenklich. Und sie wären mir noch bedenklicher, wenn ich damit rechnen müßte, daß Leute, die so über Kunst und Schriftstellerei und über Dichtung reden, daß die morgen regieren könnten. Deswegen möchte ich erstens nicht, daß sie morgen regieren, und deswegen möchte ich zweitens überhaupt nicht, daß Regierende sich vorstellen, sie hätten über Kunst und Literatur, über Kultur zu urteilen.

Raddatz: Sie ziehen sich immer auf dasselbe zurück … Ist denn der Staat für Sie wirklich nur ein Unternehmen? Deshalb meine Frage nach der Irratio. Menschen sind nicht nur Hypothekenabzahler.

Schmidt: Natürlich, Herr Raddatz, ist der Staat kein Unternehmen, das war ein Bild, das mir im Augenblick gerade einfiel.

Raddatz: Ist das ein Zufall, daß Ihnen *dieses* Bild einfiel?

Schmidt: Wir Deutschen haben sehr viel über den Staat nachgedacht, wir waren auf diesem Gebiete nicht faul, wenngleich wir wahrscheinlich nichts besonders Herausragendes zustande gebracht haben … Wenn ich Herrn Raddatz noch mal ärgern darf zum Schluß: Ich habe mich niemals für einen Marxisten gehalten, aber mehrere Dinge hat Marx wirklich beigesteuert zu dieser Welt. Große Erkenntnisse. Zum Beispiel die Erkenntnis, daß das ökonomische Dasein ganz wesentlich das Denken des Menschen bestimmt; oder Kurzformel: Das Sein bestimmt das Bewußtsein. Oder anders ausgedrückt: die Erkenntnis, daß – ich sage das jetzt einmal mit meinen Worten –, wenn die Ökonomie nicht befriedigend funktioniert, wahrscheinlich Staat und Gesellschaft überhaupt nicht funktionstüchtig gehalten werden können. Und deshalb nehme ich mir die Freiheit nach wie vor, auch am Ende eines solchen mehr philosophischen Streitgespräches, bei meiner Meinung zu bleiben, auch wenn Sie das für gering erachten: Das Ökonomische richtig funktionstüchtig zu halten, halte ich in dieser Zeit nach wie vor für von eminenter, herausragender Bedeutung für den Frieden im Inneren wie nach außen.

Grass: Mich hat das Zitieren Marxscher Erkenntnisse interessiert, die sicher gewichtig und richtig sind. Aber die auch natürlich – in der Fortentwicklung des Marxismus – eine Gefahr gezeigt haben, nämlich die ausschließliche Reduzierung der menschlichen Existenzfrage auf das Ökonomische. Eine Reduzierung aufs Ökonomische läßt keinen Raum mehr für andere menschliche Möglichkeiten.

Schmidt: Eine Reduzierung des Menschen auf das Ökonomische ist verboten.

Ich habe das vorstehende Streitgespräch – es hat übrigens mehrere Stunden gedauert* – deshalb so breit wiedergegeben, weil es einerseits die geistige und seelische Situation jener Autoren beleuchtete, die damals auf der Linken in unserer Gesellschaft – genauso wie ich selbst – unter der Entfremdung litten, die einen Teil der damaligen studentischen Jugend kennzeichnete. Andererseits hat das Gespräch, besonders durch Günter Grass, die berechtigte Besorgnis widergespiegelt, die deutsche Teilung könne zum Verlust der nationalen Identität der Deutschen führen. In dem Willen zur Erhaltung der deutschen Nation waren Grass und ich uns offensichtlich einig.

Nach der staatlichen Vereinigung 1990 hat sich gezeigt, wie sehr beide Teile der Nation sich tatsächlich auseinandergelebt haben und wie schwierig und langwierig sich das Zusammenwachsen gestalten wird. Deshalb habe ich 1993 die ursprünglich von Willy Brandt stammende Idee einer Deutschen Nationalstiftung wiederaufgenommen, diesmal aber in einer privaten, gemeinnützigen Gestalt, um sowohl der kulturpolitischen Bund-Länder-Rivalität als auch parteipolitischen Rivalitäten zu entgehen. Meine Vorstandskollegen in der Nationalstiftung, Kurt Biedenkopf, Reimar Lüst, Kurt Masur und ich, wir sind uns einig, daß wir dazu beitragen wollen, mit unseren Bindungen an Familie, Heimat und Natur bewußt und gewollt die Bindung an den deutschen Nationalstaat und dessen Integration in die Gemeinschaft Europas zu verschwistern. Um des zuletzt genannten Zweckes wegen haben wir je einen Franzosen und einen Polen (Roger Fauroux and Andrzej Szczypiorski) in den Senat der Stiftung berufen. Wir sind auch einig darin, daß wir von vornherein den Begriff der Kultur nicht einge-

* Eine ausführlichere Wiedergabe, wenngleich ebenfalls nicht vollständig, brachte die ZEIT am 22. August 1980.

engt verstehen wollen, als umfasse er nur Literatur, Musik und Kunst, sondern er soll ebenso die Kultur des Rechtes, des Wirtschaftens und der demokratischen Politik umfassen. Aber selbstverständlich haben wir als Gründer von vornherein auch Schreibende aus Ost und West in den Senat der Nationalstiftung berufen, von Christa Wolf bis zu Hans Magnus Enzensberger. Wir befinden uns allerdings noch im Anlaufstadium, das Stiftungskapital ist noch sehr klein, wir haben viele Hilfen nötig, kleine und große.*

Siegfried Lenz

Dabei bewegt mich immer mehr die Sorge, die Tatsache der Verfügbarkeit von 25, demnächst von 100 Fernsehkanälen könne dazu führen, daß größere Teile der Gesellschaft immer weniger lesen und sich immer stärker von der Unterhaltung durch oberflächliche Darbietungen auf dem Bildschirm fesseln lassen. 1981 habe ich vor der Deutschen Lesegesellschaft auf diese Gefahr eines neuen Analphabetismus hingewiesen, der viele Menschen in eine neue, selbstverschuldete Unmündigkeit einlullen kann. Ich sprach auch von meiner Sorge wegen einer möglichen Überflutung mit bloß scheinbar authentischen Informationen, die im Ergebnis zu Desinformation und Orientierungslosigkeit führen könne; damals enthielt das tägliche Zeitbudget der Bundesbürger im Durchschnitt eine halbe Stunde für Zeitungen und Zeitschriften, eine Viertelstunde für Bücher, aber über zwei Stunden für Fernsehen. Heute sitzt der Bundesbürger im Durchschnitt schon über drei Stunden vor dem Fernseher. Ich habe in jener Rede nicht nur für das Lesen, sondern auch dafür plädiert, daß jede Familie einen Tag der Woche den Fernseher ausgeschaltet sein lassen solle, auch damit wenigstens an einem Abend miteinander geredet, gespielt oder musiziert werde. Diese Anregung wurde alsbald von einigen dahingehend eifernd und beflissen verfälscht, es handle sich um die Ankündigung einer regierungsseitigen Verordnung eines fernsehfreien Tages. Ich sehe heute leider keinerlei Veranlassung, meinen damaligen Ratschlag für obsolet zu halten, ganz im Gegenteil.

Am Schluß dieses Kapitels will ich der Brahmsee-Unterhaltung zwischen vier Intellektuellen zwei Nachträge anfügen. Etwas später drängte mir der italienische Staatspräsident Sandro Pertini eine

---

* Der Schirmherr der Deutschen Nationalstiftung ist Bundespräsident Roman Herzog (als Nachfolger des Gründungsschirmherrn Richard von Weizsäcker); der Sitz der Stiftung ist Weimar.

schöne Pfeife auf. Er war ein Freund der Deutschen, obgleich sein Bruder in einem deutschen KZ umgebracht worden war; vor allem war er eine verehrungswürdige Person, in gewisser Weise hatte er für mich sowohl etwas von Gustav Heinemann als auch von Ernst Bloch und ebenso von Julius Leber; er war ein strikter Atheist, zugleich mit dem Wojtyla-Papst befreundet, ein Mann von unbeugsamen moralischen Maximen. Wir mochten uns. Es gelang mir nicht, sein Geschenk abzulehnen, obwohl ich nicht mehr Pfeife rauchte. »Dann stellen Sie die Pfeife als Briefbeschwerer auf Ihren Schreibtisch!« insistierte er. Aber das habe ich nicht getan, sondern ich habe sie – mit einem Bericht über ihre Geschichte und über Pertini – mit Sympathie und Gruß an Günter Grass weitergeschenkt.

Der andere, viel wichtigere Nachtrag betrifft Siegfried Lenz, denn er ist mir zum lebenslangen Freund geworden. Wir haben uns Anfang der sechziger Jahre kennengelernt, der Anlaß war die Aufführung eines Lenzschen Theaterstücks durch Gustaf Gründgens. Vorher hatte ich in den fünfziger Jahren seine »Habichte in der Luft«, seine masurischen Geschichten unter dem schönen Titel »So zärtlich war Suleyken« gelesen und bald darauf das »Feuerschiff«. Seine »Deutschstunde« war später eine mich tief bewegende kongeniale Einfühlung in das Schicksal von Emil Nolde, in den Konflikt zwischen einem von seiner Kunst besessenen Maler und den hirnverbrannten Nazizensoren, die ihm das Malen verboten haben. Martin Urban, jahrelang der verdienstvolle Leiter der Nolde-Stiftung in Seebüll, war mit Lenz' Roman zwar nicht einverstanden, wahrscheinlich wohl, weil es ihm an biographischer Akkuratesse mangelte. Aber Lenz hatte gar keine Biographie schreiben wollen, der Name Nolde kommt bei ihm gar nicht vor. Ich hingegen war ganz und gar einverstanden mit dem Buch und habe mich sehr gefreut, als die »Deutschstunde«, alsbald von einem breitesten Leserpublikum akzeptiert, zu einem absoluten Bestseller wurde.

Im Laufe der Jahre ist es zu einer feststehenden Tradition geworden, daß Loki und ich regelmäßig im Sommer Lilo und Siggi Lenz in ihrem kleinen Häuschen in Lebøllykke auf Alsen besuchten und umgekehrt die Lenzens uns am Brahmsee. Sie haben inzwischen ihr Sommerquartier von jenseits nach diesseits der dänischen Grenze verlegt, aber das Lenzsche Abendbrot ist immer noch von guter dänischer Reichhaltigkeit und Qualität. Während Siggi auf Alsen ein großer Angler war, ist er nun ein Karpfenliebhaber geworden. Ob aber jemals einer der Karpfen gegessen werden wird, erscheint mir äußerst zweifelhaft. Siggis Karpfen sind nämlich seine Freunde. Sie versammeln sich zu Dutzenden schon dann am vorderen Rand seines kleinen Fischteiches, um ihren Futtermeister zu erwarten, wenn Lenz nur von weitem flötet. Wir anderen drei stehen dann in einigen Schritten Entfernung und freuen uns über Siggis Freude, uns seine zutraulichen Karpfen vorzuführen.

Siegfried Lenz ist ein gegenüber allen Aspekten des menschlichen Lebens sehr wißbegieriger Mann. Fachbücher lesen Lilo und Siggi Lenz jeder für sich, danach tragen sie sich gegenseitig den Inhalt vor. Belletristik hingegen lesen sie sich wechselseitig vor – ganz altmodisch im Stil der Lesegesellschaften, die es vor Generationen in Deutschland gegeben hat. Es ist für mich ebenso bewegend zu sehen, wie sorgfältig Lenz an den Vortragsabenden der Hamburger Freitagsgesellschaft, die in jedem Winter sechsmal in unserem Hause stattfinden, das registriert, was ihn interessiert, und wie er später durch Fragen und Gespräch danach trachtet, einer Sache auf den Grund zu kommen. Jetzt, da ich dieses Kapitel schreibe, kündigt sein Verlag Hoffmann und Campe eine zwanzigbändige Werkausgabe von Lenz' Büchern an. Ich freue mich mit dem Ehepaar Lenz über dieses schöne Geschenk zum 70. Geburtstag.

Lilo Lenz ist eine gute Malerin, meine Frau ist im Laufe des Lebens eine kenntnisreiche Botanikerin geworden, Siegfried Lenz im Laufe seines Lebens einer der erfolgreichsten deutschen Schriftsteller, und ich bin zum Herausgeber einer Zeitung geworden – wir haben also endlosen Stoff für das Gespräch, viele Fragen und viele Antworten. Natürlich spielt auch die Nation immer wieder eine Rolle, natürlich die Politik, natürlich ebenso die Literatur. Allerdings spricht mein Freund sehr ungern über das neue Buch, an dem er gerade arbeitet. Dafür bringt er aber oft genug einen neuen Roman oder eine neue Geschichte aus seiner Feder mit. Jüngst hat er mir seine »Bekenntnisse eines Schwarzhändlers« geschenkt – nie hätte ich gedacht, daß mein zurückhaltender, liebenswürdiger, immer toleranter Freund in der Reichsmarkzeit einmal auf dem schwarzen Markt erfolgreich gewesen sein könnte. Ich selbst – viel weniger zurückhaltend – hatte mich damals, vor einem halben Jahrhundert, auf dem schwarzen Markt als totaler Versager erwiesen.

Siegfried Lenz ist ein Mann ohne von außen erkennbare Schwächen und Einseitigkeiten, insofern ganz anders als Grass oder Böll. Doch denke ich oft, daß Schriftsteller, Dichter, ja ganz allgemein Künstler ein gewisses Recht auf Einseitigkeit ihrer Urteile haben. Wenn ihre Kritik nach allen Seiten ausgewogen sein

Eine wirkliche Freundschaft verbindet Helmut Schmidt bis zum heutigen Tag mit Siegfried Lenz, die nicht nur dem Dichter, sondern auch und vor allem dem Menschen gilt. Die Aufnahme zeigt Siegfried Lenz anläßlich des 65. Geburtstages von Helmut Schmidt.

müßte, so hätte es weder den jungen Schiller gegeben noch Brecht, weder Max Beckmann noch Otto Dix, weder Ernst Barlach noch Käthe Kollwitz. Deshalb billige ich es diesen kreativen Menschen zu, daß sie sich speziell in politicis und ganz allgemein in ihrem mitmenschlichen Verhalten manchmal außerhalb der Norm vertun. Weitaus geringer dagegen ist meine Toleranz gegenüber solchen intellektuellen Kritikern, die zwar selbst keine eigene Leistung hervorbringen können, wohl aber mit dem angemaßten Anspruch auf Autorität auftreten.

Seit ich kein öffentliches Amt mehr ausübe, habe ich wieder viel mehr Zeit, um jede Nacht zu lesen, um in Konzerte und in Kunstmuseen zu gehen. Im Hinblick auf Bücher, das muß ich einräumen, ist mein Blick mehr auf historische und wissenschaftliche Sachbücher gerichtet als auf die zeitgenössische belletristische Literatur – mit Ausnahme von Lenz und einigen wenigen anderen. Was ich suche? Belehrung und Anregung. Die große, beglückende Gedankenlosigkeit finde ich dagegen viel eher und immer wieder im Anhören von Musik – Bach vor allen anderen – und im Betrachten von Bildern und Skulpturen.

Die Gelehrten und die Politik

Spätestens seit Konfuzius und seit Plato, mindestens seit zweieinhalb Jahrtausenden also, haben es Philosophen immer wieder unternommen, die Kaiser und die Regierenden zu lehren, zu welchem Ende und auf welche Art sie am besten regieren können und sollen. Seit Machiavelli und besonders seit der Aufklärung hat der Umfang der staatsphilosophischen Literatur gewaltig zugenommen, vor allem in Frankreich, England und Amerika, wo die Prinzipien der Freiheit der Person, der Demokratie, des gleichen Rechtes für jedermann auf philosophische Grundlagen gestellt und entwickelt worden sind. Der Grundrechtskatalog der ersten neunzehn Artikel unseres Grundgesetzes ist, wenn wir seine geschichtlichen Ursprünge betrachten, nicht auf deutschem, sondern gegen das Ende des 18. Jahrhunderts auf amerikanischem Boden gewachsen. Deutsche Köpfe haben dagegen die Geschichtsphilosophie, einen verwandten Zweig, wesentlich gefördert, von Hegel und Marx bis zu Spengler. Alle drei glaubten, quasi naturwissenschaftlich prognostizierbare Abläufe zu erkennen, aber keiner von ihnen war ein Demokrat.

Als Nazizeit und Krieg zu Ende waren, ja selbst acht Jahre später, als ich in den Bundestag und damit hauptberuflich in die Politik eintrat, hatte ich von der staatsphilosophischen Weltliteratur noch fast nichts gelesen und besaß kaum eine Ahnung von ihrer Existenz. Was die Philosophie im allgemeinen angeht, so war ich ohne Bildung; auch im Laufe meines weiteren Lebens hat mich die Philosophie nicht angezogen, so daß ich bekennen muß, auf diesem Felde ein Ignorant geblieben zu sein. Aber es gab Ausnahmen. Je mehr ich in die Politik hineingewachsen bin, um so mehr hat mich die Philosophie des Staates und der Politik interessiert, ebenso die Ethik, die Lehre von den Tugenden und – last but not least – die philosophische Kritik der Ökonomie, von Ricardo, Adam Smith und Malthus bis zu Eucken und Hayek. Aber auch dieser letztere Zweig der Philosophie (Fachphilosophen werden sich vielleicht dagegen wehren oder sich darüber mokieren, daß ich sie grosso modo hier zur Philosophie und nicht zur Ökonomie rechne) lag ursprünglich kaum in meinem Interesse; vielmehr zwang mich das volkswirtschaftliche Studium zur Beschäftigung damit.

So war also meine philosophische Ausrüstung sehr dürftig, als ich zur Politik kam. Ich hatte die Selbstbetrachtungen des Stoikers und spätrömischen Kaisers Marcus Aurelius im Kriege immer bei mir getragen. Er lehrte mich die Tugenden der Pflichterfüllung und zugleich der inneren Gelassenheit. Freilich habe ich erst nach der Nazizeit begriffen, daß er mich *nicht* gelehrt hat, selbst zu erkennen, *was* meine Pflicht sei. Von Immanuel Kant hatte ich mir den kategorischen Imperativ zu eigen gemacht und aus seiner kleinen Schrift »Zum ewigen Frieden« die Einsicht gewonnen, daß der Friede zwischen Völkern und Staaten kein Naturzustand ist, sondern daß er immer wieder gestiftet werden muß. Im übrigen haben mich Kants philosophische Hauptwerke viel weniger interessiert. Wohl aber habe ich seine drei prinzipiellen Appelle immer zu beherzigen versucht, nämlich: Selbst denken! Sich an die Stelle jedes anderen denken! Jederzeit mit sich selbst einstimmig denken!

Später kam Karl Popper hinzu. Auch von ihm habe ich drei wichtige Dinge gelernt: Zum einen ließ er mich verstehen, warum mir der Marxismus immer schon vom Grunde her tief unsympathisch gewesen war: weil nämlich jede totale Utopie und jede Diktatur – und so auch die »Diktatur des Proletariats« – in die Unfreiheit und in massenhaftes Elend und zur Gewaltanwendung führen müssen. Zum anderen ließ er mich begreifen, daß das Prinzip der Demokratie nicht Volksherrschaft ist; das Volk regiert keineswegs, wohl aber hat es in der Demokratie die Möglichkeit der gewaltlosen Beseitigung einer Regierung und ihrer Ersetzung durch eine andere. Deshalb habe ich auch früh den großen Nachteil eines Verhältniswahlrechts begriffen, das vermeintlich besonders gerecht ist, tatsächlich aber fast immer zu Koalitionen zwingt und damit jedem der Koalitionspartner die Macht gibt, die Regierung zu stürzen, während diese Macht doch dem Volk insgesamt zustehen muß (die ständigen Regierungswechsel in Italien, bei denen sich die Politik der Regierungen keineswegs wesentlich ändert, sind dafür ein Paradebeispiel; auch die F.D.P. hat in Bonn bisher zweimal den Beweis für meine These geliefert). Zum dritten habe ich von Popper das Prinzip der *schrittweisen* Reform von Wirtschaft, Gesellschaft und Staat als das der Demokratie angemessene Prinzip der politischen Praxis gelernt, weil große, umwälzende Veränderungen die Freiheit der Bürger gefährden, weil sie im Falle des Fehlschlags nur mit viel größeren Opfern revidiert werden können als ein kleinerer Schritt und – so füge ich hinzu – weil ein parlamentarisches System in einer hochkomplizierten industriellen Demokratie zu umwälzenden Veränderungen ohnehin nicht geeignet ist.

Popper ist in seiner politischen Philosophie ein Verantwortungsethiker im Sinne von Max Weber. Dessen kurzer Essay (eigentlich war es ein Vortrag) über »Politik als Beruf« aus dem Jahre 1919 hat mich schon sehr früh außerordentlich beeindruckt, insbesondere seine Unterscheidung zwischen Verantwortungsethik und Gesinnungsethik. 1961 habe ich dazu geschrieben: »Die Frage nach den Folgen, die der politisch Handelnde sittlich zu verantworten hat, reißt allerdings das ganze Feld der Fragen nach den ethisch gerechtfertigten Zwecken, nach den zweckmäßigen Mitteln, nach den unvermeidlichen Nebenwirkungen und nach dem Zusammenhang von Zwecken, Nebenwirkungen und Mitteln auf – und damit ist des Fragens noch kein Ende ... Wer als Politiker entscheidet, muß sich bei der Kalkulation der erstrebten wie der abgelehnten Folgen zunächst der ... Analyse bedienen, um erst anschließend die Ziele, Mittel und Nebenwirkungen ethisch bewerten und gegeneinander abwägen zu können.«*

Gewiß lernt man vieles im Laufe des Lebens dazu, aber die hier zitierten Sätze würde ich heute noch ähnlich formulieren. Die vorweggehende Analyse ist für alles politische Handeln unverzichtbar. Sie kann aber den Politiker nicht vor der Notwendigkeit zum sittlich begründeten eigenen Werturteil bewahren. Ehe er handelt, muß er prüfen, ob seine moralische Legitimation ausreicht, um die Folgen seines Handelns vor seinem Gewissen verantworten zu können – und vor den Regierten!

Max Weber war weniger ein Philosoph, vielmehr ein Soziologe, ein Wissenschaftler. Es soll in diesem Kapitel von mehreren Wissenschaftlern die Rede sein, denen ich begegnet bin und die mein Denken und Handeln beeinflußt haben. Dabei werde ich alle theoretischen Ökonomen weglassen, nicht so sehr, weil ich deren so viele kennengelernt habe, sondern weil sie mir kaum einen tiefen Eindruck hinterlassen haben. Fast alle neigten dazu, von einem zunächst statistisch festgestellten »Datenkranz« auszugehen, sodann aus der Vergangenheit herrührende Zahlenreihen in die Zukunft zu projizieren und auf dieses von ihnen konstruierte Zukunftsbild ihre Empfehlungen zu gründen. Je langfristiger ihre Prognosen und Empfehlungen sind, um so weniger sind sie in den meisten Fällen brauchbar.

Dabei beeinträchtigen zwei Momente die Nützlichkeit volkswirtschaftlicher Rezepte oder Gutachten – zum Beispiel die des

---

* Helmut Schmidt, »Verteidigung oder Vergeltung«, bei Seewald, Stuttgart 1961.

deutschen Sachverständigenrates oder der wirtschaftswissenschaftlichen Forschungsinstitute. Zum einen entziehen sich sehr viele der den wirtschaftlichen Prozeß beeinflussenden Ereignisse, die im Prognosezeitraum eintreten, der realistischen Voraussicht; die Rezepte können zum Beispiel nicht die Auswirkungen eines psychologisch weitreichenden innen- oder außenpolitischen Ereignisses im Ausland vorhersehen oder die Auswirkungen eines Zusammenbruchs einer oder mehrerer großer Banken oder der Aktienkurse in New York oder in Tokio, einer mutwillig herbeigeführten Ölpreisexplosion oder einer ökonomischen Fehlhandlung der Regierung oder der Zentralbank eines die Weltwirtschaft stark beeinflussenden Staates usw. Auch innenpolitische Ereignisse im eigenen Land, die ökonomische Wirkungen auslösen, sind zumeist nicht vorhersehbar. Darüber hinaus fließen – bewußt oder zumeist wohl unbewußt – eigene politische oder ideologische Vorstellungen und eigene Werturteile in die Gutachten ein. Je kurzfristiger die Empfehlungen der Wirtschaftswissenschaft, desto brauchbarer sind sie. Und umgekehrt: Je weiter sie in die Zukunft greifen wollen, desto weniger nützlich sind sie.

Völlig unbrauchbar für die Regierenden jedoch sind solche wirtschaftswissenschaftlichen Modelle, die sich einer Beweisführung und einer Sprache bedienen, für deren Verständnis ein mathematisches Studium unerläßliche Voraussetzung ist. Hier handelt es sich um Glasperlenspiel oder um L'art pour l'art; ich bezweifle, daß dergleichen auch nur für die Theorie einen größeren Wert hat. Dagegen habe ich immer sehr gerne Rat eingeholt von solchen ökonomischen Wissenschaftlern, die über ihre Wissenschaft hinaus große persönliche Erfahrungen im Regierungsgeschäft (oder im Geschäft einer wichtigen Zentralbank) mitbringen und außerdem politischen und ökonomischen Weltüberblick besitzen. Dazu gehörten die Franzosen Robert Marjolin, Raymond Barre und Valéry Giscard d'Estaing, die Amerikaner George Shultz und Paul Volcker, der Japaner Isamu Miyazaki und mein Landsmann Horst Schulmann. Politisch-ökonomisches Fingerspitzengefühl aufgrund von Erfahrung läßt sich kaum durch wissenschaftliche Akribie ersetzen.

Zwei bedeutende Sozialwissenschaftler

Über die wissenschaftliche Zuordnung von Richard (Rix) Löwenthal und Karl Dietrich Bracher kann man disputieren; Löwenthal kam ursprünglich von der Nationalökonomie, Bracher ursprünglich von der Geschichtswissenschaft. Im Laufe ihres Lebens haben sich beide zu führenden Geistern der political science entwickelt, beide mit einem sehr ausgedehnten Horizont, weit über den Bereich der einschlägigen, akademisch gebräuchlichen Einteilung der wissenschaftlichen Disziplinen hinaus. Beide haben mich in den ersten zehn Jahren nach Krieg und Nazizeit durch je ein Buch stark beeindruckt; aber auch später, nachdem ich sie persönlich kennengelernt habe, ist ihr Einfluß auf meine Urteilsbildung sehr groß gewesen.

Löwenthal, 1908 in Berlin als Sohn jüdischer Eltern geboren, in seiner Jugend Kommunist, aus der KPD ausgeschlossen, nach 1933 zunächst unter dem Nom de guerre Paul Sering im Untergrund arbeitend, war im Exil in London, auch unter dem Einfluß der Fabian Society, zu einem Sozialdemokraten geworden, zu einem kämpferischen Gegner jedes Totalitarismus, besonders des sowjetischen Kommunismus, und zu einem Verfechter der Einigung der demokratischen Länder Westeuropas. Sein 1947 in Deutschland erschienenes Buch »Jenseits des Kapitalismus« – unter dem Verfassernamen Paul Sering – war »meinen überlebenden Freunden in Deutschland« gewidmet. Für mich und für viele meiner Altersgruppe war es eine Leuchtkugel, lange Zeit an einem Fallschirm am Himmel hängend, die von oben herab das Gelände beleuchtete, die geistigen und gesellschaftlichen Strukturen beleuchtend und die Wesenselemente und Konturen der im Wiederaufbau befindlichen Sozialdemokratie sichtbar machend.

Uns jungen, unter der Informationsdiktatur der Nazis erwachsen gewordenen Kriegsheimkehrern fehlte das Fundament einer politischen Bildung, einer ökonomischen Bildung, uns fehlte weitgehend auch das Fundament einer geistigen Bildung. Uns ging es ähnlich, wie es heutzutage Hunderttausenden junger Menschen in den sogenannten neuen Bundesländern geht, die nach fast sechs Jahrzehnten ununterbrochener Informations- und Erziehungsdiktatur – von 1933 bis vorgestern – zwar wissen oder fühlen, was falsch gewesen ist, was verlogen, was verbrecherisch gewesen ist, die aber erst jetzt lernen können, was richtig ist, was wahr ist, was sittlich geboten ist. Warum zum Beispiel eine am Wettbewerb und am Markt orientierte Wirtschaftsordnung den Menschen sehr viel besser dient als eine zentral geplante und verwaltete Zwangs- und Befehlswirtschaft; warum und wozu unternehmerische Gewinne notwendig sind – und die erst jetzt lernen können, wie man das macht. Wir kannten damals weder Lassalle noch Marx, weder Keynes noch Beveridge; weder hatten wir einen Begriff von Marktwirtschaft noch von Welfare-Economics. Wir wollten eine sozial gerechte Ordnung von Gesellschaft und Wirtschaft, aber wie man die herstellt, wie man sie bewahrt, davon hatten wir keine Ahnung. Und viele unserer Universitätslehrer in den Jahren 1945 und 1946 wußten das eigentlich auch nicht, das habe ich damals sehr schnell gemerkt.

In jener geistigen Situation des Suchens, des Bewußtseins der eigenen Defizite war Rix Löwenthals Buch, das er einen Beitrag zur sozialistischen Neuorientierung nannte, für mich und für viele andere eine fast unglaubliche Quelle von Einsichten. Hier entblätterte ein demokratischer Sozialist die kommunistische Ideologie und ihre Praxis, die uns von anderen angepriesen wurde, und ebenso die Ideologie und die Praxis des Plankapitalismus, die wir unter Hitler erlebt hatten. Er breitete die englischen, die skandinavischen, die amerikanischen Erfahrungen vor uns aus. Er erschloß uns den Zugang zur wichtigen internationalen Literatur, von der wir in den zwölf Nazijahren keine Ahnung bekommen hatten. Er bot uns Wege an und Methoden, Wege, die wir begehen, Methoden, die wir anwenden konnten. In meiner Erinnerung war es in den ersten Nachkriegsjahren für mich das bei weitem wichtigste Buch (jedenfalls außerhalb der Belletristik). Mein eigenes Exemplar von Paul Serings Buch ist damals durch die Hände vieler Kommilitonen gegangen. Ab und zu bekam ich es wieder, inzwischen mit vielerlei Unterstreichungen, Randbemerkungen und Eselsohren versehen. Schließlich verschwand das zerfledderte Buch ganz aus meinem Gesichtskreis; ich habe es nicht mehr wiederbekommen.

Sehr viel später ist Richard Löwenthal als Person in meinen Gesichtskreis gelangt. Damals war ich längst Mitglied des Bundestages in Bonn. Und dann habe ich drei Jahrzehnte lang an den Einsichten und an den Wandlungen des Denkens dieses tapferen Mannes teilnehmen können und bin von ihm beeinflußt worden. Wir sind politische, wir sind persönliche Freunde geworden, und ich gehöre zu denjenigen, die Rix nicht vergessen werden.

Löwenthal ist immer kämpferisch für seine Einsichten und Überzeugungen eingetreten. Aber er war bereit, sich zu korrigieren und solche Korrekturen auch öffentlich sichtbar zu machen. Davon zeugt zum Beispiel seine selbstkritische Einführung zur Neuauflage von »Jenseits des Kapitalismus«, dreißig Jahre später, 1977. Seit Mitte der sechziger Jahre habe ich ihn häufig in innerparteilichen Gremien erlebt, dabei fochten wir fast immer Seite an Seite. Er hatte sich sehr früh, lange vor der Studentenbewegung, mit guten Argumenten gegen den von den USA in Vietnam geführten Krieg gewandt. Die Studentenbewegung hat in ihm jedoch einen Gegner gefunden, wenngleich er für die seelische Situation jener Generation durchaus psychologisches Verständnis hatte. Rix Löwenthal kritisierte ihre politische Romantik, ihre undemokratische Anmaßung und ihre Gewaltbereitschaft in sehr konkreter Weise. Dabei stellte er sich in überfüllten Hörsälen der öffentlichen Diskussion. Er war ein faszinierender Redner, der fast völlig frei sprach, mit glänzender Rhetorik und bestechender Präzision, zugleich witzig und standfest. Seine wissenschaftliche Arbeit in den Jahren an der Freien Universität in Berlin (1961 bis 1975) und seine Hochschullehrertätigkeit kann ich nicht beurteilen, ich hörte darüber nur aus zweiter Hand (und immer nur Gutes). Jedoch steht mir sein Engagement innerhalb meiner Partei in der Erinnerung leuchtend vor Augen. Dabei geriet er zunehmend in Gegensatz zu Erhard Eppler und zu Willy Brandt, zumal er – wenn es ihm geboten schien – meine Politik verteidigte.

Nach der Wahl 1980 kritisierte Rix die unklare Haltung der Parteiführung, von der für viele Wähler nicht klar erkennbar gewesen sei, ob sie wirklich voll hinter dem Regierungschef stehe; diese Wähler hätten deshalb Schmidts Koalitionspartner gewählt; andere, die in der SPD nur eine Verwaltung der Politik des Bestehenden sehen würden, seien zu Hause geblieben oder hätten grün gewählt. Sehr scharf geißelte Löwenthal den jugendlichen Neomarxismus und den Umstand, daß Gruppen von Jusos – klein in der Zahl, aber groß in der öffentlichen Wirkung – im Verhalten gegenüber den Kommunisten zur Verwischung des Bildes der SPD beigetragen haben. Wer Kooperation mit Kommunisten dulde, bevorzuge eine Minderheit der Jugendlichen um den Preis, eine größere Zahl kritischer jugendlicher Menschen abzuschrecken. Die SPD solle sich daran erinnern, daß sie früher, zu Zeiten von Willy Brandts Moskaureisen, eine ideologische Koexistenz ausdrücklich abgelehnt habe; jetzt verhalte sie sich lauwarm, als Beispiel wies Rix auf die allzu »diplomatische« Haltung der SPD gegenüber der polnischen Solidarność hin.

1981 hat er sechs Thesen zur Politik der SPD in Umlauf gesetzt. Brandt reagierte allergisch und mahnte seinen alten Freund Löwenthal zur Parteidisziplin; gleichzeitig ließ er aber andere prominente Sozialdemokraten, die laufend öffentlich meine Regierung kritisierten und dabei die Beschlüsse des Parteitages und des Parteivorstandes, dem sie selbst angehörten, immer wieder verletzten, völlig frei agieren. Das brachte mich in Harnisch. Ich sprang Rix bei, der mit Recht besorgt war über den Rückzug der SPD aus der Mitte des Wählerspektrums. Ich konnte mich dabei auf viele Gespräche mit Arbeitnehmern und Gewerkschaftsfunktionären stützen, die in zunehmendem Maße durch die linken Spielereien verunsichert wurden. Rix Löwenthal war an den Sitzungen des Parteivorstandes und der Fraktion nicht beteiligt, in denen ich am 7. und 8. Dezember 1981 gewarnt habe: »Wenn das Augenmaß für das Mögliche überwuchert wird von der Leidenschaft für das Wünschbare, wenn endzeitliche Angstmacherei zu falschen Ratschlägen führt, wenn die Selbstdisziplin einer nüchternen Analyse von Opportunismus zersetzt wird ... dann bringen wir die F.D.P. in die Lage, allein darüber zu bestimmen, wer in Bonn regiert ... Wer am liebsten die Koalition aufkündigen will, der muß wissen, daß es anschließend Jahrzehnte dauern wird, bis wir in die Regierung zurückkehren! ... Diktaturen neigen zum Mord, Demokratien neigen zum Selbstmord ... Laßt es nicht zu, daß die SPD Selbstmord begeht!«

Löwenthal war in jenen Tagen nicht weniger deutlich. Er warf Brandt vor, durch Stillschweigen der Behauptung Vorschub geleistet zu haben, er sei *eigentlich* neutralistisch und pazifistisch gesinnt; insbesondere habe er am Vorabend von Epplers großer Friedensdemonstration dieser durch »kritische Unterlassung« Vorschub geleistet, die sich »eindeutig nicht nur gegen die Politik der Bundesregierung, sondern auch gegen die beschlossene Politik der SPD gerichtet hat«.

Ich habe die innerparteilichen Auseinandersetzungen durch meine Vertrauensfrage im Bundestag am 5. Februar 1982 noch einmal dämpfen können, es gab eine Mehrheit von 269 Jastimmen gegen 224 Neinstimmen. Jedoch wurde es immer klarer, daß Lambsdorff und Eppler die Regierung beseitigen wollten und daß Brandt eine rot-grüne Koalition ins Auge faßte. Der Höhepunkt der Entfremdung zwischen Brandt und mir war der Kölner Parteitag 1983, nach dem Sturz der sozialliberalen Regierung, wo Brandt das Zeichen gab, gegen den NATO-Doppelbeschluß zu stimmen, dem er selbst im November 1979 in Berlin zugestimmt hatte, noch bevor er offiziell im Nordatlantischen Bündnis beschlossen worden war. Gottlob ist die Nachfolgeregierung unter Kohl bei der Stange geblieben. Gottlob haben Willy Brandt und ich uns rechtzeitig vor seinem Tode als Freunde wiedergefunden.* Aber die Stetigkeit und die nüchterne Tapferkeit Rix Löwenthals werde ich nicht vergessen. Er war Wissenschaftler und Politiker zugleich, ein bedeutender Analytiker, ein Staatsdenker, ein großer Deutscher und eine Figur der europäischen Geistesgeschichte. Innerhalb der SPD ist die Lücke bisher nicht gefüllt, die er hinterlassen hat.

---

* Vgl. S. 452.

Anders als Rix Löwenthal hat sich Karl Dietrich Bracher nicht selbst in das parteipolitische Getümmel hineinbegeben. Jedoch ist er ebensosehr ein politischer Mensch, wie jener es war. Er hat auf andere Weise ganz erhebliche politische Wirkungen erzielt, nämlich durch eine große Zahl von Büchern und Essays und durch eine fundierte wissenschaftliche und zugleich demokratische Bildung, die er einer ungewöhnlich großen Zahl von Schülern auf ihren Lebensweg mitgegeben hat. Sein Erstlingswerk »Die Auflösung der Weimarer Republik«, 1955 erschienen – Bracher war damals knapp 33 Jahre alt! –, hat noch im gleichen Jahr einen tiefgreifenden Eindruck auf mich gemacht. Gestützt auf eine Fülle gut recherchierter Tatsachen, wurde hier zum allerersten Mal in Deutschland ausführlich und mit großer Sorgfalt vorgetragen, auf welche Weise, durch wessen Handeln, durch wessen Unterlassungen und durch wessen Schwäche es möglich war, daß der erste deutsche Demokratieversuch schon nach einem Dutzend Jahren scheiterte und Hitler und die Nazis die Macht an sich reißen konnten. Wenn die Wortführer der 68er Bewegung später behaupteten, der Nationalsozialismus und sein Drittes Reich seien niemals »aufgearbeitet« worden, so hatten sie unrecht. Ihre ideologische Blickverengung hatte sie offenbar gehindert, Brachers Buch über Weimar und sein fünf Jahre später erschienenes Buch über »Die nationalsozialistische Machtergreifung« sowie seine anderen Werke zu lesen und zu studieren. Als ich 1955 Brachers erstes Buch quasi verschlang, wurde mir klar, wie sehr auch die Schwäche und die Halbherzigkeiten der Weimarer Sozialdemokratie im Ergebnis Hitler begünstigt haben, ganz entgegen ihrer Gesinnung und Zielsetzung. Wenn Bracher sonst kein weiteres Buch mehr geschrieben hätte – seine Bibliographie ist tatsächlich von großem Umfang, und alle Bücher haben eine hohe Qualität, sie verbinden historische Forschung mit politischer Theorie –, selbst wenn es allein bei dem Buch über das Absterben der ersten deutschen Demokratie geblieben wäre, so hätte er verdient, in den Orden des Pour le mérite aufgenommen zu werden.

Vielleicht ist es Bracher 1955 und 1956 entgangen, daß insbesondere die in seinem Werk gegebene Darstellung der Rolle der höheren militärischen Reichswehrführung einer der entscheidenden Anstöße gewesen ist für die von einer inoffiziellen großen Koalition im zweiten Bundestag zustande gebrachte Grundgesetzergänzung und mehrere ihrer Details.* So ist zum Beispiel auf meine Initiative aufgrund des damals eingefügten Artikels 65 a des

---

* Vgl. S. 416 ff.

Grundgesetzes der Verteidigungsminister in Friedenszeiten zugleich Inhaber der Befehls- *und Kommandogewalt.* Zum einen sollte damit der Oberbefehlshaber eindeutig der gleichen parlamentarischen Kontrolle unterworfen werden, wie sie für den ganzen Bereich der Bundesregierung gilt; die Bundeswehr nach Weimarer Vorbild dem keiner Parlamentskontrolle unterliegenden Staatsoberhaupt zu unterstellen kam für mich nicht in Betracht. Zum anderen sollte verhindert werden, daß der Bundeskanzler Oberbefehlshaber wurde, was seine verfassungsrechtlich ohnehin sehr starke Position geradezu übermächtig gemacht hätte. Zum dritten sollte der scheinbare Pleonasmus »Befehls- *und Kommandogewalt*« die Wiederholung eines anderen Weimarer Fehlers ausschließen, nämlich die durch den Chef der Heeresleitung Hans von Seeckt herbeigeführte Verordnung vom 11. August 1920 über die Regelung der Befehlsbefugnisse im Reichsheer; deren Ergebnis war die Herauslösung einer künstlich konstruierten »Kommandogewalt« aus dem nach Artikel 47 der Weimarer Verfassung dem Reichspräsidenten zustehenden Oberbefehl über die gesamten Streitkräfte des Reiches. Der Reichspräsident war danach Träger der militärischen Befehlsgewalt, seine Anordnungen und Verfügungen mußten vom Reichswehrminister oder Reichskanzler gegengezeichnet werden; jedoch wurde nunmehr die Befehlsverwaltung dem Reichswehrminister zugeordnet, die neu konstruierte Kommandogewalt aber sollte dem Chef der Heeresleitung zustehen, also dem obersten General. Diese Konstruktion hatte in der Weimarer Republik zur Aushöhlung sowohl der Position des Reichswehrministers als auch der Kontrolle der Reichswehr durch den Reichstag geführt.

Im Gegensatz zu Weimar haben wir 1956 die verfassungsrechtliche Stellung des Bundesverteidigungsministers sehr gestärkt. Sie ist aber infolgedessen gleichzeitig sehr exponiert. Es ist deshalb kein Wunder, daß die Bundesrepublik erheblich mehr Verteidigungsminister als Bundeskanzler verbraucht hat. Ich habe 1955 meine Kollegen in der SPD, der CDU/CSU und F.D.P. auf Brachers Buch aufmerksam gemacht; es hat wesentlich dazu beigetragen, daß die Abgeordneten der damaligen Regierungskoalition unter Adenauer gegen dessen Willen bereit waren, in weitreichender Weise die verfassungsrechtliche Stellung der Bundeswehr zu definieren, das heißt zu begrenzen. Die Verfassungsergänzung von 1956 ist für mich ein Paradebeispiel dafür, wie ein Wissenschaftler große politische Wirkungen herbeiführen kann.

Ich habe Bracher damals nicht persönlich gekannt, unsere Bekanntschaft ergab sich erst einige Jahre später, als wir beide von einer Dependance der John Hopkins University in Baltimore zu einer Tagung in Bologna eingeladen wurden. Wir trafen uns zufällig im Flugzeug und fuhren dann im selben Auto von Mailand nach Bologna. Schon auf dieser Fahrt haben wir über viele Dinge diskutiert, die uns beide interessierten. Dann kam die Tagung, ich erinnere mich leider an nichts mehr davon. Aber der Blick auf Bologna mit seinen eigenartigen, schornsteinähnlichen, sehr schlanken, zum Teil schiefen Türmen hat unsere gemeinsame Bewunderung gefunden. Die vornehmen, adligen Familien, welche im Mittelalter hier das Sagen hatten, standen offenbar unter einem inneren Zwang, ihre Bedeutung durch einen Turm für jedermann sichtbar zu machen, denn keinem anderen Zweck schienen mir die Türme gedient zu haben. Es muß einst noch viel mehr Türme gegeben haben, die mittelalterliche Stadtsilhouette muß grandios gewesen sein. Nördlich der Alpen gibt es kaum vergleichbare Gegenstücke. Die alten Städteansichten aus Spanien, Frankreich, den Niederlanden, Deutschland, Österreich oder Polen zeigen uns zwar immer mehrere prächtige und zum Teil gewaltige Kirchtürme; aber selbst die schlanken spätgotischen Türme Lübecks wirken eher massig im Vergleich mit den superschlanken Bologneser Geschlechtertürmen.

Bracher, ein oder zwei andere und ich, wir setzten uns bei den Mahlzeiten oder abends beim Wein zusammen, um unsere Gespräche fortzuführen. Später haben wir uns nur noch ganz selten gesehen, aber ich wußte immer: An der Bonner Universität ist einer, auf dessen Urteil du dich verlassen kannst. Deshalb habe ich verfolgt, was Bracher seither geschrieben hat, und da ich meiner Ämter wegen nicht immer genug Zeit hatte, alles selbst zu lesen, habe ich mir von Mitarbeitern Zusammenfassungen und Auszüge machen lassen. Ein- oder zweimal habe ich ihn um seine Gedanken zu Fragen gebeten, mit denen ich mich plagte, oder zu Reden, die ich zu halten hatte. Aus solchem Anlaß erhielt ich im Sommer 1976 von ihm einen Brief, aus dem ich hier drei Absätze zitieren möchte:

»Es scheint mir in den nächsten Jahren vor allem darauf anzukommen, den Weizen von der Spreu der zahlreichen mehr oder weniger ideologischen und utopischen Projekte zu trennen. Dazu gehört die künstlich-intellektuelle Wiederbelebung hierzulande scheinbar längst durchgestandener, abgestandener ideologischer Konfrontationen, wie sie in Süd- und Westeuropa mit ja leider auch wieder erheblicher Wirkung auf unsere deutsche Diskussion propagiert werden. Es steckt darin eine intellektualistische Verzeichnung der Politik, die ohne Gefühl für die Koordination operiert, welche den Menschen in der Mehrheit wichtig ist. Wenn die CDU von ›Freiheit statt Sozialismus‹ spricht, so zielt sie damit auf Unsicherheitsgefühle, die durch solche Verzeichnungen aufgebrochen sind. Das Hauptproblem sind ja nicht mehr, wie in den 50er und 60er Jahren, rechte Ideologien. Viele Wähler der großen Mitte sehen sich und ihre Familien in ihrer geistigen Freiheit bedrängt oder eingeengt viel mehr durch linke Ideologien, wie sie z.B. in den Rahmenrichtlinien für den Politischen Unterricht oder in Juso-Kampagnen gegen Eigentum zum Ausdruck kamen. Es handelt sich dabei um eine psychologische Erschütterung, die assoziiert wird mit NS- und DDR-Praktiken im engsten Lebensbereich und meiner Meinung nach eine größere Rolle spielt als materielle Unsicherheitsgefühle. Weitere Kreise fürchten in diesem Zusammenhang auch eine Unterwanderung von Kräften, die auf langfristige Veränderung der Grundlagen und -werte unserer Gesellschaft abzielen, die sie nicht wollen ...

Tatsächlich müssen wir in unserem Land mit seinen besonderen Erfahrungen doch der Sorge vieler Rechnung tragen, daß abermals im Namen der Freiheit Intoleranz in unser Land einziehen könnte ... Alle jene Angehörigen des antitotalitären, nichtkommunistischen Widerstandes, die gegen den Nationalsozialismus ihren Kopf hingehalten haben und für Toleranz eingetreten sind, weisen nun auf diese Sorge hin und warnen vor jeder extremistischen Unterwanderung ...

Die Angst, als intolerant und rechts abgestempelt zu werden, ist bei vielen Menschen, die Wert auf ein fortschrittliches Image legen, so groß, daß sie lieber modische Trends mitmachen und die Augen vor der Gefahr verschließen, der wir in der Bundesrepublik in unvergleichbarer Weise ausgesetzt sind ... Sehr viele Intellektuelle scheinen so sehr verunsichert durch unsere belastete Vergangenheit wie durch eine grassierende Linksmode im Westen, die ja nicht unsere Erfahrungen mit intoleranten Regimen und der DDR hat, daß sie das Augenmaß ... verloren haben. Wenn man die Mehrheit der Wähler hinter sich bringen will, sollte man wohl diese elementaren Grundhaltungen der Bevölkerung, die mit ihren wesentlichen Interessen, aber auch mit ihren geistig-moralischen Werteinstellungen zu tun haben, berücksichtigen, wie das ja auch die F.D.P. mit ihrem unsensiblen Kirchenpapier erfahren mußte – bei aller scheinbaren Zurückhaltung oder Gleichgültigkeit der Bundesbürger den Kirchen gegenüber ...«

Der Leser wird verstehen, wie sehr ich dem Autor des Briefes zugestimmt habe; er ist kein Sozialdemokrat, im Grunde wohl ein moderner Altliberaler. Aber auch Rix Löwenthal hätte diesen Brief indossieren können, sofern er ihn gekannt hätte.

Im Sommer 1982 hat mich ein neues Buch Brachers interessiert, es trug den Titel »Geschichte und Gewalt«. Darin maß er dem Kompromiß zentrale Bedeutung zu für die Eliminierung von Gewalt. Kompromißbereitschaft dürfe nicht als notwendiges Übel, sondern müsse als Wert begriffen werden. Im Kompromiß liege die eigentliche Alternative zu Diktatur und Gewaltdenken. Die freiheitliche Position gegen neomarxistische Strömungen und gegen einen totalitären Sozialismus zu sichern sei die fortdauernde Herausforderung der Sozialdemokratie. In diesem Zusammenhang verwies der Verfasser auf die positive Rolle der Gewerkschaften in der Anfangsphase der Weimarer Republik, in der die Gewerkschaften ebenso zur Abwehr des rechtsradikalen Kapp-Putsches beitrugen wie zum Scheitern kommunistischer Umsturzversuche; erst die Schwächung durch die Massenarbeitslosigkeit machte sie hilflos vor der totalitären Überwältigung von 1933. Zu den speziellen Gefahren, welche die gewaltfreie, rechtsstaatliche Demokratie bedrohen, gehöre auch die Theorie von der »strukturellen Gewalt«, vor der »Gegengewalt« fast beliebig gerechtfertigt werden kann. Bei der Machtübernahme des Nationalsozialismus habe sich gezeigt, daß die Demokratie auf scheinbar demokratischem, legalem Wege überwunden werden kann. Es sei daher ein Gebot der Wachsamkeit, das Selbstverständnis der wehrhaften Demokratie ernst zu nehmen. Bracher stimmte Karl Jaspers zu, der geschrieben hat: »Demokratie ist tolerant gegen alle Möglichkeiten, sie muß aber gegen Intoleranz selbst intolerant werden können.«

Ähnliches hatte ich selbst schon viele Male gesagt; ich fühlte mich von Bracher bestätigt und gestützt, auch in seinem Vergleich der völkischen Panik der Weimarer Zeit mit mancher Hysterie auf seiten der heutigen Grünen. Inzwischen sind die Grünen in einer inneren Auseinandersetzung zwischen politischem und ökonomischem Realismus einerseits und romantischem Utopismus und antibürgerlichem Fundamentalismus andererseits begriffen, die mich an die Kämpfe in der Sozialdemokratie der späten siebziger und der achtziger Jahre erinnert. Da wir es heute gleichzeitig und noch auf längere Frist mit einer Rekordarbeitslosigkeit zu tun haben, während andererseits der weltweite Zusammenbruch des kommunistischen Sozialismus alle linksextremen Wirtschafts- und Herrschaftsideologien diskreditiert hat, so mag man hoffen, daß dieser Streit zugunsten eines demokratischen Realismus ausgeht. Aber sicher ist das keineswegs. Inzwischen ist Karl Dietrich Bracher Mitglied des Senats der Deutschen Nationalstiftung geworden, worüber ich froh bin, weil ich mir von ihm kluge Beiträge verspreche.

Lokis umfassende biologische Interessen haben natürlich auch mich beeinflußt und dazu geführt, daß ich viele ihrer botanischen und ornithologischen Gesprächspartner und Freunde kennengelernt habe. Meine Frau war gleichsam aus Instinkt von ihrer Jugend an eine Naturschützerin. Seit sie vor einem Vierteljahrhundert ihren Beruf als Lehrerin aufgeben mußte, um auf der Hardthöhe als Gastgeberin präsent zu sein, und seit mein eigenes Einkommen es ermöglichte, hat sie unter dem ermunternden Einfluß unseres Freundes Kurt Körber eine »Stiftung zum Schutze gefährdeter Pflanzen« ins Leben gerufen und geleitet. Wir waren uns beide der Notwendigkeit des Naturschutzes bewußt und haben uns aktiv für ihn eingesetzt, lange bevor er für viele junge Menschen zu einer begeisternden Aufgabe geworden ist – was wir sehr begrüßen. Ebenso hat Loki an einer größeren Zahl von wissenschaftlichen Expeditionen teilgenommen, im Pazifik, in Ost- und Südafrika, im südamerikanischen Urwald oder in der Antarktis. Ihr Ehemann war möglicherweise noch stolzer als sie selbst, als sie in Mexiko eine bisher unbekannte Bromelie entdeckt hatte, die dann nach ihr benannt worden ist.

Einer von Lokis Expeditionsleitern war Gotthilf Hempel, Meeresbiologe und über ein Jahrzehnt Direktor des Alfred-Wegener-Instituts für Polar- und Meeresforschung in Bremerhaven; er ist auch Vorsitzender der Arbeitsgemeinschaft der Großforschungsinstitute gewesen. Zum Bremerhavener Institut gehört das Forschungsschiff »Polarstern«, ein Schiff mit vielerlei in der Seefahrt ungewöhnlichen Einrichtungen und Apparaten, die einer Vielzahl von Forschungsdisziplinen dienen; zugleich ist es als Eisbrecher gebaut, um in Arktis und Antarktis navigieren zu können. Im Jahre 1989 hat Hempel Loki und mich eingeladen, an einer relativ kurzen Reise in das Seegebiet von Spitzbergen teilzunehmen, wo die Untersuchungen von Kleinlebewesen und von Meeresströmungen in den arktischen Gewässern beabsichtigt waren.

Spitzbergen war eine interessante Erfahrung, eine für mich neuartige, vergleichsweise flache Landschaft, äußerst spärlich besiedelt, mit breiten Fjorden; der überaus gastfreundliche norwegische Fylkesmann – etwa einem deutschen Landrat vergleichbar – ließ uns in seinem Hubschrauber den Archipel überfliegen. Es gab dort auch eine relativ große sowjetische Siedlung, die unter dem Vorwand des Steinkohlenbergbaus elektronische Aufklärung betrieb. Ich mußte erst lernen, daß es im Nordmeer keine Pinguine gibt, auf die ich doch so neugierig gewesen war. Immerhin haben wir aber Wale gesehen, auch Rentiere und Eisfüchse sowie die sehr kleinen, miniaturhaften arktischen Pflanzen. Eine mehr historisch-kuriose Sehenswürdigkeit war der verrostete kleine Ankermast, an dem 1928 Nobile auf seiner mißglückten Nordpolfahrt sein Luftschiff Italia festgemacht hatte.

Der weitaus interessanteste Teil der Reise bestand aber aus den kleinen Vorträgen, die abends an Bord jeweils im Turnus ein Wissenschaftler aus seinem Fachgebiet für seine Kollegen hielt, die zuallermeist in anderen wissenschaftlichen Disziplinen zu Hause waren; natürlich waren auch Ausländer darunter. Ich begriff, wie wichtig zum Beispiel für die Beurteilung der zukünftigen Entwicklung des Klimas nicht nur Klimatologie, sondern auch Meeres- und Bodenforschung ist. Hempel selbst sah weit über den Horizont seines eigenen Faches der Meeresbiologie hinaus; er ließ mich begreifen, wie wenig die Zukunftsprobleme der Gesellschaft und Wirtschaft, vor allem der Umwelt im Rahmen der herkömmlichen Abgrenzungen zwischen Physik, Chemie und Biologie erforscht werden können und wie unerläßlich heute und morgen multidisziplinäre Forschung und die Mitarbeit von Ingenieuren und Informatikern sind. Sehr einleuchtend war seine Betonung der großen Bedeutung von tüchtigen, wissenschaftlich versierten Forschungs*managern*, die für die moderne multidisziplinäre Forschung unerläßlich seien; er stellte ihre Rolle beinahe in den gleichen Rang wie die der großen Wissenschaftler. Die Unverzichtbarkeit von Teamwork wurde deutlich, ebenso die Notwendigkeit der engen Zusammenarbeit zwischen der Forschung an den Universitäten und den Großforschungseinrichtungen des Bundes.

Ich selbst konnte zu den Vortragsabenden natürlich nichts Naturwissenschaftliches beitragen; immerhin war ich getröstet in dem Bewußtsein, daß mein kleiner Vortrag über das zukünftige Verhältnis der Weltmächte zueinander durchaus das Interesse der Meeresforscher fand, weil sie ja überall auf der See – in der Antarktis wie in Nordmeer und Arktis – auf gedeihliche Zusammenarbeit mit der Sowjetunion und mit den USA angewiesen waren. Die naturwissenschaftliche Ehre der beiden Schmidts wurde aber durch Loki gerettet, die einen Vortrag über ihre jüngste Expedition in der Namib-Wüste im Südwesten Afrikas hielt – sozusagen als Kontrastprogramm.

Ein fabelhafter Forschungsmanager ist Reimar Lüst, auch er eine Bekanntschaft, die Loki in unsere Ehe eingebracht hat; inzwischen hat sie sich zu Freundschaft entwickelt, auch weil Lüst mit meiner ZEIT-Kollegin Nina Grunenberg verheiratet ist und wir uns häufig sehen. Irgendwann 1973 oder 1974 lud uns Lüst, Forscher auf dem Felde der extraterrestrischen Physik, nach Effelsberg in der Eifel ein. Ich staunte über die riesige Schüsselantenne, die vielerlei Signale aus dem Weltall aufnehmen konnte. Noch mehr war ich von der Tatsache überrascht, daß man im interstellaren Raum einfache Eiweißmoleküle festgestellt hatte. Lüst war damals Präsident der Max-Planck-Gesellschaft (MPG), der Spitzenorganisation der Grundlagenforschung in Deutschland; gegenwärtig unterhält sie 70 Max-Planck-Institute, mit einem Gesamtetat von über 1,8 Mrd. DM pro Jahr. Lüst hat die MPG zwölf Jahre lang geleitet und sich dabei großes Ansehen erworben. Ich war ihm dankbar dafür, daß ich nach Ausscheiden aus meinem staatlichen Amt in den Senat der MPG berufen wurde, denn ich habe in diesem Gremium vieles dazugelernt, wovon ich bis dahin keine richtige Vorstellung hatte. Lüst und auch seine späteren Nachfolger haben konsequent die Übung verfolgt, ein Institut zu schließen, wenn der bisherige Leiter in den Ruhestand trat und kein Spitzenforscher als Nachfolger zur Verfügung stand; dafür wurde dann jeweils ein neues Institut auf einem anderen Feld der Grundlagenforschung geschaffen, und zwar immer unter einem Spitzenforscher. Dieses Prinzip, Gründung und Existenz wissenschaftlicher Grundlagenforschungsinstitute abhängig zu machen von der Leitung durch einen Spitzenmann, um den herum dann jeweils ein Team zusammengestellt wird, hat mir außerordentlich imponiert; nirgendwo sonst im staatlichen Bereich habe ich dergleichen erlebt; vielleicht sind noch am ehesten bedeutende privatwirtschaftliche Architekturbüros vergleichbar, denn auch diese hängen entscheidend von der Qualifikation des ersten Mannes ab.

Einmal habe ich im Senat der Max-Planck-Gesellschaft eine Kontroverse ausgelöst, weil sich der damalige Nachfolger Lüsts nach der deutschen Vereinigung weigerte, in den östlichen Bundesländern Forschungsinstitute zu Lasten bestehender Institute im Westen zu errichten oder Institute von West nach Ost zu verlegen; er hielt das für nicht zumutbar und meinte, für den Aufbau im Osten müsse der Staat halt zusätzliche Finanzmittel bewilligen, ansonsten könne er leider nicht stattfinden. Ich habe sehr deutlich widersprochen und an die Solidarität mit dem Osten appelliert, andere Senatoren haben sich angeschlossen. Schließlich fand sich dann doch eine vernünftige Lösung: Heute arbeiten 10 Institute und 27 Arbeitsgruppen der Max-Planck-Gesellschaft in den sechs östlichen Bundesländern, und weitere Max-Planck-Institute sollen dort entstehen.

Inzwischen aber war Reimar Lüst schon seit 1984 Generaldirektor der Europäischen Weltraumorganisation ESA, wo er mit einem Jahresetat von über 4 Mrd. DM mehrere große Programme verwirklicht hat. Auch die Trägerrakete Ariane 5, die Raumstation Columbus oder die Raumfähre Hermes sind Vorhaben, die Lüst gestartet hat.

Alle Grundlagenforschung, ob im Weltraum, auf der Erde oder auf See, ist hinsichtlich der erhofften Ergebnisse oder gar erhoffter wissenschaftlicher Durchbrüche kaum vorhersehbar. Die staatlichen Geldgeber sollten deshalb nicht erwarten, für die bereitgestellten Haushaltsmittel alsbald konkrete Ergebnisse geliefert zu bekommen. Dennoch gibt es mitunter Spannungen zwischen Wissenschaftlern und Politikern, denn die letzteren erwarten bisweilen wider die Vernunft Resultate und sogar Rezepte und sind, sofern diese ausbleiben, latent darauf eingestellt, Finanzmittel zu kürzen. Umgekehrt sind sich die Forscher in vielen Fällen nicht des unglaublichen Privilegs bewußt, vom Staat mit Steuergeldern relativ großzügig dafür bezahlt zu werden, daß sie hauptberuflich ihrem wichtigsten Hobby nachgehen. Ich habe deshalb viele Male öffentlich von der Bringschuld von Forschung und Wissenschaft gegenüber der Öffentlichkeit gesprochen und verlangt, die Wissenschaftler sollten ihre Arbeit und ihre Ergebnisse öffentlich und auch gegenüber der Politik verständlich darlegen. Das Gegenargument, das ich bisweilen zu hören bekommen habe, es gebe auch eine Holschuld der Politiker, ist nach meiner Überzeugung weitgehend abwegig; denn wie soll ein Finanzminister oder ein Haushaltsausschuß oder ein Parlament sich etwas holen, von dessen Existenz die Politiker keine Vorstellung haben?

Im Laufe des letzten Jahrzehnts haben sich manche Forscher und Wissenschaftler, manche Institute und so auch die Max-Planck-Gesellschaft insgesamt in zunehmendem Maße darum bemüht, ihre Arbeit für eine interessierte Öffentlichkeit durchsichtig zu machen, ich will das anerkennen. Auf der anderen Seite müssen sich Öffentlichkeit und Politik die elementare Problemsituation des Hochlohn- und Hochkostenlandes Deutschland bewußtmachen: Viele unserer eigenen traditionellen Industrieerzeugnisse, vom Automobil bis hin zur Elektronik und zu Flugzeugen, werden heute von neuindustrialisierten Ländern in gleicher Qualität, aber zu niedrigeren Preisen auf den Weltmärkten angeboten. Ein erheblicher Teil unserer strukturell gewordenen Arbeitslosigkeit ist hierin begründet. Wenn wir diese Arbeitslosigkeit durch neue Arbeitsplätze auffangen wollen, so müssen wir neue Produkte auf den Markt bringen, welche die anderen einstweilen noch nicht herstellen können. Dazu brauchen wir mehr Grundlagenforschung als bisher, mehr anwendungsorientierte Forschung an den

Universitäten und in der Industrie als bisher, mehr Entwicklung in der Privatwirtschaft – und sodann Produktion und Vermarktung. In einem einzigen Satz zusammengefaßt: Deutschland hat einen weiteren Ausbau der Forschung dringend nötig.

Wer als Deutscher an den neuen technologischen Entwicklungen in der Welt vorbeigehen wollte, der verlöre Arbeitsplätze, ohne zugleich neue Arbeitsplätze zu schaffen; und er verlöre an finanzwirtschaftlicher Solidität, weil der Sozialetat ins ungeheure steigen müßte. Es ist ein Irrtum zu glauben, in Deutschland seien einseitig die Bereiche der Natur- und Technikwissenschaften gefördert worden – unter Vernachlässigung vor allem der Geisteswissenschaften. Ich glaube vielmehr, daß wir in der Tat auf eine längere Strecke von Jahren den finanziellen Schwerpunkt auf naturwissenschaftliche und medizinische Grundlagenforschung *und auf Anwendungsorientierung* legen müssen. Dafür bedarf die Forschung eines höheren Anteils am Sozialprodukt als bisher. Dies wird sich in zunehmendem Maße wohl in besonderen, außerhalb der Universität stehenden Forschungseinrichtungen vollziehen müssen – hoffentlich wenigstens personell mit den Universitäten verzahnt, damit wenigstens etwas vom Humboldtschen Ideal der Einheit von Lehre und Forschung gerettet wird.

Vielleicht können sich die Damen und Herren aus den Geisteswissenschaften, den Sozialwissenschaften oder der Jurisprudenz damit trösten, daß ihre größten Forscher und Lehrer bisher alle ohne Großforschungseinrichtungen zu Spitzenleistungen fähig waren – von Plato bis zu Kant und Popper, von Savigny bis zu Radbruch und von Adam Smith bis zu John Maynard Keynes. Dagegen bedarf es im Bereich der Naturwissenschaften eines großen apparativen Aufwandes. Es bedarf außerdem eines sehr viel engeren Kontaktes mit der Wirtschaft.

Natürlich ist an dieser Stelle das Beispiel der USA lehrreich, wo eine intensive Zusammenarbeit zwischen vielen Hochschulen und vielen Unternehmen in Ausbildung, Forschung und Entwicklung praktiziert wird – ein charakteristisches Merkmal des amerikanischen Hochschulwesens. Dabei kommt es nicht nur zu einem Technologie-Push, das heißt zu Forschungsergebnissen der Universitäten, welche Unternehmen zur Entwicklung neuer Verfahren und Produkte anregen, sondern auch zu einem Technologie-Pull, also zu der aktiven Suche der Industrie nach neuen, wirtschaftlich umsetzbaren Forschungsergebnissen. Insgesamt gibt es in den USA einen schnellen Technologietransfer, bei dem die Universitäten auch in die Anwendungsphase einbezogen werden. Eine Forschungslandschaft mit phantastischen Möglichkeiten also, bei relativ geringen Reibungsverlusten, aber mit großartigen Zentren für Forschung – unter Industriebeteiligung oft gemeinsam mit dem Staat finanziert.

Im Vergleich dazu lebt manches wissenschaftliche Institut in Deutschland reichlich isoliert in der Landschaft – von den Großforschungseinrichtungen und den Max-Planck-Instituten bis hin zu den Forschungsinstituten unserer Universitäten. Wir brauchen eine viel engere Zusammenarbeit zwischen Wissenschaft und Industrie. Beide Seiten müssen aufeinander zugehen. Wer strukturelle Arbeitslosigkeit beseitigen und zugleich doch unseren allgemein sehr hohen Lebensstandard aufrechterhalten will, der muß die deutsche Innovationsschwäche überwinden.

Es war nicht naturgegeben, daß die medizinisch-genetische Grundlagenforschung und die molekulare Medizin inzwischen weltweit in den USA ihren überragenden Schwerpunkt gefunden haben. Die vergleichbaren Entwicklungen bei PCs, bei Internet-Modulen, bei Chips usw. waren auch nicht naturgegeben. Wenn demnächst Gendiagnostik, Gentherapie oder gentechnisch entwickelte pharmazeutische Produkte, ja fast generell alle Gentechniken in Deutschland hinterherhinken, dann ist auch das nicht naturgegeben, wohl aber ist es ein Beitrag zu künftiger struktureller Arbeitslosigkeit.

Natürlich kenne ich den Einwand, unser Rückstand liege an den deutschen Ängsten gegenüber High-Tech und an der zu geringen öffentlichen Akzeptanz. Aber diese Ängste müssen überwunden werden! Sie können nur durch beharrliche Aufklärung überwunden werden. Vor allem die Wissenschaft selbst muß dazu entscheidende Beiträge leisten, denn die Politiker verstehen davon zu wenig. Unter den Aufgaben der Wissenschaft gegenüber der Allgemeinheit – und damit gegenüber der Politik – möchte ich hier mein seit Jahrzehnten wiederholtes Plädoyer für die Bringschuld der Wissenschaft abermals hervorheben. Wer Geld des Steuerzahlers beansprucht – viel Geld! –, der muß dies begründen und plausibel machen. Deshalb ergänze ich das Wort von Carl-Friedrich von Weizsäcker, wonach Wissenschaft sozial organisierte Erkenntnissuche ist: Wissenschaft muß auch sozial *verpflichtete* Erkenntnissuche sein.

Man muß deshalb jeden Wissenschaftler unterstützen, der es unternimmt – trotz Naserümpfens mancher seiner Kollegen –, in Zeitungen, im Fernsehen oder in Zeitschriften populärverständlich zu machen, an welchen Problemen seine Wissenschaft arbeitet und was sie in ihrer Arbeit leistet. Wir haben es dringend nötig, die spezifischen deutschen Angstpsychosen zu überwinden – gegenüber dem technischen Fortschritt, ob Kernkraft oder Gentechnologie, ob Transrapid als Magnetschwebebahn, ob Elektrifizierung einer Bahnstrecke in Schleswig-Holstein oder die dringend nötige Ost-West-Autobahn in Mecklenburg-Vorpommern, alles Neue löst bei uns erst einmal Ängste aus. Ganze Organisationen und politische Parteien schüren diese Ängste auch noch, um sie für den eigenen politischen Erfolg auszubeuten. Wenn wir uns als unfähig erweisen sollten, diese in der Welt einmalige Psychose zu überwinden, so wird die deutsche Arbeitslosigkeit weiterhin steigen.

Unsere sechzehn Großforschungsinstitute sind kleine Fürstentümer, die sich selbst verwalten, ebenso die riesige Max-Planck-Gesellschaft mit ihren über 11 000 Mitarbeitern und einem Gesamtetat von fast 2 Mrd. DM, sozusagen Staaten im Staate. Das müssen sie allerdings auch sein, denn Forschung braucht Freiheit, Gängelung durch staatliche Behörden wäre sehr von Übel. Unsere Universitäten hingegen, die ja heute zur Hauptsache staatliche Dienstleistungsbetriebe zwecks Vermittlung akademischer Berufsausbildung sind und die nur in geringerem Maße, quasi nebenher, auch Forschung betreiben, werden übermäßig von der Kultusbürokratie der Länder gelenkt, ihrer Selbstverwaltung sind in Wirklichkeit sehr enge Grenzen gesetzt. Die Universitäten sind außerdem in hohem Maße bundeseinheitlichen Vorschriften und Regelungen unterworfen.

Die Gesamtverfassung des Hochschulwesens ist unzweckmäßig und unwirtschaftlich

Im internationalen Vergleich sind die deutschen Universitäten von nur mittelmäßiger Qualität. Das ist allerdings nur zu einem kleinen Teil von den Universitäten selbst verschuldet. Überwiegend liegen die Ursachen, die Fehler und auch das Verschulden bei den Landtagen, bei den Kultusministern und -senatoren der Bundesländer und bei ihren Bürokratien, die sich durch allerhand Gesetze und Verordnungen weite Eingriffsmöglichkeiten geschaffen haben und diese zeitraubend und unrationell nutzen.

Es fängt an mit der weitgehenden Vereinheitlichung des Hochschulwesens – im Gegensatz zur Absicht des Grundgesetzes, welches die Kulturhoheit bei den Bundesländern lassen wollte –, so als ob wir in einem Zentralstaat lebten. Dadurch ist Wettbewerb zwischen den Universitäten weitgehend unmöglich gemacht worden; infolgedessen sind weitgehend auch Spitzenleistungen auf den Feldern der universitären Bildung und Ausbildung wie auf den

Feldern universitärer Wissenschaft und Forschung inhibiert worden. Es gibt in Deutschland weder Spitzenuniversitäten wie Harvard, MIT oder Stanford, noch gibt es Oxford oder Cambridge, noch können wir mit den hervorragenden Ausbildungsresultaten der Grandes écoles in Frankreich konkurrieren.

Damit möglichst alles einheitlich geregelt werde, haben sich die Länder nicht nur eine gemeinsame Kultusminister-Konferenz (KMK) geschaffen – die an und für sich eine sinnvolle Einrichtung sein könnte –, sondern die KMK hat sich eine gemeinsame zentrale Bürokratie geschaffen, die an Umfang einem mittleren Bundesministerium gleichkommt. Die KMK hat die Uniformität der Universitäten zu verantworten; sie hat die Vermassung des Universitätsbetriebes zu verantworten, zumal die formal zur Gesetzgebung und zur Kontrolle berufenen Landesparlamente sich von den Beschlüssen der KMK als vermeintlicher Autorität blenden und leiten lassen.

Deshalb haben wir heute, bei einem erheblich entwerteten Abitur, bei dem man bildungswichtige Fächer abwählen kann, fast nirgendwo Zulassungsprüfungen, fast nirgendwo Zwischenprüfungen nach den ersten Semestern, infolgedessen zu viele zur Wissenschaft kaum befähigte junge Leute auf den Universitäten und infolgedessen sehr hohe Zahlen von Studienabbrechern. Kein Kultusminister und kein Landtag wagt, zwecks höherer Effizienz aus der Einheitlichkeit auszubrechen.

Um die Massenhaftigkeit einigermaßen handhabbar zu machen, hat man uns eine für die ganze Bundesrepublik gemeinsame Zulassungsmaschinerie beschert, die viele Studienbewerber dorthin schickt, wohin sie nicht wollen. Ebenso haben wir eine total vereinheitlichte Besoldungslandschaft, einschließlich einer zu früh erfolgenden Lebenszeit-Verbeamtung der Professoren – auch das eine Beeinträchtigung des Wettbewerbs. Ebenso gilt das Stipendienwesen, genannt BAföG, einheitlich von Flensburg bis Dresden. Tatsächlich ist die bisweilen gepriesene Selbstverwaltung oder Autonomie der Hochschulen größtenteils nur eine Selbsttäuschung.

Ich habe mich immer wieder darüber gewundert, daß erstklassige deutsche Wissenschaftler diesen Einheitszustand ziemlich klaglos hinnehmen. Statt um Änderung bemüht zu sein, halten sie es offenbar für unvermeidlich, daß viele Spitzenbegabungen, besonders unter den naturwissenschaftlichen Forschern, auf Dauer ins Ausland abwandern. Besonders viele von ihnen trifft man an einigen Spitzeninstituten und Spitzenfakultäten in Amerika. Es wäre besser, unsere Landtage besännen sich wieder auf ihre ureigene Aufgabe und ließen einen breitgefächerten Wettbewerb unter den Hochschulen und Instituten entstehen, als immer mehr Sachen über den gleichen Leisten zu schlagen. Die Schuld für die lange Studiendauer liegt weit überwiegend bei der schlechten Organisation des deutschen Hochschulwesens.

Die Hochschulen brauchen wesentlich größere, auch finanzielle Kompetenzen und Flexibilitäten. Die Universitäten sind heute – anders als zu Humboldts Zeiten! – in der Hauptsache Ausbildungsstätten, das heißt Dienstleistungsbetriebe. Es ist nicht einzusehen, warum sie nicht mit betriebswirtschaftlichen Methoden geführt und verwaltet werden sollen – *selbstverwaltet* werden sollen! Man muß Abstand nehmen von staatlich verordneten Stellenplänen und akribischen Haushaltstiteln und statt dessen den Universitäten einen Globalhaushalt geben – und endlich ein professionelles Management. Darüber hinaus brauchen die Universitäten die Erlaubnis, entweder Zugangs- oder Zwischenprüfungen vorzuschreiben, damit die Überlastung des Betriebes durch dreißig, vierzig bis zu fünfzig Prozent späterer Studienabbrecher wesentlich reduziert und Geld gespart werden kann. Ebenso sollten die Universitäten bei wesentlicher Überschreitung einer rationell bemessenen Regelstudiendauer die Dauerstudenten exmatrikulieren dürfen.

Die von der Großen Koalition in das Grundgesetz eingefügte sogenannte Gemeinschaftsaufgabe Ausbau und Neubau von Hochschulen hat die Sache noch verschlimmbessert. Denn seither redet auch noch die Bundesbürokratie in den Ausbau der Universitäten hinein. Ich muß bekennen, ich habe diesen Übelstand 1969 nicht kommen sehen. Im Zuge der großen Reformeuphorie der frühen siebziger Jahre gelang es Hans Leussink, Bundesminister für Wissenschaft und Forschung, seinen Bildungs- und Forschungsetat um fast die Hälfte zu erhöhen. Er ging die Probleme der Universitäten und Hochschulen mit der begrüßenswerten Nüchternheit eines erfahrenen Ingenieurs an; er hatte in vielen Staaten an großen Ingenieurbauten mitgearbeitet, war seit anderthalb Jahrzehnten Lehrstuhlinhaber an der TH Karlsruhe, war Rektor gewesen, Vorsitzender der Rektorenkonferenz und schließlich Präsident des Wissenschaftsrates. Er kannte also alle Probleme. Trotz großer persönlicher Tatkraft stieß Leussink mit seinen Vorhaben zur Reform des Aufbaus der Lehrkörper, der Verkürzung der Studiendauer und des Numerus clausus ebenso wie mit seinem Entwurf eines Hochschulrahmengesetzes auf endlose Widerstände und Quengeleien seitens der Länder, der Professorenschaft, der Studentenschaft und des zuständigen Bundestagsausschusses. Nach etwas mehr als zwei Jahren Amtstätigkeit trat Leussink zurück. »Dies läßt mich kalt wie eine Hundeschnauze«, hat er in seiner Abschiedsrede gesagt.

Mir hat Leussinks Ausscheiden aus Brandts Kabinett leid getan; denn er war nicht nur ein überaus angesehener Kollege, sondern auch wegen seiner Nüchternheit und der Sachlichkeit, in der er im Kabinett seine kritischen Bemerkungen machte, ein wichtiger Faktor, jedenfalls für mich. Ich hatte ihn eine Reihe von Jahren zuvor in Alex Möllers Haus in Karlsruhe kennengelernt und mochte ihn ausgesprochen gern. Wenn einige Zeitungen damals geschrieben haben, er sei an seinem kühlen Naturell gescheitert oder an »seinem umwerfenden Talent, selbst Wohlwollende vor den Kopf zu stoßen«, so war dies Quatsch – ich bitte um Nachsicht für den Ausdruck; ebensowenig ist er »an den Linken gescheitert«, wie man damals auch lesen konnte. Aus meiner rückschauenden Betrachtung war vielmehr der ganze Ansatz abwegig, zugunsten des Bundes, der nach dem Grundgesetz auf diesem Felde fast keine Kompetenzen besaß, durch viel Geld den Ländern Kompetenzen abzukaufen. Ein großer Teil der heutigen Kalamitäten der deutschen Universitäten beruht auf dem Mischmasch von bundesseitigen und länderseitigen Regelungen. Für diesen Ansatz war aber Leussink selbst wohl nur zum kleineren Teil verantwortlich.

Hans Leussink hat gern die Redensart gebraucht, der Mensch sei ein lernfähiges System. Das ist gewiß nicht zu bestreiten. Die Menschen jedoch, die unsere Hochschulsysteme verwalten, haben von ihrer Lernfähigkeit bisher keinen ausreichenden Gebrauch gemacht. Der wichtigste Grund dafür liegt in der Tatsache, daß niemand persönlich verantwortlich ist; allzu viele Köche verderben den Brei.

Die Max-Planck-Gesellschaft hat es darin viel besser, sie ist viel besser verwaltet. Kein Wunder, daß sie ohne große Mühe immer wieder die besten Universitätsforscher in ihre Institute ziehen oder neue Institute für sie schaffen kann. So hat sie für Carl Friedrich von Weizsäcker am Starnberger See ein Max-Planck-Institut »zur Erforschung der Lebensbedingungen in der wissenschaftlich-technischen Welt« eingerichtet, das Weizsäcker von 1970 bis 1980 geleitet hat. Von Hause aus war er ein Physiker von hohen Graden, der mit Niels Bohr, Otto Hahn, Lise Meitner und Werner Heisenberg zusammengearbeitet hat. Er hatte von Jugend auf eine Neigung zur Philosophie und nahm 1957 einen philosophischen Lehrstuhl in Hamburg an. Ich habe ihn in den späten fünfziger oder frühen sechziger Jahren in Hamburg kennengelernt, in Marion Dönhoffs Wohnzimmer haben wir viele Male miteinander diskutiert. Weizsäcker war ein höchst angenehmer Gesprächspartner, nachdenklich im Zuhören und im Sprechen; seine Argumente waren ungemein anregend, jede Unterhaltung war ein Gewinn.

Seit 1957, als er entscheidend an der »Erklärung der Göttinger Achtzehn« gegen die von Verteidigungsminister Strauß vergeblich betriebene atomare Ausrüstung der Bundeswehr mitgewirkt hatte, konzentrierte sich Weizsäckers Interesse und auch sein Engagement in zunehmendem Maße auf das Verhältnis der damaligen zwei Supermächte, auf die Verhütung eines dritten Weltkrieges und ganz besonders auf die Verhütung eines atomaren Krieges. Auch wandte er sich später gegen die Kernenergie als Quelle der Energieerzeugung, die er früher befürwortet hatte; noch später hat Weizsäcker für einen »radikalen Pazifismus als das christlich einzig Mögliche« plädiert. Ich habe ihm auf seinem Weg in den achtziger Jahren nicht mehr folgen können.

Weizsäcker hat sich auch gegen den NATO-Doppelbeschluß gewandt, der ein »schwerer Fehler« sei. Er bekannte sich emphatisch zu seiner Angst und zu der These »Der dritte Weltkrieg ist wahrscheinlich«. Allerdings hat er sich 1988 – noch vor dem Abschluß des INF-Vertrages* – zu dem »Irrtum« seines damaligen Pessimismus bekannt. Der INF-Vertrag hat kurz darauf zu der von mir von vornherein angestrebten beiderseitigen Nullösung geführt, Weizsäcker hat das ausdrücklich anerkannt.** Gleichwohl hat er seine Kriegsangst nicht aufgegeben.

1986 haben wir wieder einmal ein langes Zwiegespräch geführt***, es kreiste um den Komplex Frieden oder Krieg und um den anderen Komplex der Energiepolitik. Weizsäcker sprach von seiner Angst vor einem nuklearen Krieg; jedermann, der im Bereich der europäischen Kultur lebt, »hat Angst zu haben«. Meine Frage, ob denn die Deutschen mehr Angst haben müßten als andere Europäer, hat er mit einem dezidierten Nein beantwortet. Die Angst vor der Kernenergie sei zum Teil ein »Traumsymbol für die wirkliche Angst ... vor dem Atomkrieg«. Der Krieg sei »eine ganz alte Institution, vielleicht genauso alt wie Hochkultur«; unser heutiges Problem sei nicht, daß wir plötzlich eine überhöhte Kriegsgefahr hätten, »die haben wir nicht«. Aber die alte Kriegsgefahr sei »wegen der heutigen technischen Folgen eines Krieges nicht mehr auszuhalten. Wir müssen – in bezug auf die Überwindung des Krieges – ehrgeiziger werden, als man in 6 000 Jahren Geschichte

---

* Vertrag zwischen den USA und der Sowjetunion über die Intermediate Nuclear Forces = atomare Mittelstreckenwaffen, vgl. S. 268, 449.

** Vgl. z.B. C. F. v. Weizsäcker, Bewußtseinswandel, Carl Hanser Verlag, München 1988.

*** Ausführlich abgedruckt in der ZEIT, Nr. 42, 10. Oktober 1986.

der Hochkultur sein konnte«. Darauf habe ich gefragt, wer mit dem Wort »wir« gemeint sei. Wenn er damit nur die Europäer oder nur die Deutschen meine, dann könne ich nicht zustimmen, denn für viele Völker in der Welt sei die Kriegsgefahr größer als in Mitteleuropa. Man kann die Hälfte des langen Gespräches in drei wörtlich zitierten Sätzen zusammenfassen:

Schmidt: »Angst ist ein schrecklich schlechter Ratgeber.«

v. Weizsäcker: »Ich sehe sehr wohl, daß Angst auch falsch und übertrieben sein kann, daß aber Mangel an Angst möglicherweise Mangel an Wahrnehmung ist ... Im Laufe der dreißig Jahre, die wir uns kennen und versucht haben zu kooperieren, hatten wir doch nie dieselbe Stimmung.«

Der letzte Satz über die Stimmung war und bleibt ganz zutreffend. Wenn ich von der Person meines von mir sehr geschätzten Gesprächspartners einmal absehe, so war ja die ganze sich selbst »Friedensbewegung« nennende Massenemotion in Westdeutschland eine *Stimmung*, exakter ausgedrückt: eine Psychose. In keinem unserer demokratisch verfaßten Nachbarländer hat es etwas Vergleichbares gegeben, weder im Hinblick auf die Zahl der beteiligten Menschen noch im Hinblick auf die Intensität ihrer Exaltation. Ich habe mich zu jener Zeit oft gefragt – habe auch andere gefragt –, was der Grund sein könne für diese spezifisch deutsche Massenangst, vor allem unter jungen Menschen, und ich bin immer auf zwei Antworten gestoßen: Zum einen erschien sie mir als eine Reaktion auf die erschütternde Erfahrung der ungeheuren Verbrechen zur Nazizeit, von Oradour bis Auschwitz, genauer: auf die Einsicht, daß Menschen zu ungeheuren Verbrechen fähig sind, und auch auf die daraus resultierende Ungewißheit der Zukunft. Zum anderen erschien sie mir als eine Reaktion auf die Verletzung der nationalen Identität der Deutschen, nicht nur durch jene Verbrechen, sondern auch durch die Teilung, die für viele den Eindruck der Endgültigkeit machte, trotz oder auch wegen der immer wiederholten Formel von der Wiedervereinigung in Frieden und Freiheit.

Diese doppelte Antwort mag unzulänglich oder gar falsch sein. Wenn dem aber so wäre, dann bliebe immer noch die Frage offen, wieso ein wichtiger Teil allein der deutschen, nicht aber der übrigen europäischen Jugend dazu hingerissen werden konnte, außenpolitische Vernunft und innenpolitischen Gesetzesgehorsam geringzuachten gegenüber der eigenen existentiellen Angst. Viele waren der Naziverbrechen wegen zur Sühne bereit; aber diese Bereitschaft ging in Wahrheit so weit, sich dem Willen der sowjetischen Macht zu unterwerfen, nicht jedoch dem Willen der amerikanischen Demokratie. Es ist mir schwer vorstellbar, daß diese deutsche Besonderheit im Gefolge einer die ganze westliche Welt erfassenden Welle studentischer Proteste (die in den USA wegen des Vietnamkrieges ihren Ursprung hatte) ein spezifisches deutsches Kulturerbe aus vergangenen Jahrhunderten gewesen sei oder daß sie auf einer Besonderheit der Seele unseres Volkes beruht habe. Deshalb bleibe ich – einstweilen – bei meiner oben dargelegten doppelten Antwort.

Inzwischen haben die meisten der Wortführer der Studentenbewegung, der Friedensbewegung und der Antikernkraftbewegung sich auf ihre beruflichen Aufgaben und Laufbahnen zurückgezogen, einige wenige von ihnen haben sogar politische Karriere gemacht, vornehmlich in der Sozialdemokratie und bei den Grünen. Sie sprechen kaum noch über ihre früheren Ängste und Proteste – mit einer Ausnahme, die ihnen augenscheinlich zur Legitimation ihres eigenen Entwicklungsweges psychologisch notwendig ist. Sie protestieren nämlich immer noch gegen Kernkraftwerke und alles, was damit zu tun hat. Die meisten protestieren zwar nur noch verhalten, indem sie den »Einstieg in den Ausstieg aus der Kernkraft« propagieren. Aber einige wenige – wahrscheinlich jüngeren Alters – sind auch heute zur Gewalttat bereit, indem sie zum Beispiel Eisenbahntransporte durch die Sprengung von Leitungsmasten unterbinden und damit das Leben anderer Menschen gefährden. Es bleibt notwendig, in Erinnerung zu halten, daß es die sich selbst als demokratisch empfindende Studentenbewegung gewesen ist, die in Deutschland die Rückkehr der Gewalt in die innenpolitische Auseinandersetzung bewirkt hat, zunächst nur der »Gewalt gegen Sachen«, aber dann auch der tödlichen Gewalt gegen Menschen.

Der von den beiden obengenannten politischen Parteien erstrebte Ausstieg aus der Kernkraft wird ansonsten von keiner ernstzunehmenden Partei in Westeuropa oder in den USA betrieben; in Rußland ist selbst nach dem schlimmen, nachwirkenden Unfall von Tschernobyl – der auf regierungsseitiger Fahrlässigkeit und Verantwortungslosigkeit beruhte – keine Abschaffung der Kernkraftwerke beabsichtigt, obgleich dort wegen reichlicher Verfügbarkeit von Erdöl und Erdgas eine Ersetzung durch herkömmliche Kraftwerke unschwer vorstellbar wäre.

Die in Deutschland – ganz anders als in Frankreich – heute immer noch verbreitete Ablehnung der Kernkraft war der zweite Komplex des Gespräches mit Carl Friedrich von Weizsäcker. Er hatte gesagt, in der Energiepolitik könnte man auch vor vielem anderen als nur vor der Kernenergie Angst haben. Diese letztere besondere Angst sei »... ein bißchen ausgelöst dadurch, daß man im stillen weiß: Die wahre Gefahr ist der Atomkrieg«.

Ich erinnerte an die drei wichtigsten Gefährdungen durch die Kernenergie, nämlich an die Unfallgefahr; an die Gefahr, die von den abgebrannten Brennelementen ausgeht, für die noch nirgendwo eine endgültige Lösung gefunden sei; und an den Umstand, daß nach unserem Gefühl immer mehr Wissenschaftler, Ingenieure und Techniker so viele Kenntnisse erwerben, daß die Schwierigkeiten der Herstellung nuklearer Waffen immer geringer werden. Aber diesen unbestimmten Risiken der Kernkraft stünden unbestimmte, heute noch nicht abschätzbare Gefährdungen der Erdatmosphäre, des Klimas und des Wasserstandes der Ozeane gegenüber, die sich aus der Verbrennung von Holz, Kohle, Öl und Erdgas ergeben.

Dazu sagte Weizsäcker: »Die Sorge gegenüber den teils bekannten, teils noch unkontrollierbaren Folgen der Verbrennung von fossilen Brennstoffen finde ich vollkommen richtig, die teile ich. Die Sorgen vor der Kernenergie, die zwei ersten, die Sie genannt haben, muß ich gestehen, haben mir nie sehr viel Angst gemacht. Die Verbindung mit möglicher Kernwaffenproduktion ja, aber das ist auch nur eine Verbindung. Meine Sorge gegenüber der Kernenergie kann ich schlicht so ausdrücken: Alvin Weinberg, der große amerikanische Reaktorspezialist, hat vor etwa fünfzehn Jahren gesagt: Garantiert ihr mir tausend Jahre Weltfrieden, und ich garantiere euch tausend Jahre sichere Energieversorgung ... Denn daß Reaktoren oder gar Wiederaufbereitungsanlagen im Krieg sicher sind, das kann ich nicht behaupten, während ich den Normalbetrieb auch nach Tschernobyl für etwas halte, womit man umgehen kann. Und das ist nun die Frage – ich kann mir nicht vorstellen, daß der liebe Gott fürsorglich genug ist zu garantieren, daß überall, wo Wiederaufbereitungsanlagen oder Reaktoren stehen, nie mehr Krieg geführt wird. Das ist eigentlich meine Schwierigkeit. Und nun, wenn das eine nicht gutgeht, folgt daraus nicht, daß das andere gutgeht. So einfach ist es nicht.«

Ich stimmte diesem letzten Argument Weizsäckers zu, wandte aber ein: »Wenn die Sorgen, die uns das eine einflößt, uns dazu verführen sollten, andere Risiken, die wir nur noch nicht so deutlich erkennen, unbegrenzt einzugehen, dann kommen wir vom Regen in die Traufe. Ich glaube, über diesem Problem der Gefährdung der Menschheit durch beide Hauptarten des Energieverbrauchs, sei es aus Kernkraft, sei es aus der Verbrennung von Kohlenwasserstoffen, hängt eine andere Gefährdung, nämlich die Tatsache, daß es immer mehr Menschen werden, die Energie verbrauchen.«

Ich will hier nicht den Fortgang des Gespräches referieren, der sich auf die Bevölkerungsexplosion in den Entwicklungsländern bezog. Vielmehr möchte ich unterstreichen, daß der Kernphysiker Weizsäcker die Gefahren sowohl der Verbrennung von Kohlenwasserstoffen als auch der Kernkraft sah – wir stimmten darin überein, auch im Hinblick auf die Unbestimmtheit der Gefahren; daß er die von mir genannten drei Gefahren, die aus der Kernkraft resultieren, als handhabbar oder in Kauf zu nehmen ansah – ausdrücklich »auch nach Tschernobyl«; daß er aber die bei weitem größte Gefahr in einer kriegerischen Zerstörung einer Kernkraftanlage gesehen hat. Mit einem Wort: Sowohl bei dem vorhergehenden Themenkomplex Frieden oder Krieg als auch bei dem Themenkomplex der Energiepolitik war Weizsäckers Kriegsangst das entscheidende Motiv seines Denkens.

Weizsäckers Starnberger Mitarbeiter Mechtersheimer hat dazu einige Jahre später eine Tagebucheintragung Weizsäckers aus dem August 1945, nach Hiroshima und Nagasaki, wie folgt zitiert: »Heute tragen wir, und zwar jeder von uns, der mitgeholfen hat, die Kenntnis des Atomkerns zu fördern, mit an der Schuld am Tode von 90 000 Männern, Frauen und Kindern ... Keiner von uns kann sich der Frage entziehen, ob es durch die Arbeit, der wir unser Leben gewidmet haben, geschehen wird, daß nicht 90 000, sondern 90 Millionen denselben Tod erleiden.« Ich kann gut nachempfinden, wie sehr dieser Gedanke, die eigene Mitwirkung an Arbeiten, die zur Atombombe geführt haben, Carl Friedrich von Weizsäckers Denken jahrzehntelang bewußt oder unbewußt beeinflußt oder gar beherrscht hat.

Für uns übrige aber sollte es bei dem Prinzip der Risikostreuung bleiben: Solange wir nicht mit hinreichender Bestimmtheit wissen, ob die Gefahren aus der Kernkraft oder die Gefahren aus der Verbrennung von Holz, Kohle, Öl und Erdgas deutlich überwiegen, so lange bleibt es vernünftig, beide Wege offenzuhalten. Darüber hinaus ist jede Forschung und jede Entwicklung vernünftig, ja geboten, die zu einer dritten Kategorie von nutzbarer Energie führen könnte. Schließlich bleibt auch ein sparsamer Umgang mit Energie durchaus sinnvoll; allerdings wird alle ökonomisch sinnvolle Energieeinsparung in Deutschland oder in Europa bei weitem nicht die Ausweitung des Energieverbrauchs aufwiegen können, die aus der seit Jahrtausenden beispiellosen gewaltigen Bevölkerungsexplosion in Asien, Afrika und Lateinamerika resultiert.

Auch Popper war ein Philosoph, der einen Teil seiner geistigen Kraft auf das Problem der Bewahrung des Friedens verwandt hat. Er war ein vielseitiger Mensch. Als junger Mann hatte er in Wien Kunsttischlerei gelernt, war kurze Zeit Kommunist gewesen, hatte als Externer die Reifeprüfung gemacht, danach studiert und war Volksschullehrer geworden. Nach einem erneuten Studium und der Promotion zum Dr. phil. hatte er als Lehrer an einer höheren Schule Mathematik und Physik unterrichtet. Dabei hatte Popper immer ein großes Interesse für Musik, er liebte Bach, Mozart und Beethoven, er spielte sie am Klavier – und er hat auch selbst komponiert. Wir haben uns mehrfach über Fragen der Musik unterhalten; einmal hat er mir eine eigene Orgelfuge geschenkt (leider ist sie in Bonn verlorengegangen). Seine Eltern waren vom Judentum zum Protestantismus konvertiert. 1937, ein Jahr vor dem Anschluß Österreichs durch die Nazis, ist Popper, damals 35 Jahre alt, nach Neuseeland ausgewandert. Dort schrieb er sein Buch »Die offene Gesellschaft und ihre Feinde«, das mich auch heute noch, wann immer ich darin lese, anzieht und fasziniert.

Irgendwann gegen Ende des Jahres 1979 schickte Manfred Schüler, der Chef des Bundeskanzleramtes, Klaus Bölling und mir einen kurzen Vermerk mit der Empfehlung, wir sollten eine Buchbesprechung lesen, die soeben über Poppers Autobiographie in der ZEIT erschienen war. Es hätte dieses Hinweises nicht bedurft, denn ich las ohnehin alles, was in Deutschland aus Poppers Feder und über ihn erschien. Aber Schülers Hinweis erinnerte mich an einen kurzen Urlaub auf Formentor/Mallorca im Winter 1974/75, acht Monate nach Willy Brandts Rücktritt. Damals hatte ich vielerlei Akten und Bücher mitgenommen, um zwei Schriftstücke auszuarbeiten. Das eine war eine zwölf Seiten lange Notiz an Schüler, die vierzig Punkte und Anregungen enthielt – von der Ersetzung des sogenannten Extremistenerlasses bis zu einer Aktion zwecks ausreichenden Lehrstellenangebots zum Termin der Schulentlassungen 1975. Zufällig ist eine Kopie jenes langen Vermerks in meinen Briefwechsel mit Popper geraten, sie liegt vor mir und läßt mich nachträglich Scham empfinden über das Maß an Arbeit, das ich wie selbstverständlich dem Chef des Kanzleramtes aufgebürdet habe.

Das andere Schriftstück beschäftigte sich mit Popper; es handelte sich um ein Vorwort, welches ich – insofern etwas leichtfertig, als es mich im Ergebnis mehrere Urlaubstage gekostet hat – für einen Sammelband »Kritischer Rationalismus und Sozialdemokratie«* zu schreiben hatte, in dem auch Popper selbst sowie seine Schüler Hans Albert, Bryan Magee und andere durch längere Essays vertreten waren. Ich benutzte die Gelegenheit, um unter Anknüpfung an Popper zum wiederholten Mal die zeitweilig beliebte Unterscheidung von »systemstabilisierenden« und »systemverändernden« Reformen zu kritisieren. *Jede* Reform bewirkt eine Veränderung des Bestehenden, *jede* gesellschaftliche Reform verändert die betroffene Gesellschaft und damit ihr »System«. Offenbar soll mit dem (zur Tautologie führenden) Adjektiv »systemverändernd« eine solche Reform gekennzeichnet werden, von der unterstellt oder erhofft wird, sie würde die betroffene Gesellschaft in einem einzigen Schritt in einem oder mehreren ihrer bisherigen *Grund*züge verändern. Ich halte dergleichen weder für wünschenswert, weil die Risiken des Fehlschlags und der negativen Auswirkungen für Millionen von Menschen dabei nicht kalkuliert und nicht limitiert werden können, noch halte ich eine solche, in einem Schritt die Grundzüge verändernde Reform im demokratischen Verfassungsstaat für möglich; in unserem Staate stünden dem zum Teil die Grundrechte und die Staatszielpostulate des Grundgesetzes entgegen, vor allem aber dessen Verfahrensregeln für Verfassungs- und Gesetzgebung.

Totale Utopien können zur totalitären Gewaltanwendung verleiten. Offene, das heißt demokratische Gesellschaften (oder modisch gesprochen: pluralistische Gesellschaften) sind mit den politischen Maximen einer totalen Utopie oder einer Handlungsanweisung zur Verwirklichung eines völlig anderen gesellschaftlichen Systems nicht vereinbar. Eine demokratische, eine offene Gesellschaft pervertiert zum geschlossenen, totalitären Staat, wenn zugunsten eines abstrakten Ideals die Pluralität der politischen Zielsetzungen selbst aufgegeben wird. Wenn man unseren Staat davor bewahren will, so bleibt der Politiker auf eine schrittweise Veränderung angewiesen, wobei jedem Schritt ein dafür ausreichender Konsensus (und das heißt: Kompromiß!) vorausgeht. Nur dies kann der Demokrat eine rationale Art der Politik nennen.

Das Konsensus- und Kompromißgebot demokratischer Verfassungen führt im praktischen Ergebnis zu Verlusten an Stringenz und Konsequenz des politischen Handelns. Diesen Verlust muß der Demokrat in Kauf nehmen; der Verlust kann relativ um so kleiner gemacht werden, je begrenzter und je konkreter der jeweilig zu beschließende Schritt geplant ist, mit anderen Worten: je deutlicher die zu erwartenden Wirkungen und Nebenwirkungen,

---

* Erschienen im Verlag J.H.W. Dietz Nachf., Bonn 1975.

Vorteile und Nachteile, Begünstigungen und Benachteiligungen im Vorwege erkennbar sind.

Was mich an manchen – oft selbsternannten – Theoretikern der damaligen Zeit gewaltig störte, war der Versuch, ihre Theorien anderen lautstark vorzuschreiben, statt sie kritisch an der Wirklichkeit zu überprüfen. Gesellschaftliche und insbesondere ökonomische Theorie bedarf fortgesetzt der empirischen Prüfung. Dazu allerdings waren die damaligen Neomarxisten und Vulgärökonomen kaum bereit.

Sich selbst an die Stelle des anderen zu denken ist eine kardinale Notwendigkeit für politisches Handeln. Wer dies nicht will, ist weder für eine friedliche Außenpolitik zu gebrauchen noch für eine demokratische Innenpolitik. Wer die Ziele und die Interessen des anderen nicht ernst nehmen will, der taugt nicht zum Kompromiß. Wer zum Kompromiß nicht taugt, kann den Frieden nicht bewahren.

Ich weiß nicht, ob Karl Popper mein Vorwort, das derartige Gedanken enthielt, zu Gesicht bekommen und was er davon gehalten hat. Jedenfalls hat sich kurz darauf ein Schriftwechsel zwischen uns entwickelt. 1977 schrieb er mir in seiner schönen, klaren Handschrift, auf ein längeres Geburtstagstelegramm antwortend: »In meinen kühnsten Träumen hätte ich nie gedacht, als ich die Open Society schrieb, und auch später, daß mir nach fast vierzig Jahren ein deutscher Bundeskanzler schreiben würde, daß ich den Demokratien des Westens mit meiner Arbeit viel geholfen habe. Alles, was ich hoffte, war, einen kleinen Beitrag zum Kampf gegen den Faschismus zu leisten und vielleicht in der Nachkriegszeit die ärgsten Fehler vermeidbar zu machen ...«

Die Bescheidenheit, die aus diesem Briefe spricht, bestätigte sich, als ich Popper 1980 zum ersten Mal besuchte. In seinem Wohnzimmer hing kein Ölbild und keine originale Graphik an der Wand, sondern allein ein Druck, eine Reproduktion von Rembrandts »Mann mit dem Goldhelm«, den wohl die meisten von uns aus Kunstbüchern kennen. Wir führten ein langes Gespräch über den Zustand der europäischen Demokratien und über die Gefahr eines Krieges. 1982, bei meinem nächsten Besuch, kamen wir auf beide Themenkreise zurück. Ähnlich wie der Philosoph Weizsäcker hatte auch der Philosoph Popper eigene Gedanken über die notwendige außen- und sicherheitspolitische Strategie gegenüber der Sowjetunion; jeder von ihnen ging bis in Details einer zweckmäßigen konventionellen Bewaffnung des Westens (von der beide allerdings nicht genug verstanden). Aber es gab einen fundamentalen Unterschied der Stimmung, in welcher die beiden das

Problem angingen: Weizsäcker traurig und pessimistisch, Popper dagegen optimistisch. Er kritisierte die damalige Welle von »Pazifismus der Angst« und wandte sich eindeutig gegen die Utopie einer Sicherheitspolitik auf der Grundlage der Bergpredigt, die gegenüber dem sowjetischen Imperialismus in Wirklichkeit doch nur Appeasement sei, das heißt: Nachgiebigkeit bis hin zur Bereitschaft zur Unterwerfung. Dies war auch meine eigene Meinung.

Mein dritter Besuch erfolgte 1993, anderthalb Jahre vor Poppers Tod. In der Zwischenzeit hatten wir uns nur relativ flüchtig in London gesehen, wohl aber Briefe gewechselt. Von diesem letzten Gespräch gibt es eine lange Aufzeichnung, die hier in wenigen Auszügen folgen soll. Popper sprach zunächst über Musik.

Popper: Ich habe dieses kleine Büchlein von Ihnen angeschaut, es hat mir sehr gut gefallen. Können Sie sich daran erinnern?*

Schmidt: Es ist schon lange her.

Popper: Besonders hat mich gefreut Ihr Aufsatz »Bekenntnisse eines Musikfreundes«, können Sie sich an den erinnern?

Schmidt: Ja, das war ein Vortrag in der großen Michaelis-Kirche in Hamburg.

Popper: Anläßlich des Geburtstags ...

Schmidt: Entweder Geburtstag oder Todestag von Johann Sebastian.

Popper: Ja, von Bach und von Händel und von Scarlatti. Und mich interessiert das deshalb so sehr, weil diese alten Künstler ein Verantwortungsgefühl hatten für ihre Kunst. Bach drückt sein Verantwortungsgefühl damit aus, daß er sagt: Alle echte Musik muß Gott dienen und muß eine Art Gottesdienst sein. Alles andere, sagt er irgendwo, ist reines Geplärre.

Schmidt: »Geplärre und Geleier.«

Popper: Geleier. Und ich bin der Ansicht, daß die gegenwärtige Kunst einer Ideologie verfallen ist, nämlich der Ideologie, daß man etwas ausdrücken muß, und zwar entweder sich selber oder den Zeitgeist. Ich glaube, daß die Künstler für den Zeitgeist verantwortlich sind ... Aber dann reden sie sich auf den Zeitgeist heraus, wenn sie – sagen wir so – unangenehme Kunst machen. Dann sagen sie: Wir leben in einer bösen Zeit, also muß man diese böse Zeit auch in einer entsprechenden Weise ausdrücken. Ich glaube, das ist keine Wahrheit, sondern eine Ideologie, das heißt also: eine Erfindung, und zwar eine lächerliche Erfindung.

Schmidt: Es gibt, glaube ich, einen Unterschied hier zu machen.

---

* Helmut Schmidt, »Vom deutschen Stolz«, bei Siedler, Berlin 1986.

Diejenigen – Maler im wesentlichen, aber zum Teil auch Bildhauer, auch ein paar Schriftsteller, aber vor allen Dingen Maler –, die zuerst davon gesprochen haben, daß sie sich selbst ausdrücken wollten, das waren die deutschen Expressionisten vor dem Ersten Weltkrieg.

Popper: Ich glaube, das geht noch viel weiter zurück, noch viel weiter.

Schmidt: Wieviel weiter?

Popper: Zumindest bis Hegel.

Schmidt: Ja, der hat die Ideologie dafür vorfabriziert. Immerhin würde ich aber den deutschen Expressionisten von mir aus zugestehen, daß sie sich zutiefst innerlich ehrlich bemüht haben. Aber wenn Sie zunächst von Bach gesprochen haben – Bach war etwas anderes, Bach hat sich auch zutiefst innerlich ehrlich bemüht –, aber wie Sie mit Recht gesagt haben, für ihn war das alles ein Dienst, den die Menschen Gott darzubringen hatten, ein Dienst der Verehrung. Er schrieb unter jede Komposition: Soli deo gloria. Aber er hat auch lustige Sachen gemacht, Bauernkantate, Kaffeekantate oder sein Italienisches Konzert. Also es gab auch Dinge, die nur zum Vergnügen gemacht wurden und nicht zum Gottesdienst.

Popper: Beim Italienischen Konzert bin ich nicht Ihrer Ansicht, es ist sehr schön, und es ist sehr lebendig, es ist in seiner Form überzeugend, aber es hat alles mögliche andere in sich. Ich hab's jetzt im Ohr.

Schmidt: Ich hab's auch im Ohr. Aber es ist zum Vergnügen geschrieben. Derjenige, der es spielt, und derjenige, der es hört, sollen daran Freude haben.

Popper: Es ist sicher *auch* zum Vergnügen geschrieben, aber auch, um etwas darzustellen. Es gehört zu dem, was man objektive Kunst nennen kann.

Schmidt: Ich will darüber nicht streiten. Aber ich will auf Ihren vorigen Gedanken zurückkommen. Sie haben gesagt, die Künstler, die machen zum Teil den Zeitgeist. Das ist wahr, nicht nur die Künstler, auch die Journalisten, auch die Leute in den Medien schlechthin. Die meisten Fernsehleute sind keine Künstler, sie tun nur so als ob. Einige haben längst aufgegeben, so zu tun, als ob sie Kunst machten, sie wollen ganz offen nur Geschäft machen, möglichst viele Leute sollen möglichst viele Minuten am Fernsehgerät ihre Sendung einschalten, denn dann können sie ihre Sendung an Mercedes-Benz oder an Volkswagen oder an Rover oder an Bentley verkaufen, und dann gibt es Geld ... Diese Leute sind in meinen Augen die gefährlichsten. Ich denke, das Fernsehen ist heute in einer Gesellschaft wie hier in England oder bei uns in Deutschland, in Holland, in Italien bei weitem der wichtigste Faktor in der Erziehung junger Menschen geworden, nicht die Eltern, nicht die Schule, auch nicht die Universität, sondern das Fernsehen. Und das ist eine gefährliche Sache; denn das Fernsehen liefert Ausschnitte aus der Wirklichkeit, die manipuliert sind, aber der Zuschauer denkt: Ich hab's doch mit eigenen Ohren gehört, mit eigenen Augen gesehen, so ist das Leben. Und es ist in Wahrheit ein völlig verzerrtes Leben.

Popper: Es ist so verzerrt, daß Kinder, deren geistige, hauptsächliche geistige Funktion ist, die Welt als Realität zu lernen, sozusagen zu sehen, wie die Welt aussieht usw., daß diese Kinder ein vollkommen verzerrtes Bild bekommen ... Die Künstler und viel mehr noch diese Leute haben die Verantwortung für den sogenannten Zeitgeist. Das Fernsehen ist eine solche Macht über die Geister der Menschheit, die verglichen werden kann mit der Macht der Ärzte im Spital über Leben und Tod.

Unser Gespräch über die Gefahren des Fernsehens und der Videos für die Erziehung hat gewiß noch eine weitere Stunde gedauert. Später kamen wir auf die psychologische Vereinigungskrise der Deutschen und auf die Zielsetzung der Deutschen Nationalstiftung; und ich fragte Popper, ob es anderswo auf der Welt parallele Einrichtungen gebe, von deren Erfahrungen meine Freunde und ich lernen könnten.

Popper: Schwer, ohne darüber nachgedacht zu haben, auf so eine Frage zu antworten. Die Académie Française hat wenigstens etwas gehabt, was sehr wichtig ist, nämlich Literatur, Sprache. In Deutschland wäre es überaus dringend, es gibt eine Sprachverschmutzung in Deutschland und – soviel ich weiß – niemanden, der dagegen aufsteht ... Ich bin noch immer genauso für die Wissenschaft, wie ich es nur je war. Ich halte die antiwissenschaftlichen Bewegungen für vollkommen verfehlt. Natürlich hat die Wissenschaft ihre Grenzen, und die Wissenschaftler sollten über diese Grenzen orientiert sein, das sind sie sehr oft nicht. Man darf die Wissenschaft als Idee nicht identifizieren mit allen Wissenschaftlern.

Schmidt: Ich bin immer fasziniert gewesen davon, daß einige Naturwissenschaftler, aber auch Geistes- und Sozialwissenschaftler sich ihrer Verantwortung für das Ganze durchaus bewußt waren, während andere sich durchaus nicht dessen bewußt waren und auch nicht bewußt werden wollten. Sie wollten *ihre* Wissenschaft machen ... Zum Beispiel *ihre* Erkenntnisse des unendlichen Raumes und der Milchstraßen jenseits unserer Milchstraße ... die soziale Verantwortung war für sie eine schwer begreifliche Kategorie. Das war wohl auch so für diejenigen Leute, welche die Atombombe entwickelt haben, ob Sacharow auf der einen oder Edward Teller auf der anderen Seite. Die Verantwortung für das Ganze zu propagieren scheint mir eine ganz wichtige Sache. Es gibt übrigens in der Verfassung meiner Vaterstadt Hamburg – geschrieben 1952 – in der Präambel den Satz: »Jedermann ist sittlich verpflichtet, zum Wohl des Ganzen beizutragen.«

Popper: Ein Satz, der natürlich sehr mißbraucht wurde von den Nazis.

Schmidt: Aber auf der anderen Seite ein Satz, der sich an Kant anschließt.

Popper: Und der natürlich notwendig ist. Ich würde statt »sittlich verpflichtet« lieber sagen: Jedermann hat eine entscheidend große Verantwortung dafür, daß sein Leben auch Einfluß hat auf alle anderen. Es wäre mir lieber, das so zu formulieren, aber es ist natürlich dasselbe.

Karl Popper hat keine Ethik geschrieben, aber er war ein Moralist. Wenn nicht Immanuel Kant schon vor zwei Jahrhunderten den kategorischen Imperativ formuliert hätte, so könnte es in unserer Zeit Popper getan haben. Popper war ein Lehrer der persönlichen Verantwortung. Er hatte Überblick und zugleich Maß. Und er hatte die Fähigkeit, sich in einer einfachen Sprache klar verständlich zu machen – ganz anders als manche Philosophen unseres Zeitalters, die einem Menschen normaler Schulbildung unverständlich bleiben. Für all das habe ich diesen Freund geliebt.

Politik und Ethik

Noch zu Poppers Lebzeiten bin ich einmal gefragt worden*, ob nicht Ethik und Moral in der Politik eine Illusion seien. Ich habe das vehement verneint. Ich habe hinzugefügt, auch wenn sich CDU und SPD gelegentlich gegenseitig ihre ethischen Grundlagen bestritten hätten – was ich ungerecht und widerlich fände –, so hätte ich doch keinen Zweifel an der tatsächlichen Existenz und Bedeutung solcher Grundlagen. Auf die Nachfrage, ob ich denn selbst bei irgendeiner konkreten, aktuellen politischen Entschei-

---

* In einem NDR-Interview durch Uwe Zimmermann, 1989.

dung wirklich Immanuel Kant oder Max Weber oder Karl Popper im Hinterkopf gehabt und zu Rate gezogen hätte, habe ich geantwortet: Ja, bei vielen Entscheidungen, und bei vielen Entscheidungen durchaus bewußt. So während der Entführung Hanns Martin Schleyers und des Lufthansa-Flugzeugs, so in kritischen Situationen der Außenpolitik und der Sicherheitspolitik. Gerade Krisensituationen zwingen zur moralischen Reflexion und Selbstprüfung. Zwar kann der Politiker im Augenblick seines Handelns oder wenn er sein Handeln erklären und begründen muß, nicht gleichzeitig auch große Philosophie liefern. Aber sofern er ohne philosophisch-ethische Grundlage handelt, ist er in Gefahr, Fehler zu begehen. Er ist in Gefahr, in Opportunismus abzusinken. Er ist sogar in Gefahr, ein Scharlatan zu werden.

Aber kein Kodex ethischer Normen kann uns der Anstrengung der praktischen Vernunft entheben. Kein Kapitän kann sein Schiff allein mit Hilfe eines ethischen Handbuches steuern. Sondern er braucht Karte und Kompaß und die Fähigkeit, ein Besteck zu nehmen, Echolot, Radar und Decca; er braucht Erfahrung, um mit Hilfe seiner Instrumente seine Entschlüsse zu fassen. Viel Sachverstand und viel Vernunft sind vonnöten, um eine ethisch fundierte Entscheidung zu treffen. Und oft genug ist dafür auch Mut notwendig.

Wer auch immer welche Instrumente auch immer benutzt, er bedarf der immer neuen, skrupulösen Selbsterforschung, ob das, was Regel oder Gewohnheit vorgeben, auch wirklich für seine konkrete Entscheidungssituation ausreicht. Jeder, der politisch oder wissenschaftlich handeln will oder muß, jeder, der politische oder wissenschaftliche Handlungen zu verantworten hat, hat die Folgen seines Handelns zu verantworten – auch jene Folgen, die er nicht vorhergesehen hat! Er muß wissen, daß er nicht bloß für seine lauteren oder weniger lauteren Absichten verantwortlich ist. Zugleich muß er wissen, daß er nur in engen Grenzen handlungsfähig ist. Denn wer bereit ist zur späteren Verantwortung für die Folgen dessen, was er heute tut oder fordert, der soll – so meine ich – diejenigen Folgen seines heutigen Handelns, welche die Entschlußfreiheit seiner Nachfolger oder Nachkommen mindern, so klein wie möglich halten. Vielleicht liefert dieser Gedanke einen Ansatz für einen kategorischen Imperativ für politisches und technologisches Handeln unter den Bedingungen einer immer komplexeren Weltgesellschaft auf immer engerem Raum.

So habe ich also im Laufe des Lebens von den Wissenschaftlern und den Philosophen, denen ich begegnet bin, eine Menge gelernt. Gleichwohl weiß ich, daß Georg Christoph Lichtenberg recht hatte: »Von dem, was der Mensch sein sollte, wissen auch die Besten nicht viel Zuverlässiges. Von dem, was er ist, kann man aus jedem etwas lernen.« Zweihundert Jahre später hat Hans Jonas in der Paulskirche gesagt: »Letztlich setzt bei alledem meine Hoffnung doch auf die menschliche Vernunft – dieselbe, die sich schon in der Gewinnung unserer Macht so stupende bewiesen hat und jetzt deren Lenkung und Beschränkung in die Hand nehmen muß. An ihr zu verzweifeln wäre selber unverantwortlich und ein Verrat an uns selbst.« Dieser Satz gilt für die Macht und für die Wissenschaft gleichermaßen.

Die klugen Banker

Die Warburgs

Eric Warburg war der weiseste unter den deutschen Bankern. Zugleich war er ein mutiger Mann. Als ich ihn in den sechziger Jahren kennenlernte, hatte Eric seinen 60. Geburtstag bereits hinter sich. Theoretisch hätte ich ihm schon bei unserem Rückzug aus den Ardennen 1944 (»Battle of the Bulge«) die Hand reichen können, aber da kämpften wir auf entgegengesetzten Seiten.

Als Stabsoffizier der amerikanischen Luftwaffe war es Eric gelungen, die bereits geplante totale Zerstörung Lübecks zu verhindern; nach dem Ende des Krieges hatte er eine Woche lang Hermann Göring verhört, der sich über die guten Sprachkenntnisse des amerikanischen Offiziers gewundert hat.

Wenige Jahre später unternahm Eric – trotz der sehr verständlichen Widerstände in der eigenen Familie – dann das Wagnis, nach Hamburg zurückzukehren, um an die Familientradition anzuknüpfen. 1949 drängte er John McCloy, den er aus seiner amerikanischen Zeit sehr gut kannte, dazu, die Demontage der deutschen Industrie zu beenden, was McCloy aufgrund einer Liste von Warburg dann auch teilweise tat.

Auch in der Folgezeit hat Warburg auf vielfältige Weise seine Kenntnis der USA und seine Kontakte zu dortigen Führungspersonen zum Nutzen Deutschlands und guter deutsch-amerikanischer Beziehungen ins Spiel gebracht. Und auch mir gab er, wenn es in Washington Verstimmungen gegenüber Bonn gab, öfters hilfreiche Ratschläge, wie wir darauf reagieren sollten.

Warburg sah die amerikanische Führungsschwäche zur Zeit Jimmy Carters sehr deutlich und im Detail und empfahl mir, mit John McCloy und Paul Volcker Kontakt zu halten – was ich getan habe. Er prophezeite schon 1978 den dauerhaften Wertverlust des Dollars gegenüber der D-Mark, glaubte aber gleichwohl nicht recht an das damals von Giscard d'Estaing und mir gedanklich vorbereitete Europäische Währungssystem. Das EWS werde sich nur dann längerfristig durchsetzen, wenn der Dollar als einzige Weltleitwährung wenigstens den Anfang einer Gesundung erkennen lasse – diese aber könnten nur die Amerikaner selbst besorgen. Wenn man an die neunziger Jahre denkt, so war diese Prognose jedenfalls nicht weit entfernt von der tatsächlichen Entwicklung.

Im Sommer 1979 plante ich einen Besuch bei dem polnischen Parteichef Gierek, der de facto Staatschef und Regierungschef in einer Person war. Da der Besuch nach außen formlos und eher privat aussehen sollte, stellte uns Eric den seiner Bank gehörenden alten Lotsenschoner »Atalanta« zur Verfügung und segelte selbst mit nach Gdingen. Auf der Hin- wie auf der Rückfahrt gerieten wir wegen dichten Nebels in eine sehr heikle Situation, in der es fast zu einer Kollision gekommen wäre. Wir sahen auf dem Radarschirm ein riesiges Schiff seitlich auf uns zukommen und versuchten, zunehmend nach Steuerbord auszuweichen. Aber der Wachhabende auf der Brücke des Dampfers schien uns auf seinem Bildschirm nicht zu sehen, er drehte seinerseits immer stärker ebenfalls nach Steuerbord; schließlich fuhr er fast lautlos dicht vor unserem Bug vorbei. Der Nebel war so dick, daß wir zwar noch den Heimathafen Monrovia an seinem Heck entziffern konnten, nicht aber den Schiffsnamen, welcher zweifellos über dem Heimathafen angebracht gewesen ist. Eric reagierte so aufgebracht, daß ich den Kapitän der »Atalanta« in Schutz nehmen mußte.

Auch später überließ mir Eric sein Schiff mehrfach für außenpolitische Begegnungen, und wenn es sich ergab, unternahmen wir auch gemeinsame Segeltörns. So entstand bald eine herzliche Freundschaft zwischen uns.

Anläßlich meines 60. Geburtstages wollten mir Eric, der Landesbankchef Hans Fahning, der Landeszentralbankchef Hans Hermsdorf und einige andere hamburgische Banker gemeinsam ein Bild schenken; ich weiß nicht mehr genau, wer alles noch dabei war und von wem die Initiative ausgegangen ist. Das Bild war von dem französischen Fauvisten Albert Marquet, eine Ansicht des Hamburger Hafens im Winter, etwa 1910 gemalt. Es gefiel mir sehr, aber im Hinblick auf meine amtliche Stellung wollte ich ein so kostbares Geschenk nicht annehmen, und deshalb ging es an das Museum für Hamburgische Geschichte. Aber für die Dauer unseres Lebens bleibt es als Leihgabe in Lokis und meinem Eßzimmer.

Später haben Loki und ich in Paris die Witwe Marquets besucht. Sie schenkte uns eine kleine Bleistiftskizze der Binnenalster, die wir zu dem großen Hafenbild gehängt haben. Beide Bilder stimmen in der Darstellung mit meinen eigenen Kindheitserinnerungen an den Hamburger Hafen überein und sind mir schon darum wichtig.

Als Helmut Schmidt 1979 ein Treffen mit dem polnischen Partei- und Staatschef Gierek verabredet hatte, kamen beide überein, der Zusammenkunft einen privaten Charakter zu geben. Der Hamburger Bankier Eric Warburg, mit dem Schmidt auf sehr freundschaftlichem Fuß stand, stellte für die Reise nach Polen seine Jacht »Atalanta« zur Verfügung, auf der der deutsche Kanzler mitunter selber das Ruder übernahm.

Eric Warburg war ein Philanthrop, ohne davon Aufhebens zu machen. Er spendete selbst in größerem Maße und sammelte vielerorts Geld für gemeinnützige Zwecke. Dabei geht ihm der Ruf nach, daß er Schecks zurückgeschickt haben soll, wenn ihm ein Betrag zu gering vorkam.

Die Philanthropie gehört übrigens gleichsam zur Familiengeschichte der Warburgs. Ihre Bank, die bald zwei Jahrhunderte lang existiert, ist der Ursprung und die Grundlage der Erfolge dieser großen Dynastie von Bankiers. Im Laufe der Generationen haben die Warburgs nicht nur in Deutschland, sondern auch in England und in den USA einflußreiche Bankhäuser geschaffen und überdies eine erstaunliche Fülle an Talenten in der Medizin, den Naturwissenschaften und in der Kunstgeschichte hervorgebracht.

Die Hamburger Warburg-Bank an der Ferdinandstraße wird heute von Erics Sohn Max Warburg geleitet. Ihre Bedeutung verdankt sie Eric Warburgs Vater, Max Warburg sen. Ihm war vor dem Ersten Weltkrieg wegen seines Engagements in der deutschen Weltpolitik von zionistischer Seite der polemische Titel »Kaiserjude« beigelegt worden. Nach 1918 war Max Warburg, gemeinsam mit seinem Partner Carl Melchior, als Berater und Vertreter der Reichsregierung auf den Reparationskonferenzen einer der hartnäckigsten Kämpfer für die ökonomische Lebensfähigkeit der Weimarer Republik, in den zwanziger Jahren einer der überragenden, tonangebenden Kaufleute in Hamburg. Ungeachtet aller Krisen der Republik, trotz Versailles, Wirtschaftskrise und Antisemitismus, wahrte er dem Staat gegenüber eine ebenso strikte Loyalität wie gegenüber seinen Mitmenschen. Ich weiß nicht, wie wichtig ihm sein jüdischer Glaube gewesen ist. Sein Sohn Eric sprach davon nicht; und wenn die Rede auf sein Judentum kam, so pflegte er zu sagen: »Weil wir ja nicht von Hermann dem Cherusker abstammen.«

Meiner Frau ist der Name Warburg schon in ihrer Kinderzeit geläufig gewesen. Denn eine Tante arbeitete in den zwanziger Jahren als Kontoristin bei der Warburg-Bank und erzählte gern davon. Besonders beeindruckt war Loki als Kind von den Berichten der Tante über die gute Atmosphäre und die Gleichbehandlung aller Mitarbeiter, die auch darin zum Ausdruck kam, daß sich zu Weihnachten alle Angestellten, von der Putzfrau bis zu den leitenden Bankbeamten, in einem großen Saal zusammenfanden und jeder gleicherweise seinen Taler und seinen Klöben (so heißt in Hamburg das Rosinenbrot) geschenkt bekam.

Max Warburg hat die Gefahr, die von den Nazis ausging, in ihrer ganzen Tragweite sehr spät erkannt und ist erst 1938 emigriert. Sein Sohn Eric ist den Nazis mit einem Segelboot nach Schweden entkommen, von dort ging er zu seinen Verwandten in die USA. Daß er sich trotz Barbarei und Verbrechen zu Deutschland bekannt hat und nach Hamburg zurückgekehrt ist, habe ich immer als große Geste der Versöhnungsbereitschaft verstanden. Menschen wie Max Warburg und sein Sohn Eric sind für mich auch deshalb immer wichtig gewesen, weil ihre Rückkehr oder ihr Bleiben, weil ihre Versöhnungsbereitschaft und ihre Teilhabe am Wiederaufbau des Vaterlandes einen letzten Triumph Hitlers haben verhindern können, nämlich ein Deutschland ohne Juden. Ich habe Eric Warburgs Haltung, die in seiner eigenen Familie durchaus umstritten war, verstanden und bewundert. Denn auch für mich ist die Bindung an die eigene Nation, im guten wie im schlechten, nie zweifelhaft gewesen – auch nicht unter der Wucht der Einsicht in die von den Deutschen begangenen Verbrechen.

1994 erschien die deutsche Ausgabe eines Buches über »Die Warburgs«, die zu Recht den Untertitel »Odyssee einer Familie« trägt. Das Buch beschreibt auf über 900 Seiten eine großartige, dramatische Familiensaga von Juden, die in Deutschland wie auch andernorts in Europa noch in der Zeit der Aufklärung vom Gewerbe ausgeschlossen waren und sich deshalb dem Geldgeschäft zugewandt haben. Die Saga beginnt irgendwann im 16. Jahrhundert, verzweigt sich im 20. Jahrhundert auf viele Schauplätze in der Welt, spielt aber im wesentlichen in Hamburg. Dementsprechend war der Andrang im Hamburger Übersee-Club groß, als ich das Buch dort in Gegenwart des Autors Ron Chernow und des Verlegers Wolf Jobst Siedler vorstellte. Ich sagte damals: »Für mich selbst hat sich beim Lesen immer wieder die Freude ergeben, geschätzten eigenen Freunden zu begegnen ... Unter den Jahrhundertfiguren, die in diesem Buche vorkommen, ragt John Maynard Keynes hervor – für Max und Paul Warburg wie für Carl Melchior ein hochbedeutsamer Mitstreiter in ihrem Einsatz gegen die vorhersehbaren finanz- und währungspolitischen Folgen des Versailler Vertrages von 1919.«

Das Buch selbst endet mit diesen Worten: »Die Geschichte der Warburgs verläuft wie eine Brahmssinfonie: lang und voll Schwermut und Trauer, doch sie vermittelt zugleich Hoffnung, Mut und ein sonderbares Gefühl der Kraft. Diese deutschen Juden hatten das höchste Glück, die tiefste Qual und die herrlichste Rechtfertigung erlebt. Zwar hatte das Schicksal sie oft gebeutelt, aber sie hatten das Leiden ertragen, hatten überlebt und waren zu neuem Wohlstand gelangt. Doch in beklemmender Weise begleitet in Hamburg die unausgesprochene Frage den Wechsel der Generationen: Ist der Antisemitismus in Deutschland endgültig tot?« Die Frage ist berechtigt. Je nach der Antwort, die wir Deutschen auf die Frage geben werden, wird sich das moralische Schicksal Deutschlands entscheiden.

Die Deutsche Bank des Hermann Josef Abs

Ähnlich wie Eric Warburg oder wie Karl Klasen und ich, so wußte auch Wilfried Guth: Währungspolitik ist zugleich Außenpolitik. Und für Deutschland ist Außenpolitik ohne bewußte internationale Währungspolitik nicht möglich.

Eric Warburg war achtzehn Jahre älter als ich, Guth und ich

hingegen sind fast gleichaltrig. Was mich bewogen hat, mehrfach Guths persönliche Hilfe zu erbitten, waren die überragenden internationalen Erfahrungen, die er sich durch sein Auslandsstudium, seine Arbeit in der Bank Deutscher Länder, in der Bundesbank, im Vorstand der Kreditanstalt für Wiederaufbau (deren Verwaltungsratsvorsitzender ich als Finanzminister gewesen war) und durch seine Jahre als Exekutivdirektor des Internationalen Währungsfonds (IMF) erworben hatte. Seine Tätigkeit im Vorstand der Deutschen Bank seit 1968 hatte Gewicht, vor allem gegenüber ausländischen Gesprächspartnern.

Als die Regierungen der USA, Englands, Frankreichs und Deutschlands 1975 in Helsinki auf Giscard d'Estaings und meinen gemeinsamen Vorschlag beschlossen, alsbald zu einer Weltwirtschaftsgipfelkonferenz zusammenzutreten, hegten wir alle die Besorgnis, daß unsere jeweiligen Bürokratien schon im Vorfeld einen Drahtverhau von nationalen Positionspapieren errichten könnten. Deshalb beschlossen wir, die Vorbereitung der Konferenz in die Hände von »persönlichen Beauftragten« zu legen; später bürgerte sich dafür der von den Himalaya-Besteigungen her geläufige Name »Sherpa« ein. Ich wollte jeden Kompetenzstreit zwischen dem Auswärtigen Amt und den Finanz- und Wirtschaftsministern vermeiden und benannte Wilfried Guth als »Sherpa«, also einen außerhalb der Regierung stehenden Fachmann.

Guth war dafür ohnehin der Bestgeeignete in Deutschland. Er hat seine Aufgabe sehr gut gelöst und nebenher sein persönliches internationales Ansehen noch vermehrt. Schon vorher hatte er auf meine Anregung an einer internationalen Gruppe teilgenommen, die in privatem Kreis zusammentraf und sich mit der durch die OPEC verursachten tiefen Deroutierung der Weltwirtschaft und speziell ihres Zahlungsbilanzgeflechtes sowie ihres Kredit- und Währungsgefüges befaßte. Auch mein Freund George Shultz, mein früherer Finanzministerkollege, den Präsident Gerald Ford im Sommer 1975 als seinen Sherpa benannte, war daran beteiligt gewesen.

Unabhängig von seiner diskreten ehrenamtlichen Tätigkeit für den Bundeskanzler hat Guth in seiner hauptamtlichen Arbeit als Sprecher des Vorstandes der Deutschen Bank – gemeinsam mit F. Wilhelm Christians – natürlich viele öffentliche Vorträge gehalten. Mir ist besonders ein Vortrag vom 25. September 1977 in Washington in Erinnerung geblieben. Darin sagte Guth voraus, daß die weltweiten Probleme der Arbeitslosigkeit und der Inflation sowie die internationalen Probleme des in Unordnung geratenen Gefüges der Zahlungsbilanzen bis weit in die achtziger Jahre andauern würden. Seine prognostische Analyse – die sich später als voll zutreffend erwiesen hat – und seine kritischen Vorschläge an die Adresse der ölimportabhängigen Staaten wie auch der OPEC und des IMF waren verblüffend genau. Sie lagen notabene auch auf der Linie der deutschen Währungs- und Europapolitik.

Für mich war es sehr naheliegend, nach dem altersbedingten Rücktritt Karl Klasens im Jahre 1977 zunächst Guth zu fragen, ob er zur Nachfolge als Präsident der Bundesbank bereit sei. Dabei spielten seine Nähe zur CDU und seine familiäre Bindung an Ludwig Erhard für mich keine Rolle. Wohl aber habe ich Wilfried Guth ökonomisch als kongenial empfunden und sehr bedauert, daß er es vorzog, in seinem Amt an der Spitze der Deutschen Bank zu bleiben. Unser persönliches Verhältnis hat unter der Absage nicht gelitten; im Gegenteil haben wir uns angewöhnt, einen sehr persönlichen Meinungsaustausch zu pflegen.

Nach unser beider Ausscheiden aus unseren Ämtern setzten wir uns gemeinsam für die Schaffung einer europäischen Zentralbank und einer gemeinsamen Währung ein. Bisweilen, wenn ich mich mitunter als »Weltökonom« betitelt fand, habe ich gedacht, diese Bezeichnung hätte eigentlich Wilfried Guth verdient – und zwar ohne den leicht ironischen Unterton, der mir gegenüber damit manchmal verbunden gewesen ist. Er ist ein erfahrener Währungspolitiker, zugleich im Bankfach erfolgreich, ein bewußter Europäer und ein Internationalist und zugleich immer ein deutscher Patriot.

Guths Kollegen F. Wilhelm Christians schätze ich besonders als erfahrenen Ratgeber in allen ökonomischen Fragen, die Rußland und den Osten Mitteleuropas betreffen. In Christians ist der kreditgebende Banker stärker ausgeprägt als in der Person Guths. Heute treffen wir uns des öfteren im Präsidium der Deutschen Gesellschaft für Auswärtige Politik und im Kuratorium von Gerd Bucerius' ZEIT-Stiftung. Guths und Christians' Nachfolger war Alfred Herrhausen, der seine Bank in glänzender Manier nach außen repräsentiert hat. Gegen Ende meiner Kanzlerzeit habe ich ihn gebeten, den Versuch zu unternehmen, die zerklüftete und seit Hermann Görings Zeiten untereinander verfeindete deutsche Luftfahrtindustrie unter ein gemeinsames Dach zu bringen. Dafür sprachen meine leidvollen Erfahrungen als Verteidigungsminister, der Flugzeuge und Luftfahrtgerät zu beschaffen, und als Finanzminister, der sie zu bezahlen hatte. Von einer Optimierung der Entwicklungs- und der Produktionskosten konnte angesichts der Zersplitterung der Luftfahrtindustrie keine Rede sein. Auch angesichts der amerikanischen, englischen und französischen Konkurrenz erschien eine Konzentration geboten.

Diese Aufgabe ist erst später durch Edzard Reuter angepackt worden; ob seine Lösung Bestand haben wird, erscheint noch nicht sicher. Alfred Herrhausen konnte sie nicht bewältigen. Er wurde 1989 von der RAF ermordet, ebenso wie vor ihm 1977 Jürgen Ponto, sein Kollege von der Dresdner Bank. Pontos Sohn war in den fünfziger Jahren bei Loki in die Schule gegangen, von daher kannten wir uns ziemlich gut. Beide Morde haben mich tief erbittert. Ich empfinde es auch heute als eine Schande, daß die führenden deutschen Unternehmer und Banker, die führenden Politiker und fast alle Botschafter in Bonn gezwungen sind, sich mit gepanzertem Wagen und Sicherheitsbeamten zu umgeben. Die RAF und jeglicher Terrorismus in Deutschland sind ein trauriger Rückfall in eine Barbarei, die wir mit dem Ende der Nazizeit überwunden geglaubt hatten.

Lange vor Alfred Herrhausen ist Hermann Josef Abs der Spitzenmann der Deutschen Bank gewesen. Es ist – so denke ich – wohl ganz wesentlich Abs' kluger Personalauswahl zu danken, daß die Deutsche Bank schließlich den anderen deutschen Spitzeninstituten davongeeilt ist. Wie Eric Warburg gehörte Abs in die Generation, die um die Wende zum 20. Jahrhundert geboren wurde. In den ersten Jahrzehnten meiner Bonner Tätigkeit erschien er mir weit entrückt. Sein Ruf war schon in den fünfziger und sechziger Jahren fast legendär; Karl Klasen erwähnte ihn bisweilen im Gespräch, aber ein direkter Kontakt ergab sich nur selten. Man wußte zwar: Adenauer hört auf zwei Leute, auf Abs und auf Robert Pferdmenges. Aber während man Pferdmenges, der selbst nie das Wort ergriff, häufig aufmerksam zuhörend im Bundestag sitzen sah und ich als junger Abgeordneter oft das erhebende Gefühl hatte, daß er meiner Rede zuhörte und daß er dem abwesenden Bundeskanzler das Wichtigste von dem berichten würde, was ich zu sagen mich anstrengte, blieb Abs für mich unsichtbar. Wahrscheinlich sind wir uns erstmalig 1972 oder 1973 im Rahmen der Kreditanstalt für Wiederaufbau in Frankfurt begegnet. Danach gab es gelegentliche Kontakte, denen ich keine besondere Bedeutung zumaß, obschon ich vor Abs großen Respekt empfand.

Um so mehr hat mich ein kurzes persönliches Gespräch überrascht, das wir nach meinem Ausscheiden aus dem Amt gehabt haben. Die SPD-Führung hatte mir in der Godesberger Stadthalle – am gleichen Ort, an dem drei Jahrzehnte vorher das Godesberger Programm beschlossen worden war – zum 70. Geburtstag eine große Geburtstagsfeier ausgerichtet. Unter den sehr vielen Gästen waren auch manche der führenden Unternehmer, die ich – als letzter Redner des Tages sprechend – in meinen Dank für Rat und Freundschaft einschloß; ausdrücklich nannte ich Hanns Martin Schleyer, Berthold Beitz, Herbert Grünewald, Ernst Wolf Mommsen, Edzard Reuter und Dieter Spethmann. Nach dem Ende der Veranstaltung kam Abs auf mich zu und beklagte sich: »Lieber Herr Schmidt, Sie hätten mich aber bitte auch in die Reihe Ihrer Freunde einschließen sollen.« Meine Antwort war: »Lieber Herr Abs, das habe ich mich nicht getraut.« So war es wohl auch tatsächlich gewesen.

Als ich ihn wenige Wochen vor seinem Tode noch einmal besuchte, brauchte ich seinen Rat. Kurt Biedenkopf, Reimar Lüst, Kurt Masur und ich waren im Begriff, die Deutsche Nationalstiftung zu begründen. Wir hatten von vier Hamburgern insgesamt fünf Millionen DM, brauchten aber wesentlich mehr. Abs war damals 92 Jahre alt. Er erwartete mich an der Tür seines Hauses in Kronberg, auf eine Krücke gestützt, ein Rollstuhl stand in der Nähe. Ich bat ihn, mir einige weitere Personen zu nennen, an die wir uns nach seinem Gefühl wenden könnten – vielleicht auch solche, die in nächster Zeit ihr Testament machen würden. Abs sagte: »Das muß ich mir sorgfältig überlegen, das ist nicht einfach. Aber zunächst einmal gebe ich Ihnen auch eine Million.« Eine Woche später sandte er mir seinen Scheck.

Hermann Josef Abs hat Deutschland in der Ära Adenauer große Dienste geleistet. Seit der Wiedergründung der Deutschen Bank im Jahr 1957 hat Abs seine Bank, besonders durch eine kluge, vorausschauende Personalpolitik, zu einer außerordentlich mächtigen Institution gemacht. Mein Freund David Rockefeller hat ihn sogar den führenden Bankier der Welt genannt. Inzwischen ist die Deutsche Bank mehr als 125 Jahre alt, und inzwischen entstammen die meisten ihrer heutigen Führungspersonen nicht mehr der weitblickenden Absschen Personalpolitik. Zwar ist das Institut heute eine der größten Banken der Welt, aber zugleich sind die Risiken mitgewachsen. Als ein kleiner Privatkunde seit vierzig Jahren und als Freund der Deutschen Bank wünsche ich ihren Vorständen eine sichere Hand.

Abs hat vielen Leuten mit Ratschlägen geholfen. Zu den politischen Parteien hat er sein Leben lang Distanz gehalten. Aber außenpolitische und währungspolitische Ratschläge hat er auch ungefragt gegeben. Er hat den Deutschen ans Herz gelegt, sich »nicht für den Nabel der Welt zu halten«, und gab Kohl und Genscher 1991 die Empfehlung: »Wir sollten bescheidener sein im Konzert der Mächte der Welt.«

Abs pflegte auch im persönlichen Umgang das Understatement – allerdings stets im Bewußtsein, daß seinem jeweiligen Gegenüber seine Bedeutung durchaus klar war. Das galt auch für seine selbstironischen Bemerkungen, wie zum Beispiel diese: »Auf meine Prognosen haben sich die Wirtschaftspolitiker immer verlassen können. Ich habe nie welche gemacht.«

Daneben war Abs ein großer Mäzen; so hat er aus privaten Mitteln seiner Heimatstadt Bonn und dem Beethoven-Haus oder dem Städel-Museum in Frankfurt bedeutende Zuwendungen gemacht.

Ratgeber

Auf ganz andere Weise hat Walter Hesselbach agiert, der aus kleinen Anfängen die Bank für Gemeinwirtschaft aufgebaut hat – die später von leichtfertigen Nachfolgern in große Schwierigkeiten gebracht worden ist. Hesselbach war ein sehr hilfreicher Mann und für viele Sozialdemokraten und Gewerkschafter der wichtigste finanzwirtschaftliche Ratgeber. Der sozialliberalen Bundesregierung gegenüber hat er sich aber, trotz vielfacher politischer und persönlicher Freundschaften, in ähnlicher Weise zurückgehalten, wie es auch die übrigen deutschen Banker taten – im deutlichen Gegensatz zu manchen öffentlichen Attacken aus dem industriellen Unternehmerlager.

Mein Eindruck von der wohltuenden Distanz der meisten Banker gegenüber tagespolitischen Auseinandersetzungen und von der dadurch ermöglichten Objektivität ist auch im freundschaftlichen Kontakt mit ausländischen Bankiers bestätigt worden. Mit Lord Eric Roll (von Warburg/London) habe ich oft an internationalen Tagungen teilgenommen. Er verbindet einen quasi wienerischen Charme mit einem treffsicheren Urteil, das er im Ton eines beinahe lässigen englischen Understatements ausspricht. Felix Rohatyn (von Lazard Frères in New York) hat sich neben seinem Bankgeschäft mit großem Erfolg um die chronisch kranken Finanzen der Stadt New York bemüht; gleichwohl blieb er ein gelassen-distanzierter Privatbankier. Er betrachtet die in den neunziger Jahren gewaltig ins Kraut schießenden Geschäfte mit *financial derivatives* sehr skeptisch und ist allein schon deswegen ein hochinteressanter Gesprächspartner. Fritz Leutwiler, lange Jahre Präsident der Schweizerischen Nationalbank, zeitweilig auch zugleich der Bank für Internationalen Zahlungsausgleich (häufig abgekürzt BiZ genannt), besitzt einen großen internationalen Überblick, ähnlich wie Wilfried Guth; er hat darüber hinaus industrielle Management-Erfahrung. Mir war er stets ein auskunfts- und hilfsbereiter Mann.

Dies gilt ebenso für Paul Volcker, der zu meiner Zeit als Finanzminister Undersecretary for monetary affairs im amerikanischen Finanzministerium war. Es gab damals enorme Unruhen an den Devisenmärkten: Die amerikanische Währung, durch die Finanzierung des Vietnamkrieges geschwächt, sollte – so der Wille der amerikanischen Regierung unter Richard Nixon – nicht länger den Grundstein des internationalen Währungsgefüges und den festen Paritätsmaßstab für alle anderen Währungen abgeben. Feste Wechselkurse sollte es nicht mehr geben, das war die Meinung in Washington. Schon 1971 hatte man die Konvertibilität des Dollars in Gold aufgehoben. Aber der Weg von festen Dollarwechselkursen zum allgemeinen, weltweiten Floating schien den meisten Europäern – auch uns in Bonn – als sehr riskant. Jedenfalls konnte er nicht in einem einzigen Sprung genommen werden; es gab deshalb eine ganze Reihe von Gesprächen und Verhandlungen zwischen den wichtigsten Regierungen.

Wenn Volcker zu solchen Zwecken nach Bonn kam, so benutzte er ein fensterloses Transportflugzeug. Wir nannten es das fliegende U-Boot und wunderten uns jedesmal aufs neue, daß der über zwei Meter große Volcker überhaupt hineinpaßte – und dann noch mit einer dicken Zigarre. Später war Volcker, der am Anfang seiner Laufbahn bei der Chase Manhatten Bank gewesen war, in seinen acht Jahren als Chef der »Fed« (Federal Reserve Board, die amerikanische Zentralbank) ein klarer Verfechter der monetären Stabilität. Er warnte seine eigene Regierung und seine Landsleute mit starken Worten wegen der staatlichen Budgetdefizite und betonte mehrfach die hohe Abhängigkeit der USA von ausländischen Kapitalzuflüssen. Er hatte recht.

Nach Ablauf seiner zweiten Amtszeit wurde er Privatbanker. Damit war er, der in seinen staatlichen Ämtern äußerste Diskretion gepflegt hatte, wieder frei, seine kritischen Meinungen öffentlich auszusprechen, was er auch tatsächlich tut. Über ein Vierteljahrhundert sind wir jetzt in freundschaftlichem Kontakt geblieben und haben mehrfach in internationalen Gremien eng zusammengearbeitet. Seine Urteile sind immer wertvoll. Allerdings ist es oft schwierig, ihn zu verstehen, denn seine Aussprache ist schauderhaft.

Arthur Burns

Paul Volckers Vorgänger als Chef der »Fed« war, wenn man von einer sehr kurzen Interimsperiode absieht, Arthur Burns; er hat das Amt an der Spitze der wichtigsten Zentralbank der Welt von 1970 bis 1978 ausgeübt: Auch er hat sich einer stringent auf Geldwertstabilität ausgerichteten Geldpolitik befleißigt. Deshalb habe ich mich nicht gewundert, daß Jimmy Carter ihn nicht wieder berufen hat. Carters monetäre und budgetäre Expansionspläne, zu denen er auch die Franzosen und besonders uns Deutsche überreden wollte, waren mir zutiefst suspekt. Damals war in Washington die »Lokomotivtheorie« im Schwange: Deutschland sollte durch höhere Haushaltsdefizite und durch niedrigere Zinsen als Lokomotive für die Weltwirtschaft dienen. Wir haben diese Zumutung, die mit Sicherheit hohe Inflationsraten ausgelöst hätte, zurückgewiesen.

Mit Arthur Burns dagegen waren wir weitgehend einig. Burns hat sehr eng mit seinem deutschen Kollegen Karl Klasen zusammengearbeitet, woraus übrigens zwischen beiden Männern eine enge persönliche Freundschaft entstanden ist. Der Beginn der Freundschaft zwischen Burns und mir lag im Sommer 1972. Ich hatte soeben in Bonn das Doppelministerium für Wirtschaft und Finanzen übernommen und machte bei Shultz und Burns Antrittsbesuche, von Karl Klasen wohl präpariert. Wie Klasen und Abs und wie die meisten deutschen Fachleute (Karl Schiller war die prominenteste Ausnahme) wollte auch ich an festen Wechselkursparitäten festhalten, während die Nixon-Administration auf Freigabe aller Wechselkurse zusteuerte. Ohne daß dies ausgesprochen wurde, wollte das Weiße Haus die zu erwartende Dollarabwertung (die dann tatsächlich auch eintrat) und die damit verbundene zunehmende Inflation in Kauf nehmen. Andererseits hoffte man darauf, den Zuwachs an verzinslichen Dollarreserven in den Händen der anderen Zentralbanken zu dämpfen.

Was Burns von diesen Absichten hielt, war damals für mich nicht ganz klar zu erkennen, jedenfalls trug er nicht den Standpunkt des Weißen Hauses vor. Er hörte meinen Argumenten gegen ein Floating der Wechselkurse zu und paffte regelmäßig an seiner Pfeife. Immerhin sagte er einmal zwischendurch: »You talk a lot of sense, young man.« Das hat mir zwar geschmeichelt, aber ein junger Mann war ich ja nicht gerade, ich war im 54. Lebensjahr. Allerdings war Burns bereits 73 Jahre alt.

Je länger wir uns kannten, um so stärker wurden meine Sympathien für Burns, und als er 1981 Botschafter in Bonn wurde, war ich von dieser Berufung begeistert. Er war ein hervorragender Botschafter seiner Nation – nicht unbedingt und immer des State Department. Wir haben in Bonn keinen besseren erlebt.

Seit ich ein erwachsener Mann war, habe ich fast immer meine Tränen unterdrücken können. Aber einmal waren es die Tränen eines Freundes, die mich aus der Fassung gebracht haben. Es war Arthur Burns am 30. September 1982, das heißt: am Vorabend meiner Abwahl aus dem Amte des Bundeskanzlers. Ich hatte alle Botschafter zu mir gebeten, hielt ihnen eine Abschiedsrede und versicherte sie zugleich der Kontinuität der deutschen Außenpolitik unter meinem Nachfolger Helmut Kohl. Burns war damals seit gut einem Jahr amerikanischer Botschafter in Bonn, aber wir waren schon lange Freunde. Wenige Tage nach meinem Ausscheiden schrieb er mir einen lobesvollen Brief, der mit den Worten »Your devoted friend Arthur« unterzeichnet war.

Als ich Burns zehn Jahre zuvor kennenlernte, war er ein konservativer, kapitalistisch denkender Zentralbankpräsident, der Nixon beriet – ich dagegen war ein sozialdemokratischer Finanzminister unter Brandt. Burns war praktizierender Jude, im damals österreichisch-ungarischen Galizien geboren und als Kind mit den Eltern in die USA ausgewandert. Ich dagegen gehörte zu der Nation, in deren Geschichte sich der Name Auschwitz unauslöschlich eingebrannt hatte. Aber Burns war über Haß und Ressentiment erhaben, und obwohl er fast eine Generation älter als ich war, verstanden wir uns – vor allem wohl deshalb, weil Burns immer nur sagte, was er dachte, nie etwas anderes und meistens sogar weniger als das.

Arthur Burns kannte die Deutschen besser als manch ein Deutscher. Er sah voraus, daß die Spaltung Deutschlands und Europas nicht von ewiger Dauer sein werde. Über die unvermeidliche Wiedervereinigung sagte er: »Ich maße mir nicht an zu sagen, ob sie in zwanzig oder in zweihundert Jahren geschehen wird.« Tatsächlich dauerte es dann nur zehn Jahre. Burns wußte, daß die Aufspaltung der deutschen Nation der unbewußte Urgrund für die scheinbar ziellose Unruhe vieler junger Deutscher war, und er riet ihnen zur Entfaltung von »Stolz und Selbstbewußtsein«. Als er 1985 Deutschland nach vier Jahren als Botschafter und kurz nach seinem 81. Geburtstag verließ, bekannte er, hinsichtlich Deutschlands Zukunft zuversichtlicher zu sein als bei seinem Amtsantritt.

Burns pflegte seine Reden als Botschafter nicht mit dem State Department abzustimmen. Es waren oft durchaus kritische Reden; aber er sprach mehr als Botschafter seiner Nation denn für seine Regierung. Und zugleich warb er zu Hause in Interviews und Artikeln um Verständnis für Deutschland. Gewiß war er für die konservative Bundesregierung in Bonn ein ebenso zuverlässiger Partner wie vorher für mich.

Ich entsinne mich, daß Loki und ich Helen und Arthur Burns irgendwann einmal in ihrem kleinen Sommerhäuschen in Vermont besucht haben. Am Waldrand, wenige Schritte hinter dem alten Farmhaus, stand eine unscheinbare Holzhütte mit einem Schreibtisch darin. Dorthin pflegte Burns sich mit Pfeife, Papier und Stift zum Schreiben zurückzuziehen. Und dort saßen wir zusammen und sprachen über jüdische, christliche und muslimische Religion. Arthur war ein religiöser und ein nachdenklicher Mensch, ein Mensch der Versöhnung. Ich habe ihn geliebt.

Karl Klasen

Auch Karl Klasen war wesentlich älter als ich. In der Niedergangsphase der Weimarer Republik war er dem Reichsbanner Schwarz-Rot-Gold und 1931 der SPD beigetreten. Ich dagegen wurde erst nach dem Ende der Nazizeit Mitglied der SPD. Als ich Klasen 1950 kennenlernte, war er Präsident der Landeszentralbank in Hamburg – aus meiner Sicht eine sehr hohe Position – und persönlich eine große Autorität.

1953 wurde ich erstmalig in den Bundestag gewählt. Ich besaß damals einen total verrosteten, aus Vorkriegszeiten stammenden Volkswagen, brauchte aber nun für meine Arbeit ein solides Auto. Karl Klasen war inzwischen Hamburger Chef der Norddeutschen Bank (die Großbanken waren noch entflochten). Zu ihm ging ich, schilderte ihm meine Absicht, einen gebrauchten Mercedes Diesel 170 zu kaufen, und bat zu diesem Zweck um einen Personalkredit. Klasen gab mir die 5000 D-Mark, die ich brauchte. Das war für meine damaligen Verhältnisse eine ungeheure Summe und eine Verschuldung, die Loki und mich anfänglich sehr bedrückte. Weil aber der Bundestag großzügig Kilometergelder erstattete, stellte sich die Rückzahlung bald als nicht allzu problematisch heraus: Ich mußte einfach jede Woche zwischen Hamburg und Bonn statt mit der Eisenbahn mit meinem Auto fahren, um mit Hilfe des so »verdienten« Kilometergeldes den Bankkredit zu tilgen. Inzwischen habe ich selbst als Privatmann jungen Leuten mehrfach für ihre berufliche Entfaltung persönliche Darlehen ohne Sicherheiten geben können. Aber 1953 erschien mir jener Kredit der Norddeutschen Bank als ein Wunder.

Gegen Ende der fünfziger Jahre, vor allem in dem darauffolgenden Jahrzehnt hat sich dann ein immer enger werdender freundschaftlicher Kontakt ergeben. Karl und Ilse Klasen führten in Alsterdorf ein offenes Haus für ihre Freunde, wobei sich ihre Gastfreundschaft auf das glücklichste mit ihrer Freude an der Kunst verband: Regelmäßig waren Gäste aus dem Musik- und aus dem Theaterleben geladen, es wurde musiziert, deklamiert und vorgelesen. Mehrmals sind wir bei Klasens Hans Küng* und Rudolf Haas begegnet. An den Wänden hingen Bilder deutscher Expressionisten, die Lokis und mein Entzücken auslösten – gemischt mit einer Spur von Neid. Wir hatten noch niemals vorher erlebt, daß Privatleute einen Nolde an der Wand hängen hatten oder daß ein Barlach auf dem Flügel stand. An eben diesem Flügel übrigens spielten nicht selten zwei temperamentvolle junge Leute, Christoph Eschenbach und Justus Frantz, die später zu bedeutenden Musikern werden sollten.

Karl Klasen stammte aus einfachen Verhältnissen. Sein Vater war Ewerführer im Hafen gewesen (Ewer, auch Schuten genannt, mußten durch den Ewerführer mit Hilfe eines Peckhakens bugsiert werden, sofern sie nicht von einem Schlepper gezogen wurden); er selbst hatte sich seine juristischen Examina als Werkstudent erworben. Daß er die Welt aus der Sicht der kleinen Leute selbst erlebt hatte, hat seine soziale Einstellung dauerhaft geprägt. Sie hat sich auch nicht geändert, als er Vorstandsmitglied der Deutschen Bank und 1967 ihr Sprecher geworden war.

Als Präsident der Bundesbank wurde Klasens Einkommen vermutlich auf ein Drittel vermindert. Seiner Berufung in dieses Amt durch Bundeskanzler Brandt Ende 1969 waren schon in der Schlußphase der Regierung Kiesinger Gespräche vorangegangen; aber Kiesinger hatte sich nicht entschließen können, dem personalpolitischen Vorschlag seines Wirtschaftsministers Schiller zu folgen. Karl Schiller und Klasen hatten sich in den frühen Nachkriegsjahren in Hamburg kennen- und schätzengelernt. Ehe Klasen der von Schiller betriebenen Berufung an die Spitze der Bundesbank nähertrat, bat er mich um meine Meinung. Ich wechselte damals gerade vom Vorsitz der SPD-Bundestagsfraktion in das Verteidigungsministerium und riet meinem Freund Klasen, das Amt anzunehmen, denn auch ich sah in ihm den hervorragend geeigneten Mann. »Dieses öffentliche Amt wird mühevoll sein und dich viel Geld kosten. Aber ich glaube nicht, daß du den Ruf ablehnen kannst.« Als er bald darauf gefragt wurde, was ihn bewogen habe, seine erfolgreiche und mit Freude ausgeübte Tätigkeit an

---

* Vgl. S. 358.

der Spitze der Deutschen Bank aufzugeben, antwortete er: »Die Aufgabe, an Entscheidungen mitzuwirken, die für die Gesamtheit wichtig sind und die nicht nur einzelne Interessengruppen angehen.« Tatsächlich sind zwar die Deutsche Bank und ihre Führung für die deutsche Wirtschaft von sehr großer Bedeutung, aber die Bundesbank ist von überragender Bedeutung für das ganze Land und für unser Geld.

Es war tragisch, daß es im Zuge der von den USA ausgehenden Währungswirren wenige Jahre später, nämlich im späten Frühjahr 1972, zu einem ernsten Konflikt zwischen Klasen und Schiller kam. Der Wechselkurs des amerikanischen Dollar verfiel schnell. Um diesen Verfall zu bremsen, ersuchte uns Washington, zur Abwehr der nach Deutschland einströmenden ausländischen Liquidität die früher einmal gültig gewesenen Kapitalverkehrskontrollen wiedereinzuführen. Unsere europäischen Partner vertraten die gleiche Meinung und wollten parallel zu uns auch ihrerseits mit dirigistischen Methoden den Dollar verteidigen. Klasen riet der Bundesregierung – aus Gründen der außenpolitischen Loyalität zu unseren Bündnispartnern –, dem amerikanisch-europäischen Ersuchen zu folgen.

Karl Schiller dagegen, der damals »Doppelminister« für Wirtschaft und Finanzen war, riet seinen Kabinettskollegen aus marktwirtschaftlicher Überzeugung, den Devisenmärkten freien Lauf und damit den Dollar weiter absacken zu lassen. Klasens Gründe überzeugten das Kabinett, Schiller blieb allein und trat anschließend zurück. Ich selbst teilte Klasens Auffassung vom Vorrang der außenpolitischen Motive, übrigens auch unter dem Aspekt unserer zukünftigen Währungspolitik, für die wir ja sehr wohl auch einmal die Solidarität der anderen benötigen konnten. Außerdem wollten wir das Wahljahr 1972 nicht mit einer DM-Aufwertung belasten. An der entscheidenden Kabinettssitzung habe ich, wenn ich mich recht erinnere, nicht teilgenommen. Ich war als Verteidigungsminister auf einer Reise in der Türkei; Brandt rief mich eilig zurück. Ich fiel aus allen Wolken, als mir bei Ankunft in Köln-Wahn mein Freund Mommsen eröffnete, Brandt wolle mich zu Schillers Nachfolger machen.

Im Folgejahr 1973 konnten Karl Klasen als Präsident der Bundesbank und ich als der für Geld und Kredit zuständige Finanzminister die Agonie des Weltwährungssystems von Bretton Woods beenden und die USA, Japan und die übrigen Industrie- und Handelsnationen der Welt für eine verlangsamte, schrittweise Freigabe der Wechselkurse gewinnen, ohne daß dabei außenpolitisches Porzellan zu Bruch ging. Dabei spielten die ausgezeichneten persönlichen Beziehungen zwischen den beiden Zentralbankpräsidenten Karl Klasen und Arthur Burns wie diejenigen zwischen den drei Finanzministern George Shultz, Valéry Giscard d'Estaing und mir eine wichtige Rolle. Denn wir konnten inzwischen ganz offen und vertrauensvoll als Freunde miteinander reden und benötigten keine diplomatische Sprache, die oft nur allzusehr die eigentlichen und wahren Motive, Besorgnisse und Ziele der Regierungen verschleiert und den Adressaten nötigt, eine Note des Partners »zu analysieren«. Sowohl als Verteidigungs- als auch später als Finanzminister habe ich gelernt, daß in vielen Fällen die Herstellung eines guten persönlichen Einvernehmens wichtiger ist als große eigene Vorträge oder »Papiere«, auch wenn sie noch so exakt sein mögen.

Klasen und ich haben bis zu seinem altersbedingten Ausscheiden aus dem Amt im Mai 1977 hervorragend zusammengearbeitet, besonders auch nach meinem Wechsel in das Amt des Kanzlers 1974. Sehr oft habe ich den Präsidenten der Bundesbank eingeladen, an den Kabinettssitzungen teilzunehmen, wenn »ökonomische« Themen zu erörtern waren. Klasen war dabei meistens von seinem Stellvertreter Emminger begleitet, bisweilen auch von anderen Mitgliedern des Zentralbankrates. Ich habe diese Übung später auch gegenüber Klasens Nachfolgern Emminger und Pöhl beibehalten. Sie hatte den großen Vorteil, daß beide Seiten, Bundesregierung und Bundesbank, vieles sehr direkt voneinander hören und lernen konnten, was sie sonst nur aus der Presse oder über Zuträger voneinander erfuhren. Die Beeinflussung war gegenseitig; aber natürlich hatten die Zentralbanker kein Stimmrecht im Kabinett, die beiderseitige Unabhängigkeit wurde nie gefährdet.

Eingedenk der exorbitanten Lohn- und Gehaltserhöhungen, die wir trotz der von der OPEC ausgelösten Weltwirtschaftskrise erlebt hatten, haben Klasen und ich 1973 (oder Anfang 1974) nach einem Mechanismus gesucht, der – ohne die Autonomie der Lohntarifpartner zu beeinträchtigen – gleichwohl einen dämpfenden Effekt haben könnte. So kamen wir im Gespräch auf die Idee, die Bundesbank solle ihre voraussichtliche Geldmengenpolitik für ein Jahr im voraus bekanntgeben. Die Absicht war, den beiden Lohntarifpartnern zu zeigen, wieviel Geld insgesamt in der Volkswirtschaft verfügbar sein würde, genauer gesagt: um wie wenige Prozent die Geldmenge im kommenden Jahre wachsen würde und wo deshalb die Grenzen der Lohnsteigerungen liegen würden, bei deren Überschreitung in der Wirtschaft Schäden eintreten mußten. Ich weiß nicht, ob ähnliche Vorschläge schon vorher andernorts erörtert worden waren, wir hielten sie jedenfalls für originär, und Klasen konnte den Zentralbankrat von ihrer Zweckmäßigkeit überzeugen. Seither ist die Bundesbank bei der Bekanntgabe ihrer voraussichtlichen Geldmengenziele geblieben, und zwar in der Form von angezielten Margen, sogenannten »Korridoren«. Sie hat damit zumeist für die gesamte Volkswirtschaft heilsame Effekte ausgelöst, wenngleich sich die tatsächliche Entwicklung der »Zentralbank-Geldmenge« keineswegs immer innerhalb des jeweiligen Korridors gehalten hat.

Als Karl Klasen im Mai 1977 verabschiedet wurde, gab ich für ihn ein großes Abendessen. Viele Bundesminister und Spitzenbeamte, zwölf ausländische Zentralbankchefs und auch der Chef des IMF erwiesen ihm jene Ehre, die er sich in der ganzen Welt verdient hatte. Arthur Burns und ich hielten eine Laudatio auf unseren Freund. Burns, der auch im Namen seiner und Klasens ausländischer Kollegen sprach, benutzte die Gelegenheit hervorzuheben, daß Deutschland wegen seiner vorsichtigen monetären wie budgetären Politik besser durch die Weltwirtschaftskrise gekommen sei als die meisten anderen Staaten, denen er eine zu hohe Verschuldung vorwarf. Er schonte auch die OPEC-Staaten keineswegs und verteilte Lob und Tadel nach allen Seiten. Das stand ihm auch durchaus zu, denn auf dem Gebiet der Ökonomie war er für jedermann eine unbestrittene Autorität. Die Finanzpolitik Deutschlands lobte er, weil wir eine beträchtliche De-facto-Aufwertung der DM hingenommen und dadurch unseren vorher sehr großen Zahlungsbilanzüberschuß abgebaut hatten. Der Abend erwies sich als eine großartige Mischung aus Vorlesungen über Weltwirtschaftspolitik und persönlichen Lobreden auf Klasen.

Damals stand uns der zweite OPEC-Preisschock noch bevor. Auch bei seiner Bewältigung blieben wir bei unserer ökonomisch vernünftigen Geld- und Haushaltspolitik und waren deshalb 1981 und 1982 hinsichtlich Inflation und Arbeitslosigkeit besser dran als die uns vergleichbaren Industriestaaten der Welt, ganz zu schweigen von der Masse der Entwicklungsländer, die gleich uns auf den Import von Öl angewiesen sind. Wir kamen dem »magischen Viereck« der Ökonomen näher als irgendein anderer Staat in der Europäischen Gemeinschaft, zugleich hatten wir die D-Mark zu einer der härtesten Währungen der Welt gemacht.

Gleichwohl waren einige Besserwisser am linken Flügel meiner Partei und des DGB mit der Regierung unzufrieden. Und umgekehrt brachte der Koalitionspartner F.D.P., geistig geführt von Graf Lambsdorff, der jahrelang an allen Entscheidungen der Regierung beteiligt gewesen war, die Koalition im Sommer 1982 zu Fall – angeblich wegen gravierender Differenzen in ökonomischen Fragen, in Wahrheit aber zum Zweck, dem Publikum die große Bedeutung der F.D.P. und ihre Funktion als Zünglein an der Waage vorzuführen. Die nachfolgende Regierung unter Helmut Kohl konnte unsere wirtschaftlichen Früchte ernten.

Karl Klasen hat diese Vorgänge von weitem mit Kopfschütteln begleitet. Noch zwei Jahre vorher hatte er mir – nach dem Wahlsieg der sozialliberalen Koalition 1980 – geschrieben, zumindest Genscher und einige andere in der F.D.P., »vielleicht mit Ausnahme von Lambsdorff«, sähen ganz deutlich, daß sie »nur als Dein Anhängsel diesen großen Erfolg erzielt haben. Wenn sie die ihnen zugefallene Position des Züngleins an der Waage überziehen würden, so würden sie vor der nächsten Wahl wieder ums Überleben zittern müssen ... Du aber könntest Dir jetzt doch mehr als vorher erlauben, Deine stärkere Position auszunutzen. Denn nachdem Du schon so viele Jahre Bundeskanzler mit großem Erfolg gewesen bist, hängt Deine persönliche künftige Glückseligkeit ja nicht von der Zahl der Jahre ab, die Du noch im Amt sein wirst. Im Gegenteil, ein guter Abgang ist für die letzten Lebensjahrzehnte ein sich sehr gut verzinsendes Kapital.«

Als ich diesen Brief meines Freundes nach fünfzehn Jahren zum zweiten Mal las, empfand ich deutlich, wie sehr er mit dem Ratschlag für einen »guten Abgang« recht gehabt hat. In der Tat, ich hätte es nicht dem Opportunismus der F.D.P. überlassen sollen, das Ende meiner Regierung einzuleiten. Es wäre weitaus besser gewesen, auch für mich persönlich, wenn ich das doppelzüngige Wendemanöver Lambsdorffs und Genschers bereits 1981 beendet hätte.

Als Privatmann beriet Karl Klasen mich wie bisher, er unterstützte uns auch öffentlich durch Reden und Presseinterviews. 1981 schrieb er mir einmal, er fühle sich gleichsam als ein kleines Büro des Bundeskanzleramtes, da viele Leute sich mit Wünschen, Anregungen und Beschwerden an ihn wendeten, die eigentlich für mich bestimmt seien. Der lange Brief endete mit dem Satz: »Mit Bereitwilligkeit übernehme ich die Verantwortung für alle Deine Taten, die unserem verwöhnten Staatsbürger nicht gefallen und die man mir auch sämtlich persönlich zur Last legt.«

Der Tod Karl Klasens im Jahr 1991 bedeutete nicht nur für mich einen schweren Verlust. Mit ihm verlor auch Deutschland einen bedeutenden Staatsmann, der seine Aufgaben mit beharrlicher Kraft gemeistert hatte, nicht als theoretischer Kopf, nicht als rhetorisches Talent, sondern dank seiner persönlichen Autorität und einer praktischen Vernunft, die aus Erfahrung gespeist und von dem unerschütterlichen Respekt vor anderer Leute Geld geleitet war – vor unser aller Geld.

Karl Klasen war der Prototyp eines Hamburgers: Er war umsichtig und weltläufig; zurückhaltend, aber hilfsbereit; sozial, aber konservativ; in Geldsachen penibel, aber nie kleinlich; geprägt von integrer Würde, aber durchaus fähig, sich notfalls auch drastisch auf plattdeutsch auszudrücken. Die Treue zu seiner Heimatstadt verband er mit der Loyalität gegenüber seinem Vaterland, und seine stillschweigende Devise war, mehr zu sein als zu scheinen.

Entzauberung der Banker?

Heute, gegen Ende der neunziger Jahre, ist mein Vertrauen in die Banker geringer geworden, als es zu meiner Zeit als Finanzminister und als Kanzler gewesen ist. Das hat zum einen zwei objektive Gründe, die heute den Führungspersonen der privaten Bankinstitute ein sicheres Urteil erschweren, liegt andererseits aber auch an der neuerdings weitverbreiteten Neigung zum spekulativen Risiko und zum schnellen Gewinn, wie er zu Zeiten von Abs, Klasen oder Burns noch verpönt war und deshalb damals die Ausnahme bildete.

Der erste objektive Grund liegt in der fast weltweiten Abschaffung fester Wechselkurse. Das allgemeine Floaten (d.h. das freie Schwanken) aller wichtigen Währungen hat nationale wie internationale Finanzierungen wesentlich riskanter werden lassen als vor 1972. Wenn zum Beispiel heute ein deutsches oder ein japanisches Unternehmen einen langfristigen internationalen Liefervertrag für Flugzeuge oder Maschinen oder andere Investitionsgüter abschließt und dabei den Preis in US-Dollar vereinbaren muß, kann es passieren, daß der Dollarkurs bis zum Zahlungseingang erheblich sinkt. Da die Herstellung des Produkts aber in DM (oder in Yen) finanziert werden muß, wird in einem solchen Fall die Kalkulation über den Haufen geworfen, und statt des erwarteten Gewinns gibt es eine Minderung desselben oder gar einen Verlust. Das Unternehmen kann sich zwar dagegen sichern, indem es im voraus für den Zahlungstermin seine erwarteten Dollars zu einem heutigen Wechselkurs gegen DM (oder Yen) verkauft. Aber dafür muß sich ein Partner finden, der aus entgegengesetztem Interesse heute für den späteren Termin DM gegen Dollar zum heutigen Wechselkurs kauft. Und solche Termingeschäfte kosten Geld. Natürlich hat es derartige Termingeschäfte (»futures«) auch früher schon gegeben, und sie waren durchaus zweckmäßig. Aber seit

1972 sind die Wechselkursschwankungen in ihrem Ausmaß fast unvorhersehbar geworden; die Währungstermingeschäfte wurden immer riskanter und immer kostspieliger.

Der zweite objektive Grund für das Anwachsen der Unübersichtlichkeit liegt in der technischen Entwicklung weltweiter, satelliten- und computergestützter Nachrichtenverbindungen. Die in früherer Zeit national kontrollierbaren und regulierbaren Geld- und Kapitalmärkte haben sich globalisiert. Heute gibt es einen einzigen weltweiten Aktienmarkt, ebenso einen globalen Markt für kurzfristige Kredite, ebenso einen einzigen Währungsmarkt. Alle Finanzmärkte sind de facto täglich 24 Stunden geöffnet, mittels der modernen Telekommunikation funktionieren sie zwischen Ostasien, Europa und Amerika im Sekundentempo. Die nationalen Zentralbanken und Finanzbürokratien haben nur geringe Möglichkeiten, Fehlentwicklungen auf den Weltfinanzmärkten rechtzeitig zu erkennen, ihnen entgegenzutreten oder die Märkte zu beeinflussen oder gar zu steuern. Und die Vorstände auch der größten privaten Finanzhäuser können nur beschränkt die Gewinnchancen und die Risiken rechtzeitig beurteilen, welche die globalen Märkte ihnen darbieten.

Der subjektive Faktor der heutigen Unsicherheiten und der mit ihnen gestiegenen Risiken liegt in der seit zwei Jahrzehnten sich entfaltenden, immer noch ungebremsten Spekulationsneigung von Investmentbanken, Geschäftsbanken und – in den USA und in Japan – sogar von Sparkassen. Die globale Spekulationswelle, eine Las-Vegas-Mentalität, hat ihren Ursprung in den USA. Die Währungstermingeschäfte haben sich weitestgehend von etwa zugrundeliegenden Warenlieferungsgeschäften gelöst, sie haben sich aufgespalten in die verschiedensten Ableitungen (»Derivate«, z.B. Optionen und Swaps und Optionen auf Optionen); insgesamt machen die täglich gehandelten »futures« das Fünfzig- bis Hundertfache des tatsächlichen täglichen Warenhandels der Welt aus. Man kann damit viel Geld gewinnen – oder verlieren. Die Katastrophe der Metallgesellschaft oder der Zusammenbruch der Londoner Barings Bank 1995 waren weder die ersten Fälle, noch werden es die letzten sein. Viele Personen – vielleicht sogar die meisten – in den Vorständen und den Aufsichtsräten der Bankhäuser verstehen nicht einmal die hochkomplizierten mathematischen Konstruktionen, mit denen ihre hochintelligenten und sehr hoch bezahlten Fachidioten, Dealer oder Händler genannt, jeden Tag und jede Minute umgehen – geschweige denn, daß sie dieselben kontrollieren können. Tatsächlich handelt es sich um Wetteinsätze, wobei die »futures« heute gar nicht mehr bloß auf Wechselkurse gerichtet sind, sondern auch auf Aktienkurse, auf den Index von Aktienkursen, auf Geldmarktzinsen und dergleichen mehr. Wir sind nicht weit entfernt davon, Termingeschäfte zu erleben, deren Maßstab die zukünftige Wachstumsrate der koreanischen Wirtschaft oder das Wetter in Kalifornien ist. Zu allem Überfluß erscheinen die Risiken gar nicht in den öffentlichen Vermögensbilanzen der beteiligten Banken.

Parallel zur globalen Seuche des Handels in »financial derivatives« hat sich die Spekulation auch im herkömmlichen Finanzierungsgeschäft der Banken breitgemacht. Vor allem in den USA und in Japan haben selbst hochangesehene größte Banken solche Grundstücks- und Aktienkäufe ihrer Kunden finanziert, die in Erwartung steigender Aktienkurse und Grundstückspreise zu überhöhten Preisen abgeschlossen wurden. Als später Aktienmärkte und Grundstückspreise auf breiter Front zusammenbrachen, reichten die als Sicherheiten gegebenen Aktien und Grundstücke nicht aus, um die Kredite zu tilgen. Fast alle amerikanischen Sparkassen und fast alle großen japanischen Banken gerieten unter dem Druck ihrer notleidenden Kredite (»bad loans«) in Schwierigkeiten und mußten vom Staat gerettet werden – mit dem Geld des Steuerzahlers. Auch die Manie der von privaten Banken (»Investmentbanken«) finanzierten Übernahmen einer Firma durch eine andere – zum Teil einvernehmlich, zum Teil »unfriendly takeovers« – gehört in den gleichen Zusammenhang des Spekulationismus.

Soweit ich sehen konnte, haben sich die deutschen Banken ziemlich lange von all dergleichen freigehalten. Erst in den neunziger Jahren begannen sie, sich mittels teuer eingekaufter ausländischer Investmentbanken am Geschäft mit »financial derivatives« in größerem Maße zu beteiligen. Auch helfen sie inzwischen in hohem Maße deutschen Steuerflüchtlingen, ihre Vermögen nach Luxemburg zu verlagern (von wo diese die Erträgnisse an Ort und Stelle in bar abholen, um sie vor der deutschen Zins- und Einkommensbesteuerung zu bewahren).

Zu Zeiten von Abs und Klasen stand die Solidität der großen deutschen Banken außer jedem Zweifel, und insoweit gehörten sie zur internationalen Spitzengruppe. Heute wollen sie auch im Kreditvolumen und hinsichtlich ihrer Gewinnziffern zur internationalen Spitze gehören. Dies mag im globalen Zuge der Zeit liegen. Jedoch habe ich Zweifel, ob ich auch heute noch, im Vergleich der heutigen deutschen industriellen Manager und der heutigen deutschen Banker, den letzteren attestieren dürfte, klüger zu sein als die ersteren.

Das ökonomische Sein bestimmt das Bewußtsein

Das Marx-Zitat im obigen Titel lautet vollständig: »Es ist nicht das Bewußtsein der Menschen, das ihr Sein, sondern umgekehrt ihr gesellschaftliches Sein, das ihr Bewußtsein bestimmt.«* Aus diesem langen Zitat wurde die geläufige Verkürzung »Das ökonomische Sein bestimmt das Bewußtsein«. Unter dem Begriff »gesellschaftliches Sein« verstand Marx die gesellschaftlichen Lebensumstände und dabei insbesondere die Produktionsbedingungen.

Marx hatte vorwiegend die ökonomischen Bedingungen und zumindest das politische Bewußtsein im Auge. In Wahrheit aber wirken vielerlei Faktoren auf unser Bewußtsein ein, auf den einzelnen wie auf die Gesellschaft wie auf die öffentliche Meinung. Gleichwohl steckt in jenem verkürzten Satz eine wichtige Teilwahrheit; denn unser politisches Bewußtsein, unsere politische Stimmung, unsere politischen Zu- und Abneigungen werden in der Tat stark von unserer wirtschaftlichen Lage beeinflußt. Dies gilt nicht nur langfristig oder grundsätzlich – so hatte Marx es gemeint –, sondern auch sehr kurzfristig.

Verursacht zum Beispiel eine Rezession, eine Inflation oder Arbeitslosigkeit ökonomische Unzufriedenheit, so genügt es, wenn dies auch nur bei einer Minderheit der Wähler zu einer Änderung ihrer politischen Zu- und Abneigungen führt, um eine Regierungspartei durch eine andere abzulösen. Umgekehrt trägt eine positive ökonomische Stimmung zur politischen Kontinuität bei.

Allerdings spielen die Ursachen eines Wechsels der ökonomischen Stimmungen für das politische Bewußtsein in vielen Fällen kaum eine Rolle. So waren in den siebziger Jahren in manchen Industriestaaten nicht so sehr die jeweiligen Regierungen für steigende Inflationsraten, für Wachstumsabfall und steigende Arbeitslosigkeit verantwortlich als vielmehr das unerwartete Preisdiktat der OPEC, das in kurzer Frist den Weltmarktpreis für Öl vervielfachte. (Dementsprechend stieg zum Beispiel in Deutschland der durchschnittliche Preis *aller* Industrierohstoffe im Dezember 1973

* Karl Marx, »Zur Kritik der politischen Ökonomie«, 1859.

gegenüber Dezember 1972 um mehr als 80 Prozent!) Obgleich dies nicht die Folge einer schlechten ökonomischen Politik der Regierungen war, haben die Wähler in einer Reihe von Staaten die jeweils eigene Regierung dafür bestraft.

Ein anderes Beispiel spielte sich in den Nachfolgestaaten der Sowjetunion und in den von kommunistischer Diktatur befreiten Staaten im Osten Mitteleuropas ab: Für die unvermeidlicherweise enormen ökonomischen Konsequenzen des Zerfalls aller zwangswirtschaftlichen Systeme und des »Rates für Gegenseitige Wirtschaftshilfe« (RGW) machten viele Wähler die reformerisch gesinnten Regierungen verantwortlich und ließen die ehemaligen Kommunisten wiedererstarken.

Wirtschaftliche Zusammenhänge, besonders solche grenzüberschreitender oder gar globaler Art, sind für einen Großteil des Publikums nicht durchschaubar, auch nicht in demokratisch verfaßten Gemeinwesen mit einer durchaus aufgeklärten öffentlichen Meinung. Nur so ist es möglich, daß charismatisch begabte Politiker wie zum Beispiel Ronald Reagan nicht nur sich selbst, sondern auch die Mehrheit des eigenen Volkes über die Folgen ihrer ökonomischen Politik täuschen können – im Falle Reagans über die unvermeidlich negativen Konsequenzen seiner beispiellosen Verschuldungspolitik. Und nur so ist es verständlich, daß Regierungen bei ihrem eigenen Volk (und bei sich selbst) illusionäre Erwartungen hinsichtlich der Ergebnisse ihrer ökonomischen Politik erwecken. Ein Beispiel dafür war Kohls naive Prophezeiung, binnen vier Jahren werde sich die ehemalige DDR in eine »blühende Landschaft« verwandeln.

Mangels ökonomischer Urteilsfähigkeit kann eine Regierung trotz lauterer Absichten gesamtwirtschaftliches Unheil herbeiführen. Dafür gab es schon während der Weltwirtschaftsdepression der frühen dreißiger Jahre eine lange Reihe von Beispielen, von der Pfundabwertungspolitik der englischen Regierung bis zur deflationistischen Haushaltspolitik Heinrich Brünings. Und was für die ökonomischen Erwartungen einer Regierung gilt, gilt natürlich ähnlich auch für Unternehmen und ihre Manager.

Haushalts- und Steuerpolitik, Lohn- und Sozialpolitik, Geld- und Währungspolitik, Zoll- und Handelspolitik, kurz die ökonomische Politik insgesamt muß mit einer so großen Vielzahl von Tatsachen und Entwicklungen, von unternehmerischen und gewerkschaftlichen, von außen- und innenpolitischen Faktoren rechnen, muß psychologische Faktoren im eigenen Land wie in der Welt und die Entwicklung auf den Finanz-, Güter- und Dienstleistungsmärkten der Welt berücksichtigen, daß wissenschaftlich auch nur halbwegs exakte Kalkulationen in aller Regel lediglich für die Vergangenheit verfügbar sind. Für Gegenwart und Zukunft benötigen Regierende wie Unternehmer gewiß auch wirtschaftswissenschaftlichen Rat, aber ihre eigenen Erfahrungen und ihr Augenmaß geben für ihre Entscheidungen den Ausschlag – oft genug gibt auch ihr Opportunismus den Ausschlag.

Während der dreizehn Jahre der sozialliberalen Koalition gab es von seiten einiger linker Sozialdemokraten den – durchaus auch »wissenschaftlich untermauerten« – Ratschlag, auf quantitatives Wachstum zu verzichten, eine im Verhältnis zum Ausland teurere Energieversorgung zu verordnen oder sogar generell die steuerliche Belastbarkeit der Wirtschaft (gemeint war: der Unternehmen) »auszuprobieren«. Wenn wir uns darauf eingelassen hätten, so wären wir bereits am Ende der siebziger Jahre bei jener hohen Arbeitslosigkeit angelangt, die uns anderthalb Jahrzehnte später die Regierung Kohl beschert hat. Die Regierenden der sozialliberalen Koalition hatten damals ein besseres Augenmaß als später die CDU/CSU/FDP-Koalition. Leider fehlte der damaligen linken Opposition innerhalb der SPD das Augenmaß; sie konnte oder wollte nicht verstehen, daß ein Drittel des deutschen Sozialprodukts und der deutschen Beschäftigung sich im Wettbewerb auf dem Weltmarkt behaupten muß und daß fast die gesamte deutsche Produktion infolge der offenen Grenzen auch im Inland im Wettbewerb mit den Preisen ausländischer Produzenten steht. Auch auf gewerkschaftlicher Seite war zu Zeiten der Regierung Brandt/Scheel das Augenmaß für die Belastbarkeit unserer Unternehmen mit Lohn- und Lohnnebenkosten und mit Steuern auf den Ertrag nur sehr unvollkommen ausgebildet.

Auf seiten der Arbeitgeber sah es – bei umgekehrter Tendenz – nicht besser aus. Die Unternehmer wollten am liebsten die eigenen Bäume in den Himmel wachsen sehen. Zwar hatte Karl Schiller über einige Jahre hinweg mit seinen regelmäßigen Diskussionsrunden zwischen Unternehmern (und Arbeitgebern) einerseits, den Gewerkschaften andererseits und drittens der Regierung einen gegenseitigen Informations- und sogar Erziehungsprozeß eingeleitet. Aber der Name »Konzertierte Aktion« kam etwas zu hoch daher, denn tatsächlich wurden dort keine Beschlüsse gefaßt, auf deren Grundlage die Beteiligten anschließend so hätten agieren können oder gar müssen wie ein Orchester im Konzert. Und schließlich entgleiste die eingeleitete gegenseitige Rücksichtnahme ausgerechnet im Verhältnis zwischen dem Arbeitgeber Staat und seinen Beschäftigten im öffentlichen Dienst, als es 1973 zu exorbitanten Lohn- und Gehaltssteigerungen kam, die überhaupt nicht aus einem Zuwachs der Produktivität gedeckt werden konnten. Erst das vorübergehende Sonntagsfahrverbot, im Herbst 1973 anläßlich der ersten Ölpreisexplosion erlassen, machte der öffentlichen Meinung erstmals klar, daß die Grenze der Belastbarkeit erreicht war.

Seit 1949 bin ich Mitglied der Gewerkschaft ÖTV, und mindestens seit jenem Jahre sind Heinz Kluncker und ich miteinander befreundet. Seit er in der Mitte der sechziger Jahre Vorsitzender unserer gemeinsamen Gewerkschaft geworden war, hat unter den gegenteiligen Interessenpositionen, die wir zu vertreten hatten, zwar nicht unsere freundschaftliche Beziehung gelitten – wohl aber haben wir uns bisweilen ganz kräftig gehakelt.

Als Willy Brandts Finanzminister war ich 1973 empört über die Zumutung, die die von Heinz Kluncker gegenüber Brandt durchgesetzten enormen Gehalts- und Lohnsteigerungen im öffentlichen Dienst für den Haushalt und damit für den Steuerzahler bedeuteten. Als ich Brandts Nachfolger im Amt des Bundeskanzlers wurde, versuchte Kluncker abermals, für seine Kolleginnen und Kollegen einen ähnlich großen Schluck aus der Flasche herauszuholen. Ich erinnere mich deutlich an ein Gespräch, in dem er damit drohte, die Mülltonnen der Deutschen ungeleert auf den Straßen sich auftürmen zu lassen. Das Gespräch fand während der bösen Auswirkungen der ersten Ölpreiskrise statt, die der deutschen Volkswirtschaft nach meiner damaligen Schätzung real zwei Prozent des Bruttosozialprodukts und dem Volkseinkommen einen noch höheren Prozentsatz entzog. Ich war deshalb entschlossen, Kluncker keineswegs nachzugeben, und habe seine Drohung mit einer Gegendrohung beantwortet: »Ich kann dich nicht hindern, die Mülltonnen überlaufen zu lassen. Aber dann werde ich ins Fensehen gehen und dem deutschen Volk erklären, daß du es bist, der für die Schweinerei auf den Straßen verantwortlich ist.« In der Folge blieb der Abschluß in finanziell vertretbaren Größenordnungen.

Dies blieb nicht der einzige Streit, den wir miteinander ausfechten mußten. Aber weil ich Heinz Klunckers persönliche Integrität nie bezweifelte, blieben wir ungeachtet unserer sachlichen Auseinandersetzungen miteinander befreundet. Jedoch war und ist es für mich ausgeschlossen, den öffentlichen Diensten eine Schrittmacherrolle bei der Lohnfindung einzuräumen.

Seit dem Ende der sozialliberalen Bundesregierung 1982 hat sich der Gegensatz zwischen Unternehmern und Gewerkschaften in Deutschland schrittweise verschärft, und infolge der gestiegenen Arbeitslosigkeit sitzen die Gewerkschaften dabei am kürzeren Hebel. Denn je höher die Löhne, die sie durchsetzen, um so mehr tragen sie zum zusätzlichen Verlust von Arbeitsplätzen bei.

Unternehmer und Manager

Der aus Österreich stammende demokratische Sozialist Joseph Schumpeter hat 1942 in seinem Buch »Capitalism, Socialism, and Democracy« die Unternehmerfunktion und ihre Bedeutung für die Gesamtgesellschaft in einer inzwischen von vielen als klassisch empfundenen Weise beschrieben:

»Die Funktion der Unternehmer besteht darin, die Produktionsstruktur zu reformieren oder zu revolutionieren, ... durch Ausnutzung einer Erfindung oder ... einer noch unerprobten technischen Möglichkeit zur Produktion einer alten Ware auf neue Weise oder durch die Erschließung einer neuen Rohstoffquelle, Erschließung eines neues Absatzgebietes, durch Reorganisation einer Industrie usw. ... Solch neue Dinge zu unternehmen ist schwierig ... wegen mannigfacher Widerstände. ... Zuversichtlich außerhalb der vertrauten Fahrrinne zu navigieren und die Widerstände zu überwinden verlangt Fähigkeiten, welche nur bei einem kleinen Teil vorhanden sind ... Sie machen den Unternehmer wie auch die Unternehmerfunktion aus. Diese Funktion besteht ihrem Wesen nach ... darin, daß sie Dinge in Gang setzt.« An anderer Stelle hat Schumpeter das Wort vom »dynamischen Unternehmer« geprägt.

Dies alles kann natürlich auf einen Industriellen, auf einen Großkaufmann, auf einen Außenhandelskaufmann, auf einen Einzelhandelskaufmann, einen Handwerksmeister oder einen selbständigen Ingenieur gleicherweise zutreffen. Schumpeters oben zitierte Definition unterscheidet nicht zwischen dem Selfmademan und andererseits dem angestellten Vorstand eines Unternehmens, d.h. dem Manager. Der erstere (zum Beispiel Nixdorf, Grundig, Springer, Otto, Bucerius, Neckermann, Augstein, Toepfer oder Körber) hat praktisch mit nichts angefangen, den Erfolg seines Unternehmens verdankt er seinen persönlichen Fähigkeiten. Der Manager, der mißverständlicherweise gleichfalls Unternehmer genannt wird, ist für eine bestimmte Zahl von Jahren in einem bereits existierenden Unternehmen angestellt, er haftet nicht mit seinem privaten Vermögen, sondern nur mit seinem guten Ruf; Beispiele sind Heinz Nordhoff, Hans-Günther Sohl, Hans Merkle, Berthold Beitz oder Edzard Reuter. Natürlich gibt es auch Zwischenformen. Dazu gehören einerseits solche Manager-Unternehmer, die im Laufe ihres Lebens zu persönlich haftenden Gesellschaftern berufen worden sind, wie zum Beispiel Otto A. Friedrich oder Rolf Stödter. Andererseits haben manche Unternehmer ein Familienunternehmen übernommen und dieses zu größerer Entwicklung geführt; Beispiele sind Reinhard Mohn, Philipp Rosenthal, Alwin Münchmeyer oder Tyll Necker.

Ich habe das Glück, mit Repräsentanten aus allen Gruppen befreundet oder bekannt zu sein. Dabei sind mir zwei Dinge aufgefallen: Zum einen habe ich von den relativ wenigen Selfmademen oder Eigentümer-Unternehmern mindestens genausoviel gelernt wie von den relativ vielen Managern. Zum anderen habe ich es bei Präsidenten von Unternehmerverbänden fast ausschließlich mit Managern zu tun gehabt. Diese beherrschten in der Regel den fachlichen Jargon ihrer Interessengruppe besser als die Selfmademen. Die Manager waren besser angepaßt, weil sie in ihrer Karriere vielerlei Kämpfe innerhalb ihrer Sparte oder ihres Unternehmens gewinnen mußten, bis sie an die Spitze kamen. Sie waren oft keineswegs geneigt, ihren durch hohe Gehälter und Bonifikationen erworbenen Wohlstand diskret zu verbergen. Und sie waren in der Auseinandersetzung mit den Gewerkschaften rücksichtsloser.

Dagegen haben manche der Selfmademen nicht vergessen, woher sie kamen und wessen Hilfe sie den Aufstieg ihres Unternehmens verdanken. Einige Manager dagegen reden sich selbst ein, es sei ihre Aufgabe, die Interessen »des Kapitals« zu vertreten, sie halten sich selbst für Kapitalisten, und ihre Arroganz gegenüber den Interessen der Arbeitnehmer ist bisweilen ganz unverhüllt; Menschen dieses Schlages sind mir insbesondere während der großen Krise des Kohlenbergbaus in den sechziger Jahren in Gestalt verschiedener Bergassessoren über den Weg gelaufen.

Es gehört zum beständigen Jargon industrieller Unternehmensverbände, der Marktwirtschaft das Wort zu reden. So weit, so gut. Zugleich sind sie aber findig in der Erreichung von Subventionen für ihre Branche oder von steuerlichen Erleichterungen für Unternehmungen im allgemeinen. Auch dies ist legitim, und in manchen Fällen liegt es sogar im öffentlichen Interesse. Zuweilen aber werden Parlament und öffentliche Meinung auch getäuscht, und in jedem Falle wird der Wettbewerb im Markt verzerrt.

Der Markt ist national wie international eine Veranstaltung, die man ihrer Zweckmäßigkeit wegen nur bejahen kann. Aber er ist keine moralische Instanz. Der Markt schafft aus sich heraus keine soziale Gerechtigkeit, keine Sozialversicherung, keine monetäre Vernunft, keine fiskalische Solidität, keine angemessene Steuer- oder Budgetpolitik. Er allein schafft keinen katastrophenfreien

Übergang von einem zurückgebliebenen Entwicklungsland zum Schwellenland oder von einer kommunistischen Zwangswirtschaft à la DDR zu einer international wettbewerbsfähigen Unternehmenslandschaft. Der Markt an sich verhindert weder Inflation, noch kann er Arbeitslosigkeit beseitigen.

Der Markt schafft und bewahrt auch kein sozial verträgliches Verhältnis zwischen Unternehmensvorständen und Belegschaften oder zwischen Arbeitgeberverbänden und Gewerkschaften. Sondern dafür bedarf es von Staats wegen des Betriebsverfassungsgesetzes, der Mitbestimmung und der Arbeitsgerichte. Aber es bedarf auch des Lohntarifvertrages, frei von staatlicher Kontrolle, zwischen Arbeitgebern und Arbeitnehmern. Mir schien es oft, daß hierbei das geläufige Begriffspaar von Kapital und Arbeit in die Irre führt. Denn das sogenannte Kapital befindet sich in vielen Fällen direkt oder oft auch indirekt in Form von Aktienbesitz in der Hand von Leuten, die sich selbst keineswegs der Kapitalseite zurechnen oder sich als Antipoden der Arbeitnehmer verstehen. Zum anderen aber verdeckt jenes Begriffspaar die entscheidende Bedeutung der Unternehmerfunktion.

Es geht aber nicht ohne den dynamischen Unternehmer. Daß es uns während der Periode der sozialliberalen Koalition in Bonn und trotz einer tiefgreifenden weltwirtschaftlichen Strukturkrise gelang, das jährliche Bruttosozialprodukt pro Kopf der Bürger unseres Staates um ein gutes Drittel zu vermehren – was eine gewaltige Steigerung des tatsächlichen materiellen Lebensstandards bedeutete –, war zwar auch der Politik zu verdanken; einen erheblich größeren Anteil daran aber hatten Unternehmer, Arbeitnehmer und nicht zuletzt auch die Gewerkschaften, deren Verdienst es war, insbesondere für eine sozial ausgewogene Verteilung dieses materiellen Fortschritts gesorgt zu haben. Politiker oder Beamte oder Gewerkschaften allein bringen nur in recht seltenen Fällen eine produktiv-schöpferische und zugleich erfolgreiche Unternehmung zustande. In der Regel aber bedarf es des dynamischen Unternehmers.

Leider führen unternehmerische Erfahrung und Leistung nur in seltenen Fällen zu volkswirtschaftlicher Urteilsfähigkeit – wie auch umgekehrt gewerkschaftliche Führungsleistung und ihr Erfolg nicht notwendigerweise zum Verständnis unternehmerischer und volkswirtschaftlicher Notwendigkeiten und Grenzen befähigen. Wenn dann auf beiden Seiten noch ideologische Vorurteile dazukommen, so kann es zu fruchtlosen Konflikten kommen, erst recht dann, wenn persönliches Prestige und persönlicher Ehrgeiz eine zu große Rolle spielen.

In diesem Sinne hat mich in den fünfziger Jahren Viktor Agartz, damals einer der mächtigen Wortführer der Gewerkschaften, sehr viel weniger beeindruckt als Hans Böckler, der damalige Vorsitzende des DGB. Böckler war geprägt von lebenskluger Kompromißbereitschaft; aber in der Frage der paritätischen Mitbestimmung bei Kohle und Stahl hat er sich durchgesetzt, obschon Adenauer dies nicht wollte. Kohle und Stahl waren damals die Schlüsselindustrien, und Böckler konnte Wichtiges und weniger Wichtiges unterscheiden. In den sechziger Jahren war der scharfsinnige Otto Brenner im Aufbau der Industriegewerkschaft Metall und in ihrer Lohnpolitik außerordentlich erfolgreich. Aber sein Verständnis für die ökonomischen Gesamtzusammenhänge und für die Notwendigkeit dynamischer Unternehmensführung hat mich weit weniger überzeugt als in den siebziger Jahren das seines umgänglicheren Nachfolgers Eugen Loderer, der mir ein persönlicher Freund gewesen ist.

Auf der unternehmerischen Seite sind mir die Präsidenten des Bundesverbandes der Deutschen Industrie (BDI), Fritz Berg und nach ihm Hans-Günther Sohl – wie später auch der Unternehmer-Politiker Otto Graf Lambsdorff –, wegen ihrer ideologischen Einseitigkeit als wenig hilfreich in Erinnerung geblieben. Sohl hatte, nach den alliierten Entflechtungen und Demontagen, rund um die August-Thyssen-Hütte durch Investitionen und Fusionen den größten Stahlkonzern Europas zusammengebaut, ehe er BDI-Präsident wurde. Bei der Schaffung der Ruhrkohle AG, bei der die Stahlkonzerne ihre Kohlenzechen abzugeben hatten, hatte er der großen Koalition erhebliche Schwierigkeiten gemacht. Sohl war gegen Ende der sechziger und Anfang der siebziger Jahre wahrscheinlich der mächtigste Mann an Rhein und Ruhr und konnte auch außerhalb seines Konzerns erheblichen politischen und personalpolitischen Einfluß ausüben. Allerdings gelang es mir als Finanzminister, beim Zusammenschluß von Gelsenberg und VEBA Sohls personalpolitische Pläne zu durchkreuzen und statt seines Kandidaten als Vorstandsvorsitzenden des vereinigten Unternehmens Rudolf von Bennigsen durchzusetzen.

Sohl fand es vermutlich zumindest sehr unangemessen, daß nacheinander zwei Sozialdemokraten an der Spitze der Bundesregierung standen; jedenfalls war der BDI unter seiner Führung ein klarer Gegner der sozialliberalen Koalition. Ich bin ihm als BDI-Präsidenten mit Höflichkeit begegnet, habe aber auf seinen Rat wenig Wert gelegt. Denn er war für mein Empfinden allzusehr auf den Stahl und die Schwerindustrie fixiert, er war auch ein Gegner der Diversifizierung seines »lupenreinen« Stahlkonzerns, auf den er stolz war. Im persönlichen Habitus stellte Sohl den Typus des autoritären Generaldirektors dar.

Mit dem 1976 erfolgten Wechsel des BDI-Präsidiums zu Hanns-Martin Schleyer, der schon seit 1973 außerdem das Präsidium der Bundesvereinigung der Arbeitgeberverbände (BDA) innehatte, trat in der öffentlichen Agitation des BDI eine fühlbare Mäßigung ein. Zwar blieb es bei der prinzipiell gegen die Sozialdemokratie gerichteten Grundhaltung des BDI, aber Schleyer bemühte sich sehr um einen fairen sozialen Ausgleich. Als er 1977 von der terroristischen Roten-Armee-Fraktion (RAF, oft auch Baader-Meinhof-Bande genannt) ermordet wurde, verlor nicht nur die Arbeitgeberseite, sondern auch die Arbeitnehmerseite eine geschätzte, weil positiv wirkende und auf Ausgleich bedachte Schlüsselperson.

Ich habe Hanns-Martin Schleyer gut gekannt und sehr geschätzt. Seine Ermordung, nach dramatischer Entführung und wochenlanger Geiselnahme, am Tage nach unserer gewaltsamen Befreiung der Passagiere eines entführten deutschen Flugzeugs in Mogadischu, hat mich auch persönlich tief getroffen. Tausende von Polizeibeamten hatten Tag und Nacht nach ihm gesucht, dabei aber einen Hinweis auf das tatsächliche Versteck der RAF übersehen, wie sich nachträglich herausstellte. Der Flick-Gesellschafter Eberhard von Brauchitsch hatte mit meinem Einverständnis ein riskantes Lösegeldangebot bei einem vermuteten oder vermeintlichen Mittelsmann in der Schweiz unternommen – alles vergeblich. Der Mord an einem wehrlosen Menschen, der von den Mördern vorher wochenlang gequält worden war, hat damals die ganze Nation von dem irrsinnigen und verbrecherischen Charakter der RAF überzeugt.

Insgesamt hat die RAF dreiunddreißig Menschen ermordet und etwa hundert Personen vorübergehend als Geiseln entführt oder gefangengehalten. Die meisten der Todesopfer waren Unternehmer, Banker und deren Chauffeure, aber auch Beamte, vornehmlich Polizeibeamte befanden sich unter den Opfern. Manche der Ermordeten habe ich persönlich gekannt, so Alfred Herrhausen, Jürgen Ponto und Karl-Heinz Beckurts. Die Mordserie hatte 1974 mit dem Mord an dem Berliner Kammergerichtspräsidenten Günter von Drenkmann begonnen, sie hat 1993 mit dem Mord an dem Polizeikommissar Michael Newrzella in Bad Kleinen einstweilen ein Ende gefunden. Der Mord an Schleyer ist noch der »ersten Generation« des sogenannten harten Kerns der RAF zuzurechnen, der Mord an Newrzella dagegen der »dritten Generation«. Die ideologisch verblendeten Verbrecher glaubten im Ernst, den Staat umstürzen zu können, dem sie in ihrem Wahn unterstellten, nichts weiter als ein »Agent des Monopolkapitalismus« zu sein. Sie haben dabei das rechtsstaatlich-demokratische Bewußtsein und den Widerstandswillen der Öffentlichkeit auf ebenso groteske Weise wie die entschlossene Gegenwehr des Staates und der gesamten politischen Klasse unterschätzt. Für mich war der Kampf gegen die RAF eine schwere Prüfung, und noch heute bin ich den führenden Politikern der damaligen CDU/CSU-Opposition für die Unterstützung in diesem Kampf dankbar.

Schleyers unmittelbarer Vorgänger als BDA-Präsident war vier Jahre lang der mir aus meiner Hamburger Senatorenzeit gut bekannte Otto A. Friedrich. Er hatte uns bei der Bewältigung der großen Sturmflut 1962 sehr wirksam geholfen; als nämlich in den überschwemmten Stadtteilen Seuchengefahr bestand, kam er auf die praktische Idee, die vom Wasser eingeschlossenen Menschen mittels Gummiwärmflaschen mit Frischwasser zu versorgen. Schon vorher war ich im Rahmen der verkehrspolitischen Debatte häufiger mit »Otto A.« zusammengetroffen; wir waren uns in der Ablehnung des Verkehrsministers Seebohm einig. Vor allem gehörte Friedrich in den sechziger Jahren zu dem privaten Gesprächskreis, der regelmäßig in der Wohnung von Marion Gräfin Dönhoff zusammenkam, und war mir seit jener Zeit freundschaftlich vertraut. Friedrich, der in den frühen fünfziger Jahren als Rohstoffexperte die Regierung Adenauer und ihren Wirtschaftsminister Erhard beraten hatte, war ein Mann von großem sozialem Verantwortungsbewußtsein. Er trat stets für gerechten sozialen Ausgleich ein und genoß deshalb Respekt auch auf der gewerkschaftlichen Seite. 1965 veröffentlichte Friedrich einen Plan zur Vermögensbildung in der Hand der Arbeitnehmer, nach welchem die Unternehmen bis zu zehn Prozent ihrer Erträge in Investmentfonds einbringen sollten, deren Anteile den Arbeitnehmern zu Vorzugsbedingungen verfügbar gemacht werden sollten. Die Arbeitgeberseite hat den »Friedrich-Plan« leider abgelehnt, ebenso die Arbeitnehmerseite. Beide waren in diesem Punkte kurzsichtig.

Auch als Friedrich in der Mitte der sechziger Jahre persönlich haftender Gesellschafter der Flick-Gruppe geworden war, sind wir gute Freunde geblieben. Sein Sohn Paul Joachim Friedrich ist einige Jahre einer meiner Mitarbeiter gewesen, und ich habe zu der von ihm verfaßten Biographie seines Vaters ein Geleitwort beigesteuert. Otto A. Friedrich war nicht nur ein erfolgreicher Unternehmer, sondern er trat auch öffentlich immer wieder als ein Mann auf, dessen demokratisches und soziales Verantwortungsgefühl über jeden Zweifel erhaben war. Ich habe ihn als einen Gegentypus zu Fritz Berg oder Hans-Günter Sohl in sehr guter Erinnerung. Er war gewiß kein SPD-Wähler, aber seine Fairneß im Verhältnis zu meiner Partei hat nicht zuletzt auch Herbert Wehner stets anerkannt; die beiden kannten sich aus Hamburg-Harburg, wo Friedrich lange Jahre Chef der Phoenix war, während Wehner dort jahrzehntelang in den Bundestag gewählt wurde.

Mit dem Thema der Vermögensbildung in Arbeitnehmerhand hat sich auch Hanns-Martin Schleyer positiv beschäftigt. Für Philipp Rosenthal ist es ein lebenslanges Thema geworden. Als sich gegen Ende der großen Koalition mein Freund Georg Kurlbaum aus dem Bundestag zurückziehen wollte, stellten Alex Möller und ich mit Erschrecken fest, daß die sozialdemokratische Bundestagsfraktion (deren Vorsitzende wir in jener Zeit waren) damit eines ihrer sehr wenigen Unternehmer-Mitglieder verlieren würde. Wir wandten uns an Rosenthal, um ihn für die SPD zu gewinnen. Er war uns mehrfach aufgefallen und hatte sich 1965 in einem Wahlkampf öffentlich für unsere Partei ausgesprochen. Vor allem aber hatte uns Rosenthals Eigentumspolitik imponiert; schon seit sechs oder sieben Jahren schüttete die Rosenthal AG je nach Ertragslage einen Teil ihres Ertrages in der Form von Belegschaftsaktien an die eigenen Arbeitnehmer aus. Im Jahr 1968 kam es zu einem Gespräch zu dritt, und zwar, weil wir alle drei zufällig zu gleicher Zeit in den USA zu tun hatten, im Hotel Plaza in New York. Rosenthal hatte natürlich Bedenken zu überwinden: So wie das deutsche Cliquendenken nun einmal sei, wandte er ein, würde er das beginnende Vertrauenskapital bei seinen Unternehmerkollegen zunächst weitgehend einbüßen.

Wenn er schließlich dennoch der SPD beitrat und 1969 sehr erfolgreich in Niedersachsen für die Sozialdemokratie kandidierte, so gab für ihn die Erwägung den Ausschlag, sein Engagement werde sich zwar nicht für die besitzenden Eigentümer, wohl aber für das Unternehmertum generell vorteilhaft auswirken. Ganz folgerichtig begründete er auch sein unablässiges Eintreten für Teilhabe der Arbeitnehmer am »Sagen und Haben« nicht allein mit sozialethischen Argumenten, sondern mit dem Hinweis auf die gesamtwirtschaftliche – und damit zugleich unternehmerische – Notwendigkeit. Es ist eine der großen Torheiten der deutschen Gewerkschaftsbewegung und – in deren geistiger Gefolgschaft – der Sozialdemokratie, daß sie sich Menschen wie Philipp Rosenthal oder Georg Leber und ihren eigentumspolitischen Vorschlägen aus geistiger Trägheit und aus kurzfristigem und kurzsichtigem Organisations- und Lohninteresse nie wirklich geöffnet haben. Nicht einmal der Wirtschaftsminister Schiller hat sich von seinem parlamentarischen Staatssekretär Philipp Rosenthal zu einer staatlichen

Förderung der Vermögensbildung in der Hand der Arbeitnehmer überreden lassen. Rosenthal schied deshalb aus seinem Amt als parlamentarischer Staatssekretär nach einem Jahr wieder aus.

Wir beide blieben jedoch Freunde. Philipp hat die weltberühmte Porzellanfirma Rosenthal sehr unkonventionell geführt und sie für modernes, zeitgenössisches Design geöffnet. Übrigens hat er auch veranlaßt, daß Loki zu einem Entwurf für zwölf Rosenthal-Teller die naturalistischen Blumenmotive malte; die Serie ist über längere Jahre gelaufen und hat Loki geholfen, ihre »Stiftung zum Schutze gefährdeter Pflanzen« zu finanzieren.

1969 habe ich einen weiteren Mann aus dem Unternehmerlager zum hauptamtlichen Dienst in die Bundesregierung holen können. Noch bevor ich 1969 Verteidigungsminister wurde, hatte ich geschrieben, das Verteidigungsministerium brauche einen erfahrenen Industriemanager zur Kontrolle von Entwicklung und Beschaffung der Geräte, Fahrzeuge und Waffen der Bundeswehr. Deshalb hielt ich alsbald Ausschau nach einer hierfür geeigneten Persönlichkeit. Dabei fiel mein Blick auf Dieter Spethmann und auf Ernst Wolf Mommsen. Spethmann, damals Vorstand der Deutschen Edelstahlwerke, die zum Thyssen-Konzern gehörten, mußte absagen, weil Thyssen-Chef Sohl ihn gerade eben als seinen zukünftigen Nachfolger an der Spitze von Thyssen auserwählt hatte – später sind die beiden in Konflikt miteinander geraten, weil Spethmann den Konzern diversifizieren wollte. Mommsen jedoch, der Chef von Phoenix-Rheinrohr und Vorstand der Thyssen-Röhrenwerke gewesen war, stellte sich mir im April 1970 zur Verfügung*. Mit dem Unternehmer Mommsen, der 1973 den Vorsitz der Friedrich Krupp GmbH übernahm, hat die persönliche Freundschaft bis an sein Lebensende gehalten. Auch als Bundeskanzler habe ich aus seinen industriellen Erfahrungen und seinen personalpolitischen Kenntnissen noch viele nützliche Ratschläge erfahren.

In Hamburg und in meiner weiteren Heimat in Norddeutschland hatte ich das Glück, eine größere Zahl von Unternehmern kennenlernen und ihren beruflichen Werdegang verfolgen zu können. Reinhard Mohn, der seine Aktienmehrheit der Bertelsmann AG in eine gemeinnützige Stiftung eingebracht hat, traf ich erstmals in den fünfziger Jahren, als ich – zu jener Zeit ein junger Abgeordneter – Mohn und seine Firma in Gütersloh besuchte. Damals handelte es sich noch um ein eher lokales Unternehmen, wenngleich der schnell expandierende Bertelsmann-Lesering schon dazugehörte. Im folgenden Vierteljahrhundert ist Mohn ein

---

* Vgl. S. 471 ff.

glänzender Ausbau seiner Unternehmensgruppe und der Aufstieg zu einem der größten Medienkonzerne der Welt gelungen. Gewinnbeteiligung und Genußrechte für die Arbeitnehmer sind Belege für Mohns eindrucksvolles Engagement und für seinen Mut zum Experiment. Der kühle, sehr distanzierte Mann, der sich inzwischen auf die Führung der von ihm geschaffenen gemeinnützigen Bertelsmann-Stiftung zurückgezogen hat, ist – ähnlich wie Kurt Körber – auch hinsichtlich der Mitwirkung von Arbeitnehmern in seinen Betrieben neue Wege gegangen.

Mohns Wege haben auf gewerkschaftlicher Seite keine Begeisterung entfachen können, zumal der Vorstand der Gewerkschaft Druck und Papier zeitweilig reichlich linkslastigen Ideologien anhing. Aber als objektiver Betrachter muß man anerkennen: Mohn hat als Unternehmer wie als Gesellschaftspolitiker eine Glanzleistung vollbracht; er ist das Gegenteil eines »freibeuterischen Kapitalisten«. Als ich ihn ein Vierteljahrhundert später zum zweiten Mal in seinem Gütersloher Unternehmen besuchte, stand er noch vor seinem 60. Geburtstag. Ich äußerte damals Bedenken gegen die von ihm in seinem Unternehmen postulierte Regel, daß Manager schon im Alter von sechzig Jahren aus ihren Führungspositionen ausscheiden sollten; nach meiner Erfahrung sei das zu früh, denn damit ginge fruchtbare Erfahrung zu früh verloren. Mohn widersprach und hat sich selbst mit sechzig Jahren prinzipientreu in den Aufsichtsrat zurückgezogen. Heute sehen wir uns bisweilen im Kuratorium der ZEIT-Stiftung; auch dort ist er relativ wortkarg, aber sein Wort hat Gewicht.

Wortkargheit kann man dem aus Pommern gebürtigen Berthold Beitz nicht vorwerfen. Aber ansonsten sind ihm von Unternehmerkollegen mehrfach Vorwürfe gemacht worden. Wie mir scheint, gab es dafür zwei Motive. Zum einen ist Beitz ein sehr unkonventioneller Mann; zum anderen stammte er, im Alter von vierzig Jahren von Alfried Krupp zum Generalbevollmächtigten und damit de facto zum Chef des durch Kriegsschäden, Demontagen und alliierte Ge- und Verbote dezimierten Unternehmens berufen, weder von der Ruhr noch überhaupt aus der Schwerindustrie. Beides hat manch einem der Ruhr-Barone nicht gepaßt. Beitz hatte vorher binnen wenigen Jahren die Iduna-Germania Lebensversicherung in Hamburg nach oben gebracht; damals habe ich ihn kennengelernt. Zu jener Zeit wurde von seinen Rettungstaten für Polen und Juden während des Krieges im »Generalgouvernement« geraunt, ohne daß man Genaueres wußte. Erst später stellte sich heraus, daß diese Gerüchte auf Wahrheit beruhten; sowohl die Polen als auch die Israelis haben ihn dafür in einer für einen Deutschen ganz ungewöhnlichen Weise geehrt.

Von 1953 an sanierte Beitz den Krupp-Konzern und stand dabei mancherlei Krisen durch; das Stammkapital wurde Ende der sechziger Jahre in eine gemeinnützige Krupp-Stiftung eingebracht; später kam die Fusion mit Hoesch. Ich habe die industrielle Lebensleistung dieses »letzten Krupp« nur von weitem verfolgt. Aber aus eigener Erfahrung kann ich bezeugen, daß Beitz über lange Jahre zum Nutzen der Außenpolitik und der deutschen Wirtschaft ein Vorreiter im wirtschaftlichen Verkehr mit der Sowjetunion, mit Polen, der DDR und anderen Ostblockstaaten gewesen ist. Als ich mit der damals total uneinsichtigen CDU/CSU große Schwierigkeiten wegen meiner Polenpolitik hatte, gab Beitz mir publizistische Unterstützung. Vorher hatte er bereits Willy Brandt in der Ostpolitik wertvolle Hilfe geleistet. Weil Beitz des öfteren persönliche Kontakte mit Ostberliner Spitzenleuten hatte, darunter mit Erich Honecker, waren mir seine Beobachtungen und Bewertungen besonders hilfreich.

In meiner Zeit als Bundeskanzler erhielt ich Rat von Beitz, sooft ich ihn darum bat. Aber als im Herbst 1980 im Zuge eines Haushaltssicherungsgesetzes auch eine beträchtliche Kürzung des Forschungsetats diskutiert wurde, gab er mir ungefragt einen Ratschlag, indem er mir telegrafierte: »... vor dem Hintergrund der zunehmenden Konkurrenz aus dem Ausland, die auf modernster Technologie beruht, ist Forschung und damit technologisch höchster Standard der Lebensnerv unserer Wirtschaft ... Wegen der langen Vorlaufzeiten müssen in wirtschaftlichen Krisenzeiten besondere Forschungsanstrengungen gemacht werden.« Natürlich hatte er recht.

Beitz, bei Krupp zu Beginn als angestellter Manager angetreten, ist schließlich als Testamentsvollstrecker von Alfried Krupp in eine quasi Eigentümerfunktion eines der größten deutschen Unternehmen hineingewachsen – ein ungewöhnlicher Lebensweg.

Nicht minder ungewöhnlich war die Laufbahn Rolf Stödters, der 1955 zum Mitinhaber der Reederei Essberger wurde. Auch Stödters Karriere begann in Hamburg, aber sie verlief völlig anders, nämlich als Doppellaufbahn in der Wissenschaft und in der Geschäftsführung eines Verbandes. Als ich Stödter Ende der vierziger Jahre kennenlernte, war er außerordentlicher Professor der Hamburger Universität mit dem Schwerpunkt im Völkerrecht und ganz speziell im internationalen Schiffahrtsrecht; zugleich führte er als Vorsitzender die Geschäfte des Verbandes Deutscher Reeder.

Die deutschen Reeder besaßen Tradition und berufliche Erfahrung, aber ihre Schiffe und ihr Kapital waren als Folge des Krieges verloren. Stödter hat zum Wiederaufbau der Seeschiffahrt konzeptionell, vor allem aber in der Auseinandersetzung mit den Besatzungsmächten und in der schrittweisen Beseitigung ihrer Auflagen und Fesseln Wesentliches beigetragen. Seine internationale Anerkennung wuchs schnell. 1960 wurde er zum Präsidenten der International Law Association gewählt; daß diese Ehre einem Deutschen zuteil wurde, war das letzte Mal im vorigen Jahrhundert vorgekommen.

Rolf Stödter trat weniger als Unternehmer, denn als Berater der Reeder hervor, als völkerrechtlicher und außenpolitischer Berater der Spitzenverbände der deutschen Wirtschaft – und auch des Senats seiner Vaterstadt Hamburg. In seinen vielfältigen Funktionen, aber auch in exzellenten öffentlichen Reden trat er für freien Welthandel und für die Integration Europas ein. Er war ein hochgeachteter Repräsentant hanseatischen Bürgertums. Für mich waren die vier Jahrzehnte unserer freundschaftlichen Bekanntschaft nicht nur angenehm, sondern ebenso lehrreich und nützlich.

Als angelernter Sozialdemokrat bin ich im Herbst 1945 aus der Kriegsgefangenschaft gekommen und der SPD beigetreten. Mit fast 27 Jahren, nach mehr als acht Jahren Arbeitsdienst- und Wehrpflicht, konnte ich endlich meine berufliche Ausbildung beginnen; ich widmete etwa ein Drittel meiner Zeit dem Studium meines Hauptfaches Volkswirtschaft, ein sehr knappes Drittel dem Broterwerb in verschiedensten Formen und ein sehr gutes Drittel meiner geschichtlichen, öffentlich-rechtlichen und vor allem politischen Bildung. Als ich die Universität am Ende des Wintersemesters 1948/49 verließ, war ich inzwischen ein gelernter Sozialdemokrat geworden und hatte viele sozialdemokratische Freunde.

Obgleich ich entschieden marktwirtschaftlich orientiert war, hielt ich damals ein gewisses Maß an staatlicher Planung für unumgänglich, ebenso die Sozialisierung – so nannte man damals die Verstaatlichung – der Montanindustrie. Natürlich trat ich zum Zeitpunkt meiner ersten offiziellen beruflichen Anstellung auch in die Gewerkschaft ÖTV ein. Ich war ein Anhänger des »demokratischen Sozialismus«, und das Prinzip der sozialen Gerechtigkeit hatte ich sehr viel deutlicher vor Augen als das Prinzip des dynamischen Unternehmertums. Daß ich mir dann innerhalb weniger Jahre alle Übertreibungen abschleifen konnte, habe ich zwei glücklichen Umständen zu verdanken.

Zum einen habe ich von 1949 bis 1953 als Mitarbeiter Karl Schillers vieles von ihm und von der gemeinsamen Arbeit gelernt. Zum anderen boten mir meine berufliche Tätigkeit und vor allem die liberale Atmosphäre Hamburgs die Gelegenheit, manche Unternehmer persönlich kennenzulernen und ihre Arbeit zu respektieren. Die damals sich entwickelnden Freundschaften mit hamburgischen Unternehmern – alle waren einige Jahre älter als ich – haben bis heute gehalten. Dazu gehörten Rolf Stödter, Kurt Körber, Alwin Münchmeyer und Karl Klasen, ebenso wie Gyula Trebitsch und Werner Otto. Aber auch die freundschaftlichen Verbindungen mit dem einst mächtigen ÖTV-Vorsitzenden Heinz Kluncker und mit Heinz Ruhnau von der IG Metall, der sehr viel später Chef der Lufthansa wurde, stammen aus jener Zeit.

Gyula Trebitsch gehört zu meinen ältesten Freunden. Als ich 1953 zum ersten Mal für den Bundestag kandidierte, half er mir im Wahlkampf. In seinem Studio drehten wir einen kleinen Tonfilm mit mir als Kandidaten und führten den Film dann an den Ausgängen der U-Bahn- und S-Bahn-Stationen im zeitlichen Abstand der Züge vor. Projektor und Leinwand wurden in einem alten VW-Bus transportiert, mit dem wir von einem Bahnhof zum anderen fuhren. Immerhin hatten wir jedesmal mindestens dreißig, häufig aber auch die doppelte Anzahl von Zuschauern. Vier Jahre später – das Fernsehen war noch immer eine Seltenheit in Deutschland – haben wir in ähnlicher Weise Wahlkampf gemacht, diesmal mit zwei Zeichentrickfilmen. Wenn ich heute Fotos aus jener Zeit ansehe, dann wundere ich mich darüber, daß damals so viele Leute einem so jungen Burschen ihre Stimme gegeben haben.

Die gegenseitige Zuneigung zwischen dem Ehepaar Trebitsch und dem Ehepaar Schmidt war für Loki und mich eine große Bereicherung. Erna Trebitsch, die sich unter ihrem Mädchennamen Erna Sander als Kostümbildnerin einen guten Namen erworben hatte, war eine Frau mit untrüglichem Instinkt für echt oder unecht; sie hatte eine herzerfrischende Art, alle Dinge beim Namen zu nennen, und stand mit beiden Füßen fest auf dem Boden – auch wenn sie eine Dame der hamburgischen Gesellschaft zu sein hatte. Aufgewachsen in Hammerbrook oder in Rothenburgsort, ist sie aber immer eine handfeste Frau aus dem Volk geblieben.

Gyula Trebitschs Lebenslauf war, bevor er nach Hamburg kam, wo beide 1947 geheiratet haben, von beispielhafter Tragik. In Budapest als Kind jüdischer Eltern geboren, erlebte auch er in seiner Jugend die Schrecken des Naziregimes. Zwar gelang es seinen Eltern, sich mit Hilfe von Raoul Wallenberg zu verstecken, aber zwei seiner Brüder wurden in deutschen Konzentrationslagern ermordet, er selbst erst wenige Tage vor Kriegsende aus einem deutschen KZ befreit. Wir haben diese Tragödie erst sehr viel später und nur schrittweise erfahren.

Als Loki und ich Gyula Trebitsch kennenlernten, hatte er bereits mit Walter Koppel die »Real Film« gegründet, die in den fünf-

Der Film- und Fernsehproduzent Gyula Trebitsch (l.) war einer der ältesten Bekannten von Helmut Schmidt. Mit ihm und seiner Frau Erna feierten die Schmidts das 50jährige Berufsjubiläum von Trebitsch im Jahre 1982.

ziger Jahren mit Curd Jürgens in »Des Teufels General« und mit Heinz Rühmann im »Hauptmann von Köpenick« große Erfolge feiern sollte. Trebitsch hatte sein Handwerk vor dem Krieg bei einer ungarischen UFA-Tochter gelernt. Aber schon während der Nachkriegsblüte des deutschen Kinofilms erkannte Trebitsch die große Zukunft des Fernsehens und bereitete sich darauf vor. So kam es unter seiner Führung 1960 zur Gründung von »Studio Hamburg«, aus dem er das größte private Produktionszentrum Europas gemacht hat; die Kunden sind größte und kleinste Anstalten und Film- und Fernsehproduzenten.

Ich habe den Lebensweg von Gyula Trebitsch immer als exemplarisch empfunden. Der tragische familiäre Hintergrund verband sich in ihm mit unternehmerischem Instinkt, mit dem Mut zum Risiko und mit nie erlahmender Energie. Seine beiden Kinder Tini und Markus sind längst in der Branche ihres Vater selbständig und tüchtig, eine Freude für den seit einigen Jahren verwitweten Vater – und auch für uns.

Meine öffentliche Position hat es mit sich gebracht, daß ich auch eine Reihe bedeutender ausländischer Unternehmer kennengelernt habe, zumeist in Italien, in den USA und in Japan. Zwei von ihnen sind mir besonders in Erinnerung geblieben, weil sie mich beide an einem Wochenende in ihre menschenleeren Fabriken führten, um mir dort die neuesten Maschinen vorzuführen, und zwar ohne jegliche fachmännische Hilfestellung.

Der eine war Reijiro Hattori, Chef der feinmechanisch-elektronischen Weltfirma Seiko. Wir hatten uns über den Siegeszug der preisgünstigen elektronischen Armbanduhren unterhalten, als Hattori erklärte, er wolle mir einen spezifischen Arbeitsgang zeigen. In der Fabrik angekommen, schlüpften wir in eine aseptische Montur, als würden wir bei einer chirurgischen Operation assistieren. Dann ging es in ein großes Laboratorium mit sehr vielen piek-sauber aufgeräumten Arbeitsplätzen, die des Sonntags wegen alle unbesetzt waren. Hattori fand mühelos das Gerät, das er mir hatte zeigen wollen, und bediente es, als ob dies seine tägliche Arbeit sei.

Ähnlich war mein Erlebnis mit David Packard, den ich aus den frühen siebziger Jahren kannte, als er unter Melvin Laird in Washington stellvertretender Verteidigungsminister gewesen war. Ich hatte ihn als einen kenntnisreichen, angenehm offenen Gesprächspartner in Erinnerung. Knapp zwanzig Jahre später, bei einem Aufenthalt an der Stanford University in Kalifornien, hörte ich durch Zufall, er wohne in der Nähe. Ich rief ihn an, und die Verabredung zu einem Besuch kam – typisch amerikanisch – sogleich für den folgenden Tag zustande. Packards rustikales Haus war sehr schön in die hügelige Landschaft eingebettet, wir saßen auf der offenen Veranda und sprachen über Gott und die Welt. Schließlich kam die Rede natürlich auch auf die moderne Elektronik, und ich geriet an die Grenzen meines Begriffsvermögens. Deshalb sagte Packard: »Am besten ist, wir fahren mal eben in die Fabrik.« So geschah es. Da der Pförtner seinen obersten Chef nicht kannte, mußte Packard sich erst ausweisen, bevor wir hineindurften. Dann steuerte er zielstrebig auf die Maschine zu, die er zur Demonstration benötigte, und zu meiner Verblüffung bediente er sie, als sei das die selbstverständlichste Sache der Welt.

Packard war das nahezu klassische Beispiel eines Selfmademan. Als Elektroingenieur gründete er 1939 gemeinsam mit seinem Studien- und Berufskollegen Hewlett die Firma Hewlett-Packard, die damals den ersten Jahresumsatz von ganzen 5000 US-Dollar machte. Die beiden Jungunternehmer begannen buchstäblich in einer Garage auf dem Campus von Stanford in Palo

Alto. Heute ist daraus eine Weltfirma geworden, die durch eine hervorragende Gewinnbeteiligung der eigenen Belegschaft, durch ein ungewöhnlich hohes soziales und kommunales Engagement – insbesondere für die Eingliederung von Afroamerikanern in die Gesellschaft – und durch die Nähe zur wissenschaftlichen Forschung an der Stanford University gekennzeichnet ist.

Insbesondere die enge Zusammenarbeit zwischen universitärer Grundlagenforschung, industrieller, anwendungsorientierter Forschung und industrieller Entwicklung, welche die Grundlage für das Silicon Valley rund um Palo Alto geboten hat, sollte für die deutsche Industrie und für deutsche Naturwissenschaftler als Lehrbeispiel gelten. Denn die wichtigsten Faktoren bei der Überwindung unserer zunehmenden strukturellen Arbeitslosigkeit sind Grundlagenforschung und die Entwicklung neuer Produkte von höchster technologischer Qualität und Leistungsfähigkeit, die in den Niedriglohnländern in Asien und im Osten Mitteleuropas einstweilen noch nicht hergestellt werden können.

Als ich vor Jahr und Tag einmal mit Karl Heinz Beckurts über diese Fragen sprach, hatte ich kurz zuvor eine erstaunliche Beobachtung gemacht: Bei einer sehr großen Computerfirma in Japan hatte ich gesehen, wie dort im Auftrag der Siemens AG und mit dem Firmen-Logo von Siemens Rechner hergestellt und in den Weltmarkt exportiert wurden. Da Beckurts, der ursprünglich aus der naturwissenschaftlichen Grundlagenforschung kam, zur Zeit meines Besuches Vorstandsmitglied der Siemens AG und für Entwicklung zuständig war, machte ich ihm den Vorwurf, seine Gesellschaft, die ausweislich ihrer Bilanz über sehr große disponible Finanzmittel verfügte, täte offenbar nicht genug auf dem Felde der Entwicklung, sie solle gefälligst an der Spitze des technischen Fortschrittes marschieren, statt sich auf den Erträgen ihrer finanziellen Anlagen auszuruhen. Beckurts' bekümmerte Schlußbemerkung war: »Dies alles müssen Sie doch nicht mir, sondern meinen Vorstandskollegen sagen!«

Karl Heinz Beckurts wurde 1986 von der RAF ermordet. Danach hat es noch weitere Jahre gedauert, bis Siemens sich schließlich unter einem neuen Vorstandsvorsitzenden wieder zur vollen Tatkraft aufraffte. Aber inzwischen hatte ich beim Auswechseln meiner Herzschrittmacher dreimal erlebt, wie Kardiologen auf meine Frage: »Wieso nicht einen Siemens-Schrittmacher?« geantwortet hatten: »Nicht modern genug.« Und mir statt dessen ein amerikanisches Modell einpflanzten.

Jahrzehnte früher hatte ich in dem damaligen Siemens-Finanzvorstand Adolf Lohse einen sehr modernen Mann kennengelernt.

Wir gehörten beide dem Verwaltungsrat der Bundespost an und versuchten, den sehr umständlichen, personalaufwendigen und deshalb teuren Briefsortierbetrieb der Post auf Computer umzustellen, wozu eine straffe Normierung der Briefadressen nötig gewesen wäre. Wir sind damals am Beharrungsvermögen der leitenden Beamten der Post gescheitert. Einer der beamteten Staatssekretäre hielt uns entgegen: »Vergessen Sie eines nicht: Postzustellung ist ein Hoheitsakt.«

Sowohl diese Attitüde von Postbeamten als auch die risikoscheue Abneigung von Siemens-Managern gegen neue Entwicklungen scheinen inzwischen überwunden. Aber beide Beispiele haben mich gelehrt, daß eine saturierte Stellung von Managern oder Beamten den unternehmerischen Fortschritt – und damit den volkswirtschaftlichen Fortschritt! – behindern kann. Ganz anders, als Karl Marx sein Wort gemeint hatte, hat in beiden Fällen das saturierte Sein das Bewußtsein bestimmt.

Geradezu entgegengesetzt liegt der Fall von Georg Winter in der Firma Ernst Winter und Sohn, die in Norderstedt Diamantwerkzeuge für den Weltmarkt herstellt. Winter hat in beispielhafter Weise Kreativität, Qualität und Rentabilität mit energischem Umweltschutz kombiniert. Als ich die Gelegenheit erhielt, dort selbst einmal einen Industriediamanten anzufertigen, machte dieser mittelständische Industriebetrieb nicht nur in puncto Umweltschutz, sondern auch hinsichtlich der Humanität seiner Arbeitsplätze und ebenso des Verhältnisses zwischen Geschäftsleitung und Betriebsrat einen vorzüglichen Eindruck. Loki war darauf besonders stolz, weil sie schon Jahrzehnte zuvor als Lehrerin die Begabung und die Tüchtigkeit ihres Schülers Georg Winter erkannt und ihn eine Klasse hatte überspringen lassen.

Otto find' ich gut

Als ich vor mehr als dreißig Jahren Werner Otto kennenlernte, da hatte der gebürtige Brandenburger Widerstand gegen Hitler, zwei Jahre Haft sowie Krieg und Verwundung hinter sich. Vorher war er Einzelhändler in Stettin gewesen. Eine Schuhfabrik, die er in den Turbulenzen der Nachkriegszeit in Hamburg gegründet hatte, mußte er nach der Währungsreform aufgeben. War er damals gerüstet für den Aufbau eines Konzerns? Wahrscheinlich wußte Otto das damals selbst noch nicht genau, aber er war es. Er hatte aus seinem ersten unternehmerischen Versuch 6000 DM und ein Fabrikgebäude gerettet. Das war damals schon allerhand.

Vor allem aber hatte Otto Lust am kalkulierten Experiment – und das auf seine Art: schnörkellos, unter Vermeidung von großen Worten und großen Emotionen. Einzigartig war die Idee des Versandhandels nicht. Hunderte von Männern und Frauen machten sich in jenen ersten Jahren der Bundesrepublik als Versandhändler selbständig, und fast alle verschwanden sie wieder, denn große Unternehmer sind seltene Gewächse. Werner Otto hingegen hat – man möchte fast sagen: klammheimlich – eine einstige Flüchtlings-Firma zum Weltkonzern aufgebaut. Versandhäuser in Frankreich, in Japan und in den USA gehören dazu. Und der Otto-Katalog hat mit fünf Millionen Exemplaren die höchste Auflage, die ein Buch in Deutschland erreicht (und außerdem gibt es den Katalog längst auch für den Personalcomputer).

Natürlich hat Werner Otto auch Glück gehabt. Gerd Bucerius hat über ihn gesagt: »Freilich hat er Glück gehabt – er hat nämlich nichts geerbt.« Aber Glück allein reicht eben nicht aus. Mancher Unternehmer ist deshalb gescheitert, weil er glaubte, alles allein besser zu wissen – Otto dagegen kann zuhören. Mancher Unternehmer ist gescheitert, weil er an alten Mustern klebte – Otto dagegen hat sich immer auch für solche Ideen engagiert, die in der Zukunft Erfolg versprachen. Natürlich waren immer auch Projekte darunter, die andere für abwegig hielten, etwa der Kauf eines Hochhauses in New York zu einer Zeit, da in New York niemand in Immobilien investieren mochte. Die Erwerbung wurde jedoch ein profitables Geschäft, wie sich später herausstellen sollte.

Schon in den sechziger Jahren hat sich Werner Otto aus dem Vorstand des Otto-Versandes und anderthalb Jahrzehnte später auch aus dem Aufsichtsrat zurückgezogen. Der Versandhandel liegt inzwischen in den Händen seines Sohnes Michael, der das Unternehmen zum größten Versandhaus der Welt ausgebaut hat. Aber auch der Vater blieb nicht untätig und investierte außerhalb des Versandhandels in den Aufbau von Einkaufszentren, vor allem in Nordamerika. Etwas Neues ausprobieren – das ist es, was ihn kennzeichnet.

Werner Otto hat viel für das öffentliche Wohl getan. Seine Stiftungen und Spenden reichen von den Alsterdorfer Anstalten und der therapeutischen Fürsorge für behinderte Kinder bis zum Ausbau des schönen Busch-Reisinger-Museums in Harvard, das vornehmlich der deutschen Kunst gewidmet ist; von der Finanzierung eines Krebsbehandlungszentrums bis zur allgemeinen Förderung der medizinischen Forschung. Als ich ihm zuerst begegnete, geschah es anläßlich der Einweihung eines von ihm gestifteten Kinderspielplatzes, zu der ich als hamburgischer Innensenator einige

Worte beizusteuern hatte. Als Loki zur Rettung eines der schönsten Naturdenkmäler – einer naturbelassenen Wiese mit Tausenden von wilden Narzissen in den Ardennen an der deutsch-belgischen Grenze – für ihre »Stiftung zum Schutze gefährdeter Pflanzen« Geld brauchte, war Werner Otto ebenso zur Stelle wie später sein Sohn Michael, als einige Freunde und ich die Deutsche Nationalstiftung gründeten.*

Werner Otto, der mit seinen Firmen der größte Steuerzahler in Hamburg ist, hat vor langer Zeit einmal ein Zeitungsinterview gegeben, was bei diesem leise auftretenden Mann die große Ausnahme ist. Nach seinem Verhältnis zu Hamburg gefragt, sagte er: »Eigentlich bin ich Hamburger geworden, ohne es zu merken.« Das stimmt wahrscheinlich, obschon Otto ursprünglich ein Preuße war. Wie immer dem sei – in seiner Person bündeln sich die hellen Seiten der jüngeren deutschen Geschichte: Einst ein entschiedener Gegner der Nazis, hat Otto dann viel für den Wiederaufbau seines Landes und das Gemeinwohl der Deutschen geleistet. Ein großer Kaufmann mit viel politischem Verstand und einem ausgeprägten Pflichtgefühl für die res publica.

Die Gewerkschafter: Gegenmacht oder Partner?

Seit der Gründung der Bundesrepublik haben fast alle unternehmerischen Verbände nach rechts tendiert, zur CDU und in Bayern zur CSU. Das gilt besonders für die Spitzenverbände BDI, BDA und für den Deutschen Industrie- und Handelstag (DIHT). Umgekehrt waren von Anfang an fast alle Gewerkschafter nach links orientiert, zumeist zur SPD. Diese politische Linkstendenz ergriff auch jene Teile der Gewerkschaften, in denen von Weimar her zunächst noch Reste einer christlich-sozialen Tradition nebst einer Neigung zum Zentrum lebendig waren, aber das Zentrum hat nach 1949 seine Lebenskraft nicht mehr regenerieren können. In der IG Metall, der bei weitem mitgliederstärksten Einzelgewerkschaft, sowie hier und dort auch in anderen Gewerkschaften übten einige Kommunisten und Fellow-travellers noch viele Jahre lang einen politischen Einfluß aus, der auf eine ideologische Orientierung weit links von der Sozialdemokratie zielte. Die außerhalb des Deutschen Gewerkschaftsbundes (DGB) verbleibenden Verbände wie die Deutsche Angestellten-Gewerkschaft (DAG) und die Gewerkschaft der Polizei waren übrigens in ihrer politischen Tendenz

---

* Vgl. auch S. 115, 515.

sehr viel weniger stark ausgeprägt als die große Masse jener gewerkschaftlichen Verbände, die sich zum DGB zusammengeschlossen hatten.

Ihre allgemeine Linksorientierung führte manch einen Gewerkschaftsführer in ein Dilemma. Denn einerseits hielten sie an marxistischen und pseudomarxistischen Klassenkampfvorstellungen fest, andererseits mußten sie sich alljährlich mit dem »Klassenfeind« an einen Tisch setzen und Lohntarifverträge aushandeln. Die Ergebnisse solcher Verhandlungen konnte und wollte man den Mitgliedern als Erfolge, nicht aber als Fehlschläge darstellen, und deshalb war es auf die Dauer kaum möglich, die Gegenseite gleichzeitig als »Ausbeuter« zu schildern. Überdies waren auch die paritätische Mitbestimmung in der Montanindustrie, das für die Unternehmungen aller Branchen geltende Betriebsverfassungsgesetz und die auf der Grundlage dieser Regelungen gewonnenen praktischen Erfahrungen der Betriebsräte mit der Ausbeutungsthese ebenfalls unvereinbar. Als 1959 die Sozialdemokratie mit ihrem Godesberger Grundsatzprogramm den Marxismus endgültig und parteioffiziell beiseite schob, waren einige Gewerkschaftsführer damit unzufrieden; insgesamt verschob sich in den sechziger und siebziger Jahren ein Teil der gewerkschaftlichen Aktivität und Agitation von dem Adressaten Unternehmerschaft auf den Adressaten Staat, genauer gesagt: auf den sozial- und steuerpolitischen Gesetzgeber. Zugleich aber vollzog sich in den Gewerkschaften ein Generationswechsel, und immer mehr Angehörige meiner eigenen Generation rückten in die Spitzenpositionen. Zwischen uns gab es nun keinerlei Verständigungsbarrieren mehr, wenngleich die Gewerkschafter mit ihren Forderungen den Finanzministern und den beiden Bundeskanzlern der sozialliberalen Koalition auch weiterhin das politische Leben schwergemacht haben.

Die letzte große ideologische Aufwallung aus dem gewerkschaftlichen Lager, die auch erhebliche Teile der SPD ergriff, geschah in der zweiten Hälfte der sechziger Jahre, noch zur Zeit der großen Koalition in Bonn. Die Regierung Kiesinger/Brandt wollte die seit 1952 im Deutschlandvertrag (Generalvertrag) den alliierten Mächten vorbehaltenen Rechte des Eingriffs in die deutsche Innenpolitik durch eine Ergänzung des Grundgesetzes ablösen. Einige Heißsporne und natürlich alle kommunistischen Gewerkschaftsfunktionäre sahen darin eine Öffnung für die Rückkehr diktatorischer Gewalt. Sie wurden von einigen Professoren der Frankfurter Schule und von deren studentischem Anhang in der APO (Außerparlamentarische Opposition) und im SDS (Sozialistischer Deutscher Studentenbund) lautstark unterstützt. Aber auch einige nichtkommunistische Gewerkschaftsfunktionäre und einige Sozialdemokraten kämpften energisch gegen die Grundgesetznovelle; eine Ausnahme waren Heinz Kluncker und seine ÖTV.

Das Zentrum der Fronde lag im Hauptvorstand der IG Metall. Eine Spaltung der SPD-Bundestagsfraktion, deren Vorsitzender ich war, schien nicht mehr ausgeschlossen. Der wichtigste Wortführer der Gegner einer Grundgesetzänderung war innerhalb meiner Fraktion Hans Matthöfer, im Hauptberuf Funktionär der IG Metall. Nach einem wochenlangen zähen Ringen, in langen Diskussionen der versammelten Fraktion ausgetragen, gelangten wir zu vielfältigen Detailkompromissen, die ich gegenüber dem Koalitionspartner CDU/CSU durchsetzen mußte. Am Ende kam eine durchaus brauchbare Grundgesetzergänzung zustande, und niemand hat später jemals wieder davon geredet.

In meinen Jahren als Finanzminister und als Kanzler habe ich gewerkschaftliche Forderungen häufig ablehnen müssen, weil sie finanzwirtschaftlich nicht zu verantworten waren. Als größten gewerkschaftlichen Erfolg – auch im Sinne meiner eigenen Überzeugung – betrachte ich die 1976 eingeführte Mitbestimmung in Kapitalgesellschaften aller Branchen mit mehr als 2000 Mitarbeitern, die ich dem Koalitionspartner F.D.P. in schwierigen Verhandlungen habe abringen müssen. Das war seit Einführung der »paritätischen« Mitbestimmung in der Montanindustrie 1951 der erste Schritt zur Ausweitung der Mitbestimmung. Freilich blieb das Mitbestimmungsgesetz 1976 auf zweifache Weise unterhalb der vollen Parität zwischen Anteilseignern und Arbeitnehmern. Die Arbeitnehmerseite stellt zwar die Hälfte der Aufsichtsratsmitglieder; aber zum einen kann die zahlenmäßige Parität durch die Vertretung der leitenden Angestellten abgeschwächt werden, zum anderen hat der Aufsichtsratsvorsitzende bei Stimmengleichheit den Stichentscheid. Natürlich war das vielen Gewerkschaftern nicht genug, ebenso natürlich waren umgekehrt fast alle Unternehmerverbände aus entgegengesetzten Gründen dagegen.

In meinen Augen hat sich das Mitbestimmungsgesetz von 1976 jedoch durchaus bewährt. Denn einerseits hat es die Unternehmer und Manager zwangsläufig dazu geführt, den Dialog mit der Arbeitnehmervertretung zu suchen; andererseits sind die Arbeitnehmervertreter und unter ihnen besonders die Gewerkschaftsfunktionäre in die Notwendigkeit versetzt worden, sich unabhängig von ihrer gesellschaftspolitischen Ideologie mit den konkreten Problemen des jeweiligen Unternehmens zu befassen und für konkrete Fragen nach praktikablen Antworten zu suchen. Daraus resultierte ein deutlich höheres Maß an Kompromißbereitschaft beider Seiten, das heißt ein sozialer Frieden, der im Vergleich zu Frankreich, Italien oder England zweifellos ein deutscher Standortvorteil ist.

In der ökonomisch sehr schwierigen Zeit der beiden Ölpreisexplosionen und der Weltrezession sah ich mich zugleich mit euphorischen und hinsichtlich ihrer Finanzierbarkeit illusionären Erwartungen konfrontiert, die Willy Brandt während seiner Amtszeit geweckt hatte. Um so dankbarer war ich gerade in jener Zeit, Hilfe und Unterstützung von gewerkschaftlichen Freunden zu erfahren. Georg Leber, ehedem Vorsitzender der Gewerkschaft Bau-Steine-Erden, den Willy Brandt 1972 auf meinen Vorschlag aus dem Verkehrsministerium auf die Hardthöhe geholt hatte, und Walter Arendt, bis 1969 Vorsitzender der IG Bergbau, seit 1969 Bundesarbeitsminister, waren meine Kabinettskollegen. Beide waren überaus eigenständige, knorrige Charaktere, denen keiner die Butter vom Brot nehmen konnte. Wenn es zwischen uns zu den in jedem Kabinett unvermeidlichen Meinungsverschiedenheiten kam, so betrafen sie in aller Regel keine gewerkschaftlich relevanten Fragen. Ähnlich verhielt es sich auch mit Kurt Gscheidle, ehedem Vorsitzender der Postgewerkschaft, nunmehr Postminister, der einer der gegnerischen Wortführer in der Notstandsdebatte gewesen war.

Wichtiger war mir die Hilfe von seiten einiger aktiver Gewerkschaftsvorsitzender. Mein wichtigster Partner war Eugen Loderer, seit 1972 Nachfolger Otto Brenners an der Spitze der IG Metall. Er war ein voll und ganz staatsloyaler Mann, längst kein Ideologe mehr, sondern vielmehr ein Tarifpraktiker. Dank seiner Erfahrung aus zahllosen Tarifverhandlungen konnte er sich vorstellen, wie schwierig Verhandlungen mit dem Koalitionspartner F.D.P. oder mit einer CDU/CSU-Bundesratsmehrheit waren, und er wußte, daß auch die geschickteste Taktik der Regierung nicht zu einer absoluten Mehrheit verhelfen konnte, wenn die Wähler diese nun einmal nicht gewährt hatten. Deshalb verlangte Loderer nichts, was unmöglich war. Das galt ebenso für Rudolf Sperner und Karl Buschmann, die Vorsitzenden der Bauarbeiter- und der Textilgewerkschaft, beide unideologische Pragmatiker und zuverlässige Freunde.

Adolf Schmidt, seit 1969 Vorsitzender der IG Bergbau und Energie als Nachfolger von Walter Arendt, wurde im Lauf der Jahre ein besonders enger Freund. Er hielt kämpferisch Abstand von Kommunisten, von grünen wie linken Ideologen; ihm war alles Gerede vom Klassenkampf widerwärtig. Im übrigen aber war er – auch als Bundestagskollege – immer ein Mann des Ausgleichs. Von ihm stammt das Wort: »Wir führen Auseinandersetzungen und streiten uns auch mit unseren Partnern. Aber wir gehen damit nicht auf den Balkon, damit alle Nachbarn hören, daß wir uns streiten.« Mit seiner betont partnerschaftlichen Grundhaltung hat er trotz des unvermeidlichen Niedergangs des deutschen Steinkohlebergbaus verhindert, daß auch nur einer seiner Kumpel als Arbeitsloser auf den Arbeitsmarkt verwiesen worden ist. Bis zu seinem altersbedingten Rücktritt 1985 besaß Schmidt beträchtliche Führungsautorität in seiner Gewerkschaft. Er hatte schon früh auf die Kernenergie gesetzt und hielt an ihr auch fest, als die öffentliche Meinung sie am liebsten wieder abschaffen wollte.

Karl Hauenschild, Vorsitzender der IG Chemie, war ein Mann ähnlichen Schlages und von gleicher partnerschaftlicher Gesinnung. Auch Hauenschild betrachtete seine Gewerkschaft keineswegs als Werkzeug zur Umgestaltung der Gesellschaft, sondern als Instrument zur Interessenvertretung ihrer Mitglieder. Als Hauenschild 1982 auf sein Amt an der Spitze der drittgrößten Gewerkschaft verzichtete, bedauerte ich das sehr, auch wenn er in Hermann Rappe einen hervorragenden Nachfolger fand.

Hermann Rappe

Es war der Beginn einer ungewöhnlichen Koalition, als der Gewerkschafter Rappe gemeinsam mit dem Unternehmer Rosenthal die Parteivorsitzenden Brandt und Genscher und mich als Kanzler der sozialliberalen Koalition wiederholt zur staatlichen Förderung der Arbeitnehmerbeteiligung an der Bildung von Produktivvermögen drängte, gemeinhin Investivlohn genannt. Rappe konnte auf die Vorschläge seiner eigenen IG Chemie wie auch auf Vorschläge der IG Textil und IG Nahrung und Genuß verweisen. Gleichwohl verweigerte die F.D.P. unter dem Einfluß des Wirtschaftsministers Graf Lambsdorff ihre Zustimmung – wie von Lambsdorff nicht anders zu erwarten war.

Rappe, der als Bundestagsabgeordneter übrigens auch den NATO-Doppelbeschluß verteidigt hat, war einer jener Kollegen, auf die man sich in jeder Situation verlassen konnte. Zugleich stellte er den Prototyp eines auf partnerschaftlichen Ausgleich zielenden Vertreters der langfristigen Interessen von Arbeitnehmern dar. Er selbst hat gesagt: »Partnerschaft geht nur, wenn keine Seite die andere überfordert und wenn der Wille zur Lösung schwieriger Fragen beiderseits vorhanden ist. Man demontiert sich nicht gegenseitig, sondern man hilft sich, wenn man Partnerschaft mit Leben erfüllen will.« Als ein Mann, dem große Visionen oder abstrakte Theorien eher fremd sind, weiß Rappe nur zu gut, daß wirtschaftlicher und sozialer Fortschritt ein ebenso mühseliger wie langwieriger Prozeß ist. Die häufig abfällig gemeinte Bezeichnung Pragmatiker würde er keineswegs als Beschimpfung empfinden.

Aber sosehr Rappe auch auf Ausgleich bedacht war, gab es häufig doch auch heftigen Streit zwischen ihm und der Unternehmerseite. In der mit düsteren Prognosen geführten Standortdebatte wehrte sich Rappe vehement gegen den – wie er es genannt hat – Wehleidschor der Unternehmer, die in ihrer Weltuntergangsstimmung mit Abwanderung der Produktion in Billiglohnländer drohten und den Standort Deutschland damit erst in Mißkredit brachten. »Unser Staat«, wandte er ein, »muß Industrie- und Investitionsstandort mit stabilen politischen und sozialen Rahmenbedingungen bleiben, der auch in Zukunft als Synonym für hochwertige Qualität, für pünktliche Lieferung und für hohe Leistungsflexibilität gilt.« Die Konfliktlinie verlaufe zwischen freier Marktwirtschaft und ökologisch-sozialer Marktwirtschaft.

Wenngleich Rappe das von ihm so genannte »Flaggschiff Chemische Industrie« stets gegen die Verteufelung als Umweltverschmutzer und gegen die Angstapostel verteidigte, so verlangte er von der chemischen Industrie doch deutlich mehr als nur rhetorische Bekenntnisse zur ökologischen Verantwortung. Er neigte keineswegs dazu, die mit chemischen Prozessen verbundenen Gefahren für Mensch und Umwelt zu bagatellisieren, vielmehr kämpfte er für Umweltschutzabkommen, für die Verbesserung der Arbeitssicherheit, für die Ersetzung gefährlicher Stoffe – und dies alles über die gesetzlichen Anforderungen hinaus. Auch hier ging es ihm vor allem um das Ziel, Deutschland nicht zu einem Industriestandort zweiter Klasse werden zu lassen; es war nur folgerichtig, daß er den Gegnern einer unumgänglichen Modernisierung entgegentrat, auch wenn er Pfiffe dafür erntete. So sprach er sich gegen die Subventionierung von perspektivlosen alten Industrien aus und verlangte statt dessen die Schaffung innovativer Industrien und innovativer Arbeitsplätze. Gerade dies ist heute eine dringend notwendige Forderung an eine strategisch konzipierte staatliche Industriepolitik, wenn es darum geht, Bitterfeld, Schkopau oder Leuna in eine erneuerte, lebensfähige Chemieindustrie zu verwandeln und zugleich der dortigen horrenden Umweltschäden Herr zu werden.

Rappe hat es oft gewagt, ungewohnte Wege zu gehen, um ungewöhnliche Ideen zu verwirklichen. Ein Beispiel dafür war sein Vorschlag, bei Lohnforderungen eine Schaffung zusätzlicher Arbeitsplätze durch den Arbeitgeber anzurechnen. Natürlich gab und gibt es für solche Ideen im gewerkschaftlichen Lager keineswegs bloß Beifall (später hat allerdings die IG Metall den Vorschlag aufgegriffen). Aber ein Gewerkschafter muß die Vertretung der Arbeitnehmerinteressen ohne ideologische Vernebelung wahrnehmen, und zwar keineswegs nur aus Gruppenegoismus. Langfristig muß es ihm um das Prinzip des Sozialstaates gehen.

Rappe ist ein Mann geworden, der auch den eigenen Leuten ins Gesicht sagt, wie unzeitgemäß die bisher übliche alte Aufmarschliturgie vor jeder Tarifrunde mittlerweile geworden ist. So ist er zugleich ein Mann der Mitte, des Ausgleichs und der Toleranz. Seine antikommunistische Überzeugung hat ihn nicht daran gehindert, den Bürgern der alten DDR das Recht auf politischen Irrtum zuzugestehen. Er wirbt um Verständnis für die Deutschen im Osten, obschon er gleichzeitig jedem Opportunismus gegenüber dem Kommunismus entgegentreten ist und dabei bleibt. Der Mann denkt immer nach, ehe er das Wort ergreift.

Mein englischer Freund Denis Healey, inzwischen Lord Healey, hat vor einiger Zeit die sozialdemokratische Aufgabe in einem einzigen Satz beschrieben: »An obstinate will to erode by inches the conditions which produce avoidable human suffering.« Oder in meinem eigenen Deutsch: »Es geht darum, mit hartnäckigem Willen, Schritt für Schritt, solche Verhältnisse zu überwinden, aus denen vermeidbares menschliches Leiden hervorgeht.« Ich denke, Hermann Rappe würde diesen Satz bejahen.

Als Politiker hat Rappe mit diesen Worten sein Fazit gezogen: »Die deutsche Politik braucht wieder langfristige Perspektiven, konkrete Visionen. Sie muß bei den zukunftsweisenden Grundfragen wieder zu mehr Konsens zwischen den staatstragenden Parteien finden. Stabilität und Zukunftsfähigkeit der Bundesrepublik erfordern eine starke Regierung und eine starke Opposition und deswegen starke Parteien.« Und er hat hinzugefügt: »Die deutschen Gewerkschaften müssen sich auf erweiterte Zukunftsaufgaben konzentrieren, auf die reformatorische Weiterentwicklung der sozialen zu einer ökologisch-sozialen Marktwirtschaft.«

Die Notwendigkeit des Kompromisses

Ich habe meinen Freund Rappe so ausführlich zitiert, weil ich hoffe, daß er zu einem Vorbild für die ihm nachfolgende Generation werden möge. Das von ihm beispielhaft befolgte Prinzip einer Partnerschaft zwischen Unternehmern und Arbeitnehmern ist mit

Lohntarifverträgen allein nur zum kleinsten Teil zu verwirklichen. Betriebsverfassung und Mitbestimmung sind andere Teilverwirklichungen. Entscheidend sind die tägliche Praxis und der beiderseitige Wille zum fruchtbaren Kompromiß.

Das Wort Kompromiß wird in Deutschland leider fast immer mit dem zwar unausgesprochenen, aber doch unüberhörbaren Adjektiv »faul« verstanden. »Kompromisse sind faul« – dies ist ein hierzulande weitverbreitetes Vorurteil. Darin sind übrigens die extremen Rechten wie die extremen Linken, manche kämpferischen Theologen wie auch Atheisten, manche Journalisten wie auch manche Politiker einander gleich: Wenn ein erreichter Kompromiß nicht ihren besonderen Interessen, ihren eigenen Überzeugungen und privaten Weltanschauungen, ihren jeweiligen Urteilen und Vorurteilen entspricht, dann neigen sie allzuschnell dazu, den erzielten Konsens als »faulen« Kompromiß zu denunzieren.

In Wahrheit sind aber keine Demokratie und keine friedliche Gesellschaftsordnung möglich ohne den Willen zum Kompromiß. Wenn das Grundgesetz für bestimmte Entscheidungen – etwa für die Wahl eines Bundeskanzlers oder gar für die Änderung des Grundgesetzes – eine qualifizierte Mehrheit vorschreibt, dann sieht unsere Verfassung damit zugleich vor, daß mindestens diese qualifizierte Mehrheit zu einem inneren Konsens, das heißt also: zu einem inneren Kompromiß gelangt sein muß, bevor die Abstimmung im Parlament beginnt. Selbst eine sogenannte einfache Gesetzgebungsmehrheit verlangt den inneren Kompromiß unter denjenigen Abgeordneten, die eine Gesetzgebungsmehrheit zustande bringen.

Auch der Tarifvertrag zwischen Arbeitgebern und Arbeitnehmern unterliegt diesem Prinzip wie überhaupt das friedliche Zusammenleben einer freiheitlichen Gesellschaft. Ohne den Willen zum Kompromiß, ja ohne die *Tugend* des Kompromisses ist Demokratie nicht möglich, ist soziale Marktwirtschaft nicht möglich, ist eine freiheitliche Gesellschaftsordnung nicht möglich.

Allerdings gibt es auch tatsächlich faule Kompromisse. Ein Kompromiß ist dann faul, wenn er zu Lasten Dritter geschlossen wird, die an der Entscheidung nicht beteiligt sind und die sich dagegen nicht wehren können. Ein Kompromiß ist auch dann faul, wenn er eine Einigung nur vortäuscht oder wenn er in Wahrheit in schädlicher Weise die Einigung in eine ungewisse Zukunft verschiebt.

Und natürlich gibt es auch Situationen, in denen sich Kompromisse von selbst verbieten. Ein Kompromiß etwa mit der mörderischen Terrororganisation der RAF war ebenso undenkbar wie ein Kompromiß mit der imperialistischen Sowjetunion über ihre auf Deutschland gerichteten atomaren Raketen von mittlerer Reichweite, denn diese Raketenrüstung war ein Erpressungs- und Nötigungsinstrument, dessen bloße Existenz unsere spätere Entscheidungsfreiheit im Kern hätte zerstören können – und übrigens auch hat zerstören sollen. Kompromisse zwischen zwei Parteien, die eine der beiden Seiten in ihrer Willensfreiheit oder gar in ihrer Substanz gefährden, sind in moralischer wie in pragmatischer Hinsicht verbotene Kompromisse.

Die Tugend des Kompromisses verlangt als Voraussetzung, daß beide Kompromißparteien gegenseitig die Berechtigung ihrer Existenz anerkennen, ja mehr noch, daß sie gegenseitig die Berechtigung ihrer verschiedenen und bisweilen sogar konträren Aufgabenstellungen und Interessen respektieren. Diese Voraussetzung der gegenseitigen Respektierung ist der Kern des Begriffs der Partnerschaft.

Ein Fraktionsvorsitzender oder auch ein Bundeskanzler hat oft die Aufgabe, politische Kompromisse auszuhandeln. Zwar fällt darunter nur ganz ausnahmsweise ein Kompromiß zwischen Arbeitgebern und Arbeitnehmern, aber zum gegenseitigen Respekt zwischen beiden kann er sehr viel beitragen. Dies war eines meiner Motive für die Gesprächsrunden zwischen führenden Leuten der Unternehmerschaft, der Gewerkschaften, der Banken und der Bundesregierung, zu denen ich etwa drei- oder viermal im Jahr einlud. In der Regel aßen wir dann gemeinsam im Kanzlerbungalow zu Abend, frotzelten zunächst miteinander, führten aber auch schon ernsthafte Unterhaltungen von Tischnachbar zu Tischnachbar. Nach dem Essen wurden die hufeisenförmig gestellten Tische leergeräumt, und die gemeinsame Diskussion unter den vierundzwanzig bis dreißig Teilnehmern begann; sie dauerte zumeist bis in die frühen Morgenstunden.

Jetzt kam auch mein anderes Motiv zur Geltung. Denn weil es in diesem recht persönlichen Umfeld für Fensterreden kein Publikum gab, mußte man seine Auffassung zu einem Problem, das ein anderer aufgeworfen hatte, ernsthaft darlegen; man fragte und man antwortete einander. So lernten Kanzler, Finanz- und Wirtschaftsminister die Sorgen der Wirtschaft und der Arbeitnehmer aus unmittelbarer Anschauung kennen und konnten sich mittels kritischer Fragen ein besseres Bild machen als durch das Studium von Akten und Zeitungen. Und umgekehrt bekamen die Gäste eine genauere Vorstellung von den Absichten der Regierenden, aber auch den Zwängen, denen sie ausgesetzt waren. Auf der unternehmerischen Seite sind mir besonders die sehr klugen Beiträge von Hans Merkle (Bosch) und Herbert Grünewald (Bayer) in Erinnerung.

21 Jahre lang hat Hans Merkle das schwäbische Unternehmen mit weit über 100 000 Mitarbeitern geführt. Er tat es mit großer Bescheidenheit und einer Portion Unnahbarkeit, mit Selbstdisziplin und einem Hang zur Askese – und gewiß auch mit einer Unerbittlichkeit, die manchem Mitarbeiter Merkles aufs Gemüt geschlagen ist. »Gottvater« hat man ihn deshalb bisweilen genannt. Er selbst wird diesen Namen zurückweisen, auch wenn er bloß ironisch gemeint ist. Aber auch die Bezeichnung Manager wird er nicht mögen. Zuweilen hatte man das Gefühl, als blicke Hans Merkle gleichsam vom Olymp seiner Lebensleistung hinab in die Niederungen der Politik und des gesellschaftlichen Alltags. Immerhin habe ich als Bundeskanzler mehrfach kluge Ratschläge von ihm erhalten.

Einmal geriet auch Merkle in die Niederungen der Gesellschaft, genauer: in die Mühlen der Justiz. Die Staatsanwaltschaft hatte ihm in der »Parteispendenaffäre« vorgeworfen, Steuern hinterzogen zu haben – und zwar in Millionenhöhe. Merkle indes war überzeugt, durch Spenden an Parteien, genauer: an parteinahe Vereinigungen, nur seine staatsbürgerliche Pflicht getan zu haben. Das Verfahren endete schließlich mit einer Verwarnung. Merkle mußte 600 000 DM an gemeinnützige Einrichtungen zahlen, sah in dem Urteil aber zumindest einen »moralischen Freispruch« durch die Stuttgarter Justiz. Gleichwohl hat die Affäre Narben hinterlassen: Merkle fühlte sich von Politikern im Stich gelassen und beklagte, wohl zu Recht, daß die Anstifter und Helfer aus der Politik nicht auch auf der Anklagebank gesessen hatten. Wie auch immer – sein eigenes Engagement für das öffentliche Wohl, auch durch die Bosch-Stiftung, steht für mich außer Zweifel.

Herbert Grünewald war ebenso sachlich wie Merkle, jedoch im Ton um mehrere Nuancen verbindlicher. Er war von Hause aus Chemiker, und seine naturwissenschaftliche Einstellung auch gegenüber ökonomischen Problemen erschien mir immer als typisch für die zumeist sehr sachbezogene, ideologiefreie Haltung, die ich zu meiner Zeit an der Spitze der drei großen deutschen Chemiekonzerne erlebt habe.

Natürlich gab es bei den Zusammenkünften im Kanzlerbungalow auch immer sehr temperamentvolle Teilnehmer wie Joachim Zahn (Daimler-Benz), der fast immer einen passenden Vers von Wilhelm Busch auf Lager hatte, oder die Gewerkschafter Heinz-Oskar Vetter (DGB) und Eugen Loderer (IG Metall). Ruhiger und mit besonderer Distanz dagegen sprachen die Präsidenten und Vizepräsidenten der Bundesbank – nacheinander Karl Klasen, Othmar Emminger und Karl-Otto Pöhl –, die sich übrigens auch in der Argumentation fast nicht voneinander unterschieden.

Rückschauend bedaure ich, daß damals Edzard Reuter, Tyll Necker, Michael Otto und Hermann Rappe noch nicht dabeisein konnten, weil sie zu meiner Amtszeit als Kanzler noch nicht in ihre späteren Spitzenstellungen aufgerückt waren. Sie haben mir durch die Eigenständigkeit ihres Urteils sehr imponiert. Insbesondere Edzard Reuter und Tyll Necker besitzen einen herausragenden sozialökonomischen Gesamtüberblick, und ihre Urteile und Ratschläge sind weitgehend unabhängig von den zumeist durch Interessen und Ideologien eingeengten Meinungen ihrer jeweiligen Verbände.

Kurz nach ihrem Amtsantritt hat mich die englische Premierministerin Margaret Thatcher einmal gefragt, wie es denn möglich sei, daß wir in Deutschland so wenig Streiks hätten, während sie in England so häufig davon geplagt sei. Ich berichtete ihr von meinen Gesprächsrunden mit Gewerkschaftern und Unternehmern und schlug ihr vor, etwas Ähnliches in Downing Street 10 zu versuchen. Maggie wehrte entsetzt ab: »Um Gottes willen! Für so etwas habe ich meinen Arbeitsminister.«

Neben den Abendessen im Bungalow forderte ich bei längeren offiziellen Auslandsreisen ein oder zwei Vertreter von Unternehmern und Gewerkschaften dazu auf, mich zu begleiten. Diese Einladungen wurden gern akzeptiert, und manches Mal kam es auf dem Rückflug dann sogar zu whiskybeflügelten Verbrüderungen – wie lange sie gehalten haben, weiß ich nicht. Übrigens blieben die Banker immer relativ distanziert. Ich sollte aber nachtragen, daß sie bei den Gesprächsrunden im Bungalow in aller Regel sehr sachkundig gewesen sind und zugleich ausgleichend in ihrer Argumentation. Ihre Urteile waren deutlich weniger von ihren eigenen Interessen gesteuert als diejenigen der meisten Unternehmer und Gewerkschafter. Mein persönlicher Respekt vor den Spitzenbankern hat damals zugenommen.

Nach allem bisher Gesagten wird deutlich geworden sein, wie sehr ich einige der Unternehmer und der Gewerkschafter respektiert habe. Dennoch will ich am Ende dieses Kapitels ein generelles Defizit nicht verschweigen: Beide Seiten haben fast immer die aktuellen wie auch die langfristigen Probleme der deutschen Wirtschaft vornehmlich aus dem Blickwinkel ihrer eigenen Existenz, also der ökonomischen Interessenlage ihres eigenen Unternehmens, der eigenen Branche, der eigenen Gewerkschaft, betrachtet und beurteilt. Der alte Marx hatte weitgehend recht: Ihr ökonomisches Sein bestimmte ihr Bewußtsein. Weit entfernt davon, aus diesem Tatbestand die Notwendigkeit von Klassenkampf abzuleiten, gilt für mich vielmehr die Schlußfolgerung, daß die Politiker und vor allem die Regierenden zwar sorgfältig beide Seiten anhören müssen, sich aber nie von der einen oder der anderen Seite abhängig machen dürfen; denn ihre Aufgabe ist es, dem Gemeinwohl zu dienen.

In der Mitte der neunziger Jahre haben einige der Spitzenmanager deutscher Aktiengesellschaften das in den USA modern gewordene Prinzip übernommen, den »Shareholder value« über alle anderen Erwägungen zu stellen; das heißt, Dividende und Aktienkurs werden zum obersten Maßstab, und die Verantwortung des Unternehmens gegenüber seiner Belegschaft, gegenüber Zulieferern und Kunden, aber auch gegenüber der Gemeinde oder Stadt oder Landschaft, in der es tätig ist, die Verantwortung gegenüber der Gesamtgesellschaft wird vernachlässigt oder gerät sogar ganz aus dem Blickfeld der Topmanager. Dies ist eine Entartung, ein Rückfall in puren, kompromißlosen Kapitalismus im Stile des 19. Jahrhunderts. Das Erhardsche Schlüsselwort von der »sozialen Marktwirtschaft« kann dabei rigoros aus dem Bewußtsein verdrängt werden. Ich sehe diese Entwicklung mit großer Besorgnis; denn wenn sie sich allgemein im Bewußtsein der Chefs der deutschen Unternehmen durchsetzen sollte, so würde daraus soziales und politisches Unheil entstehen.

Wer – wenn auch nur unbewußt – dazu beiträgt, daß auch in Deutschland eine neue ökonomische Unterschicht der Armut entsteht, der trägt moralische Mitverantwortung dafür, daß sich daraus abermals ein scharfer Antagonismus innerhalb unserer Gesamtgesellschaft entwickeln kann.

Auflage und Verantwortung

Juristen reichen von ehrgeizigen Staatsanwälten – der »Kavallerie der Justiz« – bis zu weisen alten Richtern; die meisten Juristen sind mehr oder weniger guter und ordentlicher Durchschnitt. Wirtschaftswissenschaftler sind am besten, wenn sie die Vergangenheit analysieren; dagegen sind sie im Blick auf die Gegenwart und erst recht auf die Zukunft zumeist bloß intelligente Spekulanten. Politiker reichen – auch in demokratischen Staaten – vom weisen Staatsmann bis zum Verbrecher; bei uns sind die Verbrecher Gott sei Dank ziemlich selten, die meisten Politiker sind Durchschnitt. Auch die breite Palette der Journalisten umfaßt sehr viel soliden Durchschnitt; aber es gibt vielerlei Ausnahmen, sie reichen von nahezu verbrecherischem Rufmord bis zu staatsmännischer Klugheit.

Dabei haben Politiker und Journalisten zumindest dies gemeinsam: Sie sollen heute schon über Sachverhalte und Probleme reden und schreiben, die sie erst morgen oder übermorgen ausreichend verstehen werden. Zum anderen sind sie beide darauf angewiesen, ihre Ware zu verkaufen: Der eine muß das Publikum faszinieren, um Sympathie und Zustimmung zu gewinnen, damit ihm oder seiner Partei später Stimmen zufließen; der andere muß sein Publikum fesseln, damit sein Blatt in ausreichender Auflage verkauft wird und seinem Verlag ausreichende Erträge zufließen. In beiden Berufen ist man großen Versuchungen ausgesetzt – und sei es nur der Versuchung, anderen die Zunge auszustrecken wie weiland Albert Einstein, der allerdings weder Journalist noch Politiker war.

Wer als Journalist oder Verleger seine Meldungen, Meinungen, Geschichten und Bilder nicht marktgerecht servieren kann, dessen Blatt läuft Gefahr unterzugehen. Ich habe eine größere Zahl durchaus seriöser Zeitungen untergehen sehen. Andere seriöse Blätter können nur deshalb von ihrem Verlag aufrechterhalten werden, weil dieser sie durch die Gewinne unseriöser Blätter subventionieren kann. Beim »Hamburger Echo«, Quelle meiner ersten publizistischen Erfahrungen, war dies nicht möglich – lang ist's her. Das »Hamburger Echo« war eine sozialdemokratische

Parteizeitung, deren Tradition – durch die Nazizeit unterbrochen – bis 1875 zurückreichte. Damals entstand das »Hamburg-Altonaer Volksblatt«, das 1887 in »Hamburger Echo« umbenannt wurde. Es umfaßte Nachrichten, Berichte und Kommentare aus sozialdemokratischer Sicht, oder genauer: aus der Sicht, die sich die Leser nach Meinung der Redakteure aneignen sollten. Weil nicht alle Leser dies wollten, weil die Zeitung langweilig war und nur ein Teil der Abonnenten wenigstens aus langjähriger Loyalität bei der Stange blieb, mußte das Blatt schließlich eingehen, denn Redaktion und Verlag änderten ihre Auffassung vom Zweck der Zeitung nicht.

Es war ein lang sich hinziehender Untergang. Ich habe ihn aus der Nähe miterlebt, weil ich Mitglied des schließlich installierten Aufsichtsrates war, der stärker als bisher in dem der SPD gehörenden Verlag Auerdruck GmbH kaufmännische Prinzipien zur Geltung bringen sollte. In meinen Mitgliedsjahren mußte der Aufsichtsrat bisweilen wöchentlich tagen, um drohende Katastrophen abzuwenden. Der durch die Hamburger SPD dem Verlag Auerdruck oktroyierte Aufsichtsrat hat sich gegenüber dem konservativen Beharrungsvermögen von Verlag und Redaktion nicht durchsetzen können; denn diese wollten beide weiterhin die gleiche Zeitung machen, die sie schon vor 1933 gewohnt gewesen waren. Sie wollten nicht akzeptieren, daß sich Ansprüche und Geschmack des Leserpublikums gewandelt hatten, so daß sich die Leser in wachsendem Maße den Konkurrenzblättern zuwandten. Konkurrenz des »Echos« waren damals das gut gemachte »Hamburger Abendblatt« Axel Springers und später seine auf das Massenpublikum zielende Boulevardzeitung »Bild«.

Heinrich Braune, einer der wenigen weitsichtigen Redakteure des »Echos«, der dessen Untergang als unvermeidlich kommen sah, mußte lange kämpfen, ehe der Verlag sich dazu durchringen konnte, ihm die Erlaubnis und die Mittel für eine moderne Boulevardzeitung zu geben. Braune war ein guter Journalist und ein genialer Blattmacher, der seinen sozialdemokratischen Meinungsjournalismus in der von ihm geschaffenen »Hamburger Morgenpost« keineswegs aufgegeben, sondern lediglich auf ein vernünftiges Maß reduziert hat. Die sehr erfolgreiche »Morgenpost« wurde Jahrzehnte später an eine Bertelsmann-Tochter verkauft. Aber auch die »Morgenpost« hat weder das Ende der verlustgeplagten Auerdruck GmbH noch den Verkauf des hamburgischen Pressehauses aufhalten können, das Auerdruck auf dem Wege der Wiedergutmachung für die Enteignung durch die Nazis nach dem Kriege zugefallen war.

Inzwischen hat die ZEIT fünf Etagen dieses Pressehauses gemietet; mein heutiges Büro liegt nahe dem Zimmer, in dem damals der Auerdruck-Aufsichtsrat zu tagen pflegte. Dazwischen liegen Jahrzehnte, in denen ich auf der Seite der Politik gearbeitet habe, sozusagen auf der anderen Seite der Barrikade – zwar auf die Presse angewiesen, aber von ihr zumeist kritisch beobachtet und kommentiert, zum Teil auch feindselig bekämpft. Meinem Bonner Amtsnachfolger Helmut Kohl geht es im Prinzip nicht anders.

Politiker und Journalisten leben in einer antagonistischen Symbiose: Einer kann nicht leben ohne den anderen, aber sie sind einander nicht sonderlich wohlgesinnt und beobachten sich gegenseitig mit unterschwelligem Argwohn. Allerdings wird dieses gleichsam natürliche, für das Funktionieren der Demokratie notwendige Spannungsverhältnis bisweilen in arg übertriebener Weise dargestellt. So habe ich beispielsweise die Bonner Korrespondenten der großen deutschen Zeitungen nicht als »Wegelagerer« oder als »Indiskretins« empfunden, wie mir fälschlich nachgesagt worden ist. Einer schrieb diese Worte vom anderen ab und fand sie unerhört, weil Journalisten ihrerseits gegen Kritik ganz besonders empfindlich sind; oft sehen sie schon die Pressefreiheit in Gefahr, wenn ein Politiker ihnen in gleicher Münze zurückzahlt.

Mit den »Wegelagerern« hatte es aber die Bewandtnis, daß ich dieses Wort tatsächlich bisweilen frotzelnd gebraucht habe, und zwar gegenüber Fernseh- und Rundfunkreportern, die unsereins vor der Haustür auflauerten oder im Korridor zwischen Sitzungssaal und Waschraum. Wenn man sie ohne Antwort abwimmelte, so wurde man als arrogant oder hoffärtig verschrien. Ließ man sich aber auf ein oder zwei ausführliche Antworten ein, so erschien das der Redaktion später als zu lang; sie schnippelte die Antwort auf 30 oder 45 Sekunden zusammen, bevor sie gesendet (und von einigen Blättern nachgedruckt) wurde, und so ergab sich oft genug eine vom Original ziemlich abweichende Tendenz. Gleichwohl habe ich mich oft, aber nicht immer auf diese Fragerei an der Türschwelle eingelassen. Der F.D.P.-Vorsitzende Genscher freilich ist niemals an einem Mikrophon vorbeigegangen, ohne der Mitwelt eine ganz besonders wichtige Mitteilung zu machen.

Auch zu dem Wort »Indiskretins« muß ich mich bekennen. Es bezog sich auf einige wenige Journalisten, die es sich quasi zum Beruf gemacht haben, nach Möglichkeit private Gespräche zu belauschen, und sei es noch so bruchstückhaft, und auf Indiskretionen ihre journalistische Karriere aufzubauen, so als hätten sie bei jedem der Politiker, die sie öffentlich bloßstellten, jedesmal auf dem Schoß gesessen. Wenn ich bei einem Menschen der schreibenden Zunft dahinterkam, daß er Bemerkungen aus einem privaten Hintergrundgespräch in unzulässiger Weise verwertete, so habe ich ihn mir von da an vom Leibe gehalten. Das gleiche galt für solche Journalisten, die ein Wort oder ganze Sätze frisch-fröhlich selbst erfanden, um sie dann mit An- und Abführungszeichen als angebliches Zitat zu publizieren. Einmal habe ich mich über ein derartiges Vorkommnis schriftlich bei dem Chefredakteur des betreffenden Blattes beklagt und erhielt die frivole Antwort: »Schon oft ist ein Politiker durch ein falsches Zitat richtig charakterisiert worden.«

Aber dergleichen waren nur die unwichtigen Ausnahmen von der Regel. Denn die Regel war eine gute Zusammenarbeit mit den Bonner Korrespondenten der großen Zeitungen und der beiden Fernsehkanäle ARD und ZDF – jedenfalls aus meiner Sicht.

In meinen dreißig Bonner Jahren habe ich täglich gewiß eine gute Stunde lang Zeitungen und Zeitungsausschnitte gelesen, verteilt über verschiedene Tageszeiten, wie es der jeweilige Terminkalender gerade zuließ. Für das Fernsehen hatte ich als Minister und Kanzler nur selten Zeit, dafür aber bekam ich vom Bundespresse- und Informationsamt die ausgedruckten Texte der wichtigsten Sendungen in der täglichen Pressemappe mitgeliefert. Diese in der Nacht zusammengestellten Pressemappen waren überaus hilfreich, denn man konnte ja nicht alle wichtigen Zeitungen »am Stück«, also von der ersten bis zur letzten Seite, selber durchsehen. Für die Angehörigen des Amtes, welche die Ausschnitte zusammenzustellen hatten, war das eine ungeheure Fleißarbeit; sie verlangte außerdem Fingerspitzengefühl, um meinen persönlichen Interessen gerecht zu werden. Ich weiß nicht, wie viele Menschen daran beteiligt waren und ob sie jemals den Dank erfahren haben, den sie verdienten.

Als erstes Blatt las ich morgens beim Kaffee den »Bonner Generalanzeiger«. Das war (und ist noch) eine gute Lokalzeitung mit einem wohlausgewogenen nationalen und internationalen Nachrichtenteil, ähnlich wie das weit größere »Hamburger Abendblatt«, das ich heutzutage morgens als allererstes in die Hand nehme. Die guten Regionalzeitungen, von denen es in Deutschland eine große Zahl gibt, haben fast alle den großen Vorteil, daß der Leser sich ziemlich sicher fühlen kann, nicht durch tendenziöse Nachrichtenauswahl und durch suggestive Überschriften über die Ereignisse des vergangenen Tages irregeführt zu werden.

Aus dem gleichen Grunde habe ich gern auch die überregionale »Süddeutsche Zeitung« als vollständiges Blatt zur Hand genommen, besonders aber wegen ihrer Seite drei, wegen der Kommentare auf Seite vier, wegen der ersten Seite ihres Wirtschaftsteiles – und wegen einzelner Redakteure. Die Beiträge von Jürgen Kempski, Hans Schuster, Hans Reiser und Franz Thoma habe ich immer gelesen, weil sie den Leser zum Nachdenken und zur Reflexion anregten. Das war bei der »Welt« deutlich seltener der Fall; ihr Verleger und seine Redakteure wollten den Leser allzuoft in eine bestimmte Richtung lenken. Jedoch erinnere ich mich dankbar an Rudolf Herlt als kenntnisreichen Währungspolitiker der »Welt«; besonders zu meiner Zeit als Finanzminister hätte ich es als Versäumnis angesehen, seine Artikel zu übergehen. Das galt ähnlich für die Wirtschaftspolitiker Walter Kannegießer und Hans Barbier in der »Frankfurter Allgemeinen Zeitung«. Auch das Feuilleton der FAZ habe ich fast jeden Tag zumindest überflogen und manches Stück mit Gewinn gelesen. Von dem politischen Teil der FAZ kann ich das nicht sagen; denn er bot – und bietet auch heute – zwar ein sehr hohes intellektuelles und sprachliches Niveau, aber man merkt die tendenziöse Absicht und ist verstimmt. Gleichwohl habe ich mir Stücke von Günther Gillessen und von Lothar Rühl nicht entgehen lassen. Rühl hat nach dem Krieg als Journalist bei der französischen Nachrichtenagentur AFP begonnen und in den folgenden Jahrzehnten für den »Spiegel«, die »Welt«, die »Hessische Rundschau«, das ZDF und die ZEIT gearbeitet. Gillessen und Rühl waren außen- und sicherheitspolitisch vorzüglich informiert und besaßen einen sehr guten Überblick über die Welt jenseits der deutschen Grenzen, beide schrieben fundierte eigene Kommentare.

Neben diesen drei sogenannten überregionalen Tageszeitungen durfte ich auf keinen Fall an der »Frankfurter Rundschau« und an ihrem damaligen Chefredakteur Werner Holzer vorbeisehen, auch nicht an Jens Feddersen von der NRZ (Neue Ruhr-Zeitung/Neue Rhein-Zeitung); denn von ihnen erfuhr man, was aus den großen überregionalen Zeitungen nur spärlich zu erkennen war, nämlich die Sorgen und die Fragen der sozialdemokratischen Facharbeiter, ihrer Gewerkschaften und die Bedrängnisse der Menschen in den industriellen Massenquartieren. Hier wurde die sozialliberale Regierung von links her kritisiert, nicht von der Warte linksintellektueller Visionäre aus, sondern unter dem Aspekt der Arbeitnehmer und der kleinen Leute insgesamt. Weil ansonsten alle Kritik an Willy Brandts wie auch meiner Regierung weit überwiegend von rechts kam – und das galt natürlich auch für die »Bild« mit ihrer mehr als Vier-Millionen-Auflage –, so waren mir die »Frankfurter Rundschau«, die »Neue Ruhr-Zeitung«, die »Westfälische Rundschau« und ihr Chefredakteur Günter Hammer, aber auch die »Westdeutsche Allgemeine Zeitung« immer wichtig und ihre Beiträge von hohem informativem Wert.

Am wichtigsten waren freilich die persönlichen Gespräche mit den bereits genannten Journalisten, von denen ich viel erfahren und gelernt habe. Im Laufe einer Woche ergab sich stets die eine oder andere Gelegenheit zum persönlichen Meinungsaustausch unter vier Augen, und dabei konnte ich mich nicht nur auf die Kenntnisse und die Urteilskraft meiner Gesprächspartner verlassen, sondern auch auf ihre Diskretion; sie gaben ihrer Redaktion nur das zum Abdruck, was ausdrücklich freigegeben war.

Neben diesen deutschen Journalisten gab es in Bonn einige sehr begabte ausländische Korrespondenten, die auf ähnliche Weise Seriosität mit Diskretion verbanden, ohne ihre journalistische Aufgabe zu vernachlässigen. Ihre Fragen wie ihre Kritik verrieten viel über die Perspektiven unserer Nachbarn und waren schon deshalb sehr lehrreich. So erinnere ich mich dankbar gelegentlicher Gespräche mit André Fontaine, dem Chefredakteur von »Le Monde«, mit Craig Whitney und mit dem Deutschland besonders kritisch gegenüberstehenden John Vinocur von der »International Herald Tribune«, der besten, weil informativsten Tageszeitung der Welt, deren Chefredakteur Vinocur heute ist. Die beiden Engländer Jonathan Carr und David Marsh waren in Fragen der Europawie auch der allgemeinen Finanz- und Währungspolitik unverzichtbar; ihre Zeitung, die »Financial Times«, ist heute die beste englische Tageszeitung, Bedeutung und Einfluß reichen weit über die Grenzen Großbritanniens hinaus.

In den siebziger Jahren habe ich bei Amerika-Reisen gerne Walter Lippmann und später Scotty (eigentlich James) Reston aufgesucht. Lippmann war im gleichen Alter wie mein Vater. Als ich ihn das letzte Mal besuchte, stand er kurz vor seinem Rückzug aus dem journalistischen Tagesgeschäft. Er war der allseits anerkannte Doyen des amerikanischen Journalismus. Er hatte Eisenhower, Stevenson, Kennedy und Johnson aus enger persönlicher Berührung erlebt, sich aber dabei die Unabhängigkeit seines Urteils vollständig bewahrt. Lippmann war souverän genug, eigene Irrtümer oder Fehlurteile öffentlich einzugestehen und zu korrigieren. Sein Überblick über Amerika und über die Welt war stupend. Seine Kolumne »Today and tomorrow«, die mehrfach jede

Woche erschien, wurde in Hunderten von Zeitungen gedruckt. Er warnte die USA, sich nicht zum Weltschiedsrichter aufzuwerfen, und war ein erklärter Gegner des Vietnamkrieges. Uns Deutschen hatte er in den fünfziger Jahren Neutralität angeraten, war aber Jean Monnet in der Vorstellung gefolgt, daß die Europäische Gemeinschaft eines Tages das vereinigte Deutschland und ebenso Polen und die Tschechoslowakei umfassen müsse. Während des kalten Krieges neigte er allerdings zu der Auffassung, die Deutschen müßten sich vorerst mit der Teilung abfinden. Lippmann, der noch gegen Ende des Zweiten Weltkrieges die westliche Forderung nach bedingungsloser Kapitulation des Deutschen Reiches abgelehnt hatte, blieb stets am Schicksal Deutschlands interessiert. Ich habe ihn als einen weisen alten Mann empfunden, mit dem zu reden ein menschlicher und ein politischer Gewinn war.

Mit seiner einflußreichen Kolumne ist Scotty Reston, zwei Jahrzehnte jünger als Lippmann, in gewisser Weise dessen Nachfolger geworden und hat im Alter eine ähnliche Weisheit erlangt. Auch ihm kam es immer mehr auf die Wahrheit an als auf irgendeinen »scoop«; er wollte Ursachen und Hintergrund einer Geschichte erst verstanden haben, bevor sie gedruckt wurde. Besonders in jenen Jahren, in denen er Chefredakteur der »New York Times« war, habe ich ihn oder seine Redaktion gern »off the record« besucht, wenn sich das einrichten ließ. Man konnte davon nur lernen, auch von den Fragen, die er stellte, und selbst dann, wenn man ganz anderer Meinung war. Ich war sehr gerührt, als Scotty mich vor Jahren in einer Gratulation an Marion Dönhoff öffentlich als seinen »alten Kumpel« anredete, der nunmehr Marions neuer Rekrut geworden sei. Und wenigstens brieflich habe ich bis zu seinem Tode den Kontakt aufrechterhalten, wenngleich Reston, nachdem 1991 seine Memoiren abgeschlossen waren, sich vom öffentlichen Leben weitgehend zurückzog. Es hat im deutschen Journalismus des 20. Jahrhunderts keine solchen Staatsmänner gegeben wie Lippmann und Reston.

Als drittes eine amerikanische Journalistin dankbar zu nennen liegt mir am Herzen – nämlich Flora Lewis. Ich habe sie auf Konferenzen in Paris getroffen, in Shanghai, auf Olu Obasanjos Farm in Nigeria, in Dresden oder sonstwo. Sie berichtet in der »New York Times« und in der »International Herald Tribune« zumeist aus Paris, aber auch aus den anderen wichtigsten wie aus den entlegensten Orten der Welt. Ihre Leidenschaft zu reisen scheint ebenso enorm zu sein wie ihr unverhohlener Zigarettenkonsum. Flora Lewis hat eine ganz ungewöhnliche Fähigkeit, komplizierte Situationen zu entwirren und sie ihren Lesern in relativ kurzen

Unter den vielen bedeutenden Journalisten Amerikas war Helmut Schmidt von Flora Lewis (r.) fast am meisten beeindruckt, da sie eine »ganz ungewöhnliche Fähigkeit hatte, komplizierte Situationen zu entwirren und sie den Lesern in relativ kurzen Artikeln zu erklären, ohne sie zu simplifizieren«.

Artikeln zu erklären, ohne dabei unzulässig zu simplifizieren; zugleich schlägt sie vor, was zu tun ist, um ein Problem zu lösen. Ich finde, man *muß* sie einfach lesen. Und oft genug habe ich sie um ihre Fähigkeiten beneidet.

Unter den deutschen außenpolitischen Journalisten ist mir aus den fünfziger Jahren besonders Paul Sethe in Erinnerung, der 1967 gestorben ist. Persönlich habe ich ihn nur noch flüchtig erlebt, als er in seinen letzten sieben Jahren bei der ZEIT das Ressort »Das politische Buch« betreute. Damals hatte er sich bereits weitgehend von der aktuellen Außenpolitik abgewandt und sich der deutschen Geschichte gewidmet. Im voraufgegangenen Jahrzehnt aber war Sethe eine der aufregendsten Gestalten im deutschen Journalismus gewesen. Er war nach Kriegsende an der Gründung der »Frankfurter Allgemeinen Zeitung« beteiligt und wurde dann einer ihrer Herausgeber. Er kritisierte Adenauers Außenpolitik mit großer Wirksamkeit seiner Worte; nach seiner Meinung mußte Adenauer nach einem Ausgleich mit der Sowjetunion suchen. Nach der vieldiskutierten Note Stalins vom März 1952 steigerte Sethe seine Vorwürfe und verlangte, die in Stalins Angebot vielleicht enthaltenen Chancen zur Wiedervereinigung Deutschlands müßten geprüft werden. Man solle auf die Note eingehen und dürfe sich dabei weder von der eigenen Gegnerschaft zum Kommunismus noch durch militärstrategische Erwägungen davon abhalten lassen, den wahren deutschen Interessen zu dienen.

Im Grunde argumentierte Sethe nicht anders und verlangte nichts anderes als die damalige Führung der Sozialdemokratie. Heute ist es müßig, darüber zu spekulieren, ob die SPD und Sethe recht gehabt haben und ob eine ganz andere Entwicklung der deutschen Frage möglich gewesen wäre; denn die Geschichte ist seit mehr als vierzig Jahren darüber hinweggegangen. Sicher ist nur, daß Adenauer jene inzwischen legendäre sowjetische März-Note vom Tisch gewischt hat. Sicher ist übrigens auch, daß Paul Sethe trotz seiner außenpolitischen Nähe zur SPD kein Sozialdemokrat war. Vielmehr war er ein liberaler und zugleich national gesinnter Konservativer, dem es ähnlich wie Kurt Schumacher vor allem um die Wiederherstellung der Einheit Deutschlands ging.

Adenauer hat Sethe damals mit brutaler Rücksichtslosigkeit bekämpft und der FAZ damit gedroht, er werde die Industrie dazu aufrufen, der Zeitung die Inserate zu entziehen. Tatsächlich gelang es ihm, die Herausgeber der FAZ zu spalten; im Herbst 1955 verließ Sethe die FAZ und ging zur »Welt«. Und ich – damals ein junges Mitglied des Bundestages – war einer der vielen, die sich darüber freuten, Sethe weiterhin in der »Welt« lesen zu können. Aber Sethe hatte die Rechnung gleichsam ohne den Wirt gemacht, nämlich ohne den »Welt«-Verleger Axel Springer und dessen neue antisowjetische Attitüde. Schon vorher hatte Adenauer auch den Springer-Verlag Sethes wegen mehrfach unter Druck gesetzt; er begann das gleiche Spiel wie vorher gegenüber der FAZ – und wie heutzutage ähnlich sein selbsternannter Enkel Kohl gegenüber der ARD und ihrem ersten Fernsehkanal.

Macht durch Medien

Für Sethes Entspannungspolitik war bald auch im Springerkonzern kein Raum mehr, und er mußte auch die »Welt« wieder verlassen. Einige Jahre später hat er bitter resümiert: »Pressefreiheit ist die Freiheit von zweihundert reichen Leuten, ihre Meinung zu verbreiten ... Frei ist, wer reich ist. Das ist nicht von Karl Marx, sondern von Paul Sethe.« Das war allerdings eine doppelte Übertreibung. Denn zum ersten wäre unsere Freiheit als Staatsbürger auch dann noch sehr groß, wenn *alle* Eigentümer von Zeitungsverlagen, Fernsehkanälen und Medienkonzernen uns durch ihre Medien zu gängeln versuchten, jeder auf eine andere Art und zu anderen Zwecken – was nicht der Fall ist. Und zum zweiten ist die Zahl zweihundert erheblich zu hoch gegriffen. Denn die Anzahl derjenigen Medieneigentümer, die in Deutschland wirklich politische Macht ausüben, ist deutlich kleiner – wenngleich sie gewachsen ist, seit unter Kanzler Kohl private Fernsehkanäle und deren Konzentration in der Hand weniger Personen möglich geworden sind. Deren Macht ist zwar im Einzelfall sehr groß, wirkt jedoch nicht überall in gleicher Richtung.

Das Beispiel Ross Perot im amerikanischen Präsidentschaftswahlkampf 1992 hat gezeigt, wie sich mit einer Kombination von Privatfernsehen und Geld große Politik machen läßt. Perot, als Politiker ein Homo novus, hat für seinen Wahlkampf angeblich 70 Millionen Dollar ausgegeben und sich dafür vor allem Sendezeit in privaten Fernsehkanälen gekauft. Er wurde dadurch über Nacht ein ernstzunehmender Präsidentschaftskandidat. Hätte er noch erheblich mehr Geld eingesetzt, so hätte er sich möglicherweise wirklich eine Chance verschaffen können, Präsident der Weltmacht USA zu werden.

Der Fall Berlusconi liegt etwas anders, denn Silvio Berlusconi besaß selbst ein weitreichendes Fernsehimperium, als er sich mit dessen Hilfe zum Ministerpräsidenten, das heißt zum politischen Chef Italiens aufschwingen konnte. Die äußeren Umstände waren ihm günstig; denn die politischen Parteien von links bis rechts und fast alle herausragenden Politiker Italiens waren als korrupt bloßgestellt worden, die Nation suchte dringend nach neuem unbescholtenem politischem Führungspersonal. Aber Berlusconi war als Politiker ein Homo novus, ein Mann ohne politische Erfahrung. Deshalb ist er gescheitert – aber vielleicht nur einstweilen.

In Deutschland erleben wir heute ein andersgeartetes Beispiel von politischer Machtanhäufung mittels Richtlinienkompetenz über die Medien. Leo Kirch, finanziert durch Banken und Privatpersonen, die weitgehend im Hintergrund bleiben, hat sich Einfluß auf fünf oder sechs private Fernsehkanäle und auf die Axel Springer AG zusammengekauft. Im ersten Akt verfügte er nur über einen schier unerschöpflichen Fundus an uralten Filmen, meist amerikanischen Ursprungs, mit denen die Fernsehanstalten gefüttert werden. Im zweiten Akt hatte er in den TV-Medien und bei Springer Macht und Einfluß genug erlangt, um Helmut Kohl 1994 entscheidende Wahlhilfen leisten zu können. Zwar sahen die Chancen Kohls zu Anfang jenes Superwahljahres den Meinungsumfragen zufolge keineswegs rosig aus, aber mit Kirchs Hilfe reichte es im Oktober doch noch zu einem knappen Wahlsieg seiner Koalition. Die Frage bleibt offen, was die Allianz zwischen

Kirch, Kohl und den Unionsparteien im dritten Akt bewirken wird – möglicherweise eine weitere Demontage des bisherigen Charakters der öffentlich-rechtlichen Fernsehanstalten, möglicherweise auch noch mehr.

Axel Cäsar Springer

Wie es manches Mal bei großen Unternehmen geschieht, so hat auch Axel Springers Tod 1985 eine große Führungslücke in seinem Konzern hinterlassen. Springers Nachfolgeregelungen haben sich als unzureichend erwiesen, und in das entstandene Machtvakuum dringt Leo Kirch ein, der inzwischen schon mindestens 35 Prozent der Springer-Aktien zusammengekauft hat. Niemand weiß, welche Richtung sein Imperium auf die Dauer einschlagen wird.

Springer war als kriegsuntauglich vom Wehrdienst befreit gewesen und hatte während der Nazizeit als Redakteur und Verlagsbuchhändler gearbeitet. Nach dem Kriege begann er zunächst als Buch- und dann als Zeitschriftenverleger. Im Laufe von dreißig Jahren machte er aus der »Hör zu« die größte europäische Programmzeitschrift. Daneben gründete er weitere Zeitschriften. Nach der Einführung des »Hamburger Abendblattes« im Jahre 1948 begann er 1952 mit der extrem populistischen »Bild«, später ähnlich mit der »Bild am Sonntag« – beide erreichten in Deutschland bisher völlig ungewohnte Auflagen. Dazu kam 1953 die »Welt«, die Springer für rund dreieinhalb Millionen DM der englischen Besatzungsmacht abgekauft hat, danach die »Welt am Sonntag«. Seine unternehmerischen Erfolge erlaubten ihm die Übernahme weiterer Verlage und Zeitschriften, darunter die Blätter des Ullstein-Familienkonzerns, die er billig erwerben konnte. Daneben baute Springer eigene Druckereien auf.

Ich habe Axel Springer in den frühen fünfziger Jahren kennengelernt. Seinem ältesten Sohn – der sich unter dem Namen Sven Simon einen Ruf als ausgezeichneter Fotograf erwarb – waren Loki und ich sehr zugetan. Er war Schüler meiner Frau gewesen, als Loki noch ihren Beruf als Lehrerin ausübte, und unter uns nannten wir ihn »Klein-Axel«. Zu seinem Vater hatten wir – nicht zuletzt der immer konträreren politischen Auffassungen wegen – ein zunehmend distanziertes Verhältnis. Zwar standen wir auch weiterhin auf hamburgisch-nachbarlichem Fuße, aber obwohl Springers sehr schön renoviertes Herrenhaus Schierensee und unser eigenes Sommerhäuschen am Brahmsee nur wenige Autominuten voneinander entfernt liegen, haben wir uns nach Springers

Erweckung zum politischen Missionar dort nur noch einmal gesehen; lediglich in Hamburg blieb ein loser Kontakt aufrechterhalten.

Trotz der in den sechziger Jahren schnell wachsenden Entfremdung habe ich Springers unternehmerische, speziell seine verlegerische Leistung deutlich vor Augen gehabt. Seine Radio-Programmzeitschrift »Hör zu« und das »Hamburger Abendblatt« boten einen Lesestoff, nach dem die kriegserschöpften Menschen damals geradezu hungerten. Sein damaliges Motto »Seid nett zueinander« entsprach ihren unausgesprochenen Hoffnungen.

Springer hatte zu jener Zeit noch ein feines Gespür für die Nöte und Wünsche der Menschen. Es wird heute leicht übersehen, daß er in seinen Anfängen keineswegs ein Parteigänger Adenauers gewesen ist. Vielmehr schlug sein Herz zunächst eher für die Seite der Sozialdemokraten. Freilich waren damals die hamburgischen Sozialdemokraten eine besondere Variante der SPD, und Max Brauer war in Altona, vor 1933, mit Springers Vater befreundet gewesen. Seine Moskaureise im Jahre 1958 hatte Axel Springer nicht mit Adenauer, sondern mit einigen führenden Sozialdemokraten gedanklich vorbereitet.

Mit diesem Moskauer Besuch bei Chruschtschow, dem Versuch einer ganz persönlichen Wiedervereinigungsmission, hat sich Springer politisch total übernommen. Denn da er für den Kreml eben doch nur ein Pressemann, kein Politiker war, fand er in Moskau keinen Gesprächspartner. Sein patriotisches Anliegen war nicht unehrenhaft, wohl aber war es naiv. Der Versuch mußte schon allein deswegen scheitern, weil Chruschtschow nicht davon ausgehen konnte, daß Axel Springer einen maßgebenden Einfluß auf die Bonner Politik würde ausüben können. So war das einzige Resultat seiner ergebnislosen Moskaureise, daß sich Springer fortan innerlich verhärtete. Jetzt erst wurde er zu einem kämpferischen Antikommunisten, zum bedingungslosen Feind Moskaus von missionarischem Gepräge. Von jetzt an wurde für ihn jeder zu einem »Komplizen des Unrechts«, der seinen Haß und seine Furcht vor der »Gefahr aus dem Osten« nicht in gleichem Maße teilte. Aus dem erfolgreichen Unternehmer wurde ein missionarischer kalter Krieger.

Eine der unmittelbaren Folgen war die unverkennbare Orientierung seiner Zeitungen nach rechts. Diese politische Tendenz wurde personalpolitisch durch die Auswahl der Redakteure gesichert, sie hat sich bis heute fortgesetzt. Springer selbst wandelte sich zu einem Ultrakonservativen. Er versuchte, Tendenzen und Strömungen der Zeit zu bekämpfen, und machte sich dergestalt selbst zu einer Zielscheibe für aufrührerische Elemente in der damals so genannten Außerparlamentarischen Opposition (APO) und in der Studentenschaft allgemein. Die gegenseitige Konfrontation führte zur Maßlosigkeit auf beiden Seiten. »Bild« und »Welt« hatten daran großen Anteil. Und die Gegenseite skandierte: »Enteignet Springer!«

Dabei konnte Springer immer weniger geistigen oder politischen Widerspruch ertragen, weshalb er auch seine Chefredakteure nahezu am laufenden Band ablöste. Er malte sich die Menschen entweder als schwarz oder weiß, lehnte die Politik der sozialliberalen Koalition rundherum ab, und Willy Brandt wurde für ihn ein Feind. Springer glaubte uns nicht, daß wir am Ziel der deutschen Vereinigung festhielten, denn er konnte unseren Weg nicht verstehen. Deshalb bezichtigte er uns nicht nur der Anerkennung des Unrechtsstaates DDR, sondern bisweilen sogar des Unrechts schlechthin.

Bei alledem war er selbst ein Mann voller innerer Widersprüche. Einerseits besaß er eine große visionäre Kraft, andererseits aber war er ein Mann ohne politisches Urteil und Augenmaß. Einerseits war er ein leidenschaftlicher Gegner der Nazis (und ein echter Freund Israels), andererseits stand er selbst für den Rechtskurs seiner Zeitungen. Vor zweierlei Überschätzung muß allerdings gewarnt werden: Es war Unfug, ihm eine Mitschuld an dem Bau der Mauer im Jahre 1961 zu unterstellen. Und umgekehrt ist es keineswegs das Verdienst seiner Zeitungen, daß die Mauer vier Jahre nach seinem Tode abgetragen werden konnte.

Springer war unzweifelhaft ein großer Patriot, aber ihm fehlte ein stetiger politischer Kompaß. Deshalb erscheint seine große unternehmerische Leistung verdunkelt, zum Beispiel durch den Verfall seines Flaggschiffes »Die Welt«, die sich in ein ideologisches Kampfblatt mit abnehmendem Informationsgehalt und schwindenden Leserzahlen verwandelte und nun schon seit vielen Jahren auf sehr hohe finanzielle Alimentation durch andere Zeitungen seines Konzerns angewiesen ist, vornehmlich durch »Bild«. Wäre die »Welt«, die noch immer eine der drei überregionalen deutschen Tageszeitungen ist, ein selbständiges Blatt und finanziell auf eigene Füße gestellt, so hätte sie längst Konkurs anmelden müssen. Der Missionar hat hier über den Verleger gesiegt.

Der Rechtsdrall des Springerkonzerns hat natürlich auch die »Bild« erfaßt, die eine ureigene Erfindung des Verlegers Axel Springer ist. Standen am Anfang noch Bilder und Unterhaltung im Vordergrund, so ist sie inzwischen zu einer sensationsgierigen, der CDU nahestehenden Zeitung geworden, in der sich Verbrechen, Sex, Unterhaltung, Sport, Lokales (mehr als zwei Dutzend teilweise verschiedene Regionalausgaben!) und ein wenig Bundespolitik miteinander mischen. Die rechtsgerichtete Bundespolitik ist in »Bild« so dosiert, daß sie einerseits zwar Kohl lobt, zugleich aber keinen der überwiegend SPD wählenden Leser allzusehr abschreckt. Die Hauptsache bleibt jedoch die Auflage – und der Gewinn. Die Rendite dieser auflagengrößten Zeitung in Europa ist von außen nicht abzuschätzen, aber die Auflage liegt über vier Millionen, die Reichweite bei über zehn Millionen Lesern.

In der Mitte der sechziger Jahre hat es die »Bild« einmal fertiggebracht, aus einer von der Regierung Erhard geplanten Erhöhung der Postgebühren einen so sensationellen Skandal zu machen, daß die damalige SPD-Opposition sich veranlaßt sah, den Bundestag aus den sommerlichen Parlamentsferien aufzuscheuchen und nach Bonn zu holen. Ungeachtet dieser eher abstoßenden Sensationsmache erinnere ich mich übrigens gern an den sympathischen Blattmacher Günter Prinz.

Der Medienstandort Hamburg

Neben Axel Springer gab es seit dem Krieg drei weitere, höchst erfolgreiche Zeitungsverleger und Blattmacher in Hamburg, deren Blätter für ganz Deutschland politische Bedeutung gewonnen haben, nämlich Gerd Bucerius als Verleger der Wochenzeitung die ZEIT; sodann Rudolf Augstein mit seinem »Spiegel«, der ursprünglich in Hannover begonnen wurde und der im Sinne des heutigen Begriffs keine Zeitung, sondern, so seine eigene Titulatur, ein Magazin ist; und schließlich den Blattmacher Henri Nannen mit dem »Stern«. Sosehr man vom Springerkonzern sagen darf, daß die politische Linie seiner Blätter weit rechts von der Mitte verläuft, sowenig läßt sich dies von den hier genannten drei Wochenblättern behaupten. In ihnen spiegelt sich eher die liberale Atmosphäre der Hansestadt, wenngleich die Macher – anders als Springer – gar keine Hamburger sind.

Der »Stern« – das war von Anfang an und blieb jahrzehntelang Henri Nannen und niemand sonst, dessen etliche Nachfolger bisher bei weitem keine so glückliche Hand gehabt haben wie ihr Vorgänger. Zu den vielen Chefredakteuren, die der »Stern« seit Nannens Rücktritt in den Ruhestand bereits verbraucht hat, gehörten auch diejenigen, die auf die gefälschten Hitler-Tagebücher hereingefallen waren und gehofft hatten, daraus eine große Sensation und Auflagensteigerung zu machen. Auch Nannen hat gewiß keine der Sensationen ausgelassen, die sich ihm boten. Seine Leistung aber bestand in der erfolgreichen Kombination von guter Unterhaltung, anständigem Meinungsjournalismus und etwas Politik. Er hatte ein erstaunliches Gespür für das, was die Leute gerne lesen wollten. Er selbst schrieb einfach und klar, so daß seine Kommentare leicht zu lesen, obwohl keineswegs von leichtem Gewicht waren. Nannen konnte seine Meinung ändern, er konnte seine politische Tendenz ändern, er konnte Fehler zugeben – gleichwohl blieb er glaubwürdig. Man nahm ihm ab, daß er glaubte, was er schrieb, und das mit Recht.

Dazu kam seine nahezu erdrückende Vitalität. Im Sommer 1976 hatte er wieder einmal schwere Auseinandersetzungen mit seinen Verlagsoberen; schon lange gehörte Gerd Bucerius nicht mehr dazu, sondern vielmehr der Vorstand der Bertelsmann-Tochter Gruner + Jahr. Ich hatte damals von weitem den Eindruck, man wolle den »Stern« auf eine für Helmut Kohl günstige Linie bringen, der damals mein Gegenkandidat war. Deshalb telegrafierte ich an Nannen: »Gerüchte lassen befürchten, daß die Presselandschaft an Farbigkeit und Vielfalt verlieren könnte. Es ist wichtig, daß Sie aushalten.« Nannens Antwort per Telex lautete: »Solange der liebe Gott und meine Selbstachtung es zulassen, werde ich aushalten.« Tatsächlich ist Nannen erst im Alter von 67 Jahren ausgeschieden, er fungierte dann noch drei weitere Jahre lang, bis Ende 1983, als Herausgeber. Im Alter von siebzig Jahren verließ er den »Stern« endgültig.

Nun aber zeigte sich abermals seine Vitalität, diesmal auf einem ganz anderen Felde: Sir Henry, den seine eigene Redaktion einstmals zu einem runden Geburtstag als pompösen Sonnenkönig gefeiert hatte, wurde zu einem bedeutenden Stifter. Natürlich hatte er in seinen vierunddreißig »Stern«-Jahren gut und reichlich Geld verdient. Jetzt baute er mit seinen Ersparnissen eine sehr schöne Kunsthalle für seine ostfriesische Heimatstadt Emden und stattete sie mit über zweihundert Bildern und Graphiken des deutschen Expressionismus aus, die er selbst im Laufe seines Lebens gesammelt hatte. Als ich 1985 Henri Nannens Kunsthalle sah, war ich hingerissen. Denn hier waren fast alle meine Idole vertreten, die von den Nazis als entartete Kunst in Acht und Bann verdammt worden waren, vor allem die Maler der »Brücke« und des »Blauen Reiter«.

Nannen hatte vor dem Krieg Kunstgeschichte studiert; die Nazis hatten seinen sozialdemokratischen Vater in Emden aus dem Amt geworfen, er selbst flog später in München von der Universität. Danach hat er sich irgendwie angepaßt und wurde Kriegsberichterstatter. Ein für seine und meine Generation recht exemplarischer Lebensweg durch die Nazizeit. Danach kam der lange Lebensabschnitt, während dessen er als Journalist im »Stern« zum Aufbau der Meinungsvielfalt und damit auch der Demokratie in Deutschland ein gut Teil beigetragen hat. Und nun im letzten Lebensabschnitt die Kunsthalle in Emden, einschließlich einer Malschule für Kinder – damit hat Nannen einen großen Beitrag zum öffentlichen Wohl geleistet, nämlich zur Erhaltung und Festigung des kulturellen Bewußtseins – jenseits von allem Tagesjournalismus.

Was Rudolf Augsteins Beitrag zur deutschen Publizistik und zur öffentlichen Meinung betrifft, so unterscheidet sich »Der Spiegel« fast kategorisch von nahezu allen anderen deutschen Blättern. Weshalb »Der Spiegel« eine so große Faszination ausübt, ist schwierig zu beantworten. Einer der Gründe ist gewiß die hyperkritische Grundhaltung des Magazins; mit Engagement durchleuchtet es Angelegenheiten von öffentlichem Interesse und versucht, jedwede öffentliche Autorität zu zerstören. Daß die Autoren und die Redakteure daran Lust haben, ist augenscheinlich, aber es stört die Gemeinde der »Spiegel«-Leser« nicht. Vielmehr haben auch die Leser ihrerseits Lust an den Ergebnissen des »investigative journalism« (am besten wohl mit dem Wort Enthüllungsjournalismus übersetzt, wobei unterschwellig auch das Wissen eingeschlossen ist, daß das Scheckbuch des Verlegers dabei eine Rolle spielt), den Augstein mit großem Erfolg nach Deutschland importiert hat. Ein anderer Grund liegt in der Akribie der Information, gestützt auf ein ungeheures Archiv. Die Genauigkeit der dargelegten Fakten – nur selten von einem Betroffenen erfolgreich falsifiziert – befriedigt nicht nur die Neugierde der Leser, sondern zugleich gibt sie dem »Spiegel« die Aura der Unfehlbarkeit: »Das muß ja stimmen, es hat doch im Spiegel gestanden.«

Allerdings hat man dem »Spiegel« oft Einseitigkeit und auch Beschränkung auf die halbe Wahrheit vorwerfen können. Denn zumeist fehlt eine genauso akribische Darstellung der Argumente des Kritisierten. Dabei fördert der dem »Spiegel« eigentümliche Verzicht auf die Nennung der Namen der Verfasser die Einseitigkeit und auch die Häme der Beiträge. Zugleich scheint aber die Anonymität der Texte zum Eindruck der Unparteilichkeit beizutragen, ähnlich wie im Falle des Londoner »Economist«. Tatsächlich war »Der Spiegel« nie unparteiisch, sondern steht zu jedweder Autorität in Opposition, gleich ob es sich bei der Autorität um eine Person, ein Amt, eine Firma, eine Politik, eine Philosophie oder eine Glaubensüberzeugung handelt.

Henri Nannen war jahrzehntelang als Chef des »Stern« eine der bedeutendsten Figuren der Presselandschaft der Bundesrepublik gewesen. Nach seinem Ausscheiden bewies Nannen, der sich so lange als pompöser »Sonnenkönig« gegeben hatte, hanseatisches Mäzenatentum. Er gründete in seiner Heimatstadt Emden eine Kunsthalle und stattete sie mit Bildern, Graphiken und Skulpturen des deutschen Expressionismus aus.

Zudem wird ein Artikel im »Spiegel« nicht von einem einzigen Verfasser geschrieben, der dafür öffentlich geradesteht, sondern fast immer von mehreren Redakteuren, die nacheinander einen Artikel umschreiben und zuspitzen. Nicht ein Verfasser, sondern das ganze System »Spiegel« steht hinter jeder Geschichte. Mich stört diese Anonymität immer noch, auch wenn inzwischen – abgesehen von Augsteins eigenen Artikeln – des öfteren Namensartikel von Autoren im »Spiegel« zu lesen sind, die den eigentümlich mokanten Jargon nicht zu verwenden brauchen, welcher gemeinhin den »Spiegel« kennzeichnet.

Was aber auch immer am »Spiegel« zu kritisieren sein mag, eines steht für mich außer Zweifel: Ohne den »Spiegel« wären manche üble Affäre und mancher Betrug am Parlament und an der öffentlichen Meinung unentdeckt und ungeahndet geblieben. Insofern ist das Blatt ein gewichtiger Machtfaktor. Allein seine Existenz zwingt manchen zur Einhaltung von Gesetz und Spielregeln, der sonst geneigt wäre, über die Stränge zu schlagen. Und weil auf die Dauer keine Demokratie ohne kritische oder oppositionelle Medien lebensfähig wäre, so ist »Der Spiegel« ein wichtiger Faktor des öffentlichen Lebens in Deutschland.

Das verdankt sich vor allem Rudolf Augstein selbst. Ohne Augstein wäre »Der Spiegel« nicht entstanden; ohne ihn wäre er nicht, was er heute ist – und es ist fraglich, ob es in Zukunft einmal diesen »Spiegel« ohne Augstein geben kann. Es sind Augsteins journalistisches Genie und zugleich seine Leidenschaft für Freiheit und Recht, die zusammen seine Leistung möglich gemacht haben. Dafür muß man ihn loben – trotz seines Sarkasmus und Zynismus, zu denen er sich selbst gelegentlich fröhlich bekannt hat.

»Der Spiegel« hat keinen Papst, keinen Bundeskanzler, keinen amerikanischen Präsidenten oder sowjetischen Generalsekretär verschont. Er hat Schriftsteller, Künstler, Wissenschaftler, Ärzte, Richter, Unternehmer und Gewerkschafter kritisiert – nur Augstein selbst scheint verschont geblieben zu sein. Auch ich bin im Laufe meines politischen Lebens keineswegs unbehelligt geblieben. Immerhin aber hat sich »Der Spiegel« nie gescheut, einen richtigstellenden Leserbrief aus meiner Feder abzudrucken. Als Rudolf Augstein mich im Herbst 1986 in einem längeren Namensartikel des sogenannten NATO-Doppelbeschlusses wegen schwer angegriffen hatte, den er als *»den* Fehler meines politischen Lebens« bezeichnete, da hat »Der Spiegel« mir viel Raum zur ausführlichen Entgegnung gegeben. Inzwischen wird wohl auch Augstein (im Gegensatz zu Erhard Eppler, auf den Augstein sich damals berufen hat) verstanden haben, daß der NATO-Doppelbeschluß nur wenig später zum allerersten wirklichen Abrüstungsvertrag zwischen Ost und West geführt und anschließend eine tiefgreifende Entspannung ausgelöst hat.

Mein Verhältnis zum »Spiegel« und zu Rudolf Augstein ist bis zum heutigen Tage nicht frei von ambivalenten Spannungen geblieben. Freilich hat es zu Beginn der sechziger Jahre eine für Rudolf Augstein zunächst sehr böse aussehende Episode gegeben, die mich mit ihm persönlich verbunden hat. Ich rede von der fälschlich so genannten Spiegel-Affäre (eigentlich hätte sie Strauß-Affäre heißen müssen), zu deren Beginn Augstein wie auch seine Redakteure Conny Ahlers und Hans Schmelz (mein Freund aus Studienzeiten) von einer übereifrigen Bundesanwaltschaft monatelang eingesperrt wurden. Es gab eine Studentendemonstration vor dem Hamburger Untersuchungsgefängnis: »Jeder Bürger muß es schrei'n – Augstein raus, und Strauß muß rein!« Es gelang meinem Freunde Peter Schulz und mir, mit Hilfe einer großen Lautsprecheranlage die Demonstranten ins Audimax der Universität zu bugsieren, wo die Demonstration in eine Diskussion einmündete anstelle eines Angriffs auf das Untersuchungsgefängnis.

Es hat vier Jahre gedauert, bis das an den Haaren herbeigezo-

Als Hamburger erlebte Helmut Schmidt den Herausgeber des »Spiegel«, Rudolf Augstein, aus der Nähe. Schmidt war nicht gerade ein Verehrer der journalistischen Technik, die im »Spiegel« auf ihren Höhepunkt kam. Aber Augsteins Intelligenz, seine Verpflichtung auf die Freiheit und seine Fairneß bei aller zeitweiligen Gegnerschaft nötigten Schmidt doch immer wieder Respekt ab.

gene Verfahren wegen angeblichen Landesverrats und – in meinem Falle – angeblicher Beihilfe schließlich eingestellt wurde. Ein Geheimdienstchef mit einseitiger Gehirnstruktur, einige keineswegs klügere Bundesanwälte, einige geheimhaltungssüchtige Offiziere und Franz Josef Strauß, der sein eigenes Temperament nicht zügeln konnte, hatten Adenauer, den Bundestag, die öffentliche Meinung Deutschlands und außerdem noch die spanische Regierung hinters Licht geführt. Dabei kam es auch zu verfassungs- und gesetzwidrigen Handlungen. Von den Vorwürfen gegen die Beschuldigten blieb nichts übrig. Aber der damals zurückgetretene Bundesminister Strauß wurde fünf Jahre später erneut in ein Ministeramt berufen.

Ich habe an die Spiegel-Affäre und an die damalige amtliche Arroganz denken müssen, als dreißig Jahre später ein unzureichender Generalbundesanwalt und der die politische Verantwortung übernehmende Bundesminister wegen Mißgriffen in der Affäre Bad Kleinen aus ihren Ämtern schieden. Auch in diesem Falle waren es »Der Spiegel« sowie kritische Journalisten anderer Medien, die nicht zuließen, daß wir alle für dumm verkauft wurden. Wenn jemals den kritischen Journalisten der Mut fehlen sollte, dann wäre Gefahr für unser aller Freiheit im Verzuge. Daß es seit 1949 dazu nicht gekommen ist, daran haben viele ein Verdienst, auch »Der Spiegel«. Und natürlich hat »Der Spiegel« Macht ausgeübt.

Publizistische Macht kann auch auf ganz andere Weise ausgeübt werden. Das amerikanische Cable News Network (CNN) kann offensichtlich durch massive Fernsehpräsentation solcher Bilder und Ereignisse, die tiefe Emotionen des Publikums auslösen, den amerikanischen Präsidenten zu politischen Handlungen zwingen und auch den Kongreß unter Druck setzen. Wir haben dergleichen bei uns bisher noch nicht erlebt, aber man muß es wohl für möglich halten. Andererseits hat die Bertelsmann AG, weitaus größter deutscher Medienkonzern, sich bisher politisch weitgehend zurückgehalten und ihre potentiellen Machtmöglichkeiten in weiser Abstinenz bisher ungenutzt gelassen.

Seitenwechsel

Im Frühjahr 1983 ist mir ein großer Glücksfall widerfahren. Ich war im Herbst 1982 aus dem Amt geschieden, zwar einige Monate später als Abgeordneter wiedergewählt worden, hatte aber nicht die Absicht, zur nächsten Bundestagswahl, die für 1987 erwartet wurde, erneut zu kandidieren – ich wäre dann knapp 69 Jahre alt geworden. Aber im Augenblick ging ich gerade erst auf meinen 65. Geburtstag zu und fühlte mich durchaus gesund und kräftig genug für eine neue Herausforderung. Im Bundestag allerdings wollte ich mich nicht mehr in vorderer Linie engagieren. Schließlich hatte meine Partei gerade eben einen wichtigen Teil meiner Außenpolitik mit emotionaler Mehrheit abgelehnt – nämlich den sogenannten NATO-Doppelbeschluß, den ich ursächlich herbeigeführt hatte und der erst am 1. Juni 1988 im INF-Vertrag seine glänzende Rechtfertigung finden sollte. Ich hatte auch abgelehnt, bei der Wahl 1983 noch einmal als Spitzenkandidat aufzutreten. So erholte ich mich über längere Monate von den Lasten des Amtes. Loki und ich fanden in Bonn eine kleine private Wohnung, wir erfreuten uns des Lebens, und ich faßte die Absicht, ein außenpolitisches Buch zu schreiben.

In dieser Situation geschah der Glücksfall in Gestalt eines Angebots von Gerd Bucerius, neben Marion Dönhoff Herausgeber der ZEIT zu werden. Ich brauchte nicht lange zu überlegen. Denn ich kannte und schätzte die ZEIT seit ihrem Anfang, ich hatte in der Redaktion mehrere Freunde, und ich kannte und schätzte Bucerius seit dreißig Jahren.

Wir waren acht Jahre lang Bundestagskollegen gewesen, freilich nicht in derselben Partei. Zu jener Zeit kümmerten wir uns beide um die Verkehrspolitik, Bucerius für die CDU, ich für die SPD und als dritter, ebenfalls in Hamburg gewählt, Willy Max Rademacher für die F.D.P. Wir haben gemeinsam für den Wiederaufbau einer deutschen Seeschiffahrt gefochten, waren uns einig, daß die Eisenbahn zwecks höherer Rentabilität elektrifiziert werden mußte, daß das deutsche Straßennetz des Ausbaus bedurfte, daß dieses finanziert werden sollte durch das Aufkommen der Mineralöl- und der Kraftverkehrssteuer, daß dazu eine bessere Statistik notwendig war – und daß der Bundesverkehrsminister Seebohm sein Amt in unzureichender Weise verwaltete. Ich erinnere mich, daß wir über diese Fragen einmal fast eine Stunde zu dritt im Radio miteinander diskutiert haben.

Bucerius war aber keineswegs allein auf die Verkehrspolitik fixiert, sondern er war ein Kollege mit umfassendem politischem Interesse. Ich respektierte nicht nur seine politische Erfahrung – er war bereits hamburgischer Senator gewesen, Mitglied des Zweizonenwirtschaftsrates und schon seit 1949 Mitglied des Bundestages –, sondern vor allem seine unternehmerische Erfahrung und seine Leistung als Verleger der ZEIT und des »Stern«.

Als Bucerius mich 1983 einlud, war seine Erfahrung inzwischen noch ganz wesentlich gewachsen. Er hatte mehrmals großen politischen Mut bewiesen – etwa gegenüber Adenauer oder gegenüber seiner eigenen CDU/CSU-Fraktion, als er dort die Pressefreiheit des »Stern« und der ZEIT gegen scharfe Angriffe seiner eigenen Parteifreunde wegen solcher Artikel verteidigte, die er selbst mißbilligte. Marion Dönhoff hat ihn einmal »besinnungslos mutig« genannt, wobei sie gewiß nicht allein an den Verteidiger der Pressefreiheit gedacht hat, sondern auch an den »wehrunwürdigen« Strafverteidiger, der in der Nazizeit Juden verteidigte und einmal sogar den Versuch unternahm, mit einer Pistole in der Tasche Erik Blumenfeld (Blumenfeld wurde nach dem Kriege zu einer der Führungspersonen der Hamburger CDU) aus Gestapo-Haft herauszuholen. Bucerius verkörperte persönlich die drei durch Max Weber klassisch gewordenen Elemente des Politikers: Verantwortungsgefühl, Leidenschaft und Augenmaß.

Der Verleger Bucerius ist immer ein liberaler Vorkämpfer der Pressefreiheit geblieben. Seit der Hamburger Senat der ZEIT 1946 die Erlaubnis verweigerte, das Hamburger Wappen im Titel zu führen, und seit dort statt dessen der Bremer Schlüssel prangt, darf man sagen: Es ist der Schlüssel der Liberalität, welcher der ZEIT und ihrem Verleger den Erfolg erschlossen hat. Alle aufrichtigen Redakteure der Zeitung, die eine wohlbegründete Meinung vertreten, konnten sich immer auf die Solidarität des Verlegers verlassen. Dabei schrieb dieser ihnen nicht nur anregende und ermunternde, sondern durchaus auch kritische Notizen und Hausmitteilungen. Und wenn seine Meinung von einem Beitrag seiner Zeitung abwich, so brachte er sie in einem eigenen Artikel zum Ausdruck, der entweder gegenübergestellt oder eine Woche später in der nächsten Ausgabe gedruckt wurde. Dabei konnte er schriftlich genauso temperamentvoll argumentieren, wie er sich mündlich artikulierte.

Es hat in den ersten Nachkriegsjahren in Hamburg vier bedeutende Personen und Institutionen gegeben, die für uns Heimkehrer zur geistigen Orientierung beigetragen haben: nämlich Max Brauer; Ernst Rowohlts große ausländische Literatur, als rororo auf Zeitungspapier gedruckt und deshalb für jedermann erschwinglich; sodann Ida Ehre und ihre Kammerspiele und schließlich die ZEIT.

Der große Bürgermeister und die große Theaterintendantin sind schon vor langer Zeit gestorben. Rowohlts Rotations Romane haben richtigen Büchern oder Taschenbüchern Platz gemacht. Auch die ZEIT, deren Käufer und später Abonnent ich immer gewesen bin, hat sich über die Jahrzehnte gewandelt. Aber sie ist immer noch das liberale Flaggschiff der Freiheit im deutschen Journalismus. Hier kämpfen nicht einige Intellektuelle verbissen und gar unter dem Tarnmantel der Anonymität gegen »das System« von Staat und Gesellschaft, vielmehr werden hier in persönlicher Verantwortung und in Anstand und guter Ordnung diejenigen Kritiken und Meinungen und Vorschläge vorgetragen, von denen wir glauben, daß Staat und Gesellschaft ihrer bedürfen. Ich bin Gerd Bucerius sehr dankbar dafür, daß er mir für meinen letzten Lebensabschnitt die Möglichkeit gegeben hat, an dieser Arbeit mitzuwirken.

Bereits in den sechziger Jahren, während meiner Zeit als Senator, hatte ich bisweilen in der ZEIT geschrieben; von daher rührte meine Freundschaft mit Theo Sommer, dem späteren Chefredakteur. In den Jahren 1969 und 1970 hat er mir als Leiter des Planungsstabes des Verteidigungsministeriums bei der Bestandsaufnahme der Bundeswehr sehr geholfen. Marion Dönhoff kannte ich noch etwas länger; meine frühesten Briefe an sie trugen die Anrede »Sehr verehrte gnädige Frau«, was mir heute, da wir so engen freundschaftlichen Umgang miteinander haben, eher komisch vorkommt. Kurt Becker war mir vertraut seit seiner Zeit als politischer Ressortchef der »Welt«, nämlich während deren relativ kurzer liberaler Phase in den fünfziger Jahren. Vor allem aber hatte er ab November 1980 vierzehn Monate lang als Chef des Bundespresseamtes in Bonn eine wichtige Rolle für mich gespielt. Auch andere Redakteure der ZEIT kannte ich von früher, so Nina Grunenberg, Haug von Kuenheim und Christoph Bertram, der meinem Planungsstab angehört hatte, als ich Verteidigungsminister war. Ich traf also 1983 unter meinen neuen Kollegen auf wohlvertraute Gesichter. Sie haben mir den Wechsel von der Seite des aktiven Politikers auf die gegenüberliegende Seite des kritischen Publizisten leichtgemacht. Aber wie man eine Zeitung macht, das mußte ich nunmehr erst lernen.

Theo Sommer erklärte mir zu Beginn, die Wirtschaftsredaktion stehe ein wenig rechts von der Mitte, die Feuilletonredaktion ein wenig links von ihr, die politische Redaktion und er selbst stünden dazwischen. In den über ein Dutzend Jahren, die ich inzwischen zur ZEIT gehöre, habe ich diese Ortsbestimmung nicht als abwegig empfunden. Meine Zusammenarbeit mit dem Chefredakteur Sommer war von Anfang an reibungslos, auch während der viereinhalb Jahre vom Sommer 1985 bis Ende 1989, in denen ich als einer von zwei Herausgebern gemeinsam mit Hilde von Lant zusätzlich Geschäftsführer des Zeitverlages war und mich mit Fragen der Personalpolitik befassen mußte.

Sommer und ich standen auf *First-name-Basis* miteinander, lange bevor Sommer 1969 für ein halbes Jahr mit mir auf die Hardthöhe zog. Marion Dönhoff, damals noch Chefredakteurin, hatte ihn mir vorübergehend »ausgeliehen«; aber nach Ablauf der vereinbarten Frist verlangte sie sehr energisch ihr »bestes Stück« zurück, denn Theo war damals stellvertretender Chefredakteur und vor allem der Leiter des politischen Ressorts der ZEIT. Ich habe ihn ungern wieder hergegeben; denn seine schnelle Auffassungsgabe und seine Fähigkeit zur präzisen Formulierung der Ergebnisse der von uns veranstalteten Inventur der Bundeswehr und ihrer Probleme erschienen mir eigentlich unverzichtbar. Dazu kam seine aus der Beteiligung an vielen internationalen Konferenzen gewonnene Urteilsfähigkeit über die außenpolitisch-strategischen Probleme und Abhängigkeiten unseres Landes. Theo Sommer war Anhänger der Entspannungspolitik, aber im Bewußtsein der Notwendigkeit ihrer Verankerung im westlichen Bündnis und der Fähigkeit zur gemeinsamen Verteidigung – ebenso wie meine Staatssekretäre Berkhan, Birckholtz, Mommsen und ich selbst.

Noch viel später habe ich bei seiner Arbeit in der Redaktion beobachtet, wie sehr es einem Journalisten nützlich ist, wenigstens einmal im Laufe seiner beruflichen Entwicklung gleichsam auf der anderen Seite der Barrikade einen direkten Einblick in die Politik gewonnen zu haben.

In der Redaktion der ZEIT finden jede Woche unzählige Konferenzen statt, ganz ähnlich wie in der Politik. Neben den Konferenzen der einzelnen Ressorts gibt es wöchentlich die »große« Konferenz, an der sämtliche Redakteure und die zufällig anwesenden auswärtigen Korrespondenten teilnehmen; hier geht es sowohl um Kritik der letzten Ausgabe - bisweilen auch durch einen eigens zur Blattkritik eingeladenen Gast - als auch um Anregungen und Themenansage für die Ausgabe der kommenden Woche. An dieser Veranstaltung nahm ich nach einiger Zeit nicht mehr teil, denn sie gleicht in gewisser Weise einer Fraktionssitzung im Bundestag: Allzu viele der Teilnehmer möchten das Wort haben, und es ist fast unmöglich, bei begrenzter Zeit kontroverse Meinungen zum Ergebnis zu führen. Aber natürlich ist eine allwöchentliche Quasi-Generalversammlung der Redaktion für den Chefredakteur ein gutes Stimmungsbarometer und zugleich ein nützliches Instrument zur allgemeinen Orientierung seiner Redakteure.

Gleich nach meinem Dienstantritt hatte Marion mir gesagt, ich solle unbedingt zur allwöchentlichen »Käse-Konferenz« kommen. Unter dem Stichwort »Käse« konnte ich mir nichts vorstellen; ich schloß allerdings aus, daß dort über Käse geredet würde. Es stellte sich heraus, daß es Brot und Butter, Schinken und Käse gab und dazu trockenen Weißwein, den ich nicht sonderlich liebe. Ansonsten aber habe ich die »Käse-Konferenzen« als außerordentlich nützlich empfunden, weil sich hier der Eigentümer, die Geschäftsführung, der Chefredakteur, seine Stellvertreter, die Ressortchefs und die Herausgeber zum zwanglosen Gespräch treffen, gemeinhin ohne Tagesordnung, aber in guter Tuchfühlung hinsichtlich aller Dinge, die unsere Zeitung angehen.

Die Konferenz des politischen Ressorts dient natürlich der Vorbereitung der nächsten Ausgabe, besonders auch der nächsten Titelseite. Aber zumeist geht ein allgemeines innen- und außenpolitisches Gespräch vorweg, das oft streitbar ist, aber auf einem bemerkenswerten Niveau geführt wird. Dankbar erwähne ich Dieter Buhl, Christoph Bertram und Christian Schmidt-Häuer; dankbar erinnere ich mich an die Beiträge Dietrich Strothmanns, der inzwischen aus Altersgründen ausgeschieden ist, und Roger de Wecks, der vor einiger Zeit die Chefredaktion des »Züricher Tagesanzeiger« übernommen hat. Besonders beeindruckt war ich immer wieder von den Interventionen meines alten Freundes Kurt Becker.

Kurt Becker ist einer der großen Journalisten meiner Generation gewesen. Bei seinem Tode hat Alfred Neven DuMont, für den er von 1971 bis 1975 den »Kölner Stadt-Anzeiger« geleitet hatte, Kurt Becker mit dessen Worten zitiert: »Niemandes Amtsblatt und niemandes Kampfblatt – dazwischen liegt der Freiraum einer liberalen Zeitung: zum Informieren und Argumentieren, zum Orientieren und Protestieren, vom Engagement für den Fortschritt erfüllt und den großen Debatten unseres Landes immer ein Stück voraus.« An anderer Stelle hat Kurt Becker gesagt: »Schreiben ist eine besonders scharfe Form des Nachdenkens.« Becker ist immer und so auch in der ZEIT seinen eigenen Maximen gefolgt. Als junger Journalist bei Paul Sethe in die Schule gegangen, den er seinen väterlichen Freund genannt hat, war Becker ein Mann, der durch innere Unabhängigkeit, durch Nachdenklichkeit, durch die Fähigkeit zum Gesamtüberblick über politische, gesellschaftliche und internationale Zusammenhänge, durch Solidität und Genauigkeit bestach. Viele jüngere Kollegen haben von ihm gelernt zu recherchieren, zu schreiben und zu redigieren.

Kurt Becker, mein Freund über dreißig Jahre, war ein Patriot, ein Mann der Demokratie als Lebensform, ein Mann des Staates, nie der Mann einer politischen Partei. Er war als Journalist zugleich Staatsmann, so habe ich ihn immer gesehen, und so hat übrigens auch Herbert Wehner ihn gesehen, der mir ungewöhnlich überschwenglich zustimmte, als ich Becker nach der Bundestagswahl 1980 zum Nachfolger Klaus Böllings als Chef des Bundespresse- und Informationsamtes berief. Und trotzdem war diese Berufung ein Fehler. Denn ich habe die Schwierigkeit weit unterschätzt, die ein so herausragender parteiloser Staatsdiener mit meiner zunehmend nervös werdenden, innerlich zerrissenen SPD haben würde, noch dazu im Verschleißstadium der seit 1969 andauernden Koalition mit der F.D.P. Lambsdorffs und Genschers. Viele Bonner Sozialdemokraten verlangten, der Sprecher der Bundesregierung solle in erster Linie die sozialdemokratischen Leistungen der Regierung gegenüber der Öffentlichkeit vertreten (»verkaufen« war der gängige Bonner Slogan). Becker dagegen verstand sich eher als Diener des Staates denn als Diener der Bundesregierung und schon gar nicht als Diener ihres sozialdemokratischen Anteils. Dies war ihm ganz gewiß nicht vorzuwerfen. Seine Amtsauffassung entsprach seinem Charakter, den ich gut kannte. Ich hätte voraussehen müssen, daß mein Freund in diesem Amt von Teilen meiner eigenen Partei abgelehnt werden würde, aber leider erkannte ich es zu spät.

Als ich im Frühjahr 1982 Kurt Becker eröffnen mußte, ihn nicht länger halten zu können, waren wir beide sehr betroffen. Becker fragte: »Helmut, was habe ich falsch gemacht?« Und ich antwortete: »Kurt, Sie haben gar nichts falsch gemacht. Aber meine Partei macht vieles falsch.« Zugleich aber war mir bewußt, daß auch ich selbst mit seiner Berufung einen Fehler gemacht hatte. Daß mein Freund seine Ablösung nicht durch mich selbst erfahren haben soll, sondern durch dritte, ist notabene eine Unwahrheit, welche damals einige Blätter voneinander abgeschrieben haben.

Wir sind gute Freunde geblieben, das konnten auch ein Jahr später unsere Kollegen in der Redaktion der ZEIT erkennen, wenn Kurt und ich an den Konferenzen teilnahmen. Er wirkte auch dort als ein Staatsmann – und als Nestor zugleich. Als er vier Jahre später starb, war ich einer der letzten Besucher an seinem Krankenbett auf der Intensivstation gewesen. Noch heute vermisse ich seinen klugen und mäßigenden Einfluß – privat wie in den Konferenzen der ZEIT-Redaktion.

Marion Gräfin Dönhoff

Zur Vorbereitung dieses Buches habe ich meine private Korrespondenz durchgesehen. Mein frühester Brief an Marion Dönhoff stammt vom 2. Mai 1957. Im Laufe der seither vergangenen vier Jahrzehnte hat unser Briefwechsel einen dicken Aktenordner gefüllt. Der damalige Brief des jungen Abgeordneten an die angesehene Journalistin galt einem ganzseitigen Artikel in der ZEIT, in dem die Gräfin den Lebensweg Herbert Wehners gewürdigt hatte. Mit einem Seitenblick auf die CDU/CSU hatte sie zugleich die Frage aufgeworfen, ob und wieso die politische Rechte denn glaube, auf die enorme geschichtliche Erfahrung und auf die parlamentarische Mitarbeit Herbert Wehners verzichten zu können, eines Mannes, der sich während des Krieges von der Kommunistischen Partei gelöst hatte, während die CDU/CSU ihrerseits keinen Anstoß an der Mitarbeit ehemaliger Nazis in der eigenen Partei nahm. Damals dankte ich Marion Dönhoff spontan für »Klarblick, Herz und Zivilcourage«; auch heute erscheinen mir diese drei Worte am besten geeignet, um meine verehrte Herausgeberkollegin zu kennzeichnen.

Bei einem ihrer runden Geburtstage durfte ich eine Laudatio halten. Weil es aber auch noch andere Redner gab, mußte man sich kurz fassen. Deshalb stellte ich einfach eine bunte Liste von Urteilen bedeutender Leute über sie zusammen und zitierte den

Viele Freundschaften Helmut Schmidts bewährten sich lange Jahrzehnte; dazu gehören seine alten Freunde Henry Kissinger und Marion Dönhoff.

jeweils wichtigsten Satz. Ich begann mit André Maurois' Wort, daß Altwerden eigentlich nur eine schlechte Angewohnheit sei, für die ein beschäftigter Mensch jedenfalls keine Zeit habe. Im Falle Marion Dönhoffs trifft das zweifellos zu; obgleich an Jahren jünger, fühle ich mich doch gleichaltrig mit ihr, weil sie nämlich jung bleibt und ich älter werde und dazu tendiere, sie zu überholen.

Dann rief ich den Gästen Michael Thomas in Erinnerung, der bekannt hatte, sich oft über Marions Leitartikel zu ärgern. Lew Kopelew hingegen bereitet es offenbar eine ungeschmälerte Freude, ihre Beiträge zu lesen. Hilde Hamm-Brücher hat Marions Mädchenhaftigkeit fasziniert, und Carl Friedrich von Weizsäcker hat von ihrer Heiterkeit gesprochen; sie sei »heiter, weil sachlich und in vollem Ernst«. Ralf Dahrendorf hat hervorgehoben, wie sich die Gräfin allein im Streit mit dem Zeitgeist befand: »In ganz eigener Verbindung von Zweifel und Gewißheit – gelebte Widersprüche«. Shephard Stone hat das ein Wunder und zugleich ein Geheimnis genannt. Fritz Stern wiederum hat Marions innere Spannung betont: »Zugleich preußische Strenge und menschliche Wärme.« Theodor Eschenburg nannte sie schlichtweg eine historische Figur – und er hatte recht! Hellmut Becker konstatierte die Polarität in ein und derselben Person, die »Widersprüche aushalten, Spannungen leben kann und doch auch bei Meinungsunterschieden die Freude am einzelnen Menschen und die Zuneigung zu ihm bewahrt«. Berndt von Staden schrieb von Marions Schlüssel, der Türen und Herzen aufschließe. Und Eric Warburg faßte alles in dem einen Wort von der Glaubwürdigkeit zusammen.

Ihre Leidenschaft zur Politik und ihre Leidenschaft zum Frieden haben der Pole Rakowski und der Russe Falin gelobt – Falin gebrauchte das Wort vom Einsickern der Schicksale der Völker in das Schicksal der Menschheit. Wohl wahr – und wahr gesagt über Marion Dönhoffs Perspektive. Heinrich Böll hat Marions ostpolitisches Engagement einen »Hauch von Tauroggen« genannt; er hat sich die von ihm jedoch als »westlich orientiert« apostrophierte Gräfin als deutschen Außenminister gewünscht. Scotty Reston hingegen hielt das alles für eine Mystifikation, denn vielmehr sei er selbst der »älteste Schreiberling der Welt«. Paul Nitze sagte lapidar: »Alle Ehre für Marion!« Henry Kissinger stellte die Überlegung an, bei wem er in Zeiten der Not wohl Zuflucht finden würde, ungeachtet allen Risikos, auch wenn alle Beweise gegen ihn und seine Frau Nanny sprächen. Und dann nannte er Marion Dönhoff zuallererst.

Alle diese Zeitzeugen lassen eine ungewöhnliche Wertschätzung erkennen, obschon die meisten von ihnen sich bisweilen in herzlicher Nichtübereinstimmung mit Marion Dönhoff befunden haben – wie auch Gerd Bucerius, wie manch ein Mitglied der ZEIT-Redaktion und wie auch ich. Meine wenigen Kontroversen mit Marion Dönhoff lagen allerdings in einer Zeit, in der ich aktiver Politiker war und gelegentlich Anlaß hatte, mich über die Redakteure Müller-Marein, Stolze oder Neumaier zu beklagen. Dann waren es zumeist Marion Dönhoff oder Theo Sommer, die für faire Berichtigung gesorgt haben.

Zehn Jahre nach jenem Geburtstag habe ich in der »Süddeutschen Zeitung« gelesen, Marion Dönhoff erschrecke Leute mit ihrer Unerschrockenheit. Dieser Satz trifft wohl am meisten auf ihren ersten Lebensabschnitt in Ostpreußen zu und besonders auf den kurzen, tragischen Lebensabschnitt ihrer Teilhabe am Widerstand gegen Hitler und den Nationalsozialismus. Über diese verhängnisvollen Jahre, die gleichsam das Bindeglied zwischen den beiden so sehr verschiedenen Leben der Gräfin sind, muß hier ein Wort eingeflochten werden.

Es war ihr Glück, daß sie vor Hitlers Machtergreifung bereits erwachsen war und sich klare politische und sittliche Maßstäbe erworben hatte – vermittelt durch die Familie, durch die begüterte Gesellschaft Ostpreußens, auch wohl durch das Studium in Basel. Die Dönhoffs, die Lehndorffs und andere Angehörige des preußischen Adels wußten schon 1933: Hitler bedeutet Krieg. Sie sahen auch den Sieg der Sowjetunion und den Verlust der östlichen Provinzen lange voraus. Als der Krieg sechs Jahre später wirklich begann, da hatte Marion Dönhoff inzwischen in der Schweiz promoviert, sie kannte England und Amerika und andere Teile der Welt aus eigener Anschauung – sie war weltläufig und zugleich doch eine altmodische Preußin. Schon der Wilhelminismus war ihrer Familie widerwärtig gewesen, aber seit Hitlers Herrschaft über Deutschland hatte sie den Eindruck, kein Vaterland mehr zu besitzen.

Am 20. Juli 1944 und durch die folgenden Hinrichtungen verlor sie darüber hinaus fast alle ihrer engeren Freunde. Sie selbst, die nie »Heil Hitler« über ihre Lippen bringen konnte, die die Stauffenbergs, die Yorcks, Gersdorffs, Schlabrendorffs, Tresckows und Axel von dem Bussche nicht nur im persönlichen Gespräch kannte, sondern lange Zeit für die Verschwörer den Kurier nach Ostpreußen gemacht und Verbindungen gehalten hatte – sie selbst blieb unentdeckt. Abermals ein zufälliges Glück in einem grauenhaften Unglück. Marion Dönhoff hat nur selten und nur zurückhaltend über ihre Tätigkeit im Widerstand gesprochen. Auch wenn sie selbst wahrscheinlich nur sehr ungern geschossen hätte, so war sie damals fest davon überzeugt, daß Hitler umgebracht werden mußte – und sie hat mitgewirkt an den Vorbereitungen zum Tyrannenmord, der dann doch fehlgeschlagen ist.

»Ihr politisches Urteil hat den langen Atem der Geschichte. Die Bescheidenheit stammt aus dem alten Preußen, die Bildung aus Europa, der Common sense aus der Erfahrung in der Welt.« Richard von Weizsäcker meinte mit diesen Worten nicht das erste Leben, auch nicht den tragischen Zwischenakt, sondern vor allem das zweite Leben Marion Dönhoffs, nämlich ihr Leben als Journalistin, als Publizistin und Autorin, als eine politische und moralische Instanz.

Marion Dönhoffs Liberalität besteht im Kern aus der Toleranz gegen Andersdenkende – allerdings nur, soweit diese nicht zur Gewalt greifen; aus dem Willen, Minderheiten zu schützen – allerdings nur, sofern eine Minderheit nicht den Versuch zur Terrorisierung der Mehrheit macht. Mit einem Wort: Im Mittelpunkt ihres Denkens steht der Grundwert der geistigen Freiheit. Vielleicht darf ich ihr publizistisches Credo als ein doppeltes Prinzip definieren: Vielfalt der Meinungen einerseits und andererseits eine eigene Meinung, die rational, vernünftig, begründet und moralisch unanfechtbar sein muß.

Marion Dönhoff hat sich selbst gegen Ideologien immunisiert, ebenso gegen Eschatologien und Utopien. »Wir glauben nicht an politische Endlösungen, nicht an … Endzustände der Gesellschaft«, so hat sie einmal geschrieben, und weiter: »… Wir werden immer wieder schreiben und predigen, daß es nicht auf das heilverheißende Ziel ankommt, sondern auf die Mittel und Wege, mit denen die Ziele erreicht werden sollen.« Sie hat immer gewußt, daß kein Mensch im Besitz endgültiger Wahrheiten ist und daß das Los der Menschen immer nur schrittweise gebessert werden kann; deshalb sei es abwegig, über ein strahlendes Endziel entscheiden zu wollen, vielmehr müsse jeder einzelne Schritt sinnvoll sein. Tatsächlich handelt es sich bei diesem moralisch begründeten Pragmatismus um die wichtigste philosophische und politische Konsequenz, die wir Deutschen aus unserer Erfahrung mit der chiliastischen Naziherrschaft ziehen müssen.

Von Marion Dönhoff sind Hunderte von Leitartikeln, Aufsätzen und Glossen erschienen. Sie zeugen von Neugierde, von Menschlichkeit, von der Suche nach vernünftigen Lösungen für Konflikte und Probleme und orientieren sich immer am moralisch-philosophischen Leitfaden des größten preußischen Philosophen, nämlich am kategorischen Imperativ Immanuel Kants. Der Königsberger Philosoph, Vormann der Aufklärung in Deutschland, und Friedrich II., der als Förderer von Aufklärung und Toleranz weit herausragende König, diese beiden sind – so scheint es mir – Marion Dönhoffs geschichtliche Leitfiguren. Vielleicht würde sie selbst als dritten Gotthold Ephraim Lessing hinzufügen.

Sie selbst hat ihren Begriff von Preußentum einmal so definiert: erstens Toleranz aus Vernunft, zweitens Staatsraison in der hierarchischen Gesellschaft und drittens Loyalität ohne Willfährigkeit. Ralf Dahrendorf hat das dahingehend kommentiert, es handele sich hier im Grunde um Tugenden, und zwar »… um jene zu Unrecht verlästerten Sekundärtugenden der Selbstdisziplin, der Unbestechlichkeit, der Ehrlichkeit und der Treue«. Und diese Tugenden, so hat er mit Recht hinzugefügt, seien bei der Gräfin mit einer doppelten Offenheit verbunden: Offenheit für Neues und Offenheit für die Welt.

Marion Dönhoff ist mit Adenauer für Deutschlands Westbindung eingetreten. Aber seine abgrenzende Deutschlandpolitik und seine retardierende Politik gegenüber Polen waren ihr suspekt. Sie hat geschrieben, mit erklügelter Jurisprudenz, mit Rechthaberei, mit diplomatischen Winkelzügen sei keine dauerhafte Versöhnung mit unseren Nachbarn und kein wirklicher Friede zu gewinnen.

Wer ihre Essays über die Menschen und die Geschichte Ostpreußens gelesen hat, zusammengefaßt unter dem Titel »Namen, die keiner mehr nennt«, wer dieses bewegende Buch heute noch einmal in die Hand nimmt und die Liebe der Autorin zu ihrer ostpreußischen Heimat und zum wohlverstandenen Preußentum versteht, der kann die moralische Leistung Marion Dönhoffs ermessen, die als eine der ersten Deutschen – vielleicht war sie überhaupt die allererste – für Verständigung und Versöhnung mit unseren östlichen Nachbarn eingetreten ist, lange vor aller Ostpolitik. Wer auf einem ostpreußischen Schloß geboren und aufgewachsen ist, für den war es keineswegs eine einfache Entscheidung, für die Endgültigkeit der nach 1945 gezogenen Grenzen einzutreten. Und Marion Dönhoff hat damit zu einer Zeit begonnen, in der Adenauer und die Mehrheit der Deutschen sich vehement weigerten, die Endgültigkeit des Verlustes zu akzeptieren.

Dies war gewiß ein Akt der Selbstüberwindung der ostpreußischen Gräfin, ein Entschluß der Vernunft, der aus lang zurückreichender Geschichte, nach vielfachem Wechsel schwedischer, polnischer, russischer und deutscher Herrschaft über Ostpreußen, eine schmerzhafte Konsequenz zog, damit im Osten Mitteleuropas nach Jahrhunderten der Kämpfe, nach vier Teilungen Polens und einer gewaltsamen Westverschiebung des polnischen Volkes im Jahre 1945 endlich ein dauerhafter Friede möglich werde. Marion Dönhoff hat diesen Standpunkt mit stupender Tapferkeit und gleichsam gegen ihr eigenes Heimatgefühl vertreten. Von Anfang an hat sie gewußt: Ohne Versöhnung mit Franzosen und Polen, den beiden wichtigsten Nachbarn Deutschlands, bliebe unser Friedenswille nur eine gute Absicht und der dauerhafte Friede bloß eine Hoffnung.

Gleichwohl haben ihr Versöhnungswille und ihre Liebe zu den drangsalierten Völkern der Polen und der Russen nie die wägende Vernunft beiseite geschoben, weder die Notwendigkeit der Atlantischen Allianz noch die Notwendigkeit der westeuropäischen Integration zur Europäischen Gemeinschaft verkannt.

Sie ist bei allen diesen Überzeugungen zugleich immer kritisch geblieben, kritisch auch und vor allem gegenüber dem eigenen Land. Davon zeugt auch die auf ihre Initiative von ihr und einigen anderen veröffentlichte Schrift »Weil das Land sich ändern muß«. Ich bin ihr dabei gerne gefolgt, denn ich teile ihre Überzeugung, daß wir seit dem großen Glück der deutschen Vereinigung nicht nur vielerlei Fehler gemacht haben, sondern auch vielfältig in egozentrische und egoistische Haltungen abgeglitten sind.

Dieser großartigen Frau als Kollege zur Seite gestellt zu werden, habe ich als Ehre und Gewinn empfunden. Ohne Marion Dönhoff wäre die ZEIT kaum zu jener politisch-moralischen Instanz geworden, die ich schon 1964 als Senator in der hamburgischen Bürgerschaft »eine Gipfelleistung des deutschen Journalismus« genannt habe. Ein wenig später lud sie einige der Freunde aus ihrem privaten Hamburger Gesprächskreis zu einem Treffen mit Walter Lippmann ein, damit er nicht »bloß mit den falschen Leuten« in Bonn zusammentreffe und dergestalt seine negativen Vorurteile über Deutschland bestätigt fände. Sie tat immer Dinge, die praktisch sind. So kümmert sie sich um die Situation hamburgischer Gefängnisinsassen genauso wie darum, daß deutsche und polnische Literatur in die Sprache des jeweiligen Nachbarn übersetzt wird.

Inzwischen haben wir sogar gemeinsame Artikel verfaßt, und als es mir vor Jahren einmal ziemlich schlechtging, gab sie mir einen Talisman »auf Widerruf«, eine alte griechische Münze, in einen kleinen goldenen Ring gefaßt. Bisher habe ich den Talisman behalten, er hängt an meinem Schlüsselbund. Falls Marion Dönhoff ihn ernsthaft zurückverlangt, so werde ich ihn wieder hergeben müssen – denn das würde in einer Situation sein, in der sie ihren Talisman wirklich selber braucht. Sie ist nämlich ein wenig abergläubisch.

Grauzonen des Journalismus

Um die Spannweite des Begriffs Journalismus zu ahnen, mag es genügen, Marion Dönhoff die Autoren der Gesellschafts- und Klatschspalten einiger Zeitungen gegenüberzustellen. Was unterscheidet sie voneinander? Alles – mit einer Ausnahme: Ihre Texte werden gleichermaßen unter Angabe ihres Namens gedruckt. Von den Gesellschaftsspalten zur Regenbogenpresse handelt es sich um Unterhaltungsindustrie, die verkaufte Auflage allein ist von Bedeutung. Auch bei journalistischer Sensationsmache – einschließlich manipulierter Texte und Bilder – geht es allein um die Auflage. Zum Teufel mit Moral und Rücksichtnahme auf das private Leben der Betroffenen! Die kommerziellen Fernsehkanäle setzen auf Einschaltquoten; Qualität und Moral ihrer Sendungen sind unwichtig. Die Unterhaltungsindustrie will verdienen: Je höher die Einschaltquoten, um so größer die Werbeeinnahmen und desto größer die Erträge. Wenn sich dabei ein bißchen politische Einflußnahme einbauen läßt, um so besser. Allerdings darf die politische Tendenz nicht allzu aufdringlich, sondern muß sorgfältig dosiert sein, damit das Publikum die Absicht nicht durchschaut. Aber auch dazu werden willfährige Journalisten gebraucht – man kauft sie sich.

Die Zahl der Morde und der Gewaltverbrechen, die unsere Kinder und Jugendlichen jede Woche am Bildschirm konsumieren, und die durchschnittliche Zahl der Stunden, die sie täglich vor dem Fernsehgerät verbringen, werden von Zeit zu Zeit in erschreckenden Statistiken veröffentlicht. Bisher haben diese Berichte nichts daran geändert, daß der Bildschirm sich als Erziehungsfaktor gleichberechtigt neben Eltern und Schule breitgemacht hat. Als ich vor zwanzig Jahren einmal vorschlug, jede Familie möge wenigstens einen Tag in der Woche den Fernseher ausgeschaltet lassen, hat die ganze Branche dagegen opponiert – natürlich. Aber damals spielten die privaten Fernsehkanäle noch gar keine Rolle; heute dagegen haben sie längst die Aufmerksamkeit der Heranwachsenden erobert, denen sie die Welt als gefüllt mit vielerlei Emotionen darstellen, im relativ besten Falle als eine in Weiß und Schwarz oder Gut und Böse geteilte Welt.

Weder vom Presserat noch von anderen denkbaren Formen journalistischer oder verlegerischer Selbstkontrolle ist Abhilfe zu erhoffen. Wir werden mit den zivilisatorischen Entartungen leben müssen, die uns die kommerziellen Fernsehkanäle stündlich frei Haus liefern. Dabei empfinde ich es als tröstlich, daß alle Meinungsumfragen zeigen: Das Publikum will auf die weitaus seriöseren öffentlich-rechtlichen Anstalten nicht verzichten, deren Programme von der sorgfältigen Information über den verantwortungsbewußten Kommentar bis zur allgemein verständlichen Wissenschaftsdarbietung reichen. ARD und ZDF sind sich ihrer Verantwortung bewußt, Gott sei Dank, auch wenn sie dem Zuge der Zeit entspechend Zugeständnisse haben machen müssen.

Als Muster eines verantwortungsbewußten politischen Fernsehjournalismus habe ich die von Günter Gaus in den sechziger Jahren gemachte Reihe »Zur Person« in Erinnerung. Er stellte jeweils einem einzigen Gesprächspartner fast eine Stunde lang kluge Fragen, blieb dabei selbst aber ganz im Hintergrund. So gelang es ihm, seinen jeweiligen Interviewpartner zu nachdenklichen Antworten herauszufordern. Die Zuschauer seiner damaligen Interviews erhielten dadurch nicht nur politische Substanz »aus erster Hand«, sondern konnten sich zugleich ein eigenes Bild von der Person des Politikers machen, der Gaus gegenübersaß. Im Unterschied dazu bieten manche der heutigen politischen Talkshows den Beteiligten eher die Gelegenheit zu effektvollen Auftritten, und nicht selten versucht der Talkmaster, seine Gäste darin noch zu übertreffen.

Auch die modernen Meinungsbefragungen und ihre Veröffentlichung durch die Medien sind für viele Politiker eine ständige Versuchung zum Opportunismus, nämlich dem Volk das zu sagen, was es offenbar gern hören möchte, statt ihm die Wahrheit zu sagen und die Notwendigkeit zu erklären. Mit anderen Worten: Das Fernsehen verstärkt die latente Tendenz zur Stimmungsdemokratie.

Während meiner Bonner Amtsjahre waren einige Journalisten der beiden öffentlich-rechtlichen Anstalten besonders angenehme Partner. Dazu gehörten Klaus Bölling von Radio Bremen* und Bernhard Wördehoff vom NDR, die mich im Gespräch als kritische Partner oft zur Korrektur oder zur Präzisierung meiner Auffassungen bewogen haben. Das galt ähnlich für Fides Krause-Brewer vom ZDF sowie für Friedrich Nowottny und Ernst Dieter Lueg von der ARD. Alle drei, die für ihre Anstalten die regelmäßigen Berichte aus Bonn zu liefern hatten, waren aber nicht nur wertvolle private Gesprächspartner, sondern ebenso faire Frager und Reporter. Frau Krause-Brewer habe ich bisweilen dafür bewundert, wie sie es in ihren ökonomischen Kommentaren verstand, verwickelte Zusammenhänge verständlich darzustellen, ohne dabei oberflächlich zu werden. Gewiß waren weder Frau Krause-Brewer noch Nowottny oder Lueg ohne eigene politische Meinung, aber sie waren stets um objektive Wahrheit bemühte Reporter. Und keiner von ihnen gehörte zu den Schoßkind- oder Gefälligkeitsjournalisten, deren es in Bonn (und auch übrigens in Frankfurt im Umkreis der Bundesbank) nicht wenige gibt.

Auch für einen seriösen Journalisten ist es oft schwierig, dem Herdentrieb zu entgehen. Eine Zeitung, ein Fernsehkanal oder auch ein Politiker machen aus einem Vorkommnis oder auch nur aus einer zweifelhaften Nachricht ein publizistisches oder politisches Fanal – und fast alle anderen fühlen sich verpflichtet, das gleiche Thema aufzugreifen. Die in den neunziger Jahren mehrfach rechtzeitig vor den Wahlen inszenierten Verdächtigungen des toten Sozialdemokraten Herbert Wehner sind dafür ein markantes Beispiel.

Alles in allem habe ich große Zweifel, ob es möglich ist, eine allgemeingültige Formel oder auch nur eine Definition für alle Spielarten des Journalismus zu finden. Gewiß ist, daß kein Blatt auf die Dauer unabhängig von der Auflage und kein Fernsehkanal unabhängig von der Einschaltquote existieren kann. Aber die Auflage darf nicht der alleinige Maßstab einer verantwortungsvollen

---

* Vgl. S.. 490 ff.

Publizistik sein. Für mich zählen vor allem die Unabhängigkeit der Journalisten, die Vielzahl ihrer Meinungen, die Prinzipien der Liberalität, der Demokratie und des sozialen Ausgleichs. Oder mit einem Wort von Robert Leicht, dem Chefredakteur der ZEIT: Es muß bleiben beim politischen, beim moralischen und beim journalistischen Ethos.

Gibt es Freundschaften in der internationalen Politik?

Bisweilen liest man in der Zeitung, zwischen dem Regierungschef eines Staates und dem Präsidenten eines anderen Staates bestehe eine persönliche Freundschaft; man liest dergleichen auch von Außenministern. In manchen dieser Fälle gewinnt der Leser den peinlichen Eindruck, hier werde aus außenpolitischen Zweckmäßigkeitsgründen oder behufs innenpolitischen Prestiges eine persönliche Freundschaft bloß vorgetäuscht oder doch zumindest weit übertrieben. Solche Fälle sind nicht selten. Gleichwohl können auch im internationalen Verkehr wirklich sehr persönliche Freundschaften entstehen. Allerdings verdeckt der in diesem Buch oft verwendete Begriff des Freundes den Umstand, daß tatsächlich viele verschiedene Grade von Freundschaft vorkommen. Wenn ich es richtig beobachtet habe, so gab es Freundschaft und persönliches Vertrauen zwischen Margaret Thatcher und Ronald Reagan oder zwischen Willy Brandt und Bruno Kreisky. Ebenso verbindet Valéry Giscard d'Estaing und mich eine sehr persönliche Freundschaft.

Ich habe das Glück gehabt, eine Reihe von Freunden unter den Regierenden anderer Staaten zu finden. Freilich habe ich umgekehrt auch mit solchen Gesprächspartnern zu tun gehabt, die mir von vornherein unsympathisch waren und denen gegenüber meine Gefühle sich auch später nicht gewandelt haben; der »Conducator« Nicolae Ceauşescu, ebenso dessen Ehefrau und der Erzbischof Makarios waren die extremsten Fälle.

Natürlich befleißigen sich auch Diktatoren in aller Regel der Höflichkeit im internationalen Verkehr. Das galt und gilt auch für die allermeisten Kommunisten und für die sowjetischen Führer, denen ich begegnet bin. Aber wenn man hinter der Höflichkeit einen zuverlässigen und offenen Menschen erkennen konnte, so haben sich bei mir bisweilen auch gegenüber kommunistischen Staatschefs freundschaftliche Gefühle eingestellt – so gegenüber dem Polen Gierek und, gegen Ende seines Lebens, gegenüber dem Ungarn Kádár.

In vielen Fällen war die beiderseitige Berührung nicht eng genug, oder die Interessen unserer Länder widersprachen sich zu sehr, oder andere Umstände verhinderten, daß sich trotz persönlicher Sympathie eine freundschaftliche Beziehung entwickelte. So habe ich bedauert, daß der Däne Jens Otto Krag zu meiner Regierungszeit nicht mehr im Amt war; dafür hat sich dann jedoch ein freundschaftliches Verhältnis mit seinem Nachfolger Anker Jørgensen ergeben. Mit den westlichen Staatsmännern der Nordatlantischen Allianz und der (damaligen) Europäischen Gemeinschaft habe ich als Kanzler sehr vielfältige Berührungen und Gespräche gehabt; um so mehr lag mir am Kontakt mit klugen Staatschefs der neutralen Staaten, mit dem Schweden Olof Palme, dem Finnen Kalevi Sorsa, dem Österreicher Bruno Kreisky und dem Schweizer Kurt Furgler.

Was wirkliche Freundschaft ist, das zeigt sich deutlich erst, *nachdem* beide Freunde ihrer Ämter ledig und wieder Privatpersonen sind. In einigen Fällen spielen aber dann räumliche Entfernungen oder geographische Entfernungen eine beeinträchtigende Rolle. Wenn zum Beispiel der Spanier Adolfo Suárez oder der Norweger Odvar Nordli kaum je nach Deutschland kommen und ich selbst nur selten in ihre Länder reise, können Freundschaften, die sich angebahnt hatten, auch wieder einschlafen – so, wie dies im ganz normalen Leben sonst auch vorkommt.

Jean Monnet

Die Präsidenten de Gaulle und Pompidou habe ich nur ziemlich flüchtig gekannt, dafür aber Giscard d'Estaing, Mitterrand und Chirac recht gut – und zwar alle drei schon, ehe sie zu Präsidenten gewählt wurden. Aber Jean Monnet war der erste Franzose, den ich näher kennengelernt habe – und zwar schon Ende der vierziger Jahre. Der große Altersunterschied und Monnets kluger, welterfahrener Überblick über die Lage und die Möglichkeiten Europas schufen von Anfang an einen mir sehr deutlich spürbaren Abstand zwischen uns, der auf meiner Seite nur Bewunderung und Verehrung zuließ.

Die Sitzungen des Monnet-Komitees wurden für mich im Laufe der späten fünfziger Jahre eine außerordentlich lehrreiche Schule im Hinblick auf die europäische Integration. Schon seit Churchills Züricher Rede 1946, erst recht aber seit dem Schumanplan 1950 war ich überzeugt davon, daß die europäische Integration im vitalen Interesse Deutschlands lag. In den fünfziger Jahren lernte ich in Monnets »Comité d'Action pour les Etats-Unis d'Europe« die Probleme kennen, die in den wichtigen, aber auch in tausend kleinen Details lagen. Das Komitee war eine private Gesprächsgruppe, zusammengesetzt aus Politikern westeuropäischer Staaten; es diente Monnet als Resonanzboden für seine Gedanken. Monnet war ein fähiger, zugleich ungemein taktvoller Lehrer; er stellte niemanden bloß, ließ aber jedermann erkennen, auf welche nationalen Empfindlichkeiten wir Rücksicht zu nehmen hatten. Dabei war er ein kluger Erfinder tragfähiger Kompromisse zwischen divergierenden Interessen oder Auffassungen der verschiedenen Nationen und ihrer Staaten. Zugleich ging sein Denken – für einen französischen Staatsmann untypisch – schrittweise vor. Er präsentierte uns keine vollständigen oder endgültigen Entwürfe oder Lösungen, sondern brachte uns bei, in Entwicklungen und Prozessen zu denken, wobei er natürlich sein eigenes großes Ziel nicht aus den Augen verlor.

Monnet hatte sein internationales, quasi privates Komitee nicht etwa nur aus Menschen zusammengesetzt, die zur gleichen politischen Schattierung gehörten; vielmehr fanden sich hier Sozialisten, Sozialdemokraten, Liberale und Konservative zusammen. Wir waren zum Teil sehr erfahrene und zum anderen Teil jüngere Politiker (wie ich selbst). Übrigens sind Giscard d'Estaing und ich uns in diesem Komitee zum ersten Mal begegnet; auch Ted Heath habe ich dort kennengelernt. Als ich anderthalb Jahrzehnte später Regierungschef geworden war, hat mich Monnet – inzwischen ein sehr alter Herr – zweimal auf meine Bitte besucht, um mir, der ich um sein Urteil gebeten hatte, Ratschläge zu geben. Er war einer der klarsten der folgerichtig denkenden Politiker, die ich in der internationalen Politik kennengelernt habe.

Monnet war über die weitesten Strecken seines Lebens ein Politiker ohne Auftrag und ohne Macht, der zunächst die Ideen und Vorstellungen entwickelte und sich erst dann die Leute suchte, die genug Macht und Einfluß hatten, seine Pläne zu verwirklichen. Auf diese Weise war es 1950 zum Schumanplan und zur Europäischen Gemeinschaft für Kohle und Stahl (EGKS) gekommen, bei der Monnet nach außen die Vaterschaft Robert Schuman überließ. Ähnlich war der Plevenplan für eine Europäische Verteidigungsgemeinschaft zustande gekommen, mit dem René Pleven 1954 im französischen Parlament leider scheiterte. Monnet wurde der erste Präsident der Hohen Behörde der EGKS; er schied 1955 aus, um seine Unabhängigkeit zurückzugewinnen. Und gleich darauf gründete er sein Komitee, trat mit der Idee »Euratom« hervor und wurde zum wichtigsten Wegbereiter für die Römischen Verträge und den Gemeinsamen Markt.

Später konzentrierte er die Arbeit seines Komitees auf die Erweiterung der EWG um die Mitgliedschaft Englands. Dabei war es zunächst notwendig, die politische Klasse Frankreichs aufzuschließen für eine Revision der Grundsatzentscheidung des 1969 aus dem Amt geschiedenen Präsidenten de Gaulle, der Anfang der sechziger Jahre gegenüber einem Beitrittswunsch Englands unter Macmillan sein Veto eingelegt hatte. Danach mußte die zweite Frage gelöst werden, nämlich, wie man die Engländer dazu bewegen konnte, sich trotz der erstmaligen Abfuhr ein zweites Mal um den Beitritt zu bemühen. Dank Ted Heath hatte Monnet Erfolg. Einige Jahre später gelang es Giscard d'Estaing und mir, unsere Kollegen von Monnets Idee des Europäischen Rates (der Regierungschefs) zu überzeugen und diesen zu verwirklichen.

1977 erhielt ich zum letzten Male einen Brief von Jean Monnet, er war damals schon 88 Jahre alt. Wie schon so oft, so war seine Nachricht auch diesmal von einer Flasche Cognac aus seinem Familienunternehmen begleitet. Zwei Jahre später dann nahmen Valéry Giscard als Staatspräsident und ich als Bundeskanzler gemeinsam an der Totenfeier für Jean Monnet teil, beide in dem Bewußtsein, als Franzosen und Deutsche in einem Europa zu leben, das ungeachtet der Bedeutung de Gaulles und Adenauers im Grunde von Monnet gestaltet worden war.

Schon 1952 hatte Monnet erklärt, die Vereinigung der beiden deutschen Staaten setze die europäische Integration voraus. Anderthalb Jahrzehnte später, im März 1967, erhielt ich einen Brief von ihm, in dem er die Fortschritte beim Aufbau des vereinten Europa seit dem Schumanplan skizzierte und dann fortfuhr: »Durch diese Fortschritte rücken der Beitritt Englands zum Gemeinsamen Markt, die Gleichberechtigung zwischen dem vereinten Europa und den USA, die friedliche Koexistenz zwischen Ost und West, die Vereinigung der heute getrennten Deutschen und schließlich der Beginn einer ›Gestaltung des Friedens‹ ihrer Verwirklichung wesentlich näher.« Tatsächlich sind im Lauf der nächsten dreiundzwanzig Jahre fast alle hier von Monnet postulierten Aufgaben gelöst worden. Er selbst hatte stets zur Geduld ermahnt, wissend, daß nur steter Tropfen den Stein höhlt.

Für mich steht deshalb fest: Ohne diesen bescheidenen, aber beharrlichen Mann mit dem sicheren Blick für die Zukunft und mit dem Augenmaß für das jeweils Mögliche wären wir niemals dort angelangt, wo wir heute stehen. Ohne ihn wäre es nicht zu der ungemein wirksamen Zusammenarbeit zwischen Paris und Bonn gekommen, wie sie sieben Jahre lang zwischen Giscard und mir verwirklicht werden konnte. Gewiß, das Einstimmigkeitsprinzip in der Europäischen Union, welches Monnet überwinden wollte, besteht immer noch; das auf seine Gedanken zurückgehende Europäische Währungssystem ist in den neunziger Jahren durch kurzsichtige Regierungen in London, Rom, Paris und Bonn bis zur Unkenntlichkeit beschädigt worden; und von einer gemeinsamen europäischen Außen- und Sicherheitspolitik sind wir immer noch weit entfernt. Wohl aber hat 1992 der Maastrichter Vertrag die Europäische Union geschaffen, die Monnet 1974 gefordert hatte, und den Weg für weitere Fortschritte eröffnet.

Nachdem die Entfaltung und Bewußtwerdung der vielen europäischen Nationen mit ihren eigenen Sprachen, ihren eigenen politischen und kulturellen Traditionen sich über viele Jahrhunderte erstreckt hat, ist der innerhalb von nur fünfzig Jahren erreichte Stand der europäischen Integration fast ein Wunder. Wir haben in diesem halben Jahrhundert mancherlei schwere Rückschläge erlebt, aber wesentlich häufiger haben wir Fortschritte zustande gebracht. So wird es auch in Zukunft sein.

Valéry Giscard d'Estaing

Unter den Franzosen, die für mein politisches Leben von Bedeutung waren, ragen neben Monnet Robert Marjolin, Raymond Barre, François Mitterrand und Jacques Delors hervor. Marjolin hat mich als ein erfrischend praktischer Ökonom beeindruckt; er war in den fünfziger Jahren Generalsekretär der OEEC (Organization for European Economic Cooperation), ein Mann von großem Kenntnisreichtum und bemerkenswerter Überzeugungskraft. Barre, den ich zunächst als Kommissar für das Finanzressort der Brüsseler Kommission kennengelernt hatte, war unter Giscard Premierminister, gleichfalls ein erfahrungsreicher, sehr praktischer, moderner Ökonom, nur sehr geringfügig von der Colbertschen Tradition beeinflußt, die dem Staat eine sehr große Rolle in der Wirtschaft gibt und die das Denken der hohen französischen Beamtenschaft und der politischen Klasse so häufig kennzeichnet. Wenngleich Barre zur liberalen Rechten, Jacques Delors hingegen zur Linken gehört, sind ihre ökonomischen Vorstellungen nicht allzuweit voneinander entfernt. Ihre Fähigkeiten übersteigen deutlich das durchschnittliche Niveau der heutigen deutschen Kollegen in den Ressorts Finanzen und Wirtschaft. Barre als Ministerpräsident in Paris und Delors als Präsident der Europäischen Kommission in Brüssel haben eine bessere Arbeit geleistet als ihre Vorgänger und Nachfolger. Ich habe von beiden gelernt und bin dankbar für unsere freundschaftliche Verbindung.

Über François Mitterrand ist hinsichtlich seiner ökonomischen Urteilskraft nichts Besonderes zu berichten, denn er war in erster Linie ein *homme de lettres*, eher auf den Rang Frankreichs bedacht und insofern noch stärker in den Gleisen de Gaulles als dessen unmittelbarer Nachfolger Pompidou und auch als mein Freund Giscard. Ich kann im Falle Mitterrands nicht von Freundschaft sprechen, wohl aber von einer im Laufe der Jahre wachsenden Offenheit. Als ich ihn 1976 kennenlernte, erschien er mir zunächst ziemlich undurchschaubar. Wir trafen uns auf einer internationalen Konferenz sozialdemokratischer und sozialistischer Politiker in Helsingör, zu der Anker Jørgensen eingeladen hatte. Mitterrand propagierte dort, mit einigem Pathos, für uns alle Koalitionen mit den Kommunisten, woraufhin viele der Anwesenden widersprachen; ich ging darin wahrscheinlich am kräftigsten gegen Mitterrands phrasenhaft ideologische These vor, nur ein vereinter Sozialismus könne den Kapitalismus überwinden.

Als Frankreich 1977 kurz vor einer Wahl stand, kam Mitterrand zu einem Besuch der SPD nach Bonn. Meines Parteiamtes wegen mußte ich ihn empfangen, hatte aber kein Interesse an einem Sieg der Linksunion in Frankreich, da sie möglicherweise meine gute Zusammenarbeit mit dem amtierenden Staatspräsidenten Giscard gefährden konnte. Diesmal sagte Mitterrand, angesichts von acht Millionen kommunistischen Stimmen gebe es außer der Linksunion mit den Kommunisten für ihn keine andere Möglichkeit, an die Regierung zu gelangen.

Als er 1981 Staatspräsident geworden war, schien seine Rechnung aufgegangen zu sein. Doch war er jetzt zunehmend entschlossen, den Kommunisten keinen Einfluß auf seine Außen- und Sicherheitspolitik einzuräumen; vielmehr stand er inzwischen eindeutig auf der Seite des Westens, auch wollte er die enge Kooperation mit Deutschland fortsetzen, worin er dann 1989/90 angesichts der sich abzeichnenden deutschen Vereinigung vorübergehend geschwankt hat. Im Vordergrund stand dabei stets die Würde Frankreichs (und seine eigene Würde).

In den anderthalb Jahren, in denen wir beide an der Spitze unserer Länder standen, waren wir offen miteinander, aber ohne Herzlichkeit. Nachdem 1990 die beiden deutschen Nachkriegsstaaten vereinigt waren, kehrte Mitterrand zur Zusammenarbeit mit Bonn zurück (wobei allerdings der vornehmlich von Bonn plakatierten »Männerfreundschaft« mit Kohl eher suggestive Absichten zugrunde lagen). 1995 gab Mitterrand sein Amt mit Würde ab und reichte zugleich eine deutschlandpolitische Position weiter, die der französischen Tradition seit Jean Monnet entspricht.

Der französische Staatspräsident François Mitterrand, der oft polemische Wahlkämpfer der Sozialisten, schlüpfte offensichtlich ohne Schwierigkeiten in die Rolle de Gaulles als eines Vaters der Nation. Sein Auftreten im Elysee-Palast hatte außerordentliche Würde und mitunter etwas von gravitätischer Feierlichkeit. Schmidt konnte nicht sagen, daß er wirklich mit ihm warmgeworden war, aber beide Männer respektierten einander.

Was ist der Grund für diese Kontinuität? Wer auch immer an der Spitze Frankreichs steht, sieht sich veranlaßt, die langfristigen strategisch-politischen Interessen seines Landes zu analysieren. Frankreichs Interesse an Deutschland lag und liegt in einer engen Einbindung der Deutschen in einen größeren (west-)europäischen Verbund und deshalb in einer engen Kooperation zwischen der französischen und der deutschen Politik. Dies ist das kardinale Motiv für Frankreichs europäische Integrationspolitik seit Jean Monnet und Robert Schuman – und nicht etwa ein allgemeiner Europa-Idealismus, den es daneben auch gibt. Dieses kardinale Motiv gewinnt seit der deutschen Vereinigung zusätzlich an Gewicht; denn inzwischen übertrifft die Einwohnerzahl Deutschlands diejenige Frankreichs um bald die Hälfte. Sofern nicht von deutscher Seite ganz außerordentliche Fehler gemacht werden, wird jeder französische Präsident dieses strategische Motiv Frankreichs verfolgen. Das gilt mit hoher Wahrscheinlichkeit auch für Jacques Chirac.

Die enge Zusammenarbeit mit Frankreich und die Selbsteinbindung Deutschlands liegen aber auch in unserem eigenen kardinalen Interesse. Die politische Klasse Deutschlands stimmt in diesem lebenswichtigen Punkt mit der politischen Klasse Frankreichs überein. Wer auf die letzten zwei Jahrhunderte und auf vier Kriege zwischen Franzosen und Deutschen zurückblickt – von Napoleon bis zu Hitler –, der muß erkennen: Die Aufrechterhaltung dieser Übereinstimmung ist der Garant für den Frieden zwischen den beiden Völkern.

Gleichwohl wird es über wichtige Fragen immer wieder auch zu Meinungsverschiedenheiten zwischen Paris und Bonn oder dann Berlin kommen. Sie können das Verhältnis zu den USA oder Rußland betreffen oder die Konflikte auf dem Balkan. Es wird Differenzen geben über die »Südpolitik« der EU, über das Gewicht Italiens, Spaniens, Portugals, für Frankreich wichtigere Handelspartner als für uns, und über die Mittelmeerpolitik. Andererseits haben wir Deutsche wegen unserer unmittelbaren Nachbarschaft ein deutlich größeres Interesse an der Einbeziehung Polens und Tschechiens in die EU. Auch im Blick auf die Institutionen, die Finanzierung der EU und die Agrarpolitik werden Spannungen nicht ausbleiben. Wenn aber Deutsche und Franzosen ihr gemeinsames Interesse im Auge behalten, so werden sie diese Differenzen überbrücken.*

Mitterrands Nachfolger Jacques Chirac begegnete ich zum ersten Mal, als er Ministerpräsident unter Giscard war. Seit Beginn der neunziger Jahre, in denen wir uns zweimal jährlich aus Anlaß der Beratung der Japan Art Association und deren alljährlicher Verleihung des fünffachen Imperial Prize für Musik, Malerei, Skulptur, Architektur und Theater getroffen und zusammengearbeitet haben, lernten wir uns näher kennen. Ich glaube, seine 1995 begonnene Amtszeit als Staatspräsident wird schon nach wenigen Jahren zeigen, daß er aus vitalem Interesse der französischen Nation den Spuren Jean Monnets und damit seiner letzten beiden Amtsvorgänger folgen wird, wenn auch mit abermals sehr starker Betonung der Eigenständigkeit und der Würde Frankreichs – schließlich ist Chirac seit seiner Jugend Gaullist.

Mein mit Abstand engster französischer Freund bleibt natürlich Valéry Giscard d'Estaing. Wir haben von Anfang an nicht nur ökonomisch weitgehend übereingestimmt, sondern ebenso in unserer zweigleisigen Strategie gegenüber der Sowjetunion – einerseits den

---

* Über Mitterrand habe ich bereits ausführlich in »Die Deutschen und ihre Nachbarn« berichtet.

Willen und die Fähigkeit zur gemeinsamen Verteidigung zu demonstrieren, aber andererseits zugleich unsere Bereitschaft zu Verhandlung und Détente. Vor allem hatten wir von Anfang an – nämlich seit wir beide im Mai 1974 in die Chefpositionen in unseren Ländern eingerückt waren – übereingestimmt in der strategischen Vernunft der in überrragenden Interessen unserer beiden Nationen begründeten Zusammenarbeit und der stetigen gegenseitigen Annäherung zwischen Deutschland und Frankreich wie ebenso der Einbindung beider Länder in die Europäische Gemeinschaft (heute: Europäische Union).

Für uns beide war die Summe der geschichtlichen Erfahrungen beider Nationen miteinander der ausschlaggebende Schlüssel zur Erkenntnis dieses vitalen Interesses unserer beiden Nationen. Aus französischer Sicht mußte damit gerechnet werden, daß Deutschland – damals noch geteilt – sich in einem nicht allzu langen Zeitraum zu der industriell, finanziell und monetär dominierenden Macht innerhalb Europas entwickeln würde. Der seit der zweiten Hälfte des 19. Jahrhunderts hergebrachte Argwohn sehr vieler Franzosen gegen Deutschland mußte daraus zwangsläufig auf einen späteren deutschen Willen auch zur politischen Dominanz schließen. Schließlich waren von 1870 bis 1945 dreimal deutsche Truppen in Frankreich eingefallen und hatten große Teile des Landes besetzt; in den beiden Weltkriegen war Frankreich entscheidend auf das Zusammenwirken mit Amerika, England und Rußland/Sowjetunion angewiesen, um wenigstens bei Kriegsende auf der Seite der Sieger zu sein. Sollte in der Zukunft vermieden werden, daß diesen drei Akten der französisch-deutschen Tragödie ein vierter Akt hinzugefügt wurde, so verlangte das französische Interesse eine politische und ökonomische Einbindung Deutschlands. Dabei wußten die strategisch denkenden Franzosen natürlich, daß eine dauerhafte Einbindung Deutschlands nur dann zu erreichen ist, wenn sich auch Frankreich auf gleiche Weise einbindet. Von dieser Erkenntnis war Jean Monnet ausgegangen; Charles de Gaulle hatte sie, wenn auch zunächst sehr zögerlich, schließlich akzeptiert; für Giscard d'Estaing dagegen war sie selbstverständlich.

Wir Deutschen glauben zwar manchmal, das französische Geschichtsbild sei etwas einseitig, denn immerhin hatten zu Beginn des 19. Jahrhunderts die Truppen Napoleons fast ganz Deutschland besetzt, und er selbst hatte Teile unseres Landes (bis hinauf nach Hamburg) annektiert, innerdeutsche Grenzen verändert und einige Könige in Deutschland eingesetzt. Die französischen Erinnerungen an Napoleon sind ganz anders, er ist im Dôme des Invalides beigesetzt, und immer noch stehen viele Franzosen voller Ehrfurcht und Stolz vor seinem Sarkophag.

Die deutsche Erinnerung an Napoleon oder Ludwig XIV. muß unseren Blick auf die ungewöhnliche geopolitische Situation Deutschlands lenken. Wir haben mehr unmittelbare Nachbarn und weniger natürliche (geographische oder geologische) Grenzen als irgendein anderer europäischer Staat; allein die Polen finden sich in einer geopolitisch ähnlich ungünstigen Situation. Wer auf die Landkarte Europas blickt, wird unschwer erkennen, um wieviel günstiger die Franzosen, die Italiener, die Spanier, die Holländer und andere Nationen geographisch situiert sind.

Geschichtlich hat die geopolitische Zentrallage Deutschlands es mit sich gebracht, daß über Jahrhunderte hinweg Deutschland einerseits häufig das Ziel von gegen das Zentrum gerichteten (zentripetalen) Vorstößen gewesen ist und daß andererseits häufig zentrifugale Vorstöße von Deutschland aus in Richtung auf die Ränder des kleinen europäischen Kontinents ausgegangen sind. Hinsichtlich der zentripetalen Vorstöße erinnere man sich an die Römer, die Wikinger, die zentralasiatischen Reiterhorden, die Ungarn, die Türken, die Schweden, die Franzosen (unter Ludwig XIV. wie unter Napoleon) oder die Russen (unter Katharina, Nikolaus und Stalin). Sie alle haben sich von Zeit zu Zeit deutsche Schwäche zunutze gemacht. Umgekehrt sind aber die Deutschen im Mittelalter viele Male nach Italien vorgestoßen, über die Türkei viele Male in das heutige Israel, in die heutigen baltischen Staaten, in das frühere Ostpreußen, später nach Polen, seit der Mitte des vorigen Jahrhunderts dreimal nach Frankreich, unter Adolf Hitler in fast sämtliche Länder Europas.

Wenn auch Wilhelm II. keineswegs allein schuld war am Ausbruch des Ersten Weltkrieges (sondern die »Schuld« daran mit einer Reihe anderer europäischer Regierungen geteilt hat), so hat die Wilhelminische Epoche gleichwohl zu verantworten, daß eine Koalition fast aller europäischer Staaten gegen Deutschland zustande kam. Abermals eine Koalition fast aller europäischer Staaten gegen Deutschland hat Adolf Hitler blutig erzwungen.

Wer als Deutscher angesichts dieser jahrhundertelangen Erfahrungen und angesichts unserer unverrückbaren geopolitischen Situation eine Wiederholung von gegen Deutschland gerichteten Koalitionen (in welcher Form auch immer) verhindern will, der muß unser Land in den großen europäischen Verbund einbinden wollen. Und zwar nicht nur durch Verträge, sondern – wichtiger noch! – auch im Bewußtsein unseres eigenen Volkes. Seit Konrad Adenauer hatten alle deutschen Bundeskanzler diese strategische

Maxime bejaht, wenn auch Erhard, Kiesinger und Brandt sie weniger deutlich gegenüber Parlament und öffentlicher Meinung ausgesprochen haben. Für mich war die Fortsetzung dieser Strategie selbstverständlich – schon seit ich Jean Monnet kennengelernt hatte. Sie ist auch meinem Nachfolger Helmut Kohl selbstverständlich, zumal seit der deutschen Vereinigung unsere Gefährdung eher noch zugenommen hat, weil wir den Einwohnerzahlen nach heute beinahe anderthalbmal so viele sind wie die Franzosen, die Briten oder die Italiener, doppelt so viele wie die Polen, fünfmal so viele wie die Holländer oder achtmal so viele wie die Tschechen.

Ich habe nie an der zukünftigen Vereinigung der beiden deutschen Nachkriegsstaaten gezweifelt; allerdings habe ich sie während meiner Regierungszeit erst für das frühe 21. Jahrhundert erwartet. Diese Erwartung hat mich bestärkt in meiner Vorstellung, nach der eine rechtzeitige Selbsteinbindung Deutschlands in eine europäische Einheit in unserem eigenen vitalen Interesse lag, zumal diese Einheit nur schrittweise und deshalb in langen Zeiträumen erreichbar erschien. Außer uns Deutschen selbst hatte in Wahrheit niemand in Europa ein Interesse an der deutschen Vereinigung, sosehr auch das Interesse an der Aufhebung der Zweiteilung des Kontinents allgemein verbreitet war. Auch Giscard hat darüber kaum anders gedacht. Aber auch er hat gewiß mit der *Möglichkeit* der deutschen Vereinigung gerechnet.

Es war zwischen Giscard und mir nicht nötig, die beiderseitigen geschichtlichen Erkenntnisse und die sich daraus ergebenden strategischen Zielsetzungen ausdrücklich zu formulieren; vielmehr erschien es uns ohne viele Worte selbstverständlich, daß der andere sie teilte. Dies galt natürlich auch von der seit Churchills Züricher Rede 1946 und seit Monnets Schumanplan 1950 immer deutlicher werdenden Bedrohung des Westens durch die Sowjetunion, die unter Stalin, Chruschtschow und Breschnew durch eine unverhältnismäßig starke Aufrüstung und durch militärische Interventionen in anderen Staaten mehrfach ad oculos demonstriert worden war. Giscard und ich waren uns einig in der Entschlossenheit, das westliche Verteidigungsbündnis und seine politische und militärische Handlungsfähigkeit aufrechtzuerhalten. Und weil weder in Moskau noch in Washington Zweifel an dieser Entschlossenheit aufkommen sollten, haben wir darüber oft *öffentlich* gesprochen und damit zugleich den linken Kräften in Frankreich wie in Deutschland Widerpart gegeben, die zum Teil dazu neigten, die sowjetische Macht zu verharmlosen und eine Politik der Anpassung zu empfehlen. Insbesondere der deutschen Friedensbewegung, die zum großen Teil idealistisch-naiv, zum Teil aber auch – meist sorgfältig verborgen – von Fellow-travellers der Kommunisten beeinflußt war, mußte man immer wieder die sehr unerfreuliche Wirklichkeit der sowjetischen Expansionspolitik ins Bewußtsein heben.

Was die strategischen Gründe für die bilaterale deutsch-französische Zusammenarbeit und die Einbindung unserer beiden Staaten in die Europäische Gemeinschaft betraf, so haben Giscard und ich wahrscheinlich den Fehler begangen, darüber nicht deutlich genug öffentlich gesprochen zu haben. Zwar gab es in beiden Ländern den Willen zur Aussöhnung und die Zustimmung zu bilateraler Zusammenarbeit, aber unser Ziel einer Selbsteinbindung unserer beiden Nationen und Staaten wurde in der Öffentlichkeit weitgehend als Idealismus mißverstanden. Giscard und ich versäumten es beide, mit ausreichend klaren Worten zu begründen, daß wir tatsächlich zentralen, beiderseitigen nationalen Interessen folgten. Selbst heute, Mitte der neunziger Jahre, gibt es sowohl in Frankreich als auch in Deutschland manchen einflußreichen Menschen, dem das nationale strategische Interesse am Fortschritt der europäischen Integration nicht ausreichend bewußt ist.

Für manchen Außenstehenden war es zunächst wohl überraschend, daß sich aus den ungezählten persönlichen Gesprächen und Telefonaten zwischen Giscard und mir recht bald ein rückhaltloses Vertrauen und dann eine persönliche Freundschaft entwickelt hat. Unser beiderseitiger Lebensstil war durchaus verschieden. Valéry und seine Frau Anne-Aymone stammten aus dem Großbürgertum, besaßen ein Schloß auf dem Land und wohnten in Paris im besten Viertel der Stadt. Lokis und mein eigener familiärer Hintergrund dagegen war die Arbeiterschaft, wir wohnten in Hamburg in einer Siedlung der Neuen Heimat. Ich weiß nicht, ob das Ehepaar Giscard sich in unserer zur Schlafkammer ausgebauten Mansarde sonderlich wohl gefühlt hat; selbst ich – der ich wesentlich kleiner bin als Valéry – kann mir dort den Kopf stoßen. Gesagt haben sie darüber nichts – wie auch ich sie nicht habe wissen lassen, daß ich mir als Gast in ihrem Schloß etwas verloren und deplaciert vorgekommen bin. Aber trotz der Verschiedenheit unseres Hintergrundes gab es Übereinstimmungen, die unsere Freundschaft begünstigt haben: Wir beide liebten die Kunst, die Musik, interessierten uns für Geschichte – vor allem gab es die strategische Übereinstimmung.

Abgesehen von meiner eigenen Familie, war Valéry der erste und über sehr lange Zeit der einzige Mensch, mit dem ich über meinen jüdischen Großvater und über die mit ihm zusammenhängenden Probleme der Manipulation meines »Arier-Nachweises«

Die Politik führt zuweilen Männer unterschiedlichsten Herkommens zusammen. Wie Helmut Kohl später freundschaftliche Nähe zu dem Sozialisten François Mitterrand gewann, so bewährten sich sehr bald schon die persönliche Freundschaft und das rückhaltlose Vertrauen zwischen dem Konservativen Giscard d'Estaing und dem Sozialdemokraten Helmut Schmidt. Der Lebenshintergrund konnte nicht gegensätzlicher sein – Valéry besaß ein Schloß und lebte in Paris in einem der vornehmsten Viertel der Stadt, Schmidt dagegen kam aus der Arbeiterwelt und lebte in einer Siedlung der Neuen Heimat. Aber gemeinsame Überzeugungen und Neigungen in Geschichte, Kunst und Musik begünstigten ihre politische Freundschaft. Das Foto zeigt das Ehepaar Schmidt mit seinem französischen Logiergast an der Hausbar in Hamburg-Langenhorn.

und der damit verbundenen Ängste während der Nazizeit gesprochen habe. Wir haben einander nicht nur politisch, sondern eben auch sehr persönlich vertraut.

Dabei blieb unser politischer Stil durchaus verschieden. Giscard war ein relativ distanzierter, bewußt die Würde der Grande Nation und seine eigene Würde betonender Staatspräsident, während mein eigener Stil – bei aller norddeutschen Zurückhaltung – betont bürgerlich und mein Auftreten im Bundestag manchmal auch polemisch war. Mein Freund Valéry hätte sich kaum jemals als den leitenden Angestellten der Republik bezeichnet, wie ich es einmal getan habe – ein wahrscheinlich verunglücktes Scherzwort, weil man außerhalb Hamburgs das darin enthaltene Understatement nicht überall verstehen konnte.

In der Beurteilung von Personen, mit denen wir zu tun hatten, waren wir meist der gleichen Meinung. Wir hatten beide Schwierigkeiten, hinter Harold Wilsons taktischem Geschick seine wahren Absichten richtig einzuschätzen, wir zogen beide James Callaghan wegen seiner Offenheit und Fairneß vor und waren beide nicht erbaut von Margaret Thatchers penetrantem nationalem Egoismus; sie neigte zu unserem Unbehagen dazu, jeden mit ihr erzielten Kompromiß zu Hause als einen »Sieg« zu verkünden – was in unseren Augen eine Niederlage des europäischen Gedankens war. Kurz nachdem Valéry und ich unser Amt angetreten hatten, wurde Gerald Ford Präsident der USA; wir haben ihn beide seiner Vertrauenswürdigkeit wegen sehr geschätzt, während wir nach 1976 mit der Unbeständigkeit seines Nachfolgers Jimmy Carter unsere Probleme hatten – was Valéry übrigens richtig vorhergesagt hatte.

So wie die Freundschaft zwischen Valéry und mir nun bald ein Vierteljahrhundert lang besteht, so haben wir uns auch zu viert – Valéry, Jim Callaghan, Jerry Ford und ich – nach Ausscheiden aus unserem Amt die Zuneigung bewahrt und uns seit damals mindestens ein Dutzend Male zu viert bei Ford in Vail/Colorado getroffen. Dabei haben wir glücklicherweise niemals Dolmetscher gebraucht, weil weder Giscard noch ich Schwierigkeit haben, englisch zu sprechen.

Auch untereinander haben Valéry und ich, abgesehen von großen offiziellen Konferenzen, stets englisch gesprochen. Zwar hätte Valéry notfalls deutsch radebrechen können, während sich mein Französisch auf zwei oder drei Phrasen beschränkte; ich hätte allenfalls »Je t'aime« sagen können, nur hat es nie eine Gelegenheit dazu gegeben. Daß Anne-Aymone Giscard gleichfalls von vornherein englisch sprach, hat es schnell ermöglicht, daß auch zwischen ihr und Loki ein freundschaftliches Verhältnis entstehen konnte. Anne-Aymone hat ihren Vater in einem deutschen Konzentrationslager verloren; aus ihrer Distanz den Deutschen gegenüber ist sie Loki und mir ein sehr großes Stück entgegengekommen.

Unverhofft ergaben sich im Lauf der Zeit auch freundschaftliche Verbindungen zwischen Anne-Aymone Giscard, Audrey Callaghan, Betty Ford und Loki, wobei sie keinen Grund sahen, dies vor den neugierigen Kameras unseres Fernsehzeitalters öffentlich vorzuführen. Ich selbst habe es, wie auch sonst manchmal im Leben, als einen Glücksfall empfunden, daß die Ehefrauen der Freunde sich wie von selbst in die Freundschaft einbezogen haben. Ähnlich ist es Loki und mir mit O'Bie Shultz ergangen, der Ehefrau meines Freundes George Shultz.

Valéry und ich waren visionären oder umstürzend neuen Entwürfen sehr abgeneigt – und erst recht jeglichen phrasenhaften Erklärungen darüber. Statt dessen bevorzugten wir in aller Regel ein schrittweises sachliches Vorgehen. Auf diese Weise gelang es uns, an einer Reihe wichtiger Fortschritte mitzuwirken oder sie in Gang zu setzen – was die anderen Regierungen in Europa dazu veranlaßte, etwas mokant von der Achse Paris-Bonn zu sprechen. Der berühmte Korb III der Helsinki-Schlußkonferenz der KSZE (Konferenz über Sicherheit und Zusammenarbeit in Europa) mit seinen weitreichenden Absichtserklärungen über die Einhaltung der Menschenrechte, aber auch die Schlußerklärung als Ganzes wären 1975 ohne unser Zusammenwirken nicht so zustande gekommen. Er ist später für Sacharow, Havel, für Solidarność in Polen und für die Bürgerbewegung in der DDR zu einer großen Hilfe geworden, weil sie sich alle auf die persönliche Unterschrift ihrer jeweiligen kommunistischen Staatschefs berufen konnten.

Bei der gleichen Gelegenheit haben wir gemeinsam im Sommer 1975 in Helsinki Ford und Wilson für ein persönliches »Gipfeltreffen« zu fünft gewinnen können, das dem desolaten Zustand der Weltwirtschaft gewidmet war, die damals unter der OPEC-Preisvervielfachung litt. Dabei sollte Japan von vornherein einbezogen werden; tatsächlich wurde, als wir uns kurz darauf auf Valérys Einladung in Rambouillet trafen, korrekterweise auch Italien einbezogen – ein Jahr später auf Puerto Rico (USA) auch Kanada. Diese sogenannten Weltwirtschaftsgipfel der sieben führenden Industrienationen sind seither zu einer festen Übung geworden. Inzwischen ist der anfänglich sehr intime Charakter leider zugunsten der nationalen Bürokratien und des Fernsehens verlorengegangen. Aber immer noch haben diese persönlichen Treffen, an denen ich selbst achtmal teilnahm, ihren besonderen Wert, weil die Staats- und Regierungschefs notgedrungen selber sprechen und einander zuhören und antworten müssen. Und weil dergestalt eine Offenheit erzeugt wird, die es sonst im diplomatischen Verkehr nur selten gibt – zumal jeder der Chefs, anders als in bilateralen Spitzengesprächen, durch die Anwesenheit der anderen sechs Kollegen aus drei Erdteilen gezwungen ist, sich die weltweite politische Gesamtverantwortung der Industriestaaten vor Augen zu führen. Übrigens ist es heute – nach dem Ende des kalten Krieges – an der Zeit, Rußland und China voll einzubeziehen. Und um so besser wäre es, wenn bei dieser Gelegenheit der enorme bürokratische Troß und die allzu große Nähe und Einmischung der Medien wieder etwas abgebaut werden könnten.

Ein anderer Vorgang von weltpolitischer Bedeutung war das Verertreffen 1979 auf der französischen Insel Guadeloupe, zu dem Valéry eingeladen hatte. Es resultierte in dem berühmt gewordenen, in Deutschland heftig umkämpften »NATO-Doppelbeschluß«.

Die Vorgeschichte dieser Entscheidung war nicht weniger dramatisch als der von Friedensbewegung und Kommunisten bekämpfte Beschluß selbst. Es hatte damit begonnen, daß die Sowjetunion seit Mitte der siebziger Jahre eine neue Kategorie von Massenvernichtungswaffen in großem Tempo produzierte und in Stellung brachte. Diese SS 20 genannten Mittelstreckenraketen trugen jeweils drei nukleare Sprengköpfe, die drei Städte zugleich auslöschen konnten; ihre lediglich mittlere Reichweite schloß Ziele auf amerikanischem Boden aus, wohl aber konnten sie viele europäische und vor allem westdeutsche Ziele erreichen. Schon 1977 und während des ganzen Jahres 1978 hatte ich den amerikanischen Präsidenten Carter bedrängt, diese neuen Massenvernichtungswaffen in seine laufenden Rüstungsbegrenzungsgespräche (SALT) mit der Sowjetunion einzubeziehen. Da die SS 20 aber keine direkte Bedrohung für die USA darstellten, galten sie in Washington nicht als »strategisch«. Für Deutschland hingegen waren sie gewiß von überwältigender strategischer Bedeutung, sie konnten alle unsere Städte auslöschen, und das gab Moskau ein Instrument der politischen Drohung und Nötigung gegen das nichtnukleare Deutschland in die Hand. Weil ich in meinem Drängen nicht nachließ, kam es zu einem handfesten, auch persönlichen Streit mit Jimmy Carter.*

---

* Ich habe über diesen Komplex ausführlich in meinem Buch »Menschen und Mächte«, S. 222-229 berichtet.

Eine zweitägige informelle Gipfelkonferenz, die Präsident Jimmy Carter, Valéry Giscard d'Estaing, der britische Premierminister James Callaghan und Helmut Schmidt am 5. und 6. Januar 1979 auf der französischen Insel Guadeloupe in der Karibik hatten, löste den NATO-Doppelbeschluß aus.

Dieser Streit führte zu einer abermaligen Bewährung der Zusammenarbeit zwischen Paris und Bonn und der persönlichen Freundschaft zwischen den beiden Chefs. Schon daß die zum Problem der neuen sowjetischen Massenvernichtungswaffen einberufene Viererkonferenz im Januar 1979 nicht, wie Carter es vorgeschlagen hatte, auf US-amerikanischem, sondern – Giscards Verlangen gemäß – auf französischem Boden in der Karibik stattfand, war ein kleiner Vorteil. Als sich dort aber zeigte, daß Carters Regierung nunmehr doch auf die neue sowjetische Bedrohung reagieren wollte, allerdings in Gestalt einer bedingungslosen amerikanischen Nachrüstung durch neue Waffen gleicher Kategorie, die auf europäischem Boden stationiert werden sollten, griffen meine Freunde Callaghan und Giscard ein und verlangten, zunächst müsse mit den Sowjets über eine Begrenzung der nuklearen Mittelstreckenwaffen verhandelt werden – was Carter bis dahin abgelehnt hatte. Giscard gab der Sache schließlich die entscheidende Wendung: Zunächst verhandeln, aber mit der Maßgabe, daß im

Falle einer Ergebnislosigkeit nach vier Jahren westlicherseits nachgerüstet werden solle. Diesem doppelten Ergebnis habe ich auf Guadeloupe befriedigt zugestimmt.

Auf das Endresultat unserer gemeinsamen, im vollen Bewußtsein der Risiken unternommenen Operation bin ich noch heute stolz. Denn die Verhandlungen mit der Sowjetunion verliefen zunächst zwar ergebnislos, so daß der Westen ab 1983 nachrüstete. Aber vier Jahre später gab Moskau – inzwischen selber von derartigen Waffen bedroht – nach, und es kam zum INF-Vertrag (Intermediate Nuclear Weapons), der auf beiden Seiten zur totalen Abrüstung der Waffen dieser Kategorie geführt hat. Der INF-Vertrag wurde tatsächlich der allererste beiderseitige Abrüstungsvertrag der Geschichte; die Welt verdankt ihn dem Zusammenwirken zwischen Paris, London, Washington und Bonn – und der schließlichen Einsicht in Moskau.

Das Schwergewicht der gemeinsamen Politik durch Valéry Giscard und mich lag indessen innerhalb der Europäischen Gemeinschaft. So konnten Valéry und ich unsere Kollegen in den Regierungen der übrigen Mitgliedsländer dazu gewinnen, oberhalb der wuchernden Vielzahl von Ministerratssitzungen der EG den Europäischen Rat der Regierungschefs einzurichten. Inzwischen gehen vom Europäischen Rat alle entscheidenden Direktiven aus, damit ist das Gewicht der Brüsseler Verwaltung und ebenso der nationalen Bürokratien zunächst erheblich zurückgedrängt worden. Allerdings ist es beim Europäischen Rat ähnlich wie bei den Weltwirtschaftsgipfeln inzwischen leider wieder zu einer Verwässerung durch die vorbereitende Beteiligung der Brüsseler wie der nationalen Bürokratien und durch die zu große Nähe der Fernsehreporter gekommen.

Ebenso haben Giscard und ich unsere Kollegen von der Notwendigkeit überzeugen können, dem Parlament der EG dadurch eine echte demokratische Legitimität zu verschaffen, daß seine Abgeordneten direkt von den Bürgern gewählt wurden, anstatt, wie bis dato, von den nationalen Parlamenten delegiert zu werden. Es wird jedoch noch einige Jahre dauern, bis dieses Parlament lernt, seine politischen Kontrollfunktionen voll auszuschöpfen.

Unser schwierigstes gemeinsames Projekt war die Schaffung des Europäischen Währungssystems (EWS).* Es diente mehreren Zwecken zugleich. Zum einen war uns klar, daß ein gemeinsamer Markt bei einem Dutzend verschiedener Währungen und mehre-

---

* Ich habe darüber ausführlich in meinem Buche »Die Deutschen und ihre Nachbarn« berichtet.

ren Dutzenden von häufig sich ändernden Wechselkursen zwischen den Währungen der EG-Staaten die großen wirtschaftlichen und Wohlstandsvorteile, die von einem gemeinsamen Markt erwartet werden, nur sehr eingeschränkt ermöglichen kann. Zum anderen war uns deutlich, daß die Mehrzahl der europäischen Währungen allein auf sich gestellt den Stürmen der Weltwirtschaft, der weltweiten Währungsunordnung und speziell der Schwäche des amerikanischen Dollars nicht Paroli bieten kann. Und schließlich hatten wir drittens die spätere Schaffung einer gemeinsamen europäischen Währung im Auge, die zur inneren Festigung der Europäischen Gemeinschaft (heute EU) unausweichlich notwendig ist.

Uns war klar, daß die nationalen Bürokratien und auch die nationalen Notenbanken wegen ihrer eigenen Traditionen und Vorurteile, aber auch wegen ihres jeweiligen Ressortpatriotismus schwerlich in der Lage sein würden, ein Europäisches Währungssystem zustande zu bringen. Deshalb haben wir zu zweit, gemeinsam mit unseren persönlichen Mitarbeitern Bernard Clappier und Horst Schulmann, nicht nur die Grundzüge, sondern auch alle wichtigen Details in langen Gesprächen und Sitzungen selbst ausgearbeitet und sodann unsere europäischen Kollegen persönlich davon überzeugt.

Unsere Nachfolger sind 1992 im Maastrichter Vertrag von unserer Erkenntnis der Notwendigkeit einer gemeinsamen Währung ausgegangen. Nach dem Ausscheiden aus unserem Amt 1986 hatten Valéry und ich ein privates Komitee für eine Europäische Währungsunion begründet, das mit internen Diskussionen und Detailarbeiten sowie mit öffentlichen Erklärungen für die Schaffung der gemeinsamen europäischen Währung Vorarbeiten und Beihilfe geleistet hat. Leider haben im Sommer 1993 die damaligen Finanzminister in Paris, London, Rom und Bonn aus nationalen Prestigegründen das als vorbereitendes Stadium funktionierende EWS praktisch suspendiert; die ersten drei wollten die im System des EWS institutionell vorgesehene und bereits vielfach praktizierte Abwertung ihrer Währungen vermeiden, Bonn hingegen wollte eine Aufwertung vermeiden. Tatsächlich sind auf den Finanzmärkten sogleich die nämlichen Folgen eingetreten, welche die Regierungen nicht den Mut hatten, selbst zu verantworten. Die vom Maastrichter Vertrag seit 1992 gewollte Währungsunion wird dadurch unnötig erschwert. Giscard und ich haben die Suspendierung unmittelbar darauf gemeinsam kritisiert und dazu gemahnt, die normalen Funktionen des EWS alsbald wiederherzustellen; bisher jedoch hat der grassierende Währungsnationalismus (auch in Deutschland!) dies verhindert. Wenn es aber nicht zur gemeinsamen Währung, zur gemeinsamen Zentralbank und Geldpolitik kommen sollte, so wird die EU zu einer bloßen Freihandelszone plus einiger institutioneller Appendices verkommen. Die in DM agierenden deutschen Finanzinstitute, Banken, Versicherungen etc. würden nach einigen weiteren Jahren in Europa dominieren, die anderen Länder würden diese Entwicklung ablehnen – und eine abermalige Isolierung Deutschlands stünde zu erwarten.

Im Februar 1990 sind die alten Freunde Gerald Ford, James Callaghan, Valéry Giscard d'Estaing und ich in Ditchley Park (England) zusammengekommen, um – entgegen Mitterrand und Margaret Thatcher – gemeinsam für die Vereinigung Deutschland öffentlich einzutreten. Wir haben dabei die damals besonders in Frankreich und in England auftretenden Besorgnisse im Hinblick auf den möglichen Machtzuwachs eines vereinigten Deutschland erörtert und eine endgültige Anerkennung der deutsch-polnischen Grenze sowie die Aufrechterhaltung der Nordatlantischen Allianz verlangt, deren integrierte militärische Organisation NATO jedoch nicht über die Ostgrenze der alten Bundesrepublik hinaus ausgedehnt werden solle; den Gedanken einer Neutralität des vereinigten Deutschland haben wir dementsprechend abgelehnt. Am Ende des Jahres konnten wir befriedigt feststellen, daß die inzwischen ausgehandelten internationalen Verträge unsere Vorschläge und Forderungen erfüllt haben.

Noch immer treffen wir uns alle vier gemeinsam mit unseren Ehefrauen fast alljährlich in Gerald Fords Haus in Vail in Colorado. Dabei handelt es sich aber keineswegs nur um ein Freundestreffen der old boys; der äußere Anlaß unserer Zusammenkünfte sind vielmehr Diskussionen mit amerikanischen Politikern, Unternehmern und Bankern, die von den Gästen aus Europa hören wollen, wie die Welt und wie Amerika mit europäischen Augen gesehen werden.

Denke ich heute, ein halbes Jahrhundert später, an das Kriegsende zurück, so kommt mir nicht nur das entsetzliche Unglück ins Bewußtsein, das Hitler und seine Verbrechen und sein Krieg über uns Deutsche und alle unsere Nachbarn gebracht hat, sondern ebenso das große Glück, das uns Deutschen schließlich doch die Vereinigung möglich gemacht hat. An dieser glücklichen Entwicklng haben viele Menschen ihren Anteil, darunter auch viele Franzosen und so auch mein Freund Valéry Giscard d'Estaing.

Am dreißigsten Jahrestag des 8. Mai 1945 hatte er mir einen Brief geschrieben, in dem es hieß: »... zur Bekundung unseres Willens, unsere Zukunft gemeinsam und in Frieden zu gestalten,

Mit Margaret Thatcher betrat eine ungewöhnliche Frau die politische Bühne, von eindrucksvoller Energie, außergewöhnlichem Mut auch im Unpopulären und einer Hartnäckigkeit in internationalen Verhandlungen, die viele ihrer internationalen Gesprächspartner oft sehr befremdete – »to say the least«, wie Helmut Schmidt sehr zurückhaltend formuliert.

habe ich zusammen mit der französischen Regierung beschlossen, künftig diesen Jahrestag nicht mehr zu begehen, der somit der dreißigste und letzte sein wird...« Das war eine noble Geste, die mich sehr gerührt hat. Abermals zwanzig Jahre später hat es gleichwohl auch in Paris eine große Feier des Sieges gegeben. Allerdings hat Giscards Nachfolger Mitterrand dazu auch Bundeskanzler Kohl eingeladen, und so wurde aus der Siegesfeier zugleich eine Friedensfeier der Versöhnung in Europa. Wir Deutschen haben Anlaß, unseren französischen Nachbarn dankbar zu sein.

Sympathie für englisches Understatement

In meiner Schule, der ich sehr viel Verständnis für Musik und Malerei sowie die Einübung in selbständiges Arbeiten verdanke, spielten Fremdsprachen leider eine relativ geringe Rolle. Englisch war Pflichtfach, darüber hinaus hatte man die Wahl zwischen Latein und Französisch. Mein Vater entschied sich für Latein, und aus dieser Entscheidung resultierte im Laufe meines Lebens ein empfindliches persönliches Defizit; weil ich dieses Defizit später nie habe auffüllen können, habe ich oft jene in Schulzeiten getroffene Wahl bedauert. Denn meine ohnehin nur höchst rudimentären Lateinkenntnisse habe ich kaum jemals nutzen können – es sei denn zur sehr oberflächlichen Entzifferung von Überschriften in italienischen oder spanischen Zeitungen –, während ich mich im Umgang mit europäischen Staatsmännern häufig darüber ärgerte, daß ich ihre Sprache nicht beherrschte.

Dem italienischen Staatspräsidenten Sandro Pertini beispielsweise, der seinem Lebensalter nach mein Vater hätte sein können, war ich von Herzen zugetan. Aber wie kann man seine Liebe bezeugen, wenn man dafür einen Dolmetscher braucht? Gegenüber meinen beiden Lieblingspartnern unter den königlichen Souveränen, Königin Beatrix und König Juan Carlos, war das viel einfacher, denn beide sprechen vorzüglich Englisch. Übrigens macht man Königen gegenüber keine Liebeserklärungen; vielmehr müssen sie freundschaftliche Zuneigung aus dem Gespäch und seinen Nuancen selbst entnehmen. Tonfall, Tempo der Sprache, Betonung oder auch Dehnung einzelner Worte, dazu Mimik und Gestik – dies alles geht bei fast jeder Übersetzung weitgehend verloren. Deshalb wäre meine Freundschaft mit Valéry Giscard nur sehr schwierig zu praktizieren gewesen, hätte er nicht die englische Sprache beherrscht. Dagegen war es mir im Umgang mit Engländern, Amerikanern und Kanadiern sehr leicht, ihre Nuancen zu verstehen und mich selbst nuanciert auszudrücken.

Gerade darum hatte ich kaum Schwierigkeiten, Harold Wilson als großen Taktiker einzustufen, dessen Absichten schwierig zu entziffern waren (wenn er selbst sie denn immer klar vor Augen gehabt haben sollte; insgeheim habe ich ihn immer mit Hans-Dietrich Genscher verglichen). Ich konnte bei meinem Urteil über eine Einlassung Wilsons ebenso sicher sein, daß sie nicht auf einer möglicherweise irreführenden Übersetzung beruhte, wie ich meinen Urteilen über die Extravaganzen seines Parteifreundes George Brown oder über die extrem einseitig ideologisch bestimmten Auffassungen Richard Crossmans und Tony Benns vertrauen durfte. Und es war – neben der ohnehin schon ausgeprägten hamburgischen Anglophilie – der weitgehend sichere Umgang mit der englischen Sprache, der es mir leichtmachte, in England Freunde zu finden.

Innerhalb der politischen Klasse Englands lernte ich zu meiner anfänglichen Überraschung auch konservative Politiker kennen, die meine Sympathie erregten, so zum Beispiel Harold Macmillan, dem ich erst 1979 als Kanzler der Universität Oxford begegnete, nachdem er schon lange aus der aktiven Politik ausgeschieden war.

Seine Bildung, sein Witz, aber auch der für die englische Oberschicht typische Tonfall der Beiläufigkeit seiner Bemerkungen haben mich beeindruckt, ebenso das Understatement seines ganzen Auftretens, mit dem er den Anschein des Unwichtigen erweckte – obgleich damit zweifellos das Gegenteil beabsichtigt war.

Fast alle englischen Politiker waren und sind »Atlantiker«, d.h.: Für sie ist die Verbindung zu den USA von überragender Bedeutung. Das war zwar auch bei Macmillan der Fall, doch war er zugleich ein »Europäer«, der als erster englischer Regierungschef ernsthaft den Eintritt des Vereinigten Königreiches in die Europäische Wirtschaftsgemeinschaft (EWG, heute EU) betrieben hat – wobei er am Widerstand de Gaulles gescheitert ist. Erst Edward Heath, der 1960 bis 1963 unter Macmillan Lordsiegelbewahrer und de facto Europaminister gewesen war, ist der Beitritt schließlich geglückt – fast ein Jahrzehnt später. Allerdings hing danach die englische Mitgliedschaft noch zweimal an einem seidenen Faden, weil Wilson im Jahre 1974 und abermals Margaret Thatcher im Jahre 1979 bei ihren Forderungen nach »Neuverhandlungen« in ihren finanziellen Bedingungen so weit gingen, daß ein Scheitern der Verhandlungen möglich schien, was ihnen nur noch den Rückzug in der Form des Austritts aus der EWG offengelassen hätte.

Ted Heath ist ein betonter »Europäer«, zudem beherrscht er die Kunst des Kompromisses, die allen Beteiligten erlaubt, ihr Gesicht zu wahren. Beides kann man von Margaret Thatcher kaum sagen; ihre Energie war eindrucksvoll, ihre Hartnäckigkeit dagegen hat viele ihrer internationalen Gesprächspartner oft sehr befremdet – to say the least. Ted Heath, inzwischen schon lange ohne Regierungsämter, macht darüber bisweilen seine lakonischen, trockenen Bemerkungen, wenn wir im Gespräch unsere politischen Meinungen und Erfahrungen austauschen. Unser wichtigster gemeinsamer Gegenstand hat freilich nur äußerst indirekt mit Politik zu tun, denn dabei handelt es sich um die gemeinsame Beratung der Japan Art Association hinsichtlich ihrer alljährlichen Verleihung der fünf »kaiserlichen« Kunstpreise – wobei wir, zumindest was den Musikpreis betrifft, häufig übereinstimmen.

Ein Meister des Understatements ist Peter Carrington. Wir sind fast gleichaltrig, haben beide in Hitlers Weltkrieg auf den entgegengesetzten Seiten als Soldaten gedient und waren zu gleicher Zeit Verteidigungsminister. Carrington ist der sechste erbliche Lord seiner Familie; als wir uns 1970 kennenlernten, besaß er bereits Regierungserfahrungen von ungewöhnlicher Vielfalt, da er schon unter Churchill Regierungsmitglied gewesen war. Ich dagegen kam aus dem Kleinbürgertum und war – abgesehen von meiner relativ unbedeutenden Senatorenzeit in der Hamburger Landesregierung – ein Newcomer in Regierungsgeschäften. Gleichwohl kam Carrington mir sehr kollegial entgegen. Unsere damals beginnende Freundschaft hat inzwischen ein Vierteljahrhundert gehalten. In dieser Zeit war Carrington in Board-Funktionen in einer Reihe von wichtigen Unternehmen tätig, war nach verschiedenen anderen politischen Aufgaben unter Maggie Thatcher ein beschwichtigender, aber höchst loyaler Außenminister und schließlich ein allseits hoch geachteter Generalsekretär der NATO gewesen. Peter ist ein hart arbeitender Mann, aber er verbirgt seine Anstrengungen hinter Charme, Höflichkeit und Geduld, er hat Augenmaß und Takt, und seine gelegentlich spöttischen Bemerkungen über Dritte bleiben für seine vertrauten Freunde reserviert. Wenn er nicht erblicher Baron wäre und Mitglied des Oberhauses, so wäre er vermutlich ein vorzüglicher englischer Regierungschef geworden – sofern nicht seine gute Oberklassenerziehung ihn daran gehindert haben würde, als volkstümlicher und wirksamer Wahlkämpfer ein Massenpublikum zu begeistertem Beifall hinzureißen.

Peter Carringtons Vorgänger als Verteidigungsminister war mein alter Freund Denis Healey. Wir kannten uns schon lange, bevor wir als Verteidigungsminister und später als Finanzminister Kollegen wurden. Denis ist – ebenso wie die allermeisten englischen Politiker – ein glänzender Fechter in jeder freihändigen Debatte. Gleichwohl entspricht er nicht ganz dem Bild des kritischen Understatement: Er ist direkt, sehr temperamentvoll, fast immer witzig, und bisweilen neigt er dazu, den Gegner zu verletzen. Ein ungemein leidenschaftlicher, kraftvoller und doch auch zuverlässiger Mann. Inzwischen ist er längst zum Lord ernannt – wie fast alle meine alten Labour-Freunde: Lord Jenkins, Lord Callaghan, auch Wilson war schon lange Zeit Lord, als er starb.

Während meines ganzen politischen Lebens habe ich das parlamentarische System Englands seiner Effizienz wegen immer wieder bewundert. In den USA wird es fast zur Regel, Gouverneure eines Bundesstaates zum Präsidenten zu wählen. Sie haben – im Gegensatz zu einem englischen Regierungschef – fast niemals vorher ein Ministerium des Landes verwaltet und verfügen über keinerlei Erfahrungen, weder in der Außenpolitik noch im Umgang mit Senat und Abgeordnetenhaus – Gerald Ford war hierin eine Ausnahme. Aus diesen Ausbildungs- und Erfahrungsdefiziten eines neuen Präsidenten erwachsen am Beginn einer neuen Regierung (»administration«) häufig große Schwierigkeiten, zumal ein neuer Präsident oft geneigt ist, Minister zu ernennen, die genauso

Als Helmut Schmidt Mitglied der Regierung wurde – erst Verteidigungsminister, dann Doppelminister für Finanzen und Wirtschaft und schließlich Bundeskanzler –, traf er in Lord Carrington einen der erfahrensten und angesehensten englischen Politiker. Zwischen beiden Männern entwickelte sich sehr bald großes Verständnis, fast so etwas wie Freundschaft. Schmidt meint heute, daß Carrington eines Tages Premierminister Großbritanniens geworden wäre, wenn ihn die erbliche Würde des Lords mit Sitz im Oberhaus nicht davon ausgeschlossen hätte.

krasse Außenseiter der Bundespolitik sind wie er selbst; erschwerend kommt hinzu, daß auch fast alle obersten Beamten nicht aus einer Laufbahn als Berufsbeamte kommen, sondern ebenfalls vom Präsidenten ernannt werden. Dieser selbst ist wegen seiner Doppelfunktion als Staatsoberhaupt und als Regierungschef in aller Regel persönlich überfordert. Er wird vornehmlich wegen seiner Fähigkeiten als Wahlkämpfer gewählt, die ihm später als Staatsmann fast gar nichts nützen.

Dagegen bietet die von de Gaulle geschaffene Verfassung Frankreichs den Vorteil der Zweiteilung: einerseits ein vom Volk direkt gewählter Präsident (dessen Vollmachten geringer sind als diejenigen seines amerikanischen Kollegen), andererseits ein vom Vertrauen sowohl des Parlaments als auch des Präsidenten abhängiger Ministerpräsident. Sowohl der französische Präsident als auch sein Ministerpräsident entstammen ohne Ausnahme der politischen Klasse des Landes und bringen deshalb in der Regel große politische und administrative Erfahrungen in ihre Ämter mit.

England wiederum muß als konstitutionelle Monarchie mit Erbfolge kein Staatsoberhaupt wählen. Auch der das Land tatsächlich regierende Ministerpräsident geht nicht aus direkter Volkswahl hervor; vielmehr ernennt der König beziehungsweise die Königin den Führer der parlamentarischen Mehrheit, wobei der Ministerpräsident - ebenso wie in Frankreich oder wie der Bundeskanzler in Deutschland - vom Vertrauen des Parlamentes abhängig bleibt.

Allein die Mitglieder des englischen Unterhauses sind vom englischen Volk gewählt, und zwar in Einmannwahlkreisen. Weil es keine Landeslisten oder dergleichen gibt, ist der Einfluß der zentralen Parteiapparate auf die Kandidatenaufstellung in den einzelnen Wahlkreisen glücklicherweise relativ geringfügig. Vielen europäischen Demokraten erscheint dieses Mehrheitswahlrecht als ungerecht, weil in jedem Wahlkreis alle Stimmen, die für die unterlegenen Kandidaten abgegeben worden sind, unter den Tisch fallen. Meiner Ansicht nach wird dieser Nachteil aber weit mehr als aufgewogen durch den immensen Vorteil, daß Splitterparteien praktisch chancenlos sind und dadurch normalerweise die Notwendigkeit zu Koalitionsbildungen im Parlament entfällt. In aller Regel regiert entweder die Labour Party oder die Conservative Party; deshalb können Öffentlichkeit und Wähler die Verantwortlichkeiten der beiden Parteien klar erkennen und ihre Leistungen oder ihr Versagen klar beurteilen - im Gegensatz zu unserem Wahlsystem, in dem von Adenauer bis Kohl alle sechs bisherigen Bundeskanzler von teilweise sehr komplizierten Koalitionen abhängig sind, in denen kleine Koalitionspartner häufig eine unangemessene Macht ausüben und dergestalt die Verantwortlichkeit verwischt und verdeckt wird.

Dabei hat sich die kleine F.D.P. mehrfach als unzuverlässiger Koalitionspartner erwiesen und häufig die Schlüsselrolle des »Züngleins an der Waage« spielen können, die im Vergleich zu ihrem geringfügigen Stimmenanteil unangemessen war. Es ist vorherzusehen, daß in Zukunft der Partei der Grünen eine ähnliche Rolle zufallen kann.

James Callaghan

Während meiner Bonner Amtszeit habe ich vier verschiedene englische Regierungschefs und ihre jeweiligen Minister erlebt. Dabei hat mich immer wieder fasziniert, wie sehr in aller Regel sowohl die Minister als auch die Ministerpräsidenten (Heath, Wilson, Cal-

James Callaghan wurde bereits 1945 mit 33 Jahren zum ersten Mal in das Unterhaus gewählt; unter Premierminister Attlee wurde er Staatssekretär, bis er schließlich im Alter von 64 Jahren Premier wurde. Inzwischen ist er als Lord Callaghan of Cardiff Mitglied des Oberhauses. Callaghan stand Helmut Schmidt jahrzehntelang nahe; bei der Befreiung von Mogadischu leistete er der Bundesrepublik tatkräftigen Beistand. »Jim hatte auf ähnliche Weise wie ich mit linken Schwärmern zu kämpfen, die England ohne sowjetische Gegenleistung nuklear abrüsten wollten.«

laghan und Thatcher) durch ihre vorhergegangene Tätigkeit in etwas kleineren Regierungsämtern auf ihr Spitzenamt vorbereitet waren – wobei sie sich zugleich, sofern sie wiedergewählt wurden, als Mitglieder des Parlaments ihre Bodenhaftung bewahren konnten.

James Callaghan war ein gutes Beispiel für diese hervorragende Ausbildung, die das parlamentarische System Englands seinen begabten Abgeordneten ermöglicht. Als Sohn eines Berufsunteroffiziers der Royal Navy war Callaghan von Hause aus das, was man früher in Deutschland einen Volksschüler nannte. Sein Aufstieg begann als Gewerkschaftssekretär der Steuerbeamten. Mit 33 Jahren wurde er 1945 zum ersten Mal ins Unterhaus gewählt. Die allererste mögliche Regierungsposition als parlamentarischer Privatsekretär eines Kabinettsministers scheint er übersprungen zu haben; jedenfalls wurde er 1947 unter Attlee parlamentarischer Staatssekretär im Verkehrsministerium. Später wechselte er in die Admiralität, noch später wurde er Finanzminister, Innenminister und Außenminister in verschiedenen Regierungen – dazwischen lagen Ämter im »Schattenkabinett« in der Opposition –, bis er schließlich 1976 Premierminister wurde. Er war damals 64 Jahre alt, besaß große Erfahrung im Regierungsgeschäft und zugleich die Klugheit eines Mannes im gereiften Alter. Inzwischen ist er als Lord Callaghan of Cardiff längst Mitglied des Oberhauses, was ihm Gelegenheit gibt, seine politische Stimme zu erheben, sooft ihm dies geboten erscheint.

Die Befugnisse des Oberhauses (House of Lords) sind praktisch sehr gering; gleichwohl erscheint mir auch diese Institution des englischen Parlamentarismus beispielhaft, weil das Oberhaus sein Recht zur öffentlichen politischen Debatte dazu nutzt, die Regierung öffentlich zu kritisieren und ihr peinliche Fragen zu stellen und Ratschläge zu geben. Damit stellt das Oberhaus einen wichtigen Korrekturfaktor dar, auch gegenüber dem Unterhaus, welches tatsächlich die Gesetze beschließt und allein die Macht zum Sturz der Regierung besitzt. Demokratie sei »government by discussion«, so habe ich von englischen Freunden gelernt – eine nicht ganz vollständige, aber doch richtungweisende Definition.

Dennoch will ich nicht verschweigen, daß mich die Tatsache von zweierlei verschiedenen Zugängen zum House of Lords stört; die Ernennung zum Lord aufgrund persönlicher Verdienste in der Politik, im Bildungswesen oder in der Wirtschaft erscheint mir als eine hervorragende Einrichtung, während mir die Mitgliedschaft aufgrund des Erbgangs einer Familie des Hochadels reichlich antiquiert vorkommt. Insgesamt aber ist das Oberhaus ein eindrucksvoller Faktor der englischen Demokratie. Wenn meine eigene Partei sich seit einiger Zeit einen Seniorenbeirat geschaffen hat, so ist dieser vergleichsweise harmlose Abklatsch fast ohne politischen Belang; denn die Parteiführung der SPD braucht von etwaigen Meinungen dieses Seniorenbeirats sowenig Notiz zu nehmen, wie die Medien und die Öffentlichkeit dies tun.

Jim Callaghan ist fest verwurzelt in britischen Traditionen, sein Denken ist bestimmt durch die konstitutionelle Monarchie und die parlamentarische Regierungsform. Als es 1995 zu einer öffentlichen Zuspitzung der Auseinandersetzungen unter den Nachkommen von Königin Elizabeth II. kam, schrieb er: »Glücklicherweise werden wir Ihre Majestät noch für viele Jahre haben. Ihr gesunder Menschenverstand, Urteil und Wissen darüber, wie man unter unserer ungeschriebenen Verfassung die verschiedenen Elemente im Gleichgewicht hält ... Die konstitutionelle Monarchie wird überleben. Sie ist die am wenigsten fehlerhafte Methode, ein Staatsoberhaupt zu bestimmen ...« Und dies von einem Sozialisten! Aber

Jim ist eben weiser als manche alten Kämpfer und Programme seiner Labour Party.

Während der drei Jahre, in denen Jim Callaghan und ich gleichzeitig Regierungschefs gewesen sind, hat er mir mehrfach wichtige Hilfe geleistet. So war sein moralischer Beistand sehr ermutigend, als es darum ging, gegenüber der verbrecherischen Erpressung durch die Terroristen der Baader-Meinhof-Bande fest zu bleiben. Überdies erhielt ich damals auch tatkräftigen Beistand von Callaghan: Die von ihm verfügbar gemachten Blendbomben, die tatsächlich aber harmlos waren und niemanden verletzten, haben der GSG 9 in Mogadischu entscheidend geholfen, die Entführer des Lufthansa-Flugzeugs zu überraschen und zu überwältigen; mein Freund Jim hatte uns außerdem britische Offiziere mitgegeben, die mit diesem ungefährlichen, aber Schrecken verbreitenden Feuerwerk umzugehen verstanden.

Callaghans Hilfe beim Zustandebringen des NATO-Doppelbeschlusses 1979 auf Guadeloupe habe ich schon erwähnt; er setzte seine Hilfe im weiteren Verlaufe dieser Sache fort (so auch Giscard d'Estaing und dessen Nachfolger Mitterrand) und war für mich ein wichtiger Beistand, als es darum ging, die ideologisch verblendete Opposition der Friedensbewegung und der linken Opposition innerhalb der SPD abzuwehren. Dabei hatte auch Callaghan im eigenen Land und innerhalb seiner eigenen Partei in ähnlicher Weise mit linken Schwärmern zu kämpfen, welche die amerikanischen Nuklearwaffen aus England entfernen und England einseitig und ohne sowjetische Gegenleistung nuklear abrüsten wollten.

Es war tragisch, daß Callaghan wegen seiner erfolgreichen Stabilisierungspolitik – er hatte von seinem Vorgänger Wilson eine Inflationsrate von 25 Prozent geerbt, die er auf ein Drittel reduzieren konnte – zwangsläufig in einen schweren Konflikt mit der Gewerkschaftsbewegung geriet, der er selbst entstammte und die 1979 mit einer Serie bitterer Streiks seine Politik unterlief. Ähnlich wie in der deutschen Sozialdemokratie war es auch in der Labour Party die ideologische Linke, die – obgleich selber regierungsunfähig und außerstande, das Vertrauen einer Wählermehrheit zu erringen – die Regierungsfähigkeit der Labour Party unterminierte. Obgleich Callaghan in den englischen Meinungsumfragen eindeutig der populärste Politiker war, wurde er 1979 durch ein Mißtrauensvotum des Unterhauses gestürzt – ein Ereignis, das in England seit einem halben Jahrhundert nicht mehr vorgekommen war. Die Parallelen zum Ende der sozialliberalen Koalition in Bonn im Jahre 1982 sind frappierend. Seither sind die Konservativen in London sechzehn Jahre an der Macht, während in Bonn die konservative schwarz-gelbe Koalition schon vierzehn Jahre lang ununterbrochen regiert – auch dies eine bemerkenswerte Parallele. Es scheint so, als ob die heutige Generation der Labour-Führung das Menetekel besser verstanden hat als die heutige Generation der Führung der SPD.

Was Callaghans außenpolitische Präferenzen betrifft, so kann man ihn schwerlich als »Europäer« bezeichnen. Seiner inneren Marinetradition gemäß ist er während seiner ganzen politischen Laufbahn ein insular geprägter »Atlantiker« geblieben, doch war er, nachdem England nun einmal Mitglied der EG geworden war, ein fairer Mitspieler und zählte – anders als seine Nachfolgerin Margaret Thatcher – jedenfalls nicht zu denen, die aus der EG am liebsten wieder austreten wollen, wenn dies denn ohne schweren Schaden für England möglich wäre.

Als Beispiel für Callaghans Fairneß ist mir eine Unterhaltung im April 1978 in Chequers in Erinnerung; der damalige Finanzminister Hans Matthöfer und ich trugen dem englischen Premierminister, seinem Schatzkanzler Healey und ihrem Berater Harold Lever die Absichten und die Grundzüge des beabsichtigten Europäischen Währungssystems (EWS) vor. Für mich ging es erklärtermaßen um die Frage: Mit oder ohne England? Wie zu erwarten war, äußerten sich die beiden Zentralbankpräsidenten Emminger und Richardson skeptisch, während Healey sich relativ aufgeschlossen zeigte. Callaghan dagegen machte geltend, daß der Wechselkurs des Sterlings innerhalb des EWS ansteigen würde. Deshalb müsse England im Falle des Beitritts eine Pfundabwertung vornehmen, was aber wegen des damit verbundenen Preisanstiegs politisch nicht vertretbar sei. Am Ende einer ausgedehnten, fachlich wie politisch sorgfältig geführten Diskussion sagte Callaghan: »Wenn Giscard und Sie Ihre Pläne öffentlich vorlegen, so muß ich mich öffentlich skeptisch dazu äußern. Aber Sie brauchen nicht zu befürchten, daß England sich destruktiv verhalten wird.« So ist es dann auch später tatsächlich geschehen. Man konnte sich auf Jim Callaghans Wort verlassen.

Umgekehrt hat Jim sich auf seinen deutschen Freund verlassen können. Wenige Tage nach meinem Ausscheiden aus dem Amt erhielt ich einen langen Brief von ihm, der mich sehr gerührt hat; denn unter anderem war darin die Rede vom »invaluable service«, den ich seinem Land, aber auch Europa und der Atlantischen Allianz geleistet hätte. Derartige Briefe von Mann zu Mann sind nicht häufig im Leben, und die enge Freundschaft, für deren Fortbestand sich Jim in seinem Brief aussprach, haben wir seither gehalten.

Jim war zu jener Zeit schon von der Führung der Labour Party im Unterhaus zurückgetreten; er war jetzt völlig frei von der Notwendigkeit zur Rücksichtnahme auf die offiziellen Meinungen seiner Partei, wie ich nunmehr auch. Dieser Umstand hat unseren Meinungsaustausch, der inzwischen seit zwei Jahrzehnten anhält, noch wertvoller gemacht. Aber noch heute beobachte ich, daß mein alter Freund im Gespräch mit amerikanischen Politikern und Geschäftsleuten oder bei den alljährlichen Unterhaltungen im Inter Action Council* mit deutlichen Worten zum Thema spricht, aber doch zumeist im milden, zurückgenommenen Habitus des englischen Understatements.

Bisweilen bin ich diesem Beispiel gefolgt. Aber dergleichen wird in Deutschland kaum verstanden. Vor einem deutschen Publikum und vor der deutschen Presse darf man das eigene Licht nicht unter den Scheffel stellen, sonst wird es nicht gewürdigt. So war es denn auch ein mißglückter Versuch von Understatement, als ich wiederholt im Bundestag bekannte, mich als Kanzler für die »geistig-moralische« Führung der Deutschen nicht zuständig zu fühlen. Ich nahm natürlich an, man werde schon wissen, wie sehr ich mich tatsächlich um geistige Führung und um öffentliche Moral bemühte. Jedoch wurde dies kaum verstanden oder gar gewürdigt – mit der späten Ausnahme Richard von Weizsäckers. Aber da war Weizsäcker schon Bundespräsident, und ich war schon Privatmann.

Henry Kissinger

Weder im Mittleren Westen noch in Texas oder in Kalifornien hat die politische Klasse Verständnis für ein Understatement; dort würde man dergleichen womöglich sogar für ein Signal der Schwäche halten. Im alten, außenpolitisch orientierten Establishment der Ostküste war das noch anders; aber die Zeit, in der dessen Exponenten – Männer wie Acheson, Kennan, Nitze oder McCloy – die amerikanische Außenpolitik formulierten oder vorformulierten, ist lange schon dahin. Nie hatte ich das vorher deutlicher empfunden als im Juli 1979, da ich zum ersten Mal am sommerlichen encampment im Bohemian Grove nördlich von San Francisco teilnahm. Der Bohemian Club in San Francisco ist eine Männerangelegenheit, wie es sie in amerikanischen und englischen Städten häufig gibt. Das dem Club gehörende Grove ist ein sanftes

---

* Vgl. S. 307-316.

Tal, mit ehrfurchtgebietenden, vielhundertjährigen Mammutbäumen (»redwoods«) bestanden, in dem Hütten und Zelte für das in jedem Jahr stattfindende Lager (»encampment«) stehen. Es gibt ein Foto aus jenem Sommer; darauf sieht man die damals einflußreichsten Politiker der Republikaner einträchtig nebeneinandersitzen: Gerald Ford, Ronald Reagan, George Bush, George Shultz (er hatte mich eingeladen), Henry Kissinger und Alexander Haig. Daneben oder dahinter die unternehmerische Elite der Westküste, einschließlich David Packard und Steve Bechtel. Ford und Shultz, beide aus dem Mittleren Westen stammend, hatten sich längst an der Westküste angesiedelt und wurden offensichtlich als zugehörig empfunden.

Der Ton war herzlich, keiner wollte intellektuell brillieren, man redete sehr offen, sehr direkt und sehr wenig diplomatisch. Der aus Harvard stammende Kissinger, der Chinese Lee Kuan Yew aus Singapur und ich selbst erschienen mir als Außenseiter. Denn die hier versammelten Menschen bildeten eine Gesellschaft, die sich von der Atmosphäre im Umkreis der Ivy-League-Universitäten der Ostküste, im Council on Foreign Relations in New York oder auch in Washington D.C. stark unterschied. Man war hemdsärmelig, in schreiend bunten Hemden, die Späße waren durchaus nicht feinfühlig – der Temperamentsunterschied zur Ostküste war weit größer als etwa zwischen der altbayerischen Kerntruppe der CSU und dem vormaligen konservativen CDU-Establishment in den Hansestädten. Zwar wurde die außenpolitische Diskussion sehr ernsthaft geführt, aber manchem der Beteiligten fehlte eine ausreichende Kenntnis der Geschichte im allgemeinen und auch der außenpolitischen Präjudizien und Traditionen seines eigenen Landes.

Seit 1976, seit dem Amtsantritt Jimmy Carters, dem bisher Reagan, Bush und Clinton gefolgt sind, scheint der amerikanischen Außenpolitik der prägende Faktor des auf geschichtliches Wissen gegründeten und aus außenpolitischer Erfahrung gespeisten Einflusses der Ostküstenelite verlorengegangen zu sein. Eine der Folgen war die von viel gutem Willen, aber von ebensoviel Dilettantismus gekennzeichnete Diskontinuität der Außenpolitik aller bisherigen Nachfolger von Präsident Gerald Ford, ob gegenüber der Sowjetunion oder Rußland, ob gegenüber China, ob gegenüber dem demokratischen Europa oder dem Mittleren Osten. Die großen Universitätslehrer, die noch in den vierziger und fünfziger Jahren ganzen Generationen von jungen Leuten das geschichtliche und politologische Rüstzeug mitgegeben haben, mit dem diese dann ihre diplomatischen oder politischen Berufslaufbahnen begannen, spielen heute nur noch eine geringe Rolle; Namen wie John Fairbank, Robert Bowie oder Arnold Wolfers scheinen vergessen. Die seit 1976 aus dem Süden und dem Westen gekommenen Präsidenten haben offenkundig weder Tocqueville gelesen, noch kennen sie die Geschichte Rußlands oder Polens, Chinas oder Japans, vom Balkan ganz zu schweigen.

Henry Kissinger ist gegenwärtig einer der sehr wenigen historisch und geopolitisch Gebildeten auf den öffentlichen Bühnen der amerikanischen Politik. Er ist seit dem Ende des Jahres 1976 ohne staatliches Amt, gleichwohl kann keine Administration an seinen Kritiken und an seinen zumeist nicht erbetenen Ratschlägen achtlos vorbeigehen, auch wenn sie dann nicht befolgt werden. Als er unter Nixon zunächst Sicherheitsberater und dann Außenminister war – letzteres auch unter Ford –, auch als er wegen des Wechsels von Ford zu Carter aus dem Amt schied, bis auf den heutigen Tag haben manche spitzen Federn des amerikanischen Journalismus und der politischen Klasse sich an ihm gewetzt. Er habe Vietnam, Laos und Kambodscha »verloren«, ebenso Angola. Der rechte Senator Jesse Helms hat einmal gesagt, es gäbe niemand in den USA, den er auf seiner Liste noch niedriger setzen würde als Kissinger. Die Linke warf ihm vor, sich allein auf Macht und Militär, auf Bomben und CIA verlassen zu haben. Der Vorwurf, Kissinger sei überdies ehrgeizig und eitel, fällt da fast kaum noch ins Gewicht.

Hat er Ehrgeiz? Ja, nämlich sofern man das Streben nach herausragender Leistung – sei es als Historiker oder als strategischer Analytiker, sei es als außenpolitischer Stratege oder als Krisenmanager – ehrgeizig nennen mag. Ist er eitel? Ja, aber doch sehr gemildert durch die einzigartige Gabe, sich selbst öffentlich in einem durchaus ironischen Licht zu zeigen. Nach einer schweren Bypassoperation sagte er: »Nun steht jedenfalls fest, daß ich doch ein Herz habe.« Als sein umfangreiches Buch mit dem anspruchsvollen Titel »Diplomacy« erschien, erklärte er, es sei nur deshalb kürzer als seine vorangegangenen Bücher, weil er überall das Wort ich herausredigiert habe. Und wenn wir gelegentlich zu zweit vor dem gleichen Auditorium als Redner auftreten, so wiederholt er meistens seinen einleitenden Witz, man möge sich bitte von seinem deutschen und meinem amerikanischen Akzent nicht täuschen lassen; denn tatsächlich sei er der Amerikaner und ich der Deutsche (tatsächlich ist Henrys amerikanisches Vokabular nach meiner Schätzung fünfmal so umfangreich wie das meine). Er ist – auch in unvorbereiteter Rede – ein ungemein fesselnder Redner, nicht nur wegen seines Witzes, sondern vor allem wegen seiner Gabe, abstrakte Formulierungen durch konkrete Beispiele zu veranschaulichen und umgekehrt aus der Darlegung konkreter Vorgänge und Probleme generelle Sentenzen zu abstrahieren.

Wir kennen uns seit der zweiten Hälfte der fünfziger Jahre. Kissinger war damals Mitte dreißig, und sein Buch »Nuclear Weapons and Foreign Policy« war kurz zuvor erschienen. Ich war damals ein junger Abgeordneter und arbeitete im Verteidigungsausschuß des Bundestages gemeinsam mit einer nicht sehr großen Zahl von Kollegen aus CDU/CSU, SPD und F.D.P. an der Einbettung der damals entstehenden Streitkräfte der Bundeswehr in das Grundgesetz, in die freiheitliche Gesellschaft und auch in die NATO und deren Strategie. Es war die Zeit, in welcher die Planungen der NATO im Zeichen der »massiven nuklearen Vergeltung« standen. Das war für mich von vornherein eine für Deutschland inakzeptable Strategie, denn sie hätte im Falle eines Krieges mein Land ohne jegliche Alternative der nuklearen Zerstörung ausgeliefert. Deshalb las ich alle amerikanischen, englischen und französischen Bücher über die strategischen und militärstrategischen Probleme des Westens.* So hatte ich auch die wichtigsten Teile von Kissingers Buch gelesen und war begierig darauf, den Autor kennenzulernen. Leider kann ich mich an diese allererste Begegnung in Harvard nur noch undeutlich erinnern, sie muß wohl etwas oberflächlich verlaufen sein. Aber bald darauf kam ich erneut in die USA und fand dort viele hilfsbereite Amerikaner, so Robert Bowie, Roger Hilsman, Klaus Knorr, Robert Osgood, Thomas Schelling, Arnold Wolfers – und eben auch Henry Kissinger. Aus jener Zeit rührt unsere gegenseitige Sympathie.

Später, vor allem in der Zeit von 1968 bis 1976, als Kissinger Sicherheitsberater und Außenminister war, hat sich unser persönlicher Kontakt sehr intensiviert. Wir kannten uns inzwischen gut genug, um unsere beiderseitigen Ämter und alle offiziellen Verbindungskanäle beiseite zu lassen, wenn einer vom anderen ein offenes und ehrliches Urteil benötigte. Offiziell hingegen hätte es gar keinen direkten Kontakt zwischen dem amerikanischen Außenminister und dem deutschen Finanzminister geben dürfen; denn sowohl der amerikanische Finanzminister als auch der deutsche Außenminister hätten dergleichen übel aufgenommen.

Henry Kissinger war zu Anfang von Willy Brandts Kanzlerschaft über dessen Ostpolitik zunächst sehr irritiert, möglicherweise hatte er auch Zweifel bezüglich einiger enger Mitarbeiter des damaligen Bundeskanzlers. Deshalb wurde ich – als deutscher

---

* Daraus ist 1960/61 mein Buch »Verteidigung oder Vergeltung«, Stuttgart 1961, entstanden.

Der amerikanische Außenminister Henry Kissinger war einer der politischen Weggefährten und persönlichen Vertrauten Helmut Schmidts. Bei einer Rückkehr aus Damaskus besuchte Kissinger Helmut Schmidt und den damaligen Außenminister Hans-Dietrich Genscher. Kissinger war Schmidt so eng verbunden, daß er 1987 die Laudatio auf Schmidts Erinnerungsband »Menschen und Mächte« hielt.

Verteidigungs- und späterer Finanzminister vom amerikanischen Verteidigungsminister Melvin Laird und vom Finanzminister George Shultz für zuverlässig und vertrauenswürdig befunden – für Henry zu einem Vertrauens- und Gewährsmann. Tatsächlich hatte ich an Willy Brandts Überzeugung vom vitalen deutschen Interesse am Bündnis mit Amerika und an seiner Bündnistreue keinen Zweifel und konnte Henry Kissinger manches erläutern und manches zurechtrücken, was ihm an Argwohn von anderen Seiten nahegelegt sein mochte.

Später, als ich im Frühjahr 1974 Kanzler geworden und bald darauf Gerald Ford auf Richard Nixon gefolgt war, ist dann aus einer von gegenseitigem Vertrauen getragenen Bekanntschaft eine Freundschaft mit Henry Kissinger geworden. Allerdings hieß das nicht, daß wir stets der gleichen Meinung gewesen wären. So habe ich zum Beispiel die Konferenz über Sicherheit und Zusammenarbeit in Europa (KSZE) von vornherein gewollt, während Henry eher zögerlich war; schließlich lief ihm die CDU/CSU-Opposition damals die Türen ein, um die KSZE und deren Schlußererklärung in Helsinki 1975 zu Fall zu bringen – und es gab außerdem genügend andere Gegner der KSZE. Eine erhebliche Meinungsverschiedenheit hat sich seit 1988 über den INF-Vertrag ergeben*, den Henry deutlich kritisiert hat, während ich damit sehr zufrieden war. Aber zu diesem Zeitpunkt waren wir beide längst Privatpersonen.

Heute ist mein Freund ein vielgelesener Autor und ein vielgefragter Ratgeber. Allerdings hat er selbst gesagt: »In der Politik weiß niemand, ob und wann tatsächlich eintritt, was man vorhersagt. Beim Wetter dagegen wird man ziemlich schnell erwischt.« Zum Beispiel wurde aber doch der Irrtum desjenigen schnell offenbar, der von einer »peace dividend« und von einer »New World Order« geschwärmt hat, oder ähnlich der Irrtum desjenigen, der sich selbst glauben gemacht hat, die Umstellung auf eine Marktwirtschaft würde für 16 Millionen Deutsche im Handumdrehen großen Wohlstand schaffen und die anderen 62 Millionen Deutschen würden dafür keine Opfer zu bringen haben. Man wird eben doch auch in der Politik ziemlich schnell erwischt!

Henry Kissinger verfügt über einen enormen Fundus an geschichtlichem und zeitgeschichtlichem Wissen, ein Geostratege mit weitreichendem Blick. Er überblickt psychologische und politische, militärische und ökonomische Zusammenhänge, sieht sie als Gesamtsituation und ist deshalb fähig zur Konzeption einer »grand strategy« – im Gegensatz zu »one-issue«-Politikern und zu jenen Taktikern, deren Urteil sich auf die Erfordernisse der Tagespolitik beschränkt.

Kissingers Fähigkeit zum raschen Überblick über neue Situationen zeigte sich ein weiteres Mal, als François Mitterrand und Margaret Thatcher im Winter 1989/90 ernsthaft versuchten, die sich anbahnende deutsche Vereinigung zu stören. In einer amerikanischen Fernsehsendung (»Crossfire«, bei CNN) wurden Henry und ich gefragt, ob nicht ein wiedervereinigtes Deutschland die größte, reichste und mächtigste Nation in Europa sein würde und ob man dann noch sicher sein könne, daß nicht wieder »die alten Machtgelüste« in Deutschland entstehen würden. Ich hielt dem entgegen, die Bundesrepublik habe in den Jahrzehnten seit ihrer Gründung hinlänglich gezeigt, daß die Deutschen aus ihrer Geschichte gelernt hätten. Henry, der nach mir zu Wort kam, sagte: »Ich habe unter der Naziherrschaft gelebt, und das war eine äußerst schmerzhafte Erfahrung… Auf der anderen Seite bin ich ganz der

---

* Vgl. S. 268, 449.

Meinung von Helmut Schmidt, daß sich der westdeutsche Staat und alle drei Parteien Westdeutschlands sehr verantwortungsbewußt verhalten haben. Wir sollten uns darüber im klaren sein, daß die deutsche Einheit unvermeidlich ist. Wenn 400 000 sowjetische Soldaten in Ostdeutschland sie nicht haben verhindern können, wenn die sowjetische Führung sie nicht aufgehalten hat, dann wird sie auch von sekundären Zänkereien nicht aufgehalten werden. Wir sollten Deutschland aufgrund seines tatsächlichen Verhaltens beurteilen.«

In der gleichen Sendung wurden wir gefragt, warum Kanzler Kohl sich geweigert habe, eine bindende Garantieerklärung zur deutsch-polnischen Grenze abzugeben. In meiner Antwort kritisierte ich Kohl deswegen und vertrat die Auffassung, 90 Prozent aller Deutschen seien für die Garantie; weshalb ich zuversichtlich sei, daß sie am Ende auch gegeben werde. Henry fügte hinzu: »Kohl ist sehr beunruhigt über die rechtsextremen Republikaner ... Wenn diese mehr als fünf Prozent bekommen, wird es für Kohl sehr schwierig, wenn nicht unmöglich, eine Regierungskoalition zustande zu bringen ... Ich bin ganz zuversichtlich, daß Kohl nach den Wahlen oder, wenn die deutsche Einheit früher kommen sollte, auch vor den Wahlen die deutsch-polnische Grenze anerkennen wird.« Kissinger und ich waren uns auch einig in der Ablehnung jeglicher Neutralitätsideen für ein vereinigtes Deutschland, die damals mitunter erörtert wurden; natürlich mußte ein vereinigtes Deutschland dem Nordatlantischen Bündnis angehören, schon deshalb, weil es sonst Gegenstand des Argwohns von allen Seiten werden würde.

Viele Deutsche haben Anlaß, Henry Kissinger dankbar zu sein. Er ist ein Freund der Deutschen geblieben, obwohl er das Land im Alter von fünfzehn Jahren zusammen mit seinen Eltern verließ, um den Judenverfolgungen zu entgehen. Was mich mit Henry verbindet, ist das freiheitliche und demokratische Credo, getragen von den Leitideen der Naturrechtsphilosophie und der Aufklärung. Beide waren von europäischen Philosophen vorgedacht, als sie vor über zwei Jahrhunderten 1776 die Grundlage der amerikanischen Verfassung wurden. Sie sind 1848 – unter dem starken geistigen Einfluß der Verfassungsväter von Philadelphia – zu uns zurückgekehrt, in die Paulskirche. Zunächst war damals die deutsche Anstrengung vergeblich. Aber nach dem Untergang Hitlers, nach Auschwitz und nach einem verheerenden Weltkrieg haben die Väter unseres Grundgesetzes die Leitideen und die Grundrechte von 1848 unter Schutt und Asche wieder ausgegraben.

So stehen Amerikaner und Deutsche heute auf dem gleichen

geistigen und moralischen Boden. Ich habe das 1976 in der Paulskirche zu Frankfurt in einer Feierstunde betont, die des 200jährigen Bestehens der USA gedachte; Vizepräsident Nelson Rockefeller überbrachte Gerald Fords Grüße, John McCloy, der mit stärkstem Beifall willkommen geheißen wurde, und viele weitere amerikanische Freunde waren gekommen, unter ihnen viele ehemalige Deutsche, die als Juden vor den Nazis hatten fliehen müssen und in Amerika ein neues und besseres Vaterland gesucht und gefunden hatten – ähnlich wie Albert Einstein, Henry Kissinger und Nahum Goldmann.

Ob man Goldmann zu den Amerikanern zählen soll, ist freilich fragwürdig. Zwar ist er – nachdem er die erste Hälfte seines Lebens in Deutschland verbracht hatte und in Heidelberg sowohl zum Dr. jur. als auch zum Dr. phil. promoviert hatte – 1940 in den USA eingebürgert worden, aber er hat in seinem Leben insgesamt acht verschiedene Pässe gehabt und war schon fast siebzig Jahre alt, als er schließlich die israelische Staatsbürgerschaft erwarb. Tatsächlich war dieser Zionist ein Weltbürger, dessen Berufung es war, die Juden weltweit und insbesondere die Interessen des 1948 geschaffenen Staates Israel – so wie er sie verstand – zu vertreten. Ich habe Nahum Goldmann erst sehr spät kennengelernt, aber um so mehr von meinen vielen Gesprächen mit diesem welt- und lebenserfahrenen Mann profitiert. Er war hochgebildet, weise und witzig zugleich, ein brillanter Erzähler und ein sehr erfolgreicher, durchaus schlauer Verhandler – ein »Staatsmann ohne Staat«, so hat er sich selbst genannt. Er hatte die Verbindung zwischen Adenauer und Ben Gurion hergestellt und den Wiedergutmachungsvertrag zwischen der Bundesrepublik und Israel im Jahre 1952 angebahnt, ebenso wie eine Reihe nachfolgender Vereinbarungen und Gesetze. An der sogenannten Abschlußgeste, dem letzten Akt, habe ich als Bundeskanzler mitgewirkt; insgesamt sind seit 1952 bis 1995 allein an Israel (d.h. *ohne* die *individuellen* Wiedergutmachungsleistungen an Juden) etwa 37 Milliarden DM geflossen.

Als Goldmann und ich einmal in der Synagoge zu Köln gemeinsam als Redner auftraten, erklärte Goldmann, das Einzigartige sei nicht die Summe, die als solche zwar auch einzigartig sei, sondern vielmehr die Tatsache, daß diese Entschädigung an einen Staat gezahlt wurde, der damals, als die Verbrechen begangen wurden, überhaupt noch nicht existierte.

Als Goldmann 1980 in Amsterdam seinen 85. Geburtstag feierte, habe ich ihm dort sagen können: »Wir Deutsche sind Ihnen, Nahum, dankbar – für das, was Sie für Ihre jüdischen Brüder ge-

Welcher Nationalität rechnete sich Nahum Goldmann eigentlich zu? Er war in Deutschland groß geworden und hatte in Heidelberg sowohl zum Dr. jur. als auch zum Dr. phil. promoviert. Aber das Dritte Reich zwang ihn zur Auswanderung, und 1940 erwarb er die amerikanische Staatsbürgerschaft. Insgesamt hat Goldmann acht verschiedene Pässe besessen, und er war schon fast siebzig Jahre alt, als er die israelische Staatsbürgerschaft erwarb. Bei der Feier zu seinem 85. Geburtstag, den er in Amsterdam verbrachte, sagte Goldmann: »Ich war fünf Jahre alt, als ich nach Deutschland kam, meine Sprache und meine Kultur sind zuallererst deutsch. Wenn ich liebe, so in Deutsch, wenn ich hasse, so in Deutsch; wenn ich träume, so ist es in Deutsch.« Er war sicher eine der eindrucksvollsten Persönlichkeiten, denen Helmut Schmidt in seinem Leben begegnet ist.

tan haben, und ebenso für das, was Sie damit für uns Deutsche getan haben.« Es gab an jenem Abend eine ganze Reihe von Rednern. Als Nahum Goldmann schließlich selbst an die Reihe kam, haben mich zwei seiner Bemerkungen tief bewegt. Die erste betraf ihn selbst: »Ich war fünf Jahre alt, als ich nach Deutschland kam … meine Sprache und meine Kultur sind zuallererst deutsch. Wenn ich liebe, so in Deutsch; wenn ich hasse, so in Deutsch; wenn ich träume, so ist es in Deutsch.« Er sprach über die große moralische Bedeutung der deutschen Wiedergutmachungsleistung und fügte seiner Dankbarkeit an uns Deutsche die andere, mich sehr persönlich anrührende Bemerkung hinzu: »Niemand im deutschen Parlament hat dies so tief und so passioniert gefühlt wie Wehner.«

Manche Israelis haben Goldmann seine beständig wiederholte Mahnung übelgenommen, Israel könne seinen Frieden nur *mit* den Arabern und vornehmlich mit den Palästinensern finden, nicht aber gegen sie. Andere Israelis haben es Goldmann übelgenommen, daß er Versöhnung mit uns Deutschen wollte. Aber seine deutschen Zeitgenossen - von Adenauer und Brandt bis zu mir selbst und zu Kohl - blieben ihm dankbar. Einmal habe ich ihm auch persönlich nützlich sein können, indem ich ihn an meinen bewährten Arzt Dr. Wolfgang Völpel in Koblenz vermittelte.

Nahum Goldmann starb 1982 auf deutschem Boden, er war 87 Jahre alt. Nach seinem Tod brachte mir sein Sohn Guido im Auftrag des Vaters ein schönes Farblitho von Marc Chagall; es stammte aus einer Serie, deren Blätter der Verstorbene an seine Freunde verteilen ließ.

John McCloy

Unendlich groß ist die Zahl der Amerikaner, deren Vorfahren deutscher Abstammung sind. Bei vielen geht dies schon aus dem eigenen Familiennamen hervor, auch wenn er in seiner Schreibweise oft ein wenig amerikanisiert ist, so bei Eisenhower, bei Nelson und David Rockefeller und so auch bei Kissinger und Shultz, den beiden großen Außenministern. Bei anderen ist die Verbindung zu vorangegangenen deutschen Generationen schwerer zu erkennen, weil sie sich durch weibliche Vorfahren oder über die Vorfahren der Ehefrau ergeben hat. Dies war der Fall bei meinen vielen Verwandten in Duluth, Minnesota. Es trifft ebenso zu für John McCloy.

John McCloy war ein Mann nach meinem Herzen. Von ganz unten stammend, hatte er sich aus eigener Kraft nach oben gearbeitet, und er war ein pragmatischer und praktischer Mann, kein Theoretiker und kein Ideologe. Er hatte gleichwohl feststehende Maximen, die er stets beherzigte. An erster Stelle stand da die Pflicht zum Dienst am Wohl seiner eigenen Nation, gefolgt von der Pflicht zum Dienst am Wohl der Welt. Dabei folgte er immer seinem gleichsam angeborenen Sinn für Fairneß. Ihm waren überragende Urteilskraft und große Tatkraft eigen, gepaart mit Zurückhaltung im öffentlichen Auftreten - das war eine seltene Kombination für ein Mitglied der politischen Elite und des gesellschaftlichen Establishments der Vereinigten Staaten von Amerika. Mit Recht hat Gerald Ford McCloy wegen seiner »never ending dedication to outstanding service« gelobt.

McCloy hat viel Erfolg gehabt, ob als privater Anwalt oder ob als Chef der Chase Manhattan Bank, ob als Mitglied des Kriegskabinetts von Franklin Roosevelt, ob als Chef der Weltbank, ob als Unterhändler John F. Kennedys in der Entschärfung der Kuba-Raketenkrise oder ob als amerikanischer Hochkommissar in Deutschland. In der Hochzeit seines Einflusses auf die amerikanische Außenpolitik ist McCloy – nur halb im Scherz – »Chairman of the Establishment« genannt worden.

Was Deutschland betrifft, so hat McCloy viel für den materiellen, geistigen und politischen Wiederaufbau des Landes getan, das nach der nationalsozialistischen Schreckensherrschaft in Trümmern lag. Im Ersten Weltkrieg als junger Kriegsoffizier auf französischem Boden gegen Deutschland kämpfend, im Zweiten Weltkrieg als Unterstaatssekretär im Kriegsministerium einer der wesentlichen Organisatoren der amerikanischen Kriegsanstrengungen und 1945 an der Durchführung der Besetzung Deutschlands beteiligt, war es für McCloy keineswegs naheliegend, dem einstmaligen Feind beim Wiederaufbau seines Landes zu helfen. Er war ein Gegner des Morgenthauplans. Schon in den letzten Kriegstagen hatte er persönlich die Zerstörung Rothenburgs ob der Tauber verhindert. Später wurde er einer der Köpfe hinter dem Marshallplan, ohne den die deutsche Währungsreform kaum ihren durchschlagenden Erfolg hätte erreichen können.

Während seiner drei Jahre als Hochkommissar vom Sommer 1949 bis zum Sommer 1952 war John McCloy mit dem autoritären Führungsstil Adenauers nicht einverstanden, ebensowenig aber mit Kurt Schumacher, das Respekt fordernde, stark ausgeprägte Selbstbewußtsein beider hat ihm nicht gefallen. Als einer der Initiatoren der Aufnahme der Bundesrepublik in das Nordatlantische Bündnis, vor allem aber – gemeinsam mit Jean Monnet, seinem Freunde aus Kriegszeiten – als Initiator des Schumanplanes, aus dem sich schrittweise schließlich die Europäische Union entwickelt hat, traf er sich jedoch inhaltlich mit Adenauer.

Die Bedrohung Westeuropas durch Stalin hatte McCloy die Notwendigkeit der westeuropäischen Einigung erkennen lassen, die ohne Deutschland und ohne eine französische Aussöhnung mit den Deutschen keinen Erfolg haben konnte. So setzte er sich in Washington nicht nur für Monnets und Schumans Pläne, sondern auch für eine baldige Beendigung des Besatzungsregimes ein. Sein Pragmatismus, aber eben auch sein Sinn für Fairneß trugen in Washington entscheidend zu der für Deutschland unerwartet positiven neuen amerikanischen Grundhaltung gegenüber dem soeben erst überwundenen Kriegsgegner bei. Dabei hat McCloy persönlich auch die industriellen Führer an Rhein und Ruhr zur Annahme des Schumanplanes gedrängt, die ihrerseits zunächst ebenso argwöhnisch gewesen sind wie die Engländer.

Kurt Schumacher, der zu jener Zeit die sozialdemokratische Opposition gegen Adenauers konservative Regierungskoalition anführte, blieb ein Gegner der Einfügung der Bundesrepublik in den westeuropäischen schwerindustriellen Verbund und in das westliche Bündnis. Er fürchtete, sie würde ein schweres Präjudiz gegen die Wiederherstellung eines einheitlichen Deutschland schaffen. Zwar haben sich damals Ernst Reuter, Max Brauer und Wilhelm Kaisen (mit dem sich der Hochkommissar McCloy besonders oft privat beraten hat) innerhalb der Sozialdemokratie für den Schumanplan eingesetzt, ebenso die große Mehrheit der westdeutschen Gewerkschaften. Aber erst einige Jahre nach dem Tode Schumachers begann innerhalb der SPD der Umschwung zugunsten der europäischen Integration; Carlo Schmid, Willy Brandt, Fritz Erler und Herbert Wehner hatten daran entscheidenden Anteil.

Später hat McCloy sowohl die Amerikaner als auch die Europäer – und die Deutschen im besonderen – ermahnt, sich angesichts der mannigfachen Spannungen zwischen den USA und Westeuropa an Jean Monnet ein Vorbild zu nehmen und »auf einen hohen Berg zu steigen, um nach Überblick und besseren Perspektiven zu suchen«. In den dazwischenliegenden langen Jahren hat er sein Interesse an der weiteren Entfaltung Deutschlands nie verloren. So ist er es gewesen, der John F. Kennedy zum Besuch Berlins überredet hat; Kennedys berühmte Worte: »Ich bin ein Berliner«, die die Deutschen auf beiden Seiten von Mauer und Todesstreifen begeisterten, wären ohne McCloy niemals gesprochen worden.

Als Hochkommissar habe ich McCloy nur aus der Ferne erlebt. Unsere ersten persönlichen Begegnungen fanden später statt, im Rahmen des New Yorker »Council on Foreign Relations«, dem McCloy als Präsident vorstand und den ich im Laufe der Jahre als SPD-Fraktionsvorsitzender und als Bundesminister mehrfach besucht habe. Später, als Bundeskanzler, empfand ich oft die Notwendigkeit, mich des Rates älterer, erfahrener Menschen von außerhalb der deutschen Politik zu vergewissern. So habe ich auch mehrfach »Jack« McCloys Rat gesucht; er selbst hatte mir angeboten, mich jederzeit an ihn zu wenden, wenn es darum gehe, gutes gegenseitiges Verständnis zwischen Amerika und Deutschland zu fördern.

Einmal kam eine Verabredung in New York zustande; ich hatte

Als John McCloy amerikanischer Hochkommissar war, stand Helmut Schmidt noch sehr weit unten auf der Karriereleiter. Später, als Fraktionsvorsitzender und als Bundesminister für Verteidigung, besuchte Schmidt ihn in den Vereinigten Staaten. Einmal kam eine Verabredung in New York zustande, und es war typisch für McCloy, daß er darauf bestand, den deutschen Bundeskanzler in seinem Hotelzimmer zu besuchen. McCloy stellte dem Jüngeren seine immense Erfahrung bereitwillig zur Verfügung.

darauf bestanden, ihn aufzusuchen, aber er setzte sich damit durch, mich in meinem Hotelzimmer zu treffen. So war dieser Mann: bescheiden im äußeren Auftreten, aber vortrefflich im Urteil. Wir sprachen über die Weltlage und die Zuspitzung des Rüstungswettlaufes, über das Verhältnis zwischen den USA und Deutschland und – natürlich – über die europäische Integration. Ich bat um Kritik, stellte Fragen, und er antwortete deutlich und ohne diplomatische Verbrämung. Besonders dieses Gespräch habe ich als wichtige Hilfe in Erinnerung. McCloy sprach nicht im Auftrage der amerikanischen Regierung, sondern hier gab ein Älterer aus seiner größeren Erfahrung einem sehr viel jüngeren Mann Ratschläge, uneigennützig und bereitwillig. Und der Jüngere hat die Ratschläge angenommen.

Noch zu meinen Amtszeiten – der Anlaß ist mir heute nicht mehr gegenwärtig – habe ich einmal über McCloy geschrieben, jene Deutschen, die ihn erlebt haben, müßten sich darum bemühen, ihm einen gebührenden Platz in den deutschen Geschichtsbüchern einzuräumen, da dieser Mann bei der Errichtung einer moralisch gesunden, offenen Gesellschaft und einer lebensfähigen wirtschaftlichen und politischen Struktur in Deutschland eine einzigartige Rolle gespielt hat. Heute hoffe ich, auch mit diesem Buch ein wenig dazu beizutragen. In Amerika hat jemand über McCloy den Satz geprägt, er sei der Architekt der Verwandlung Westdeutschlands von einem besetzten Land in einen souveränen Staat gewesen. Das ist keine Übertreibung. Daß zwischen den ehemaligen Kriegsgegnern Amerika und Deutschland im Laufe von weniger als zwei Jahrzehnten Partnerschaft und vielfältig sogar Freundschaft entstehen konnte, dieses nach zwei Weltkriegen höchst erstaunliche Phänomen ist zu einem wichtigen Teil McCloys Verdienst. Dabei wurden Partnerschaft und Freundschaft so stark, daß sie auch ausgeprägte Interessenkonflikte haben aushalten können.

Feindschaft in Freundschaft zu verwandeln ist ein ungewöhnliches Kunstwerk, dem man nur äußerst selten im Leben begegnet. McCloys Bemühung, ein solches Kunstwerk zustande zu bringen, hat sich nicht allein auf Amerikaner und Deutsche gerichtet, sondern auch auf die Versöhnung zwischen Frankreich und Deutschland. Schon 1952 – lange Jahre vor der Europäischen Gemeinschaft und ein Jahrzehnt vor dem Elysee-Vertrag – schrieb er: »Eines ist gewiß. Es kann keine europäische Gemeinschaft geben, kein brauchbares kollektives Sicherheitssystem, es kann keine begründete Hoffnung für die Zukunft Westeuropas geben, wenn nicht Frankreich und Deutschland eine solide Annäherung zustande bringen... In der Europäischen Gemeinschaft müssen Frankreich und Deutschland gleiche Partner sein.« Welch ein Weitblick!

Die USA können – nach dem Zusammenbruch des sowjetischen Imperialismus – notfalls auch ohne deutsche Freundschaft und ohne die Europäische Union leben. Frankreich könnte äußerstenfalls ohne deutsche Freundschaft und ohne Europäische Union leben; es würde in solchem Falle seine traditionellen, gegen Deutschland gerichteten Bündnisse wiederherstellen, die sich in zwei Weltkriegen für Frankreich schlußendlich bewährt haben. Die Deutschen hingegen haben das größte Interesse an der Freundschaft mit Frankreich und am Fortschritt der europäischen Integration; denn es muß um jeden Preis vermieden werden, daß sich alle großen Nachbarn Deutschlands aus Furcht vor Deutschland zu einer Allianz gegen das Land in der Mitte des Kontinents verbinden. Deshalb hat das Wort McCloys aus dem Jahre 1952 heute ein noch größeres Gewicht als damals. Und immer wieder ist es nützlich, sich die beiden Standardfragen McCloys zu vergegenwärtigen: »What makes sense? What is fair?«

John McCloy war in erster Linie ein amerikanischer Patriot, erst in zweiter Linie ein Weltbürger. Sein Eintreten für die europäische Einigung war durchaus in amerikanischen Interessen begründet: Sein Vaterland sollte nicht ein drittes Mal in einen europäischen Krieg verwickelt werden können. Seine immense Erfahrung in der Weltpolitik und im Umgang mit Politikern aller Schattierungen versetzte ihn in die Lage, den Verantwortlichen nicht nur in Washington, sondern auch in Bonn Vernunft und Besonnenheit ans Herz zu legen.

Es wäre anmaßend, wenn ich McCloy meinen Freund nennen würde. Vielmehr war es von seiner Seite freundschaftliches Interesse und von meiner Seite die Verehrung seiner Autorität, was uns verband. Ich bleibe diesem Mann dankbar. Als ich im März 1989 in New York zur Trauerfeier für McCloy beitragen durfte – ich war schon längst wieder ein ganz privater Bürger –, habe ich Shakespeare zitiert:

We are such stuff as dreams are made on; and our little life is rounded with a sleep.

Und habe hinzugefügt: »Diese Worte gelten für alle Menschen und so auch für den Mann, den wir heute zu Grabe tragen. Seine Träume waren Freiheit und Gerechtigkeit, aber er hat geholfen, mein Volk aus dem Schlaf zu erwecken.«

George Shultz

Unter Gleichaltrigen ergeben sich Freundschaften leichter als zwischen Menschen großen Altersunterschieds. Es war deshalb kein allzu großes Wunder, wenn sich zwischen dem amerikanischen Finanzminister George Shultz und seinem deutschen Finanzministerkollegen bald ein freundschaftliches Verhältnis ergab, nachdem wir uns im Sommer 1972 zum ersten Mal kennengelernt hatten. Wir nannten uns sehr bald beim Vornamen – was in Amerika nichts Besonderes ist –, aber daraus hat sich alsbald eine lebenslange Freundschaft entwickelt. Den politischen Stil meines Freundes kann man durchaus mit John McCloys beiden Fragen definieren: »Was ist vernünftig?« und »Was ist angemessen und anständig?« Bei George trägt die zweite Frage unüberhörbar einen zusätzlichen moralischen Akzent; denn er selbst fragt sich »Was ist anständig?« nicht nur im Verhältnis zu seinem jeweiligen Gegenüber oder Opponenten oder Gegner, sondern legt sehr bewußt einen moralischen Maßstab an alles, was er tut, und ebenso an das, was andere politisch tun oder lassen. Es kennzeichnete ihn, daß er im März 1974 aus dem Kabinett Nixons zurücktrat, als er dessen persönliche Beteiligung an der Watergate-Affäre erkannte. Er rief mich an, um mir seinen Entschluß mitzuteilen, damit ich ihn nicht erst im Laufe des Tages aus den Nachrichten entnehmen würde.

Unser schnell entstandenes gegenseitiges Vertrauen nahm seinen zunächst sehr praktisch-technischen Ausgang in der ersten großen Dollarkrise der frühen siebziger Jahre, deren Beherrschung und schließliche Lösung äußerste Diskretion der beteiligten Finanzminister und Zentralbankchefs verlangte. Wenn einer der Schritte, die wir untereinander erwogen, vorzeitig bekanntgeworden wäre, so hätte dies unweigerlich enorme Währungs- und Wertpapierspekulationen ausgelöst. Deshalb waren die Hauptbeteiligten zur Geheimhaltung und Tarnung ihrer Zusammenkünfte gezwungen. Daraus entwickelte sich ein quasi konspiratives Zusammenspiel, das ausschließlich auf persönlichem Vertrauen statt auf Dokumenten oder öffentlichen Festlegungen beruhte.

Das sachliche Ergebnis war unerfreulich: Die Amerikaner setzten ihren Willen durch und gaben den Wechselkurs des Dollars schließlich völlig frei. Damit beseitigten sie die währungspolitischen Schranken, die bisher einem vollen Abmarsch in ihre defizitäre Budgetwirtschaft und in höhere Inflationsraten entgegengestanden hatten – zugleich haben sie dadurch eine bisher unvorstellbare Abwertung des Dollars ausgelöst, die sich über mehr als zwei Jahrzehnte ausgedehnt hat. Persönlich aber hatte die Operation, die sich über eine längere Reihe von Monaten hinzog, das durchaus erfreuliche Ergebnis meiner beginnenden Freundschaft mit George Shultz, mit Valéry Giscard und mit Takeo Fukuda. Wir hatten uns mehrfach zu fünft – als fünfter war der Engländer Anthony Barber im Bunde – als sogenannte »Library Group« getroffen, genannt nach unserem ersten Sitzungsort, nämlich der Bibliothek des Weißen Hauses in Washington.

Der Franzose, der Japaner und der Deutsche sahen deutlich die weltwirtschaftlichen Gefahren einer allgemeinen Wechselkursfreigabe und widersetzten sich ihr so lange wie möglich. Die bald darauf einsetzenden beiden weltweiten Ölkrisen, die südamerikanische Schuldenkrise sowie die seit 1973 bis heute anhaltende Berg-und-Tal-Fahrt des US-Dollars (im Durchschnitt lediglich Talfahrt!) haben unsere Besorgnisse schon bald sehr drastisch Wirklichkeit werden lassen. Aber man konnte das mächtigste Land der Welt eben nicht zwingen, an einem stabilen Außenwert seiner Währung festzuhalten. Der Wechselkurs des Dollars hatte im Juli 1972 noch 3.22 DM betragen, ein Jahr später lag er nur noch bei 2.58 DM, 1995 lag er zeitweise unter 1.40 DM. Richard Nixon wollte freie Hand haben zu einer Haushaltspolitik größerer Defizite; seine Nachfolger, vor allem Ronald Reagan, haben später die Haushaltsdefizite (und infolgedessen auch die Handelsbilanzdefizite) der USA bis zum Exzeß getrieben. George Shultz hatte mehrfach erleben müssen, daß Nixon auf dem ökonomischen Feld gegen seinen Ratschlag handelte. In der Frage des von Nixon und von Shultz' Vorgänger Conally erstrebten »Floating« des Dollars (d.h. auf deutsch: treiben lassen) schien Shultz zunächst – aus marktwirtschaftlich gedachten, theoretischen Gründen im Sinne Milton Friedmans – auf deren Seite zu stehen, alsbald jedoch auch die vorhersehbaren praktischen Konsequenzen eines abrupten Übergangs zu fürchten.

Für mich ist der nunmehr seit fast einem Vierteljahrhundert anhaltende Wirrwarr im Verhältnis der wichtigsten Währungen zueinander eine der entscheidenden Ursachen der weltwirtschaftlichen Turbulenzen, des sich schnell ausbreitenden finanziellen Spekulationismus und der Las-Vegas-Mentalität auf den Finanzmärkten. Für die Bundesbank – auch für Finanzminister Waigel – erschien das 1993 von ihnen ausgelöste völlig freie Floating auch der Deutschen Mark zunächst als eine »Befreiung« von der Pflicht, den eigenen Wechselkurs durch Marktinterventionen stabil zu halten. Inzwischen haben die zerstörerischen Wirkungen dieser »Befreiung« zu einer maßlosen Aufwertung der D-Mark geführt, die die deutschen exportierenden Industrien und ihre Arbeitsplätze auf das schwerste gefährdet. Die Bundesbank hat deshalb aus freien Stücken (das heißt: ohne international dazu verpflichtet zu sein) inzwischen bisweilen wieder gegen eine weitere D-Mark-Aufwertung auf dem Markt interveniert, indem sie Dollars gegen DM aufkauft – allerdings viel zu spät und viel zu wenig.

Der Geist fester Wechselkurse ist jedoch schon lange aus der Flasche, und es wird äußerst schwierig sein, ihn wieder einzufangen – nur eine gemeinsame Währung und eine gemeinsame Zentralbank der Europäischen Union könnten möglicherweise dazu stark genug sein. Was George und mich betrifft, so haben wir unseren damaligen Streit schon lange begraben, denn es hat keinen Sinn, über verschüttete Milch zu streiten. Wichtig für uns beide war: Selbst die ernste Meinungsverschiedenheit, in die wir beide aufgrund der entgegengesetzten Interessen unserer Regierungen und Staaten gerieten, hat das Entstehen einer persönlichen Freundschaft nicht verhindert.

In seiner eigenen Rückschau wird mein Freund schwerlich

seine Arbeit als Finanzminister, sondern vielmehr seine Tätigkeit als Außenminister als den wichtigsten Teil seines Engagements für das öffentliche Wohl seines Landes ansehen. Leider habe ich ihn, der von Juni 1982 bis in den Januar 1989 Ronald Reagans Außenminister gewesen ist, in diesem wichtigsten Abschnitt seines politischen Lebens zumeist nur von weitem verfolgen können, denn ich selbst war in jenen Jahren nicht mehr im Amt. Aber bisweilen haben wir uns gesprochen und unsere Eindrücke und Urteile ausgetauscht. George hatte inzwischen einen hervorragenden Überblick über die wirtschaftlichen und politischen Probleme der Welt gewonnen (und war insofern seinem Präsidenten weit voraus). Diese Qualifikation war nicht nur das Ergebnis seiner persönlichen Fähigkeiten, sondern auch ein Resultat eines für amerikanische Verhältnisse geradezu exemplarischen Lebenslaufes, der nämlich die Lehrtätigkeit an einer Universität, verschiedene unternehmerische Aufgaben, die Beratung der Regierung und mehrere Ministerposten umfaßte.

Shultz ist seit 1949 ökonomischer Universitätslehrer gewesen, hat als solcher zugleich die Administrationen Eisenhowers, Kennedys und Johnsons beraten (also nacheinander sowohl republikanische als auch demokratische Minister!), zumeist auf den Feldern des Arbeitsministeriums. Daneben lagen gleichzeitige, nichtexekutive Tätigkeiten in größeren Unternehmungen. Ende 1968 berief ihn der soeben gewählte Präsident Nixon zum Arbeitsminister, in welchem Amt Shultz freundschaftlichen Kontakt zur gewerkschaftlichen Dachorganisation AFL-CIO und zu ihrem Vorsitzenden George Meany gewann. Nach relativ kurzer Zeit wurde er von Nixon in das wichtigere »Office of Management and Budget« berufen und nach weiteren zwei Jahren zum Finanzminister ernannt. Nach seinem schon erwähnten Rücktritt zwei Jahre später folgten lange Jahre an der Spitze einer der größten Ingenieur- und Anlagebaufirmen der Welt, nämlich als exekutiver Präsident der Bechtel Corporation in San Francisco. Hier sammelte er weltweite, unternehmerische Erfahrungen, hielt aber zugleich Kontakt zur Stanford University und zur Politik. Sein Ruf in den USA war inzwischen so vorzüglich, daß ihn der Senat 1982 ohne eine einzige Gegenstimme im Amt des Außenministers bestätigte, in das ihn – als Nachfolger von Alexander Haig – der Republikaner Reagan berufen hatte.

Welch eine unglaublich vielseitige Vorbereitung auf das zweitwichtigste Amt der Weltmacht USA! Man stelle sich vor, wir hätten in Deutschland jemals einen Außenminister gehabt, der mit soviel Weltkenntnis, ökonomischer Urteilsfähigkeit und administrativer Erfahrung sein Amt antrat! Vielleicht war Walther Rathenau ein solcher Mann. Aber der wurde schon während seines ersten Amtsjahres als Außenminister im Jahre 1922 von Rechtsextremisten ermordet, weil er Unternehmer war, weil er Jude war und weil er mit den damaligen Siegermächten den vernünftigen Kompromiß suchte. Heute würden manche Deutsche einen Unternehmer als Minister schon deshalb ablehnen, weil sie ihm eine einseitige Bindung an Unternehmerinteressen unterstellen würden. Auch gegen Shultz ist ja von deutschen Journalisten (z.B. im »Spiegel«) der Vorwurf erhoben worden, er fördere von Amts wegen die Interessen des früher von ihm geleiteten Konzerns. Doch diese Unterstellung verkennt die unbedingte Loyalität, die viele Angehörige der politischen Elite Amerikas – und so auch George Shultz – gegenüber den Interessen der res publica empfinden, der sie mit dem unbedingten Willen zur Erfüllung von Pflicht und Gesetz dienen.

Als Außenminister blieb Shultz, wie schon in den früheren Stationen seines Lebens, ein Mann, auf den keine ideologischen Etiketten paßten. Er hat auch selbst keine auf Public Relations gezielten Schlagworte geprägt. Er neigte nicht dazu, seine eigene Rolle auf der öffentlichen Bühne zu inszenieren oder ihr gar dramatische, öffentlichkeitswirksame Akzente zu geben, sondern blieb der nüchterne Pragmatiker, der gern zuhörte, um sich dann in Ruhe sein eigenes Urteil zu bilden. Ein einziges Mal habe ich erlebt, daß er zornig aus der Haut fuhr – aber das war ganz am Anfang unserer Bekanntschaft. Zwischen den beiden Finanzministern Shultz und Giscard war es zu einer heftigen Auseinandersetzung gekommen, und ich sah mich in die mir völlig neue Lage versetzt, einen amerikanisch-französischen Streit schlichten zu müssen (was mir gelang). Erst später begriff ich, daß die Gelassenheit meines Freundes George weniger in seinem Charakter angelegt als vielmehr das Ergebnis seiner Selbstdisziplin ist.

In einem Privatgespräch erzählte mir Gorbatschow einmal von dem Gipfeltreffen zwischen ihm und Reagan in Reykjavík im Jahre 1986, das ja nach allgemeinem und zutreffendem Urteil ein Fehlschlag gewesen war. Der sowjetische Generalsekretär hatte dem amerikanischen Präsidenten damals einen umfassenden beiderseitigen Abrüstungsvorschlag vorgelegt, der auch die nuklearen Mittelstreckenwaffen einbezog. Ich sagte zu Gorbatschow, damit habe er Reagan (der auf jeden Fall an seiner »Strategic Defense Initiative« – SDI – festhalten wollte) intellektuell überfordert. Gorbatschow erwiderte: »Das stimmt. Aber Shultz hat mich verstanden.« Tatsächlich kam dann wenig später der INF-Vertrag zustande, an dem Gorbatschow mir gegenüber das Verdienst Shultz zugeschrieben hat. Aber das war nur eines von vielen wichtigen Ergebnissen, die Shultz während seiner Amtszeit als Außenminister erzielen konnte. Was die europäischen Verbündeten der USA betrifft, so verdanken sie Shultz vor allem, daß die amerikanische Außenpolitik gegenüber Europa nach den erratischen Pendelschlägen unter Carter und nach den aufgeregten Aktivitäten Haigs wieder Stetigkeit und Berechenbarkeit gewann. Heutzutage – unter Clinton – fehlt es daran abermals.

Im Jahre 1988, in dem – der amerikanischen Verfassung entsprechend – Ronald Reagan nicht zum dritten Mal zum Präsidenten gewählt werden durfte, standen sich George Bush und Michael Dukakis als Kandidaten gegenüber. Ich war in jenem Jahr mehrfach in den USA, wo die bevorstehende Wahl eines der wichtigsten Gesprächsthemen war. In den Fragestunden nach meinen Vorträgen wurde ich mehrfach gefragt, für welchen der beiden Kandidaten ich mich entscheiden würde, wenn ich ein amerikanischer Bürger wäre. Und regelmäßig gab ich zur Antwort: »Für keinen von beiden. Ich würde mich für George Shultz entscheiden!« Obgleich Shultz gar nicht zur Wahl stand, stimmten mir viele zu, denn die ruhige Sachlichkeit meines Freundes hatte sie überzeugt – wie mich auch.

Gerald Ford

Eine ähnliche, allerdings weniger hypothetische Frage ist mir häufig von Amerikanern gestellt worden. Da man wußte, daß ich mit vier Präsidenten nacheinander zu tun gehabt hatte – mit Nixon, Ford, Carter und Reagan –, lautete die etwas aufdringliche Frage: »Wen haben Sie am meisten geschätzt?« Anfangs schien es mir indiskret und taktlos, eine ehrliche Antwort auf derartige Fragen zu geben. Als ich im Lauf der Zeit jedoch begriff, daß man ganz ernsthaft eine offene Auskunft erhoffte, gab ich jedesmal die gleiche, wahrheitsgemäße Antwort: Gerald Ford. Häufig wollte man dann natürlich die Begründung erfahren, denn schließlich war Ford nur zweieinhalb Jahre im Amt gewesen, und da inzwischen zwanzig Jahre vergangen sind, konnten sich nur die schon etwas älteren Amerikaner noch gut an Fords Amtszeit erinnern. Dann habe ich vor allem seine persönliche und politische Zuverlässigkeit hervorgehoben. Ford stand zu seinem Wort, und darauf konnte man bauen. Das hatte man bei dem Taktiker Nixon nicht gekonnt und auch bei dem ehrlichen Jimmy Carter nicht, der oft nachträg-

Die »verblüffende Simplizität« Ronald Reagans irritierte Helmut Schmidt bei jeder Begegnung, was einen angenehmen Umgang zwischen den Familien nicht ausschloß (hier mit Nancy Reagan und Loki Schmidt).

liche Skrupel bekam oder mit neuen Überlegungen herausrückte, so daß man sich nie wirklich sicher war, ob und wann er seine Meinung ändern würde.

Bei Reagan, den ich als Bundeskanzler nur anderthalb Jahre erlebt habe, konnte man zwar sicher sein, daß er bei seinen Prinzipien blieb; aber deren Anwendung im konkreten Fall hing allzusehr von seinen jeweiligen außenpolitischen und strategischen Beratern ab, die er bis zum Amtsantritt von George Shultz schon häufig verbraucht und ausgewechselt hatte.

Außenpolitisch war Ronald Reagan von verblüffender Simplizität. Kurz nach seiner ersten Wahl traf ich ihn Ende 1980 in Washington; er hatte sein Amt noch nicht angetreten, bereitete sich aber darauf vor und führte deshalb auch Gespräche mit seinen zukünftigen ausländischen Partnern. Unsere Unterhaltung betraf unter anderem auch das zu erwartende zukünftige Verhalten Breschnews und der Sowjetunion. Reagan sagte: »Ich weiß, was die wollen.« Auf meine Frage nach der Quelle seiner Kenntnis sagte er: »Als ich Vorsitzender der Filmschauspieler-Gewerkschaft gewesen bin, haben die Kommunisten meine Gewerkschaft zu unterwandern versucht. Daher weiß ich genau, was sie wollen.«

Die Kombination Ford/Kissinger hingegen ist für den deutschen Bundeskanzler ideal gewesen. Während der zweieinhalb Jahre unserer gemeinsamen Amtszeit hat es niemals ein Problem zwischen uns gegeben, das wir nicht in vertrauensvoller Offenheit binnen kurzer Zeit gelöst haben – von der anfänglich sehr verschiedenen Einstellung gegenüber den evolutionären Prozessen in Portugal und Spanien und dem Ende der dortigen Diktaturen bis zur Beendigung deutscher Offset-Zahlungen für die amerikanischen Kosten ihrer Truppenstationierung in Deutschland. Als Ford im Sommer 1974 Nixon im Amt gefolgt war, schrieb die »New York Times« über ihn: »Keine Aura von Charisma, aber eine Aura solider Tugenden.« Und als er sein Amt verließ, schrieb die Londoner Daily Mail, Ford habe »einen Skandal geerbt, aber Respekt hinterlassen«. Beides war richtig. Denn Ford hat in kurzer Zeit das Vertrauen in die Ehrlichkeit und Glaubwürdigkeit des Präsidenten wiederhergestellt – nicht nur im Urteil Amerikas, sondern auch in dem der Europäer. Das Atlantische Bündnis war wieder gefestigt.

Weder als Vizepräsident noch als Präsident der USA ist Gerald Ford gewählt worden. Seine Berufung in das erste seiner beiden Ämter durch Nixon – nachdem der gewählte Vizepräsident Agnew sein Amt hatte niederlegen müssen – war so ungewöhnlich, ja einzigartig wie seine Nachfolge auf Nixon, nachdem auch dieser sein Amt hatte aufgeben müssen. Obwohl beide Berufungen in Übereinstimmung mit der amerikanischen Verfassung erfolgten, war zu befürchten, daß Ford es außerordentlich schwer haben würde, sich als neuer Präsident in der öffentlichen Meinung und gegenüber dem Kongreß durchzusetzen, denn schließlich fehlte ihm ja die Legitimation einer Wahl durch das Volk. Überdies mußte er seinerseits sogleich einen neuen Vizepräsidenten ernennen, dem ebenfalls die Legitimation durch das Volk fehlte.

Dennoch entschloß sich Ford bald darauf zu einem staatsmännischen Akt, der auf mich wegen der dafür nötigen Courage einen ungeheuren Eindruck gemacht hat. Denn die Pardonierung Nixons wegen aller Verstöße gegen Verfassung und Strafgesetz, die er während seiner Amtszeit als Präsident begangen oder möglicherweise begangen hatte, war eine einzigartige Tat des neuen Präsidenten. Als ich davon erfuhr, sagte ich in Bonn zu meinen Freunden: »Donnerwetter, der Mann hat Mut!« Vielleicht war diese Amnestierung, bevor noch eine Anklage erhoben war, bereits die schwierigste Entscheidung, die Ford überhaupt während seiner ganzen zweieinhalbjährigen Amtszeit getroffen hat. Ganz sicher war, daß sie vielfältiger Kritik begegnen würde. Aber aus der Rückschau ist es sehr klug gewesen, der amerikanischen Nation das bittere Schauspiel eines Prozesses und der Verurteilung eines Mannes zu ersparen, der soeben noch ihr Präsident gewesen war, und einen weiteren Verlust des Vertrauens in das höchste Amt zu vermeiden. Es kann im Leben eines Politikers Situationen geben, in denen weithin sichtbar seine Tapferkeit gefordert wird. Willy Brandts Kniefall in Warschau war ein solcher Fall. Ein anderer Fall ist Robert McNamaras Mut, in seinen Memoiren freimütig seine Wahrheit, seine Irrtümer im Vietnamkrieg und seine Schuld zu bekennen und daraus für nachfolgende amerikanische Regierungen Lehren zu ziehen.

Den offensichtlich zutreffenden Ruf untadeliger persönlicher und politischer Integrität, der den Kongreß schon 1973 veranlaßt hatte, mit überwältigender Mehrheit seiner Ernennung zum Vizepräsidenten zuzustimmen, hat Jerry Ford auch nachher nie verloren. Wir haben uns später sehr häufig getroffen, mehrfach sogar zweimal innerhalb eines Jahres, haben daneben unzählige Briefe gewechselt und immer wieder, auch coram publico, unsere Meinungen über die jeweils aktuellen Probleme der Welt ausgetauscht, vor allem bei den alljährlichen Symposien, die Ford in Vail/Colorado leitet. Bei all diesen Treffen habe ich mit großer innerer Zustimmung registriert: Jerry Ford ist das Gegenteil von einem Illusionisten, vielmehr ein Mann, der mit beiden Füßen fest auf dem Boden steht – ganz im Gegensatz zu einem in den USA viel verbreiteten Foto von einem Sturz auf einer Flugzeugtreppe – und mit politischer Erfahrung und großem Common sense sehr ehrlich die Fragen von heute und morgen zu beantworten sucht – und die Fragen von übermorgen den Nachfolgenden überläßt. Eben ein Pragmatiker, kein Visionär.

Unsere Freundschaft begann im Sommer 1975, mit Fords Deutschlandbesuch, mit dem KSZE-Gipfeltreffen in Helsinki und mit dem ersten Weltwirtschaftsgipfel in Rambouillet. Zur Vorbereitung von Rambouillet hatte Ford zu meiner Freude George Shultz (der damals Privatmann war) als seinen persönlichen Beauftragten nach Europa geschickt; das Treffen wurde psychologisch wie politisch ein Erfolg – nicht zuletzt deshalb, weil auch Valéry Giscard dem neuen amerikanischen Präsidenten instinktiv ein großes persönliches Vertrauen entgegenbrachte.

Ein Jahr später war Ford selber der Einladende des zweiten Weltwirtschaftsgipfels, der auf der amerikanischen Insel Puerto Rico stattfand. Mit Zustimmung der anderen fünf Teilnehmer hatte der amerikanische Präsident auch seinen kanadischen Nachbarn Pierre Trudeau eingeladen, so daß wir nunmehr zu siebt waren; dabei ist es später auch geblieben. Der kanadische Premierminister war eine wertvolle Ergänzung der Gesprächsrunde, denn er verfügte als Regierungschef über eine große Erfahrung (er ist erst im Juni 1984, nach 15jähriger Amtszeit als Premierminister, aus diesem Amt geschieden). Trudeau hatte aufgrund der unmittelbaren Nähe zwischen Ottawa und Washington ein gutes Urteil über die amerikanische Politik und die Lage in den USA und setzte sich leidenschaftlich und gleichzeitig mit großer Klugheit für die Völker der dritten Welt ein. Um seine perfekte Zweisprachigkeit und seine Eloquenz habe ich ihn beneidet. Sein tief gegründetes soziales Verantwortungsbewußtsein und seine ebenso tief verankerte Liberalität, seine profunde Kenntnis der Welt und schließlich seine literarische und philosophische Belesenheit – alle diese Eigenschaften waren es, die Trudeau zu einem ungemein anregenden Gesprächspartner machten. Es dauerte nicht lange, bis wir Freunde wurden – und das sind wir bis heute geblieben.

Doch zurück zu Gerald Ford. Wenn die alten Freunde Ford, Callaghan, Giscard d'Estaing und ich uns ziemlich regelmäßig einmal im Jahr in Jerry Fords Haus in den Rocky Mountains treffen und die heutigen Lenker unserer vier Staaten uns zuhören könnten, so müßten sie eigentlich neidisch werden. Wahrscheinlich denken sie aber nicht allzu hoch über solche Treffen der old boys – wobei sie nicht ahnen, wie wir des öfteren über ihre Mitarbeiter und über die Medien ihre Erwägungen in Richtungen und auf Ziele gelenkt haben, die wir zuvor unter uns erörtert und abgestimmt hatten.

Die Häuslichkeit der Fords ist einfach, ähnlich wie bei den Shultzens. Und wie O'Bie Shultz so ist auch Betty Ford eine wunderbare Gastgeberin – gutbürgerlich würde man in Hamburg dazu sagen –, die ihren Gästen das Gefühl vermittelt, sich ganz ungezwungen im Hause bewegen zu können. Wenn ich in meinem Gästezimmer nachts oft aufwachte und wegen des Jet-lag nicht wieder einschlafen konnte, ging ich wie selbstverständlich zu dem großen Kühlschrank in ihrer Küche, um mir eine Dose Cola oder einen Saft zu holen.

Als Jerry einmal bei uns in Hamburg zu Besuch war – Betty hatte einer Operation wegen nicht mitkommen können –, fuhren wir nicht nur zu unserem Sommerhäuschen am Brahmsee in Schleswig-Holstein, sondern auch in meine Nachbarstadt Lübeck. Voller hanseatischen Stolzes habe ich im Laufe des Lebens manchem meiner ausländischen Gäste die schöne mittelalterliche Innenstadt Lübecks mit dem Holstentor, den Speichern und Bürgerhäusern und den großen gotischen Kathedralen gezeigt, fast alles in Backsteinen aufgemauert. Die norddeutsche Backsteingotik vermittelt jedem Fremden wenigstens eine Ahnung von der viele Jahrhunderte langen deutschen Geschichte. Der tiefste Eindruck

Helmut Schmidt hatte mit vier amerikanischen Präsidenten zu tun: mit Nixon, Ford, Carter und Reagan. Aber heute ist Schmidt sicherer als je zuvor, daß »Jerry« Ford der Präsident war, der ihm am nächsten lag. Nixon war ein Taktiker, Carter ein ständig von Skrupeln geplagter Mann und Reagan ein Kommunikator. Bei Ford hatte Schmidt den Eindruck politischer und persönlicher Zuverlässigkeit. »Sein Wort blieb sein Wort, man konnte darauf bauen.«

jedoch geht von der zersprungenen großen Kirchenglocke aus, die in der Marienkirche auf dem Boden liegt, an der Stelle, an der sie im Krieg bei ihrem Sturz aus dem Turm liegengeblieben ist. Gerald Ford und ich standen schweigend davor. Wir brauchten über den Krieg nicht mehr zu reden, in dem wir gegeneinander gekämpft hatten.

Nicht nur Jerrry Ford, auch Valéry Giscard, George Shultz, James Callaghan und Henry Kissinger hatten als Soldaten gegen das Deutschland Hitlers gekämpft; und Jean Monnet und John McCloy hatten in hohen Ämtern dazu beigetragen, den Krieg gegen uns Deutsche zu gewinnen. Alle meine französischen, englischen und amerikanischen Freunde haben es weder mich noch überhaupt das ganze deutsche Volk entgelten lassen, daß wir Deutschen in der Mehrheit zugelassen haben, von Hitler irregeführt zu werden, und daß wir so schrecklich lange geglaubt haben – Hitler hin oder her –, es sei im Kriege unsere patriotische Pflicht zu kämpfen. Oft und immer wieder frage ich mich, ob wohl in umgekehrter Lage wir Deutschen das gleiche Maß an Verstehen und Versöhnung aufbringen würden.

Zur Eingangsfrage dieses Kapitels zurück: Jawohl, es gibt in der internationalen Politik durchaus persönliche Freundschaften! Und dabei müssen die jeweiligen Interessen der Staaten keineswegs eine entscheidende Rolle spielen. Auch verschiedene Hautfarbe und verschiedene religiöse Bindungen sind keine unüberwindbaren Hindernisse für die Entstehung einer Freundschaft. So habe ich mit dem Ägypter Sadat, mit dem Israeli Dayan, mit dem Nigerianer Obasanjo und mit dem Japaner Fukuda das Glück der Freundschaft erfahren – ein vielleicht unverdienter Reichtum, von dem ich keine Vorstellung hatte, als ich in der Mitte meines Lebens zuerst die internationale Bühne betrat.

Zuverlässigkeit – Kern der Freundschaft

Auf die Frage, was der Grund oder der Kern solcher Freundschaften sei, antworte ich: zunächst persönliche Sympathie, wie sie auch sonst in jedermanns Leben vorkommt, ohne daß wir sie mit Vernunftgründen zu erklären vermögen. Sodann aber Aufrichtigkeit und Zuverlässigkeit im Verhältnis der Freunde zueinander. Auf die weitere Frage, ob persönliche Freundschaften für die auswärtige Politik von Wert sind, antworte ich: Jede Freundschaft im Leben ist eine wertvolle Bereicherung; in der internationalen Politik ist eine persönliche Freundschaft darüber hinaus wertvoll, weil sie hilft, die Geschichte, die Interessen und die Seele des anderen Volkes zu verstehen. Auf die dritte Frage, ob internationale Freundschaften nicht auch blind machen können, muß ich antworten: Ja, dergleichen ist nicht auszuschließen! Und auf die Frage, ob solche Freundschaften auch instrumentalisiert werden können, gibt es aus meiner Erfahrung die Antwort: Ja, das ist möglich, wenn *beide* Freunde dies wollen. Dafür gibt es eine Reihe von Beispielen des bewußten internationalen Zusammenspiels von Giscard d'Estaing und mir; der NATO-Doppelbeschluß wäre ohne das bewußte freundschaftliche Zusammenwirken von Valéry Giscard, Jim Callaghan und mir nicht zustande gekommen. Und ebenso wären mancherlei gegenseitige Hilfen nicht möglich gewesen ohne meine freundschaftlichen Bindungen zu Gerald Ford, George Shultz und Henry Kissinger.

Letztlich ist es in der Politik wie im alltäglichen Leben: Aus einer gegenseitigen Sympathie kann eine Freundschaft entstehen; aber die Freundschaft wird nur dann anhalten, wenn jeder sich auf des anderen Zuverlässigkeit und Wahrhaftigkeit verlassen kann.

Herausragende Asiaten

In meinem Hamburger Arbeitszimmer stehen zwei große japanische Puppen, kostbar in roten und goldenen Brokat gekleidet, mit enormen silbrigen Mähnen, beide in gespreizter Pose, Kabuki-Schauspieler darstellend, die ihrerseits zwei Löwen spielen – ein Geschenk meines Freundes Takeo Fukuda und zugleich ein Andenken an ihn. Ja, er war wirklich mein herzlicher Freund, obschon wir keine gemeinsame Sprache zur Verfügung hatten und deshalb stets auf die fließende Simultanübersetzung seiner Dolmetscherin angewiesen waren. Die japanischen Puppen waren Fukudas Abschiedsgeschenk an mich: Er sandte sie mir am 31. Mai 1995, am 5. Juli des gleichen Jahres ist er gestorben, 90 Jahre alt.

Takeo Fukuda

Seit Ende der sechziger Jahre, als ich Fukuda das erste Mal begegnete, bin ich wohl an die dreißigmal in Japan gewesen. Ich habe viele Japaner kennengelernt, Sekretärinnen und Prinzessinnen, Geschäftsfrauen und Hausfrauen, auch die große Ausnahme einer erfolgreichen Politikerin, sehr viel mehr männliche Politiker, darunter nacheinander zehn oder zwölf Ministerpräsidenten, Industrielle, Banker und Finanzmanager, Journalisten, Chauffeure und zwei Kaiser, Diplomaten und Provinzgouverneure. Fast alle waren sie von großer, nach europäischem Maßstab beinahe übertriebener Höflichkeit, doch blieben sie im Gespräch zumeist vage und – hier muß ich ein englisches Wort benutzen – non-committal. Nur wenige sprachen klar das aus, was sie dachten, kaum einer kritisierte das eigene Land oder dessen Traditionen, aber ebenso legte kaum einer nationalen Stolz an den Tag. Keiner äußerte ein kritisches Wort über Deutschland. Die Ausnahmen könnte ich an den Fingern einer Hand aufzählen. Fukuda war eine dieser wenigen Ausnahmen. Auch er trug sein Herz nicht auf der Zunge. Aber jedermann, auch jeder Ausländer, spürte: Dieser Mann hatte ein großes Herz, und sein Verstand orientierte sich an seinem Herzen.

Bei seinem letzten öffentlichen Auftritt, Ende Mai 1995 vor dem Inter Action Council, sagte er: »Wenn ich als lebender Zeuge zurückblicke auf das 20. Jahrhundert, dann gibt es für mich nur eine einzige Möglichkeit, meine Gedanken und Gefühle über diesen Abschnitt der Geschichte zusammenzufassen: ein Jahrhundert der Glorie und der Reue (glory and remorse).« Dabei meinte er mit dem Wort Glorie den Fortschritt der Wissenschaft, der Technik, der Wirtschaft und des allgemeinen Lebensstandards. Das Wort Reue erläuterte er mit dem Hinweis, daß das 20. Jahrhundert das bisher blutigste in der Geschichte der Menschheit gewesen sei, mit einer horrenden Zahl von Toten und mit einem nie dagewesenen Ausmaß von Unrecht, wobei er eindeutig japanisches Unrecht einschloß, ohne es jedoch zu nennen. Die weit überwiegende Zahl seiner eigenen Parteimitglieder in der LDP, ja die große Mehrheit der ganzen politischen Klasse Japans hätte 1995 keineswegs dergleichen gesagt, im Gegenteil, viele Mitglieder der LDP-Parlamentsfraktion haben damals dem Andenken von eindeutigen Kriegsverbrechern gehuldigt, so wie es in den frühen fünfziger Jahren manche ultrarechten deutschen Politiker taten.

Einige Monate später hatte ich in Hiroshima aus Anlaß des 50. Jahrestages der atomaren Katastrophe zu sprechen. Mein Kernsatz war: »Keiner von uns ist verpflichtet, Sünden und Verbrechen zu bereuen, die andere begangen haben. Aber jedermann in unseren beiden Nationen ist mit der Verantwortung dafür belastet, daß solche Verbrechen niemals wiederholt werden können.« In Anlehnung an meinen Freund hatte ich für die Rede den Titel gewählt: »Erinnerung, Reue und Verantwortung«.

Es hat bisher nur drei bekannte Japaner gegeben, die in diesem Sinne öffentlich zu ihrem Volk und zu seinen Nachbarn gesprochen haben, nämlich Fukuda selbst sowie seine beiden sehr viel späteren Nachfolger im Amt des Ministerpräsidenten, Hosokawa und Murayama. Aber keiner hat eine Parlamentsmehrheit für ein klares Bekenntnis der von Japanern begangenen Kriegsverbrechen und für eine Bitte um Versöhnung zustande bringen können. Fukuda war schon als Ministerpräsident in diesem Gedanken der politischen Klasse weit voraus, wenngleich er in der Wortwahl stets darauf achtete, seine eigene konservative Partei weder herabzusetzen noch zu provozieren.

Unsere persönliche Zusammenarbeit ergab sich, als wir im Jahre 1973 gleichzeitig Finanzminister waren, Fukuda schon zum vierten Male. Gemeinsam mit Valéry Giscard d'Estaing und Anthony Barber gehörten wir zu der von George Shultz einberufenen kleinen »Library Group« der Finanzminister der fünf finanzwirt-

Helmut Schmidt und Takeo Fukuda kamen 1973 zu einer engen persönlichen Zusammenarbeit, als beide Finanzminister ihrer Länder waren. In Fukuda sah Schmidt stets einen Mann von Witz, scharfem Intellekt und menschlicher Ausgewogenheit; während der letzten Jahre zeigte sich ihre freundschaftliche Nähe auch in der gegenseitigen Kontrolle ihres Körpergewichts. Die Aufnahme zeigt, wie Schmidt seinem Freund Fukuda eine Prise Schnupftakak anbietet – ein Genuß, der für den Japaner wohl eher fremdartig gewesen sein dürfte.

schaftlich und währungspolitisch wichtigsten Staaten der Welt, die sich gemeinsam bemühten, die unerhörten Währungsturbulenzen zu glätten, die durch die erste Ölpreiskrise noch wesentlich verschärft wurden. Fukuda war nicht nur der Älteste von uns, sondern wohl auch der fachlich Erfahrenste – zumal er vor seiner politischen Laufbahn schon in relativ jungen Jahren wichtige Leitungsfunktionen im japanischen Finanzministerium ausgeübt hatte. Ein wie angenehmer Kollege er war, bestätigte sich wenige Jahre später, als Fukuda an den Weltwirtschaftsgipfeln in London und in Bonn teilnahm, nunmehr als Ministerpräsident. Wir mochten uns auf Anhieb, und das war eine gute Grundlage für unsere 1983 begonnene, über ein Jahrzehnt währende enge Zusammenarbeit im Inter Action Council.

Dieser Council ist das Werk Fukudas. Der ehemalige Ministerpräsident hatte sich zu einem engagierten Verfechter internationaler Zusammenarbeit entwickelt. Weil er ungewöhnliche Gefahren auf die Menschheit zukommen sah, nutzte er sein persönliches

Ansehen bei seinen ehemaligen Kollegen, um 25 oder 30 von ihnen zu regelmäßigen alljährlichen Beratungen über die Weltprobleme zusammenzurufen – alles ehemalige Staats- oder Regierungschefs, darunter Gelbe, Schwarze und Weiße, Demokraten, Kommunisten und diktatorische Militärs.

Vor der ersten Sitzung kam Fukuda 1983 zu mir nach Hamburg, um mich um meine Mitarbeit zu bitten. In seiner Begleitung befand sich nicht nur seine Dolmetscherin, sondern auch der bisherige UN-Generalsekretär Waldheim, den ich nicht sonderlich schätzte. Wir trafen uns in der Stadt, später lud ich die Gruppe zu mir nach Hause zu einem Drink ein. Angeblich soll Fukuda, vor unserem Reihenhaus angelangt, geäußert haben, er glaube nicht, daß der ehemalige Bundeskanzler wirklich in einem derart bescheidenen Haus wohne. Dieser Eindruck mag sich dem Umstand verdanken, daß unser Haus völlig verdeckt ist durch eine Reihe von Garagen, die den Nachbarn gehören. Wie auch immer – nachdem Fukuda und seine Begleitung ihren Drink in unserem Haus genommen hatten, reisten sie anderntags mit meiner Zusage wieder ab. Später hat mich Fukuda öfters in Tokio zum Essen eingeladen, aber nie in sein Haus – dies erscheine ihm im Verhältnis zu europäischen Häusern als allzu bescheiden, so wurde mir gesagt. Statt dessen gingen wir immer in dasselbe Restaurant im traditionellen japanischen Stil, das zufällig den Namen Fukudaja trug, was meinen Gastgeber wiederholt zu der augenzwinkernden Behauptung verführte, dies sei sein wahres Zuhause. Die Besitzerin des Restaurants war eine liebenswürdige ältere Dame von großer Anmut.

Ehe es im folgenden Frühjahr zur nächsten Sitzung des Council kam – sie fand auf der Adriainsel Brioni auf einem der vielen märchenhaften Landsitze Titos statt –, traf ich Fukuda auf einem Kongreß in Delhi, der sich mit der Problematik der weltweiten Übervölkerung befaßte. Wir hatten uns zu einem Zwiegespräch verabredet, aber da Fukudas Englisch bloß rudimentär war und mein Japanisch sich auf »domo arigato« beschränkte, waren wir wie immer auf seine Übersetzerin angewiesen. Um so überraschter war ich, als er allein erschien. »Wo haben Sie denn Ihre hübsche Dolmetscherin gelassen?« fragte ich deshalb einigermaßen verblüfft. »My better half is just behind me«, erwiderte Fukuda belustigt, woraufhin dieselbe den Raum betrat. Er machte gern solche meist harmlosen Scherze, konnte aber auch scharf zugespitzte Bemerkungen machen, die gefällig in einen Witz verkleidet waren, so daß auch der Kritisierte lachen mußte.

Takeo Fukuda gehörte zum konservativen Establishment; inmitten einer weitgehend finanziell korrumpierten politischen Klasse ist er selbst jedoch ein sauberer Mann geblieben. Seine konservative Partei hingegen, die sich irreführend Liberal-Demokratische Partei nennt, erschien mir in gewisser Weise eher wie eine Fortsetzung der alten Adelsherrschaft, dabei spielten ihre Unterhausabgeordneten die Rolle der Krieger, und die Fraktionsführer (es muß zeitweise innerhalb der LDP bis zu sieben Fraktionen gegeben haben) waren die modernen Daymios (Grundherren). Diese halten ihre Fraktionen durch politische Karriereversprechen, durch wechselseitige persönliche Loyalität, vor allem aber durch Geld zusammen, das hauptsächlich dazu verwendet wird, die Wähler im Wahlkreis durch tausend Geldgeschenke und andere Vorteile (eine neue Straße, ein Fußballstadion, ein neues Feuerwehrhaus oder auch nur eine berufliche Stellung für den Sohn) an sich zu binden. Das Geld sammeln die »Daymios« in der Wirtschaft; daß dabei auch persönliche Bereicherung vorkommt, ist ziemlich offensichtlich. Einer, der es bei weitem am schlimmsten trieb, ist Kakuei Tanaka gewesen, der von 1972 bis 1974 Ministerpräsident war. Zu seiner Zeit gab es die Losung: »Politik ist Macht, und die Quelle der Macht ist Geld.« Bevor Fukuda 1976 Ministerpräsident wurde, gab er die Gegenparole aus: »Politik muß von jetzt an bestimmt sein von den höchsten moralischen Grundsätzen. Das ist meine Überzeugung als Staatsmann.« Er selbst ist diesem Anspruch gerecht geworden – schon deshalb allein war er liebenswert.

Bereits in den siebziger Jahren hatte sich Fukuda öffentlich über den Hang seiner Landsleute zu materiellen Gütern und zum Geld lustig gemacht, während sein eigener Lebensstil bescheiden war. Seine berufliche Herkunft aus dem Finanzministerium befähigte ihn, als Ministerpräsident tatsächliche Führung auszuüben. Die Mehrzahl aller japanischen Ministerpräsidenten, die ich gekannt habe, war dagegen weitgehend der Ministerialbürokratie ausgeliefert; die größte Macht ist immer noch im Finanzministerium konzentriert, gefolgt vom Ministerium für Handel und Industrie (MITI) und sodann vom Außenministerium. Dem Tenno, dem Kronprinzen und den übrigen höheren Mitgliedern der kaiserlichen Familie scheint es nicht besserzugehen, sie werden von der Hofbürokratie (kaiserlicher Haushalt genannt) dirigiert. Jede dieser bürokratischen Spitzenorganisationen entscheidet auf der Grundlage ihres inneren Konsensus, den sie – bei stark ausgeprägtem Korpsgeist – von Fall zu Fall hinter verschlossenen Türen erarbeitet. Fukuda ist einer der wenigen Ministerpräsidenten gewesen, welche den Ministerialbürokraten, alles ausgesucht fähige

Leute, ihren eigenen politischen Willen aufzwingen konnten. Das zerstörerische Erdbeben in Kobe hat 1995 den enormen Mangel an Entschluß- und Handlungsfähigkeit einer normalen Regierung offenbar gemacht.

In den letzten Jahren hat die öffentliche Meinung dem Finanzministerium eine Reihe von Versäumnissen und Fehlern zur Last gelegt, so den spektakulären Boom des Aktien- und des Grundstücksmarktes, *bubble* genannt (was Blase bedeutet), die Zusammenbrüche beider *bubbles*, vor allem die lang anhaltende japanische Rezession seit 1992. Damit hat zugleich die Autorität des Staates gelitten. Es ist noch nicht zu erkennen, wer sie wiederbeleben kann, die Bürokratie oder die herkömmliche politische Klasse oder ganz neue politische Parteien, für welche sich erkennbare Ansätze zeigen. Die bisherige Übung, einen Ministerpräsidenten und seine Regierung nur zwei Jahre im Amt zu belassen, erschwert allerdings jedweden neuen Anfang; denn binnen zwei Jahren lassen sich mit einer neuen Politik nur ausnahmsweise spürbare Erfolge erzielen.

Fukuda hat als Ministerpräsident seine beiden Amtsjahre vorzüglich genutzt. Er brachte den Friedens- und Freundschaftsvertrag mit China zustande und etablierte die später so genannte Fukuda-Doktrin, die vornehmlich an die südostasiatischen Nachbarn Japans gerichtet war und im Kern besagte, daß Japan niemals wieder eine Militärmacht werden wolle; hingegen sei das Land bestrebt, zu Frieden und Wohlstand in ganz Südostasien, zur Versöhnung und Überwindung der bestehenden Differenzen beizutragen; das solle nicht allein durch ökonomische Zusammenarbeit geschehen, sondern durch echte, gleichberechtigte Partnerschaft, durch einen »Austausch von Herz zu Herz«. In den restlichen zwei Jahrzehnten seines Lebens ist Fukuda diesen Prinzipien treu geblieben.

Von seinen Nachfolgern kann man das nicht sagen. Es blieb bei Ansätzen zur Versöhnung, immer wieder gehemmt durch die nationalistisch-konservative Grundhaltung der LDP und ihrer bäuerlichen Wählerschaft, die aufgrund eines raffinierten Wahlsystems eine unverhältnismäßig starke Repräsentation im Parlament genießt. Im Ergebnis ist auch heute noch das Verhältnis zu Rußland und zu Südkorea eher feindselig, zu China zwar normal, wenngleich das Verhältnis zwischen beiden Ländern durch einen versteckten kulturellen Superioritätsanspruch und Argwohn auf chinesischer Seite und einen entsprechenden Inferioritätskomplex auf japanischer Seite getrübt wird. Die japanische Außenpolitik glaubt, von den Nachbarn verstanden und akzeptiert zu werden. Tatsächlich ist das aber nicht der Fall. Fast alle Staaten Südostasiens betrachten Japan mit Soupçon, obgleich sie auf japanische Investitionen und Entwicklungshilfe rechnen. Die Erinnerung an japanische Eroberung und Besatzung ist immer noch stark, und bisher ist der Fukuda-Doktrin keine überzeugende parlamentarische Geste des Eingeständnisses und der Bitte um Versöhnung gefolgt.

Wirklich normal und gut erscheint allein das Verhältnis zu Australien – aber Australien liegt am anderen Ende des Pazifischen Ozeans und ist deshalb von japanischer Eroberung verschont geblieben. Der einzige Verbündete Japans sind die USA, aber auch hier kommt es immer wieder zu Spannungen, wobei Ursachen und Schuld auf beiden Seiten liegen. Die geostrategische Insellage und die jahrhundertelange Selbstisolation unter den Tokugawa-Shogunen erschweren allerdings, objektiv gesehen, den Führern Japans das Verständnis für ihre Nachbarn und für die Welt.

Takeo Fukuda hingegen ist im Lauf der letzten fünfzehn Jahre seines Lebens zu einem echten Internationalisten geworden, zu einem Weltbürger, wobei er gleichwohl ein japanischer Patriot und an der Politik seines Landes interessiert und engagiert geblieben ist. Er hatte von sich aus das Problem der weltweiten Bevölkerungsexplosion erkannt, das Ernährungsproblem vieler Entwicklungsländer, ebenso die Gefährdung durch den weltweiten Rüstungswettlauf wie durch den verschwenderischen Lebensstil in den Industrieländern (den er mit den drei Sätzen kennzeichnete: »Laßt es uns produzieren, laßt es uns gebrauchen, laßt es uns wegwerfen«). Der intensive Meinungsaustausch im Inter Action Council, wo die von der Last ihrer amtlichen Verantwortung befreiten ehemaligen Regierungschefs fast allesamt gelernt haben, ihre Meinungen rückhaltlos und hinsichtlich ihres eigenen Landes sogar rücksichtslos auszutauschen, hat Fukudas Horizont noch wesentlich erweitert – wie den meinigen auch. So haben sich innerhalb des Council auch mancherlei persönliche Freundschaften ergeben, dabei haben alle den Ehrenvorsitzenden Fukuda hoch respektiert. Auch sein Blick wurde durch die vielen Diskussionen im Plenum und durch die speziellen Arbeitsgruppen auf solche Fragen gelenkt, die er vorher noch nicht durchdacht hatte. Zu den letzteren gehörte das Verhältnis der Weltreligionen zueinander, die diesem Komplex gewidmete Arbeitsgruppe in Rom, die wir beide gemeinsam 1987 eingeladen haben, hat auch für mich eine wesentliche Bereicherung bedeutet*; wir haben sie im Geiste Fukudas 1996 in Wien wiederaufgenommen.

---

* Vgl. S. 356-360.

Fukuda hatte die Hoffnung und später die Überzeugung, die Regierenden in der Welt würden sich durch die jährlichen Schlußerklärungen des Council (die in der Regel kurz vor den Weltwirtschaftsgipfeln versandt wurden) beeinflussen lassen. Ich selbst war in diesem Punkte skeptisch; immerhin ging aber auch ich davon aus, daß zumindest die Mitarbeiter der Regierenden oder die Bürokratien von uns beeinflußt würden (etwa so, wie ich glaube, daß zwar mein Nachfolger Kanzler Kohl meine Bücher und Aufsätze nicht liest, wohl aber der eine oder andere seiner Mitarbeiter, um eventuell eine Anregung zu finden).

Die Jahrestagung 1995 (sie fand wegen Fukudas Krankheit in Tokio statt) war die letzte, an der Fukuda beteiligt war, nun schon im Rollstuhl. Er hielt eine hinreißende, temperamentvolle Eröffnungsrede; sie enthielt, obschon nur sechs Schreibmaschinenseiten lang, eine umfassende und sachlich präzise Darstellung der allgemeinen Lage der Welt, ihrer Gefährdungen und der Aufgaben am Ende des 20. Jahrhunderts. Premierminister Murayama war gekommen, dazu manch ein Minister seines Kabinettes, viele Abgeordnete, Botschafter und Journalisten. Jeder spürte, dies war Fukudas Abschied. Behutsam, aber energisch führte ihn der Arzt aus dem Saal, noch ehe er auf der letzten Seite seines Manuskriptes angekommen war.

Der Respekt, den Fukuda genoß, reichte über die eigene Partei und die Grenzen seines Vaterlandes hinaus. Als ich anläßlich seines fünfundachtzigsten Geburtstages in einem großen Tokioter Hotel einen Empfang für ihn gegeben habe, mit vielen japanischen Gästen, vom Ministerpräsidenten und den Politikern bis hin zu den großen Industriellen des Landes – viele von ihnen waren gar nicht eingeladen –, kamen nicht nur Freunde aus dem Inter Action Council wie Pierre Trudeau aus Kanada, Olusegun Obasanjo aus Nigeria, Maria Pintasilgo aus Portugal, Miguel de la Madrid aus Mexiko, Shin Hyon Hwak aus Korea und Huang Hua aus China, sondern auch meine Kollegen, die sich als Berater für den Praemium Imperiale in der Stadt aufhielten: Edward Heath, Amintore Fanfani und David Rockefeller jr. Es war eine überwältigende Demonstration von Zuneigung und Respekt.

Oft habe ich in Tokio Frau Takako Doi besucht, Vorsitzende der jahrzehntelang oppositionellen Sozialistischen Partei; ich habe versucht, ihr den antiquierten Marxismus ihrer Partei auszureden, freilich ziemlich erfolglos, aber über Fukuda waren wir einig. Später hat ihre Partei viele der alten ideologischen Erbschaften über Bord geworfen, der äußere Anlaß dafür war die quasi exotische Koalition mit der LDP unter ihrem sozialistischen Parteikollegen

Murayama; aber auch dann haben beide den Rat Fukudas eingeholt. Es fällt schwer, sich in Deutschland einen politischen Ratgeber vorzustellen, der von allen Seiten gefragt wird.

Fukuda hat sich sehr auf seine Familie gestützt, auf seine Frau Mie, seine zwei Töchter und seine drei Söhne. Als sich herausstellte, daß der Inter Action Council einen Schatzmeister benötigte, hat sein Sohn Tsuneo diese Aufgabe ehrenamtlich übernommen und dafür sein eigenes Geschäft aufgegeben. Im weiteren Sinne gehörten zwei weitere Menschen zum engeren Umkreis der Famile; beide habe ich sehr schätzengelernt. Der eine war Isamu Miyazaki, einer der besten Ökonomen Japans und der Welt, ungemein leise und bescheiden auftretend, der nach einer langen Laufbahn in der Ministerialbürokratie heute Chef eines angesehenen privatwirtschaftlichen Forschungsinstitutes ist. Fukuda hat sich auf seinen Rat immer verlassen. Unentbehrlich war aber auch Frau Keiko Atsumi, die bereits erwähnte Dolmetscherin, die hauptberuflich übrigens gar keine Dolmetscherin, sondern eine selbständige Geschäftsfrau ist – ein in Japan sehr ungewöhnliches Phänomen. Sie entwarf für Fukuda ehrenamtlich englische Texte und Briefe, fungierte bei Gesprächen als exzellente Simultandolmetscherin und massierte ihm in Gesprächspausen vor aller Augen den Nacken und die Schultern, so als sei sie seine Tochter.

Ein Blick auf meine Korrespondenz mit Fukuda zeigt, daß er mich anfangs übertrieben als »Your Excellency, dear Friend« adressiert hat, später folgte »Dear Dr. Schmidt«, dann »Dear Mr. Schmidt« und in den letzten zehn Jahren »Dear Helmut« – und entsprechend auf meiner Seite; ich habe ihm als dem Älteren immer den Vortritt auf die nächste Stufe der Vertraulichkeit gelassen.

Wenn wir uns im Abstand von Monaten trafen, machten wir uns regelmäßig Vorwürfe wegen unseres Körpergewichtes; Fukuda wog keine 100 Pfund, ich hingegen war froh, wenn ich 175 Pfund nicht überschritt. Aber das gegenseitige Versprechen, ein Pfund Gewichtsabnahme des einen mit einem Pfund Zunahme des anderen zu beantworten – oder umgekehrt –, ist niemals eingehalten worden.

Zu Fukudas offizieller Trauerfeier bin ich nach Japan gereist, auch im Auftrage der deutschen Bundesregierung. Tausende von Menschen waren in einer großen Sporthalle versammelt. Nachdem ein Satz aus einer Brahms-Symphonie (oder war es Mahler?) verklungen war, folgten sechs oder sieben Trauerreden. Dann legte jeder von uns Rednern eine weiße Lilie am Altar nieder, über dem ein überlebensgroßes Foto des Verstorbenen hing. Allerdings taten wir dies erst nach den Mitgliedern der kaiserlichen Familie, nach uns kamen die ungezählten Trauergäste. Jeder legte eine weiße Lilie unter dem Foto des Verstorbenen nieder, verbeugte sich und verließ die Halle. Erst jetzt kamen auch diejenigen an die Reihe, die keinen Einlaß in die Halle gefunden hatten; ihre Zahl ging in die Tausende, die Feier muß viele Stunden gedauert haben. Als ich am nächsten Tag Fukudas Frau Mie meinen Besuch abstattete, war ich abermals verblüfft. Denn sie schien fröhlich gestimmt, ebenso wie ihre Töchter und Schwiegertöchter. Später erklärte man mir, die Familie sei fröhlich, weil Fukuda nun ein Buddha sei.

Ich muß gestehen, daß ich das japanische Amalgam aus Schintoismus und Zen-Buddhismus nicht ganz verstehe. Offensichtlich enthalten aber beide in der Ethiklehre wie in den Maximen zum gesellschaftlichen Verhalten starke konfuzianische Einflüsse, die vor Jahrhunderten auf dem Wege über Korea aus China nach Japan gelangt sind; sie wirken hinsichtlich des Zusammenhaltes der Familie, der Gruppe, der Firma und hinsichtlich der Anerkennung und des Respektes gegenüber Autorität und Seniorität offenbar in gleicher Richtung. Dennoch verblüfft es mich noch immer zu sehen, wie jemand Versenkung und Anbetung im Tempel sowohl der einen als auch der anderen Religion vollzieht und wie konsequent die Gebräuche und Riten beider Religionen – und dazu noch die des Christentums! – von ein und derselben Familie befolgt werden.

Was hingegen die Tempel und die sie umgebenden Gärten und Parks und die Torii betrifft, so erwecken sie immer wieder meine uneingeschränkte Begeisterung. Die künstlerisch-dekorativen Fähigkeiten und Leistungen der Japaner sind in meinen Augen einmalig auf der Welt. Meine Liebe zu den großen Holzschnittmeistern Hiroshige, Hokusai, Utamaru und Sharaku ist heute noch genausogroß wie vor vier Jahrzehnten, als ich zum ersten Mal einige Blätter von ihnen sah. Ich bin aber auch jedesmal tief beeindruckt, wenn ich in Tokio in einer großen Konzerthalle miterlebe, wie zweitausend Menschen andächtig und konzentriert einer Beethoven-Symphonie zuhören. All dies macht mir die Japaner liebenswert,wenngleich ich gestehen muß, daß mir manche Erscheinung in der japanischen Gesellschaft mißfällt oder doch nur schwer verständlich ist. Wahrscheinlich weiß ich nicht genug vom Konfuzianismus und seinen Auswirkungen auf die Lebensweise und auf das Gewebe der japanischen Gesellschaft. Aber eines ist mir gewiß: Meine Zuneigung zu dieser schwer verständlichen Nation hat viel zu tun mit meiner Freundschaft zu Takeo Fukuda.

Von den »Gesammelten Werken« Dengs, also von seinen Reden und Aufsätzen, habe ich nur wenig gelesen. Es mag sein, daß darin mehrfach marxistische Prinzipien und Zitate vorkommen, wahrscheinlich allein zu dem Zweck, seine konservativen Genossen in der KP Chinas zu befrieden. Gewiß hat er aber Mao Zedong in viel höherem Maße als Marx gehuldigt – solange Mao am Leben und damit an der Macht war. In vier Gesprächen, die ich mit Deng zwischen 1975 und 1990 gehabt habe und die insgesamt wohl über fünfzehn Stunden dauerten, kamen weder Marx noch Lenin, noch Stalin vor – ganz anders als im Gespräch mit Mao. Statt dessen habe ich von Deng den bestimmten Eindruck eines der Ideologie abgeneigten Mannes, dessen eigentliche Leidenschaft die praktische Vernunft ist. Sein Wort, die Wahrheit sei in den Tatsachen zu suchen, erscheint mir kennzeichnend. Obgleich Deng von Jugend auf Kommunist gewesen ist, Teilnehmer des Langen Marsches, in vielerlei militärischen und politischen Verwendungen kampferfahren, gewiß auch ein begabter und durch politische Lebenserfahrung gewitzter Taktiker, habe ich doch den Eindruck, daß er mehr vom politischen Erbe des Konfuzianismus als vom Marxismus geprägt ist.

Dabei hat sich das konfuzianische staatsphilosophische Erbe, wie es die chinesischen Mandarine, Literaten und Bürokraten im Laufe von über zwei Jahrtausenden umgeformt haben, von den Gedanken ihres Stifters gewiß längst weit entfernt. Mir scheint, daß Karl Jaspers einerseits wohl recht hat, wenn er in seinem Buch über »Die großen Philosophen« aus der Staatslehre des Konfuzius die Prinzipien der sittlichen und politischen Volkserziehung hervorhebt, der Ordnung und der Regierung in Stufen der Macht; oder wenn er beiläufig berichtet, Konfuzius habe einmal einen staatsgefährlichen Aristokraten hinrichten lassen, weil Unbotmäßigkeit der Gesinnung schlimmer sei als Raub und Diebstahl. Andererseits ist es wohl für die heutige Lage Chinas noch stärker kennzeichnend, wie Jaspers die seit fast zweitausend Jahren anhaltende Vereinigung des despotisch regierten, autoritären Staates und seiner Bürokratie mit konfuzianistischer Orthodoxie beschreibt.

Jaspers glaubte 1957, der Konfuzianismus habe 1912 das Ende seiner politischen Macht erlebt. Das allerdings erscheint mir aus heutiger Sicht falsch. Zwar hat es innerhalb der Kommunistischen Partei Chinas mehrfach Auseinandersetzungen über Konfuzius gegeben. Aber ohne den zum wesentlichen Bestandteil der politischen Kultur Chinas gewordenen Konfuzianismus ist weder die über ein Vierteljahrhundert andauernde Herrschaft Maos denkbar, über große Strecken aus dem entrückten Hintergrund ausgeübt und trotz katastrophaler, Hekatomben an Toten verursachender, bizarrer spontaner Kampagnen aufrechterhalten, noch der weitgreifende De-facto-Bruch mit marxistischer Tradition und Staatspraxis durch Deng, der gleichfalls über weite Strecken als Staatslenker aus dem Hintergrund agierte, seit 1989 sogar ohne jedwedes offizielle Amt.

Ich halte es für denkbar, daß man Deng Xiaoping aus dem Rückblick des nächsten Jahrhunderts als den erfolgreichsten kommunistischen Führer unserer Zeit ansehen wird. Dabei mag es dann zweifelhaft sein, ob man den späten Deng, der für ein Fünftel der Menschheit eine gewaltige Wirtschaftsreform in Richtung auf persönliche Initiative, auf private Unternehmen, auf Markt und Marktpreise in Gang gesetzt hat, noch als Kommunisten ansehen wird. Dafür wird es wohl entscheidend auf den Erfolg oder Mißerfolg seiner politischen Nachfahren ankommen.

Mein großes Interesse für das Reich der Mitte und ein halbes Dutzend Reisen dorthin haben dazu geführt, daß ich noch als Bundeskanzler sowohl Mao Zedong wie Deng Xiaoping kennengelernt habe (leider nicht mehr Zhou Enlai), ebenso Hua Guofeng und später Hu Yaobang, Zhao Ziyang*, Yiang Zemin und Li Peng, also alle bisherigen Nachfolger Maos, Zhous und Dengs.

Hu Yaobang (er starb kurz vor dem Tienanmen-Debakel 1989) und Zhao Ziyang waren ökonomische Reformer im Sinne Dengs. Anders als Deng aber sind beide offenbar bereit gewesen, über ökonomische Reformen hinaus innenpolitische Reformen ins Auge zu fassen. Als es Ende 1986 zu größeren studentischen Reformforderungen kam, wurde Hu Yaobang abgelöst; Zhao Ziyang übernahm – zusätzlich zu seinem eigenen Amt als Ministerpräsident – auch Hus Amt als Generalsekretär der Partei. Ich hatte ihn schon im Herbst 1984 kennengelernt; nach meinem Eindruck war er der führende Kopf bei der Ausführung der ökonomischen Reformen, welche Deng 1978/79 mehr generell als detailliert in Gang gesetzt hatte. Zhao hat damals sowohl dank seines Überblicks über die wirtschaftlichen Probleme des Riesenlandes als auch und besonders wegen der Zielstrebigkeit seiner ökonomischen Politik einen vorzüglichen Eindruck auf mich gemacht. Wir hatten

* Ich habe über meine Begegnungen mit diesen Staatsmännern in den Jahren von 1975 bis 1984 ausführlich berichtet in: »Menschen und Mächte«, bei Siedler, Berlin 1987.

Als Helmut Schmidt Mao Zedong in Peking besuchte, war der »große Steuermann« schon schwerkrank. Seine Sprache war undeutlich geworden, und die Dolmetscherinnen hatten Schwierigkeiten, das Gesagte zu verstehen. Aber Mao war unverkennbar eine historische Persönlichkeit, die Helmut Schmidt auch in diesem letzten Stadium beeindruckte.

zunächst über die geplanten Sonderwirtschaftszonen gesprochen, Zhao beabsichtigte darüber hinaus eine schrittweise allgemeine Einführung von Marktpreisen (beginnend bei den »nicht lebenswichtigen« Gütern); die Zentralbank solle sich auf die Steuerung der Geldmenge konzentrieren und alle anderen Geschäfte an Geschäfts-, Industrie- und Handelsbanken abgeben. Die Gefahren sowohl von Inflation als auch von Arbeitslosigkeit waren ihm klar bewußt. Nicht mehr der Plan solle die Unternehmen beherrschen, sondern vielmehr die Orientierung am Ertrag. Dazu werde der Leiter eines Betriebes die oberste Verantwortung haben und nicht wie bisher die betriebliche Parteiorganisation. Zhao sah deutlich das außenwirtschaftliche Dilemma vieler Entwicklungsländer, besonders ihre Auslandsverschuldung; China werde nicht den gleichen Fehler machen.

Als ich nach jener Chinareise in Tokio Station machte und meinem Freunde Fukuda über meine Eindrücke berichtete, faßte ich mein kritisches Urteil in drei Punkten zusammen: In der Wirtschaft seien Konsistenz und Kontinuität noch nicht garantiert; die Priorität des zivilen Sektors und die Zurücksetzung des militärischen Sektors könne nach einem Ausscheiden von Deng zum Problem werden; die Frage, ob Zhao und Hu Yaobang nach einem Ausscheiden von Deng gut kooperieren würden, sei zum gegenwärtigen Zeitpunkt nicht zu beantworten. Man könne im Interesse Chinas nur wünschen, daß Deng weitere zehn Jahre an der Spitze bleibe.

Fukuda erwiderte, die japanische Analyse der Lage in China sei sehr ähnlich. Die größte Sorge in Japan sei, wieweit die chinesische Politik der Öffnung Kontinuität haben werde. In der Tat hänge dies allein davon ab, wie lange Deng noch im Amt bleibe.

Deng Xiaoping war damals 80 Jahre alt. Noch im Alter von 87 Jahren hat er 1992 mittels einer großartig in Szene gesetzten Inspektionsreise durch den Süden Chinas dem ökonomischen Reformprozeß einen gewaltigen Schub verleihen können. Dies war gegenüber den in der Parteiführung in Peking wieder erstarkten konservativen Kommunisten aber auch dringend nötig, zumal Deng inzwischen – zu meinem Entsetzen – Zhao Ziyang aus dem Amt entfernt hatte.

Deng hatte damit, nach Hu Yaobang, den zweiten seiner etwas jüngeren Gefolgsleute aus dem Amt gejagt, offenbar mit Unterstützung durch konservative Freunde und Weggefährten seiner eigenen Generation. Der Anlaß waren die neuerlichen Studentendemonstrationen in Peking, die auch auf einige Provinzstädte übergriffen. Zhao Ziyang hatte sich für einen Dialog mit den Studenten ausgesprochen und gegen den Einsatz der Armee. Kurz nach seiner Entfernung aus dem Amt kam es im Juni 1989 zu der blutigen Beendigung der Demonstrationen auf dem Tienanmen-Platz, die mehrere hundert Menschen das Leben kostete* – und das Ansehen der Volksrepublik China weltweit auf das empfindlichste beschädigte.

Mir ist unklar, wieweit Deng persönlich, wieweit Ministerpräsident Li Peng oder die höheren und örtlichen militärischen Kommandeure für die Bluttat verantwortlich sind. Gewiß erscheint mir, daß alle älteren Führungskader der Partei sich der Opfer von Maos Kulturrevolution und der zügellosen Gewalttaten der radikalisierten jugendlichen Roten Garden bewußt waren, deren Wie-

---

* Die Zahl der Getöteten schwankt in den Analysen, bis zu 1400 Tote sind in westlichen Publikationen genannt worden. Die Deutsche Botschaft in Peking hat mir wesentlich niedrigere Zahlen genannt.

derholung sie fürchteten; auch mögen sie geglaubt haben, ähnlich wie im Falle der Kulturrevolution und der von Maos Witwe angeführten Viererbande stünden im Hintergrund der Demonstrationen irgendwelche Drahtzieher mit weitreichenden politischen Zielen. Gewiß waren die Demonstrationen eine schwerwiegende Verletzung überkommener kommunistischer Machtvorstellungen und ebenso der überkommenen konfuzianistischen Ordnungsideologie. All dies mag die militärische Unterdrückung psychologisch erklären, nicht aber sie entschuldigen.

Gleichwohl waren und sind viele westliche Urteile und Kommentare allzu selbstgerecht, wenn sie westlich-demokratische Verfassungsmaßstäbe an China und an Deng Xiaoping anlegen und Menschenrechte einklagen. Wer dagegen chinesische Maßstäbe anlegt und einen Blick auf die Geschichte des Kaiserreiches oder der menschenverachtenden Herrschaft Mao Zedongs wirft, der weiß, daß es in China auch früher schon Massenopfer gegeben hat. Allein Maos »Großer Sprung« hat zwischen zehn und zwanzig Millionen Tote gekostet. Wer vergleicht, wie der Westen Boris Jelzin publizistisch und diplomatisch verhätschelt, trotz des wiederholten Einsatzes seiner Truppen auf russischem Boden und über dessen Grenzen hinaus, trotz der brutalen Zerstörung der autonomen Provinz Tschetschenien und ihrer Hauptstadt Grosny mit Zehntausenden von Todesopfern, der muß zu der Erkenntnis kommen, daß der Westen Jelzin und Deng mit ungleichen Maßstäben beurteilt. Jelzin einen Demokraten zu nennen ist Schönfärberei. Deng dagegen hat nie einen Zweifel an seiner Ablehnung der Demokratie gelassen.

Die zum Teil chaotischen Zustände, die nach dem Zusammenbruch der Sowjetunion in Rußland und in manchen der anderen Nachfolgestaaten eingetreten sind, sind nach Ansicht der Russen der schlagende Beweis dafür, daß das große Experiment Gorbatschows gescheitert ist. Michail Gorbatschow hatte ein fast unmögliches Ziel angestrebt: eine ökonomische Reform in Richtung auf Marktwirtschaft, zugleich den Umbau von Staat und Partei (Perestroika) und zugleich eine Öffnung (Glasnost) in Richtung auf Meinungsfreiheit. Die russische Gesellschaft war auf diesen Generalumbau nicht vorbereitet und hat ihn bis auf den heutigen Tag nicht bewältigt. Es ist fraglich, ob er überhaupt gelingt, wie viele Jahrzehnte dafür benötigt werden und wie viele Opfer er noch kosten wird.

Das große Experiment Deng Xiaopings hingegen beschränkt sich auf die ökonomische Reform, während gleichzeitig die innenpolitische Machtstruktur unverändert bleiben soll. Der bisherige

Erfolg gibt ihm recht: Das gegenwärtige Wachstum der chinesischen Wirtschaft (etwa neun Prozent pro Jahr) und der Anstieg des durchschnittlichen Lebensstandards haben über anderthalb Jahrzehnte ein weit höheres Maß erreicht als in irgendeiner der westlichen industriellen Demokratien; dabei bleibt China noch auf lange Zeit ein Entwicklungsland. Die großen Fragen bleiben, ob und wie lange dieser Prozeß erfolgreich weitergeführt werden kann, ob und wann die weitgehende Öffnung Chinas für ausländische Einflüsse zu einer tiefgreifenden Veränderung der innenpolitischen Machtstruktur führt – und ob etwa eine gewaltsame politische Veränderung den wirtschaftlichen Reformprozeß unterbricht oder gar in ein russisches Chaos mündet.

China ist heute eine von vier Weltmächten*, während das Land zu Zeiten Maos nur erst eine potentielle Weltmacht war. Insofern hat Deng ein Ziel erreicht, das man angesichts eines 1,2 Milliarden Menschen umfassenden Staates als legitim anerkennen muß. Als Gorbatschow 1989 in Peking seinen Besuch machte, war dies ein Triumph für Deng. Daß aber der Chef der russischen (damals noch sowjetischen) Weltmacht wegen der Studentenunruhen die Verbotene Stadt durch die Hintertür betreten mußte, war zugleich ein Gesichtsverlust für Deng, der ihn tief getroffen haben muß und zum Entschluß beigetragen haben mag, die Studentendemonstrationen mit Gewalt zu beenden.

Die im Inter Action Council unter meinem Vorsitz versammelten ehemaligen Staats- und Regierungschefs waren nach der Tienanmen-Tragödie 1993 so ziemlich die ersten weltweit angesehenen Besucher in Peking. Die chinesische Führung war dafür dankbar; zwar war Deng nicht mehr in der Lage, Besucher zu empfangen; aber Yiang Zemin, Li Peng und Zhu Rongji opferten einen ungewöhnlichen Teil ihrer Zeit für ihre Gäste. Yiang Zemin, zugleich Generalsekretär der Partei, Vorsitzender der Militärkommission und Staatspräsident, war offen, liebenswürdig und mitteilsam. Nach meinem Eindruck mußte er innenpolitisch Wert darauf legen, seine zumindest staats- und parteiorganisatorisch vollständige Machtübernahme zu demonstrieren. Der Ministerpräsident Li Peng, zwei Stunden lang mein Tischnachbar, hinterließ bei mir kein klares Bild von sich; anders sein Stellvertreter Zhu Rongji, der den Eindruck eines fähigen Wirtschafts- und Finanzpolitikers machte und entschlossen war, den Deng-Kurs einer »sozialisti-

---

* Ich betrachte Rußland trotz seiner heutigen Schwäche als Weltmacht, auch Japan, allein wegen seines enormen Kapitalexportes – nicht dagegen die Europäische Union, da ihr bisher eine gemeinsame Außen- und Sicherheitspolitik fehlt.

schen Marktwirtschaft« zielstrebig fortzusetzen, wenngleich er sich dabei aller ökonomischen Gefährdungen bewußt zu sein schien.

Sofern es diesen drei Männern nach dem absehbaren Tode Dengs gelingen sollte, mindestens für eine mittelfristige Periode den Ausbruch von Nachfolgekämpfen innerhalb der KP Chinas und von gesellschaftlichen Erschütterungen der Herrschaft der Partei zu vermeiden, so wird China am Beginn des 21. Jahrhunderts die Chance haben, mit seinem Sozialprodukt und seinem Welthandelsanteil binnen zwei Jahrzehnten Japan einzuholen (freilich keineswegs pro Kopf) und nicht allzuviel später dann die USA.

Allerdings stehen diesen Zielen enorme Hürden im Wege. So muß die Inflation wesentlich gedämpft werden, auch wenn dadurch das Wachstum leiden wird. Die Ausdehnung des Aufschwungs in den Küstenprovinzen auf das mindestens fünfmal so volkreiche Hinterland verlangt dringend nach staatlichen Verkehrs- und Infrastrukturinvestitionen, andernfalls sind gewaltige Wanderungsbewegungen in Richtung auf die Küstenregion unvermeidlich. Eine zuverlässige Ordnung des öffentlichen und des zivilen Rechts ist unerläßlich. Der Militäretat muß noch lange relativ klein bleiben, auch wenn es nicht unproblematisch sein wird, die Generale trotzdem bei guter Laune zu halten. Wichtig bleibt es, den Zufluß ausländischen Kapitals aufrechtzuerhalten. In diesem Punkt gibt es bisher einen Anlaß zu erheblichem Optimismus; denn die Tatsache, daß viele reiche Auslandschinesen beachtliche Teile ihres Vermögens im alten Mutterland investieren, erscheint mir als überzeugendes Zeichen des Vertrauens in Chinas zukünftige Stabilität. Denn zweifellos haben die Auslandschinesen aus vielen Gründen einen besseren Einblick in den politischen und wirtschaftlichen Prozeß Chinas als etwa europäische oder amerikanische Banken und Unternehmen.

Die größte Hürde kann sich daraus ergeben, daß der neu entstehende Mittelstand und die wirtschaftliche Öffnung Chinas gegenüber dem Westen außerordentlich ausgedehnte Kontaktflächen mit dem Rest der Welt entstehen lassen. Zigtausende chinesischer Studenten, welche heute im Ausland studieren, kehren fast alle nach Hause zurück. Es kommt hinzu, daß Hunderte von Millionen Bauern unzufrieden werden, weil sie am Aufschwung einstweilen nicht beteiligt sind. Auf vielerlei Weise wird sich also der Druck in Richtung auf politische Reformen verstärken. Wenn es der Führung nicht gelingen sollte, diesem vorhersehbaren Druck schrittweise nachzugeben oder entgegenzukommen, so sind zu Beginn des 21. Jahrhunderts durchaus auch Konvulsionen und Explosionen vorstellbar, die selbst durch einen taktisch zwecks Ablenkung betriebenen Nationalismus nicht abgefangen werden können. Aber in jener zukünftigen Epoche wird die politische Klasse Chinas ohne das taktische Genie Deng Xiaoping auskommen müssen.

Es wäre abwegig, von einer freundschaftlichen Verbindung zwischen Deng und mir zu sprechen, wohl aber habe ich diesen Mann, der um einen Kopf kleiner war als ich, von Anfang an gemocht. Nicht zuletzt machte es ihn sympathisch, daß er seine Schwächen nicht verbarg. Er war ein Kettenraucher, war deshalb ständig verschleimt und spuckte mit artistischer Fertigkeit in einen entfernt stehenden Spucknapf. Auch verbarg er keineswegs seine sehr wechselhafte Laufbahn innerhalb der KP Chinas, während der er zweimal »gesäubert« worden war. Als ich ihn 1984 zum zweiten Mal besuchte, sagte er grinsend zu mir: »Jetzt sind es dreimal!«

Er hatte mein Mitleid gehabt, als er bei unserem Gespräch im Jahre 1975 sorgfältig alles nachbetete, was mir vorher auch Mao schon gesagt hatte. Mir war klar, daß manches davon nicht seine eigene Meinung sein konnte, denn er war – anders als Mao – kein ideologisch oder philosophisch interessierter, sondern ein eher pragmatischer Mann; aber nach dem damals zu erwartenden Tod Maos hing Dengs Leben wahrscheinlich von dem Maß an Loyalität ab, das er an den Tag legte. Dabei war er sich zweifellos bewußt, daß ich seine prekäre Lage durchschaute. Mao war mißtrauisch und politisch eifersüchtig, und seine widerliche Witwe bewerkstelligte wenig später Dengs Ablösung; ihre Viererbande spielte seiner Familie übel mit (einer seiner Söhne, den man aus dem Fenster geworfen hat, blieb zeitlebens querschnittsgelähmt). Aber abgesehen von jener bereits zitierten scherzhaften Bemerkung hat Deng über die Viererbande zu mir kein Wort verloren.

Er war übrigens ein vorzüglicher Gastgeber. So bekam ich, als ich im Jahre 1984 bei ihm zu Besuch war, denselben Bungalow, in dem ich schon als Kanzler gewohnt hatte, und Deng gab mir abermals ein fulminantes, für chinesische Verhältnisse luxuriöses Essen (von dem ich manche der Speisen immer noch nicht mochte). Seine Redeweise mir gegenüber war sehr direkt, sehr »unchinesisch«, und offensichtlich fand er Gefallen an meiner eigenen Direktheit. Er machte sich Sorgen um die zunehmende Arbeitslosigkeit. »Wenn wir die Menschen auf dem Lande halten können, haben wir gewonnen.« Dabei stimmte er meinem Hinweis zu, daß die wirtschaftlichen Sonderzonen deshalb alsbald in das Hinter-

Viermal kam Helmut Schmidt zwischen 1975 und 1990 mit Deng Xiaoping zusammen, dem starken Mann Chinas nach Mao Zedong. Schmidt hat mit Deng insgesamt sicherlich mehr als fünfzehn Stunden in Gesprächen verbracht, aber nach Maos Tod fielen dabei weder die Namen von Marx noch von Lenin oder Stalin. »Mein Eindruck war, daß Deng mehr vom Konfuzianismus geprägt war als vom Marxismus.«

land erstreckt werden müßten. »Aber ich bin kein Ökonom, ich kann nur die allgemeine Richtung angeben, die Ausführung müssen andere machen.« Tatsächlich hat Deng mit Energie, Zähigkeit und Taktik in der Praxis eine Abkehr von den Dogmen des Marxismus und von der Ideologie Maos zustande gebracht: ein kluger Pragmatiker um des Zieles willen, China endlich wohlhabend und mächtig zu machen. Seine Lebensleistung nötigt mir großen Respekt ab.

Er hatte mich zur 35-Jahr-Feier der Volksrepublik China eingeladen, wo eine sehr bunte Zivilparade mit vielen großen und kleinen Luftballons stattfand. Deng stand auf dem Tor zur einstigen Verbotenen Stadt und ließ in souveräner Manier die Parade auf dem Tienanmen-Platz an sich vorbeiziehen. Das Militär spielte erst ganz am Schluß eine zwar durchaus eindrucksvolle Rolle, aber es war deutlich, daß der zivile Charakter der Veranstaltung betont werden sollte. Und in einer kraftvollen, sehr kurzen Ansprache berief sich Deng auf den legendären »Gelben Kaiser«.

Damals schien er den Höhepunkt seiner Macht über das Riesenreich erreicht zu haben. Doch erwies sich dieser Eindruck als falsch. Denn im Laufe des seither verflossenen Jahrzehnts hat Deng Xiaoping zwar alle seine Ämter aufgegeben, aber seine Führungsautorität hat bis 1992 noch zugenommen – trotz des für das ganze Volk im Fernsehen sichtbar werdenden Verfalls seiner körperlichen Kräfte. Die konfuzianischen Traditionen scheinen in

China weit tiefer verankert als die kommunistischen – anders sind die Anerkennung der obersten Entscheidungsmacht eines Neunzigjährigen und der Wille zur Harmonie unter seiner Führung nicht zu verstehen.

Lee Kuan Yew

Dreißig Jahre lang hat Lee Kuan Yew als Ministerpräsident Singapur regiert; auch heute noch übt er bestimmenden politischen Einfluß aus. Je älter er wird, um so klarer und ausführlicher bekennt er sich zur konfuzianischen Staatsphilosophie. Es scheint nachträglich, als habe sie ihn schon in den frühen sechziger Jahren geleitet, wenngleich er sich dessen damals vielleicht noch nicht so bewußt war, da er damals zum einen noch stark unter dem Einfluß seiner englischen Erziehung stand, die er mit einem hervorragenden Examen in Cambridge abgeschlossen hatte, und zum anderen dem Druck der drängenden administrativen und sozialökonomischen Probleme im Übergang von einer sehr mittelmäßigen englischen Kolonie zur Souveränität ausgesetzt war. Ich bin Lee, den seine Freunde und so auch ich schlicht Harry nennen, erst spät, gegen Ende der siebziger Jahre, begegnet und kenne deshalb seine Vorgeschichte und die ersten beiden Jahrzehnte seiner Leitung des Staates Singapur nur aus der Lektüre. Wenn ich mich heute mit ihm unterhalte oder seine Reden, seine Interviews und seine Briefe lese, so bestechen mich stets sein klarer Überblick über Weltwirtschaft und Weltpolitik und sein entschiedenes Urteil. Noch mehr aber fasziniert mich seine immer stärkere Berufung auf Konfuzius und auf die kulturellen Traditionen des Konfuzianismus. Sie scheinen wie gemacht für den Stadtstaat Singapur, in dem Tamilen, Malaien und Chinesen miteinander leben, deren friedliches Auskommen sich ganz entscheidend einer sehr starken, sehr strengen paternalistischen Regierung verdankt. Hindus, Moslems, Konfuzianer, einige Christen, vier verschiedene Sprachen, die mitunter innerhalb ein und derselben Familie gesprochen werden – die bosnischen Städte sind dagegen von einer deutlich geringeren Vielfalt geplagt. Und doch herrscht Frieden in Singapur.

Sowohl Konfuzius selbst als auch der im Laufe der zweieinhalbtausend Jahre seither zur Staats- und Machtphilosophie entwickelte Konfuzianismus setzen zuoberst den Kaiser und dessen Regierung, der für Frieden, für Ordnung und Stabilität sorgen muß. Sie soll die Regierten beeinflussen und erziehen, die ihrerseits lernen sollen und sich der Gemeinschaft anzupassen und einzuordnen haben. Hinsichtlich solcher grundlegender Gemeinsamkeiten zwischen dem ursprünglichen Stifter und der heutigen Substanz des Konfuzianismus scheinen die Sinologen übereinzustimmen. Die heutige Substanz enthält eine starke Betonung der Elemente der Obrigkeit, des Respekts vor der Autorität der Älteren und der Eltern, der Einordnung in die Familie und der Erziehung schlechthin. Die Führung des Staates ist für Reformen verantwortlich; sie soll die Regierten nicht mit allzu hohen Steuern belasten, die Familie soll selbst für ihre Angehörigen sorgen.

Jedoch gibt es keinerlei ausgeprägte wirtschaftspolitische Ideologie im Konfuzianismus, was zum Beispiel sowohl die Einführung der Marktwirtschaft in China als auch den großzügigen sozialen Wohnungsbau und das außerordentlich ausgedehnte Wohnungseigentum in der Großstadt Singapur ermöglicht hat. Isamu Miyazaki* hebt die pragmatische und praxisbezogene Haltung des Konfuzianismus hervor, besonders seine »gradualistische«, das heißt schrittweise Attitüde der Reform; dies erinnert stark an Karl Poppers Ratschlag zum »piecemeal social engineering«. Die starke Betonung der Pflichten der Familie und Großfamilie zur Fürsorge für ihre Kranken und ihre Alten habe – so Miyazaki – einen stark ausgeprägten Hang (oder Zwang) zum privaten Sparen hervorgebracht, wodurch sich die im Vergleich zu Europa und erst recht zu Nordamerika extrem hohen Sparraten in Ostasien erklären, die zugleich einer der Hauptfaktoren für das fulminante Wirtschaftswachstum sind. Schließlich – so Miyazaki – ist im Konfuzianismus nicht, wie im Kapitalismus, das Individuum die Grundlage des Wertesystems, sondern vielmehr die »Organisation« oder Institution, sei es in Form der Familie, der örtlichen Gemeinde oder des Unternehmens. Diese Einheiten haben Vorrang vor dem einzelnen, dafür sind sie ihrerseits zur paternalistischen Fürsorge für jedermann verpflichtet, der ihnen angehört.

Ähnliche Beschreibungen der Wesensart und der Auswirkungen des Konfuzianismus habe ich auch von anderen asiatischen Gesprächspartnern gehört, und es scheint mir festzustehen, daß nicht nur China, sondern auch Korea, Taiwan, Japan, am stärksten Singapur, aber auch Malaysia und andere Staaten Südostasiens vom Konfuzianismus beeinflußt sind. Fast überall treten infolgedessen in Ost- und Südostasien die Grundrechte des einzelnen (heute im Westen zumeist als Menschenrechte zitiert) hinter dem Vorrang des Staates zurück.

Singapur ist eine Großstadt, eine Weltstadt, eines der wenigen

---

* Vgl. S. 315.

Zentren des Weltfinanzmarktes, aber im Vergleich zu anderen Großstädten Asiens eine relativ kleine Stadt; von ihren drei Millionen Einwohnern sind drei Viertel Chinesen. Taiwan hat zehnmal, die Volksrepublik China hat über vierhundertmal soviel Einwohner. Angesichts dieser Größenunterschiede könnte man meinen, ein allzu großes Kunststück sei es wohl nicht, Singapur zu regieren. In Wahrheit aber hat Lee Kuan Yew in der Entwicklung der Stadt ein fast unglaubliches Kunstwerk zustande gebracht. Schon vor einem Dutzend Jahren schrieb die Londoner »Times«: »He has driven the island towards economic, political and social perfection.« Ich habe diesem Satz damals zugestimmt, er ist auch heute noch genauso richtig. Zum ersten Mal sah ich Singapur um 1960, während eines Zwischenstopps auf einer Reise nach Ostasien. Damals ging gerade die seit 1819 andauernde britische Kolonialherrschaft zu Ende (nicht aber die von den Briten ausgeübte Prügelstrafe mit dem Rattanrohr). Die Stadt erschien mir dreckig und heruntergekommen; es gab Spielhöllen, Opiumhöhlen, Bettler und ausgedehnte Slums. Die politische Zukunft war undurchsichtig, die sozialen Umstände sprachen für die Möglichkeit einer kommunistischen Machtergreifung, zumal in einer Zeit, in der im Westen von einem kommunistischen Dominoeffekt in Indochina und in Südostasien geredet wurde.

Heute ist Singapur die sauberste und ordentlichste Großstadt der Welt, höchstens Reykjavík, die kleine Hauptstadt Islands, könnte ihr in puncto Sauberkeit Konkurrenz machen, keineswegs aber meine Heimatstadt Hamburg. Wichtiger als Ordnung und Sauberkeit aber ist der ökonomische und soziale Aufstieg Singapurs. Alle zehn Jahre hat sich der ökonomische Lebensstandard der Bevölkerung verdoppelt, die Beschäftigtenrate ist seit Mitte der sechziger Jahre von 55 Prozent auf 65 Prozent gestiegen. Schulen, Ausbildung und Bildung sind vorbildlich geworden, es gibt keine Wohnungsnot. Die staatliche Verwaltung ist effizient und – eine erstaunliche Erscheinung in Asien – frei von Korruption.

Diesen fabelhaften sozialen Aufstieg verdanken die Menschen in Singapur Lee Kuan Yews Mixtur von Privatkapitalismus, Staatskapitalismus und Erziehungsdiktatur. Ihm ist es gelungen, seinen Stadtstaat für ausländische Investoren und Finanzinstitute außerordentlich attraktiv zu machen und sie ins Land zu ziehen. Natürlich ist Englisch die Geschäftssprache. Keiner zweifelt an der politischen Stabilität Singapurs. Dergestalt ist Singapur zu einem der wichtigen Dienstleistungszentren Asiens geworden. Eine Stadt von mediokrer Vergangenheit, von glänzender Gegenwart, mit besten Aussichten für die Zukunft.

Natürlich gibt es auch Schattenseiten, jedenfalls für Zeitgenossen, die Singapur mit dem Maßstab westlicher Demokratievorstellungen betrachten. Zwar stützt sich Lee auf überwältigende Mehrheiten bei allen Wahlen, aber dies auf dem Hintergrund einer Presse, die es nicht wagt, die Regierung zu kritisieren, und einer rigorosen Behandlung politisch oppositioneller Kräfte. Kommunisten übrigens haben von vornherein absolut keine Chance. Die englische Vorstellung von »Her Majesty's most loyal opposition« erscheint dem konfuzianischen Denken Lees als abwegig; sie sei »ein Widerspruch in sich selbst«, hat er gesagt. Daß gleichwohl vor einigen Jahren seiner eigenen »People's Action Party« gegenüber ein einziger oppositioneller Abgeordneter gewählt wurde, hat er zunächst als Beleidigung empfunden.

Lees staatliche Erziehungsdiktatur geht weit über das Schulsystem hinaus, für westliche Begriffe außerordentlich weit. Wer Abfall oder auch nur eine Zigarettenkippe auf die Straße wirft, wird bestraft, ebenso wer auf öffentlichen Plätzen raucht oder eine öffentliche Bedürfniseinrichtung in verschmutztem Zustand hinterläßt. Insgesamt erscheinen Strafrecht und Strafjustiz für manche westliche Kritiker als drakonisch. Aber trotz solcher kritischen Einwände ist nicht zu bezweifeln: Die große Mehrzahl der chinesischen, malaiischen und tamilischen Bevölkerung ist zufrieden mit ihren Lebensumständen; ihrer Ansicht nach hat Singapur eine gute Regierung.

Lee Kuan Yews Familie ist schon vor drei Generationen aus China gekommen, aber er selbst hat erst vergleichsweise spät Chinesisch gelernt (Mandarin und auch südchinesischen Dialekt). Er ist mit Englisch aufgewachsen und denkt wohl immer noch englisch, nicht chinesisch. Doch je älter er wird, um so stärker treten Elemente der chinesischen Kultur und alter chinesischer Weisheiten in den Vordergrund; er spricht auch gern mit alten chinesischen Priestern.

Im Gespräch mit westlichen Partnern ist er brillant und präzise. Einmal haben Henry Kissinger, Harry Lee und ich zu dritt öffentlich debattiert, wir mochten uns gegenseitig, keiner versuchte, den anderen auszustechen. Vielleicht standen wir drei auf der gleichen intellektuellen Ebene, aber ohne Zweifel sprach Harry das beste Englisch. Er liest sehr viel, ist ein unermüdlicher Arbeiter und zugleich im persönlichen Habitus ein Puritaner und ein Pflichtmensch.

1994 gab Lee einem Redakteur der ZEIT, die ihn vorher hart kritisiert hatte, ein längeres Interview. Auf die Frage, ob der Westen jetzt von Asien zu lernen habe, sagte er: »Zum Teil ja. Die

Lektion lautet: Wenn die Regierung zu viele Aufgaben der Familie übernimmt, dann wird die Familie überflüssig – wie in Amerika ... Wir dagegen versuchen, die Familie als Arbeits-, Wirtschafts- und Sozialeinheit zu stärken. Man darf niemals die Familie verdrängen.« Und auf die Frage, ob Entwicklung ohne Demokratie möglich sei: »Wenn Sie Demokratie nach amerikanischem oder deutschem Muster meinen – ja, es kann Entwicklung ohne Demokratie geben. Sie braucht nicht unbedingt ... regelmäßigen Wechsel von Parteien. Wenn Sie aber Industrialisierung wollen, Innovation und Kreativität, dann müssen Sie in jeder Generation die produktiven Köpfe pflegen ... Sie brauchen eine gewisse Offenheit und Flexibilität im Erziehungssystem und in der Gesellschaft, damit einzelne wie auch kleine und große Gruppen fähig werden, Entscheidungen zu treffen. Wir brauchen das Gegenteil von Planwirtschaft oder geplanter Gesellschaft ... Mit dem freien Markt kommt das freie Denken ... Manager, Ingenieure und Fachleute gewöhnen sich daran, selbst zu entscheiden. Sie werden auch im sozialen Bereich ... mitreden wollen, auch darüber, wie sie regiert werden. Teilhabe an der Regierung wird unausweichlich. Gutes Regieren bedarf der Partizipation.«

Die letzten drei Sätze, gesprochen im Alter von 71 Jahren, hätte Lee in früheren Jahrzehnten so wohl nicht formuliert; sie zeigen die Entwicklung zu persönlicher Altersweisheit. Aber natürlich bleiben sie immer noch auslegungsfähig und müssen keineswegs einen Weg in eine pluralistische Demokratie andeuten.

Als es in den fünfziger Jahren um die Befreiung von der Kolonialherrschaft ging, ist Lee ein radikaler Sozialist gewesen und hat sich als engagierter Demokrat gegeben; damals paktierte er sogar mit Kommunisten, allerdings spannte er sie nur für seine Zwecke ein, nicht umgekehrt. Später wurde Lee für lange Zeit der autoritäre Staatslenker, der die Opposition mit purem Sarkasmus traktierte. Lee habe, schrieb ein Beobachter, seit seiner Studentenzeit den klassischen Bogen beschrieben, von der Linken zur Rechten. Tatsächlich trat er mit seiner Partei P.A.P. ja auch aus der Sozialistischen Internationale aus. Heute bezeichnet er sich gelegentlich mit einer Portion Selbstironie als einen altmodischen Sozialisten. Aber an die Stelle des einstigen Sarkasmus ist im Alter ein trockener Humor getreten, und seine öffentlichen Reden zu Hause haben heute den Ton eines Lehrers oder Vaters angenommen.

Lees außenpolitischer Überblick ist imponierend. Oft wird er von ausländischen Journalisten und Politikern um seine Meinung gebeten, so auch von mir. Wir haben uns zum Gespräch in Singapur getroffen, in Bonn, Tokio oder auch in Amerika; in den Zwischenzeiten haben wir auch Briefe und Texte ausgetauscht. Vor mir liegt ein Brief vom 6. Oktober 1982, den mir Lee kaum eine Woche nach dem konstruktiven Mißtrauensvotum geschrieben hatte, durch das Helmut Kohl an meine Stelle getreten war. Harry analysierte darin beiläufig die innenpolitische Situation in Deutschland, erörterte die Rolle der F.D.P. und endete mit guten Wünschen für mich. Ich war seinerzeit – und bin noch heute – verblüfft über seinen Scharfblick. Übrigens rührte mich ein lobendes Wort über meine Abschiedsrede vor dem Diplomatischen Korps, weil ich darin versichert hatte, auch nach dem Regierungswechsel werde Deutschland in seiner Außenpolitik unverändert und unbeeinträchtigt von den harten innenpolitischen Auseinandersetzungen zuverlässig zum Westen stehen und dem Osten ein zuverlässiger Partner bleiben. Tatsächlich ist es ja dann auch so gekommen.

Lees laufender Informationsstand über China, über Ost- und Südostasien und besonders auch über die ASEAN-Gruppe*, deren Entwicklung und Politik er weitgehend mitbestimmt hat, ist für jeden Gesprächspartner hilfreich, ebenso seine Ratschläge. Als ich auf Deng Xiaopings Einladung meine zweite Chinareise vorbereitete, riet er mir, so taktvoll zu sein wie nur möglich. Der Ratschlag war gut und wichtig, zumal der Ratgeber selbst nicht immer der Taktvollste war. Sehr viel später, nach dem Tienanmen-Drama, hat Lee westlichen Gesprächspartnern geraten, gleichwohl guten Kontakt mit Peking zu halten; nach kurzer Zeit werde die Stabilität wiederhergestellt sein, das schnelle Wachstum Chinas werde unvermindert weitergehen. So ist es dann auch geschehen.

Als Loki und ich Harry und seine Frau Choo – sie ist genauso brillant wie er – 1990 in Gymnich besucht hatten, wo mich beide nach meiner Beurteilung der sowjetischen Entwicklung fragten, schrieb Lee mir kurz darauf: »Du warst brutal offen und realistisch ... Wir müssen Gorbatschow alles Gute wünschen, aber es gibt nur wenig, was die Außenwelt tun könnte, um in seiner Lage eine wesentliche Hilfe darzustellen.« Wohl wahr.

Der Amerikaner Samuel Huntington hat 1993 mit seiner These vom »Clash of Civilizations« für einige Aufregung gesorgt, vielleicht ähnlich wie nach dem Ersten Weltkrieg Oswald Spengler mit seinem »Untergang des Abendlandes«. Bisher hat Spengler nicht recht bekommen, trotz Hitler und Stalin. Ob Huntington recht bekommen könnte, hängt entscheidend vom Westen ab. Ein Zusammenstoß der westlichen Kultur ist weder mit dem sich poli-

* Association of South-East Asian Nations.

Von einem Besuch bei dem japanischen Premier Fukuda im Jahre 1978 reiste Helmut Schmidt nach Singapur weiter, um den Ministerpräsidenten Lee Kuan Yew zu treffen. Wann immer Schmidt dessen Reden, Interviews und Briefe las, war er beeindruckt von Lees klarem Überblick über die Weltpolitik und die Weltwirtschaft. Wie bei Deng Xiaoping hatte er den Eindruck, daß Lees Denken in starkem Maße im Konfuzianismus wurzelte.

tisch revitalisierenden Islam noch mit dem asiatischen Kulturkreis unvermeidlich. Richtig ist aber, daß viele asiatische Führer, deren Selbstbewußtsein dank ihres ökonomischen Erfolges gewaltig gewachsen ist, einstweilen die auf sie gerichtete westliche, zumeist amerikanische Menschenrechtspropaganda als Instrument der amerikanischen Weltpolitik betrachten – was tatsächlich nicht ganz falsch ist.

Von China bis zu Malaysia setzen Asiaten dagegen auf ihre asiatischen Werte. So sagt der malaysische Ministerpräsident Mahathir, ein Moslem: »Die Freiheiten der Minderheiten und auch der einzelnen dürfen in einer asiatischen Demokratie nicht über die Rechte der Mehrheit gestellt werden. Wir fordern Respekt vor der Gemeinschaft und vor intakten Familienstrukturen.« Lee sagt: »Ich lege die asiatischen Werte nicht denjenigen ans Herz, die diese Werte nicht teilen. Ich trete aber dafür ein, daß wir Asiaten unsere Werte bewahren ... Grundwerte betreffen die Beziehungen *zwischen* Menschen, in der Familie, in der erweiterten Familie, im Clan ... Es geht darum, das Verhältnis zwischen Familie und Regierung zu regeln ... Es gibt fundamentale Unterschiede in Nachdruck und Rang, welche der Westen dem einzelnen und der Osten der Gesellschaft zumessen ... Wenn wir unsere Grundwerte, unsere gemeinschaftliche Einstellung verlieren sollten, dann geraten wir in die Gefahr, den Weg der Amerikaner einzuschlagen, deren Gesellschaft unregierbar geworden ist ... Teile der amerikanischen Gesellschaft finde ich inakzeptabel: Revolver, Drogen, Gewaltverbrechen, Obdachlose, insgesamt der Zusammenbruch einer zivilen Gesellschaft ... Die asiatische Gesellschaft geht davon aus, daß der einzelne im Zusammenhang der Familie lebt, er ist nicht separat.«

Wir westlichen Demokratien, die wir in unseren großen und kleinen Städten ein früher ungewohntes Maß an Gewaltkriminalität erleben und noch viel mehr davon im täglichen Fernsehen, wir haben Gründe genug, unsere Wert- und Erziehungssysteme ernsthaft zu prüfen und notfalls zu ergänzen. Auf keinen Fall aber dürfen wir den Gesellschaften Asiens mit Intransigenz unsere Werte und *zugleich unsere gesellschaftlichen Defizite* aufdrängen. Darüber hinaus dürfen wir vor uns selbst nicht länger unehrlich sein; denn ungezählte Beispiele in Schwarzafrika, in Tschetschenien und um den Kaukasus herum, in Bosnien und auf der Balkanhalbinsel ingesamt zeigen uns jeden Tag: Je heterogener die Einwohnerschaft eines Staates oder einer Stadt zusammengesetzt ist, um so größer und blutiger die gewaltsamen Auseinandersetzungen – und um so notwendiger eine starke Regierung.

Weil Singapur ethnisch, religiös, sprachlich und kulturell eine außerordentlich heterogene Stadt ist, von der sich Außenstehende nur schwer ein Bild machen können, erscheint mir ein Großteil der westlichen Kritik an Lee Kuan Yew eher als abwegig. Ich jedenfalls bewundere die Lebensleistung meines Freundes.

Wir Kinder Abrahams

Im Juni 1966 unternahmen Loki und ich unsere erste Reise nach Israel, eine private Einladung durch Mitglieder der Israelischen Arbeiterpartei (Mapai) lag ihr zugrunde. Diese Reise wurde zu einer dichtgedrängten Kette unerhörter, in ihrer Tiefe unerwarteter Erfahrungen und Empfindungen. Der uns zugewiesene Reisebegleiter, ein Mitglied der Arbeiterpartei Mapai, war ein Überlebender des Konzentrationslagers Theresienstadt. Er redete nur andeutungsweise über seine KZ-Erlebnisse, sprach dagegen aber häufig über die isolierte Situation des Judentums in der ganzen Welt. Übrigens hatte er seinen Familiennamen Feniger – anders als sonst viele Israelis – nicht nachträglich hebraisiert.

Tief betroffen waren wir in Yad Vashem. Wir waren fasziniert von dem ernsten, sozialistisch-demokratisch geprägten Leben im Kibbuz Deganya nahe dem See Genezareth (Kinneret), obwohl die Einschränkung der persönlichen Freiheit durch den fast absoluten Zwang zur Gleichheit und durch eine rigide gemeinschaftsorientierte Disziplin für mein persönliches Empfinden zu weit ging, denn sie beherrschte den Tagesablauf aller Kibbuz-Mitglieder, einschließlich der Kinder. Wir hätten dort auf Dauer nicht leben mögen.

Das wichtigste und bis heute nachwirkende Erlebnis jener Reise war aber ein Besuch bei Golda Meir in Tel Aviv, vor allem ein mehrstündiges Gespräch mit dieser kämpferischen Frau.

Golda Meir war zwanzig Jahre älter als wir. Ihre Lebenserfahrung und ihre politische Erfahrung ließen sie mir als eine Inkarnation jüdischer Weisheit erscheinen. In der Ukraine geboren, als kleines Mädchen mit den Eltern in die USA ausgewandert, wo sie studiert hatte und als Absolventin eines College Zionistin geworden war, lebte sie seit fast einem halben Jahrhundert in Palästina und hatte 1948 zu den Unterzeichnern der Unabhängigkeitserklärung des Staates Israel gehört. Sie hatte seither in der vordersten Reihe der israelischen Politiker gestanden, hatte großen Anteil an der Entfaltung ihres Staates gehabt und die ersten beiden israelisch-arabischen Kriege 1948/49 und 1956 miterlebt. Der sogenannte Sechstagekrieg im Juni 1967 und auch der Jom-Kippur-

Krieg 1973 standen erst bevor (ebenso Golda Meirs eigene Ministerpräsidentschaft von 1969 bis 1974). Die Gefahr eines neuen Krieges war im Bewußtsein aller Israelis täglich präsent, mit denen wir sprachen, und Golda Meir erschien uns als das genaue Gegenteil einer Pazifistin.

Unser Besuch bei ihr war von unseren Gastgebern als ein Höhepunkt unserer Reise, wenngleich der Dauer nach wohl nur als ein Höflichkeitsbesuch geplant gewesen. Das Gespräch begann kühl und distanziert. Ich hatte den Eindruck, wir seien im Grunde lästige Besucher, und Frau Meir, die damals Generalsekretärin der Mapai war, hätte Wichtigeres zu tun. Aber dann entwickelte sich ein langer Gedankenaustausch, in dem beide Seiten Fragen stellten und Antworten gaben. Natürlich hatte ich mich zu Hause vorbereitet, hatte Bücher und Artikel gelesen. Aber nun traf ich auf einen Menschen, dem die Ereignisse, die ich dunkel aus dem Alten Testament in Erinnerung hatte, so sehr zum eigenen Geschichtsbewußtsein gehörten, als lägen sie gerade nur zwei oder drei Generationen zurück. Was sich vor zwei und drei Jahrtausenden zugetragen hatte, lebte in Golda Meirs Darstellung in der Gegenwart fort und wirkte mächtig in die Zukunft hinein. Im Laufe unseres sich immer mehr in die Länge ziehenden Gespräches muß Golda Meir wohl Interesse an ihren beiden deutschen Besuchern gefunden haben. Jedenfalls lud sie uns schließlich auf den Abend in ihre Wohnung ein; sie habe ohnehin einige Gäste.

Golda Meirs helles Wohnzimmer enthielt neben vielen Büchern auch ein kleines Schränkchen, in dem archäologische Fundstücke aus jenen Zeiten zu sehen waren, von denen sie gesprochen hatte. Da gab es tönerne Öllämpchen und Gläser aus biblischer Zeit, die den geschichtsbewußten Worten der Wohnungsinhaberin gleichsam Authentizität verliehen. Soweit ich mich entsinne, erwähnte sie zwar nicht wörtlich, daß Gott der Herr nach biblischer Überlieferung sowohl Abraham vor fast 4000 Jahren als auch Moses ein halbes Jahrtausend später das Land Kanaan (später Juda und Israel, viel später Palästina, heute abermals Israel) zugesprochen habe. Aber ihre von jedem Zweifel freie Überzeugung von der Legitimität des heutigen israelischen Besitzanspruches machte einen tiefen Eindruck auf mich.

Hinsichtlich der deutschen Gegenwart versuchten wir, auf Golda Meirs sehr skeptische Fragen redlich Auskunft zu geben. Die Vorbehalte der Israelis gegenüber Deutschland waren damals noch ungleich größer als heute. Diplomatische Beziehungen bestanden erst seit ganz kurzer Zeit, und unser erster Botschafter Rolf Pauls, der uns am Flughafen abgeholt hatte, war mit einer höchst schwierigen Pionieraufgabe befaßt. Als ich nach Bonn zurückgekommen war, kümmerte ich mich darum, daß zwischen SPD und Mapai offizielle Beziehungen zustande kamen. Auch hielt ich bis zu meinem Ausscheiden aus der Politik guten persönlichen Kontakt zu den ausgezeichneten israelischen Botschaftern in Bonn.

Während unserer damaligen Reise besuchten wir auch eine Kaserne der israelischen Streitkräfte. Dort beeindruckte mich vor allem ein Lehrgang, in dem neu eingewanderte junge Soldaten die Landessprache erlernten. Man hatte ihnen ausgesprochen hübsche junge Lehrerinnen gegeben, die sich durch diese Tätigkeit auf ihren eigentlichen Beruf als Lehrerin vorbereiteten. Der Offizier, der uns bei unserem Rundgang begleitete, klärte uns noch über eine weitere Absicht beim Einsatz der jungen Frauen auf: »Wir haben den Jungens hübsche Mädchen gegenübergestellt, weil wir davon ausgehen, daß sie sich vor den Mädchen nicht blamieren mögen und deshalb fleißiger lernen, als wenn sie es mit männlichen Lehrkräften zu tun hätten.« Übrigens erklärte uns der kommandierende Offizier: »Wir sind ein so schmales Land, da kann man beinahe drüber wegspucken. Nur wenn wir uns verteidigen können, werden wir am Leben bleiben.« Ähnliche Feststellungen hörten wir während der Reise mehrfach, auch von den jungen israelischen Gästen Golda Meirs.

Ich gestehe, daß ich 1966 von der anscheinenden Aussichtslosigkeit eines dauerhaften Friedens zwischen Israel und seinen muslimischen Nachbarstaaten bedrückt war und daß meine Sympathie zu jener Zeit auf israelischer Seite lag. Später, nach dem Sechstagekrieg, nach den wiederholten israelischen militärischen Operationen auf libanesischem Staatsgebiet und angesichts der harten israelischen Politik gegenüber den Palästinensern in den israelisch besetzten Gebieten des Gaza-Streifens und der Westbank (also des jordanischen Staatsgebietes westlich des Flusses Jordan) fand ich es zunehmend schwierig, meine innere proisraelische Position aufrechtzuerhalten. Eine neutrale Haltung war dem deutschen Bundeskanzler ohnehin geboten; er mußte seine Nahostpolitik im Rahmen der gemeinsamen Auffassungen der EG-Mitgliedsstaaten halten.

Zu meiner damaligen inneren Neutralität haben gewiß auch meine Gespräche mit dem saudischen König Khalid und mit dem Kronprinzen Fahd beigetragen, der zunächst de facto Regierungschef war und später Khalid auf dem Thron gefolgt ist. Mir schienen die Saudis, ganz anders als manche der propagandistischen Kriegstreiber in anderen arabischen Staaten, keineswegs an der

Beseitigung Israels interessiert; vielmehr waren der sowjetische Imperialismus und die Situation im Iran Hauptgegenstand ihrer Sorge und ihrer militärischen Überlegungen. Im Hinblick auf Israel wären die Könige Khalid und Fahd wahrscheinlich zufriedengestellt gewesen, wenn durch eine internationale Übereinkunft die allen Muslimen heilige Stätte des Felsendomes in Jerusalem einer besonderen Verwaltung unterstellt worden wäre – unter der grünen Fahne des Propheten, der nach islamischer Lehre von dort in den Himmel aufgefahren ist. Auch von meinen späteren saudischen Gesprächspartnern wie beispielsweise von Sheikh Zaki Yamani oder von dem Banker Al Quraishi habe ich nie antiisraelische Ausfälle vernommen.

Jedoch hat der saudische Prinz Sultan, dem die Streitkräfte unterstanden, mich später in eine zeitweilig unangenehme Lage gebracht, weil er auf Lieferung deutscher Leopard-Panzer drängte. Denn obwohl ich diesem Ansuchen immer wieder auswich, war es für Begin, den israelischen Premierminister von 1977 bis 1983, ein innenpolitisch willkommener Anlaß, mich in polemischer Weise zu verdächtigen und anzugreifen. Aber die haltlosen Verunglimpfungen Begins haben an meiner Neutralität genausowenig geändert wie seine unzureichende Reaktion auf die in der Geschichte des Mittleren Ostens einmalige Reise Sadats nach Jerusalem im Jahre 1977, vier Jahre nach dem Jom-Kippur-Krieg.

Heute ist es möglich, daß der von Sadat eingeleitete Friedensprozeß zwischen Israel und Ägypten sich auch auf weitere arabische Staaten ausdehnt. Dazu wird es noch mehrfach des persönlichen Mutes von Staatsmännern bedürfen und ebenso zäher Beharrlichkeit. Auf dem Wege liegen düstere Erinnerungen beider Seiten und ein seit 1948 andauernder Kriegszustand. Bis ein Kompromiß erzielt wird, der für alle Seiten akzeptabel ist, bleiben für Deutschland die Beziehungen zu Israel und zu den muslimisch geprägten Staaten Nordafrikas, des Nahen und des Mittleren Ostens heikel und schwierig.

Deutschland will nicht von bosnischen und kurdischen Flüchtlingen überlaufen werden – daraus ergibt sich unser Interesse am Frieden für die bosnischen Muslime und für die ebenfalls muslimischen Kurden. Frankreich möchte nicht von Flüchtlingen aus Algerien (und aus anderen muslimischen Staaten Nordafrikas) überlaufen werden, und Frankreichs Interesse ist unser Interesse! Wir können keine zusätzlichen türkischen Zuwanderer und keine Flüchtlinge aus den muslimischen Nachfolgestaaten der Sowjetunion bei uns mehr aufnehmen, ohne wachsende Konflikte zu riskieren. Überdies sind wir in hohem Maße vom Ölimport und damit vom Frieden im Mittleren Osten abhängig. Aus alledem ergibt sich ein starkes deutsches Interesse am Frieden in der Region und am Frieden mit dem Islam insgesamt.

Aber auf der anderen Seite steht unsere geschichtliche Verantwortung gegenüber den Juden der Welt und damit gegenüber Israel. Die millionenfache Vernichtung von Juden durch Deutsche, der Holocaust (Iwrith Shoa genannt), wird länger im Bewußtsein aller Juden und der Israelis bleiben als die babylonische Gefangenschaft der Israeliten durch Nebukadnezar (in Verdis Oper heißt er Nabucco) – und die liegt schon zweieinhalb Jahrtausende zurück. Wir Deutschen können uns nicht frei fühlen von Mitverantwortung für den Frieden des jüdischen Staates Israel. Um so glücklicher war ich über die Friedensinitiative Sadats.

Anwar as Sadat

Meine erste Begegnung mit Ägypten hatte ich als fünfzehnjähriger Schüler. Ein Klassenkamerad und ich hatten die Osterferien für eine Radfahrt nach Berlin benutzt, wo drei Dinge einen ganz besonderen Eindruck auf mich machten: Schinkels Neue Wache, der Pergamonaltar und vor allem die Büste der ägyptischen Königin Nofretete. Ihren Kopf hatte ich auf Abbildungen schon gesehen, aber nun selbst davor zu stehen war ein hinreißendes Erlebnis. Ein Frauenkopf im natürlichen menschlichen Maßstab, von fremder, aber zauberhafter Schönheit. Als ich später über Kleopatra las, habe ich sie mir so vorgestellt, wie ich als Heranwachsender Nofretete erlebt hatte: rätselhaft, verführerisch und über alle Maßen schön. Die Büste erweckte in mir das Interesse an Ägypten, und obwohl Wehrdienst, Krieg und Nazizeit meinem Leben zunächst eine ganz andere Wendung gaben, blieb dies Interesse doch latent erhalten. Zwar konnte ich nicht hoffen, das Land jemals mit eigenen Augen zu sehen, aber ich begann doch, Bücher über Ägypten und seine Geschichte zu lesen.

Nachdem Anwar as Sadat mich viele Jahre später eingeladen hatte, ihn in seinem Land zu besuchen, intensivierte ich dieses Studium, so gut das neben den Amtspflichten eben ging. Als ich im Dezember 1977 tatsächlich nach Ägypten kam, hatte ich die ägyptische Geschichte im groben Umriß einigermaßen im Kopf, ungefähr genausogut wie ein Jahrzehnt zuvor die israelitisch-jüdisch-israelische Geschichte, als ich zum ersten Mal biblischen Boden betrat. Aber trotz aller Vorbereitung und trotz aller Bildbände war die Begegnung mit den steinernen Zeugen großer Architektur und Kunst von Jahrtausenden schlechthin umwerfend. Die Pyramiden oder die aus einem Stück herausgemeißelten gewaltigen Obelisken – Beispiele hatte ich in Paris und in Rom schon gesehen – begeisterten mich. Aber die Tempelbauten zu Theben, in Luxor, Karnak, im Tal der Könige und entlang dem Nil flußaufwärts bis nach Assuan haben mich überwältigt. Welch machtvolle Staatsorganisation muß dazu gehört haben, aber auch welche Heere von Arbeitssklaven – und wieviel Selbstbewußtsein und Stilsicherheit der Herrscher! Wir hatten Athen und die Akropolis und andere griechische Tempel gesehen, ebenso Rom, auch die Chinesische Mauer, und waren jedesmal nahezu kleinlaut wieder nach Hamburg oder Bonn zurückgekehrt. Aber das ägyptische Kunsterlebnis übertraf alle unsere bisherigen Erfahrungen.

Zugleich begann ich, Sadat vor seinem geschichtlichen Hintergrund zu sehen. Er war nicht einfach ein arabischer Muslim – wenngleich er das auch war. Aber dahinter lag sein umfangreiches Wissen um mindestens fünf Jahrtausende dokumentierter Geschichte seines Volkes. Er war ein Fellache aus dem Nildelta, dessen dunkle Hautfarbe ihn als Sohn einer sudanesischen Mutter auswies, ein Mann aus dem Volk, der sich seiner einfachen Herkunft auch als später Nachfahre der Pharaonen sehr bewußt blieb.

Zugleich aber war Sadat ein gebildeter und außerordentlich belesener Mann – der fließend Englisch sprach und Deutsch zumindest gut verstand. Er war überdies ein tüchtiger Soldat, vor allem aber ein innen- wie außenpolitisch hochbefähigter Rais (wobei dieses von seinen Landsleuten mit Bezug auf ihn benutzte Wort ungefähr soviel bedeutet wie im Englischen das Wort leader; auch die Schiffer, welche die Dhaus auf dem Nil steuern, heißen Rais). Tatsächlich war Sadat ein begnadeter Steuermann.

Wir sind uns sechs oder sieben Mal begegnet. Unsere Freundschaft begann im März 1976 anläßlich eines diplomatischen Besuches des Präsidenten in Bonn. Sie führte sehr schnell zu einem tiefen gegenseitigen Vertrauen. Soweit wir über die außenpolitischen Fragen im Mashrek, im Mittleren Osten oder in Europa sprachen, gibt es darüber wohl einige Aufzeichnungen in den Außenministerien beider Länder. Die längsten und wichtigsten Unterhaltungen sind jedoch nicht protokolliert, denn wir sprachen zumeist unter vier Augen.

Schon ein Jahr später kam Sadat erneut nach Bonn, wiederum ein Jahr darauf kam er nach Hamburg und abermals ein Jahr später, 1979, wieder nach Bonn. Dazwischen lag mein sehr langer Besuch in Ägypten, von dem schon die Rede war. In den Zwischenzeiten kam Vizepräsident Mubarak mehrfach ganz inoffiziell

Der ägyptische Präsident Anwar as Sadat zählte wahrscheinlich zu den Männern, die Helmut Schmidt als Politiker am meisten beeindruckten. Einmal lud ihn Sadat zu einer zweitägigen Schiffsfahrt auf dem Nil ein, auf der die beiden Staatsmänner lange über Gott und die gemeinsamen Wurzeln der drei monotheistischen Religionen sprachen. »Unsere nächtliche Unterhaltung auf dem Nil«, sollte Helmut Schmidt später sagen, »gehört zu den glücklichsten Erinnerungen meines politischen Lebens.«

nach Bonn, um mich in Sadats Auftrag zu informieren und auch seinerseits Fragen zu stellen. Schon die ungewöhnliche Dichte unserer Treffen verrät, daß Sadat und ich Gefallen aneinander gefunden hatten.

Einmal führten wir in Ägypten mehrere Tage lang ein Gespräch über religiöse Fragen. Wir fuhren zu Schiff nilaufwärts, schließlich bis nach Assuan. Die Nächte waren völlig sternenklar, wir saßen stundenlang an Deck, hatten Unendlichkeit und Ewigkeit über uns und sprachen über Gott. Das Gespräch machte einen so tiefen Eindruck auf mich, daß ich Tag für Tag ein paar Notizen über Sadats Ausführungen niederschrieb. Hier sind sie, allerdings in meinen Worten und in meiner Reihenfolge.

Die drei monotheistischen Religionen, so erklärte Sadat, haben ihre gemeinsame geschichtliche Wurzel auf dem Sinai. Vielleicht reicht ihre Vergangenheit aber noch weiter bis weit in das ägyptische Alte Reich zurück, möglicherweise bis zu Osiris; vielleicht auch nur bis zu Echnaton (das ist Pharao Amenophis IV., im 14. Jahrhundert vor Christus, dessen Gemahlin Nofretete war), der den ursprünglichen Monotheismus wiederbeleben wollte. Der in den heiligen Schriften bezeugte Ursprung des Glaubens an einen alleinigen Gott liegt allerdings bei Abraham, der ungefähr im gleichen Zeitalter gelebt haben muß wie Echnaton. Sowohl die Juden und Christen als auch die Muslime glauben, von Abraham abzustammen. Abraham (oder arabisch Ibrahim) gilt im Koran als »Vater des Glaubens«. Der erste der ganz großen gemeinsamen Propheten der Juden, der Christen und der Muslime war aber Moses, der am Berge Sinai die Gesetze (die zehn Gebote) aus Gottes Hand empfangen hat. Wir alle berufen uns auf ihn; übrigens ist Moses ein ägyptischer Name.

Der Koran hat aber auch die meisten anderen Propheten des Alten Testaments anerkannt: Noah, Abraham, Ismael, Isaak, Jakob, Joshua, David und andere, selbst Adam als allerersten. Ihnen hat Gott sich offenbart. Die Christen haben die jüdische Thora als Altes Testament anerkannt; ebenso der Koran, der überdies das christliche Neue Testament anerkannt hat. Ganz ausdrücklich spricht der Koran an mehreren Stellen von den Völkern der »Schriftbesitzer« und gibt ihnen vor allen anderen Völkern eine bevorzugte Stellung, weil Bibel (Thora), Neues Testament und Koran alle drei den einen einzigen Gott bezeugen. Der Koran heißt die Gläubigen aller drei Religionen, ihren heiligen Schriften treu und gehorsam zu sein. Natürlich schließt das Isa von Nazareth (Jesus Christus) und das Evangelium ein.

Ihr Europäer freilich wißt dies alles nicht. Ihr wißt auch nicht, daß Jesus nach koranischer Auffassung der zweitwichtigste aller Propheten war, nach ihm kam nur noch Mohammed, der steht allerdings über ihm. Freilich haben die Rabbiner, die christlichen Kirchen und auch der Islam vielerlei Keime zu gegenseitiger Feindschaft gelegt. Aber wir müssen jetzt endlich zurückgreifen auf die Gemeinsamkeiten unseres Glaubens an den einen Gott. Dann wird der Friede zwischen allen drei Religionen möglich gemacht werden.

Soweit Sadats Gedanken während jener Nachtfahrt nilaufwärts, unter einem Sternenhimmel, wie er bei uns zu Hause eigentlich nur im August vorkommt. Sadats Besuch in Jerusalem lag damals bereits einige Wochen zurück, und natürlich sprachen wir auch darüber sehr ausführlich. Aber in jener Nacht waren die Gemeinsamkeiten der drei großen monotheistischen Religionen die Hauptsache.

Sadat hoffte auf eine große friedliche Begegnung von Judentum, Christentum und Islam. Sie sollte symbolisch auf dem Berge Sinai stattfinden, dem Mosesberg, wie er im Arabischen genannt wird. Dort sollten nebeneinander eine Synagoge, eine Kirche und eine Moschee gebaut werden, um die Eintracht zu bezeugen. Tatsächlich hat Sadat 1979, zwei Jahre nach seiner Jerusalemreise, dort einen Grundstein für die Gotteshäuser gelegt.

Als meine Frau und ich 1983 auf Mubaraks Einladung das Katharinen-Kloster besuchten, das seit der Zeit Justinians in grandioser Einsamkeit am Fuße des Mosesberges liegt, hörten wir von den griechisch-orthodoxen Mönchen und von ihrem Abt, Erzbischof Damian, Sadat sei oft zu Meditation und Gebet als ihr Freund dorthin gekommen. Man zeigte uns ein weit abseits gelegenes einfaches Haus, in dem er zu beten und zu schlafen pflegte. Ich habe das als eine postume Bestätigung meiner längst vorher gewonnenen Überzeugung von der Solidität und Echtheit der religiösen Vorstellungen Sadats empfunden. Zugleich hat es mir einen tiefen Eindruck gemacht, als uns der Abt ein originales Schriftstück zeigte, in welchem der Prophet Mohammed dem christlichen Katharinen-Kloster seinen Schutz zugesagt hat (später sind andere Schutzbriefe hinzugekommen, so von Napoleon und Wilhelm II.).

Sadats Friedenswille entsprang dem Verständnis und dem Respekt vor den Religionen der anderen. Erst von ihm habe ich gelernt, Lessings Parabel von den drei Ringen voll zu begreifen. Sadat hat Lessing wohl kaum gekannt, aber er hat Lessings Mahnung nicht bedurft. Er war Soldat, er hatte Kriege erlebt und sogar geführt – aber jetzt wollte er den Frieden. Für mich waren viele von Sadats religionsgeschichtlichen Darlegungen neu, bei anderen fielen mir die sprichwörtlichen Schuppen von den Augen. Ich habe immer wieder Fragen gestellt; ich habe auch von der Symbiose zwischen Muslimen, Juden und Christen in Córdoba gesprochen. Bisweilen haben wir zu zweit aus dem Gedächtnis die Geschichte rekonstruiert. Der Sinai hat seit den Tagen des Moses nicht nur die Ägypter gesehen, die ihn schon seit fünftausend Jahren besitzen, er hat Juden, Hyksos, Hethiter, Perser, Römer, Araber, Türken und viele andere erlebt. Alle haben den heiligen Ort respektiert, an dem Moses das Zeichen des brennenden Dornbusches erblickte.

»So glaube jeder sicher seinen Ring den echten«, läßt Lessing seinen Nathan sagen und fährt fort: »Gewiß, daß der Vater euch alle drei geliebt«, komme euer Streben »mit herzlicher Verträglichkeit ..., mit inniger Ergebenheit in Gott«. Ich habe Sadat damals sehr gedrängt, später einmal aus seiner Sicht ein Buch über die drei abrahamischen Religionen zu schreiben; es sollte nicht wissenschaftlich geschrieben sein, sondern so, daß die Völker es verstehen können. Dazu ist es nicht gekommen. Der Mord am 6. Oktober 1981 setzte allen Vorhaben und Visionen dieses ganz und gar ungewöhnlichen Mannes ein Ende. Er war von einer für Regierungschefs ungewöhnlichen Offenheit gewesen, und niemals vorher oder nachher habe ich mit einem ausländischen Staatsmann derart ausführlich über Religion gesprochen. Ich habe ihn geliebt. Wir waren bis auf zwei Tage gleichaltrig. Unsere nächtliche Unterhaltung auf dem Nil gehört zu den glücklichsten Erinnerungen meines politischen Lebens.

Nach allem bisher Gesagten wäre es gleichwohl ein Irrtum, Sadat für einen romantischen Menschen zu halten. Im Gegenteil war er besorgt über den religiösen Fanatismus und den Haß gegen Friedfertige und Kompromißwillige, den er bei einigen seiner islamischen Glaubensgenossen beobachtete – zum Teil auch in seiner ägyptischen Umgebung; er sah auch manche israelische Führungspersonen in ähnlicher Perspektive. Er selbst hatte inzwischen die höchste Reife seines Lebens erreicht. In unmittelbarer Nähe Nassers war er an dessen Offiziersrevolution gegen König Faruk beteiligt gewesen, hatte dann an den Kämpfen gegen Israel teilgenommen und den Jom-Kippur-Krieg mit Erfolg geführt. Er hatte einen Konflikt mit der Sowjetunion in Kauf genommen, als er über 15 000 sowjetische »Militärberater« aus Ägypten entfernte. Er rechnete mit Attentatsversuchen gegen sich, worüber wir zweimal miteinander gesprochen haben. Niemand konnte an Sadats Tapferkeit zweifeln. Aber jetzt, kurz vor der Vollendung seines sechsten Lebensjahrzehnts, hatte er Distanz und vorausschauende Urteilskraft gewonnen. Er wollte endlich Frieden zwischen Ägyptern und Israelis, zwischen Arabern und Juden.

Vor Sadats dramatischer Friedensgeste, dem Besuch in Jerusalem, hatten wir mehrfach miteinander über die Chancen eines solchen Schritts gesprochen. Eine der entscheidenden Fragen war, wie und wo denn anschließend ein tragfähiger Grund gefunden werden könne, auf dem in jenem unentwirrbaren Knäuel von Problemen, Konflikten und Feindschaften des Nahen und Mittleren Ostens gegenseitiger Respekt und wechselseitiger Friedenswille aufgebaut werden könne. Sadat glaubte, ihn in den gemeinsamen Wurzeln von Judentum und Islam gefunden zu haben.

Er hat vermutlich auch mit anderen Außenstehenden über seine zunächst noch vagen und vorläufigen Vorstellungen davon gesprochen, wie er einen Durchbruch auslösen könnte. Natürlich war ihm klar, daß sein Besuch die Anerkennung des Staates Israel bedeuten würde. Deshalb rechnete er mit scharfen Reaktionen auf arabischer Seite, ganz besonders durch die PLO und durch Gaddafi. Andererseits kalkulierte er mit einer spontanen Zustimmung in der öffentlichen Meinung Israels und der westlichen Demokratien.

Wenn auch Sadat zu spontanen Handlungen neigte, so war er doch gleichzeitig ein Mann, der rechnete und berechnete. Seine offenbare Schwäche lag auf ökonomischem Gebiet, hingegen hatte er ein feines Gespür für die Psyche seines eigenen Volkes.

Als er mir Ende Dezember 1977 – neben einigen Einzelheiten – seine Bewertung des Besuches in Jerusalem gab, fiel mir auf, wie überrascht er über die enthusiastische Zustimmung in seinem eigenen Lande war; ich habe sie miterlebt, als wir gemeinsam in der Provinzstadt Assuan waren. Die Reaktionen in Israel sah Sadat sehr differenziert: Dayan sei wohl zu weiterem Entgegenkommen bereit gewesen, leider habe er aber innenpolitisch keine Macht hinter sich; Begin könnte es möglicherweise nicht unerwünscht sein, außen- und innenpolitisch unter Druck gesetzt zu werden; Weizman sei wohl die bedeutendste Persönlichkeit in Israel. Sadat erwähnte auch seine in Jerusalem angestellte Erwägung, einen Quadratkilometer oder eine Quadratmeile der Stadt unter arabische Obhut zu stellen, »mit der saudiarabischen Fahne darüber«.

Später berichtete Sadat mir in langen Briefen und durch mündliche Botschaften seines Vizepräsidenten Mubarak über den Fortgang des sich 1978 anschließenden Camp-David-Prozesses. Sie zeigten den zähen, sehr geduldigen Verhandler, der er auch sein konnte und als den ihn – gegenüber Begin! – westliche Kommentatoren oft geschildert haben, die auch sehr klug die Gründe für Sadats Israelbesuch analysiert haben: Die ägyptische Wirtschaftslage sei verzweifelt; die Genfer Konferenz stecke in einer Sackgasse; Carter scheine vor dem proisraelischen Druck im Kongreß zurückzuweichen; im Libanon habe sich eine neue Kriegsgefahr ergeben, aber Ägypten sei nicht kriegsbereit – und so weiter und so fort. Gleichwohl haben diese kommentierenden Diplomaten und Journalisten den moralischen Impetus und ebenso die intuitive Entschlußkraft meines Freundes weit unterschätzt.

Lange nach seinem Tode habe ich sowohl von einem deutschen als auch von einem ägyptischen Journalisten gehört, was Sadat ihnen über unsere Zwiegespräche erzählt und wie er sie bewertet hat. Er muß es so dargestellt haben, als seien es meine Fragen gewesen, die ihn zu der Erkenntnis geführt hätten, daß die Feindschaft zwischen Muslimen und Juden, zwischen Arabern und Israelis zu einem Ende gebracht werden müsse. Aber das war eine überaus freundschaftliche Übertreibung. Allerdings erinnere ich mich, im April 1977 – nach einem unserer Gespräche – öffentlich gesagt zu haben, das Jahr 1977 biete gute Chancen, im Mittleren Osten zum Frieden zu kommen. Gleich darauf jedoch bemerkte ich erschrocken, daß ich im Begriffe war, aus der Schule zu plaudern, und schickte irgendeine Erläuterung hinterdrein. Aber im November jenes Jahres besuchte Sadat Jerusalem.

Gewiß hat Sadat sich von seiner Friedensmission in die Hauptstadt des Feindes in vier Kriegen eine größere Wirkung versprochen, als er sie zu seinen Lebzeiten tatsächlich erreicht hat. Begin war als Partner von zu kleinem Format, Ben Gurion oder Moshe Dayan hätten wahrscheinlich größer reagiert, wenn sie damals an der Spitze des Staates Israel gestanden hätten. Auch die Arabische Liga, die arabischen Verbündeten Ägyptens, war der Größe von Sadats Friedensmission nicht gewachsen; auch sie ergab sich kleinlichem Streit. Trotzdem hat sich im Laufe der seither vergangenen zwei Jahrzehnte ein Fortsetzungsprozeß ergeben, mit dem zuvor kaum einer gerechnet hatte – außer Sadat selbst.

Daß Rabin als Regierungschef Israels und Arafat als Chef der PLO sich die Hand geben und Verträge miteinander abschließen würden, wäre freilich ohne das Verschwinden des sowjetischen Machtfaktors von der mittelöstlichen Bühne und ohne die Niederlage des Irak 1991 unter seinem megalomanen Diktator Saddam Hussein im Golfkrieg wohl nicht möglich gewesen. Und auch für die Zukunft bleiben viele unberechenbare Faktoren im Spiel; dazu gehört gewiß die Verführbarkeit von Teilen *aller* Völker der Region durch religiöse Fanatiker und sogenannte Fundamentalisten. Und auf beiden Seiten gibt es Attentäter, extreme Fundamentalisten, die sich mit ihrem Terrorismus auf Gottes Seite wähnen.

Jitzhak Rabin war einer der hervorragenden und erfolgreichen militärischen Führer, Sadat auf der Gegenseite desgleichen. Beide Soldaten sind im Laufe ihres Lebens zu Politikern und sodann zu Friedensstiftern geworden. Sadat war der begeisternde Vorreiter. Er mußte dafür, 1981 in Kairo, sein Leben geben. Vierzehn Jahre später ist der Friedenspolitiker Rabin in gleicher Weise zum Opfer geworden.

Rabin und Sadat waren geschichtsbewußte Menschen. Dem einen waren die fünf Jahrtausende ägyptischer Geschichte geläufig, dem anderen die vier Jahrtausende jüdischer Geschichte. Für beide waren der Sinai und die 3000 Jahre alte Stadt Jerusalem Symbole von hoher religiöser Bedeutung.

Auch wenn allgemein die gemeinsamen Wurzeln weitgehend vergessen worden sind, so waren diese beiden ehemaligen Feinde dennoch Kindeskinder Abrahams. Beide wußten sich gebunden an letzte Werte, die dem Menschen vorgegeben sind. Allerdings war ihnen in ihrer Jugend die sittliche Pflicht zur Achtung der Würde des anderen, auch des Feindes und seines Rechts auf Freiheit, noch nicht bewußt, auch wohl noch nicht in ihrer Soldatenzeit. Diese Erkenntnis ist ihnen erst später zugewachsen, im Reifungsprozeß ihres Lebens.

Dann aber haben beide die einmal gewonnene Einsicht in die Notwendigkeit des Friedens nicht wieder aufgegeben. Und weil ihnen die Tugend der Tapferkeit eigen war, konnten sie Führer zum Frieden werden. Die Morde an Sadat und Rabin geben am Ende doch auch eine Hoffnung. Denn ihr Opfer hat beide zu weithin leuchtenden Vorbildern werden lassen – wenngleich der Friede im Heiligen Land auf das äußerste gefährdet bleibt.

Anwar as Sadat hatte als erster den Weg gewiesen, der in der Zukunft nicht nur für Araber und Israelis, für die Muslime und die Juden, sondern ebenso für die Christen fruchtbar gemacht werden kann. Wenn ich gefragt werde, welcher Staatsmann mir im Laufe meines politischen Lebens als der bedeutendste erschienen sei, so antworte ich, ohne zu zögern: Anwar as Sadat.

Während der Camp-David-Verhandlungen hatte Sadat in dem israelischen Außenminister Moshe Dayan einen wichtigen Partner auf der anderen Seite. Dayan war ein Kriegsheld gewesen – wie Sadat auch. Und wie dieser war auch Dayan überzeugt von dem Gedanken, eines Tages würden Juden und Araber friedlich und versöhnt miteinander leben. Das war nicht erst die Erkenntnis des alten Mannes (als Camp David begann, war Dayan 63 Jahre alt). Schon viele Jahre vorher hatte er als Sieger im Sechstagekrieg 1967 die Brücken über den Jordan wieder öffnen und die Mauern und den Stacheldraht in Jerusalem beseitigen lassen, damit die arabischen Palästinenser frei ihren Geschäften nachgehen konnten. Er hatte ein Herz für die Araber, er kannte ihre Sprache, er liebte ihre Art des Lebens, ihre Gastfreundschaft und ihren Umgang mit anderen Menschen. Als Außenminister drängte er seinen Ministerpräsidenten Begin zu voller Autonomie für die Palästinenser; er war sogar bereit, die israelischen Truppen bedingungslos aus den besetzten Gebieten zurückzuziehen. Daß es zwischen Begin und Dayan im Oktober 1979 zum Bruch kam, war deshalb unvermeidbar.

Ich hatte Dayan schon zehn oder zwölf Jahre lang von weitem bewundert, ehe ich ihm kurz vor seinem Rücktritt als Außenminister zum ersten Mal persönlich begegnete. Jetzt erschien er mir als ein Mann, der im Hinblick auf sein politisches Ziel der Versöhnung resigniert hatte, wenngleich er hoffte, andere würden später die Arbeit daran wiederaufnehmen und das Ziel eines Tages – dem beiderseitigen Terrorismus zum Trotz – doch erreichen. Überdies schmerzte ihn der Verlust mancher Freunde. Schon nach dem Jom-Kippur-Krieg 1973 hatten ihm viele vorgeworfen, die militärische Lage zu sorglos beurteilt und damit die anfängliche Niederlage Israels verschuldet zu haben. Vier Jahre später hatte er innenpolitisch die Seiten gewechselt und war in Begins Kabinett eingetreten. Dieser Schritt hatte ihn abermals viele Sympathien gekostet.

Als Privatmann hat Moshe Dayan mich noch weitere Male besucht, teils in Bonn, teils in Hamburg, wo er eine kleine Dattelpalme bewunderte, die Loki aus dem Kern einer israelischen Dattel gezogen hatte. Wir mochten einander, und bald stellte sich heraus, daß mein erster Eindruck von einem resignierten Mann nur teilweise gerechtfertigt war. Dayan wußte von seiner Krebskrankheit, aber er hatte offenbar keine Angst vor dem Tod. Eine gewisse Heiterkeit mischte sich in unsere Gespräche. Und bisweilen blitzte immer wieder die Kraft des »einsamen Wolfs« auf, wie er sich selbst einmal genannt hat. Er war traurig darüber, daß die Mehrzahl seiner Landsleute in den Arabern immer nur Feinde sehen konnte. Gewiß wäre er bereit gewesen, sich seinem Land noch einmal zur Verfügung zu stellen, sofern man ihn gerufen hätte. Aber das geschah nicht, und so widmete Dayan sich dem Schreiben und der von ihm sehr geliebten Archäologie. Bei einem seiner Besuche brachte er mir eine über dreitausend Jahre alte Lanzenspitze mit, die er in Judäa ausgegraben hatte; sie liegt bei uns zu Hause unter Glas, als eine kostbare Erinnerung an einen bedeutenden Mann. Dayan starb im Oktober 1981, weniger als zwei Wochen nach dem Mord an Sadat.

Was alles wir nicht wissen

Nach dem Tode Sadats habe ich meine Notizen über seine religionsgeschichtlichen Ausführungen mit mehreren sachkundigen Menschen erörtert. Ich wollte in Erfahrung bringen, inwieweit mein Freund die Wahrheit herausgefunden hatte – eine Wahrheit, die uns theologischen Laien zumeist verborgen bleibt, weil unsere Kirchen uns immer nur Ausschnitte der geschichtlichen Wahrheit gelehrt haben. So befragte ich muslimische und jüdische Gelehrte, aber auch einen evangelischen Theologen und einen katholischen Kardinal. Ich fand alle wesentlichen Darlegungen Sadats bestätigt.

In der Tat lehren alle drei monotheistischen Religionen die gleichen Geschichten von Adam, von Noah und von Abraham. Sie stimmen darin überein, daß Abraham der erste war, der statt vieler Götter nur den einen, einzigen Gott gekannt hat; daß Gott sich ihm offenbart, einen »Bund« mit ihm geschlossen und ihm das Land Kanaan versprochen hat – quasi eine Vorwegnahme des Bundes von Gott mit Mose auf dem Sinai. Abraham könnte ungefähr um 1800 vor Christus im damals sumerischen Mesopotamien gelebt haben, von wo er mit den Seinen in das von Gott verheißene Land gezogen ist, das später Palästina heißen sollte.

Eine Verbindung zum Pharao Echnaton (Amenophis IV.), der im 14. Jahrhundert vor Christus vergeblich versucht hat, in Ägypten einen (auf die Sonne als Gott bezogenen) Monotheismus einzuführen, ist bisher nicht zu erkennen (hier liegt übrigens der einzige Punkt, in dem ich Sadats Sicht nicht bestätigt gefunden habe). Sie erscheint schon aus chronologischen Gründen allenfalls in der Form denkbar, daß es geistige Ströme von Echnaton zu Mose gegeben haben könnte; denn man muß den Auszug der Juden aus Ägypten auf etwa ein Jahrhundert nach Echnaton datieren. Allerdings hat man abgesehen vom Alten Testament bisher keinerlei dokumentarische oder archäologische Hinweise auf die Gefangenschaft der Israeliten in Ägypten und auf ihren Exodus gefunden; deshalb wird hierzu die historische Authentizität der Bibel nicht selten bezweifelt, zumindest ist der Zeitraum fraglich.

Alle drei Religionen lehren die gleiche seltsame Geschichte, nach der Abraham zunächst mit Hagar, der ägyptischen Sklavin seiner unfruchtbaren Ehefrau, den Sohn Ismael zeugt, den er mitsamt der Mutter verstößt, danach aber mit seiner bisher unfruchtbaren Ehefrau Sarah den Sohn Isaak. Die Juden haben später ihre Abstammung von Abraham über Isaak begründet, die Muslime ihre Abstammung von Abraham über Ismael. Insofern besteht Übereinstimmung zwischen beiden Traditionen, auch darin, daß Gott seine schützende Hand über beide Söhne und deren Nachkommen gehalten hat. Jedoch hat die spätere jüdische Interpretation Abraham sozusagen als ersten Juden erscheinen lassen, lange vor Mose am Sinai und vor der Thora. Auch das Christentum hat sich schon seit dem Apostel Paulus auf Abraham berufen, später aber den Juden die wahre Abraham-Nachfolge abgesprochen. Der Islam wiederum, mehr als sechs Jahrhunderte nach Christus entstanden, interpretierte Abraham zunehmend als ersten muslimischen Bekenner des einen Gottes. Im Koran spielt Abraham eine außerordentlich wichtige Rolle; gleichzeitig heißt es dort: »Abraham war weder Jude noch Christ« – was unbestreitbar ist.

Der Koran hat die »Leute der Schrift« mit großer Hochachtung behandelt, gemeint waren die Thora, die Bücher der Propheten und die übrigen heiligen Schriften der Juden sowie das Neue Testament der Christen. Das Wort Thora meint eigentlich nur die fünf Bücher Mose, die schon vier Jahrhunderte vor Christus abschließend kanonisiert worden waren. Von »dem Buche«, also von der Gesamtheit des von uns so genannten Alten Testaments, ist erstmalig dreihundert Jahre vor Christus die Rede; aber erst etwa im Jahre 90 n. Chr. wurde die Thora mit den prophetischen Büchern und mit den poetischen Schriften durch die jüdischen Schriftgelehrten endgültig zusammenfassend kanonisiert. Später erst haben die Christen diese von den Juden kodifizierten heiligen Schriften (mit kleinen, unerheblichen Ausnahmen) ihrerseits übernommen; sie wurden zum »Alten Testament«, das Judentum und Christentum in bleibender Weise miteinander verbindet. Dazu kam dann das Evangelium als »Neues Testament«, das aber in vielfältiger Weise auf das Alte Testament Bezug nimmt und darauf anspielt. Der Koran wiederum, der dem Propheten Mohammed im ersten Drittel des 7. Jahrhunderts offenbart worden ist, nimmt an Hunderten von Stellen auf die Thora (beziehungsweise auf das Alte Testament) und ebenso häufig auf das Neue Testament Bezug.

Sadat hatte also recht: Die drei heiligen Bücher der Juden, der Christen und der Muslime enthalten die gleichen Propheten. Nicht jedoch enthält die jüdische Bibel das Evangelium und weder Jesus Christus noch Mohammed. Und auch die christliche Bibel kennt Mohammed nicht. Aber so wie die Lehre des jüdischen Rabbi Jesus von Nazareth ursprünglich nur seine jüdischen Glaubensgenossen auf den Pfad des wahren Glaubens zurückführen und keine ganz andere Religion stiften wollte, so hat auch Mohammed die von ihm vorgefundene Glaubenssubstanz keineswegs beiseite geschoben. Ursprünglich ging es um die Wiederherstellung der von Juden und Christen verfälschten Ergebung in Gott (Islam bedeutet Ergebenheit in Gott). Wohl aber hat er sich später selbst als das »Siegel« Gottes gesehen. Mohammeds endgültige Abwendung von Judentum und Christentum ist symbolisiert durch die von ihm angeordnete Verlegung der Gebetsrichtung von Jerusalem nach Mekka. Mit der Kaaba in Mekka, der nunmehr eine Gründung durch Abraham unterlegt wurde, hat Mohammed auch genuin-arabische religiöse Traditionen in den Islam einbezogen.

Die Anstöße, die von Sadat ausgegangen waren, beschäftigten mich auch später immer wieder, zumal ich begriff, daß die in früheren Jahrtausenden niemals vorgekommene Explosion der Weltbevölkerung des 20. Jahrhunderts gewaltsame Konflikte im

21. Jahrhundert unvermeidlich machen könnte. Zur Zeit Jesu von Nazareth lebten etwa 200 Millionen Menschen auf der Welt, und deren Zunahme erfolgte langsam. Es dauerte neunzehn Jahrhunderte, bis zu Beginn des 20. Jahrhunderts die Zahl auf 1,6 Milliarden Menschen gestiegen war. Inzwischen ist aber die demographische Entwicklung völlig entgleist. Denn am Beginn des 21. Jahrhunderts werden wir bereits über 6 Milliarden Menschen sein. Davon werden, grob gerechnet, ein Sechstel Muslime sein, etwas weniger werden sich als Christen bekennen. Die Mehrheit der Weltbevölkerung wird anderen Religionen anhängen, zum Beispiel dem Buddhismus, dem Zen-Buddhismus, dem Hinduismus – also Religionen, von denen wir in Europa und in Amerika kaum etwas wissen und verstehen. Aber aus den sechs Milliarden werden nach wenigen Jahrzehnten acht Milliarden Menschen werden – und mehr. Die Kunst, zwischen den immer dichter gedrängt lebenden Menschen Frieden zu bewahren, wird noch viel schwieriger sein als bisher.

Toleranz zwischen den Weltreligionen zu stiften wird zu einer Aufgabe von immer größerem Gewicht. Die Verschiedenheit der Hautfarbe, der Abstammung, der Prägung von Gesicht und Gestalt, der Sprachen, der überkommenen Lebensgewohnheiten, des kulturellen Erbes schlechthin wird bei immer enger werdendem Raum, bei immer dichterer Nachbarschaft immer wieder zu Argwohn, Neid, Angst, Haß und Aggression führen. Dabei *können* die verschiedenen Religionen eine verhängnisvolle Rolle spielen. Denn die Neigung von Religionsgemeinschaften, einen ausschließlichen Anspruch auf alleinige Wahrheit und absolute Geltung zu erheben, und der Eifer vieler ihrer Prediger machen den Streit in vielen Fällen lebensgefährlich.

Immer wieder in der Geschichte sind Religionskämpfe in Verbindung mit politischen und sozialen Kämpfen aufgetreten. Schon die alten Griechen hielten alle anderen Menschen für Barbaren, Sklaverei war auch in der Blütezeit des perikleischen Athen eine selbstverständliche Einrichtung; keineswegs galten alle Menschen als gleich. Zur Zeit der Christenverfolgungen im alten Rom war das Christentum als Religion im wesentlichen nur in den sozialen Unterschichten verbreitet. Die sich über sieben Jahrhunderte erstreckende Vertreibung der muslimischen Mauren von der Iberischen Halbinsel verfolgte religiöse und zugleich politische Ziele. Die Verfolgung der Juden im europäischen Mittelalter hatte ihre Grundlage durchaus nicht nur in religiösem Fanatismus, sondern auch im sozialen Neid. Immer hat sich religiöse Intoleranz mit sozialen oder politischen Motiven gemischt, und eines hat das andere benutzt. Die Aufteilung Indiens in die Indische Union einerseits und West- und Ostpakistan andererseits (das letztere ist heute der souveräne Staat Bangladesch) hatte religiöse, aber zugleich soziale und politische Gründe. Die türkischen Massaker unter den christlichen Armeniern, die Kämpfe im Libanon, in Nordirland, in Aserbaidschan, in Bulgarien, im Kosovo oder in Bosnien, der Kampf der Ayatollahs mit dem prowestlichen diktatorischen Schah-Regime, der Kampf um Jerusalem und die Westbank und den Gaza-Streifen – in all diesen Kämpfen mischen sich religiöse und politische Motive, so auch im Wahnsinn Hitlers.

Das Entsetzen der Europäer angesichts der blutigen religiösen Kämpfe der Gegenwart ist zweifellos aufrichtig. Wir haben die Maxime gleicher Menschenrechte für alle in unser allgemeines sittliches Bewußtsein und sogar in unser Unterbewußtsein aufgenommen. Aber erst seit kurzer Zeit. Die Zeit der Verbrennungen von Ketzern und angeblichen Hexen liegt noch nicht sehr lange zurück, auch nicht die Verbrennung des Johann Hus und der Jungfrau von Orléans. Die Bartholomäusnacht in Frankreich, in der Tausende von Hugenotten im Namen Christi ermordet wurden, liegt gerade erst vier Jahrhunderte zurück. Der Dreißigjährige Krieg, der Deutschland auf grausame Weise verwüstet hat und dem jeder dritte Deutsche zum Opfer fiel, war auch ein religiöser Krieg zwischen Katholiken und Protestanten, den sich die Reichsstände und das Haus Habsburg ebenso wie die kriegsbeteiligten Mächte Frankreich, Dänemark und Schweden für ihre politischen Zwecke zunutze machten. Die letzten Judenpogrome in Polen und Rußland geschahen noch im 19. Jahrhundert. Und die Vernichtung der meisten mitteleuropäischen Juden unter Hitler geschah in der Mitte unseres eigenen Jahrhunderts!

In der Praxis der Kirche hat sich das Christentum, das sich seit dem Ende des Römischen Reiches innerhalb weniger Jahrhunderte über ganz Europa ausgebreitet hat, während weiter Strecken als eine überhebliche, militante und auch grausame Religion verhalten – im krassen Widerspruch zu den Lehren Jesu Christi. Dabei gingen politischer Machtwille und bekehrender Eifer sehr häufig Hand in Hand, oft sind sie kaum voneinander zu trennen. Dies gilt zum Beispiel für Karl den Großen, für den heiligen Bonifatius, für die Kreuzzüge ins Heilige Land wie nach Ostpreußen und ins Baltikum, für die Vertreibung der Muslime aus Spanien, für die vielen blutigen Bündnisse zwischen kolonialistischer Eroberung und Heidenmission in der Neuzeit. Die christlichen Kirchen haben weder die Pogrome an den Juden noch an den mexikanischen Indianern verhindert. Als später – nach dem Zeitalter der europäischen Aufklärung – der religiöse Eifer seine psychologische Bedeutung und deshalb seine politische Brauchbarkeit weitgehend verloren hatte, wurde im Kriegsfall dennoch nicht auf die Anrufung Gottes verzichtet, von der Weihe der Fahnen bis zur Inschrift »Gott mit uns« auf dem Koppelschloß der deutschen Soldaten.

Die Anerkennung der Würde des einzelnen Menschen und der Freiheitsrechte der einzelnen Person, des Gebotes der Gleichheit aller vor dem Gesetz und der Prinzipien der Demokratie, kurzum: alle Grundlagen des modernen westlichen Verfassungsstaates bedeuten im Vergleich zu der Staatspraxis des Mittelalters und auch noch des Absolutismus einen großen Fortschritt. Sie stehen gewiß nicht im Widerspruch zur christlichen Lehre. Aber schwerlich kann man behaupten, Menschenrechte und Demokratie seien Ergebnisse des Lebens nach der Bibel. Vielmehr beruhen diese modernen verfassungsstaatlichen Errungenschaften im wesentlichen auf der Entfaltung naturrechtlichen Denkens seit dem späteren Mittelalter, vor allem auf der Aufklärung und schließlich auf dem epochalen innen- wie außenpolitischen Erfolg der Französischen Revolution und der beiden bahnbrechenden Demokratien, nämlich Englands und der USA. Freilich haben sich besonders in diesen beiden Ländern gleichzeitig – und ebenso beispielgebend – zuerst auch der moderne Industrialismus und Kapitalismus entwickelt, nebst ihren zum Teil katastrophalen sozialen Folgen. Max Weber und andere haben wahrscheinlich recht, die darauf hingewiesen haben, wie sehr die Entfaltung des Kapitalismus durch christlich-protestantische Grundhaltungen gefördert worden ist.

Wer sich schließlich daran erinnert, daß fast alle Staaten und die meisten Staatsmänner Europas, die in den letzten eintausend Jahren Kriege geführt haben, sich zum Christentum bekannten, der wird schwerlich an der Übertreibung festhalten können, das Christentum sei in seiner bisherigen geschichtlichen Wirkung eine Religion der Liebe und des Friedens gewesen. Das christliche Bekenntnis zielt zwar auf Nächstenliebe und Frieden. Aber es war nicht stark genug, das praktische Verhalten der Menschen zu zügeln.

Inzwischen ist es, so scheint mir, längst an der Zeit, daß wir Europäer unseren Hochmut gegenüber dem Islam ablegen. Wir wissen zwar, daß Nazareth, Bethlehem, Jerusalem oder Ephesus im Vorderen Orient liegen und daß unser Christentum zuerst unter den Juden im Mittleren Osten entstanden ist. Aber wir müssen doch einräumen, daß wir insgesamt den Hochmut geerbt haben, mit dem die Christen im Mittelalter auf die orientalischen Religionen des Islam und des Judentums herabgeblickt haben. Die heutige Dynamik der muslimischen Schiiten im Iran erscheint uns frevelhaft, aber wir vergessen dabei, daß die dortige Vermischung von eifernder Religiosität und politischer Zwecksetzung nicht prinzipiell verschieden ist von der Praxis unserer eigenen europäisch-christlichen Vorfahren. Selbst der große Shakespeare hatte im »Kaufmann von Venedig« den Juden Shylock als Menschen so dargestellt, wie sich Christen im Mittelalter einen Juden vorstellten.

Noch vor wenigen Jahren konnte es so scheinen, als ob wir Europäer und auch wir Deutschen gefeit seien gegen einen abermaligen Haß auf Menschen anderer Religion, anderer Kultur und anderer Abstammung. Jedoch tauchen Gefährdungen auf, in Marseille und Paris, in London, Amsterdam, in Hamburg oder in Rostock – in vielen jener westlichen Großstädte, in denen eine kompakte Zuwanderung von Menschen aus Asien und Afrika stattfindet. Dabei stehen die Menschen aus dem islamischen Kulturkreis im Vordergrund. Religiöse und kulturelle Mischung bedeutet fast immer auch soziale und politische Auseinandersetzung. Je schneller der Bevölkerungsüberdruck in der Türkei, in Ägypten und in Nordafrika zunimmt, möglicherweise im 21. Jahrhundert durch regionale Klimaverschlechterungen infolge des Treibhauseffektes erheblich verstärkt, um so mehr wird Europa abermals vor das Problem religiöser Toleranz gestellt.

Gleichwohl sind vielleicht nirgendwo in der Welt die geistigen Voraussetzungen für eine Verständigung zwischen den drei abrahamischen Offenbarungsreligionen eher gegeben als in Europa. Hier hat es fruchtbare geistige Begegnungen in Córdoba und in Toledo gegeben. Kaiser Friedrich II., der das Heilige Römische Reich von Palermo aus regierte, hat als erster Herrscher religiöse Toleranz gegen Muslime und Juden verkündet. Fünf Jahrhunderte später hat die europäische Aufklärung dem Toleranzprinzip zum Durchbruch verholfen.

Europa verfügt über eine lange Tradition der vergleichenden Religionswissenschaften und der Religionsphilosophie, es verfügt über Forschungsstätten, Universitäten und Menschen mit ausreichender Kompetenz. Gleichwohl bleibt das gegenseitige religiöse Verständnis eine der schwierigsten Aufgaben überhaupt. Die römisch-katholische Kirche hat unter Papst Paul VI. damit begonnen, wenn auch mit großer Vorsicht, das Verhältnis zwischen Christentum und Islam zu entspannen, und ebenso bemüht sich der Protestantismus um eine christlich-jüdische Verständigung.

Aber auch auf der muslimischen Seite gibt es Bemühungen, auf das Christentum zuzugehen. Muhammed Abduh (gestorben 1905), ein bedeutender islamischer Reformator, dessen Schriften Anwar as Sadat im Gefängnis las, hat gesagt: »Die Thora, das Evangelium und der Koran sind drei zusammenhängende Bücher. Fromme Menschen lesen aufmerksam alle drei und verehren sie gleichermaßen. So vervollständigt sich die göttliche Belehrung, und die wahre Religion zeigt ihren Glanz durch die Jahrhunderte.« Abduh nahm damit eine schon im Mittelalter begonnene Denktradition muslimischer Religionslehrer wieder auf und brachte sie seinen Lesern ins Bewußtsein.

Auf jüdischer Seite gibt es keinen geistlichen Mittelpunkt, der eine ähnliche Bedeutung für die Juden hat, wie sie Rom für die Christen oder auch nur die Al-Azhar-Universität in Kairo für die Muslime besitzt. Die Zerstreuung der relativ wenigen Juden über die ganze Welt und ihre fast überall bedrängte Minderheitsrolle führt viele von ihnen dazu, sich auf tradierte Glaubensweisen zu versteifen; in Israel selbst führt der Druck von außerhalb der Grenzen in ähnlicher Weise zu konservativen religiösen Grundhaltungen. Das ist wohl der Grund, weshalb auf jüdischer Seite eine Bereitschaft zum religiösen Gespräch mit der muslimischen Seite bisher kaum in Erscheinung getreten ist.

Einen Anfang machen

Um so beglückender habe ich immer wieder die Rolle des Jerusalemer Bürgermeisters Teddy Kollek empfunden. Ich lernte ihn erst spät kennen, als Loki und ich einmal einen privaten Besuch in Jerusalem machten. Obgleich Kollek nur acht Jahre älter als ich ist, hatte ich doch von Anfang an das Gefühl, einem weisen alten Mann zu begegnen. Er erinnerte mich – trotz seines Temperaments – an Lessings Nathan, aber zugleich auch an Arthur Burns, an Herbert Weichmann und an Eric Warburg. Sie alle waren Menschen, deren Autorität auf mindestens zwei Säulen ruhte: auf ihrer Weisheit und auf ihrem Erfolg in ihrem jeweiligen beruflichen Feld.

Achtundzwanzig Jahre lang Bürgermeister der Stadt Jerusalem zu sein war eine ganz einzigartige Herausforderung, weitaus schwieriger zu bewältigen als etwa das Amt des Bürgermeisters von New York oder irgendeiner anderen Metropole. Denn spätestens seit der Vereinigung Jerusalems 1967 ging es darum, die beiden durchaus verfeindeten Bürgerschaften der Israelis und der Palästinenser dazu zu führen, friedlich miteinander umzugehen.

Mir scheint, als sei es gerade diese Aufgabe gewesen, die dem energischen Beamten und Diplomaten jene großen menschlichen Qualitäten hat zuwachsen lassen, um derentwillen ungezählte Juden und Nichtjuden aus aller Welt Teddy Kollek an seinem achtzigsten Geburtstag gefeiert haben – nämlich die Verbindung von zupackender praktischer Tüchtigkeit mit unerschütterlicher Toleranz gegenüber den arabischen Bürgern, die einer anderen Religion zugehören und die ihrer Kultur und ihrer ganz anderen politischen Zielsetzung treu bleiben wollen.

Wenn Teddy Kollek gerade in Deutschland so viele Freunde und Anhänger hat, dann deshalb, weil dieser Mann weitgehend das Ideal eines demokratischen Politikers verkörpert und die schwierigsten Probleme gelöst hat, ohne dabei seine moralischen Überzeugungen zu verletzen. Weil seine Toleranz und Moral tatsächlich sein tägliches Tun und Lassen bestimmt haben und er über ein halbes Menschenleben lang Vertrauen in seine persönliche Integrität erworben und erhalten hat. Die Deutschen könnten sich glücklich schätzen, wenn sie über einen Mann wie Teddy Kollek als Leitfigur und Vorbild verfügten. Und die geistlichen Oberhäupter und ihre Gläubigen – gleich welcher Religion – sollten sich Kolleks religiöse Toleranz zum Vorbild nehmen.

Tatsächlich finden Vorbilder bisweilen Nachahmung. Im März 1987 haben mein weiser älterer Freund Takeo Fukuda und ich einige geistliche und politische Führungspersonen aus allen großen Religionen und allen Erdteilen zu einem Gespräch über die gegenwärtigen Probleme der Welt nach Rom eingeladen. In der »Civiltà Cattolica«, einem Haus des Jesuitenordens, versammelten sich nicht nur Juden, Muslime und Christen, sondern auch Hindus, Buddhisten und Atheisten. Wir waren Schwarze, Farbige, Gelbe und Weiße. Wir kamen als Demokraten, als Konservative, Liberale und Sozialdemokraten und auch als Kommunisten. Wir kamen aus äußerst verschiedenartigen Demokratien und äußerst verschiedenartigen Diktaturen. Aber der Wille zum gegenseitigen Zuhören war allen gemeinsam. Die Fähigkeit zu gemeinsamer Definition der drängendsten Aufgaben der Welt war beglückend. Denn es zeigte sich, daß religiöse und areligiöse Vorurteile keine unüberwindbaren Schranken waren, wenn es darum ging, zu gemeinsamen moralischen Positionen zu kommen.

Wir waren uns einig, daß die gegenwärtige Entwicklung der Welt ernste Gefahren für die Zukunft der Menschheit enthält; daraus ergab sich die weitere Einigkeit, daß religiöse und politische Führer gemeinsam an ihre Gläubigen und an die Regierungen in der ganzen Welt appellieren sollten, der Vernunft zu folgen. Dabei waren unsere Themen: Dienst am Frieden; Dämpfung der Bevölkerungsexplosion durch Familienplanung; eine vernünftige Energiepolitik und die Erhaltung der natürlichen Atmosphäre und der natürlichen Umwelt insgesamt sowie schließlich eine funktionstüchtige, der ökonomischen Entfaltung der Entwicklungsländer dienende Weltwirtschaft. Wir gelangten zu gemeinsamen Auffassungen und zu realistischen Empfehlungen (die wir in vielen Staaten publiziert haben). Wir hofften, ein Beispiel für andere internationale Begegnungen zu geben. Unsere Überlegungen kulminierten in der gemeinsamen These von der Notwendigkeit globaler Solidarität der Menschen, ungeachtet ihrer religiösen und politischen Überzeugungen.

Fukuda und ich hatten erwartet, das Problem der Dämpfung des Bevölkerungswachstums werde das schwierigste Thema sein, denn wir waren uns der sehr verschiedenen Haltungen der verschiedenen Religionen zum Thema Familienplanung bewußt. Natürlich kannten wir die in sehr vielen Entwicklungsländern überkommene Vorstellung, möglichst viele Söhne seien eine Alterssicherung für die Eltern, dabei spielte aber die früher vorherrschende Säuglingssterblichkeit eine wichtige Rolle, die in den meisten Entwicklungsländern inzwischen weitgehend überwunden ist. Schließlich waren wir uns auch darüber im klaren, daß einige religiöse Fundamentalisten ganz bewußt hohe Nachwuchsraten des eigenen Volkes propagierten, in der Hoffnung, das einer anderen Religion angehörige Nachbarvolk oder auch nur eine als Feind innerhalb des eigenen Staates aufgefaßte Religionsgemeinschaft schon aufgrund der höheren Bevölkerungszahl politisch überspielen zu können. Wir wußten also, wie schwer es sein würde, geistliche Führer für die Propagierung von praktischer Familienplanung zu gewinnen.

Aber wir hatten uns geirrt. Vielleicht hatte die vorausgegangene Diskussion der weltwirtschaftlichen Dilemmata geholfen, den Boden vorzubereiten, da sie allen Beteiligten den Teufelskreis vor Augen geführt hatte, in dem Bevölkerungswachstum und Unterentwicklung miteinander verknüpft sind: Je größer die Zuwachsrate der Bevölkerung, um so geringer die Chance für die Entwicklung eines höheren Lebensstandards. Jedenfalls stimmten der römische Chief Rabbi Elio Toaff und der indonesische Chairman of the Council of Islamic Scholars, Hassan Basri, sowie der österreichische Kardinal (Emeritus) Franz König im Ergebnis überein: »Im Bewußtsein der verschiedenen Art und Weise, in welcher die Religionen Politiken und Methoden der Familienplanung angehen, stimmen wir darin überein, daß die gegenwärtigen Trends die Befolgung wirksamer Familienplanung unvermeidlich machen. Die positiven Erfahrungen mehrerer Staaten und Religionen sollten (deshalb) ausgetauscht und die wissenschaftliche Erforschung der Familienplanung sollte (deshalb) beschleunigt werden.«

Ich muß betonen, daß auch der indische Hindu-Führer Karan Singh, der buddhistische Führer A.T. Ariyaratne aus Sri Lanka, der protestantische Führer Li Shou-Pao aus der Volksrepublik China und schließlich der Methodist John Boswell Cobb aus den USA unserer Schlußresolution zugestimmt haben; mit Ausnahme des Konfuzianismus waren alle großen Religionen der Welt vertreten, und alle Vertreter haben der Schlußresolution zugestimmt. Ebenso auch alle anwesenden Mitglieder des Inter Action Council: Malcolm Fraser aus Australien, Olusegun Obasanjo aus Nigeria, Misael Pastrana Borrero aus Kolumbien, Maria de Lourdes Pintasilgo aus Portugal, Jenö Fock aus Ungarn sowie Takeo Fukuda aus Japan und ich selbst. Es war das erste Mal in der Geschichte, daß geistliche und politische Führer aus der ganzen Welt zusammenkamen und gemeinsam mehrere Prinzipien formulierten, die nötig sein würden, um den Frieden zu wahren, um in der Weltwirtschaft die Lasten gerechter zu verteilen und den Zusammenhang von Bevölkerung, Entwicklung und Umwelt ins Bewußtsein zu heben.

Vor langen Jahren habe ich im Hause meines Freundes Karl Klasen den aus der Schweiz stammenden katholischen Theologen Hans Küng kennengelernt, dessen geistige und geistliche Entfaltung ich seitdem zwar von weitem, aber doch mit großem Interesse verfolgt habe. Ihm geht es um die Bewußtmachung eines »Weltethos«, und dafür, so meint er, gebe es nicht nur in den drei Religionen semitischen Ursprungs – nämlich Judentum, Christentum und Islam –, sondern auch in den Religionen indischen Ursprungs – nämlich Buddhismus und Hinduismus – und schließlich im chinesischen Konfuzianismus und Taoismus genügend Ansätze. Denn alle diese Religionen würden gebieten, nicht zu töten, nicht zu lügen und zu betrügen, nicht zu stehlen, nicht Unzucht zu treiben und die Eltern zu achten. Mir ist zweifelhaft, ob diese Gemeinsamkeiten schon ausreichen können, auch wenn sie mit Sicherheit ausbaufähig sind.

Jedenfalls ist die Bemühung um die Feststellung weltweiter ethischer Gemeinsamkeiten sehr ernst zu nehmen. Deshalb hat der InterAction Council 1996 eine zweite, ähnlich zusammengesetzte Konferenz in Wien einberufen. Auch sie gipfelte in einer langen einmütigen Entschließung; dann wurden übrigens die Vereinten Nationen (UN) aufgefordert, im Rahmen ihres Universitätssystems eine Interreligiöse Akademie zu errichten.

Europa muß sich vornehmlich dem Dialog mit dem Islam und dem das Judentum einbeziehenden Trialog zuwenden, denn das ist nicht nur aus moralischen Gründen, sondern auch aus zwei sehr aktuellen, praktisch-politischen Gründen notwendig. Islamischer Fundamentalismus greift als politischer Islamismus aus dem schiitischen Iran in die überwiegend sunnitischen Völker Südwestasiens über, auf die Türkei, die arabische Halbinsel und auf Nordafrika, auf die südlichen Nachfolgestaaten der ehemaligen Sowjetunion und auf den Balkan; er erfaßt aber auch die islamischen Gastarbeiter und Einwanderer in den europäischen Großstädten. Europa ist also zwangsläufig mit dem Islam konfrontiert. Hinzu kommt, daß der israelisch-arabische Konflikt in kultureller und politischer Hinsicht stark auf Europa ausstrahlt und umgekehrt Israel im guten wie im bösen stark von den europäischen Entwicklungen beeinflußt wird. Auf die Dauer kann die Gefährdung des Friedens im Heiligen Land für Europa weit größere Gefahren heraufbeschwören als für Amerika, das sich moralisch, finanziell und militärisch als Israels Verbündeter empfindet und auch tatsächlich dementsprechend handelt.

Der Trialog stellt uns Europäer vor eine Reihe von außerordentlichen Schwierigkeiten. Die Aufgabe wird nicht schon mit der Bewußtmachung der Gemeinsamkeiten des Glaubens an den einen alleinigen Gott und der Übereinstimmungen in den drei heiligen Schriften gelöst. Denn in den Schriften gibt es auch Elemente der Abgrenzung, ganz zu schweigen von den unzähligen feindlichen Auslegungen durch die Jahrhunderte. Europas Politiker, die europäischen Parlamente und Regierungen oder die Europäische Gemeinschaft als Ganzes können durch ihr Vorbild, durch Gesetzgebung und Verwaltung und durch bewußte Erziehung dazu beitragen, daß das Toleranzgebot ins Bewußtsein der Völker eindringt. Aber die eigentliche Arbeit muß in den Schulen und Universitäten, von den Intellektuellen, den Schriftstellern, den Künstlern und in den Kirchen geleistet werden.

Dabei wird es einmal mehr auch auf die Juden Europas ankommen. Denn es bedarf nicht zuletzt der jüdischen Intelligenz, um das moderne, an der Naturwissenschaft orientierte Weltbild zu versöhnen mit der Sehnsucht vieler Menschen nach Gott, nach dem einen Gott. Zwar hat es bisweilen den Anschein, als ob der Konsum- und Fernsehrausch in der europäischen Gesellschaft die seelischen Bedürfnisse der Menschen überwältigen könnte. Sofern es aber wirklich dazu käme, so könnte auch die Europäische Union uns nicht vor kulturellem Niedergang bewahren.

Aus der moralischen Katastrophe Deutschlands unter Hitler ist vieles zu lernen, im Hinblick auf innere und äußere Politik, auf

Rechtlichkeit, auf Menschenrechte im besonderen. Man kann aber alles das, was zu lernen ist, auch in einem einzigen Satz zusammenfassen: Der Mensch darf sich moralisch nicht auf sich selbst verlassen. Die Würde des Menschen und seine Freiheit bedürfen der Bindung nach oben. Die Bindung durch den Glauben an Gott und an dessen Gebote oder die Bindung an letzte Werte, die dem Menschen vorgegeben sind, an sittliche Prinzipien, die dem einzelnen übergeordnet sind – diese Bindung ist ein elementares Bedürfnis in allen fünf Erdteilen.

Wenn wir diese Notwendigkeit nicht begreifen und sie nicht respektieren, wenn wir die verschiedenen Ausprägungen der Religion nicht respektieren, dann bleibt die Hoffnung auf Frieden ohne Grundlage in der Wirklichkeit. Deshalb wäre es fatal, wenn wir uns – zum Beispiel in Anlehnung an Samuel Huntington – der Vorstellung hingäben, ein »Clash of Civilizations« sei unvermeidlich. Es wäre fatal, wenn wir zuließen, daß der eine Fundamentalismus mit einem anderen Fundamentalismus beantwortet wird.

Aber auch dann, wenn wir willentlich und zusätzlich unsere Städte zu »multikulturellen Gesellschaften« umbauen wollten, würde dadurch unsere Aufgabe nicht leichter, sondern vielmehr noch schwieriger, als sie heute bereits ist. Denn wenn auch die semitischen Religionen alle drei in ihrer Ethik weit überwiegend von den *Pflichten* der Menschen reden, so reden doch unsere Verfassung, unsere Erziehung, unsere Medien geradezu umgekehrt weit überwiegend von den *Rechten* der Menschen. Die Erziehung zur Durchsetzung der eigenen Rechte kann – wenn ihr keine Erziehung zu den Pflichten gegenüber der Gemeinschaft oder der Gesellschaft an die Seite gestellt wird – bereits in einer relativ homogenen Gesellschaft von Menschen gleicher Religion eine bösartige Austragung von Konflikten nicht ausreichend unterbinden. Wenn man aber durch unbegrenzte Zuwanderung von Menschen anderer Religion oder anderer kultureller Tradition eine relativ homogene Gesellschaft in eine zunehmend heterogene Gesellschaft umgestaltet, dann überfordert man die Menschen. Wir sind nicht so reich an begnadeten Führungspersonen, wie sie die heterogene Gesellschaft der Stadt Jerusalem in der Gestalt Teddy Kolleks gehabt hat, als daß wir hoffen dürften, für all unsere Städte solche Bürgermeister zu finden.

Jedermann weiß: Der »Ewige Friede« im Sinne Immanuel Kants bleibt ein notwendiges, aber unerreichbares Ideal. Sein kategorischer Imperativ ist ein notwendiges Gebot, es findet sich in ähnlicher Form übrigens in allen Weltreligionen. Aber in der allzu menschlichen Wirklichkeit wird dieses Gebot genausooft von uns allen verletzt wie die anderen Gebote unserer Religionen.

Kirchliche Macht und christliche Bescheidenheit

Als Hitlers Weltkrieg begann, war ich noch nicht wirklich erwachsen. Damit ist nicht gemeint, daß ich erst im Dezember 1939 »volljährig« wurde – was übrigens für uns Wehrpflichtsoldaten belanglos war, denn die Vollendung des 21. Lebensjahres erbrachte für uns keinerlei Rechte. Vielmehr war ich ein noch durchaus unfertiger junger Mann, zwar wißbegierig, aber ohne bewußte Bindungen an Rechtsstaat und Demokratie, an Philosophie, Religion oder Kirche. Konfirmandenunterricht und Konfirmation waren ohne nachwirkendes Ergebnis geblieben. Zwar war ich – dank meinem jüdischen Großvater und dank der Lichtwark-Schule – gegen die Naziideologie weitgehend immunisiert, aber ich hatte keinerlei positive Vorstellung davon, wie Gesellschaft und Staat beschaffen sein sollten.

Während des Krieges habe ich versucht, mich anhand der Selbstbetrachtungen des Marc Aurel zum Gleichmut zu erziehen. Das erste religiöse Erlebnis waren zwei Gespräche mit einem Theologiestudenten aus meiner Batterie. Er erklärte mir das berühmte Kapitel 13 des Römerbriefes des Apostels Paulus: »Jedermann sei untertan der Obrigkeit, die Gewalt über ihn hat. Denn es ist keine Obrigkeit außer von Gott.« Er glaubte an diesen Satz und auch daran, daß nichts auf der Welt gegen den Willen Gottes geschehen könne.

Dies hat meinen tiefen Zweifel am Sinn des Krieges damals, im Herbst 1941 in Rußland, allerdings nur sehr vorübergehend gedämpft. Aber eine Ahnung von der Autorität der Kirche blieb erhalten. Loki und ich ließen uns 1942 kirchlich trauen, weil wir vom bevorstehenden physischen und moralischen Desaster überzeugt waren – und weil wir glaubten, nach dem Zusammenbruch würden die Kirchen die einzige Kraft sein, mit deren Hilfe eine anständige Gesellschaft in Deutschland aufgebaut werden könne.*

Diese Erwartung war naiv und illusionär, das habe ich sehr

* Ich habe darüber ausführlicher berichtet in dem Essay »Politischer Rückblick auf eine unpolitische Jugend«, in: Kindheit und Jugend unter Hitler, bei Siedler, Berlin 1992.

schnell nach Kriegsende begriffen. Andere haben zu ihrer Desillusionierung über die Leistungsfähigkeit der Kirchen etwas längere Zeit benötigt. Noch im April 1964 schrieb mir der soeben zum hamburgischen Landesbischof gewählte Dr. Hans-Otto Wölber: »In diesen Wochen erfahre ich in fast bedrängender Weise, welche Erwartungen und welche Wertschätzung diesem Amt der Kirche begegnen.« Wohl nicht nur seinem Bischofsamt, sondern der Kirche schlechthin. Allerdings geschah es schon wenige Jahre später, daß alle möglichen Friedensschwärmer – manche vor allem von ihrer eigenen Lebensangst getrieben – sich vorübergehend den Raum der Kirche weitgehend aneigneten, ohne Rücksicht auf Bischof, Amtskirche oder auf die Mehrheit der Kirchenangehörigen.

Hans-Otto Wölber

Wölber hat in der unruhigen Zeit der späten sechziger und der siebziger Jahre durchaus seinen Mann gestanden. Er war ein moderner Mensch, der willens und fähig war, auf alle aktuellen Fragestellungen und Bedrängnisse einzugehen; als ein ehemaliger Jugendpastor blieb er der Jugend zeitlebens zugewandt und aufgeschlossen. Theologisch gesehen war er ein konservativer Lutheraner. Die Lutherische Lehre von den zwei Reichen – auch wenn er sie öffentlich kaum im Munde führte – bot ihm selbst die Begrenzung und den Maßstab für politisches Engagement innerhalb seiner Kirche. Allerdings wäre er nie so weit gegangen, Römer 13 zur alleinigen Richtschnur zu nehmen, wenn es um das Verhältnis zwischen Kirche und Staat oder Kirche und Politik ging. In diesem Punkt hatte ich 1964 einmal einen öffentlichen Streit mit dem Landesbischof Karl Witte, der mir in einem kontradiktorischen Gespräch vor einer versammelten Kirchengemeinde zugerufen hat: »Herr Senator, Sie sind meine Obrigkeit!« – was ich vehement bestritt. Wölber, der im gleichen Jahre Wittes Nachfolger als Landesbischof geworden ist, hätte eine derart extreme Meinung nie vertreten, die schon gar nicht in das liberale Hamburg paßte, sondern eher in eine ostelbische preußische Provinz im 19. Jahrhundert.

In der Mitte der sechziger Jahre hielt Wölber als Bischof Distanz zu den politischen Denkschriften aus den Reihen der Kirche. Wir waren uns ganz einig in unserer Zustimmung zum *Inhalt* der sogenannten Ost-Denkschrift, aber ebenso einig in unseren Bedenken gegen die Veröffentlichung und Propagierung dieser Denkschrift durch kirchliche Stellen.

Unsere gegenseitige Zuneigung hatte bereits etwas eher begonnen. Weil ich innerhalb der sozialliberalen hamburgischen Landesregierung damals einer der ganz wenigen Senatoren war, die ihre Kirchenzugehörigkeit öffentlich bekundeten, hat mich der Senat des öfteren als seinen Vertreter zu kirchlichen Akten und Festen entsandt, handelte es sich nun um die Amtseinführung eines neuen Hauptpastors, um die Überbringung von Kirchenglocken, die vom Senat gestiftet worden waren, oder um einen Bischofswechsel. Zu derlei Anlässen gehörte auch 1962 die Weihe der neuen Hauptkirche St. Nikolai am Klosterstern, an der Wölber damals noch als Hauptpastor (auf hamburgisch auch Senior genannt) tätig war. Hans-Otto Wölber legte Wert darauf, die Ansprache des Senators in ein kleines Büchlein aufzunehmen, das den Inhalt jenes feierlichen Ereignisses für die Gemeinde in Worten und Bildern festhalten sollte. Auch haben wir später gemeinsam der großartigen Initiative von Ivar Buterfas Beihilfe geleistet, die den Turm der alten, zerstörten Nikolai-Kirche in der City wiederhergestellt und erhalten hat.

Es geschah auf Wölbers Betreiben, daß ich – seit 1965 wieder in Bonn tätig – als Mitglied der Synode der »Evangelisch-lutherischen Kirche im Staate Hamburg« kooptiert wurde. Es gab auch einige Meinungsverschiedenheiten zwischen uns; besonders erinnere ich mich meiner Kritik an der Existenz und Tätigkeit der sogenannten Judenmission, eine Tradition, die Wölber mir gegenüber verteidigt hat. Als ich 1970 wegen der großen Inanspruchnahme durch die Politik und besonders durch mein Amt als Bundesminister mit innerem Bedauern aus der Synode ausschied, hat unsere persönliche Verbindung darunter nicht gelitten. Vielmehr hat mir Wölber, als er von 1969 bis 1975 als Nachfolger Liljes das Amt des Leitenden Bischofs der Vereinigten Evangelisch-Lutherischen Kirche Deutschlands (VELKD) versah, wie auch später in meinem Amt als Bundeskanzler sehr geholfen.

So gab es 1981 aus Anlaß des in Hamburg abgehaltenen Evangelischen Kirchentages eine von Reinhard Appel vom ZDF moderierte Diskussion, in der wir uns beide kritischen Fragen von seiten einiger der Kirchentagsteilnehmer gestellt haben. Ich habe in jener Diskussion die fünfte These der Barmer Bekenntnis-Erklärung aus dem Jahre 1934 vorangestellt – was ich übrigens noch häufig getan habe, wenn ich während der Honecker-Zeit als privater Bürger in Kirchen und kirchlichen Einrichtungen der DDR sprach. In jener gegen Hitlers Diktatur gerichteten These wird die Verantwortlichkeit nicht nur der Regierenden, sondern auch der Regierten hervorgehoben – eine prinzipiell demokratische Feststellung, ziemlich weit entfernt von Römer 13. Zugleich habe ich 1981 die Kirchentagsteilnehmer an eine andere Aussage jener Erklärung erinnert, nach welcher die Kirche sich keine staatlichen Aufgaben aneignen solle. Nach meiner Überzeugung seien sehr verschiedene politische Meinungen gleicherweise christlich verantwortbar, je nach vernunftgemäßer und gewissenhafter Abwägung des einzelnen.

Hans-Otto Wölber, sehr pointiert gefragt, ob die Kirche es begrüße, wenn Christen sich ohne Rücksicht auf die Folgen unter Berufung auf die Bergpredigt für den Frieden engagieren, hat geantwortet, die Kirche begrüße *alle* Antriebskräfte, die dazu beitragen, den Frieden zu sichern. Das Problem sei jedoch das *Wie*; denn auch derjenige, der für den bewaffneten Frieden plädiere, wolle den Frieden. Man könne die Bergpredigt bei der Frage nach dem Wie zu Rate ziehen, müsse jedoch darauf achten, welche Art von Pazifismus man tatsächlich im Auge habe.

Nach dieser Einleitung sahen wir uns einer Reihe sehr zugespitzter, zum Teil polemisch formulierter Fragen gegenüber. Sie betrafen den NATO-Doppelbeschluß, die Entwicklungshilfe, die angebliche deutsche Raketenproduktion, die angebliche militärische und atomare Aufrüstung Südafrikas durch die Bundesrepublik, angebliche Kriegsabsichten der USA, die Konjunktur, die Kernkraftwerke und die Energiepolitik, die ökologischen Kosten, die Angst vor der Zukunft – der ganze Angstkatalog der linken Friedensapostel wurde entrollt. Und natürlich tauchte auch die Frage auf, wie ich mich denn zu der Alternative »Lieber rot als tot« verhielte und wie ich denn meine Politik überhaupt weiterhin verantworten könne.

Eine Grundtendenz vieler Fragen – wie auch der Friedensbewegung insgesamt – war das emphatische Bekenntnis eigener Angst. Aber die psychotisch durch die Friedensbewegung verbreitete Angst stand ganz im Gegensatz zur Grundtendenz der von ihr vielfach angerufenen Bergpredigt, d.h. des bedingungslosen Vertrauens auf Gott und des Verzichts auf jegliche eigene Vorsorge.

Ich habe mich damals redlich bemüht, alle Fragen wahrheitsgemäß zu beantworten, wobei ich Polemiken und Unwahrheiten zurechtgerückt habe. Gewiß haben meine Antworten zwar manche der Zuhörer erreicht, nicht aber alle aufgeregt-polemischen Fragesteller. Bischof Wölber hat mehrfach eingegriffen, zumal auch Fragen an ihn adressiert waren. Mir ist besonders seine Feststellung in Erinnerung, als Mann der Kirche könne es nicht seine Aufgabe sein, bestimmte politische Auffassungen zu vertreten. Dem wiederholten vermeintlichen Autoritätsbeweis der sogenann-

Helmut Schmidt war nach Adenauer wahrscheinlich der am tiefsten vom Christentum geprägte Bundeskanzler. Aber die konkrete Politik vor allem der evangelischen Kirche irritierte ihn häufig. In den kirchlichen Mahnungen wegen des NATO-Doppelbeschlusses, einer angeblichen deutschen Raketenproduktion und den immer erneuten Warnungen vor vermeintlichen Kriegsabsichten der USA sah Schmidt eher ein emphatisches Bekenntnis eigener Ängste als eine nüchterne Beobachtung der Weltlage.

ten Friedensbewegung durch die Bergpredigt hielt Wölber entgegen, der in der Bergpredigt bekundete *absolute* Friedenswille habe Jesus ans Kreuz geführt. Immerhin könne doch die Weltlage so geartet sein, »... daß jene andere Seite des göttlichen Willens ebenso in Kraft tritt«, nämlich: »Du sollst dafür sorgen, daß die deinen, daß du selbst, daß dein Recht auf Leben bewahrt werden vor dem, der dir das nehmen will.« Wölber bekundete Respekt vor der Aufgabe des Politikers und nahm ihn in Schutz vor denen, die seinen Verantwortungswillen in Frage gestellt hatten. Zwar stimmte er einem der Fragesteller zu, die Beteiligung an einem Atomkrieg sei Sünde, fügte aber hinzu: »... auf der anderen Seite weiß ich nicht, wieviel Sünde in dem Konzept steckt, ... ohne Rüstung zu leben ... Meine Lage ist die, daß ich nicht so gewiß bin wie einige hier, die sagen, wenn du es so und so machst, dann ist das richtig – und dann womöglich auch noch Gott mit uns.«

Wölber hat mir damals sehr imponiert. Er selbst hatte die Veranstaltung offenbar angeregt. Er vertrat vehement als legitime Aufgabe der Kirche und auch des Kirchentages, »Reflexionspotential« und »Seismograph für das zu sein, was in der Gesellschaft passiert«.

Gewiß war jene öffentliche, im Fernsehen übertragene Diskussion auch von mir aus gesehen dankenswert, weil sie vielen Deutschen Gelegenheit gab, zu dem leidenschaftlich diskutierten Doppelbeschluß die Argumente beider Seiten anzuhören und sich eine eigene Meinung zu bilden. Leider hatte – außer den Theologen – wohl nur der allergeringste Teil der Zuhörer den umfangreichen Text der Bergpredigt im Matthäusevangelium auch nur einigermaßen im Kopf. So ist es auch heute. Sonst müßte jedermann erkennen, daß die Gebote der Bergpredigt, keinen Eid zu schwören, sich nicht zu wehren, wenn man angegriffen wird, sich nicht um Leben, Leib und Nahrung zu sorgen, nicht zu richten, daß zum Beispiel diese Gebote zu einer Politik im Sinne des Grundgesetzes unseres Staates nichts beitragen können. Die Bergpredigt ist keine politische Konzeption. Sie ist nach meinem Verständnis in ihrer Gesamtheit vielmehr eine Art »Katechismus für das Leben als Jünger Jesu«. In meinen Augen ist das Vaterunser ihr wichtigster Teil.

Es mag sein, daß Hans-Otto Wölber ähnlich darüber gedacht hat. Er hat dies jedoch nicht ausdrücklich gesagt. Wohl aber hat er den von einigen Rednern der Friedensbewegung behaupteten Absolutheitsanspruch an die Politik mit seinen oben zitierten Worten relativiert. Wölber war ein Konservativer und zugleich ein sehr kluger Mann, der den modischen Strömungen seiner Zeit widerstand, weil er sich um den Bestand der Kirche Sorgen machen mußte. Als er 1989 in seinem 76. Lebensjahr starb, war ich sehr traurig.

Eduard Lohse

Sein Nachfolger in der Leitung der VELKD war seit 1975 Bischof Eduard Lohse. Ihm verdanke ich in einem wichtigen Augenblick meines Lebens einen entscheidenden Ratschlag. Als wir nach dem Ende der sozialliberalen Koalition auf die im Frühjahr 1983 abzuhaltende Neuwahl des Bundestages zugingen, haben mich wichtige Führungspersonen der sozialdemokratischen Bundestagsfraktion bedrängt, abermals als Spitzenmann meiner Partei zu kandidieren, als sogenannter Kanzlerkandidat. Helmut Kohl hatte mich im Herbst 1982 im Wege des konstruktiven Mißtrauensvotums als Bundeskanzler abgelöst und suchte nun – verständlicherweise –

nach einer breiteren Legitimation. Für das abtrünnige Verhalten der F.D.P., die 1980 ausdrücklich mit meinem Namen für sich geworben hatte, hatte aber eine erhebliche und wachsende Opposition innerhalb der SPD gegen die ökonomische Politik meiner Regierung, vor allem aber gegen den von mir vertretenen NATO-Doppelbeschluß den der F.D.P.-Führung erwünschten Anlaß geboten. Nunmehr appellierte die sozialdemokratische Fraktionsführung an mein Pflichtbewußtsein und an meine Loyalität der eigenen Partei gegenüber. Ich selbst hatte jedoch schon in den Jahren zuvor zweimal mit dem Rücktritt für den Fall gedroht, daß der NATO-Doppelbeschluß aufgehoben würde, weil ich eine solche Unterwerfung unter den Willen der Sowjetunion nicht mitverantworten konnte. Seit dem konstruktiven Mißtrauensvotum tendierte die SPD jedoch immer stärker zu einer Ablehnung des Doppelbeschlusses. Ich war deshalb einer erneuten Kandidatur außerordentlich abgeneigt, konnte mich aber aus Rücksicht auf meine Freunde nur schwer entschließen.

Ich habe deshalb Eduard Lohse um seinen seelsorgerischen Rat gebeten. Sein Rat gab den Ausschlag für meine Verweigerung. Mein Freund Hans-Jochen Vogel mußte daraufhin in den sauren Apfel beißen und sich in einer für ihn ziemlich aussichtslosen Situation als Kanzlerkandidat zur Wahl stellen. Um seinetwillen ist mir meine Weigerung schwergefallen. Aber auch aus heutiger Sicht war Lohses Ratschlag moralisch gerechtfertigt; schließlich hatte ich meine Pflicht erfüllt.

Das persönliche Vertrauensverhältnis zu dem als Hamburger geborenen hannoverschen Landesbischof Lohse hatte sich seit seiner Wahl an die Spitze der VELKD und noch mehr seit seiner Wahl zum Ratsvorsitzenden der Evangelischen Kirche in Deutschland (EKD) im Frühjahr 1979 stetig entwickelt. Eduard Lohse war von Hause aus mehr theologischer Professor als Pfarrer gewesen. In seinen Bischofsämtern trat er unbeirrbar für die Erhaltung der Volkskirche ein, wobei ihm seine Fähigkeit zum Ausgleich zwischen verschiedenen Auffassungen sehr geholfen hat. Wir stimmten überein in der Berufung auf die 5. These der Barmer Erklärung von 1934, nach welcher »... der Staat nach göttlicher Anordnung die Aufgabe (hat), ... nach dem Maß menschlicher Einsicht und menschlichen Vermögens unter Androhung und Ausübung von Gewalt für Recht und Frieden zu sorgen«, und ebenso in dem Satz der gleichen These »über die Verantwortung der Regierenden und Regierten«.

Er hielt nichts davon, daß die Kirche staatliche Aufgaben an sich zog oder bestimmte politische Entscheidungen herbeiführen wollte. Gleichwohl hat sich Lohse persönlich für die Ratifikation der Ostverträge eingesetzt und andererseits die Mitgliedschaft in der kommunistischen Partei als mit dem Dienst eines Pfarrers unvereinbar erklärt. Zur Friedensfrage sagte er deutlich, es sei in der Kirche nur möglich, von unterschiedlichen Positionen aus zu sprechen; denn auch die Kirche besitze keinen Zauberschlüssel zur Lösung des Gegensatzes und müsse in diesem Punkt ihre Ratlosigkeit eingestehen. Das war ein klares Votum gegen die, die den Kirchentag und die evangelische Kirche instrumentalisieren wollten. Wäre ich anstelle Bischof Lohses gewesen, so hätte ich kaum etwas anderes sagen können als er. Nachdem Hans-Otto Wölber sich vom Amte des leitenden Bischofs der VELKD zurückgezogen hatte, hat es sich quasi von selbst ergeben, daß Eduard Lohse für mich der wichtigste kirchliche Gesprächspartner wurde.

Ein Dutzend Jahre vorher hat mich mein Amt als Verteidigungsminister mit den Problemen der Militärseelsorge konfrontiert, diese hat mir zugleich zwei neue Freundschaften zuteil werden lassen. Den katholischen Militärbischof Franz Hengsbach, im Hauptberuf Diözesanbischof in Essen, kannte ich bereits aus der Zeit der Kohlekrise in der Mitte der sechziger Jahre. Der evangelische Militärbischof Hermann Kunst war mir noch länger schon bekannt, weil er seit Anbeginn unseres Staates in Bonn als Bevollmächtigter des Rates der EKD tätig war. Ich bin beiden Bischöfen dankbar für viele Gespräche, für Ratschläge, für gegenseitiges Vertrauen und gelegentlich auch für Trost.

Sie waren beide sehr souveräne Persönlichkeiten. Als Militärbischof hatte Kunst seine Souveränität in größerem Maße nötig als sein katholischer Kollege; denn die Seelsorge für die Soldaten war im evangelischen Bereich durchaus umstritten, anders als unter den Katholiken. Ich erfuhr dies besonders deutlich, als 1972 – kurz bevor ich das Amt auf der Hardthöhe an meinen Freund Georg Leber abgab – Hermann Kunst sein Amt als Militärbischof in jüngere Hände legen wollte (Kunst war damals 65 Jahre alt) und unter den evangelischen Landesbischöfen und Kirchenpräsides keiner bereit war, dieses Amt zu übernehmen. Die evangelischen Kirchen waren viel stärker als die katholische Kirche vom pazifistischen Zeitgeist eines Teils der jüngeren Generationen beeinflußt. Auch fand mancher Pastor und mancher Synodale es intellektuell schwierig, das scheinbare Paradoxon anzuerkennen, welches während der jahrzehntelangen Bedrohung durch eine zum Einmarsch in fremde Staaten bereite Sowjetunion die Aufgabe der Bundeswehr und ihrer Soldaten kennzeichnete, nämlich »kämpfen zu können, um nicht kämpfen zu müssen« (Ulrich de Maizière).

Landesbischof Eduard Lohse (2. v. r.) war von großer Unabhängigkeit in seinen theologischen wie in seinen politischen Urteilen. Er hielt nichts davon, der Kirche staatliche Aufgaben zu übertragen, aber er setzte sich doch mit seiner ganzen Autorität für die Ratifikation der Ostverträge ein. An seiner politischen Überzeugung ließ er keinen Zweifel, als er die Mitgliedschaft in der kommunistischen Partei für unvereinbar mit dem Dienst eines Pfarrers erklärte. »Wäre ich an seiner Stelle gewesen, so hätte ich kaum anders handeln können«, urteilt Helmut Schmidt heute.

Wenn aber dieses dem Nordatlantischen Bündnis und der Bundeswehr immanente Prinzip der Abschreckung eines möglichen Angreifers – es hat sich von Stalin bis Gorbatschow, bis zur Auflösung der Sowjetunion bewährt – schon für manche Pastoren schwierig zu verstehen war, um so mehr dann für manchen Nachdenklichen unter den jungen Wehrpflichtsoldaten. Allein deshalb schon hatten sie Anspruch darauf, daß ihnen die Kirchen Seelsorge anboten, zumal in Standorten, die von ihrer jeweiligen Heimat entfernt lagen. Dabei waren die in der Militärseelsorge tätigen Pfarrer und Pastoren nie in der Gefahr, Propagandisten der jeweiligen Bundesregierung und ihrer Politiker oder gar des Staates schlechthin zu werden.

Kunst hatte als Bevollmächtigter in Bonn die politische Entfaltung unseres Staates seit Adenauers und Schumachers Zeiten aus unmittelbarer Nähe miterlebt. Er konnte genauso für den Staat denken wie auch für die Kirche. Er entfernte sich dabei nie vom

Urgrund seines Bekenntnisses und hat gleichwohl zu einem großen Teil mitgeholfen, das gegenseitig kooperative, respektvolle Verhältnis zwischen Kirchen und Staat zu schaffen, das heute in Deutschland erreicht worden ist und in dem die Kirche freier ist, als sie jemals vorher in Deutschland gewesen war.

Kirche in der DDR

Ganz anders war die Lage der Kirchen in der DDR. Ich habe ihre Situation auf dreierlei Wegen kennengelernt. Zum einen durch private Kontakte mit Kardinal Bengsch, die in West-Berlin in verschwiegener Weise stattfanden, und ebenso in Bonn mit Bischof Schönherr, Konsistorialpräsident Stolpe und anderen Kirchenmännern aus der DDR; zum zweiten durch Gespräche mit privaten Landsleuten aus der DDR, die zu Besuch in den Westen fahren durften oder die man im Ausland traf; und zum dritten – nach meinem Ausscheiden aus der Bundesregierung – aus einer Reihe von fast alljährlichen Besuchen, die ich zu Vorträgen in Kirchen und kirchlichen Einrichtungen der DDR gemacht habe. Diese Besuche sind übrigens jedesmal von Manfred Stolpe vorbereitet worden.

Meine Vorträge in der DDR bedeuteten in allen Fällen ein Risiko, am stärksten wohl für Stolpe und die jeweiligen Diskussionsteilnehmer, am allerwenigsten für mich. Es war davon auszugehen, daß die Staatssicherheit überall mithörte und anschließend jeden Beteiligten verfolgen konnte, der sich in ihren Augen verdächtig gemacht hatte. Mein Risiko war im wesentlichen ein moralisches, weil ich einerseits den Ostdeutschen Mut machen, ihnen dabei aber nichts als die Wahrheit sagen wollte und sie doch andererseits nicht dazu hinreißen durfte, sich durch spontane Worte oder Handlungen selbst zu gefährden. Ich war mir bei der Vorbereitung auch während aller Vorträge und Diskussionen immer darüber im klaren, daß ich eine Gratwanderung zu bestehen hatte. Ich selbst war gewiß ungefährdet, denn die DDR-Führung hätte es sich wegen der katastrophalen internationalen Wirkung keineswegs leisten können, mich festzunehmen. Ich unterstellte als selbstverständlich, daß Stolpe die staatlichen Stellen (einschließlich der Stasi) vorher von meinen Auftritten unterrichtet hatte. Aber gewiß ging er selbst ein erhebliches Risiko ein, z.B. für den Fall eines öffentlichen Eklats.

Die Möglichkeit eines spontanen emotionalen Aufbegehrens meiner Zuhörer gegen die ungeliebte kommunistische Diktatur habe ich zweimal deutlich empfunden: das erste Mal 1988 während zweier Auftritte im Rahmen eines regionalen Kirchentages in Rostock, teilweise gemeinsam mit meiner Bundestagskollegin Hildegard Hamm-Brücher, das zweite Mal im selben Jahr in der Nikolai-Kirche in Potsdam. Besonders bei dieser zweiten Gelegenheit haben meine Frau und Stolpe, nebeneinandersitzend, das gefährliche Knistern in der Kirche deutlich gespürt; Stolpe und meine Frau haben sich damals gegenseitig beruhigt – im Vertrauen darauf, daß ich die Grenze des aus Vernunftgründen Gebotenen erkennen und beachten würde. Sie haben auch gemeinsam aufgeatmet, als ich, die Gefahr spürend, den Ton meiner Rede gedämpft habe.

Sieben Jahre zuvor hatte ich einen Besuch von Bischof Schönherr im Bundeskanzleramt dazu benutzt, der DDR-Führung die dringende Warnung zukommen zu lassen, sich im Falle einer sowjetischen Intervention in Polen – wie sie damals als möglich und bedrohlich erschien – um Gottes willen nicht mit DDR-Streitkräften zu beteiligen. Es war mir in Kenntnis der Machtstruktur der DDR selbstverständlich, daß Stolpe, der Schönherr begleitete, meiner Bitte, diese Warnung »so hoch wie möglich« an den Mann zu bringen, nicht auf dem Wege über den Kirchenstaatssekretär Gysi (senior), sondern auf dem viel direkteren Weg über die Staatssicherheit nachkommen würde. Nach der Vereinigung sind Stolpe wegen seiner vielfältigen Gespräche mit der Staatssicherheit öffentlich böse Vorwürfe gemacht worden. Die daraufhin einsetzende Untersuchung hat unter anderem ergeben, daß die Stasi, über die Grenzen routinemäßiger Kontrolle weit hinausgehend, Stolpes vielfältige Aktivitäten mißtrauisch überwacht und kontrolliert hat. Ich war nicht der einzige der führenden Politiker im Westen, die Manfred Stolpe gebeten haben, sozusagen als Briefträger gegenüber der Führung von SED und DDR zu fungieren.

Erst nach der Vereinigung ist das große Ausmaß des Engagements Stolpes für die Kirche in der DDR und für Menschen in Bedrängnis und Not und ebenso das Maß seines persönlichen Risikos der Öffentlichkeit bekanntgeworden. Vorher war es nur einzelnen und den leitenden Personen der Kirche in der DDR bekannt, die oft – wenn kein anderer Weg mehr gangbar war – seine Hilfe erbeten haben, ohne nach den Wegen zu fragen, auf denen Stolpe tatsächlich sehr vielen Menschen hat helfen können. Gleichwohl hat es nach der Vereinigung erhebliche Vorwürfe gegen Stolpe gegeben, zum Teil kamen sie von Leuten, die selbst nie in der Notlage gewesen sind, unter einer Diktatur zu leben und gleichwohl gefährdeten, bedrängten Menschen helfen zu wollen.

Ähnlich verhielt es sich mit manchen weit hergeholten Vorwürfen gegen den früheren Ostberliner Rechtsanwalt Wolfgang Vogel, gleichfalls ein im christlichen Glauben gebundener Mann. Vogel habe ich 1993 demonstrativ im Untersuchungsgefängnis in Moabit besucht. Im Falle Stolpes hat es mich mit Genugtuung erfüllt, daß 1995 sowohl ein Vorprüfungsausschuß der EKD als auch anschließend die Kirchenleitung der Evangelischen Kirche in Brandenburg ihre »Grundüberzeugung« festgestellt haben, daß Stolpe »ein Mann der Kirche« (und nicht der Stasi) war, »der für die Kirche, für die Menschen in der DDR und für den Zusammenhalt der Deutschen viel erreicht« hat. Übrigens wußte dies die Mehrheit der Menschen in Brandenburg schon längst, anders ist ihr besonders hohes Maß der Zustimmung zu ihrem Ministerpräsidenten Stolpe nicht zu erklären.

Für diejenigen Menschen in der Kirche, die sich nicht innerlich unter die Diktatur beugen wollten, waren die fünfundvierzig Jahre kommunistischer Herrschaft insgesamt ebenso schwierig zu ertragen wie vorher die zwölf Jahre der NS-Herrschaft. Dafür haben aber viele Kirchengemeinden in der DDR trotz ihrer gesellschaftlichen Randstellung, trotz der argwöhnischen Bespitzelung und trotz ihrer finanziellen Armut häufig eine größere innere Wärme und eine größere Lebendigkeit des Glaubens entfaltet, als dies gleichzeitig in den Kirchen im Westen der Fall war und ist – ungeachtet der im Westen unbestrittenen Akzeptanz der Kirche, ihrer Rolle und ihrer großen finanziellen Sicherheit. So haben es auch manche jener Pfarrer der Kirche im Osten empfunden, die häufiger im Westen gewesen sind und die sich bei jeder Rückkehr in der eigenen Gemeinde und in ihrer Kirche wohler gefühlt haben als in der Kirche im Westen.

Einer von ihnen hat dieses Gefühl einmal besonders deutlich zum Ausdruck gebracht. Das war 1989 bei einer innerkirchlichen Zusammenkunft in einem kleinen Ort in Sachsen, wenige Tage vor der Öffnung der Berliner Mauer und vor dem Ende des Stasi-Regimes. Die Leipziger Montagsdemonstrationen gingen auf ihren Höhepunkt zu, eine Massendemonstration in Ost-Berlin stand unmittelbar bevor. Es herrschte eine hochgespannte Atmosphäre; es war möglich, daß es zum Waffengebrauch der Staatsmacht kommen würde (heute weiß man, daß er in der Tat vorbereitet worden war); deshalb gab es nicht nur große Hoffnungen, sondern auch große Ängste. In der Diskussion über die Lage und Zukunft des – damals noch durch Stacheldraht und Todesstreifen geteilten – Vaterlandes brach jener Pfarrer, der den Westen kannte, in den beinahe verzweifelt klingenden Ruf aus: »Es *muß* aber doch einen

Der heutige Ministerpräsident von Brandenburg, Manfred Stolpe (rechts), mußte während der Herrschaft von Zentralkomitee und Politbüro im Zwielicht operieren, wenn er etwas für die Menschen erreichen wollte. Helmut Schmidt war sich seiner Integrität immer sicher; er hat ihn und Bischof Schönherr gebeten, Honecker und die DDR-Führung vor einer deutschen Beteiligung im Falle einer sowjetischen Intervention in Polen zu warnen.

mittleren Weg geben zwischen Demokratie und Sozialismus!« Mit dem Wort Sozialismus war, wohlgemerkt, der »reale Sozialismus« der Kommunisten gemeint – die einzige Art von Sozialismus, von der man in Sachsen und in der DDR eine konkrete Vorstellung besaß. Mich hat dieser emotionale Ausbruch bedrückt; denn er beruhte offenkundig auf der Vorstellung, man brauche gar nicht eine ganze Demokratie, wenn man dafür Abstriche vom Sozialismus einhandeln könne. Als ob man mit einer Halbdemokratie durchaus zufrieden sein könne – aber welcher Hälfte? Ich habe mich bemüht, auch auf die Schattenseiten der Demokratie hinzuweisen, die man in Kauf nehmen muß.

Die Diskussion hat mich verstehen lassen, wie höchst unvollkommen die Demokratievorstellungen mancher Pfarrer und Kirchenoberen in der DDR zwangsläufig sein mußten – trotz des Westfernsehens. Die innere Ablehnung des Zwangssystems der DDR war in ihrem Bewußtsein zwangsläufig viel stärker ausgeprägt als eine positive Vorstellung von der anstelle des »realen Sozialismus« erwünschten Gesellschaft und von einer verfassungsrechtlich gefestigten Staatsordnung. Ich fühlte mich lebhaft erinnert an meine eigene Jugend als Wehrpflichtsoldat unter Hitler; damals wußte ich, daß ich gegen die Nazis war – aber ich wußte nicht, was ich anstelle des Nazisystems erhoffen sollte.

Manche jener westdeutschen Überheblichkeiten, die nach der Vereinigung viele ostdeutsche Landsleute enttäuscht und verbittert haben, wären vielleicht dann unterblieben, wenn man sich in Westdeutschland allgemein klargemacht hätte, wie ungeheuer groß die Wissens- und Erfahrungslücken im Osten zwangsläufig sein mußten. Schließlich hatten die Ostdeutschen seit 1933 ununterbrochen unter Informations- und Erziehungsdiktaturen gelebt – zunächst Diktatur der Nazis, dann Diktatur der sowjetischen Besatzungsmacht und schließlich über lange Jahrzehnte Diktatur der SED. Wer 1930 geboren, also zur Zeit der Vereinigung sechzig Jahre alt war und immer im Osten gelebt hatte, der hatte niemals in seiner Schulzeit oder danach ein positives Wort über die Demokratie gehört – es sei denn in der Heimlichkeit einer Nische. Das gilt natürlich ebenso für die Jüngeren. Niemals hatten sie Demokratie erlebt, niemals Meinungsfreiheit, niemals Marktwirtschaft. Vieles von dem, was diesen Landsleuten nach 1989 zugemutet worden ist, hat mich beschämt.

Gewiß hat es in der alten DDR viele Menschen gegeben, die gleichwohl einen inneren Kompaß besaßen und sich nach ihm richteten – sei es, daß ihr Kompaß im christlichen Glauben gegeben war, sei es, daß er in festgefügten moralischen Überzeugungen lag. Einer dieser Landsleute war der 1928 geborene mecklenburgische Bischof Heinrich Rathke. Bei meinem Besuch im Güstrower Dom im Dezember 1981 begrüßte Bischof Rathke »den Marxisten Erich Honecker und den Christen Helmut Schmidt« und sagte uns: »Wir beten in unseren Kirchen für Sie beide.« Er sprach laut und deutlich von der Tragweite des Evangeliums, von der Arbeit und der Verantwortung der Kirche in einer sozialistischen Gesellschaft und von der gemeinsamen Geschichte. Wahrscheinlich war es das erste Mal, daß der Staatsratsvorsitzende solche Worte in einer Kirche zu hören bekam – vielleicht war er überhaupt seit Jahrzehnten nicht in einer Kirche gewesen.

Ich war wegen Barlachs »Schwebendem Engel« nach Güstrow gekommen und hatte die voraussehbare Abschirmung von den Güstrower Bürgern in Kauf genommen (trotzdem bekam ich manchen Zettel zugesteckt). Rathke sprach über Barlach und erinnerte an dessen Wort über seine Skulptur: »Seine Augen sind geschlossen, nichts lenkt ihn ab von seinem Erinnern.« Für ihn selbst, so fuhr Rathke fort, sei Barlachs Werk »eine starke Sprache für unsere Zeit und sicher weit darüber hinaus«. Dann kündigte er an, uns zum Altar und danach in die Winterkirche zum »Schwebenden Engel« führen zu wollen; zunächst aber sollten wir bitte Platz nehmen, um Bachs Choral »Vater unser im Himmelreich« von der Orgel anzuhören.

Unter den Kirchenleuten der DDR hat Rathke mich am stärksten beeindruckt. Er war selbstsicher und bescheiden zugleich. Es hat mich nicht überrascht, als ich hörte, daß er nach zwölfjähriger Amtszeit sein Bischofsamt aufgab, um wieder Gemeindepastor zu werden: »Ich sehe meinen Platz wieder dort, woher ich gekommen bin, in der Gemeinde.« Wir sind seit Güstrow in guter Verbindung miteinander geblieben.

Begegnung mit der römischen Weltkirche

Seit dem Beginn des Rußlandfeldzuges bewußt am Christentum und an der von mir erwarteten großen Nachkriegsrolle der Kirchen festhaltend, ergab sich nach Kriegsende für mich als norddeutschen Protestanten fast zwangsläufig eine vielfältige Nähe zu Personen der evangelischen Kirchen. Nach meinem Eintritt in die Bundespolitik 1953 habe ich sodann begonnen, mich mit einiger Energie und Beharrlichkeit um Gespräche und um geistigen Austausch mit dem deutschen Katholizismus zu bemühen; davon zeugen auch ungezählte Vorträge, Diskussionsbeiträge und Interviews – als Bundeskanzler das letzte Mal noch vier Wochen vor dem Ende meines Amtes, vor dem Deutschen Katholikentag sprechend. Insgesamt habe ich als Kanzler für diesen Teil meiner Arbeit viele Hunderte von Arbeitsstunden aufgewandt, weit mehr als für meine Kontakte und Arbeit mit der evangelischen Kirche. Dabei ging die Initiative weit überwiegend von mir aus, nur selten von seiten der katholischen Kirche. Außerdem habe ich – sobald mir mein Bundestagsmandat in großem Maße Auslandsreisen ermöglichte und später meine staatlichen Ämter mir Besuche im Ausland zur Pflicht gemacht haben – es mir selbst zur Regel gemacht, so oft wie möglich auch den jeweiligen katholischen Bischof zu besuchen. Dabei war ich besonders beeindruckt von dem Pariser Kardinal Lustiger und dem Wiener Kardinal König.

Solche Besuche waren nicht immer einfach zu bewerkstelligen. So hat der damalige Krakauer Kardinal Wojtyla – damals wurde Polen noch von den Kommunisten regiert, und Kardinal Wyszynski lebte noch – während eines offiziellen Besuches in Krakau es mit Rücksicht auf Warschau vorgezogen, statt eines von mir vorgeschlagenen »zufälligen« Treffens in seiner Kathedrale mich durch einen hohen Geistlichen begrüßen zu lassen. Mit Kardinal Wyszynski kam – im Zuge meiner jahrelangen Bemühungen um Verständnis und Zusammenarbeit zwischen dem polnischen und dem deutschen Episkopat, die sich lange Zeit gegenseitig nur mit sehr großer Distanz gegenüberstanden – immerhin ein Briefwechsel zustande. Seinen Nachfolger Kardinal Glemp habe ich unauffällig auf westdeutschem Boden getroffen. Später – nunmehr als Privatperson – habe ich ihn an seinem Amtssitz in Gnesen besuchen können. Inzwischen war die konfrontative Koexistenz zwischen der Kirche und den polnischen Kommunisten von geringerer Bedeutung als der Gegensatz zwischen Solidarność und dem kommunistischen Regime. Glemp setzte sich öffentlich mit harter Kritik für die Freilassung der inhaftierten Solidarność-Leute ein, vermied es aber, sich mit ihnen und mit Wałęsa zu identifizieren. Er riet ihnen zur Mäßigung; mir gegenüber hat er bedauert, auf die Priester, welche Wałęsa berieten, keinen ausreichenden Einfluß zu haben. Noch später, nach dem Ende der Sowjetunion und der kommunistischen Herrschaft in Polen, zeigten sich die großen Einübungsschwierigkeiten, welche die Polen – aber weiß Gott nicht nur die Polen, sondern alle bisher kommunistisch regierten Menschen und Staaten – mit der Demokratie zu bestehen haben, einschließlich der Kirche.

Die römisch-katholische Kirche hat im Laufe der Geschichte ein eindrucksvolles Lehrgebäude errichtet; dazu gehört auch die besonders in Deutschland – von Ketteler bis Nell-Breuning – sehr wirksame katholische Soziallehre. Aber ihre moderne Konkretisierung läßt auf sich warten. Wichtiger noch: Eine katholische Demokratielehre scheint fast vollständig zu fehlen. Und wo gelehrte Katholiken oder die Synoden oder die päpstlichen Enzykliken sich öffentlich hörbar zum Staate äußern, dort geschieht das fast ausschließlich unter dem Aspekt des Verhältnisses zwischen Kirche und einem abstrakten Staat – gleichsam so, als gäbe es den himmelweiten moralischen Unterschied zwischen Diktaturen und Demokratien überhaupt nicht. Nur ganz selten wird das Verhältnis zwischen der auf politischen Konflikt und politischen Wettbewerb angelegten, auf Kompromiß angewiesenen Demokratie einerseits und der hierarchisch organisierten und autoritär geführten Kirche andererseits erörtert.

Das Fehlen einer Konkretisierung der Prinzipien der Soziallehre wie auch das Fehlen einer Lehre über das Verhältnis der Kirche zur Demokratie und über deren Vorzüge ist mir besonders in Lateinamerika aufgefallen. Wo auch immer ich in diesem katholischen Kontinent mit Priestern, Bischöfen und Kardinälen gesprochen habe, überall vernahm ich deren beredte Klagen über die ökonomische und soziale Notlage von Millionen und Abermillionen und über die Ungerechtigkeit der politischen und ökonomischen Wirklichkeit; ebenso bekam ich aber auch die leise und vorsichtig vorgebrachten Klagen über die Realitätsferne des Vatikan zu hören, der zeitweilig die Bekämpfung der »Theologie der Befreiung« oder der »Theologie der Revolution« für allein wichtig zu halten schien. Als ich einmal in Rom mit dem Kardinalstaatssekretär Casaroli darüber sprach, sagte dieser zu mir: »Ja, das, was der Bruder Ratzinger betreibt, ist nur die eine Hälfte von dem, was die Kirche in Südamerika tun muß.«

Besonders deutlich erinnere ich mich eines Gesprächs mit dem brasilianischen Kardinal Lorscheider, etwa Anfang 1979. Lorscheider hatte einen auch im Detail sehr sachkundigen Überblick über die ökonomischen und sozialen Probleme Brasiliens, schon deswegen hat er mir einen bleibenden Eindruck hinterlassen; er hatte auch eine Reihe von praktischen Vorschlägen parat. Ebenso war aber dieses Gespräch charakteristisch für meine vielfältigen Eindrücke, daß manche der Oberhirten traurig waren darüber, daß ihnen kein Rüstzeug gegeben wurde, um als Anwälte der sozialen Gerechtigkeit gegen das massenhafte Elend und gegenüber der Politik auftreten zu können. Ich verstand, daß sich das römische Zentrum der katholischen Weltkirche allzu stark auf europäische Probleme konzentrierte und europäische Maßstäbe als universal gültig betrachtete.

Später habe ich von Kardinal König ein ähnliches Urteil gehört, allerdings nicht nur im Blick auf Lateinamerika, sondern ebenso im Blick auf andere außereuropäische Teile der Welt. Lorscheider beklagte übrigens auch, daß die Besuche der deutschen Amtsbrüder in Lateinamerika allzu kurz ausfielen; dagegen spendete er meinem Freund Hengsbach ein besonderes Lob, was ich diesem mit Genugtuung berichtet habe.

Natürlich kam in allen Gesprächen mit katholischen Oberhirten die Rede auch auf die Bevölkerungsexplosion, die von Chihuahua im Norden Mexikos bis Ushuaia im Süden Argentiniens die Lösbarkeit aller sozialen, ökonomischen und politischen Probleme Lateinamerikas gravierend erschwert und sie – sofern sie andauern sollte – in manchen Regionen und Städten ganz und gar verhindert. Für mich als Protestanten ergab sich der sehr bestimmte Eindruck, daß manche der Bischöfe – unbeschadet ihres offenkundigen Willens zur Loyalität gegenüber Papst und Kurie – den Bann gegen Kondom und Pille bei bestem Willen nicht als sinnvoll und angemessen betrachten konnten.

Auch ich selbst habe die Logik nie nachvollziehen können, nach welcher Familienplanung und Empfängnisverhütung auf dem Wege der Enthaltsamkeit in den empfängnisbereiten Tagen als »natürlich« und deswegen als zulässig gelehrt, jedoch Empfängnisverhütung mit Hilfe von Kondom und Pille als »künstlich« und deshalb als verboten dekretiert wird. Wie viele andere »künstliche« Mittel wendet doch heute der Mensch an, um sich zu ernähren, um zu lernen, um seine Gesundheit oder seine Leistungsfähigkeit zu erhalten oder wiederherzustellen oder sein Leben zu verlängern – vom Zahnersatz bis zum Herzschrittmacher! Der Vatikan – aber z.B. auch die deutsche Bischofskonferenz unter Kardinal Höffners Vorsitz – hat den fatalen Eindruck entstehen lassen, als sei »künstliche« Empfängnisverhütung beinahe der Abtreibung verschwistert und als seien beide Problemkomplexe das bei weitem wichtigste Thema der Moraltheologie.

Nicht nur in Lateinamerika, sondern fast überall auf der Welt wird die Masse der Menschen sich – Gott sei Dank! – über das Verbot der »künstlichen« Empfängnisverhütung hinwegsetzen. Schließlich wird die Kurie, die des Zölibats wegen auf dem Felde der Liebe zwischen Frauen und Männern keine eigenen Erfahrungen haben kann, die Macht des Faktischen anerkennen – hoffentlich nicht erst so spät wie im Falle des Galileo Galilei. Aber in der Zwischenzeit überläßt sie viele ihrer Gläubigen, ihrer Beichtväter und Ortsgeistlichen, sogar ihrer Bischöfe ohne Hilfe ihrer Bedrängnis. In einem 1991 in der ZEIT veröffentlichten »Streitgespräch« zwischen den Kardinälen König und Ratzinger sagte der letztere: »Man kann die Frauen verstehen, die sagen: Wann endlich gibt es die Pille für die Männer ...?« Und König antwortete: »Vielleicht solltest du einmal darüber schreiben – das wäre eine gute Tat.« Recht hat er.

Johannes Paul II. selbst hat durch öffentliche Äußerungen zu dem Eindruck beigetragen, als sei die Frage nach der Methode der Empfängnisverhütung (und nicht etwa die Empfängnisverhütung als solche) in den Augen der katholischen Kirche eine kardinale Frage der Entscheidung zwischen Glaubensgehorsam und Sünde. Als ich einmal in einer rasant wachsenden lateinamerikanischen Millionenstadt im abendlichen Gespräch mit den dortigen Unternehmern die gravierenden Probleme der Massenarbeitslosigkeit und des Massenelends in ihrer Stadt und Region erörterte und auf die dringende Notwendigkeit hinwies, das enorm schnelle Wachstum der Bevölkerung zu bremsen, gaben mir meine Gesprächspartner ohne Einschränkung recht. Aber auf meine Frage »Warum spricht in Ihrer Stadt niemand öffentlich darüber? Warum wird

Empfängnisverhütung nicht öffentlich propagiert?« kam die einhellige Antwort: »Das geht nicht, denn sonst kämen wir in einen gefährlichen Konflikt mit der Kirche.«

Der in dieser Sache nötige Konflikt mit Kirche und Vatikan wurde nicht gewagt, weil man die Kirche zur politischen Stabilisierung, d.h. Konservierung, einer außerordentlich ungerechten Wirtschafts- und Gesellschaftsordnung nötig hatte – und das schloß die Aufrechterhaltung einer höchst ungerechten und ebenso unzweckmäßigen Bildungs- und Ausbildungsordnung ein, insbesondere für die Mädchen und jungen Frauen. Johannes Pauls II. Aufruf zur Gleichstellung der Frauen, der erst gegen Ende des zweiten Jahrzehnts seines Pontifikats erfolgte, kam viel zu spät. Viel zu lange hat in der vatikanischen Politik die Abwehr der in Lateinamerika vermeintlich drohenden Gefahr einer Ausbreitung von Sozialismus und Marxismus eine überragende Rolle gespielt – für Johannes Paul II. waren Sozialismus und Marxismus lange Zeit bloß Synonyme, d.h. gleiche Namen für den Kommunismus, den er kannte.

Ich habe mehrere Male im persönlichen Gespräch versucht, dem Papst den Nexus, den Circulus vitiosus, zwischen Bevölkerungsexplosion, Unterentwicklung und Massenelend zu erklären. Zur Zeit Jesu Christi haben nur 200 Millionen Menschen gelebt. Trotz Katastrophen, Hungersnöten und Kriegen hat die Menschheit sich vermehrt; aber sie hat immerhin neunzehn Jahrhunderte gebraucht, um sich bis zum Beginn des 20. Jahrhunderts auf das Achtfache, auf 1,6 Milliarden Menschen zu vermehren. Sodann aber ist – trotz zweier Weltkriege und trotz enormer Menschenopfer durch Hitler, Stalin und Mao Zedong – innerhalb eines einzigen Jahrhunderts abermals eine Vervierfachung der Anzahl der lebenden Menschen eingetreten – vornehmlich dank moderner Medizin und Hygiene. Im Jahre 1900 waren es gut anderthalb Milliarden Menschen, im Jahre 2000 werden es sechs Milliarden, im Jahre 2020 können es acht Milliarden Menschen sein.

Diese Explosion findet heute fast ausschließlich in den unterentwickelten Ländern statt. Zugleich steigen dort aber Zahl und Anteil der im Elend lebenden Menschen. Es besteht keine Aussicht darauf, daß die Entwicklungshilfe seitens der Industriestaaten den Gegensatz zwischen der Massenarmut einerseits und relativ kleinen, aber sehr wohlhabenden Oberschichten andererseits einebnen werde, eher ist das Gegenteil zu beobachten. Wenn man Singapur, Taiwan oder Südkorea als Gegenbeispiele ansehen will, so darf man nicht daran vorbeisehen, daß ihr Aufstieg im wesentlichen ihrer über Jahrzehnte kontinuierlichen, zielgerichteten, diktaturähnlichen Staatsform zu verdanken ist. In Süd- und Westasien, in Schwarzafrika und in Lateinamerika dagegen sind kontinuierliche, zweckgerichtete Regierungen eher selten. Dort werden Bevölkerungsexplosion und Massenelend vielfältig zu politischen Eruptionen, welche zu Bürgerkriegen, zu Genozid, zu Vertreibung und zu Flucht führen.

Johannes Paul II. blieb für diese Argumente unzugänglich. Auch der Hinweis auf die Ausbreitung der Aids-Krankheit, die gegenwärtig nur mit Hilfe des Kondoms wirksam eingedämmt werden kann, beeindruckte den Papst nicht. Er beharrte auf Gottes Willen, so wie er ihn interpretierte. Soweit er sich auf eine Sachdiskussion einließ, blieb dies sporadisch; ich erinnere mich an zwei seiner beispielhaft gemeinten Hinweise. Der erste betraf den Kongo, dort seien für 150 Millionen Menschen natürliche Ressourcen gegeben, sie müßten nur viel wirksamer ausgenützt werden. Damals lebten in Zaire etwa 28 Millionen Menschen, in Kongo-Brazzaville anderthalb Millionen Menschen, das heißt im Kongo-Gebiet insgesamt lebten etwa 30 Millionen Menschen; der Papst schien also eine Vermehrung auf das Fünffache für möglich zu halten. Aber trotz seines Interesses für meine wiederholte Anregung fehlt es bis heute an einer spezifischen katholischen Sozial- und Ökonomielehre für Schwarzafrika, ebenso an einer auf Lateinamerika zugeschnittenen sozialökonomischen Enzyklika.

Der Papst schien auch nicht zu sehen, daß in manchen unterentwickelten Gegenden der Welt sich unter den verarmenden, entwurzelten Massen örtliche Symbiosen zwischen der Kirche und christlichen Elementen einerseits und sich ausbreitenden Stammesriten und okkulten Religionen andererseits entwickeln.

Das andere in meiner Erinnerung haftengebliebene Beispiel betraf Deutschland und Wojtylas eigenes Vaterland Polen: Beide Länder brauchten seiner Ansicht nach mehr Kinder, als sie heute haben. Daß wir allein durch unseren Status als Asyl und Zuflucht mehr Menschen von außerhalb aufnehmen, als wir bei anhaltender Arbeitslosigkeit verkraften können, konnte er nicht erkennen.

Die vorstehenden Bemerkungen stehen meiner menschlichen Sympathie für Johannes Paul II. nicht entgegen. Ich habe schon vor Jahren an anderer Stelle* dargetan, wie sehr mich seine Gottergebenheit und seine Warmherzigkeit fasziniert haben, wenngleich ich nicht verkenne, wie sehr sein persönlicher Konservatismus die Politik des Vatikans inzwischen prägt – oder wie sehr die konservativen Kräfte innerhalb der Kurie die gegenwärtige Situa-

---

* »Die Deutschen und ihre Nachbarn«, S. 467 ff.

Mehrere Male suchte Helmut Schmidt Johannes Paul II. die Gefahren der ungeheuren Bevölkerungsexplosion deutlich zu machen, aber der Papst blieb für alle seine Argumente unzugänglich. Dennoch haben Wojtylas Gottergebenheit und seine Warmherzigkeit Helmut Schmidt fasziniert.

tion nutzen, auch und besonders in der Personalpolitik der Bischofsernennungen.

Eine der erstaunlichsten vatikanischen Personen war der Erzbischof Marcincus, den ich im Zusammenhang mit dem Deutschlandbesuch Johannes Pauls II. im Herbst 1980 kennengelernt habe. Marcincus kam zweimal gleichsam als Reisemarschall des Papstes nach Deutschland. Er hat im Vorfeld des Papstbesuches in erheblichem Maße zu Verwirrung und Ärger über den von ihm vorgeschlagenen protokollarischen Ablauf und über das Gesamtprogramm des Papstbesuches beigetragen; eine andere Quelle des Ärgers in dieser Sache war der Vorsitzende der Fuldaer Bischofskonferenz, Kardinal Höffner. Marcincus, der im Vatikan finanzielle Verantwortung trug, machte gegenüber Bundespräsident Carstens einen für die Bundesfinanzen außerordentlich aufwendigen Vorschlag für die Ausgestaltung des Papstbesuches, den Carstens sogleich abgelehnt hat.

Mir gegenüber ist Marcincus wie der schulterklopfend herablassende Vertreter einer Weltmacht aufgetreten. Ich erinnere mich an meinen Eindruck genau: Insgeheim habe ich damals Marcincus für mich selbst mit einem berufsmäßigen Promoter von Autorennen oder Boxkämpfen verglichen. Ich habe mich später nicht gewundert, als schrittweise bekannt wurde, daß dieser Mann den Vatikan in sehr dubiose Bankgeschäfte verwickelt hat; sie haben den Vatikan eine Viertelmilliarde US-Dollar allein an Abfindungen gekostet, und Marcincus entging dem gegen ihn erlassenen italienischen Haftbefehl nur infolge der auf die Lateranverträge gegründeten vatikanischen Souveränität.

Die Zusammenarbeit mit der Fuldaer Bischofskonferenz (also der katholischen Bischofskonferenz der alten Bundesrepublik) war unter ihrem Vorsitzenden Julius Kardinal Döpfner reibungslos und von gegenseitigem Vertrauen geprägt gewesen; dafür waren unsere Gespräche unter vier Augen abseits aller Publizität gewiß von großer Bedeutung, vor allem aber unsere schon vor meiner Zeit als Bundeskanzler entstandene persönliche Bekanntschaft. Als sehr junger Bischof – er wurde 1948 mit knapp 35 Jahren zum Bischof in Würzburg berufen – war Döpfner ein kämpferischer Konservativer gewesen; während des Zweiten Vatikanischen Konzils war er wohl einer der herausragenden Reformer. Zuletzt war er als Vorsitzender der Bischofskonferenz persönlich wieder eher konservativ, aber zugleich war er ein Mann des Ausgleichs, der nie eine Brücke fallen ließ. Als er 1976 starb, noch nicht ganz 63 Jahre alt, haben auch viele Protestanten getrauert, auch ich; denn wir verloren einen aufrechten Mann, der immer vertrauenswürdig blieb, selbst wenn man bisweilen konträre Positionen zu vertreten hatte.

Mit dem Kölner Kardinal Höffner, der Döpfner im Vorsitz der Fuldaer Bischofskonferenz nachfolgte, war die Zusammenarbeit deutlich schwieriger. Zum einen war Höffner nicht unschuldig daran, daß das Verhältnis zwischen dem deutschen und dem polnischen Episkopat bis in die siebziger Jahre hinein außerordentlich kühl geblieben ist; Höffner selbst hat mir im persönlichen Gespräch gegenüber Polen und auch gegenüber der Ostpolitik meiner Regierung deutliche Vorbehalte ausgesprochen. Johannes Paul II. hat mir noch 1980 gesagt, er sei noch nie ganz glücklich gewesen über die Einstellung der deutschen Bischöfe gegenüber Polen. Ich habe Kardinal Höffner und die Fuldaer Bischofskonferenz mehrfach sorgfältig über die Entwicklungen der deutsch-polnischen Beziehungen unterrichtet, auch über meinen Briefwechsel mit dem polnischen Primas Kardinal Wyszynski, und habe – so glaube ich – dazu beitragen können, daß im Laufe der Jahre bessere Beziehungen zwischen den deutschen und den polnischen Bischöfen entstanden sind. Dafür sprechen auch die Deutschlandbesuche Kardinal Wyszynskis 1978 und Kardinal Glemps 1982 sowie die Polenreise Kardinal Höffners 1982.

Zum anderen machte Höffner seine Überzeugung offenkundig – wenn auch zuerst vorsichtig und verklausuliert –, daß für gläubige Katholiken für Mitgliedschaft und Wahl allein CDU und CSU in Betracht komme. Das wurde in penetranter Weise in einem Hirtenbrief der Bischofskonferenz deutlich, der zu der am 5. Oktober 1980 stattfindenden Bundestagswahl von den Kanzeln verlesen wurde. Im Gegensatz zu dem einige Jahre vorher von Höffner selbst verkündeten Grundsatz: »Die Kirche wird zu politischen Fragen, in denen Christen unbeschadet ihres Glaubens verschiedener Meinung sein können, nicht autoritativ Stellung nehmen«, verkündete sein Hirtenbrief scharfe Kritik an der Politik meiner Regierung, was zweifellos als Wahlkampfhilfe zugunsten meines Gegenkandidaten Franz Josef Strauß gedacht war, und kritisierte insbesondere die Staatsverschuldung, wobei der Blick allein auf die sozialliberale Bundesregierung gelenkt wurde. Höffner sprach in Verteidigung des Hirtenbriefes auch von einem »Tiefstand der politischen Kultur«.

In vielen ausführlichen Gesprächen, die Höffner und ich zuvor gehabt hatten – zuletzt noch wenige Wochen vor dem Hirtenbrief –, war weder von Höffner noch von anderen Mitgliedern der Bischofskonferenz jemals das Thema der Staatsfinanzen angeschnitten worden. Der Sache nach war die Kritik des Hirtenbriefes ganz unangemessen, denn sie ließ sowohl die gesamtwirtschaftlichen Umstände, nämlich die Ölpreisvervielfachung durch die OPEC, als auch die im Vergleich zu den anderen westlichen Industrieländern sehr positive ökonomische Lage Deutschlands außer Betracht (von einer Kritik der Kirche an der kategorisch höheren Schuldenaufnahme der mir nachfolgenden Bundesregierung hat man übrigens später nichts gehört).

Ich fühlte mich persönlich im Vertrauen auf Höffners Fairneß enttäuscht und verletzt. Immerhin hat allerdings der Hirtenbrief meinem Gegenkandidaten und der CDU/CSU nichts genützt. Kardinal Hengsbach hat später über das Hirtenwort gesagt: »Wir hatten wohl die falsche Brille auf.« Kurz nach der Bundestagswahl gab es dann Signale aus der Amtskirche, die auf Wiederherstellung der vormaligen persönlichen Gesprächsatmosphäre abzielten – was dann auch geschehen ist.

Aber noch im Frühjahr 1981 meinte Höffner mich brieflich belehren zu sollen, »die Meinung, für die katholische Soziallehre sei die auf Gottesgnadentum beruhende Monarchie die ideale Staatsform, ist irrig« – nebst ausführlicher Begründung. Ich hatte aber dergleichen weder geäußert noch jemals auch nur denken können; denn ich kannte die katholische Soziallehre wirklich recht gut. Auch heute noch scheint mir, daß Höffner (oder seine unmittelbare Umgebung) es nur schwer ertragen konnte, daß ein Sozialdemokrat die Richtlinien der Politik bestimmte, noch dazu einer, der sich als evangelischer Christ verstand.

In meiner brieflichen Zurückweisung der mir von Höffner fälschlich unterstellten Aussage habe ich dem Kardinal zu bedenken gegeben, die übliche Betrachtung des Verhältnisses zwischen Kirche und Staat gehe mir – nach den Erfahrungen mit modernen Diktaturen von rechts und links – nicht ausreichend differenzierend vor. Es werde nicht ausreichend zwischen demokratischen und anderen Staatsformen unterschieden. Kirche und Theologie übertrügen die Kompromißlosigkeit der Heilsverkündigung gelegentlich – und zu Unrecht – auf weltliche Fragen, die in der Demokratie unter der sittlich begründeten Notwendigkeit des Kompromißgebotes zu beantworten seien. (Schon dort, wo das Grundgesetz auch nur eine einfache Mehrheit verlangt, ist innerhalb der Mehrheit unausweichlich der Kompromiß geboten.)

Ich habe den politischen Einflußanspruch, wie ihn die deutsche Bischofskonferenz unter Höffner vorübergehend praktiziert hat, sehr bedauert. Denn ich selbst habe in meinem ganzen politischen Leben sehr bewußt daran mitgewirkt, daß unsere Kirchen heute die größte Freiheit vom Staat genießen, die sie jemals seit Jahrhunderten in Deutschland gehabt haben. Wobei unser Staat und die für ihn handelnden Personen den Kirchen auf vielfältige Weise – auch finanziell – stärker in der Erfüllung ihrer Aufgaben helfen, als dies in den allermeisten Staaten Europas (und der Welt) der Fall ist. Dabei bleibt zu bedenken, daß von einem geschlossenen oder auch nur weit überwiegenden Bekenntnis zum Christentum in Deutschland nicht mehr die Rede sein kann.

Grundrechte, Grundwerte und die Tugenden

Der Staat des Grundgesetzes ist kein christlicher Glaubensstaat. Er ist auch keineswegs »Obrigkeit« im Sinne noch des 19. Jahrhunderts. Unsere Verfassung und Regierung sind nicht von Gott gegeben, sondern bloß das wählende und entscheidende Staatsvolk ist der Souverän.

Gleichwohl hat es nach dem Kriege in Deutschland eine weitgefächerte Diskussion über das Kapitel 13 des Römerbriefes des Paulus und dessen Gehorsamsgebot gegenüber der Obrigkeit gegeben. Dabei wurde auch die Luthersche Übersetzung kritisiert, dem Urtext wurden neue Deutungen unterlegt, und es wurde auch – so der evangelische Bischof Dibelius mit großer persönlicher Autorität – argumentiert, das Wort des Paulus könne keine unbedingte Gültigkeit mehr haben, weil sich die Natur des Staates seit Paulus' Zeiten grundlegend gewandelt, nämlich verschlechtert habe. Andere dagegen haben das Bibelwort des Paulus mit verschiedenen Interpretationen und Argumenten aufrechterhalten wollen. Ich selbst denke schon seit meinen Erlebnissen im Kriege – vor dem Ende der Nazis und des Krieges –, daß ein bedingungsloser Gehorsam, ganz gleich welchem Staat und welcher staatlichen Anordnung und Gewalt gegenüber, moralisch nicht verlangt werden darf. Nichts anderes sagen die Grundrechtsartikel unseres Grundgesetzes, vornehmlich Artikel 1 (Menschenwürde), Artikel 2 (freie Entfaltung der Persönlichkeit), Artikel 4 (Glaubens- und Bekenntnisfreiheit), Artikel 5 (Meinungsfreiheit) und Artikel 20,4 (Widerstandsrecht gegen Umsturz der Verfassung).

Wenn aber das Grundgesetz im Artikel 20,4 den äußersten Fall für denkbar hält, in dem nicht nur Ungehorsam, sondern sogar Widerstand gegen eine Obrigkeit erlaubt ist, so muß einen heutigen Demokraten der von Paulus vor zweitausend Jahren geforderte Gehorsam gegen das Imperium Romanum und seine Statthalter noch nachträglich befremden; denn das war ein Staat, dessen teilweise fürchterliche Kaiser sich oft genug skrupellos über Recht und Gerechtigkeit hinwegsetzten. Diese »Obrigkeit« im Sinne des Paulus war natürlich *vor*-rechtsstaatlich und *vor*-demokratisch (übrigens war, mehr als ein Jahrtausend später entwickelt, auch das Naturrecht *vor*-demokratisch). Das demokratische Prinzip der Volkssouveränität ist erst in den allerletzten Jahrhunderten entwickelt und – in Nordamerika wie in Teilen Europas – verwirklicht worden. Heute ist ein absolutes Gehorsamsgebot gegen *jedwede* staatliche Obrigkeit, das heißt auch gegen jedwede Diktatur, ganz und gar abwegig – ebenso wie die Ablehnung jedweder Gerichtsbarkeit in der Bergpredigt.

Bis ins späte Mittelalter hinein hat die Kirche versucht, sich selbst als oberste Instanz über Kaiser und Staat zu setzen, zeitweise mit Erfolg. Dieser Streit über die Vormachtstellung liegt heute schon weit in der Vergangenheit. Gleichwohl streiten immer wieder einige kirchliche Gremien und Bischöfe – vornehmlich der katholischen Kirche – dafür, daß unser Staat (und die für ihn handelnden Personen) die kirchlicherseits definierten Grundwerte anerkenne und propagiere. Als Oppositionsführer in Bonn hat sich auch Helmut Kohl mehrfach in diesem Sinne die Forderung nach »geistiger und moralischer Führung« gegenüber meiner Bundesregierung lautstark zu eigen gemacht. Seit er selber regiert, ist es um diese Forderung sehr still geworden, nicht zuletzt deshalb, weil Kohl offenkundig inzwischen erfahren hat, daß eine Bundesregierung nach dem Grundgesetz keineswegs inhaltliche Grundwerte als letzte Wahrheiten und als obersten Sinn verkünden oder gar durchsetzen darf.

Ich selbst habe in diesem Streit immer darauf bestanden – und das ist auch heute meine Überzeugung –, daß die Politiker die Grund*rechte* im Sinne des Grundgesetzes zu vertreten, zu verteidigen und notfalls *durchzusetzen* haben, nicht aber die Grundüberzeugungen und Werthaltungen des einzelnen, d.h. seine Grund*werte*. Die Grundüberzeugungen und Grundwerte – und dazu gehören die christlichen Glaubensüberzeugungen – liegen dem Staate voraus. Ihre Vermittlung und Lebendigerhaltung ist primär Aufgabe der gesellschaftlichen Kräfte und besonders der Kirchen. Die Grund*rechte* dagegen garantierten im wesentlichen die Würde des einzelnen, die freie Entfaltung seiner Persönlichkeit, seine Religionsfreiheit und seine Meinungsfreiheit. Das Grundgesetz schützt also durch diese Freiheitsrechte die Grundwerte von Katholiken, Protestanten, Juden, Muslimen und Freidenkern in gleicher Weise; die Unantastbarkeit der Menschenwürde ist durch das Grundgesetz jedem Gesetz und jeder Regierung vorgegeben. Aber dies alles bedeutet nicht, daß die Grund*werte*, die religiösen und ethischen Grundüberzeugungen der Bürger, dem Staat des Grundgesetzes und seinen Bundesregierungen gleichgültig zu sein hätten; vielmehr obliegt es ihnen, deren Bestand gegen Angriffe zu schützen.

In diesem Sinne habe ich Oswald von Nell-Breuning zugestimmt, der 1978 geschrieben hat: »Der Staat (und damit die Bundesregierung, H.S.) verfügt über genausoviel Machtvollkommenheit, nicht weniger, aber auch nicht mehr, als das Staatsvolk ihm im … Grundgesetz eingeräumt hat.« Und weiter: »Der Staat … verfügt über keine andere Kraftquelle, aus der er Grundwerte … und die nötige Kraft schöpfen könnte, für sie einzutreten …., (sondern) die Kraft dazu kann ihm nur aus dem Staatsvolk, d.h. von den einzelnen Staatsbürgern, von den gesellschaftlichen Gruppen, … den vielfältigen Gesinnungsgemeinschaften bis letzthin zu den Kirchen, zufließen.« Und schließlich: »Dem Staat und den politischen Parteien eine Ideologie aufzudrängen: Das wäre die schlimmste aller Tyranneien ... Unsere berechtigte Forderung an den Staat kann somit nur dahin gehen, daß er den Beitrag der Kirchen entgegennimmt und nutzt.« Nell-Breuning hat sich an Papst Paul VI. und am Zweiten Vatikanischen Konzil orientiert, die in öffentlichen Dokumenten den weltanschaulich pluralistischen Staat anerkannt haben.

Ein Jahr später, 1979, vertraten der Rat der Evangelischen Kirche Deutschlands und die (katholische) Deutsche Bischofskonferenz gemeinsam eine prinzipiell inhaltsgleiche Auffassung: In einem demokratisch verfaßten Staat und in einer weltanschaulich pluralistischen Gesellschaft bedürfe es des *persönlichen* Engagements, um ethische Grundhaltungen wahrzunehmen und zu erhalten. »Der Beitrag der Christen kann ... nicht darin bestehen, staatliche Hilfe zur Erzwingung solcher Grundhaltungen in Anspruch zu nehmen.« Übrigens unterschrieben durch Eduard Lohse und – durch Kardinal Höffner. Der Titel dieser gemeinsamen Erklärung beider Konfessionen hieß »Grundwerte und Gottes Gebot«. Nur nebenbei will ich anmerken, daß diese Schrift die erstmalige öffentliche Verwendung des Begriffs »Grundwerte« dem Godesberger Grundsatzprogramm der Sozialdemokratischen Partei Deutschlands zuschreibt.

Die drei Godesberger Grundwerte Freiheit, Gerechtigkeit und Solidarität sind natürlich in erster Linie Gebote: Du sollst – oder: ich will – eintreten für die Freiheit, für die eigene Freiheit, dem Gewissen zu folgen, wie ebenso für die Freiheit aller anderen. Du sollst – ich will – Gerechtigkeit üben gegen jedermann. Du sollst – ich will – Solidarität üben gegen den Nächsten und den Mitmenschen, gegen unser Volk, gegen unsere Nachbarvölker, gegenüber der Menschheit insgesamt.

Als wir in den späten fünfziger Jahren diese Grund*werte* erarbeiteten – das Grundgesetz und seine Grund*rechte* hatten lange schon ihre unbezweifelte Geltung –, war uns bewußt, daß sie keinesweges im Widerspruch standen zu christlichen Geboten und zur christlichen moralischen Tradition, sondern daß sie im Gegenteil durchaus auf sie zurückzuführen waren. (Das hätte auch gegolten für den Grundwert Frieden, d.h. für das Gebot: Du sollst – ich will – niemanden angreifen oder verletzen, sondern vielmehr Frieden halten und bewahren.) Ebenso war uns aber klar, daß die obengenannten drei moralischen Grundwerte auch mit großer Mühe kaum auf marxistische Traditionen zurückgeführt werden konnten. Denn tatsächlich hat der Marxismus eine Ethik allein des Klassenkampfes entwickelt, die nur für einen Teil, nicht für die ganze Gesellschaft gelten sollte.

Wir Sozialdemokraten haben uns sorgfältig davor gehütet, »letzte Wahrheiten«, zum Beispiel Glaubenswahrheiten, etwa die Wahrheit der Existenz Gottes oder der Nichtexistenz Gottes, für unser Programm und unsere Politik in Anspruch zu nehmen. Der mir wegen der Klarheit seiner Vernunft und seines ethischen Gewissens unvergeßliche Adolf Arndt hat in diesem Zusammenhang gesagt: »Die Unmenschlichkeit bricht aus, sobald im Vorletzten, wie es jeder demokratischen Partei als Ort gebührt, eine letzte Wahrheit zum Maßstab für mitmenschliche Gemeinschaft erhoben wird.« Daran habe ich immer festgehalten. Denn jedwede Politik, welche letzte Wahrheiten zum Maßstab ihres Handelns macht, führt zum Scheiterhaufen, zum Pogrom und zum Kreuzzug, sie leugnet den Satz von der Unantastbarkeit der Würde des einzelnen Menschen, der an der Spitze unseres Grundgesetzes steht.

Ähnlich wie ich die drei Godesberger Grundwerte gerne durch den vierten Grundwert Frieden ergänzt gesehen hätte (im Berliner Grundsatzprogramm der SPD von 1989 wird der Friede als »Aufgabe« gesehen – was durchaus richtig ist, aber der Charakter einer Aufgabe trifft ähnlich auch für die drei Godesberger Grundwerte Freiheit, Gerechtigkeit und Solidarität zu), so erscheint es mir schon seit längeren Jahren erwünscht, wenn das Grundgesetz in seinem Katalog der Grundrechte nicht fast ausschließlich von den Rechten des einzelnen, sondern auch von den sozialen Pflichten des einzelnen spräche. Tatsächlich ist im Grundgesetz nur von der Sozialverpflichtung des privaten Eigentums (Artikel 14,2) und – später eingefügt – von der Wehr- und Ersatzdienst*pflicht* als Kann-Bestimmung die Rede; bloß still*schweigend* wird in späteren Kapiteln des Grundgesetzes die Pflicht zum Gehorsam gegenüber den rechtskräftigen Gesetzen unterstellt – einschließlich der Pflicht, Steuern zu zahlen. Die Hamburgische Landesverfassung von 1952 sagt dagegen in ihrer Präambel: »Jedermann hat die sittliche Pflicht, für das Wohl des Ganzen zu wirken.« Dieser Satz erscheint mir als ein wünschenswertes Korrelat zum Postulat des Sozialstaates im Artikel 20 des Grundgesetzes. John F. Kennedy hat es in seiner Inaugurationsrede mitreißend – wenn auch überhöhend – so formuliert: »Fragt nicht, was euer Land für euch tun kann, sondern fragt, was ihr für euer Land tun könnt.«

Hier ist also von Tugenden die Rede. Jeder von uns hat von Glaube, Liebe, Hoffnung gehört – die man auch die drei theologischen Tugenden genannt hat. Erst im 13. Jahrhundert entwickelte Thomas von Aquin, angelehnt an Aristoteles, die vier sogenannten Kardinaltugenden: Klugheit, Gerechtigkeit, Tapferkeit und Maß.

Es bedarf nicht großen Nachdenkens, um zu erkennen: Auch heute sind diese Kardinaltugenden von großer Bedeutung – für die Politiker wie für die Bürger gleichermaßen. Denn diese bedürfen der Klugheit, d.h. der Anstrengung ihrer Vernunft. Sie brauchen die Tapferkeit oder den Mut – modern gesprochen: die Zivilcourage –, um die Ergebnisse ihres Nachdenkens zu vertreten und in die Tat umzusetzen. Sie bedürfen des Maßes, will heißen: der Besonnenheit – Max Weber hat deshalb vom Politiker »Augenmaß« verlangt –, um divergierende oder sich widersprechende Ansprüche oder Interessen gegeneinander abwägen zu können. Und schließlich soll die Abwägung zur Gerechtigkeit führen, genauer gesagt: Der Wille zur Gerechtigkeit soll dem Handeln innewohnen und es leiten.

Es ist offensichtlich, daß dieser viergliedrige Tugendkatalog zwar sehr wichtig, aber für einen demokratischen und sozialen Rechtsstaat noch nicht ausreichend ist. Denn wo bleiben hier Wahrhaftigkeit und Ehrlichkeit – Tugenden, die ohne Zweifel von einer Regierung, von den Politikern und übrigens auch von den Bürgern schlechthin verlangt werden müssen? Wo bleibt der Wille zum Frieden? Wo bleibt der nach innen wie nach außen notwendige Wille zum Kompromiß? Manche Deutsche – wie manche Kirchenvertreter – müssen immer noch lernen, beim Kompromiß nicht zuerst an einen »faulen« Kompromiß zu denken, sondern den Willen zum Kompromiß als ein unerläßliches Korrelat für Gerechtigkeit und zur Klugheit zu begreifen. Wo bleibt die Tugend der Toleranz? Wo bleibt die Unbestechlichkeit? Und wo bleiben die sogenannten Sekundärtugenden der Zuverlässigkeit, der Berechenbarkeit, des Verantwortungsbewußtseins (nicht nur – siehe Max Weber – des Politikers, sondern auch das Verantwortungsbewußtsein der Bürger)? Wo bleibt die Tugend der Fürsorglichkeit, anders gesprochen: der Solidarität für die eigene Familie, das eigene Volk, für die Nachbarn und die Menschen in fernen Entwicklungsländern? Und sind nicht auch die Sekundärtugenden Pflichtbewußtsein und Fleiß in Wahrheit unerläßlich für eine arbeitsteilige, sozial gerecht geordnete Gesellschaft?

Die Kirchen – und ebenso die Schulen – sollten sich nicht auf einige der Grundwerte konzentrieren oder gar auf sie beschränken, sondern sie sollten ihre geistige und moralische Autorität auch nutzen, um zu denjenigen Tugenden zu erziehen, die über die zehn Gebote hinausgehen oder diese auffächern oder ergänzen. Mir sind einmal, als ich noch hohe politische Verantwortung trug, meine »Sekundärtugenden« von einer politisch linken Position aus als läppisch und als zweideutig vorgeworfen worden – man könne mit ihnen auch ein Konzentrationslager leiten. Ich habe gleichwohl auf den Kardinaltugenden wie auf meinen politischen Sekundärtugenden beharrt.

Von einer politisch rechten Position aus, vornehmlich von katholischer Seite, kam der Vorwurf, meinerseits keine ausreichende geistig-moralische Führung auszuüben. Ich habe gleichwohl zum einen darauf beharrt, daß Kanzler und Regierung es sich nicht zur Aufgabe machen dürfen, Grundwerte im Sinne letzter Wahrheiten zu vertreten oder gar durchzusetzen. Zum anderen habe ich mich redlich bemüht, immer wieder unsere Aufgaben und Verantwortungen im Bereich der »vorletzten« Fragen durchsichtig zu machen. Ebenso habe ich immer wieder geworben für die dazu notwendigen Tugenden, vor allem für die Tugend, die eigene Vernunft (die »Kardinaltugend« der Klugheit) anzustrengen. So habe ich geradezu von der »Leidenschaft zur nüchternen Vernunft« gesprochen.

Dies war – und bleibt – in meinen Augen ein notwendiger Teil der politischen Führung, zu der eine Regierung berufen und verpflichtet ist. Viele Menschen haben es verstanden, auch viele Menschen in beiden Kirchen. Richard von Weizsäcker, damals noch nicht Bundespräsident, sondern noch CDU-Politiker, hat dies anerkannt. Daß ich dabei von einigen herausragenden Geistlichen der evangelischen Kirche Geleit und Zuspruch erhielt, habe ich zu Beginn dieses Kapitels geschildert; an seinem Ende bleibt mir, auch drei herausragenden katholischen Geistlichen dafür zu danken.

Drei katholische Ratgeber

Von dem Pater und Professor an der Frankfurter Jesuitenhochschule St. Georgen, Oswald von Nell-Breuning, stammt der Satz: »Richtig ist, daß ich die Pflichtenethik Kants, von der das preußische Beamtentum geprägt war, bei den heutigen Politikern und Beamten schmerzlich vermisse.« Ein harter Satz, ebenso wie auch dieser: »Karl Marx ist für die katholische Soziallehre der große Gegner, dem sie ihren Respekt erweist, indem sie sich mit allem Ernst und in aller Härte mit ihm auseinandersetzt.« Auch wenn Nell-Breuning von sich selbst gemeint hat, er sei kein Sozialphilosoph, so war er doch vieles zugleich: Priester, Theologe, Jurist, Ökonom, Sozialwissenschaftler im umfassendsten Sinne – aber eben doch auch ein Sozialphilosoph. Freilich einer, der fest auf dem Boden seiner Glaubensüberzeugungen und loyal zu seiner Kirche und seinem Orden stand.

Ich habe mit Nell-Breuning mancherlei Briefe gewechselt; mehrfach hat er mir Ausarbeitungen aus seiner Feder geschickt; ich habe ihn bisweilen um Rat gebeten und seinen Rat erhalten. Zweimal habe ich ihn in seinem spartanischen Arbeits- und Schlafzimmer besucht, vor allem wohl, um ihm meinen Respekt und meine Verehrung zu erweisen. Denn dieser Mann, dem zur Hauptsache die zweite große päpstliche Sozialenzyklika »Quadragesimo anno« inhaltlich zu verdanken ist, war in der Tat verehrungswürdig. Zum 8. März 1989, an dem er sein 100. Lebensjahr antrat, haben einige seiner Freunde und Schüler ihm in einem Buch ihren Dank und ihre Glückwünsche ausgesprochen. Daraus wurde deutlich, wer alles ihm zu Dank verpflichtet ist: seine Kirche, die katholische Unternehmerschaft, die Gewerkschaften, mehrere Bundeswirtschaftsminister nacheinander, die CDU und ebenso die SPD. Keiner von ihnen darf diesen von sachlich-nüchterner Wissenschaftlichkeit und zugleich von persönlicher Bescheidenheit geprägten Mann für sich oder für seine eigene Politik beanspruchen, aber sehr viele haben von diesem unparteiischen, unabhängigen Denker gelernt.

Nell-Breuning war eine wissenschaftlich und moralisch weit herausragende Gestalt des deutschen Katholizismus, ein Mann von großem Mut zur kritischen Erkenntnis. Seine Analysen und seine politischen, ökonomischen und sozialpolitischen Empfehlungen waren auf dem Fundament einer umfassenden Bildung gewachsen – geleitet von unbedingten ethischen Maßstäben. Wer heute eine seiner letzten Schriften liest – inzwischen sind es fast zweitausend, darunter mehrere breitangelegte Bücher –, der kann erstaunen darüber, mit welch profunder Sachkenntnis Nell-Breuning z.B. schon 1928 über »Grundzüge der Börsenmoral« geschrieben hat; das Buch reicht von der Geschichte der Preistheorie über die Anerkennnung der volkswirtschaftlichen Berechtigung von Termingeschäften bis hin zur entschiedenen moralischen Verurteilung der beruflichen Wertpapierspekulation, die von den Verlusten anderer lebt. Angesichts der heute weltweit überhandnehmenden Spekulation könnten Gesetzgeber in Amerika, Westeuropa und Japan aus diesem Buch noch heute lernen, sofern sie ernstlich den Bank- und Börsenskandalen den Boden entziehen wollten, welche die Finanzmärkte der Welt beunruhigen und erschüttern.

Genaue Kenntnis der Details zeichnete Pater Nell aus, ob er nun über Gewerkschaften oder über Eigentum schrieb, ob über die 35-Stunden-Woche, über die Gleichstellung der Frau in der Rentenversicherung oder über die Krise der Kirchensteuer.

Sein Lebenswerk galt der Herstellung einer gerechten Sozialordnung. Er verlangte die Sozialbindung des Eigentums, aber ebenso die Ermöglichung von Eigentum in der Hand der Arbeitnehmerschaft. Zu diesem Thema war ihm bisher kein durchschlagender Erfolg beschieden, der konservative Widerstand beider Lohntarifpartner, Arbeitgeberverbände und Gewerkschaften, hat ihn verhindert; Georg Leber, der Nell-Breuning auch persönlich eng verbunden war, und Hermann Rappe waren hier als Gewerkschaftsführer leuchtende Ausnahmen.

Nell-Breunings Einfluß auf das Godesberger Programm der SPD ist nicht gering gewesen. Zwar gibt es darüber kaum irgendwo eine Aufzeichnung; aber ich kann bezeugen, daß er durch Gespräche mit Mitgliedern der Programmkommission bei deren Arbeit an den ökonomischen und sozialpolitischen Passagen prägend gewirkt hat. Für mich selbst war das damals der erste Anstoß, mich mit »Quadragesimo anno« und mit der katholischen Soziallehre zu befassen. Als ich fast zwanzig Jahre später einmal mit Papst Paul II. darüber sprach, zeigte sich, daß dieser über die Arbeit Nell-Breunings ziemlich gut im Bilde war – was ich diesem natürlich gern berichtet habe.

Pater Nells gesellschaftspolitische Wirkung insgesamt, ob im Hinblick auf Mitbestimmung, dynamische Rente oder die Gleichstellung der Frauen, ist heute noch nicht leicht abzuschätzen. Für mich war er ein Garant dafür, daß meine wirtschafts- und sozialpolitischen Vorstellungen prinzipiell auch aus der Perspektive der katholischen Moraltheologie akzeptabel waren.

Umgekehrt war die soziale Praxis eines anderen bedeutenden Kirchenmannes prinzipiell für jeden Sozialdemokraten akzeptabel – nein, nicht nur akzeptabel, sondern lobens- und dankenswert. Ich spreche von Kardinal Hengsbach, von 1958 bis 1991 Bischof von Essen, von vielen »der Ruhrbischof« genannt.

Als es in der Mitte der sechziger Jahre zu einer tiefen Krise des deutschen Steinkohlenbergbaus kam und die damaligen Eigentümer der Bergwerke, nämlich die Stahlkonzerne, in einer zum Teil rücksichtslosen Weise darangingen, viele der Gruben zu schließen und die Bergarbeiter auf die Straße zu setzen, ging Hengsbach auf die Barrikaden – und zwar nicht nur mit seinem Wort, sondern er marschierte mit an der Spitze vieler Protestdemonstrationen. »Die Kirche darf nicht wie ein stummer Hund daneben stehen, wenn es um die Rechte des Menschen geht«, so hat er gesagt. Auch ein anderes Wort hat er wiederholt öffentlich gebraucht: »Die Menschen sind nicht für die Wirtschaft da, sondern die Wirtschaft ist für die Menschen da.«

Damals waren meine beiden Kollegen in der SPD-Fraktionsführung im Bundestag, Alex Möller und Egon Franke, und ich uns einig: Die Kohlekrise bedarf einer politischen, einer großen staatlichen Intervention, um sie menschengerecht zu überwinden. Um dazu Konzept und Beiträge vorlegen zu können, haben wir zunächst tagelang an Ort und Stelle mit allen gesprochen, deren Interessen im Spiel waren, die Einblick hatten, die vielleicht sogar Überblick hatten. So gingen wir zur Bergarbeitergewerkschaft, zu den Stahlkonzernen und zum Kohlenbergbauverband und zu dessen Bergassessoren, zur Landesregierung und zu den beiden Kirchen, zum evangelischen Kirchenpräsidenten und zum katholischen Ruhrbischof. Zu unserer Überraschung erwies es sich, daß Bischof Hengsbach nicht nur tiefen Einblick in die soziale Situation an der Ruhr hatte, sondern daß er darüber hinaus unter allen unseren Gesprächspartnern den besten Überblick und das klarste Urteil besaß.

Die Krise wurde dadurch gelöst, daß wir – es war die Epoche der großen Koalition – einen Eigentumsverzicht der Stahlkonzerne und die Zusammenfassung aller Zechen in der Ruhrkohle AG bewerkstelligten, die zu diesem Zweck neu gegründet wurde. Dazu kam eine Reihe ökonomischer Hilfsmaßnahmen und später, unter meiner Kanzlerschaft, der »Jahrhundertvertrag« (so genannt, weil seine Laufzeit bis ans Ende des 20. Jahrhunderts konzipiert war) mit dem sogenannten Kohlepfennig, das heißt einer finanziellen Belastung des Elektrizitätspreises zugunsten der Aufrechterhaltung des deutschen Steinkohlenbergbaus.

Gleichwohl war ein großer Kosten- und Preisvorsprung ausländischer Kohle nicht zu leugnen, und so kam es unvermeidlicherweise zu einer schrittweisen Verringerung der deutschen Kohleförderung, dies aber begleitet von sozial verträglicher, sorgfältiger sozialpolitischer Abstützung der Belegschaften. Damals wurde offensichtlich, daß die Ruhr und der ganze schwerindustrielle Bezirk von Duisburg bis Dortmund einer wirtschaftlichen Umstrukturierung bedurften; inzwischen ist diese schon sehr weitgehend gelungen.

Hengsbach hatte schon Mitte der sechziger Jahre, gemeinsam mit der evangelischen Kirche, die »Gesellschaft zur Verbesserung der Beschäftigungsstruktur« gegründet. Mitte der siebziger Jahre kam es dank seiner Initiative zur Gründung des »Initiativkreises Ruhrgebiet«, dem heute fast alle großen deutschen Unternehmen und Banken angehören. Als ich zwanzig Jahre später einmal eingeladen war, vor dem Initiativkreis zu sprechen, habe ich mich gefragt, ob die zu diesem Zweck in der Villa Hügel versammelten großen Chefs wohl wüßten, wer der Urheber des Kreises gewesen ist; Hengsbach war damals schon seit vier Jahren nicht mehr unter den Lebenden.

Als ich 1969 Verteidigungsminister geworden war, fand ich Franz Hengsbach als katholischen Militärbischof vor, er versah diesen Dienst im Nebenamt. Damals kannte ich ihn schon recht gut, ich kannte auch seinen Bischofsring, in dem er anstelle eines edlen Steins vielmehr ein Stück geschliffener Anthrazitkohle trug. Wir haben uns gut verstanden, und im Laufe der Jahre ist daraus eine wirkliche Freundschaft geworden. Daß Hengsbach in theologischen Fragen und in kirchlichen Angelegenheiten ein sehr konservativer Mann war, ist für unsere Freundschaft kein Hindernis gewesen, auch nicht unser offener, brieflich ausgetragener Dissens zum Problem der Schwangerschaftsunterbrechung. Bei einem seiner Besuche in Bonn ergab es sich, daß der Kanzler den Bischof warten lassen mußte. Er wurde statt dessen von meiner Frau empfangen und in ein Gespräch über Pflanzensymbole verwickelt, das in eine gemeinsame Suche nach vierblättrigem Glücksklee auf dem Rasen vor dem Bungalow mündete – übrigens mit Erfolg.

Später haben wir uns nur noch seltener treffen können, sehr häufig haben wir aber Briefe und Informationen ausgetauscht. Dabei habe ich auch von den hervorragenden Kenntnissen und Verbindungen des Bischofs im Blick auf Polen profitiert. Zur Zeit des sogenannten Kriegsrechtes in Polen, das General Jaruzelski ausgerufen hatte, ließ Hengsbach mich wissen, der polnische Primas und die katholischen Kreise Polens insgesamt seien der Meinung, Jaruzelski sei damit einem unmittelbar bevorstehenden sowjetischen Eingreifen zuvorgekommen. Die Internierten würden gut behandelt, es gehe ihnen nicht allzu schlecht. Man hoffe darauf, daß Solidarność nicht beseitigt würde, daß es aber deren Führung gelingen werde, sich von radikaleren Personen zu lösen; Wałęsa sei zum Gespräch mit Jaruzelski bereit, allerdings nicht in einer Räumlichkeit der Regierung, sondern auf »neutralem Boden«. Moralische und materielle Hilfen für das polnische Volk seien sehr erwünscht. Jedoch sei man irritiert über eine nach außen zu konziliante Haltung der westeuropäischen Staaten und besonders der Bundesrepublik.

Dieses Lagebild war für mich eine wichtige Bestätigung unserer eigenen Beurteilung, ebenso wie etwas später Kardinal Glemps Urteil, der mir gegenüber den General Jaruzelski als einen polnischen Patrioten bezeichnete, welcher den katholischen Glauben und die Kirche respektiere, wenngleich er Kommunist sei. Einige Amerikaner, so Reagan und sein Minister Weinberger, nannten dagegen Jaruzelski einen »russischen General in polnischer Uniform«, und Oppositionsführer Kohl sprach von »brutalen Terrormethoden«. Meine Verbindungen zur katholischen Kirche, auch zum Vatikan – Johannes Paul II. sprach selber mit Jaruzelski –, haben mir damals geholfen, eine nüchterne Haltung der Bundesregierung zu bewahren. Wenn Frankreich, England und die Bundesrepublik in die Scharfmacherei eingestimmt hätten, so hätte das in Polen eine Explosion auslösen können – aber wir hätten dann gewiß den Aufständischen nicht helfen können. Deshalb haben wir uns darauf konzentriert, eine große Initiative für Hilfspakete nach Polen in Gang zu bringen.

In ähnlicher Weise haben Franz Hengsbach und ich uns mehrfach gegenseitig helfen können. Als er in seinem 81. Lebensjahr auf dem Sterbebett lag und ich ihm meine guten Wünsche sandte, hat er seinen Arzt gebeten, mir als seinem »alten Spezi« seinen Dank und seine Grüße zu übermitteln. Kurz darauf ist er gestorben. Wir hatten kaum jemals über religiöse Themen miteinander geredet. Aber unausgesprochen wußten wir uns in gleicher Weise in Gottes Hand.

Sehr viel später als Franz Hengsbach habe ich den Wiener Kardinal Franz König kennengelernt, wahrscheinlich erst in den siebziger Jahren. König ist ein Mann von großer geistiger Autorität. Er tritt leise und bescheiden auf, aber seine sorgfältig und eher zurückhaltend formulierten Worte haben für den Hörer ein großes Gewicht, offenbar auch im Kardinalskollegium. Eine seiner Leistungen war die Lösung des österreichischen Episkopats von der traditionellen Orientierung auf die ihrerseits katholisch orientierte Österreichische Volkspartei (ÖVP) und die bewußte Herstellung von »Äquidistanz« zu den politischen Parteien seines Landes. Weniger eklatant, aber in meinen Augen mindestens ebenso wichtig ist Königs beständiges Eintreten für Toleranz und Dialog gegenüber und mit den orthodoxen Ostkirchen, gegenüber und mit dem Islam und den anderen großen Religionsgemeinschaften der Welt; denn: »Wahrheit ist in allen Religionen enthalten«, so hat er gesagt. Er hat über die altorientalischen Religionen gearbeitet, über »Christus und die Religionen der Erde«; er hat auf einem Eucharistischen Kongreß in Bombay das »große Religionsgespräch« mit den Repräsentanten aller großen Weltreligionen geführt und schon 1965 – lange vor Sadat und dessen großer Friedensinitiative – im geistlichen Zentrum des Islam, in der Al-Azhar-Universität in Kairo, einen damals wohl sensationellen Vortrag gehalten über Gemeinsamkeiten der monotheistischen Religionen.

Der weitgespannte geistige Überblick des Wiener Kardinals war mir nur undeutlich bewußt, als ich ihn das erste Mal um Rat gebeten habe. Wohl aber wußte ich von seinen persönlichen Verbindungen zu den Kirchen in den kommunistisch beherrschten Staaten in der östlichen Hälfte Europas und von seinen vielfältigen Reisen in jene Länder. Es war deshalb für mich naheliegend, daß ich ihn im Rahmen meiner Polenpolitik nach seiner Einschätzung der dortigen Lage und der Personen gefragt habe. Die polnische Nation ist mir nächst Frankreich stets als der wichtigste Nachbar unseres Volkes erschienen, und mir hat immer daran gelegen, die Polen dies spüren zu lassen, ganz unabhängig davon, wer dort regierte. Nach viermaliger gewaltsamer Teilung Polens, an denen Deutsche (und Russen und Österreicher) beteiligt waren, nach der gewaltsamen Westverschiebung der polnischen Nation als Ergebnis des von Hitler herbeigeführten Weltkrieges ist die Aussöhnung mit Polen eine unserer wichtigsten politischen und kulturellen Aufgaben – nicht nur heute, sondern weit in das 21. Jahrhundert hinein. Der Österreicher König sieht das nicht anders; deshalb hat er mir in diesem Bemühen mehrfach geholfen. Übrigens hat er mich sehr frühzeitig auf den Krakauer Erzbischof Wojtyla aufmerksam gemacht und mir auch später, nachdem Wojtyla als Johannes Paul II. zum Papst gewählt worden war, das offene Gespräch mit dem polnischen Papst ans Herz gelegt.

Kardinal König und ich haben unsere freundschaftliche Verbindung auch nach dem Ausscheiden aus unserem Amt aufrechterhalten; dabei ist mir Königs Verständnis für den Islam mehrfach ein wichtiger Wegweiser gewesen.* Dabei hat sich ergeben, daß wir beide dafür eingetreten sind, die Kirche möge auf dem Boden der katholischen Soziallehre – die König ebenso wie Nell-Breuning und Hengsbach mit Leidenschaft vertritt – eine speziell auf die sozialökonomischen Verhältnisse in Lateinamerika zugeschnittene Schrift erarbeiten. Auch heute und morgen wäre eine mit Sach- und Ortskenntnis erarbeitete Sozialenzyklika für den katholischen Subkontinent gewiß eine große Hilfe. Allerdings erkenne ich deutlich, daß sie am Problem der Übervölkerung nicht vorbeigehen könnte – vielleicht liegt hierin der Grund dafür, daß der Vatikan meiner mehrfachen Anregung bisher nicht gefolgt ist.

Besonders gefreut hat es mich natürlich, daß wir auch auf einem sehr weltlichen Feld übereingestimmt haben. König hat den vom NATO-Doppelbeschluß ausgelösten amerikanisch-sowjetischen Vertrag über die gegenseitig kontrollierte Vernichtung von nuklearen Mittelstreckenwaffen (INF-Vertrag), der 1987 zustande

* Civiltà-Cattolica-Passage im Kapitel »Wir Kinder Abrahams«.

Kardinal Franz König (r.) war für Schmidt »ein Mann von großer geistiger Autorität«, obwohl oder gerade weil er stets ganz leise und bescheiden auftrat. Seine sorgfältig und eher zurückhaltend formulierten Worte haben eben dadurch weit über die Kirche hinaus ihre Wirkung auch auf die politische Öffentlichkeit nicht verfehlt.

gekommen ist, kurz darauf öffentlich gewürdigt. Er hat zutreffend hervorgehoben, daß dieser Vertrag erstmalig in der Geschichte die tatsächliche Abrüstung einer ganzen Waffenkategorie bewirkte, und ihm einen symbolischen Rang zuerkannt, dem weitere Schritte folgen müßten, vor allem aber der Abbau der beiderseitigen Feindbilder. Der weitere Verlauf der Geschichte hat dem Kardinal recht gegeben – und mir auch.

Was bleibt?

Wenn ich zurückdenke an meine Begegnungen und Freundschaften mit Menschen beider Kirchen – mit Bischöfen, Kardinälen, Dorfpastoren und Ordensbrüdern –, wenn ich zurückdenke an Nazizeit und Krieg, an meine eigene politische Arbeit und mir heute die Frage aus Goethes Faust vorlege: Wie hast du's mit der Religion? Und die andere Frage: Was erwartest du von der Kirche? – dann bin ich mir im Alter meiner Meinung nicht mehr so sicher wie noch in der Mitte des Lebens. Zwar bin ich immer noch – und genau wie in der Nazizeit aus fester Überzeugung –

Mitglied meiner Kirche. Aber ich bezweifle häufiger als damals, ob unsere Kirchen uns heutigen Menschen am Ende des zweiten Jahrtausends das geben – und überhaupt geben können –, wonach so viele sich sehnen: die Geborgenheit im Glauben an Gott und an Gottes Allmacht.

Nichts kann geschehen gegen Gottes Willen, das glaube ich noch heute. Aber ich habe oft gedacht und gehofft: Mein Gott, laß mich das Richtige tun. In allen schwierigen Fragen habe ich meine Vernunft angestrengt und ebenso mein Gewissen – und immer habe ich dazu den Rat anderer gesucht, sowohl solcher, die älter waren, als auch solcher, die jünger waren als ich selbst. Aber jede vernünftige Risikoabwägung schließt eben auch das Risiko eines Fehlschlages ein, manchmal sogar eines tödlichen Fehlschlages. Wer das Leben anderer riskieren muß, der steckt selbst in tiefer Not. So im Fall der gewaltsamen Befreiung von vielen Menschen aus einem entführten Flugzeug und im Fall von Hanns-Martin Schleyer, so im Fall des NATO-Doppelbeschlusses, so aber auch im Fall eines der häufigen Polizei- und Feuerwehreinsätze in einer Stadt. Nicht nur der Fehlschlag der eigenen Entscheidungen, sondern auch deren Erfolg kann Opfer verlangen und kann deshalb denjenigen mit Schuld belasten, der entscheiden und handeln muß. Darf er aber wegen der Voraussicht eigener Schuld auf jegliches Handeln verzichten? Würde denn die Bergpredigt wirklich den rechtfertigen, der wegen der Gefahr für die ihm Anvertrauten auf eigenes Handeln zu deren Verteidigung verzichtet, wie dies die Bergpredigt gebietet? Ich kann das nicht glauben. Ich kann auch nicht glauben, daß Stauffenberg und seine Freunde am 20. Juli 1944 gesündigt haben, wenngleich sie gegen das fünfte Gebot verstoßen wollten, oder daß die Arbeiter in Berlin am 17. Juni 1953 gesündigt haben, wenngleich sie gegen das Gehorsamsgebot des Römerbriefes verstießen.

Es erscheint relativ einfach, in abstrakten, klugen Worten eine »christliche Politik« zu verlangen. Aber in den allermeisten konkreten politischen Situationen ist die Berufung auf Gott oder auf Jesus Christus bloß eine Selbsttäuschung, *bestenfalls* eine Selbsttäuschung, aber oft genug darüber hinaus eine Täuschung anderer. Es gibt Christen, die mit einer in ihrem christlichen Glauben geprüften Gewissensüberzeugung für die Todesstrafe eintreten, aber zugleich auch solche Christen, die mit ebenso guten Gründen die Todesstrafe ablehnen (wie ich selbst auch). Weder das Alte noch das Neue Testament gibt uns auf die kardinale Frage der Todesstrafe eine eindeutige Antwort. Auch nicht auf die Frage des Wehrdienstes. Aber noch weniger auf sehr viel profanere Fragen –

wie die Entscheidung über eine Mehrwertsteueränderung oder über eine Autobahntrasse oder auch über einen ständigen deutschen Sitz im Sicherheitsrat der Vereinten Nationen. In tausend konkreten politischen Entscheidungen haben wir im Christentum keine durchschlagende Entscheidungshilfe. Eines allerdings steht für mich fest: Jedwede politische Entscheidung, die wir nicht vor dem eigenen Gewissen geprüft haben, ist unchristliche Politik – ungeachtet ihres Ergebnisses.

Ein Christ kann sich dem Gegensatz nicht entziehen, der zwischen der Ergebung in den Willen Gottes – »... aber nicht, wie ich will ...« – einerseits und unserer persönlichen Verantwortung vor unserem eigenen Gewissen und vor unseren Mitbürgern und Nachbarn andererseits besteht. Auch die Kirchen können uns aus diesem Dilemma nicht befreien. Wohl aber können sie uns seelischen Beistand geben.

Politische Heimat

Seit über einem halben Jahrhundert gehöre ich jetzt der Sozialdemokratischen Partei an, sie hat mich in hohem Maße geformt. Um genauer zu sein: Unzählbare Frauen und Männer in der SPD haben mich geformt, durch ihr Beispiel, durch Herausforderung und Ermutigung, durch Widerspruch und Zustimmung. Es ist nicht möglich, in diesem Kapitel ihnen allen gerecht zu werden. Ich kann nur denen danken, die in ganz besonderem Maße Einfluß auf mich ausgeübt haben.

In der Nazizeit, während der ich erwachsen wurde und von der ich zwei Drittel als Soldat erlebt habe, war ich mir zwar meiner Ablehnung des Regimes bewußt, aber ich wußte nicht, *wofür* ich hätte eintreten sollen, was ich mir an die Stelle des Dritten Reiches und der Nazis hätte wünschen sollen. Ich hatte keine Vorstellung von einem demokratisch verfaßten Staat, erst recht hatte ich keine Ahnung davon, wie man ihn zustande bringen könnte. Ich erkannte zwar kritisch die Tatsache sozialer Ungerechtigkeit, aber ich hatte keinerlei Vorstellungen davon, wie und mit welchen Mitteln man ihr hätte abhelfen können.* Der religiöse Sozialist Hans Bohnenkamp, Oberstleutnant der Reserve mit Ritterkreuz und Eichenlaub, mein Zeltnachbar im englischen Kriegsgefangenenlager in Belgien, ist 1945 mein erster politischer Lehrer gewesen. Er war ein guter Pädagoge und ein liebenswerter Mann. Von ihm lernte ich, was eine Demokratie, was ein Rechtsstaat ist, was persönliche Freiheit und soziale Solidarität bedeuten. Er hat den Grund gelegt zu meiner Erziehung zum Sozialdemokraten.

Als ich kurz nach meiner Entlassung aus der Kriegsgefangenschaft im Herbst 1945 in Hamburg zur SPD ging, wurden die Diskussionen im kleinen Bezirk Neugraben zu meiner ersten Parteischule. Ich erinnere mich an Karl Thomen, August Jürgens und besonders an die Harburgerin Liesbeth Ostermeyer, die mir später sehr ans Herz gewachsen ist; sie hat mir damals bisweilen den Kopf zurechtgesetzt, wenn ich zu vorlaut war. Alle damaligen Par-

* Ich habe über diese unpolitische Jugend berichtet in: »Kindheit und Jugend unter Hitler«, bei Siedler, Berlin 1992.

teimitglieder waren älter als ich, sie waren schon vor 1933 Sozialdemokraten gewesen.

Glücklicherweise konnte ich schon im Wintersemester 1945/46 mein Studium beginnen und traf an der Hamburger Universität im Sozialistischen Deutschen Studentenbund auf junge Leute von gleicher Gesinnung, aber zumeist noch jünger als ich und politisch genauso unerfahren. In dem zu jener Zeit ziemlich parteifrommen und jedenfalls gesetzestreuen SDS habe ich gelernt zu debattieren, vor allem gewann ich dort Freunde, einige von ihnen sind gleich mir später Politiker geworden. Mehrere jener Freundschaften haben über das ganze Leben gehalten, so die Verbindung mit Willi Berkhan, der einer der ganz wenigen Älteren war, die sich schon vor 1933 einige positive politische Vorstellungen hatten erwerben können.*

Der dritte Faktor meiner politischen Elementarerziehung – neben SPD und SDS – war die Universität, eigentlich aber nur einige wenige unter den Hochschullehrern. Wenngleich ich, auf die dreißig zugehend, manchen der etwas gespreizt auftretenden Professoren nicht habe sonderlich wichtig nehmen können, so ging ich doch auch in Vorlesungen anderer Fakultäten. In meinem eigenen Studienfach verdanke ich Eduard Heimann die Erkenntnis der Notwendigkeit von Moral in der Wirtschaft, Bernhard Pfister, der einen Lehrstuhl für Volkswirtschaft und Sozialpolitik (heute Volkswirtschaftslehre) hatte, verdanke ich eine solide finanz- und währungspolitische Grundlage und Karl Schiller (im Fach der ansonsten allzu abstrakt gelehrten volkswirtschaftlichen Theorie, wo mir zum Beispiel die ökonomischen Theoreme des Marxismus reichlich lebensfremd und deshalb langweilig vorkamen) die Berührung mit Keynes und mit anderen ausländischen Ökonomen der Moderne. Das Studium der Volkswirtschaft insgesamt war für mich bloß die wünschenswerte Voraussetzung für einen beruflichen Broterwerb. Als mich Heinz-Dietrich Ortlieb, einer meiner Professoren, nach meinem Diplomexamen aufforderte, einige Semester dranzuhängen, um einen Doktorgrad zu erwerben, habe ich ihm geantwortet, jetzt müsse ich endlich Geld verdienen, wegen des Doktors könne ich warten, bis er mir ehrenhalber verliehen würde. Man sieht, ich hatte schon damals ein loses Mundwerk.

Der Broterwerb kam unmittelbar anschließend. Schiller, inzwischen sozialdemokratischer Senator in der hamburgischen Regierung, holte mich in seine Behörde für Wirtschaft und Verkehr,

---

* Zu Willi Berkhan vgl. S. 477-484.

mein erstes Monatsgehalt betrug 300 DM. Zunächst als persönlicher Referent, dann als Leiter der wirtschaftspolitischen Abteilung und schließlich – bis Ende 1953 – als Leiter des Amtes für Verkehr habe ich bei dem um sieben Jahre älteren Schiller vieles gelernt, auch infolge seines direkten Umgangs mit Max Brauer und anderen führenden Sozialdemokraten und ebenso wegen Schillers Teilnahme am Bundesrat in Bonn. Ich selbst brachte außer meiner Arbeitskraft nur meine im Kriege in einem höheren Luftwaffenstab in Berlin erworbene Fähigkeit zum präzisen, schnellen Umgang mit Vorgängen und Akten ein und habe meinem Chef viel Kleinkram vom Halse gehalten.

Karl Schiller war ein interessanter, zugleich aber ein sehr schwieriger Chef, weil er sowohl genial als auch eitel und empfindlich war. Wir sind uns später immer wieder begegnet, auf Parteitagen, im Parteivorstand, vor allem in den Jahren 1966 bis 1972, in denen er in Bonn Wirtschaftsminister war. Zusammen mit Heinrich Deist hatte er in Vorbereitung des Godesberger Programms ein großes Verdienst an der Öffnung der SPD für marktwirtschaftliches Denken; er hat die Formel geprägt »Wettbewerb soviel wie möglich, Planung soviel wie nötig«. Auch später hat ihm – und der SPD – seine Fähigkeit zur Prägung griffiger Formeln sehr geholfen. So stammte die »konzertierte Aktion« von ihm, ebenso die »soziale Symmetrie«. Seine knapp drei Jahre währende gute Zusammenarbeit mit Franz Josef Strauß als Finanzminister (»Plisch und Plum«) hat jedoch darüber hinweggetäuscht, daß es ihm meistens schwerfiel, Kompromisse zu schließen. Diese Unwilligkeit zum Kompromiß, zusammen mit einem Mangel an außenpolitischem Verständnis (gegenüber den USA wie auch gegenüber Frankreich und anderen europäischen Partnern), hat 1972 seinen Rücktritt ausgelöst. Daß er alsbald aus der SPD austrat und sich im Wahlkampf gegen sie engagierte, habe ich ihm übelgenommen.

Trotzdem habe ich die Verbindung nie ganz abreißen lassen. Noch 1981 habe ich Hans Matthöfer, damals Finanzminister, empfohlen, sich Schillers Rat zu eigen zu machen; denn jede ökonomische Unterhaltung mit Karl Schiller war wertvoll und nützlich. Allerdings stellte er seine eigene ökonomische Erkenntnis fast immer über außenpolitische Notwendigkeiten, so noch zuletzt in seinem Urteil über den Maastrichter Vertrag und die Europäische Währungsunion, die er aus ökonomischen Gründen abgelehnt hat. Dergestalt sind wir kurz vor seinem Tode noch einmal in eine Meinungsverschiedenheit miteinander geraten; sie hat aber unser persönliches Verhältnis nicht belastet, zumal Schiller 1980 in die SPD zurückgekehrt war. Zeitweilig gemeinsam mit seinem sehr früh verstorbenen Mitarbeiter Klaus-Dieter Arndt (parlamentarischer Staatssekretär beim Wirtschaftsminister) ist Karl Schiller auf der öffentlichen Bühne der Politik ein herausragender Ökonom gewesen, wie die SPD seither keinen anderen gefunden hat.

Leitbilder

In den ersten Nachkriegsjahren, zumal nach Gründung der Bundesrepublik 1949, waren Kurt Schumacher und Konrad Adenauer die beherrschenden Figuren der deutschen Politik. Die allermeisten Sozialdemokraten hingen fast bedingungslos an Schumachers Lippen, der ein faszinierender Redner war und dessen Glaubwürdigkeit angesichts seines Lebensweges außer jedem Zweifel stand. Einmal, es muß 1948 gewesen sein, haben mein SDS-Kollege Ernst Heinsen und ich drei Stunden lang mit Schumacher reden können. Wir kamen mit der Frage zu ihm, ob er einverstanden wäre, wenn wir einige Hochschulgruppen, die in die Hände von Kommunisten geraten waren, aus dem Verband ausschlössen. Natürlich war er einverstanden. Aber dann begann er ein langes Gespräch mit uns, eigentlich eine lange Befragung; er wollte wissen, was wir beiden jungen Leute dachten, was die Studenten allgemein dachten – über die HJ, die Waffen-SS, über ihre Haltung zu Hitler, zu den Besatzungsmächten, wie wir den Krieg überstanden hätten, was wir an der SPD gut und schlecht fänden und so fort – eine lange Reihe von sehr präzise gestellten Fragen. Auch wir haben Fragen an Schumacher gerichtet, seine Antworten kamen blitzschnell und waren druckreif formuliert. Auf der Rückfahrt nach Hamburg waren Heinsen und ich uns einig: ein faszinierender, großartiger Mann.

Trotzdem und trotz seines leidenschaftlichen Kampfes gegen die kommunistische Diktatur ist Schumacher für mich keine Leitfigur und kein politisches Vorbild geworden. Ich habe ihn hoch respektiert, aber seine mir nationalistisch erscheinende Attitüde, seine strategische Vorstellung von einer »offensiven Verteidigung ... in Richtung auf Weichsel und Narew«, seine Ablehnung des Schumanplans und des Europarates, all dies hat mich verstört. Nach seinem Tode hat sich gezeigt, daß die fast bedingungslose Zustimmung der Sozialdemokratie zu Schumacher weniger dessen außenpolitischen Konzepten als vielmehr seiner charismatischen, suggestiven Kraft zu verdanken gewesen war; binnen weniger als einem Jahrzehnt kam die SPD im Bundestag zu einer ganz anderen außenpolitischen Haltung, nämlich *für* Verhandlungen und Ostpolitik gegenüber der Sowjetunion, *für* die westeuropäische Integration und 1960 endlich sogar *für* die NATO.

Schon in den ganz frühen fünfziger Jahren hatten drei Männer innerhalb der Partei, aber doch öffentlich hörbar die außenpolitischen Leitlinien Schumachers abgelehnt: Ernst Reuter in Berlin, Wilhelm Kaisen in Bremen und Max Brauer in Hamburg. Sie sind damals für mich Leitfiguren gewesen.

Als ich 1953 in den Bundestag kam, war Schumacher schon tot. Wir hatten zum zweiten Mal ein miserables Wahlergebnis gehabt, weniger als 29 Prozent, und es schien mir nicht so, als ob wir unter der Führung Erich Ollenhauers je zu größerer eigener Klarheit und dadurch zu besseren Ergebnissen kommen könnten. Über Ollenhauer als Mann konnte man nur Gutes sagen, aber zur Führung der Opposition, zur Erringung eines wesentlich höheren Wahlergebnisses und zur Ablösung der Regierung war er nicht ausreichend, weil es ihm an konzeptioneller Kraft, an Vitalität und an Beredsamkeit mangelte. Deshalb setzten viele von uns die Hoffnung auf Ernst Reuter. Er hatte während der Berliner Blockade in mitreißender Art den Willen der Berliner inspiriert, sich nicht unterkriegen zu lassen, er genoß die Sympathie der Amerikaner, welche die Luftbrücke organisiert hatten, und zugleich den grimmigen Respekt der Sowjets, die schließlich der Luftbrücke wegen die Blockade abgebrochen hatten.

Im Herbst 1953, kurz nach der Bundestagswahl, kam Reuter nach Bonn und hielt denjenigen Sozialdemokraten, die ihn hören wollten, eine umfassende politische Rede, von Vernunft und Klarheit getragen, mit überzeugendem, temperamentvollem Engagement. Er legte die Schwächen der bisherigen offiziellen Positionen der Partei bloß, ohne deshalb verletzend zu werden. Es komme darauf an, dem Volke zu sagen, *wofür* die SPD eintrete, statt immer nur, *wogegen* sie sei. Er skizzierte eine realistische Außenpolitik und plädierte, im Gegensatz zur offiziellen Linie der Partei, für eine eindeutige Anlehnung an den Westen; seine ökonomischen und sozialpolitischen Passagen waren für mein Urteil wohltuend realistisch – und sie waren positiv. Der Mann strahlte einen glaubwürdigen Optimismus aus. Ich hatte ihn vorher nur von weitem gekannt, aber jetzt war ich begeistert. Reuter war fast genau im Alter meines Vaters. Ich blickte zu ihm auf und sah ihn als den zukünftigen Führer der Sozialdemokratie. Als Loki und ich wenige Tage später die Nachricht von seinem Tode im Autoradio hörten, war ich zutiefst erschüttert – so als sei mein eigener Vater gestorben; ich fürchtete, die Kontrolle über meinen Wagen zu verlieren, und mußte am Straßenrand anhalten, um mich zu sammeln.

Kaisen und Brauer*, die anderen beiden weitblickenden Bürgermeister, die in allen wichtigen Fragen Reuters Positionen teilten, haben – anders als dieser – eigentlich mehr hinter den verschlossenen Türen der SPD-Führungsgremien versucht, ihren Einfluß geltend zu machen. Sie konnten sich zwar, ebenso wie Reuter, auf eine große Zustimmung der Menschen in ihren Städten stützen, auch auf ihre heimatliche Parteiorganisation, aber die Parteiführung in Hannover und später in Bonn wollte von ihnen nichts hören. Sie ließ sogar Wilhelm Kaisen aus dem Parteivorstand abwählen. Mich hat das empört. In späteren Jahren habe ich Kaisen mehrfach in seinem einfachen Siedlerhaus in Bremen-Borgfeld besucht. Er war ein weiser alter Mann und kam mir vor wie der alte Römer Cincinnatus, der nach getaner Staatsarbeit auf seinen Acker zurückgekehrt ist.

So war ich nun also für eine längere Zeit ohne eine Person als Leitstern. Statt dessen habe ich mich eng angelehnt an die Frauen und Männer, die in meinem Wahlkreis und in dem dafür zuständigen SPD-Kreis Hamburg-Nord die Parteiarbeit trugen: ein mehrköpfiger Kreisvorstand und die Vorsitzenden der zwölf Ortsvereine, die in Hamburg Distrikte genannt werden. Fast jeder war in seinem Beruf angesehen; sie waren Handwerksmeister, kleine selbständige Kaufleute, viele Arbeiter und Angestellte, zwei Lehrer, ein Arzt, ein Anwalt. Fast alle Älteren waren vor 1933 Mitglied der Sozialistischen Arbeiterjugend (SAJ), des Reichsbanners oder der SPD gewesen. Weil sie tüchtige Leute waren, hatten manche von ihnen einen ansehnlichen beruflichen Aufstieg erlebt, sei es als hauptamtliche Betriebsratsvorsitzende ihrer Firma oder als Geschäftsführer in einer Genossenschaft oder in ihrer Gewerkschaft. Natürlich gab es auch einen Querulanten und einen Wichtigtuer, aber Lebenserfahrung und ein sehr handfester politischer Verstand bestimmten die Diskussion. Wir trafen uns regelmäßig alle vierzehn Tage, wobei wir abwechselnd einmal ein bundespolitisches und das andere Mal entweder ein landes- oder ein kommunalpolitisches Thema erörterten. Die Vortragenden holte ich zum Teil von außerhalb, sogar aus der CDU, der F.D.P. und dem BHE (Bund der Heimatvertriebenen und Entrechteten, eine inzwischen längst untergegangene Partei), ebenso aus beiden Kirchen. Natürlich mußte ich selbst auch zu den zwölf Ortsvereinen, um mich der Diskussion zu stellen, nachdem ich meine Vorträge gehalten hatte (die man im sozialdemokratischen Parteijargon »Referat« nennt).

Ich habe diesem Kreisvorstand von 1953 bis 1965 gedient.

---

* Vgl. S. 532-538.

Wenn ich mir die Jahrzehnte meiner Parteiarbeit insgesamt in die Erinnerung zurückrufe, so waren jene zwölf Jahre für mich von sehr großem Ertrag. Hier konnte nicht in akademischer Manier vorgetragen werden; auch verwickelte Probleme wurden auf ihren Kern zurückgeführt und in alltäglicher Sprache dargeboten, analysiert und diskutiert. Die Mitglieder dieses erweiterten Kreisvorstandes bestimmten die Themen; sie ergaben sich aus ihren Interessen und waren beileibe nicht anspruchslos. Dies ging bis zur katholischen Soziallehre, obschon wahrscheinlich kein einziger von uns Katholik war. Viele waren in keiner Kirche; ein größerer Rest gehörte nur nominell zur Kirche, aber zwei Männer waren engagierte Christen in der evangelisch-lutherischen Kirche. Die allermeisten von uns waren zugleich Mitglieder einer Gewerkschaft; auch diejenigen, die sich hatten selbständig machen können, waren als zahlende Mitglieder ihrer Gewerkschaft treu geblieben.

Ganz besondere Erlebnisse waren die Wahlkämpfe um die Bürgerschaft und den Bundestag. Man hatte damals keine PR-Agenturen, um die Schlagworte und Wahlparolen zu erfinden, vielmehr war das Aufgabe der Parteivorstände in Hamburg und in Bonn, diese lieferten auch die Broschüren und Plakate. Unsere Aufgabe war es, die Plakate anzubringen (und später spurenlos wieder zu entfernen) und die örtlichen Aktivitäten teils durchzuführen – Wahlversammlungen zur Hauptsache – und teils selbst zu erfinden. Ich hatte darin schon Erfahrung, seit ich 1945 in Hamburg-Neugraben in die SPD eingetreten war. Als 1946 zum ersten Mal die Bürgerschaft zu wählen war, haben Loki und ich weit über vierzig Plakate mit der Hand gemalt, die dann im ganzen Distrikt angeschlagen wurden. Die Wahlkämpfe 1946 und 1949 habe ich in guter Erinnerung wegen der hochaktiven Gemeinsamkeit; sie waren eine handfeste Arbeit – im Gegensatz zu den Diskussionen auf Bezirks- und Distriktsabenden. Auch die späteren Wahlkämpfe in Hamburg-Nord waren herrliche Zeiten ganz intensiver, herzlicher und begeisternder Zusammenarbeit von über vierzig meist jungen Leuten, darunter auch Hausfrauen und Mütter, so zum Beispiel Wally Raun und Helga Ehrhardt-Renken. Natürlich gehörte auch der Kreisvorstand zu dieser Wahlkampfmannschaft. Wir begannen jeden Abend nach der Berufsarbeit und hörten erst gegen Mitternacht auf. Einmal hat eine Gruppe junger Kommunisten systematisch unsere auf hölzernen Stellschildern montierten Plakate zerstört. Als diese Nachricht durchs Telefon in unserem Kreisbüro eintraf, stürzten wir alle zu unseren Autos und brausten zum Ort des Geschehens. Eine solenne Prügelei stand bevor. Jedoch hat der besonnene Peter Schulz mich daran gehindert, loszuschlagen und eine Körperverletzung zu begehen. Die Kommunisten zogen sich ohne Prügel zurück, denn wir waren in der Überzahl. Der Kreissekretär Heinz Bode und einige Frauen saßen derweil im Kreisbüro, sie bedienten das Telefon, teilten die Leute ein für ihre jeweiligen Aufgaben und kochten für alle Kaffee und Suppe; ich erinnere mich dankbar an Klärchen Krystofiak, Ruth Wilhelm (später Ruth Loah) und Anni Kienast; sie bildeten sozusagen den Stützpunkt für uns übrige, die wir mit Autos im weitläufigen Bezirk Hamburg-Nord unterwegs waren, von Ochsenzoll bis an die Außenalster und bis auf den Dulsberg.

Ich habe im Kreis Nord wohl weit über einhundert aktive SPD-Mitglieder sehr persönlich und mit Namen gekannt, wir redeten uns alle per Vornamen an. Weil das alles inzwischen aber dreißig bis vierzig Jahre zurückliegt, sind mir nur wenige ihrer Namen im Gedächtnis geblieben, mit Ausnahme der Kreisvorstandsmitglieder. Von ihnen waren einige zugleich Mitglieder der Bürgerschaft oder wurden später in diese gewählt, wie zum Beispiel Hilde Ollenhauer. Die allermeisten waren ehrenamtlich in den kommunalen Beschlußgremien der Bezirksversammlung und der Ortsausschüsse tätig. Willi Schade ist später Ortsamtsleiter geworden, Ernst Weiß, Helmuth Kern und Peter Schulz wurden sogar Senatoren; Willi Berkhan, Nikolaus Jürgensen, Rolf Meinecke – alle drei sind schon lange tot – gelangten nacheinander in den Bundestag, ebenso Hans Apel, mit dem ich mich anfreundete und der später ein prinzipientreuer Bundesminister in den beiden schwierigsten Ressorts geworden ist, nämlich zunächst Finanzen und danach Verteidigung.

Auch Lokis und meine Freundschaft zu Peter und Sonja Schulz stammt aus jener Zeit. Schulz wurde ein ebenso erstaunlicher politischer Aufstieg zuteil: zunächst Senator, dann – in der Nachfolge Herbert Weichmanns – Bürgermeister und schließlich Präsident der Bürgerschaft. Heute ist er wieder Anwalt, sehr erfolgreich, einer der besonnensten, klügsten Leute in meiner Vaterstadt. Seinen Vater Albert Schulz kannte ich viel früher als den Sohn. Er hatte einen typisch sozialdemokratischen Lebensweg hinter sich, vom Arbeiter im Maschinenbau zum Mandatsträger, von den Nazis eingesperrt, dann Soldat, nach dem Kriege Oberbürgermeister in Rostock, als Gegner der Vereinigung von SPD und KPD von den Sowjets verhaftet und verurteilt, als Bürgermeister abgesetzt, schließlich 1949 Flucht in den Westen und dann in Schleswig-Holstein noch ein Jahrzehnt Landesgeschäftsführer der SPD – ein unbeugsamer und ungebeugter Mann. Sein Sohn Peter ist nach dem Vater geschlagen – übrigens auch in seiner mecklenburgischen

Sprachfärbung; und natürlich hilft er seiner Vaterstadt Rostock, wo er nur kann. Peter und ich, wir sehen uns sehr häufig, seit dem Tode Willi Berkhans ist unsere Freundschaft noch enger geworden. Über vier Jahrzehnte haben wir uns gegenseitig mit Rat und Tat geholfen, das wird auch so bleiben. Einen seiner Ratschläge habe ich allerdings nur formal, nicht inhaltlich befolgt. Er hat mich überredet, in einen Golfclub einzutreten. Golf zu spielen sei körperlich gesund für ältere Herren, und außerdem könne man dabei gut nachdenken. Ich muß bekennen, in den Club zwar eingetreten, aber noch nie auf dem Golfplatz gewesen zu sein.

Nachdem vornehmlich dank sozialdemokratischer Sozial- und Bildungspolitik heute fast alle dafür begabten Kinder bis zum Abitur auf die Schule gehen und die Universität besuchen können, werden zwangsläufig sozialdemokratische Lebensläufe wie diejenigen von Albert Schulz oder Max Brauer oder Wilhelm Kaisen zunehmend selten – leider. Sie hatten den ganz großen Vorteil, daß die zu Abgeordneten und zu noch höheren kommunalen, landes- und bundespolitischen Ämtern aufgestiegenen Arbeiter nur selten in Gefahr kamen, den Kontakt mit den Arbeitern, den Angestellten und ihren Sorgen und Nöten, mit ihrem Denken und ihren Empfindungen zu verlieren. Bei Menschen, die, von der Universität kommend, ohne längere berufliche Arbeit ein hauptberuflich ausgeübtes parlamentarisches Mandat antreten, ist das natürlich anders; aber das ist wohl unvermeidlich, zumal die heutige hochkomplizierte Gesetzgebungsmaschinerie nicht mehr mit gesundem Menschenverstand und Lebenserfahrung allein bewältigt werden kann, sondern in vielerlei Hinsicht Spezialistentum verlangt.

Der politische Instinkt meiner Kolleginnen und Kollegen im Kreis Hamburg-Nord hat sie dazu geführt, in die kommunalen Gremien und in die Bürgerschaft weit überwiegend normal berufstätige Menschen zu entsenden; für den Senat (Landesregierung) und zum Bundestag stellten sie jedoch auch bereits zu meiner Zeit überwiegend Akademiker als Kandidaten auf – allerdings haben sie diese vorher über längere Jahre geprüft und nachher regelmäßig zu Berichten gebeten und dergestalt kontrolliert.

Als Wilhelm Kaisen 1979 mit 92 Jahren starb, ist mir noch einmal ins Bewußtsein getreten, wie sehr er in seiner Person jenen Charakter sozialdemokratischer Aufsteiger repräsentiert hat, der auch viele SPD-Mitglieder in meinem Kreisvorstand in Hamburg-Nord auszeichnete. Ursprünglich gelernter Bauarbeiter, hatte Kaisen später viel gelesen und dazugelernt, war Redakteur geworden, als junger Mann schon Bürgerschaftsabgeordneter in Bremen, dann Senator. Nach der Unterbrechung durch die Nazis wurde er von den Bremer Sozialdemokraten abermals zum Senator berufen und alsbald zum Bürgermeister gewählt – und hat dieses Amt mit Zustimmung der überwältigenden Mehrheit seiner Mitbürger ohne Unterbrechung zwanzig Jahre lang ausgeübt. Manche der heutigen jüngeren Akademiker in der SPD, denen ihre Karriere nicht schnell genug gehen kann, die ihnen deshalb wichtiger ist als eigene Prinzipientreue, können kaum verstehen, daß Menschen wie Kaisen das scheinbar Unvereinbare in sich selbst gleichsam selbstverständlich vereint haben: nämlich Prinzipientreue vereint mit dem Blick für das naheliegend Notwendige, festgegründete Gesinnung vereint mit der Fähigkeit, das unmittelbar Mögliche schrittweise zu verwirklichen, staatsmännischer Weitblick vereint mit täglichem politischem Pragmatismus. Aber darüber hinaus verband sich Kaisens Weisheit mit äußerster persönlicher Bescheidenheit. Er war ein Vorbild. Mich hat er durch sein Beispiel gelehrt, das Nächstliegende zuerst anzupacken, auch dann, wenn das Endziel nur in unerreichbarer Ferne zu ahnen ist.

Meine Genossinnen und Genossen (so nannten wir uns damals; später, als ich begriffen hatte, daß die gleiche Anrede unter den Kommunisten üblich war und daß sie sich nicht sonderlich unterschied von derjenigen unter den Nazis, konnte ich diese Anrede nicht mehr leiden) in Hamburg-Nord haben mich die Kaisensche Art von Politik gelehrt, ohne daß ihnen dies bewußt war. In meinem späteren Wahlkreis Hamburg-Bergedorf waren die Zusammensetzung des Funktionärskörpers und die Atmosphäre fast die gleiche. Die freundschaftliche Verbindung zu dem Bergedorfer Kreissekretär Rolf Fliegner hat bis heute gehalten. Diese Schule hat mich stark geprägt, wenn ich auch selbst gewiß das Vorbild Kaisen nicht erreicht habe. In der ganzen Zeit meines späteren politischen Lebens habe ich am liebsten zu Arbeitern und Angestellten gesprochen, die Johannes Rau einmal die »kleinen Leute« genannt hat, und mich am liebsten auf die von ihnen gewählten Betriebsräte und Gemeindebürgermeister gestützt.

Gremien, die in der Mehrzahl aus akademisch gebildeten Intellektuellen bestanden, teils auch aus ideologischen Tüftlern und Bastlern, haben mir weitaus weniger gelegen. Leider spielten derartige Gremien, Ausschüsse und Kommissionen in der SPD bereits in den siebziger Jahren eine allzu große Rolle. Manche hatten in ihren achtundsechziger Studentenjahren allerlei Neomarxismus oder »Kritische Theorie« der Frankfurter Schule ziemlich unkritisch in sich aufgenommen, hatten vor nicht allzu langer Zeit noch Mao Zedong verehrt oder Che Guevara und hatten »Ho-Ho-Ho Chi Minh« gebrüllt; jetzt waren sie zwar erwachsen, aber ihr idealistisches Bedürfnis trieb sie noch immer auf die Suche nach Idolen und Theorien, hoch über der grauen Wirklichkeit. Willy Brandt ist als Parteivorsitzender diesen von ihm so genannten »neuen sozialen Bewegungen« sehr weit entgegengekommen: dem neuen Pazifismus, der einäugig die Sowjetunion als Verhandlungspartner favorisierte und die USA geringschätzig abwertete; der neuen Frauenemanzipation, die in Wahrheit keineswegs neu war; der neomarxistischen sozialökonomischen Planungseuphorie wie auch der ökologischen Angstmacherei – weil man selber ein festes Gehalt oder Einkommen hatte, brauchte man bei seinen (zum Teil durchaus plausiblen) ökologischen Umwälzungsvorstellungen keine Rücksicht auf die Ökonomie zu nehmen und schon gar nicht auf die deutsche Position im Wettbewerb auf den Weltmärkten, in dem Deutschland ein Drittel seines Volkseinkommens verdiente und von dem ein Drittel der Arbeitsplätze abhing.

Wenn ich – auch noch gegen Ende meiner Zeit als Regierungschef – solchen Diskussionen einigermaßen gewachsen blieb, auch auf Parteitagen, deren Debatten zunehmend von Intellektuellen dominiert wurden, so verdanke ich dies ganz wesentlich meiner vorangegangenen Schule durch die parlamentarische Diskussion. Nach meiner Ersetzung durch Helmut Kohl, zur Hälfte von meiner eigenen Partei vorbereitet und zur anderen Hälfte vollzogen von der F.D.P., die durch Auswechseln ihres Koalitionspartners der Wählerschaft ihre scheinbar unersetzliche Rolle zu demonstrieren hoffte, triumphierte die linksintellektuelle Opposition innerhalb der sozialdemokratischen Gremien, allzu viele Sozialdemokraten schlossen sich opportunistisch diesem Triumph an. Die Wähler quittierten diesen Vorgang umgehend mit einem empfindlichen Verlust des sozialdemokratischen Stimmenanteils.

Parlamentarische Lehrzeit

Nach meinem Eintritt in den Bundestag hat es mir in den allerersten Wochen an jeglicher Orientierung gefehlt. Mir war die Kandidatur in Hamburg-Nord angetragen worden, ohne daß ich mich darum beworben hätte; mein Motiv für die Annahme war eigentlich bloß, daraus könnten vier Jahre hochinteressanter Erfahrungen werden; danach würde ich als Diplomvolkswirt schon eine neue berufliche Anstellung finden.

Nun aber, in Bonn angekommen, war ich zunächst ratlos. Es stellte sich sogleich heraus, daß ich finanziell – wegen all der zusätzlichen Kosten – schlechter gestellt war als vorher im Beruf.

Auch gab es keine Altersversorgung, so daß ich meine Angestellten-Rentenversicherung »freiwillig« auf eigene Kosten fortgesetzt habe. Die Arbeitsmöglichkeiten in Bonn waren äußerst kümmerlich; man hatte keinen Mitarbeiter und keine Sekretärin. Ohne Lokis Lehrerinnengehalt wäre unser Leben sehr schwierig gewesen. Ich habe dann, meine verkehrspolitische Hamburger Erfahrung nutzend, innerhalb der eigenen Fraktion eine gegen die Politik des Verkehrsministers Seebohm gerichtete »große Anfrage« eingebracht, wenngleich unserem verkehrspolitischen Sprecher Paul Bleiß diese Initiative des Newcomers nicht ganz recht war. Die Fraktion beschloß aber meinen Vorschlägen entsprechend, und so kam ich schon nach wenigen Wochen zu meiner ersten Plenarrede. Die Fraktion war damit zufrieden, ich selbst aber empfand beinahe bedrückend meine allgemeine politische Orientierungslosigkeit. Die von Erich Ollenhauer und Wilhelm Mellies geleiteten Fraktionssitzungen verliefen routinehaft, von ihnen ging keine Inspiration aus. Ernst Reuter war tot, Max Brauer war weit weg in Hamburg, Wilhelm Kaisen in Bremen kannte ich damals nur von weitem. Wo also war eine Leitfigur, ein Mensch, nach dem ich mich richten konnte?

Es war ein Glücksfall, daß einige der älteren und aus der ersten Legislaturperiode des Bundestages parlamentarisch bereits erfahrenen Kolleginnen und Kollegen mich aufforderten, an ihren gemeinsamen Abendessen teilzunehmen. Sie trafen sich regelmäßig am Dienstagabend nach der Fraktionssitzung im Restaurant Schaumburger Hof in Godesberg. Der Senior war Erwin Schoettle, ursprünglich Buchdrucker, ein alter SPD-Mann, während der Nazizeit im Ausland, Herausgeber der Stuttgarter Nachrichten, nicht nur deshalb kaufmännisch versiert, sondern aus seiner Arbeit im Stuttgarter Landtag auch in Fragen des öffentlichen Haushalts erfahren; er war jetzt Vorsitzender des Haushaltsausschusses des Bundestages, ein Mann, dem keiner die Butter vom Brot nehmen konnte. Dazu gehörte Dr. Walter Seuffert, auslandserfahrener Steueranwalt, im Bundestag unser finanz- und steuerpolitischer Sprecher, ein genauer, sehr penibler Mann, der sehr viel später Vizepräsident des Bundesverfassungsgerichtes wurde.

Der dritte im Bunde war Dr. Heinrich Deist, ein erfahrener Wirtschaftsprüfer und Stahltreuhänder; weil er gleich mir soeben zum ersten Mal gewählt worden und weil er mir menschlich sehr sympathisch war, schloß ich mich etwas enger an ihn an. Anders als Karl Schiller in der zweiten Hälfte der sechziger Jahre bestach Heinrich Deist durch eine einmalige Kombination von theoretischem ökonomischem Wissen mit breiter praktischer Erfahrung.

Er hatte mit Hans Böckler* eng zusammengearbeitet, hatte ein großes Verdienst am Zustandekommen der Montanmitbestimmung und übte eine größere Zahl von Aufsichtsratsmandaten in der Montanindustrie aus. Auch Deist war ein alter Sozialdemokrat, vor 1933 zuletzt im preußischen Innenministerium unter Carl Severing tätig. Deist war es später entscheidend zu verdanken, daß unsere Partei »die Sozialisierungsromantik«, wie er es nannte, hinter sich ließ, entgegen der von Victor Agartz, Erik Nölting und Hermann Veit vertretenen traditionalistischen Ideologie. Deists Beiträge zum ökonomischen Teil des Godesberger Programms von 1959 wurden entscheidend, nachdem er sich 1958 auf einem Bundesparteitag in Stuttgart mit seinen Auffassungen in grandioser Weise durchgesetzt hatte. Wäre Deist nicht 1964 allzu früh mit 62 Jahren gestorben, so hätte er bestimmt in den Kabinetten unter Kiesinger und Brandt eine hervorragende Rolle gespielt.

Zu der Runde im Schaumburger Hof gehörten zwei Frauen. Käte Strobel - auch sie eine alte Sozialdemokratin, deren Familie in der Nazizeit sehr gelitten hatte - kam aus einem kaufmännischen Beruf. Im Bundestag war der Verbraucherschutz ihr Arbeitsgebiet. Später wurde sie auch im Straßburger Parlament tätig und war zweimal (unter Kiesinger und danach unter Brandt) Bundesministerin für Gesundheit. Sie war eine mütterliche Frau; ich habe sie lange Zeit immer nur als Tante Käte angeredet. Aber sie hat auch den Satz geprägt: »Politik ist eine viel zu ernste Sache, als daß man sie allein den Männern überlassen könnte.«

Auch Lucie Beyer (später Kurlbaum-Beyer) hat sich als Gewerkschafterin besonders dem Verbraucherschutz gewidmet. Aus der gleichen Nürnberger Ecke kam auch Georg Kurlbaum, Schorsch genannt. Er hatte vor dem Krieg als Diplomingenieur mehrere Jahre in den USA gearbeitet, jetzt leitete er eine mittlere Aktiengesellschaft; er brachte umfassende praktische Wirtschaftserfahrungen mit. Zu dieser Runde von alten Sozialdemokraten, die beruflich weit überwiegend wirtschaftlich orientiert waren, stieß ich als junger Mann, der zwar überhaupt nicht mit unternehmerischer Praxis befaßt gewesen war, aber aus der Arbeit bei Karl Schiller doch einige wirtschaftspolitische Kenntnisse mitbrachte. Trotz dieser Zusammensetzung der Runde haben wir uns keineswegs als ein wirtschafts- und finanzpolitischer Arbeitskreis verstanden, sondern als ein Freundeskreis, in dem man sich mochte, der deshalb gemeinsam zu Abend aß und dabei über viele Themen miteinander sprach, häufig auch über solche Fragen, die in der

---

* Vgl. S. 188.

voraufgegangenen Fraktionssitzung eine Rolle gespielt hatten und die am nächsten Tage im Plenum des Parlaments verhandelt werden sollten.

Allerdings hat ein ökonomisches Thema immer wieder eine Rolle gespielt, nämlich die sich über längere Zeit hinziehende Gesetzgebungsarbeit hinsichtlich des Status und der Aufgaben der Bundesbank und der zugehörigen wichtigen Details. Wir erstrebten eine unabhängige Zentralbank, sahen aber in Erinnerung an die deflationistische Politik der Reichsbank vor 1933 auch die Gefahr eines zu weiten Auseinanderlaufens der ökonomischen Politik der gewählten Bundesregierung einerseits und der Geldpolitik der autonomen Bundesbank andererseits. So ist ein Bundesbankgesetz zustande gekommen, das dieser das Ziel setzt, »die Währung zu sichern«, und sie zu diesem Zweck unabhängig stellt von Weisungen der Regierung, sie aber doch verpflichtet, die allgemeine Wirtschaftspolitik der Regierung zu unterstützen. Der denkbare Konfliktfall blieb mit Absicht ungeregelt, entweder der Gesetzgeber oder das Verfassungsgericht hätten im Notfalle einzuspringen. Damals dachte allerdings kein Mensch an frei schwebende (»floatende«) Wechselkurse; es erschien selbstverständlich, daß die Bundesregierung die Wechselkurse festsetzte. Infolgedessen hat sich damals auch keiner den großen Machtzuwachs vorgestellt, den die Bundesbank im Laufe der Zeit erleben sollte – vor allem aber nach der 1993 von den Regierungen in Bonn, Paris, London und Rom zu verantwortenden Suspendierung des Europäischen Währungssystems (EWS). Er gibt ihr heute, auch wegen der – vielleicht dilettantischen – Zurückhaltung von Finanzminister Waigel und Kanzler Kohl, die Möglichkeit zu dem subtil unternommenen Versuch, die Schaffung der Europäischen Währungsunion zu verhindern.

Die vorbereitende Arbeit am Godesberger Grundsatzprogramm, schließlich 1959 verabschiedet, war natürlich des öfteren Gesprächsstoff im Schaumburger Hof, weit über den ökonomischen Teil des Programms hinaus. Hierbei spielte in der Runde im Schaumburger Hof ein Teilnehmer eine immer gewichtigere Rolle, den ich bisher noch nicht erwähnt habe, nämlich Fritz Erler – ausgezeichnet durch einen stupenden geistigen und politischen Überblick, durch klares und zugleich mutiges Urteil und durch eine hinreißende Fähigkeit zur Argumentation. Schon in der Mitte der fünfziger Jahre wurde vielen in der Fraktion klar: »Der Fritz« wuchs heran zum zukünftigen Führer der parlamentarischen Opposition. Für mich wurde er bald zu der lange vermißten Leitfigur im Bonner Politikbetrieb.

Fritz Erler

Ich habe Fritz Erler zuerst 1952 auf einem Parteitag in Dortmund getroffen, er war damals 41 Jahre alt; ich war nur fünf Jahre jünger, aber politisch bestand zwischen uns ein Generationsunterschied. Denn Erler hatte 1933 schon ein eigenes politisches Weltbild gehabt, er hatte sich sein inneres politisches Fundament trotz sieben Jahren Zuchthaus und Moor unbeschädigt bewahrt; ich dagegen war noch auf der Suche nach meinen eigenen politischen Grundlagen. In meinen ersten Bundestagsjahren erlebte ich Erler als glanzvollen Debattenredner. Er blieb in den parlamentarischen Debatten – auch Strauß gegenüber – ritterlich (anders als ich selbst). Seine rhetorischen Schöpfungen sind zahlreich. Als ihn einmal der Hafer stach, hat er eine sehr unernste Wortschöpfung in die Welt gesetzt. Vor ihm hatte Ludwig Erhard geredet, es war eine plätschernde, nicht besonders gehaltvolle Rede gewesen. In seiner Antwort sagte Fritz Erler: »Die Rede des Herrn Bundeskanzlers war sehr reziplikativ. Sie werden vielleicht fragen, was das heißt. Es heißt gar nichts, aber es spricht sich so schön.« Wir haben herzhaft gelacht. Denn jedermann verstand die damit gemeinte, aber nicht ausgesprochene Kritik an einigen nichtssagenden Floskeln in Erhards vorangegangener Erklärung. Es gibt auch die andere Geschichte, wo der Fritz sich im Bundeshausrestaurant mit einigen Journalisten unterhält. Die Rede kommt auf ein Interview Adenauers mit scharfen Ausfällen gegen die Sozialdemokraten – er war ja wirklich nicht schüchtern. Währenddessen kommt ein Ober an den Tisch und unterbricht Erler mit der Frage: »Käse gewünscht?« »Ja«, sagt Erler, »ich bitte darum, paßt zum Thema.«

Fritz Erler redete im Parlament zumeist ohne ausgearbeitetes Manuskript. Er sprach anhand sehr kurzer Notizzettel, gleichwohl war seine Sprache geschliffen. Wenn er zum Rednerpult ging, dann setzte sich auch Adenauer wieder hin, um zuzuhören, und der Plenarsaal füllte sich. Vor jeder längeren Rede hatte Erler fleißig gearbeitet und nachgedacht, jetzt aber konnte er seine Denkergebnisse in freier Rede vortragen. Das Faszinosum Erler beruhte auf einer seltenen Kombination von vielfältigen Anlagen und Fähigkeiten mit erkennbarem Verantwortungsbewußtsein in einer Person.

Fritz Erler war von Beginn an ein Reformer, keiner, der Gesellschaft und Staat umstürzen wollte. Typisch für ihn ist dieser Redeausschnitt: »Wir haben vor 1914 eine revolutionäre Theorie gehabt. Die Partei hat damals geglaubt, sie habe auch eine revolutionäre Praxis. In der Weimarer Republik hat die Partei mit ihren theoretischen Postulaten an den alten Vorstellungen festgehalten, aber eine reformistische Praxis betrieben. Heute haben wir keine revolutionäre Theorie, aber wir haben eine revolutionäre Phraseologie.« Bei Schumachers Erben in der Parteiführung war Erlers Opposition gegen die ideologischen Zöpfe unbeliebt; als er 1954 – gemeinsam mit Willy Brandt – zum Parteivorstand kandidierte, fielen beide als unbequeme Reformwillige durch. Trotzdem habe ich miterlebt, wie Fritz Erler großen Anteil daran hatte, die Entwicklung zur inneren Klarheit der SPD voranzutreiben.

Der erste Meilenstein war die Konzipierung einer modernen Bundeswehr. Daran hat Fritz Erler ein geradezu dominantes Verdienst. Ebenso an der parlamentarischen Durchsetzung dieses Konzepts im Winter 1955 bis März 1956, gegen den erklärten Willen und gegen die Intrigen des damaligen Bundeskanzlers Adenauer. Es war jene Grundgesetzänderung, die den verfassungsrechtlichen Boden für eine moderne und fortschrittliche Wehrgesetzgebung schuf, für die »Innere Führung«, für die demokratische Erziehung der Streitkräfte und für ihre feste Einbindung in das Verfassungsgefüge, die Ausschließung eines militärischen Oberbefehls durch einen Soldaten, die verfassungsrechtliche Schaffung eines zivilen, politischen Oberbefehls, die Institution des Wehrbeauftragten des Parlamentes, die volle demokratische Kontrolle und – zu Beginn sehr wichtig – die Regelung der Auswahlprinzipien bei der Einstellung ehemaliger Feldwebel, ehemaliger Offiziere und ehemaliger Generale.

Grundgesetzänderungen bedürfen einer Zweidrittelmehrheit. Aber es gab gar keinen Regierungsentwurf, denn die Regierung wollte das alles ja nicht. So mußten also der Bundestag und die Bundestagsfraktionen nicht etwa nur mit Zweidrittelmehrheit eine Vorlage beschließen, sondern sie mußten den Entwurf der Verfassungsergänzung vorher selbst erarbeiten! Das ist ein ungewöhnliches Kunststück gewesen. Abgeordnete aller drei Fraktionen haben dabei eine sehr konstruktive Rolle gespielt. In unserem Fall war der Fritz unser Vormann, neben ihm spielte eine wichtige Rolle der luzide Verfassungsjurist Adolf Arndt, daneben dann Ernst Paul, Karl Wienand* und andere, auch ich. Wir hatten große Hilfe von General Graf Baudissin und von unserem Mitarbeiter Fritz Beermann, später Brigadegeneral. Von den Regierungspar-

* Während ich dieses Kapitel schreibe, läuft in Düsseldorf ein Strafprozeß gegen Wienand wegen angeblicher Spionage, in dem ich als Zeuge vernommen worden bin. Ich bin dort zu meinen Kenntnissen, nicht zu meiner Meinung über meinen ehemaligen Kollegen befragt worden. Deshalb will ich hier festhalten: Für mich ist ein Landesverrat durch Karl Wienand undenkbar.

teien waren Hellmuth Heye und Georg Kliesing (CDU), Richard Jäger (CSU), Erich Mende (F.D.P.) und andere konstruktiv beteiligt. Wer heute, vier Jahrzehnte später, die Bundeswehr betrachtet, der muß zu diesem eindeutigen Ergebnis kommen: Noch nie zuvor ist es in der deutschen Geschichte gelungen, eine so demokratisch gesinnte Armee zu schaffen und diese so fest in Gesellschaft und Staat zu integrieren wie die Streitkräfte der Bundesrepublik. Was Adenauer 1956 als überflüssig angesehen hat, ist im Ergebnis zu einem überzeugenden, Demokratie und Verfassung stabilisierenden Erfolg geworden. Übrigens sind Erler und ich uns während dieser Arbeit sehr nahegekommen; in meinen Archivalien hat Ruth Loah ein längeres wehrpolitisches Manuskript gefunden, das Fritz und ich offenbar gemeinsam verfaßt haben. Ich weiß nicht, von wem die Urschrift stammt, aber viele Ergänzungen und Anmerkungen sind in grüner und roter Tinte – wir beide haben verschiedene Stifte benutzt – am Rande eingefügt, sozusagen ein gemeinsames Dokument.

Es war während der Ära Adenauer ein ganz und gar ungewöhnliches Kunststück, eine Grundgesetzänderung und eine Reihe einfacher Gesetze – einschließlich des Gesetzes über den Wehrbeauftragten – gegen den Willen des Alten zu beschließen. Ein ebenso großes Kunststück war es, eine wesentliche Verschiebung und Korrektur der sozialdemokratischen Haltung zu entscheidenden außen- und sicherheitspolitischen Fragestellungen zustande zu bringen. Kurt Schumacher, der beileibe kein Pazifist war und ebensowenig auch nur die geringste Neigung zum Kompromiß mit der Sowjetunion oder mit dem Kommunismus besaß, hatte im Hinblick auf die Teilung Deutschlands, mehr noch im Hinblick auf die von ihm befürchtete Schlachtfeld- und Opferrolle Deutschlands, die Wiederbewaffnung strikt abgelehnt. Im Zuge dieser Ablehnung brauchten die Sozialdemokraten ihre zum Teil sehr differenzierten Motive nicht zu offenbaren. Man war sich einig: Man lehnte ab. Später erst zeigte sich, daß es zum Teil innenpolitische Motive waren (die Erinnerung an frühere militärische und militaristische Einflüsse in der deutschen Geschichte); zum Teil waren es deutschlandpolitische Motive (die Besorgnis, die Aufstellung deutscher Streitkräfte würde die Teilung Deutschlands vertiefen oder gar verewigen). Es gab aber außerdem einen sittlich tief verwurzelten Pazifismus. Und neben alledem gab es auch platten Opportunismus als Motiv. Als im Sommer 1954 der Vertrag über die Schaffung einer Europäischen Verteidigungsgemeinschaft in der Pariser Kammer scheiterte, hatte diese Nachricht auf dem sozialdemokratischen Parteitag großen Beifall ausgelöst. Eigentlich wäre betretene Enttäuschung gerechtfertigt gewesen. Das kennzeichnete die Einstellung meiner Partei in den frühen fünfziger Jahren zu Problemen der Verteidigung.

Nach dem Beitritt zum Nordatlantischen Bündnis haben Erler, Arndt und andere, so auch ich, begonnen, unsere Partei zu einer Unterscheidung zwischen dem *Ob* und dem *Wie* deutscher Streitkräfte zu drängen. Das bedeutete – unabhängig davon, ob wir jetzt die Bundeswehr wollten oder nicht (die Regierung hatte eine Mehrheit und schuf sie) –, auf das *Wie* dieser Bundeswehr Einfluß zu nehmen und uns darum zu kümmern, damit nicht die irrlichternde Organisationsgewalt Adenauers großen verfassungspolitischen Schaden anrichten konnte.

Der Fritz ist aber danach sehr schnell sehr viel weitergegangen und hat sich in der Mitte der fünfziger Jahre gewandelt zu einem Befürworter der deutschen Mitgliedschaft in der Nordatlantischen Allianz. Andere sind ihm alsbald dabei gefolgt, keineswegs alle, viele erst viel später. Selbstverständlich war Erler ein Advokat der Rüstungsbegrenzung. Er war aber strikt gegen einseitige Abrüstung im Westen, strikt gegen westlichen Nuklearverzicht. Er verfocht das Prinzip des ausreichenden Gegengewichts gegen die Stalinsche und später Chruschtschowsche Expansionspolitik, gegen den sowjetischen Imperialismus. Er war darin ganz anders als manche der späteren Angst- und Friedensapostel. Er verfocht das Gleichgewicht und die deutsche Rolle *in* diesem Gleichgewicht zum Zwecke von dessen Stabilisierung. Für Erler war die Aufrechterhaltung des Gleichgewichts eine Conditio sine qua non für die deutsche Entspannungspolitik, zu deren Urhebern er selbst schon zu Zeiten Adenauers und zu Zeiten Erhards gehört hat. Ich selbst bin damals als Abgeordneter und später auch als Minister und als Bundeskanzler Fritz Erlers Überzeugung von der Notwendigkeit des Gleichgewichts gegenüber der expandierenden Moskauer Machtpolitik gefolgt.

Natürlich hat schon in den fünfziger Jahren die realistische Erkenntnis der tatsächlichen Gefährdung des Friedens durch die irrationalen Drohungen Chruschtschows und seine Vergewaltigung Ungarns im Jahre 1956 eine Rolle gespielt. Als Herbert Wehner im Juni 1960 seine nachmals berühmt gewordene Rede im Bundestag hielt, in der er positiv zur NATO Stellung nahm, da war zwar für viele Fraktionsmitglieder seine klare Wortwahl eine Überraschung, in der Sache aber stützte sich Herbert Wehner auf einen schon des längeren bestehenden Konsens unter den führenden Köpfen der Bundestagsfraktion. Dieser Konsens war allerdings von außen und wohl auch für die Mitglieder der Partei in der

Breite schwer erkennbar gewesen, weil er von der gleichzeitig laufenden Anti-Atomtod-Kampagne überdeckt war.

Erler ist zugleich und von Anfang an – im klaren Gegensatz zu Kurt Schumachers Hinterlassenschaft – ein überzeugter Verfechter der westeuropäischen Integration und der Römischen Verträge gewesen. In summa besaß Erler seit der zweiten Hälfte der fünfziger Jahre bis zu seinem Tode 1967 innerhalb der Sozialdemokratie bei weitem den besten Überblick und das sicherste Urteil über die Lage Europas und die Lage der Welt.

Der andere Meilenstein, den erreicht zu haben Fritz Erlers wesentliches Verdienst ist, war das Godesberger Programm von 1959. Er teilt sich dieses Verdienst mit Willi Eichler, Carlo Schmid, Adolf Arndt, Waldemar von Knoeringen, Heinrich Deist, Herbert Wehner und Karl Schiller. Ich hatte das Glück, auf dem Godesberger Programmparteitag einer von mehreren Berichterstattern zu sein, und kann deshalb aus eigener Erinnerung – die vorhergehenden langwierigen Kommissionssitzungen und -debatten noch im Ohr habend – die große Rolle Fritz Erlers in diesem langen Bildungsprozeß bezeugen.

Nach der 1957 zum dritten Mal klar verlorenen Bundestagswahl haben Erler, Wehner und Carlo Schmid sich gemeinsam bemüht, Struktur und Arbeitsweise unserer Bundestagsfraktion zu verbessern (sie hießen damals »die Reformer«), ohne durchschlagenden Erfolg. Zur Wahl 1961 traten wir erstmalig mit einem Kanzlerkandidaten an, ebenso bei allen späteren Wahlen. Ich erinnere mich an einen unserer Wahlslogans von 1965: »Willy Brandt, Fritz Erler und die Mannschaft«. Die Wahl endete mit einem stark verbesserten Stimmenanteil der SPD, während die F.D.P. ein Viertel ihres Stimmenanteils verlor. Dies führte schließlich Anfang 1967 zur Großen Koalition. Fritz Erler hat noch vom Sterbebett aus durch einen Brief dazu mitgeholfen, die eigene Bundestagsfraktion von der Notwendigkeit dieser zunächst absolut ungeliebten Koalition zu überzeugen. Er schrieb, Millionen von Wählern hätten uns schließlich ihre Stimme gegeben, um etwas zu ändern, nicht aber, um die bisherige Koalition zwischen CDU, CSU und F.D.P. am Leben zu erhalten; andererseits könnten wir Sozialdemokraten uns nicht auf eine Koalition mit der F.D.P.* einlassen, denn auf sie sei »kein Verlaß«. Er warnte seine Partei vor einer Flucht aus der Verantwortung, und sein letzter Satz warnte sie vor innerem Hader.

Diese letzte Warnung haben viele meiner Parteifreunde später,

* Unsere Verhandlungskommission hatte auch mit der F.D.P sondiert und verhandelt.

in den siebziger, achtziger und neunziger Jahren, nicht beherzigt. Für manche von ihnen ist vieles von der staatsmännischen Leistung und dem Charakter Erlers leider nur noch Geschichte, die sie vom Hörensagen kennen. Wenn sie ihn läsen, so würde einigen der ehemaligen Achtundsechziger wohl noch heute die Ader des Zornes anschwellen, zum Beispiel wegen dieser Sätze von 1966: »Es muß auch im demokratischen Staat Macht und – ich spreche diese unbequem klingende Wahrheit aus – damit auch Herrschaft von Menschen über Menschen geben. Alles andere wäre anarchistische Romantik ... Eine Generation, die auf Macht oder Ordnung oder gar auf beides verzichtet, zerstört sich selbst und die Freiheit dazu. Wer dem Recht keine Macht verleiht, unterwirft sich dem Recht der Macht.«

Ich habe Fritz Erler vieles zu danken. Ich muß zugeben, es war nicht leicht, zu ihm ein herzliches Verhältnis zu finden. Er war ein kühler, zurückhaltender Mensch. Zudem war er häufig ungeduldig und mußte sich die von ihm immer wieder propagierte Toleranz gegenüber Andersdenkenden selbst mühsam abringen. Natürlich mußte auch er taktieren, aber er war kein Taktiker. Er war ehrgeizig, nicht eitel, wohl aber empfindlich. Ganz gewiß strebte er nach Einfluß und Führung, aber er war alles andere als ein Karrierist. Hunger nach Wirklichkeit im Gegensatz zur ideologischen Selbsttäuschung, Fleiß zum Erwerb eigener Kompetenz, Wille zur Gestaltung und entschlossener Zugriff haben ihn ausgezeichnet – alles dies kontrolliert durch sein ethisches Pflichtbewußtsein.

Als der Fritz gestorben war, habe ich (als sein Nachfolger im Fraktionsvorsitz) im Bundestag gesagt: »Erler hätte schon zu Beginn der Bundesrepublik ein guter Innenminister sein können. Er wäre später sicher ein hervorragender Verteidigungsminister gewesen. Er war in seinen letzten Jahren prädestiniert für die noch schwierigere Aufgabe der Außenpolitik, und viele von uns wußten sehr genau, daß er alle Fähigkeiten zum höchsten Amte besaß: Leidenschaft, Verantwortungsbewußtsein und Augenmaß im höchsten Grade und – im Gleichgewicht zueinander.« Fritz Erler war ein Führer, zugleich war er ein guter Kamerad.

Sowohl Erler als auch Wehner haben mich als jungen Kollegen dazu angestiftet, mich im Ausland umzusehen. Erler hat mich früh schon nach England und nach Amerika geschickt, Herbert Wehner hat mich nach Frankreich und zu Jean Monnet geschickt. Aber während Erler fließend Englisch und Französisch sprach, reichte mein eigenes Französisch nur zu den beiden Worten »Oui, Madame«; leider habe ich wenig Gelegenheit gehabt, diese profunden Sprachkenntnisse anzubringen. Deshalb müßte ich eigentlich noch heute Carlo Schmid gram sein, weil er keinen Versuch gemacht hat, mich von der Notwendigkeit zu überzeugen, Französisch zu lernen. Angesichts der großen Autorität, die Carlo für mich war, wäre ich seinem Ratschlag vermutlich gefolgt.

Führung durch Vorbilder

Autorität – ja, die hatte Carlo Schmid. Nicht eigentlich politische Autorität, sondern vielmehr Autorität aufgrund seiner Bildung und seines Geistes. Wenn Carlo Schmid sprach – ob in der Fraktion oder im Bundestag –, dann habe ich mich oft sehr klein und unbedeutend gefühlt ob der Weite seines Horizontes und angesichts seiner literarischen, kulturhistorischen und juristischen Kenntnisse, die Staatsrecht und Völkerrecht gleicherweise umfaßten. Manche, die über ihn geredet und geschrieben haben, wollten ihn als Amalgam oder als Symbiose von Geist und Macht verstehen. Ich hingegen denke, er war weit mehr ein Mann des Geistes als ein Mann der Macht. Er sei zwar ein Mann der Politik, aber dazu, so hat er kurz vor dem Ende seines Lebens über sich selbst gesagt, »... hat es mir an der nötigen Härte gefehlt ... Ich bin kein Mann der Macht, ich bin nur ein Machtkenne«.

Trotzdem hat Carlo Schmid in den Anfangsjahren unseres Staates eine bedeutende politische Rolle gespielt, zunächst als Vorsitzender des Hauptausschusses des Parlamentarischen Rates – er war wirklich persönlich einer der oft apostrophierten Väter des Grundgesetzes –, später als außenpolitischer Sprecher der sozialdemokratischen Fraktion, vor dem Aufstieg Fritz Erlers. Als ich Mitglied der Fraktion wurde, erschien er mir als das moralische Gewissen, das über unsere Politik wachte. In dieser zumeist schweigsam ausgeübten Rolle – Carlo Schmid sprach nicht sehr oft – trat ihm bald Adolf Arndt zur Seite, später dann auch Gustav Heinemann. Carlo – jedermann in Bonn sprach von ihm nur unter seinem Vornamen – war ein unabhängiger Denker; was immer die Partei beim letzten oder vorletzten Mal beschlossen haben mochte, war für ihn weder Richtschnur noch gar bindend. Manche haben sich über diese Souveränität geärgert, aber nur selten hat einer ihm widersprechen mögen. Über seine feste innere, von ihm gewollte Zugehörigkeit zur Sozialdemokratie hatte bei uns niemand einen Zweifel, und viele freuten sich darüber, wenn Carlo ihrem philosophischen und moralischen Empfinden einen Ausdruck und eine Tiefe gab, die sie selbst so nicht hätten formulieren können. Carlo gab uns eine Selbstbestätigung, die wir von unserem Vorsitzenden Erich Ollenhauer nicht empfangen konnten.

Es muß ein oder zwei Jahre gedauert haben, bis ich zum ersten Mal den Mut hatte, den großen Mann anzusprechen; vielleicht ist auch er es gewesen, der mich in ein Gespräch zog. Später, als ich zum Fraktionsvorstand gehörte, habe ich ihn des öfteren etwas gefragt. Carlo hat immer freundlich geantwortet, manchmal weitschweifig. Loki und ich waren sehr stolz, als er einmal auf einer Reise nach Hamburg unvermutet vor unserer Tür stand, vielleicht weil er zwei Stunden Zeit hatte und ein wenig menschliche Nähe oder Mitteilung brauchte. Das Gespräch über Shakespeares »Sturm«, das sich bei diesem Besuch ergab, werden wir nicht vergessen. Wir stellten hundert Fragen, und Carlo gab uns hundert Antworten, als ob er sie nur aus dem Ärmel zu schütteln brauchte. Er erläuterte uns Prospero und Ariel und ebenso Caliban, den Sohn des Teufels und einer Hexe.

Als ich später Bundeskanzler war, habe ich Carlo des öfteren um Rat gefragt, jetzt aber nicht zu literarischen, sondern zu politischen Fragen. Carlo war – schon seit langen Jahren – Koordinator für die Zusammenarbeit zwischen Deutschen und Franzosen. Er war dafür prädestiniert wie kein anderer Deutscher; denn er war von einer französischen Mutter in Frankreich geboren und bis zu seinem zwölften Jahr dort aufgewachsen. Er kannte Frankreich besser als irgendein anderer von uns, er kannte die französische Philosophie und Literatur, hatte Baudelaire, Malraux und de Gaulle ins Deutsche übersetzt (daneben auch den Spanier Calderón und den Italiener Machiavelli) und war in Paris hoch angesehen. Carlos Ratschläge an mich betrafen vornehmlich die Zusammenarbeit mit Frankreich, »denn die Enge unserer Beziehungen zu Frankreich, die sich mehr und mehr institutionalisieren, übersteigt alles bisher unter Staaten Übliche«. Aber er hat auch meiner Bitte um Rat entsprochen, als ich eine Rede vorbereitete, die ich zum 40. Jahrestag des 9. November 1938 in der Kölner Synagoge zu halten hatte, oder wenn ich eine Parteitagsrede vorbereitete oder wenn ich ihn um ein Zitat bat. »Auch Sartre ist Frankreich«, hatte General de Gaulle gesagt, und Carlo hatte vor langer Zeit im Bundestag, sich daran anlehnend, gesagt: »Auch Marx ist Deutschland.« Natürlich habe ich Carlo damit im Parlament zitiert.

Der Ratschlag, den er mir zum Parteitag in Berlin im Herbst 1979, kurz vor seinem Tod, gab, enthält diese Sätze zur Nation: »Begreift man dieses Wort nur im Sinne der Nachwirkung des Glanzes spektakulärer Ereignisse der Vergangenheit, so wird es uns nicht viel bringen. Anders, wenn wir die Nation als einen täglich in unmerklichen Zeichen sich bestätigenden Entschluß eines

Volkes begreifen, aus gemeinsamer Liebe zu hohen Menschlichkeitswerten eine Gemeinschaft zu bilden, die es ihm erlaubt, diese Werte auf dem ihm von der Geschichte gewiesenen Boden zu verwirklichen.«

Carlo Schmid war ein tiefgründiger Humanist, auch ein Lyriker, auch ein Literat, aber politisch war er kein Träumer, sondern ein Realist. Wenige Wochen vor seinem Tod hat er, gar nicht altersmilde und gar nicht melancholisch, gesagt: »Es ist die Feigheit des Staates, der häufig nicht den Mut aufbringt, um der Würde des Menschen willen ihm auch ein bestimmtes Verhalten abzufordern.« Dies war zu einer Zeit gesagt, in der viele junge Idealisten, phantastische Ideologen, aber auch viel Gesindel auf den Straßen demonstrierte, wobei es nicht selten zu gewalttätigen Ausschreitungen kam. Carlo schrieb mir: »Ich brauche Dir nicht zu sagen, wie sehr ich bei dem bitteren Geschäft des Regierens mit meinen Gedanken bei Dir bin.« Weisheit und Güte des alten Mannes haben mir wohlgetan. Wohlgetan hat es mir auch, wenn ich ihn von den Tugenden reden hörte, so von der Tugend der Tapferkeit, die es gebiete, trotz allem doch das Notwendige zu tun – und auch von der Tugend der Freundschaft. Als Carlo 1979 gestorben war, erhielt ich einen Kondolenzbrief von John McCloy, darin sprach er von seiner »warm admiration for one of the founding fathers and my deep appreciation of the significant contributions he made ... to the welfare of his fellow citizens«.

Mit den letzten Seiten bin ich dem Ende meiner parlamentarischen Lehrzeit weit vorausgeeilt. Ich muß deshalb noch ein wichtiges Ereignis nachtragen. 1956 fand in München ein Parteitag statt, auf dem Carlo Schmid und Leo Brandt die Hauptvorträge zum Thema der »Zweiten industriellen Revolution« hielten. Es ging um Kernkraftwerke, um Computer und um Automatisierung der Gesellschaft. Carlo – ebenso wie vor ihm Leo Brandt – hielt diese modernen technischen Entwicklungen für zwangsläufig und für Deutschland notwendig. In seinem umfassenden Vortrag erörterte er die mit den neuen Techniken verbundenen wirtschaftlichen, gesellschaftlichen und geistigen Veränderungen, wie er sie vorhersah. Dazu machte er eine Reihe von Vorschlägen, auch an die Gewerkschaften gerichtet. Er sah die zukünftig viel längere Freizeit für den arbeitenden Menschen voraus und plädierte für geistige und moralische, für intellektuelle und ästhetische Bildung, damit mehr Freizeit nicht zu Langeweile, zu geistiger und seelischer Verödung führe. Sein Vortrag über Mensch und Technik – heute vor vierzig Jahren gehalten – war ein großartiges Beispiel für umfassenden Weitblick, zugleich ein Paradebeispiel für Carlo Schmids einzigartige Fähigkeit zur Symbiose von Geist und Politik.

Leo Brandt hatte mit gleicher Tendenz geredet, jedoch stärker konzentriert auf eine sehr konkrete technologische und ökonomische Vorausschau; das offizielle Protokoll verzeichnet am Schluß seiner Rede »Anhaltender, stürmischer Beifall«. Das gleiche Protokoll sagt am Schluß von Carlos Vortrag »Lang anhaltender, begeisterter Beifall«. Die Entschließung, welche die beiden Redner begründet hatten, fand am Ende der Diskussion nahezu einstimmige Annahme. Sie ging positiv auf eine verstärkte wissenschaftlich-technische Entwicklung in Deutschland zu, schloß einen »Atomplan« ein und stellte detailliert Forderungen auf, die in der Bildung, in der Wissenschaft und in der Sozial- und Wirtschaftsordnung in diesem Zusammenhang notwendig erschienen. Der Parteitag wandte sich im gleichen Atemzuge strikt gegen alle nuklearen Waffentests als »menschheitsbedrohende Experimente«; auch der »Atomplan«, welcher der fundiert begründeten Notwendigkeit von Elektrizitätsgewinnung aus Kernkraftwerken gewidmet war, wies ausführlich auf damit verbundene Gefährdungen hin und erläuterte in großer Sorgfalt, wie ihnen zu begegnen sei. Der ganze Parteitag, seine beiden Hauptredner und seine Beschlüsse spiegelten einen Geist der Zuversicht, des Vertrauens in den technischen Fortschritt und in die Fähigkeiten des Menschen, wie er mir in den siebziger und achtziger Jahren, ja bis auf den heutigen Tag nicht wieder begegnet ist. Inzwischen ist er in der Sozialdemokratie – und noch mehr bei den Grünen – vielmehr durch Angst vor der technischen und wissenschaftlichen Entwicklung und ganz allgemein vor der Zukunft verdrängt worden. Die großen Wortführer der Angst haben unserem Land – und auch der Sozialdemokratie – einen schlechten Dienst erwiesen, und ein Teil der Verantwortung für jugendliche Gewalttäter fällt auf sie.

Nach meiner rückblickenden Einschätzung haben meine parlamentarischen Lehrjahre von 1953 bis zur erneuten Wahl in den Bundestag im Jahre 1957 gedauert; aber eigentlich sollte ich die anschließenden vier Bonner Jahre und ebenso die darauffolgenden vier Hamburger Senatorenjahre insgesamt wohl auch als Vorbereitungszeit ansehen. In den Hamburger Jahren war ich von der Bundespolitik ziemlich weit entfernt, habe damals aber gelernt, einer großen Behörde vorzustehen. Vorher war ich in Bonn in eine etwas nähere Berührung mit drei weiteren Sozialdemokraten gekommen, von denen ich mich willig habe beeinflussen lassen, nämlich mit Gustav Heinemann, Herbert Wehner und Adolf Arndt.

Heinemann war erst 1957 zur SPD gekommen. Ich erinnere mich einer lebhaften Diskussion im Hamburger Parteivorstand – nicht über die Frage, ob man ihn, der noch bis 1950 als CDU-Minister in Adenauers Regierung agiert, dann eine eigene Partei, die GVP (Gesamtdeutsche Volkspartei), gegründet und diese ihrer Erfolglosigkeit wegen 1957 wieder aufgelöst hatte, in die SPD aufnehmen sollte, sondern über die weitere Frage, ob die SPD Heinemann sogleich eine aussichtsreiche Kandidatur einräumen solle. Die Hamburger Sozialdemokraten blieben skeptisch, aber auf sie kam es zum Glück gar nicht an. Heinemann wurde gewählt, ein halbes Jahr später hielt er im Plenum die schärfste Anklagerede, die sich Adenauer hat anhören müssen. Heinemann hatte sich 1950 von Adenauer hintergangen und getäuscht gefühlt, vor allem hielt er – damals wohl wirklich noch neutralistisch gesinnt, weil er nur in deutscher Neutralitätspolitik eine Chance zur Wiedervereinigung sah, also aus ähnlichen strategischen Erwägungen wie vorher Kurt Schumacher – Adenauer mit großer, sachlicher Kälte Argument für Argument dessen außenpolitische und deutschlandpolitische Fehler vor. Ich teilte Heinemanns Auffassungen nicht ganz, war aber von seiner Rede begeistert – wohl auch, weil ich Adenauers menschenverachtenden Umgang mit eigenen Parteifreunden mehrfach selbst beobachtet hatte und den Alten schon allein deswegen nicht leiden konnte; ich gönnte ihm die Abfuhr.

Heinemann hatte kein beleidigendes Wort gebraucht; jedoch sagte man später in der Fraktion, er schleudere mit Wurfbibeln, mit Widerhaken dran. Diese Persiflierung paßte auch auf jene Passage in einer von Heinemanns Plenarreden, in der er den Christdemokraten zugerufen hat: »Begreifen Sie doch endlich: Jesus Christus ist nicht gegen Karl Marx gestorben, sondern für uns alle!« In der Fraktion hat man sich bald angewöhnt, von ihm als von Gustav-Gustav zu reden, weil auf seinem Briefbogen der zweifache Doktorgrad angegeben war. An der Festigkeit von Heinemanns christlichem Glauben hat keiner gezweifelt, auch nicht an seiner juristischen Kompetenz. Trotzdem gab es noch längere Zeit eine spürbare Distanz zwischen den gestandenen alten Sozialdemokraten und dem Neuling. Er ist später als Justizminister und als Bundespräsident auch dann noch ein Einzelgänger geblieben, als ihm längst deutlich geworden war, wie sehr er von liebevoller Zuneigung seiner Partei getragen wurde.

Heinemanns strenger Moralismus war in seinem Glauben begründet. Im März 1961 schrieb er mir wegen einer Stelle in meinem damals erschienenen strategischen Buch, in dem ich Max Webers berühmt gewordene Unterscheidung zwischen Gesinnungs- und Verantwortungsethik zitiert hatte*. In dieser Unterscheidung stecke ein Denkfehler; denn wenn ich anerkennte, »daß Gott existiert und daß er den Menschen nicht erlaubt, gegeneinander mit Massenvernichtungsmitteln vorzugehen..., daß er uns verbietet, uns umzubringen«, dann müsse ich anerkennen, daß Weber unrecht hatte, der übrigens von der »Nicht-Existenz Gottes als eines real wirksamen Faktors« ausgegangen sei.

Ich war geschmeichelt darüber, daß Heinemann mein Erstlingsbuch offenbar sorgfältig gelesen hatte, habe sein Argument jedoch nicht begriffen. Das schrieb ich ihm, wobei ich versicherte, auch ich sei stets von der Existenz Gottes ausgegangen und ebenso davon, daß er uns verbiete, uns gegenseitig umzubringen. Aber ich fragte Heinemann: »Meinen Sie, daß das fünfte Gebot auch die Notwehr und die Vorbereitung zur Notwehr verbietet? ... Solche Anschauung liefe zwingend auf *absoluten* Pazifismus hinaus und nicht nur auf Atom-Pazifismus ... Mir scheint, daß die Vernunft dem Bedrohten gebietet – zumindest aber erlaubt –, sich auf eine Notwehr nach dem Grundsatz der Verhältnismäßigkeit vorzubereiten ... Andererseits setzt das Prinzip der Verhältnismäßigkeit der anzuwendenden Mittel stets das Abwägen der voraussichtlichen Folgen in concreto voraus.« Das Aufkommen für die Folgen, so fuhr ich fort, schiene mir mit Max Webers Terminus »Verantwortungspolitik« gemeint zu sein. Um mich ganz deutlich verständlich zu machen, gab ich zwei Beispiele für *unverhältnismäßige* Notwehrvorbereitung, nämlich die Erlangung westdeutscher Verfügungsgewalt über Massenvernichtungsmittel, die deshalb abzulehnen sei; ebenso sei John Foster Dulles' Androhung einer massiven nuklearen Vergeltung** gegen *jedwede* Art von Aggression sittlich verwerflich, weil sie eine klare Notwehrüberschreitung ankündige.

Ich kann aus meinen Akten nicht ersehen, ob dieser Briefwechsel damals eine mündliche Fortsetzung zwischen uns beiden gefunden hat. Gewiß hatte er aber zur Folge, daß der große Heinemann und der junge Schmidt voneinander verstanden, daß der andere sich ganz ernsthaft um das sittliche Fundament seiner Politik bemühte. Daraus ist ein persönliches Vertrauensverhältnis entstanden, das sich später bewährt hat, als Gustav (inzwischen wa-

---

* »Verteidigung oder Vergeltung«, bei Seewald, Stuttgart 1961.

** Mein Buch war insgesamt eine Argumentation gegen nukleare Notwehrüberschreitung und für die Herstellung verhältnismäßiger, angemessener Verteidigungsfähigkeit durch den Westen.

ren wir längst bei den Vornamen und beim Du) Justizminister und dann Bundespräsident war. Er ist ein rigoroser Moralist geblieben, nicht aber ein Pazifist.

Auch Herbert Wehner war ein strenger Moralist – allerdings haben viele seiner Kollegen und viele Journalisten das erst sehr spät bemerkt. Manche Christdemokraten haben es zwar bemerkt, aber nie anerkennen wollen, im Gegenteil, sie haben ihn sogar noch nach seinem Tode immer wieder verdächtigt, zum Nachteil der Deutschen mit Moskau paktiert zu haben – Franz Josef Strauß war eine lobenswerte Ausnahme, weil er bisweilen eigene Parteifreunde wegen abfälliger Bemerkungen über Wehner zurückgepfiffen hat. Allerdings hat Wehner seinen Gegnern dieses Geschäft leichtgemacht. Denn er selbst konnte unglaublich ruppig sein in der parlamentarischen Auseinandersetzung mit den Gegnern; er erfand komische und zugleich verletzende Verballhornungen ihrer Familiennamen. Er ließ sich nur selten in seine eigenen taktischen Karten schauen, deshalb umgab ihn eine Aura des Konspirativen. Dazu kam der Umstand, daß die ersten anderthalb Jahrzehnte seines politischen Lebens, seine KPD-Mitgliedschaft von 1927 bis 1941, für die allermeisten und jedenfalls für die Außenstehenden undurchsichtig geblieben sind. Es war wohl Adenauer, der für Wehner das Wort vom politischen Urgestein geprägt hat – später wurde es zur gängigen journalistischen Münze. Daß Wehner ein liebevolles Herz gehabt hat, können aber diejenigen bezeugen, die seine Hilfe nötig hatten und denen er geholfen hat – viele, viele Menschen, so auch ich.

In meiner parlamentarischen Lehrzeit habe ich mit Wehner, wenngleich wir uns aus Hamburg längere Zeit schon ganz gut kannten, relativ geringen Kontakt gehabt; das änderte sich erst ab 1965, in den drei Jahren der Großen Koalition und vor allem während der dreizehn Jahre der sozialliberalen Koalition. Willy Brandt habe ich bis 1965 noch flüchtiger gekannt. In den fünfziger Jahren hat wahrscheinlich keiner von uns dreien sich jemals vorgestellt, wie sehr wir später einmal aufeinander angewiesen sein würden.

Bis es aber dazu kam, habe ich nur einmal einige Zeit eng mit Wehner zusammengearbeitet, nämlich für den Deutschlandplan der SPD, der im März 1959 öffentlich präsentiert wurde. Wir hatten in mehreren kleinen Arbeitsgruppen verschiedene Elemente, die später zusammengefügt werden sollten, sorgfältig erarbeitet, dann wieder kritisch geprüft und geändert und verbessert. Es war eine interessante, quasi wissenschaftliche Arbeit; ich war, gemeinsam mit einigen namhaften Ökonomen von außerhalb der Fraktion, verantwortlich für den wirtschaftlichen Teil*. Die Sache stand unter einem schlechten Stern, denn Fritz Erler und Carlo Schmid kamen soeben von einer Erkundungsmission zu Chruschtschow aus Moskau zurück, nach einer kalten Dusche und ohne jede Aussicht auf Wiedervereinigung. Wehner ging daraufhin über Nacht an die Arbeit und vereinfachte – ich glaube mit Hilfe von Franz Barsig – unsere Papiere, die nach dem Bericht aus Moskau offensichtlich keine operative Bedeutung mehr erlangen konnten, für einen bloß propagandistischen Gebrauch und stellte sie als Deutschlandplan am 18. März 1959 der Presse zu. Ich war damit nicht einverstanden, da ich fand, Wehner habe uns überfahren. Da aber der zerbrochene Topf nicht mehr zu leimen war, hat es keinen nachträglichen Streit zwischen uns gegeben – wohl aber in scharfer Form mit der CDU/CSU im Bundestag, allerdings erst im November desselben Jahres**.

Neben Fritz Erler und Carlo Schmid ist Adolf Arndt mir während meiner Lehrzeit zu einem leuchtenden Vorbild geworden. Auch er gehörte zu den Älteren. Er hatte vor Hitler eine solide, rechtsstaatlich geprägte Ausbildung genossen, war vor 1933 Richter gewesen, zur Zeit von Hitlers Machtergreifung längst moralisch und politisch erwachsen; Leiden und Verfolgungen durch die Nazis hatten sein geistiges Fundament nicht beeinträchtigen können. Er war bei Kriegsende politisch gerüstet und als Jurist prädestiniert für die Mitwirkung an der grandiosen Aufgabe, aus dem Nichts einen demokratischen Verfassungsstaat zu schaffen. Er war der tiefste und zugleich glänzendste Rechtsdenker, den ich in der Politik erlebt habe. Ich kam mit ihm in engste Berührung während der langen Arbeit an der Wehrverfassung, die dem Grundgesetz bis 1956 fehlte; viele der schließlich von Bundestag und Bundesrat beschlossenen neuen Artikel beruhen auf den Formulierungen seiner Entwürfe***. Arndt nahm dabei viele Anregungen auf und zwang uns zur gedanklichen Präzision. Ich habe seine intellektuelle Genauigkeit sehr bewundert.

Noch größere Bewunderung hat in mir seine langwierige, aber erfolgreiche Bemühung um die klare Postulierung des besonderen Auftrages der Kirchen und Religionsgemeinschaften im Godes-

---

* Der ursprüngliche Text findet sich bei Helmut Schmidt, »Mit Augenmaß und Weitblick«, Verlag der Nation, Berlin 1990.

** Vgl. S. 506.

*** Vgl. S. 416.

berger Programm ausgelöst, ihrer Eigenständigkeit und ihres Anspruchs auf öffentlich-rechtlichen Schutz. Daß Godesberg die Freiheit des Glaubens, des Gewissens und vor allem Freiheit, Gerechtigkeit und Solidarität zu moralisch-politischen Grundwerten der SPD erklärt hat, war – gemessen an der damals schon fast einhundertjährigen Geschichte meiner Partei – eine bahnbrechende Neuerung. Sie war zunächst nicht leicht durchzusetzen, obgleich sie dringend geboten war.

Dabei hielt der Christ Arndt auf strenge Trennung von Religion und Politik. Das Wort vom »christlichen Staat« lehnte er eindeutig ab. Die einzelne Person selbst habe sich frei für *ihre* Wahrheit zu entscheiden, so dachte Arndt, nicht der Staat oder die Politik. Für seine Person aber konnte sich Arndt Politik nur in der Bindung an den Glauben vorstellen. Später habe ich mit Genugtuung beobachtet, wie dieser protestantische Christ jüdischer Abkunft unermüdlich dazu beigetragen hat, daß katholische Kirche und Sozialdemokratie aufeinander zugingen.

Als ich einmal mit dem hamburgischen Landesbischof eine Disputation über das Wort des Propheten Jeremia »Suchet der Stadt Bestes!« zu führen hatte und Arndt davon erfuhr, schickte er mir einen seiner eigenen Vorträge, in dem er den gleichen, an die Juden in Babylon gerichteten Vers zitiert hatte. »In Babylon sein«, so hatte er interpretiert, heiße »in der Minderheit sein«. Aber daß der von der Mehrheit herbeigeführte Zustand der Minderheit mißfällt, das »entbindet die Minderheit nicht davon, sich in dieser Gesellschaft zu engagieren und sich für ihren Zustand und für ihre Entwicklung mitverantwortlich zu wissen«. Diese Jeremia-Interpretation kennzeichnet Adolf Arndts politisches Engagement.

Auch Adolf Arndt ist ein großer Moralist gewesen, und dazu ein hinreißender Parlamentsredner. Keiner von uns hat sich erlauben wollen, eine seiner intellektuell geschliffenen und zugleich von großem Temperament getriebenen Plenumsreden zu versäumen. Ich habe Adolf Arndt oft zugehört. Man benötigte auch im privaten Gespräch Konzentration, um ihm zu folgen. Ich war dabei zuallermeist der Nehmende und der Lernende. Dieser Mann war ein leidenschaftlicher Patriot, ein Kosmopolit zugleich und ein tiefer Denker über alles, womit sein Geist ihn in Berührung gebracht hat. Dankbarkeit und Freundschaft – das ist es, was ich auch heute für Adolf Arndt empfinde, über zwanzig Jahre nach seinem Tode.

Wenn ich einmal absehe von den drei Kollegien, die ich nacheinander in der Spitze des Verteidigungsministeriums, des Finanzministeriums und schließlich im Bundeskanzleramt zu meiner Beratung und zu meiner Kontrolle in formloser Weise gebildet habe*, so ist von meinem ersten Eintritt in den Bundestag bis zu meinem Ausscheiden dreieinhalb Jahrzehnte später mit keinem der herausragenden Bundespolitiker die Zusammenarbeit enger gewesen als mit Alex Möller. Unsere Freundschaft begann 1965, sie endete mit Alex Möllers Tod 1985.

1965 war Fritz Erler Fraktionsvorsitzender. Als ein Jahr später die Große Koalition gebildet und die Aufgaben in Kiesingers Kabinett verteilt wurden, blieben Alex und ich beide im Parlament. Weil Fritz Erler bereits todkrank war und deshalb von Bonn abwesend blieb und weil Herbert Wehner ins Kabinett ging, haben Alex und ich zunächst als Erlers Stellvertreter und nach dessen Tod als gewählte Vorsitzende die Fraktion geführt. Ich glaube, wir waren ein sehr gutes Gespann, obwohl Alex Möller fünfzehn Jahre älter war als ich; ich habe ihn oft – und in meinen Notizen und Briefen an ihn fast immer – angeredet als meinen großen Bruder. Wir haben einander restlos vertraut, auch wenn wir nicht gleicher Meinung waren.

Aufgrund seiner Arbeit in der Karlsruher Lebensversicherung, deren Chef er von Kriegsende bis 1969 gewesen ist, und auch aufgrund langer parlamentarischer Erfahrung in Stuttgart und in Bonn war Alex ein herausragender Kenner der privatwirtschaftlichen wie auch der öffentlichen Finanzwirtschaft. Es hat zu seiner Zeit in Bonn keinen anderen Finanzpolitiker gegeben, der an Möllers Solidität und Urteilskraft herangereicht hätte. Er war ebenso ein erfahrener politischer Praktiker. Als Sozialdemokrat seit 1922 hatte er vor der Nazizeit fünf Jahre lang dem Preußischen Landtag angehört, nachher lange Jahre dem Landtag in Stuttgart und seit 1961 dem Bundestag; im Bundestagswahlkampf 1965 war er (gleich mir) Mitglied in Willy Brandts zehnköpfiger Mannschaft (in der Presse auch Schattenkabinett genannt) gewesen, zuständig für Finanzpolitik. Ich habe seinem finanzpolitischen Urteil ohne Rückhalt vertraut, auch in meinen späteren Jahren als Regierungschef. Allerdings ist es in der täglichen Politik, in der es um ausreichende Mehrheiten geht, oft sehr schwierig, gegenüber allen Partnern und ihren Interessen das objektiv Notwendige auch

---

* Vgl. S. 463-498.

tatsächlich durchzusetzen. Alex war in diesem Punkt sehr empfindlich; er hat später als Finanzminister gegenüber seinen Kollegen darunter gelitten, besonders im Verhältnis zu Karl Schiller und zu Willy Brandt, der sich in die jeweils umstrittene Materie nicht selbst einzuarbeiten pflegte und sich schon deshalb nie rechtzeitig zu einer Richtlinie im Sinne des Grundgesetzes entschließen konnte. Brandt hat deshalb binnen drei Jahren zwei Finanzminister nacheinander aus seinem ersten Kabinett verloren. Auch allgemein war er nur äußerst ungern geneigt, gegen den Widerstand einiger seiner Kollegen, Parteifreunde oder Koalitionspartner eine nötige Sachentscheidung zu fällen. Daß sein Stabschef Professor Ehmke bisweilen versucht hat, außerhalb der Kabinettssitzung, aber im Namen seines Kanzlers, einzelnen Ministern die Richtung zu weisen, hat niemandes Arbeit beflügelt.

In meiner dreijährigen Zusammenarbeit mit Alex Möller an der Spitze der Fraktion sind vergleichbare Friktionen niemals aufgetreten, auch nicht im Verhältnis zu dem engagierten Sozialpolitiker Professor Ernst Schellenberg oder zu Egon Franke. Franke war das wichtigste Scharnier zu den vielen traditionellen Arbeiterfunktionären in der Fraktion, denen die Koalition mit CDU und CSU – noch dazu einschließend Franz Josef Strauß, den sie doch vorher so vehement bekämpft hatten – zunächst ziemlich unheimlich vorkam. Wenn wir einen im Parlament zu beschließenden Akt in mühseligen Kompromißverhandlungen mit der CDU/CSU-Fraktion unter ihrem Vorsitzenden Rainer Barzel zur Beschlußreife gebracht hatten, war es oft Frankes Aufgabe, seine Kanalarbeiter beim Bier von der Angemessenheit des Beschlusses zu überzeugen. Mit dem selbstironischen Namen Kanalarbeiter wollten sie andeuten, daß sie zwar wenig zu sagen hatten, wohl aber in den Wahlkreisen und in den unteren Parteigliederungen die schwierige Arbeit der Überzeugung leisten mußten. Sie haben dies auch getan – mit großer Mehrheit sogar während der Debatte zur Notstandsgesetzgebung, die einige linke Leute in den Gewerkschaften und in der Partei für den Beginn der Demontage der Demokratie ausgegeben haben; manche dieser Linken waren von ihren eigenen Thesen überzeugt, für andere waren sie aber nur ein Instrument, um Opposition gegen die Koalition zu treiben. Außerdem gab es auch solche, die, von den Kommunisten und der DDR inspiriert, die Gelegenheit zur Herabsetzung der Bundesrepublik benutzten. Aber Egon Franke stand mit seiner Arbeit zur Aufklärung über die Notstandsergänzung des Grundgesetzes und in seinem Werben um Vertrauen nicht allein, Alex und ich haben uns bis zur Grenze unserer gesundheitlichen Belastbarkeit daran beteiligt.

Alex' Gesundheit zog ihm engere Grenzen, als es bei mir der Fall war (meine physische Überforderung zeigte sich erst drei Jahre später); immerhin war er 65 Jahre alt. Aber er hat sich schonungslos für diese Gesetzgebung in die Bresche geworfen, was Willy Brandt keineswegs tat, obgleich er die Entwürfe im Kabinett Kiesinger mitbeschlossen hatte.

Bei dieser Arbeit ist Alex Möller seine lebenslange Erfahrung mit Parteiarbeit und sein selbsterarbeiteter beruflicher Aufstieg aus sehr bescheidenen Verhältnissen zugute gekommen. Wenngleich er es inzwischen zu erheblichem Wohlstand und zu hohem gesellschaftlichem Ansehen gebracht hatte, war ihm die Fähigkeit nicht abhanden gekommen, wirkungsvoll zur Arbeiterschaft zu sprechen. Er machte dabei keine Phrasen, keine intellektuellen Kompromisse, sondern verfocht seine Überzeugungen ohne Abstriche. Zugleich war er aber stolz auf seinen Aufstieg, auch darauf, daß er in der Unternehmerschaft hoch respektiert war.

Rainer Barzel hat einmal von ihm gesagt, Möller sei ein Herr. Für mich war Alex ein Kumpel. Zwar war er empfindlicher als manch anderer. Aber seine unerschütterliche persönliche Loyalität, ebenso wie die zur gemeinsamen Sache der Sozialdemokratie, überdeckte bei weitem alle kleinen menschlichen Schwächen. Das zeigte sich nicht zum letzten Mal, als er im Mai 1971 im Streit mit seinem Kollegen Schiller und seinem Kanzler Brandt als Finanzminister zurücktrat; er gab mir eine Kopie seines sehr ausführlich begründeten Demissionsbriefes an Brandt; aber die Öffentlichkeit hat weder von diesem Brief noch von den darin genannten Personen etwas erfahren. Ein Jahr später, als ich Schiller als Doppelminister nachfolgte, hat Alex mich an ein gegenseitiges Versprechen erinnert. Wir hatten beide lange gezögert, in Willy Brandts Regierung einzutreten. Als wir schließlich einwilligten, haben wir uns gegenseitig versprochen, keiner von uns werde allein aus dem Kabinett ausscheiden. Ich habe das 1971 nicht getan, aber Alex hatte vor seiner für mich überraschenden Demission auch nicht mit mir darüber gesprochen. Wir haben 1971 beide unsere Loyalität über unseren Ärger gestellt; denn ein gleichzeitiger Rücktritt beider hätte die Regierung des ersten sozialdemokratischen Bundeskanzlers erschüttert.

In den folgenden Jahren haben wir oft Briefe gewechselt und oft bei Möller oder seiner ihm vertrauten Nachbarin Christine Esswein am Märchenring in Karlsruhe oder in der Langenbachstraße in Bonn zusammengesessen. Unsere politischen Sorgen gingen fast immer in die gleiche Richtung. Aber wir beide waren auch ein wenig stolz auf die Tatsache, daß in der Geschichte der Bundesrepublik das Parlament niemals eine derart eigenständige Rolle und ein so entscheidendes Gewicht gegenüber einer Regierung gehabt hat wie in den drei Jahren unserer gemeinsamen Fraktionsführung; weder vorher noch nachher hat es eine klarere Gegenüberstellung von Exekutive und Legislative gegeben, niemals eine wirksamere Kontrolle der Regierenden durch das Parlament. Die öffentliche Meinung hat diesen Vorzug der Großen Koalition kaum erkannt.

In den dreizehn Jahren meiner Zugehörigkeit zu den beiden Kabinetten Willy Brandts und meinen eigenen drei Kabinetten habe ich in einem mich auch nachträglich noch erstaunenden Maße Hilfe durch eine Reihe vorzüglicher Beamter gehabt – so nacheinander durch alle vier außen- und sicherheitspolitischen Abteilungsleiter im Bundeskanzleramt: Carl-Werner Sanne, Berndt v. Staden, Jürgen Ruhfus und Otto v.d. Gablentz; sie waren Laufbahndiplomaten und sind später ausgezeichnete Staatssekretäre und große Botschafter geworden. Ebenso wichtig war mir die Assistenz von zwei Leitern der wirtschaftspolitischen Abteilung, die einander im Amt folgten: Dieter Hiß und Horst Schulmann; beide waren gute Ökonomen und sind später ihrer hohen Qualifikation wegen Präsidenten von Landeszentralbanken geworden. Für die etwaige parteipolitische Präferenz dieser Herren habe ich mich nie interessiert – nur von Schulmann ist mir seine SPD-Zugehörigkeit nachträglich bekannt geworden, als zwischen uns ein freundschaftliches Verhältnis entstanden war. Entscheidend waren mir ihre fachliche Urteilskraft, ihre Courage zum Widerspruch und ihre Verschwiegenheit. Dies galt auch für die beiden Generalinspekteure, die ich auf der Hardthöhe erlebt habe, General de Maizière und Admiral Zimmermann.

Natürlich bedarf ein Minister des vielfältigen Rates aus dem Parlament, aus seiner eigenen Partei und auch von außerhalb der eigenen politischen Sphäre. Ich habe besonderen Grund, Karl Klasen und Annemarie Renger dankbar zu sein, die als erste Frau auf den Präsidentenstuhl des Parlaments gewählt worden ist und seit Schumachers Zeiten zu den bewährten Insidern der sozialdemokratischen Politik gehört; und ebenso den drei sozialdemokratischen Länderchefs Herbert Weichmann, Johannes Rau und Holger Börner. Börner war später als Präsident der Friedrich-Ebert-Stiftung sehr hilfreich, wenn es um die Beschaffung von älteren Dokumenten, Forschungsergebnissen und Zitaten oder um Auskünfte und um persönliche Verbindungen ging, die das Ausland betrafen.

Auch Wolfgang Mischnick, dem langjährigen Fraktionsvorsitzenden des Koalitionspartners F.D.P., schulde ich herzlichen Dank. Auf seine Wahrhaftigkeit und Loyalität konnte man sich immer verlassen. Mischnick war ganz besonders hilfreich (im Gegensatz zu einigen F.D.P.-Kabinettsministern), wenn es um die Einschätzung des zukünftigen Verhaltens seiner Fraktion ging – und damit unserer parlamentarischen Mehrheit. Ihn verband ein persönliches Vertrauensverhältnis zu unserem eigenen Fraktionsvorsitzenden Herbert Wehner. Beide Fraktionsvorsitzenden wußten immer ziemlich genau, ob oder wieweit ihre Fraktion einer Sache zustimmen würde oder wieweit sie selbst ihre Fraktion zur Zustimmung würden bewegen können. Immer wieder haben sie in Streitfragen brauchbare Kompromisse zustande gebracht, weil beide die sozialliberale Koalition bejahten und sie erhalten wollten. Es waren nicht Mischnick und seine Fraktion, die im Spätsommer 1982 die Koalition verlassen wollten; vielmehr war es, mit offenem Visier, Bundesminister Graf Lambsdorff – und in seinem Gefolge Bundesminister Genscher, der wie schon so oft bis zum Ende seine Karten verdeckt hielt, gleichzeitig sowohl mit seinem Regierungschef als auch insgeheim mit dem Oppositionsführer redete und so bis zum Schluß für mich undurchsichtig blieb (es war wohl auch Genschers angeborene Neigung zum Taktieren, die seiner Außenpolitik in anderen Hauptstädten das Etikett des »Genscherismus« eingetragen hat). Mehrfach hatte ich Rat und Hilfe von Abgeordneten der CDU und der CSU, ich will aber hier nur Hermann Höcherl nennen und die übrigen Namen verschweigen, um niemanden vor seiner eigenen Partei bloßzustellen.

Selbstverständlich konnte ich mich immer auch auf die uneigennützigen und diskreten Ratschläge unserer finanzpolitischen Fraktionsassistentin Herta List und des außenpolitischen Assistenten Eugen Selbmann verlassen, die ich seit den fünfziger Jahren kannte und die mir vertraut waren. Der bei weitem gewichtigste Ratgeber aus dem Parlament war natürlich der Vorsitzende der eigenen Bundestagsfraktion.

Herbert Wehner

Herbert Wehner war ein Mann sehr unausgeglichenen Temperaments. Er konnte stundenlang geduldig sein, aber er konnte auch explodieren. Ich kannte Wehner seit den späten vierziger Jahren in Hamburg, wo ich ihn viele Male bei Gesprächen getroffen habe, die er – wie auch andere SPD-Abgeordnete – über ökonomische Fragen mit dem Wirtschaftssenator Schiller führte, der bis 1953 mein Chef war. Wehner, den ich auch des öfteren in seiner Wohnung besucht habe, hat mir damals seine Notizen über seine Moskauer Zeit gegeben. Mir ist klargeworden, daß er unter seiner Verstrickung in die teilweise ekelhaften und verbrecherischen Machenschaften der Kommunisten gegeneinander ständig litt. Aber ich wußte, daß Kurt Schumacher ihm vertraute, also habe auch ich ihm vertraut. Tatsächlich kann ich den schwierigen Mann Wehner nur über die vierzig Jahre beurteilen, in denen ich ihn persönlich kannte. Mein Vertrauen zu ihm ist kein einziges Mal enttäuscht worden.

1969 bedrängten Wehner und Brandt mich, ich solle in der neuen sozialliberalen Koalition das Amt des Verteidigungsministers übernehmen. Nach dem Tod Fritz Erlers war ich dafür unter den Sozialdemokraten wohl am besten geeignet, aber ich hatte zwei Motive, mich dagegen zu wehren. Zum einen war ich sehr gerne Fraktionsvorsitzender; zum anderen kannte ich die SPD nur zu gut und wußte, daß sich in meiner Partei alsbald linke Kräfte regen würden, die dem »Nachfolger Noskes« Knüppel zwischen die Beine werfen. Schließlich habe ich nachgegeben, aber eine Bedingung sine qua non gestellt: Herbert Wehner sollte nicht weiterhin dem Kabinett angehören, sondern an meiner Stelle die Fraktionsführung übernehmen, um mir dort den Rücken freizuhalten – nur dann sei ich bereit, auf die Hardthöhe zu gehen. Wehner – ebenso Brandt – hat das akzeptiert, und ich habe mich später immer auf seine Unterstützung verlassen können. Als er 1990 starb, nach langen, jämmerlichen Jahren des Alzheimer-Leidens, habe ich einen ungemein schwierigen, aber immer klugen und hilfsbereiten Freund verloren.

Der ehemalige Marxist und Kommunist hatte einen bedeutenden Anteil an der Erarbeitung und Durchsetzung des Godesberger Grundsatzprogramms gehabt; er hatte seit Beginn der sechziger Jahre (anfangs zusammen mit Karl Theodor von und zu Guttenberg) die Große Koalition vorbereitet, in der er gerne Minister war – quasi als offizielle Bestätigung dafür, daß ihm der kommunistische erste Teil seines Lebens nicht mehr vorgehalten wurde. Er hatte jahrelang beharrlich darum gerungen, die Sozialdemokratie in die Regierungsverantwortung zu bringen – nun aber sollte er 1969 selber an der Regierung nicht mehr beteiligt sein. »Wie es kommt, so wird es genommen«, nach diesem von ihm oft zitierten Grundsatz ging er zurück ins Parlament.

Die SPD-Fraktion hat ihn gewählt und immer wieder gewählt, auch als sie schon lange unter seinem bisweilen sehr harten Regiment zu stöhnen begonnen hatte. Sie gewöhnte sich an, von ihm als Onkel Herbert zu reden, auch kurz nur von »dem Onkel«. Ihm gegenüber hat wohl keiner diese Anrede gewagt. Er selbst gewöhnte sich im Laufe der Zeit an, von sich als von einem Kärrner zu sprechen – »der den Karren zieht, solange der Karren will«.

Ob 1969 dem neuen Kanzler Willy Brandt dieser Wechsel Wehners in die Fraktionsführung ganz recht war, habe ich nicht gewußt. Mir schien damals das persönliche Verhältnis zwischen beiden zwar ohne Herzlichkeit, aber unter Parteifreunden ganz normal. Es hat sich im Laufe des Jahres 1973 ziemlich abgekühlt, weil Wehner zunehmend verbittert wurde über die Führung von Regierung und Partei, die er als zu schlaff empfand – wie ich auch. Als Höhepunkt seiner Enttäuschung habe ich Wehners herausgeknurrtes Wort von dem »gerne lau badenden« Brandt empfunden. Heinz Kühn und ich, auch einige andere, haben das daraus entstehende Zerwürfnis gekittet – geheilt worden ist es nicht.

Kaum jemals ist in meiner Zeit einem anderen sozialdemokratischen Spitzenpolitiker von seiten seiner politischen Gegner so viel an üblen Verdächtigungen nachgesagt und so viel Negatives über ihn gedruckt und gesendet worden wie über Herbert Wehner. Zwar hatte schon Adenauer ihm die Qualität von Urgestein zugeschrieben; das hat aber dessen Propagandisten, Epigonen und Enkel nicht gehindert, Wehner immer wieder in die Nähe von Landesverrat und Spionage zu rücken – in fast jedem Wahlkampf erneut, zuletzt noch 1994, vier Jahre nach Wehners Tod, als Helmut Kohls Koalitionsmehrheit auf dem Spiel stand, die er schließlich nur ganz knapp behauptet hat. Es hat mich nicht überrascht, daß auch die »Frankfurter Allgemeine Zeitung«, ein Blatt des wohlhabenden Bürgertums, hinter dem – wie sie von sich selbst sagt – immer ein kluger Kopf stecken soll, in subtiler Weise der abermaligen Verdächtigungskampagne Vorschub geleistet hat.

Jedem ernsthaften Journalisten stehen die Quellen und Protokolle offen, aus denen Wehners politischer Lebensweg über seine letzten vier Jahrzehnte abzulesen ist. Eines der markantesten Ereignisse auf diesem Wege ist Wehners berühmte Parlamentsrede am 30. Juni 1960, mit der er die Sozialdemokratie endgültig auf die Mitgliedschaft der Bundesrepublik im Nordatlantischen Bündnis festgelegt hat. Ein Jahr nach seinem Deutschlandplan*, dem ersten, wenn auch völlig erfolglosen Dokument einer sozialdemokratischen Ostpolitik, hatte Wehner erkannt, daß unser Streben nach Vereinigung ohne feste Verankerung im Westen erfolglos bleiben mußte; keine der Westmächte würde uns Deutschen eine

---

* Vgl. S. 428.

Anfang der achtziger Jahre war eine Krise in der Wählergunst für die SPD unverkennbar. Im Oktober des Jahres 1981 rief die SPD-Führung die Partei in der Godesberger Stadthalle zu größerer Geschlossenheit in der Unterstützung der Regierung Schmidt auf. Aber sie konnte nicht verhehlen, daß zwischen Herbert Wehner, dem großen alten Mann der Partei, und Willy Brandt sowie zwischen diesem und Helmut Schmidt tiefgreifende Spannungen existierten. Im darauffolgenden Jahr sollte die Regierung Schmidt durch ein konstruktives Mißtrauensvotum der CDU gestürzt werden.

Wiederholung von Rapallo erlauben oder eine ihnen als »neutralistisch« erscheinende deutsche Ostpolitik. Fritz Erler, Adolf Arndt, ich selbst und andere hatten dies schon vor Wehner verstanden; aber die endgültige Durchsetzung dieser Einsicht ist Wehners Verdienst, der sich mit niemandem abgesprochen hatte. Natürlich stand dabei das eigentliche Ziel der Vereinigung der Deutschen nicht plakativ im Vordergrund, aber es wurde keineswegs aus dem Auge verloren. Wehner war eben nicht bloß ein Taktiker, sondern durchaus ein Stratege.

In der ersten Hälfte der sechziger Jahre gingen dann ostpolitische Anstöße von Egon Bahr aus, schon damals im Einklang mit dem Regierenden Bürgermeister Willy Brandt; später gab es verstärkende Anstöße und Denkschriften sowohl aus evangelischen als auch aus katholischen Kreisen. Dazu kam ein ostpolitisch akzentuierter Parteitag der SPD in Dortmund 1966, auf dem ich das außenpolitische Referat gehalten habe, mit starkem ostpolitischem

Schwerpunkt. Vorher hatte ich im Sommer 1966 – gemeinsam mit Loki, unserer Tochter Susanne und meinem Mitarbeiter Wolfgang Schulz – mit einem alten Opel Rekord eine Reise durch drei kommunistische Hauptstädte unternommen. Sie ging über Prag, Warschau nach Moskau und über Leningrad und Helsinki zurück. Meine politischen Gesprächspartner gehörten zur mittleren Ebene der drei Parteihierarchien, ihr Mißtrauen gegen Deutschland und gegen die deutsche Sozialdemokratie war manifest; jedoch haben wir auch eine größere Zahl privater Bürger kennengelernt, die sehr viel offener waren.

Wegen des Widerstandes von Kanzler Kiesinger war eine aktive Ost- und Deutschlandpolitik zur Zeit der Großen Koalition von Ende 1966 bis Herbst 1969 zwar immer noch nicht möglich; auch redeten Kiesinger und sein Außenminister Brandt zeitweilig überhaupt nicht mehr miteinander. Gleichzeitig wurde aber im Ministerrat des Atlantischen Bündnisses eine später entscheidend wichtige Voraussetzung geschaffen, nämlich in Gestalt der Harmel-Doktrin (Pierre Harmel, damals belgischer Außenminister, führte – zufällig – den Vorsitz): Der Westen streckte der Sowjetunion einerseits die Hand zu Verhandlungen und zu Zusammenarbeit in der Abrüstung entgegen; er ließ aber andererseits keinen Zweifel an seinem Willen und seiner Fähigkeit zur Verteidigung und an der Notwendigkeit eines militärischen Gleichgewichts. Willy Brandt hatte als Außenminister seinen Anteil an der Harmel-Doktrin.

Dies also waren die Bedingungen und Vorbereitungen der deutschen Ostpolitik, wie sie dann von 1969 an durch Willy Brandt mit Hilfe Walter Scheels und Egon Bahrs in großem Stil eingeleitet wurde. Sie wurde von Herbert Wehner – inzwischen Fraktionsvorsitzender – und von allen Führungspersonen der SPD gegen die zähe Opposition von seiten der CDU/CSU im Bundestag erfolgreich durchgesetzt. Dabei hing ihr Schicksal innenpolitisch mehrfach am seidenen Faden, wie der Mißtrauensantrag gegen Brandt 1972 und der 1975 unternommenene Versuch, die Schlußakte von Helsinki zu hintertreiben, deutlich gemacht haben.

Den Führungspersonen der damaligen sozialliberalen Koalition war völlig klar, daß wir nicht nur des Verständnisses, sondern des Einvernehmens mit den westlichen Bündnispartnern und ihres Rückhalts bedurften. Die Westbindung im Bündnis und in der Europäischen Gemeinschaft war unser Standbein, die sich vorantastende Ostpolitik war das Spielbein.

Dies immer wieder der eigenen Fraktion und der Partei klargemacht zu haben, die nach 1968 langsam, aber zunehmend unter den Einfluß der antiamerikanisch gesinnten Studentenbewegung und der neutralistisch gesinnten Friedensbewegung zu geraten drohte, war zum größten Teil Wehners Verdienst. Ihn heute, über zwanzig Jahre später, als Agenten des Ostens zu verdächtigen ist absurd.

Ebenso absurd ist es, Wehner Verrat oder Erpreßbarkeit vorzuwerfen, weil er als gesamtdeutscher Minister von 1966 bis 1969 – und später als Fraktionsvorsitzender – den Freikauf von Menschen aus der DDR betrieb und zu diesem Zweck Kontakte mit Leuten des SED-Regimes unterhielt, unter ihnen mit Rechtsanwalt Wolfgang Vogel. Mit Hilfe dieser Praxis, die Rainer Barzel, als Minister ein früher Amtsvorgänger Wehners, begonnen hatte, ist vielen tausend Menschen geholfen worden, die sich drüben in großer Not befanden.

Natürlich haben sich daraus auch politische Kontakte und Informationen ergeben. Tatsächlich darf ein Spitzenpolitiker seine Information nicht auf das Lesen von Zeitungen und den Empfang von Botschaftern beschränken – auch kein Spitzenpolitiker der CDU/CSU oder erst recht unserer Verbündeten im Westen hat sich derart beschränkt; die Amerikaner nannten solche persönlichen Verbindungen back-channels. Ich selbst habe mich selbstverständlich auch meiner back-channels zu ausländischen Staatslenkern und Spitzenpolitikern bedient. Zum Beispiel konnte ich mit Hilfe meines direkten Kanals – trotz meiner Urheberschaft an dem gegen die Sowjetunion gerichteten NATO-Doppelbeschluß, den ich auch in Moskau vehement vertreten habe – ein gutes persönliches Verhältnis zu Breschnew aufrechterhalten.

Über seine Kontakte zu Ost-Berlin hat Herbert Wehner mich bei Antritt meiner Kanzlerschaft minutiös schriftlich unterrichtet, mündliche Erläuterungen kamen hinzu. Wir sind bis zum Ende 1982 bei dieser Praxis geblieben. Übrigens ist bei meinem Amtsantritt im Mai 1974 – entgegen einigen erst 1994 verbreiteten Berichten – *keine* Einladung von Honecker an mich ergangen, schon gar nicht vor Brandts Rücktritt (Willy Brandt scheint in diesem Punkt sehr viel später einem Irrtum oder einem Erinnerungsfehler unterlegen zu sein).

Während meiner acht Kanzlerjahre haben Herbert Wehner und ich uns über alle wichtigen Angelegenheiten gegenseitig mündlich und schriftlich auf dem laufenden gehalten. Ich pflegte ihm außerdem alljährlich mindestens einen längeren Brief zu schreiben, meist zum Jahreswechsel oder in der Sommerpause vom Brahmsee aus, in welchem ich jeweils eine Zwischenbilanz zog und einen Ausblick auf das nächste Jahr zu geben versucht habe. Um es zusammenzufassen: In meinen Augen war die Zusammenarbeit zwischen dem Kanzler und dem Vorsitzenden der größeren Koalitionsfraktion gut und krisenfrei – ich kann auch nachträglich zu keinem anderen Urteil gelangen.

Willy Brandt

Mein Verhältnis zu Willy Brandt war dagegen komplizierter, und es war wechselvoll. Ehe er im Oktober 1957 zum Regierenden Bürgermeister in Berlin gewählt wurde, hatte er dem Bundestag angehört, aber ich hatte damals keinen persönlichen Kontakt zu ihm. Wir waren nicht in gleichen Parlamentsausschüssen, in den Fraktionssitzungen kam es sowieso kaum zu privaten Gesprächen, und im Plenum des Bundestages saßen die Kollegen, deren Anfangsbuchstaben im Alphabet vorne rangierten, auf den ersten Bänken, während Leute mit den Buchstaben X, Y oder Z ganz hinten saßen, das heißt, Willy Brandt saß ganz vorn und ich beinahe ganz hinten. Eigentlich ist er für mich erstmals als Regierender Bürgermeister deutlich sichtbar geworden.

Weil ich Erich Ollenhauer nicht zutraute, die Regierung Adenauer abzulösen, habe ich mich 1961 beteiligt, als einige Sozialdemokraten, vornehmlich Berliner, den Versuch unternahmen, für die Bundestagswahl 1961 Willy Brandt als Kandidaten für das Amt des Bundeskanzlers zu benennen. Ich erinnere mich eines Treffens in Barsinghausen bei Hannover, bei dem dieser Versuch gestartet wurde; Brandt selbst war, soweit ich mich erinnere, nicht dabei. Ich hatte ein schlechtes Gewissen, weil die Sache hinter dem Rücken Ollenhauers eingefädelt wurde und weil derartige Fraktionsmacherei nach meinen Vorstellungen eigentlich innerhalb meiner Partei nicht hätte vorkommen dürfen.

Ollenhauer hat – jedenfalls nach außen – gute Miene zu diesem Unterfangen gemacht, Brandt wurde Kanzlerkandidat und konnte in der Wahl 1961 den sozialdemokratischen Stimmenanteil, der 1957 unter 32 Prozent gelegen hatte, auf über 36 Prozent steigern. Das war ein deutlicher Erfolg, wenngleich für die Machtverhältnisse im Parlament unerheblich. Brandt selbst blieb in Berlin, wurde aber nach dem Tode Ollenhauers 1964 zum Parteivorsitzenden gewählt. Für die Bundestagswahl 1965 wurde er abermals als Kanzlerkandidat benannt; er bildete dazu ein Schattenkabinett (genannt »Wahlkampf-Mannschaft«) nach englischem Vorbild; ich selbst (damals wieder in Hamburg) wurde dazugebeten und war sehr angetan von der frischen Art, in der Willy Brandt seine

Mannschaft und auch den Wahlkampf führte. Er erreichte 1965 einen Stimmenanteil von über 39 Prozent. Ich fand dieses Ergebnis – gemessen an allen unseren Wahlergebnissen seit 1949 – recht gut und ließ mich überreden, mein Mandat, das mir über die Landesliste zugefallen war, anzunehmen.

Anders Willy Brandt. Er schwankte einige Zeit hinsichtlich der Entscheidung, sein Bonner Mandat anzunehmen oder in Berlin zu bleiben. Die Alternative Bonn hätte bedeutet, daß er Fritz Erler als Fraktionsvorsitzenden ablöste. Fritz war aber dazu gar nicht bereit. Obschon Erler mein politisches Vorbild war und blieb, habe ich auf Willy Brandts Frage an mich ihm meinen Beistand für den Fall eines Konfliktes mit Fritz Erler versprochen. Was mich dazu bewog, war die Tatsache, daß der bedeutende Wahlerfolg zur Hauptsache Brandt zu verdanken war und ihm deshalb nach meinem Gefühl das Recht zum Zugriff zustand; Herbert Wehner sprach sich im gleichen Sinne aus. Brandt aber machte damals eine Phase resignativer Stimmungen durch (vielleicht waren es auch Depressionen, wie ich sie später mehrfach bei ihm miterlebt habe) und entschied sich schließlich, in Berlin zu bleiben.

Ich hatte den Eindruck, daß seine mir offenkundige Resignation auch mit der unanständigen, ehrabschneiderischen Gerüchtekampagne zusammenhing, die während des Wahlkampfes von rechts gegen ihn geführt worden war – schon Adenauer hatte von ihm häufig herabsetzend als vom »Herrn Brandt, alias Frahm« geredet. Deshalb schrieb ich ihm am 11. Oktober einen mehrere Seiten langen handschriftlichen Brief, um ihn zu ermuntern und auch für die Zukunft meines Beistandes zu versichern. Weil dieser Brief aus der Anfangsphase unserer bis Ende 1982 währenden Zusammenarbeit meine damalige Einstellung zu Willy Brandt erkennbar macht, will ich hier zwei oder drei Sätze daraus zitieren. »... So sehr man als Mann auch weit über das Jünglingsalter hinaus einer geliebten Frau Briefe der Liebe schreiben mag, sosehr zögert man – jedenfalls in diesem Jahrhundert –, einem Freunde seine Freundschaft anders darzutun als durch Handeln oder Unterlassen. Trotzdem, Willy, ohne Rücksicht auf die Gefahr pathetischer Pose: Dies ist ein Brief tiefer Freundschaft und zugleich großen Respekts ...«

Wir waren durch unsere Veranlagungen und durch sehr verschiedene Lebenswege sehr unterschiedlich geprägte Menschen. Brandt war persönlich zurückhaltend in der Darlegung seiner Argumente und Ziele, oft eher vage, zugleich war er aber ein hinreißender Redner vor großen Versammlungen. Für Willy Brandt wäre ich damals durchs Feuer gegangen.

Allerdings schwächte sich meine nahezu bedingungslose Bejahung Brandts während der Notstandsdebatte in der von mir geleiteten Bundestagsfraktion ab, weil er sich relativ wenig für die Vorlagen der Regierung engagierte, der er selber angehörte. Während der Kanzlerjahre Brandts trat eine weitere Abkühlung ein, weil er den neu in die SPD einströmenden akademischen Nachwuchskräften von links nach meiner Meinung zu weit entgegenkam und weil er keinem seiner drei aufeinanderfolgenden Finanzminister ausreichend geholfen hat, überbordende finanzielle Wünsche abzuwehren.

Schon als ich noch Verteidigungsminister war, habe ich ihn mehrfach gedrängt, die große Fülle von Ankündigungen und Programmen einzudämmen. Zum einen werde die öffentliche Meinung davon überfüttert, und es sei politisch wie psychologisch wichtiger, der Öffentlichkeit zu zeigen, was wir tatsächlich verwirklicht hätten; zum anderen bezweifelte ich aus gesetzgebungstechnischen und vor allem aus finanz- und haushaltspolitischen Gründen die Realisierbarkeit der besonders von Brandts Mitarbeitern betriebenen Reformprogramme. Ich fürchtete, die von uns entfesselte Reformeuphorie werde zu großen Enttäuschungen führen, wenn später viele Ankündigungen zurückgenommen oder zurückgestellt werden müßten. Als ich 1972 das Finanzressort übernahm, begriff ich schnell, daß die finanzielle Überforderung des Haushalts durch die vielen Reformen noch schlimmer war, als ich von der Hardthöhe aus wahrgenommen hatte. Weder Willy Brandt noch sein Kanzleramtsminister hatten ein Augenmaß für die Belastbarkeit unserer Volkswirtschaft; ab 1973 wurde diese noch dazu durch die von der OPEC weltweit organisierte Ölpreisexplosion empfindlich eingeschränkt, die das deutsche Bruttosozialprodukt binnen wenigen Monaten um real zwei Prozent belastete, für die Jahre 1973 und 1974 sogar um insgesamt vier Prozent.

Es gab während des ersten Kabinetts Brandt auch noch einen zweiten, allerdings weniger gewichtigen Dissens zwischen uns (wobei ich von üblichen Interessenkonflikten zwischen den Ressorts absehe); er betraf den sogenannten Extremistenerlaß, der alsbald im Inland und Ausland als »Berufsverbot« denunziert wurde. Ich weiß nicht, wer sich den Erlaß, der gemeinsam vom Bundeskanzler und den Ländern veröffentlicht werden sollte, ausgedacht hatte; das Motiv war jedenfalls, der CDU/CSU das Argument zu nehmen, Brandt lasse es zu, daß der öffentliche Dienst von Kommunisten und Fellow-travellers unterwandert würde. In einem Gespräch mit Brandt und Wehner verwies ich auf die gesetzlichen Vorschriften für den öffentlichen Dienst, die ich als ehemaliger Innensenator genau kannte; sie reichten für die Fernhaltung von Ver-

Helmut Schmidt und Willy Brandt hatten zumeist wohl ein eher reserviertes Verhältnis zueinander. Obwohl die Loyalität des Jüngeren zu dem Älteren stets erhalten blieb, war es ein offenes Geheimnis, daß Helmut Schmidt in der letzten Zeit der Kanzlerschaft Brandts in immer deutlichere Distanz ging. Aber zu keinem Zeitpunkt zweifelte Schmidt an der historischen Rolle, die Willy Brandt als Regierender Bürgermeister Berlins wie als Bundeskanzler eingenommen hatte.

fassungsfeinden völlig aus. Es war nach meiner Erinnerung das einzige Mal, wo Brandt und Wehner gemeinsam eine Streitfrage gegen mich entschieden haben. Ich habe anschließend im Kabinett oder öffentlich kein Wort mehr dazu gesagt, obgleich ich es widersinnig fand, den zum Teil ziemlich radikalen Forderungen von links weit entgegenzukommen, der außerparlamentarischen Opposition zugleich aber eine offene Flanke zur gefälligen Benutzung zur Verfügung zu stellen.

Nach dem nur hauchdünn abgelehnten konstruktiven Mißtrauensantrag gegen Brandt, zumal nach dem Übertritt einiger F.D.P.- und eines SPD-Abgeordneten zur Opposition, waren wir entschlossen, im Herbst 1972 Neuwahlen herbeizuführen. Sie endeten mit einem glänzenden Ergebnis für Willy Brandt und die SPD: Während wir 1969 knapp unter 43 Prozent erreicht hatten, kamen wir jetzt auf beinahe 46 Prozent und wurden zum ersten und bisher einzigen Mal zur stärksten Fraktion im Bundestag; Annemarie Renger wurde Präsidentin des Parlaments. Die Empörung vieler Menschen über den Mißtrauensantrag, die Reformeuphorie,

Brandts Nobelpreis und sein weltweites Ansehen hatten geholfen. 1976 und 1980, als es nichts mehr zu verteilen gab, erreichten wir nur die Ergebnisse von 1969, nämlich knapp 43 Prozent. 1983 und später sanken unsere Ergebnisse dann stark ab.

Trotz seines in meinen Augen hervorragenden Wahlergebnisses 1972 fiel Willy Brandt nach dem Wahltag in Resignation und bat Wehner und mich, im Benehmen mit dem Partner F.D.P. das neue Bundeskabinett zusammenzustellen. Ob er nachher mit dem Ergebnis unserer Verhandlungen ganz zufrieden war, ist mir nicht deutlich geworden. Doch zumindest was meine Person betraf, mußte er eigentlich zufrieden sein. Denn ich erklärte mich bereit, im Amt des Finanzministers zu bleiben, obgleich ich – zur Verstimmung Brandts – nicht von vornherein dazu entschlossen gewesen war.

Als er mich im Juli 1972 nach dem Rücktritt Karl Schillers gebeten hatte, das Doppelministerium zu übernehmen, hatte ich mich ihm nicht versagt. Aber seinem Wort an mich »Und dann machen wir beide die nächsten vier Jahre zusammen« hatte ich widersprochen. »Nein, nur die nächsten vier Monate« (das hieß: nur bis zur Wahl im Herbst). Willy reagierte betroffen: »Wieso nur diese vier Monate?« Meine Antwort war: »Weil ich nicht mitverantwortlich sein will, wenn du zuläßt, daß aus unserer Partei eine Nenni-Partei gemacht wird.« (Pietro Nenni war der Vorsitzende der damaligen Linkssozialisten in Italien.)

Seither blieb unser freundschaftliches Verhältnis abgekühlt. Gleichwohl bin ich nach dem großen Wahlsieg Brandts 1972 sein Finanzminister geblieben, teils aus Parteidisziplin, teils aus persönlicher Loyalität. Vor einem Parteigremium nannte Brandt mich dann »unseren ersten Mann im Kabinett«. Dies erschwerte leider die Abwehr von Finanzforderungen meiner Kabinettskollegen, ohne daß der Kanzler mir sonderlich half: Allein der Haushalt für 1974 war nach meiner Meinung um einige Milliarden Mark höher, als mir unvermeidlich erschien.

Als im Herbst 1973 weltweit die Erdölpreise in die Höhe schnellten, stiegen zwangsläufig überall Inflation, Arbeitslosigkeit und öffentliche Verschuldung an. Wir sind in Deutschland zwar vergleichsweise recht gut damit fertig geworden, aber die Stimmung wurde mies. Politische Fehler kamen hinzu, auch exorbitante Lohnforderungen und Lohntarifabschlüsse, vor allem im öffentlichen Dienst. Innerhalb der Sozialdemokratie traten schwere, ideologisch begründete wirtschaftspolitische Meinungsverschiedenheiten an den Tag. Die Meinungsumfragen waren verheerend. Diese Lage führte die Spitze der SPD zu mehreren internen Beratungen zusammen. Insgesamt haben vom 30. März 1974 bis zum 5. Mai 1974 in Münstereifel drei derartige Sitzungen stattgefunden.

An der ersten nahm außer Brandt, Wehner und mir nur noch der Ministerpräsident von Nordrhein-Westfalen Heinz Kühn teil, der von einer »ernsten Situation« sprach, ein Teil der Führung sei an die Jungsozialisten abgegeben worden. Kühn verlangte eine Regierungsumbildung sowie den Hinauswurf von zehn Jusos. Eine Einigung wurde nicht erzielt.

Beim zweiten Treffen, am 4. Mai 1974, fand sich ein größerer Kreis ein, darunter sieben Freunde aus den Gewerkschaften. Der DGB-Vorsitzende Heinz Oskar Vetter beklagte das unscharfe Bild von Regierung und Partei: »Wir haben uns nach der Wahl 1972 playboyhaft zu viel Zersplitterung mit uns selbst erlaubt.« Und für den DGB sprechend, fügte er hinzu: »Ich frage, ob wir uns nicht unnötig verschleißen, wenn das Desaster der Regierung *doch* kommt.« Adolf Schmidt, Chef der Bergarbeitergewerkschaft, beklagte den »lästigen und gefährlichen Streit der Theoretiker«; man solle nicht mehr als nötig von Reformen reden. Eugen Loderer, Chef der IG Metall, klagte: »Draußen in der Welt werden wir wegen unserer stabilen Verhältnisse bewundert. Aber wir verkaufen nur das, was noch *nicht* erreicht wurde ... Der Abstieg der SPD wird den Abstieg der Gewerkschaften nach sich ziehen.« Es war eine realistische, aber traurig stimmende Bestandsaufnahme. Das einzig konkrete Ergebnis war ein auf Herbert Wehners Anregung ergangener Auftrag, ein »Signal an die Weltwirtschaft« zu geben (der Gedanke hat übrigens später zu dem Vorschlag für einen Weltwirtschaftsgipfel der größten Industriestaaten durch Giscard d'Estaing und mich geführt).

Diese Sitzung muß Willy Brandt tief deprimiert haben. Von Guillaume hatte niemand geredet, allein die innere Politik war Gegenstand gewesen. Am nächsten Morgen, am 5. Mai 1974, diesmal wieder im engsten Kreis in Münstereifel, entschloß sich Brandt zum Rücktritt.

Mir schien, daß Brandt und Wehner in der Nacht zuvor ein Gespräch unter vier Augen geführt hatten, aber ich weiß nichts darüber. Nunmehr spielte der Spion Guillaume eine große Rolle im Gespräch, auch die Frage, was er gewußt und berichtet haben könnte – und die Frage, welche Beobachtungen aus dem persönlichen Bereich des Bundeskanzlers die westdeutschen Ermittlungsbehörden in diesem Zusammenhang aus Willy Brandts Begleitpersonen herausfragen (und in die Öffentlichkeit lancieren) könnten. Brandt erklärte seinen Rücktrittsentschluß bereits zu Beginn der Unterhaltung und fügte hinzu: »Der Helmut muß das machen.«

Ich war tief erschrocken. Denn zum einen war es mir instinktiv unerträglich, daß die Stasi in Ost-Berlin den Bundeskanzler der Bundesrepublik Deutschland sollte stürzen können. Zum anderen hatte ich schon einige Jahre zuvor mit Abscheu miterlebt, wie die Hamburger Sozialdemokratie aus kleinbürgerlicher Moralität den geachteten Bürgermeister Paul Nevermann zum Rücktritt zwang, weil seine Ehefrau Grund gesehen hatte, sich von ihm abzuwenden; ich konnte einen ähnlichen Rücktrittsgrund für Willy Brandt nicht akzeptieren (viele Jahre später hat übrigens das sehr anrührende und zugleich vornehm-zurückhaltende Buch von Rut Brandt, »Freundesland«, diese Episode ganz beiseite geschoben).

Zum dritten aber hatte ich deutlich empfundene Angst vor der Verantwortung, die das Amt des Kanzlers mit sich brachte. Ich hatte mir zwar den Fraktionsvorsitz, die Hardthöhe und auch das Finanzministerium durchaus zugetraut, aber das Palais Schaumburg erschreckte mich. Anders als Brandt und Wehner, die sich, des Ernstes der Situation voll bewußt, in jenem Gespräch eines zwar angestrengten, aber durchaus disziplinierten Tones bedienten, habe ich Willy Brandt angeschrien: »Wegen dieser Lappalien kann ein Bundeskanzler sein Amt nicht aufgeben!« Brandt aber blieb fest, wiewohl er deprimierter, resignierter Stimmung war. Zweimal rief er aus: »Gescheitert!« – so, als wolle er sagen: Hier ist nichts mehr zu machen.

Herbert Wehner schlug vor, er solle den Parteivorsitz beibehalten, was Brandt akzeptierte – und ebenso ich. Im Laufe der folgenden Jahre hat sich dies aus meiner Sicht als politischer Fehler erwiesen; ich bin bisher der einzige Amtsinhaber geblieben, der nicht zugleich Vorsitzender der Regierungspartei war. Damals aber waren – zumal unser Gespräch mir ganz unerwartet über den Kopf gewachsen war – sowohl meine Loyalität zu Brandt als auch meine Vorstellung von der mich ohnehin überwältigenden Arbeit und Verantwortung des Regierungschefs die bestimmenden Gründe für meine sofortige Zustimmung.

Die ganz kurze Formulierung der Rücktrittserklärung Brandts, die wir danach gemeinsam zustande brachten, sprach ausschließlich von der politischen Verantwortung für Fahrlässigkeiten im Fall Guillaume. Die in den beiden vorangegangenen Münstereifeler Sitzungen ausgebreiteten Kalamitäten innen-, wirtschafts-, finanz- und arbeitspolitischer Art blieben unerwähnt. Auch im Rückblick erscheint mir jedoch für Willy Brandts Resignation der ganze Guillaume-Komplex mit allen denkbaren Implikationen kaum von motivierender Bedeutung, wohl aber der allgemeine Zustand des Landes und der eigenen Partei.

Es erscheint mir deshalb ganz abwegig, Wehner für Brandts Rücktritt verantwortlich zu machen, wie Willy Brandt später, im hohen Alter, angeblich zu verstehen gegeben haben soll – von politisch eher rechts orientierten Medien genüßlich ausgebreitet. Dabei will ich nicht ausschließen, daß Herbert Wehner in der Nacht zuvor noch einmal den Ernst der Lage, wie er sich in der vorangegangenen Konferenz mit unseren gewerkschaftlichen Freunden dargestellt hatte, resümiert und seinem Bundeskanzler vor Augen geführt hat. Ebenso glaube ich nicht, daß dem damaligen Innenminister Genscher, der von dem Spionageverdacht gegen Guillaume wußte, der Vorwurf gemacht werden darf, er habe mit politischer Absicht eine Fahrlässigkeit geschehen lassen.

Brandt, Wehner und Erler haben alle drei während der Nazizeit zum Widerstand gehört, sie haben zeitweilig im Untergrund innerhalb der deutschen Grenzen und zeitweilig im Ausland versucht, Widerstand zu organisieren. Nicht nur zu ihren Lebzeiten, sondern auch noch nach ihrem Tode haben kleine und große Schweine immer wieder versucht, ihnen die Ehre abzuschneiden. Ich sehe voraus, dies wird noch einige Zeit so bleiben, zumal die Akten der SED und der Stasi dafür möglicherweise Anknüpfungspunkte liefern könnten. Es gehört bodenlose Naivität oder viel schlechter Wille dazu, interne Aufzeichnungen einer Diktatur, die sich auf Menschen beziehen, über die sie keine Gewalt hatte, für Quellen der Wahrheit zu halten; selbstverständlich haben viele Berichte politische Ziele innerhalb der Machtkämpfe in der DDR und im Verhältnis zur Sowjetunion verfolgt. (Ich selbst habe Kenntnis von einem mich betreffenden Bericht, in dem Erich Honecker zu Unrecht damit prahlt, wie er seinen westdeutschen Gesprächspartner zu positiven Äußerungen über das Kriegsrecht in Polen verführt haben will – natürlich war dieser Bericht dazu bestimmt, seinen Genossen in Ost-Berlin und in Moskau zu gefallen.) Ich habe der Enquetekommission des Bundestages dringlich empfohlen, die amtlichen Akten meiner Bundesregierung beizuziehen und die jetzige Bundesregierung zur Offenlegung aufzufordern. Solange die heutige Bundesregierung dies immer noch verweigert, sollte kein redlicher Mensch kommunistischen Berichten über westdeutsche Amtspersonen Glauben schenken. Im übrigen: Das Grundgesetz erlaubt keiner deutschen Regierung, dem Parlament oder seinem Ausschuß Akteneinsicht generell zu verweigern; das gilt auch für die Akten der ehemaligen Ministerien der DDR, über welche heute die Bundesregierung verfügt.

Zurückkehrend zum Kanzlerwechsel von Brandt zu Schmidt ist zu berichten, daß der SPD-Parteitag im folgenden Jahr 1975

Brandt wieder zum Vorsitzenden und mich wieder zu einem seiner beiden Stellvertreter gewählt hat; in geheimer Wahl erhielt jeder 407 Stimmen. Das schien die Partei zunächst zu befriedigen. Nunmehr wurden aber die vormaligen Anhänger der Studentenbewegung, die Friedensbewegung, die ökologische und die Anti-Kernkraft-Bewegung innerhalb wie außerhalb der Partei zu zunehmend bedeutsamen Faktoren. Willy schrieb den Mitgliedern des Parteivorstandes dazu im Februar 1980, man müsse differenzieren und einerseits vor denjenigen Respekt haben, die ihren Standpunkt moralisch begründen; andererseits erschwere die verantwortungslose Ignoranz gegenüber Finanzierungsfragen manchen Öko-Gruppen den Zugang zu den Arbeitnehmern in den Betrieben. Sein Bestreben nach Integration in eine große linke Volkspartei lief in meinen Augen Gefahr, manche Wähler in der Mitte zu verlieren, die von all den Demonstrationen abgeschreckt wurden. Willy und ich haben über dieses Problem des öfteren ernsthaft miteinander gesprochen, ohne einig zu werden. Er riet mir zu Geduld und Gelassenheit. Immerhin haben wir dann 1980 das zweitbeste Wahlergebnis unserer Parteigeschichte erzielt, es entsprach in etwa den Resultaten von 1969 und 1976. Hauptprofiteur unseres Wahlkampfes war 1980 die F.D.P., die – meines Gegenkandidaten Franz Josef Strauß wegen – ausdrücklich mit meinem Namen für sich geworben hatte. Als nach 1982 die SPD sich in der Opposition wiederfand, haben dann zwei Parteitage nicht nur den »Atomplan« Carlo Schmids und Leo Brandts und ebenso Willy Brandts eigene frühere Kernenergiepolitik in das krasse Gegenteil verkehrt – anders als England, Frankreich, die USA, die Sowjetunion und viele andere Staaten wollte die SPD nunmehr ganz aus der Kernkraft aussteigen –, sondern auch der eigenen bisherigen Sicherheitspolitik (NATO-Doppelbeschluß) den Rücken gekehrt, beide Male mit überwältigenden Mehrheiten. Willy Brandt war durchaus stolz auf diese Geschlossenheit: »Welche andere Partei macht uns das nach?«

Mir blieb die Logik seiner Haltung unverständlich. 1983 stand seine öffentliche Kritik an meiner Sicherheitspolitik in einem erstaunlichen Kontrast zu seiner bisherigen positiven Haltung. Noch zwei Jahre zuvor hatte er nach einem privaten Besuch bei Breschnew berichtet, dieser habe mir gegenüber wegen der sowjetischen SS-20-Rüstung ein schlechtes Gewissen; Brandt vermutete, Breschnew sei von der SS-20-Rüstung politisch überrollt worden. Brandt hatte – auch im Gespräch mit Außenminister Genscher – 1981 sehr sorgfältig an einer Bundestagsentschließung mitgearbeitet und zum Beispiel selbst die Formulierung vorgeschlagen: Der

Bundestag »... begrüßt die Entschlossenheit, beide Elemente des NATO-Beschlusses vom Dezember 1979 durchzuführen und ihnen gleiches Gewicht zu geben... unterstützt die Verwirklichung des Bündnisbeschlusses vom 12.12.1979 in seinen beiden Teilen ...«

Der Westen und wir Deutschen dürfen dankbar sein, daß mein Nachfolger Helmut Kohl an meiner Sicherheitspolitik, an den Entschlüssen des Bündnisses und auch an den früheren Entschließungen des Bundestages festgehalten hat. Tatsächlich hat die »Verwirklichung beider Teile« des Doppelbeschlusses Gorbatschow 1987 dazu veranlaßt, voll und ganz einzulenken; so ist der INF-Vertrag* zum allerersten beiderseitigen Abrüstungsvertrag des Jahrhunderts geworden – und gleichzeitig zum Schrittmacher für alle weiteren, überaus positiven Entwicklungen.

Ich habe mit Willy Brandt über seinen späten Frontwechsel nicht mehr gesprochen, vielmehr habe ich mich alsbald aus allen Ämtern in meiner Partei zurückgezogen. Auch Herbert Wehner zog sich zurück, er legte im März 1983 den Fraktionsvorsitz nieder. Die in der Geschichte unseres Staates bisher einzigartige Konstellation von drei Führungspersonen an der Spitze von Regierung und Regierungspartei hat 1982 ihr Ende gefunden. Die sozialdemokratischen Wahlergebnisse der vier Bundestagswahlen nach 1982 sind dementsprechend enttäuschend ausgefallen.

Das Triumvirat

Es ist in den Medien nachträglich vieles über die sogenannte Troika geschrieben und gesendet worden. Einige haben 1994 nachträglich glauben gemacht, wir hätten uns genauso öffentlich gestritten wie Oskar Lafontaine, Gerhard Schröder, Rudolf Scharping und Heidi Wieczorek-Zeul. Wahr ist: Wir haben sechzehn Jahre lang oft miteinander gerungen, wir waren keineswegs immer einträchtig, aber wir haben uns immer wieder auf gemeinsames Handeln verständigt. Vor allem aber haben wir unsere Meinungsverschiedenheiten nie in die Medien getragen – ich erinnere mich nur an eine einzige Ausnahme von Gewicht, ich habe sie oben erwähnt. Wir waren von Natur und durch unsere Lebenswege sehr verschiedene Menschen; auch unsere Lebensalter unterschieden sich deutlich. Herbert war zwölf Jahre, Willy Brandt fünf Jahre älter als ich.

---

* Intermediate Nuclear Forces; der Vertrag betraf die Beseitigung aller SS 20 und aller Pershing II in Europa, also die sogenannte Nullösung.

Wir haben uns die gemeinsame Führung der Sozialdemokratie und der Bundesrepublik nicht leichtgemacht. Aber unser Land – so glaube ich – ist gut mit uns gefahren. Natürlich hätte Willy Brandt, solange er Parteivorsitzender *und* Kanzler zugleich war, im Notfall das letzte Wort haben müssen. Nach dem Kanzlerwechsel wäre das allerdings anders gewesen. Aber ein solcher Notfall ist nicht eingetreten. Deshalb war auch das russische Wort von der Troika hier unangebracht, ja falsch; denn eine Troika hat zwar drei Zugpferde, aber nur einen einzigen Lenker des Wagens. Soviel ich weiß, hat keiner von uns dreien das Wort Troika gerne gehört oder gar selber benutzt. Der Engländer Timothy Garton Ash hat statt dessen von der »sozialdemokratischen Trinität« gesprochen; das war gewiß nicht blasphemisch gemeint, aber gefallen hat es mir auch nicht. Immerhin glaube ich, wir haben einen Anspruch auf Respekt vor der gemeinsamen dauerhaften Führungsleistung.

Ich selbst war im Umgang mit meinen Freunden Brandt und Wehner wie auch mit vielen anderen gewiß nicht immer leicht zu nehmen, meist kühl, meist hart in Argument und Ton, bisweilen schroff. Zweimal habe ich in einem Führungsgremium der SPD gebrüllt, einmal an Herbert Wehner adressierend, der seinerseits eines unserer weiblichen Mitglieder lautstark attackiert hatte: »Wenn hier gebrüllt werden soll, das kann ich auch!« Das andere Mal, bei der schicksalhaften Klausur in Münstereifel, an Willy Brandt gerichtet wegen seiner Rücktrittsabsicht. Später habe ich mich dafür geschämt.

Die von journalistischer Seite vorgetragene Behauptung von einem »zerrütteten Verhältnis untereinander« ist falsch. In Wahrheit haben wir sechzehn Jahre lang kooperativ geführt, zwar keineswegs immer einträchtig, aber im Ergebnis eben doch gemeinsam. Wer sich in anderen Parteiführungen und Bundesregierungen, in anderen Staaten, in Unternehmungen, Gewerkschaften oder in Redaktionen umschaut, der wird finden, daß Brandt, Wehner und Schmidt in ihrer Zusammenarbeit bei solchen Vergleichen nicht schlecht abschneiden.

Gegen Ende unserer gemeinsamen Führung standen Herbert Wehner und ich uns etwas näher als im Verhältnis zu Willy Brandt. Der Grund lag wohl darin, daß Brandt dank der zunehmenden Milde des Alters in seinen öffentlichen Reden immer häufiger in vieldeutigen Sätzen und Formeln sprach, es blieb oft unbestimmt und vage, worauf er abzielte, die Zuhörer konnten sich – je nach ihrem eigenen Gefühl – ganz verschiedene Vorstellungen machen. Willy war ja selber von vornherein ein Mann, der sich sehr weit von seinen eigenen Gefühlen leiten ließ.

Wie sein Wort von der »Lebenslüge Wiedervereinigung« – um das wichtigste Beispiel herauszugreifen – wirklich gemeint war, das er nach 1982 mehrfach gebraucht hat, das blieb mir unklar. Ich selbst habe immer – in Kenntnis der europäischen Geschichte der letzten Jahrhunderte – fest daran geglaubt, eines fernen Tages werde es auf unserem Kontinent eine Konstellation geben, die es erlaubt, unsere Nation wieder unter ein und demselben Dach zu vereinigen. Daß sich diese Möglichkeit schon am Ende der achtziger Jahre ergeben könnte, habe ich mir allerdings nicht vorgestellt. Ich glaube, Willy Brandt hat sich an dem Wort »Wieder« gestoßen, so als sei das Land so wiederherzustellen, wie es einst vor Hitler gewesen war. Wenn einige geschrieben haben, die Vereinigung der beiden deutschen Staaten sei nicht sein Ziel gewesen, so halte ich dies für einen Irrtum. Ich war sehr zufrieden, als er sein verschwommenes Wort im Dezember 1989 ersetzte und statt dessen sagte: »Es wächst zusammen, was zusammengehört.« In Wahrheit war Willy Brandt ein deutscher Patriot, so wie auch Herbert Wehner. Einige der politischen Enkel Brandts im Westen Deutschlands haben seinen Patriotismus nicht verstanden. Sie werden ihn noch lernen.

Am Ende dieses Jahrhunderts mag es so aussehen, als ob die Geschichte Adenauer und Brandt zugleich recht gibt. Brandt hat der Westpolitik des ersten Bundeskanzlers – ohne sie in Frage zu stellen – die notwendige Ergänzung der Ostpolitik hinzugefügt. Beides waren notwendige Bedingungen für die deutsche Vereinigung. Der sechste Bundeskanzler hatte das Glück, sie vollziehen zu können. Aber keiner sollte vergessen: Ohne den inneren Zerfallsprozeß der Sowjetunion und ihrer Macht und ohne den schließlich glücklosen Gorbatschow wäre uns dieses Glück nicht zuteil geworden.

Bis heute haben wir nur die staatliche Einheit erreicht. Die materielle, die ökonomische Einheit kann noch zwei Jahrzehnte oder mehr benötigen, vor allem benötigt sie weiterhin ökonomische Opfer der Westdeutschen. Die seelische Einigung der Nation mag noch länger dauern; deshalb haben einige Deutsche aus Ost und West Brandts vor Jahrzehnten verlorengegangenes Projekt einer Nationalstiftung wiederaufgenommen, freilich in einer anderen Form*. Ein ganz wichtiger Schritt der seelischen Einigung ist jedoch bereits erreicht: Im Osten wie im Westen zweifelt niemand

---

* Die Deutsche Nationalstiftung, die ihren Sitz in Weimar hat, wird nicht mit staatlichen Mitteln finanziert; sie ist auf private Zuwendungen und Spenden angewiesen.

mehr an der vitalen Lebensfähigkeit der deutschen Demokratie auch unter sozialdemokratischen Regierungen – das ist Brandts Verdienst, der die Sozialdemokraten nach über hundert Jahren der Opposition zum ersten Mal dauerhaft und mit Erfolg in die Gesetzgebungsmacht geführt hat.

Um der Wahrheit willen habe ich oben von den sachlich-politischen Kontroversen zwischen Brandt und mir berichtet. Ich muß am Schluß hinzufügen: Unser persönliches Verhältnis blieb intakt bis an Willy Brandts Lebensende.* Als ich Willy Brandt einige Wochen vor seinem Tode das letzte Mal besucht habe, schieden wir voneinander als Freunde, die aus gleichen Motiven für die gleiche Sache gekämpft hatten. Wenn er selbst 1972 den Eindruck gehabt haben sollte – wie es heute von einigen behauptet wird –, ich hätte ihm den Wahlsieg mißgönnt, so ist dies gewiß falsch: Nicht im Traum habe ich an eine eigene Kanzlerschaft gedacht. Jedenfalls aber war dies 1992 bei ihm genauso vergessen oder abgesunken wie bei mir Willy Brandts Votum gegen den NATO-Doppelbeschluß im Jahre 1983. Wir haben uns 1992 als Freunde empfunden – und ich werde mich auch fürderhin einen Freund Willy Brandts nennen.

Die Eckpfeiler des Kabinetts

Hans-Jochen Vogel wurde Herbert Wehners Nachfolger in der Führung der SPD-Bundestagsfraktion. Er nahm es auf sich, in dem für die SPD aus eigenem Verschulden aussichtslosen Wahlkampf als Kandidat für das Amt des Bundeskanzlers an die Spitze zu treten – ein Pflichtmensch! Das Wahlergebnis 1983 wäre ohne ihn, so glaube ich, wesentlich schlechter ausgefallen. Daß er sich 1987 nicht noch einmal die Kanzlerkandidatur antragen lassen wollte, habe ich zwar verstanden, aber – trotz meiner sehr großen Sympathie für Johannes Rau, der dann die Kandidatur übernahm – auch bedauert. Denn ich wußte aus eigener Erfahrung schon lange, daß die ideologisch zerrissene SPD der Führung aus einer Hand bedurfte und auch zukünftig bedarf. Seit den späten sechziger Jahren waren mir die überragenden Fähigkeiten, die charakterliche Qualität und die bundespolitische Erfahrung Vogels stets als beste Voraussetzung für meinen Nachfolger im Amt des Regierungschefs erschienen, anderen wohl auch. Hätte die Nach-

---

* Dies ist durch mehrere Briefwechsel belegt, auch durch einen Brief von Brigitte Seebacher-Brandt an mich im Sommer 1992.

folge erst nach längeren Jahren entschieden werden müssen, so wäre nach meinem Eindruck auch der deutlich jüngere Hans Apel dafür in Betracht gekommen. Ein Bundeskanzler ganz ungewohnten Typs wäre Georg Leber gewesen, leider ist er schon 1978 aus der Politik ausgeschieden; er hätte die Arbeitnehmer in Ost und West an die SPD binden und ihnen nach der Vereinigung auch die notwendigen Opfer plausibel und annehmbar machen können. Dies hätte auch Hans Matthöfer gekonnt, der aber inzwischen – im gleichen Alter wie Hans-Jochen Vogel – schon seit langem aus der Politik ausgeschieden ist.

Persönliche, charakterliche Zuverlässigkeit habe ich immer für die wichtigste Anforderung gehalten, die man an einen Politiker stellen muß; erst danach kommen Urteilsfähigkeit, Intelligenz, fachliches Können, Beredsamkeit und alle weiteren für den Politiker wünschenswerten Eigenschaften. Viele der notwendigen Fähigkeiten und Eigenschaften kann man durch Arbeit an sich selbst, durch Fleiß und durch Erfahrung erwerben. Charisma jedoch und persönliche Ausstrahlung sind kaum erlernbar, sie sind ein Glücksfall.

Für einen Kanzlerkandidaten, auch für einen Oppositionsführer, ist außerdem eine zu Buche schlagende *bundes*politische Erfahrung nötig. In den Fällen von Brandt, Kiesinger und Strauß lag diese Erfahrung vor, Landespolitiker waren sie nur dem äußeren Anschein nach, sie brachten außerdem internationale Erfahrung mit. Deutschland ist eine parlamentarische Demokratie, der Kanzler wird vom Bundestag, nicht vom Volke gewählt und bleibt vom Vertrauen des Parlaments abhängig. Deshalb sollte im Normalfall der Kanzler aus den Reihen des Parlaments kommen. In einer Präsidialdemokratie, wie in den USA, liegt der Fall kategorisch anders; deshalb konnten die Staatsgouverneure Carter, Reagan und Clinton Präsidenten werden, aber mangels bundespolitischer und parlamentarischer Erfahrung hatten sie erhebliche Schwierigkeiten mit dem Kongreß und waren zur eigenen Urteilsbildung weitestgehend auf Mitarbeiterstäbe angewiesen, die in Washington bereits reiche Erfahrungen gesammelt hatten.

Die deutsche Sozialdemokratie hat nach 1983 dreimal nacheinander den untauglichen Versuch gemacht, Landespolitiker als Kanzlerkandidaten zu präsentieren, dreimal mit recht unbefriedigenden Ergebnissen. Sie waren mangels eigener Bonner Erfahrung auf Mitarbeiterstäbe angewiesen, die aber zum Teil auch keine bundespolitischen Erfahrungen besaßen oder, sofern sie etablierte Bonner Bürokraten waren, zum Teil kein herzliches Engagement für ihren aus der Provinz kommenden neuen Spitzenmann aufbringen konnten oder wollten. Dem bisherigen Landesfürsten Kohl war das 1976 nicht viel besser ergangen.

Als Hans-Jochen Vogel 1983 für das Spitzenamt zum Wettbewerb antrat, brachte er außer seinen Fähigkeiten umfassende Erfahrungen mit, nämlich zwölf Jahre als Oberbürgermeister von München und fast ein Jahrzehnt als Bundesminister in zwei verschiedenen Ressorts und als Mitglied des Bundestages. Er war glänzend vorbereitet und ausgerüstet. Daß er mit einer tief verunsicherten Partei nicht gewinnen konnte, war nicht seine Schuld.

Hans-Jochen war zu meiner Zeit ein hervorragender Justizminister und zugleich ein wichtiger persönlicher Ratgeber; er war dies schon in den sechziger Jahren gewesen, weshalb mir die Berufung Vogels zum Justizminister selbstverständlich gewesen war. Wir haben ihn im Kabinett als einen scharfsinnigen und zugleich nachdenklichen Kollegen erlebt, auf dessen grundsätzliche politische Einschätzungen - weit über seine Ressortzuständigkeit hinaus - die Regierungsrunde zu hören pflegte. Vor allem aber haben wir uns immer auf sein rechtsstaatliches Urteil und seine Verfassungs- und Gesetzestreue verlassen. Bei der Abwehr des RAF-Terrors ging es darum, weiteren Verbrechen einen Riegel vorzuschieben und bedrohte Menschenleben zu retten, es ging aber immer wieder auch darum, trotz der unerwarteten Brutalität und Intelligenz der Verbrecher bei keinem einzigen unserer Schritte den Rechtsstaat zu beschädigen. In diesem überaus schwierigen Prozeß hat sich der damalige Justizminister in allen Beratungsrunden als eine unverzichtbare Instanz bewährt.

Als Vogel 1981 nach Berlin ging (Jürgen Schmude wurde in Bonn sein Nachfolger als Justizminister), wurde ich in einem Interview gefragt, ob sein Weggang für mich im Kabinett nicht eine schmerzliche Lücke hinterließe. Ich habe geantwortet: »Das kann man wohl sagen!«

Hans-Jochen Vogel ist bisweilen mit schnell dahergeschriebenen Etiketten versehen worden: nüchtern, spröde, eigensinnig, zwar abwägend im Urteil, aber auch leicht zornig, voller intellektueller Ungeduld. Ein Körnchen Wahrheit ist darin. Aber für mich als seinen ehemaligen Kollegen haben alle derartigen Schattierungen ganz leicht gewogen, seine stringente Klugheit dagegen ganz schwer. Ich habe massiven Grund, Hans-Jochen Vogel dankbar zu sein, deshalb freue ich mich jedesmal, wenn er mich im Sommer am Brahmsee besuchen kommt.

Georg Leber hingegen sehe ich zu meinem Bedauern nur ganz selten, denn der Brahmsee liegt in der Nord-West-Ecke Deutschlands, Leber aber wohnt ganz im Südosten. Der Arbeiterführer

Der alte Gewerkschaftsmann Georg Leber wurde zur allgemeinen Überraschung ein starker Verteidigungsminister von großer Autorität auch bei der Truppe. »Schorsch« Leber stand Schmidt persönlich nahe, und das wechselseitige Vertrauen hielt auch noch an, als beide Männer aus ihrem Amt geschieden waren.

»Schorsch« Leber war für mich schon vor dreißig Jahren der Idealtyp eines Gewerkschaftsvorsitzenden – später habe ich von Adolf Schmidt eine ähnliche Meinung gehabt. Der erstere war Vorsitzender der IG Bau Steine Erden, der letztere Vorsitzender der IG Bergbau und Energie. Die Bauarbeiter haben es nach Kriegsende relativ leicht gehabt, weil ihre Berufe dringend zum Wiederaufbau gebraucht wurden; später haben wechselnde Baukonjunkturen ihnen das Leben schwerer gemacht, dazu kam das Problem der Schwarzarbeit und der zu niedrigen Löhnen arbeitenden ausländischen Kollegen. Auch die Bergarbeiter, deren Beruf unter den Nachkriegsverhältnissen wohl der schwerste von allen gewesen ist, wurden zunächst dringend gebraucht, aber seit mehr als dreißig Jahren haben sie unter der anhaltenden Strukturkrise des Steinkohlenbergbaus zu leiden. Leber und Schmidt sind mit den Problemen ihrer Branchen und ihrer Arbeitnehmer auf sehr verschiedene Weise umgegangen, aber beide sehr erfolgreich, beide als Eckpfeiler der demokratischen Gesellschaft – und übrigens beide auch in einem guten Verhältnis zu ihrer Kirche und ihrem Staat.

Hier soll allerdings nur von Schorsch Leber die Rede sein, der von 1966 bis 1978 Bundesminister war, zunächst im Verkehrsressort und dann sechs Jahre lang als der vom Grundgesetz mit dem Oberbefehl über die Bundeswehr betraute Verteidigungsminister. Er war in meinen Augen eine ideale Besetzung dieses schwierigen Amtes, obschon er selbst keineswegs ohne Ecken und Kanten und Eigenwilligkeiten ist. So wie er als knorriger Gewerkschaftsführer zugleich mit ganzem Bewußtsein ein Mann dieses Staates gewesen war, der es für selbstverständlich hielt, daß der Staat auch der Staat der Gewerkschafter zu sein hatte, so sorgte er als Inhaber der Befehls- und Kommandogewalt mit ganzer Seele dafür, daß auch unsere Soldaten bis hinauf zu den Generälen und Admirälen den Staat als den ihren empfanden und begriffen.

Ich erinnere mich an das Wort eines der damaligen Generäle: »Genaugenommen ist ein Gewerkschafter als Verteidigungsminister ein Idealfall für die Bundesrepublik.« Wer die Rolle der Armee im Verhältnis zum Staat und zu seiner Regierung über die letzten vier oder fünf Generationen vor Augen hat, der mußte über diesen Ausspruch glücklich sein. Inzwischen hat sich glücklicherweise das Verhältnis zwischen Gewerkschaften und Streitkräften so weitgehend normalisiert, wie dies in westlichen Demokratien üblich ist. Leber hat in seiner Person die Aussöhnung zwischen Armee und Gewerkschaften verkörpert. Wenn er damals zuweilen »Vater der Soldaten« genannt worden ist, so war das nicht paternalistisch gemeint, sondern gemeint war das Herz, mit dem der Minister sich um die sozialen Beschwernisse und Bedürfnisse der Wehrpflichtigen wie der Berufssoldaten gekümmert hat – und dazu kamen Verstand, Tatkraft und Autorität.

Als Bundeskanzler Brandt mich bewog, von der Hardthöhe in das Finanzministerium zu wechseln, habe ich ihm Leber als meinen Nachfolger vorgeschlagen. Brandt wie auch ich, wir beide sind später mit dieser Nachfolge sehr zufrieden gewesen. Und Schorsch selber hat sein Amt geliebt. Es war ein schwerer Tag für ihn und für mich, als er 1978 wegen unzulässiger Lauschoperationen des Militärischen Abschirmdienstes (MAD), die Leber unbekannt geblieben waren, die politische Verantwortung auf sich nahm und deshalb zurücktrat. Ich habe nicht vermocht, ihn umzustimmen. Georg Leber hat danach mehrfach als Schlichter und als Vermittler in Arbeitskämpfen eine von allen Seiten hoch anerkannte, erfolgreiche Rolle gespielt.

Lebers Rücktritt als Verteidigungsminister löste ein Revirement in meinem Kabinett aus, Hans Apel folgte Georg Leber nach, und Hans Matthöfer übernahm an Apels Stelle das Finanzministerium.

Es war eine schwierige Arbeit, Hans Apel für die neue Aufgabe zu gewinnen. Denn er hatte als Finanzminister in vier Jahren Autorität und Ansehen gewonnen und war gern Finanzminister, die Streitkräfte dagegen waren ihm ziemlich fremd. Hans kam mit seiner Frau Ingrid zu mir in meine Hamburger Wohnung, und wir führten eine sehr lange Unterhaltung. Wir gingen alle Kabinettskollegen durch, um herauszufinden, welcher Sozialdemokrat ansonsten eventuell in Frage käme. Mein Freund Willi Berkhan wäre geeignet gewesen, er war aber vor noch nicht drei Jahren vom Bundestag zum Wehrbeauftragten gewählt worden und machte seine Sache vorzüglich; ihn aus diesem Amt abzuberufen war aus mehreren Gründen nicht ratsam, das mußte auch Apel zugeben. Er schien nach zwei Stunden schließlich bereit zum Wechsel. Wichtig aber war, daß nun auch Ingrid überzeugt wurde; denn es war augenscheinlich, daß Hans nicht gegen die Empfindungen und den Rat seiner Frau handeln wollte. Loki, die ja früher schon mit mir zusammen auf der Hardthöhe gewohnt und gearbeitet hatte, gab mit ihren dortigen Eindrücken und Erfahrungen bei Ingrid schließlich wohl den Ausschlag.

Zu jener Zeit kannte ich Hans Apel schon lange, wir hatten uns im SPD-Kreis Hamburg-Nord kennengelernt. Seine innere Unabhängigkeit und seine Standfestigkeit hatte er als Finanzminister öffentlich bewiesen. Davor hatte er zwei Jahre im Auswärtigen Amt und zuvor zehn Jahre nacheinander als Mitarbeiter und als Mitglied des Europäischen Parlaments internationale Erfahrungen gesammelt. All dies hat ihn zu einem guten Verteidigungsminister werden lassen, der sich nicht nur innerhalb der Bundeswehr, sondern auch in innerparteilichen Debatten durchgesetzt hat. Er war einer der wenigen Sozialdemokraten, die nach 1982 nicht aus Opportunismus gegenüber den Linken den NATO-Doppelbeschluß preisgaben. Deshalb wollte ihm die Linke 1987 in Hamburg ein erneutes Bundestagsmandat verweigern. Ich habe damals natürlich Apel unterstützt: »Wenn jemand in der Partei so viel wie Hans Apel zu bieten hat, so sollte die SPD auch weiterhin bereit sein, manche Ecken und Kanten seiner Persönlichkeit zu akzeptieren. Der Mann ist in der Tat nicht glatt – aber hinter dieser Tatsache liegt seine Standfestigkeit verborgen.« Die SPD habe immer Platz gehabt für ein sehr breites Spektrum politischer Auffassungen und Persönlichkeiten, sein Wahlkreis solle auch dieses Mal Apels Potenz dem Parlament erhalten.

Hans Apel war in Hamburg populär, auch bei unseren Parteimitgliedern. Er arbeitete in der Kirche und war zudem ein Fußballfan, der sich immer für den FC St. Pauli engagierte und mitbrüllte, wenn es hieß: »Auf, auf, ihr Männer vom Millerntor!« Er machte sehr hamburgische und oft amüsante Sprüche; nachdem er einmal von einer unerfreulichen Korrektur der Entwicklung von Steuereinnahmen überrascht worden war, kam es zu seinem bekanntgewordenen Ausruf: »Ich glaub', mich tritt ein Pferd.« Außerdem – auch dies sehr hamburgisch – segelte er zusammen mit seiner Frau eine kleine Jacht auf der Ostsee (das tut er immer noch).

Apel wurde 1987 wiedergewählt, verzichtete aber – nach allerhand innerparteilichem Ärger – 1988 auf alle Parteiämter und für die Wahl 1990 auf eine erneute Kandidatur. Er übernahm 1991 eine außerplanmäßige Professur für Finanzwirtschaft an der Universität Rostock (wo er kaum die Hotel- und Fahrtkosten verdient) und den Aufsichtsratsvorsitz einer sehr großen Braunkohle- und Energie-Aktiengesellschaft in der ehemaligen DDR. Das hohe persönliche Engagement im Osten entspricht seinem Pflichtbewußtsein. Deshalb bin ich stolz auf Apel, übrigens auch auf Klaus von Dohnanyi und andere meiner sozialdemokratischen Freunde, die sich ehrenamtlich in den neuen Bundesländern engagieren, um Unternehmen und Arbeitsplätze zu retten, die durch eine leichtfertig-saloppe Bonner Währungs-, Lohn- und Privatisierungspolitik zusätzlich gefährdet worden sind.

Auch mein Freund Hans Matthöfer hat sich einem hochgefährdeten Unternehmen zugewandt, nämlich der BGAG, die seit 1974 als Konzern die Gesellschaften im Eigentum der Gewerkschaften unter einem Dach vereinigt und durch die exorbitante Mißwirtschaft bei der »Neuen Heimat« in eine Existenzkrise geraten war. Auf fast geräuschlose Art ist ihm durch schrittweise Verkäufe von Anteilen an den Tochtergesellschaften binnen sieben Jahren die Sanierung der BGAG gelungen.

Unsere Freundschaft hatte ihren Ursprung in einer klaren Gegnerschaft. Matthöfer war – zunächst gemeinsam mit Kurt Gscheidle – der kluge und geschickte Wortführer der Opposition, die 1968 innerhalb der SPD-Fraktion die Notstandsgesetzgebung ablehnte. Dagegen war ich, damals Fraktionsvorsitzender, überzeugt, sie sei im Prinzip nötig, um die Vorbehaltsrechte der westlichen Alliierten zum Erlöschen zu bringen (man stelle sich nur einmal vor, die Regierungen in Washington, London und Paris – oder nur eine von ihnen – hätten den späteren RAF-Terrorismus als eine so große Gefährdung angesehen, daß sie von ihren Eingriffsrechten Gebrauch machten!); allerdings war ich hinsichtlich der Ausgestaltung im einzelnen durchaus flexibel, denn auch mir gefiel die Gesetzesvorlage der Regierung Kiesinger/Brandt in manchen

Häufiges Feriendomizil der Schmidts war Gran Canaria, wo ihre Freunde Justus Frantz und Christoph Eschenbach ein Haus in der bizarren Bergwelt im Südwinkel der Insel besitzen. Im Januar 1981 erhielt Schmidt dort Besuch von seinem Finanzminister Hans Matthöfer (links), mit dem Schmidt eine Partie Blitzschach spielte.

Details keineswegs. Im Laufe mehrerer Wochen hat die Fraktion in langen Sitzungen Punkt für Punkt und Satz für Satz streitig durchdiskutiert. Dabei mußte ich mich jedesmal anschließend mit dem Fraktionsvorsitzenden der CDU/CSU, Rainer Barzel, rückkoppeln; auch in seiner Fraktion gab es natürlich Änderungswünsche. Es war eine mühselige Arbeit. Sie wurde aber zwischen den beiden Fraktionsführungen ebenso wie innerhalb unserer Fraktion mit großer Fairneß vollbracht, so daß am Schluß die für die Ergänzung des Grundgesetzes notwendige Zweidrittelmehrheit erreicht wurde. Dabei war klar, daß eine Gruppe von etwa zwanzig Mitgliedern meiner Fraktion – obwohl sie einige wichtige Änderungen erreicht hatte – bei der Ablehnung bleiben wollte. Die Fraktion bestimmte mich zum Hauptredner für die bevorstehende Plenarsitzung. Auf meine Frage, wer als Redner die Auffassung der Minderheit innerhalb der sozialdemokratischen Fraktion vortragen solle, antwortete Matthöfer: »Das mußt du mit übernehmen.« So ist es dann auch geschehen. Nach der Plenarsitzung war ich doppelt glücklich, nämlich erstens über das Vertrauen Matthöfers und seiner Kombattanten in meine Fairneß und zweitens darüber, daß unsere Minderheit mit meiner Darlegung zufrieden gewesen war.

Ich hatte begriffen, welche Qualitäten in Matthöfer steckten, und machte Willy Brandt, als er später sein erstes Kabinett bildete, den Vorschlag, Matthöfer ins Kabinett aufzunehmen, zumal dergestalt auch die Linke in der Partei sich in der Regierung gut vertreten fühlen konnte. Brandt hatte sich aber über Matthöfer geärgert und lehnte ab. Als er 1972 sein zweites Kabinett bildete, war es Erhard Eppler und meinem Einfluß zu verdanken, daß Brandt Matthöfer zum parlamentarischen Staatssekretär berief. Als ich mein erstes Kabinett bildete, wurde Matthöfer Bundesminister für Forschung und Energie, vier Jahre später Finanzminister. Er hat in beiden Häusern gute, fach- und sachgerechte Arbeit geleistet. Ich war ziemlich unglücklich, als er im Frühjahr 1982 aus ernsthaften gesundheitlichen Gründen um seine Ablösung bat. Ich konnte ihn beschwatzen, das weit weniger aufreibende Postministerium zu übernehmen, weil ich ihn auf jeden Fall im Kabinett behalten wollte. Traute Matthöfer schrieb mir bald danach einen anrührenden Brief und bedankte sich für diese Lösung; sie und ihr Mann hätten allerdings ein schlechtes Gewissen, weil Hans die Finanzverantwortung habe abgeben müssen. Tatsächlich hätte eher ich ein schlechtes Gewissen haben müssen, weil ich ihn überredet hatte, in der Regierung zu bleiben. Aber jetzt waren wir längst herzliche Freunde, und das werden wir auch bleiben.

Hans Matthöfer ist auch im Alter ein echter Linker geblieben, der Ton liegt auf dem Adjektiv. Er hat den sich selbst für Linke ausgebenden Karrieristen und Fraktionsmachern in der SPD keine opportunistischen Zugeständnisse gemacht, auch nicht den Organisations- und Funktionärsinteressen der Gewerkschaften, aber sein Herz schlägt immer noch für die Aufgabe der Gewerkschaften, so wie er sie sieht. Als er 1993 in Gestalt eines Buches seine Vorschläge zur Wirtschaft- und Gesellschaftspolitik vorlegte*, breitete er zugleich seine gewerkschaftlichen und unternehmerischen, seine wirtschafts- und finanzpolitischen Erfahrungen aus, alles, was er im Laufe des Lebens gelernt hat. Aber er hielt fest an den Erkenntnissen und Forderungen seiner jungen Jahre: betriebsnahe Lohntarifpolitik, Mitbestimmung am Arbeitsplatz durch die Arbeitnehmer, auch auf der untersten Produktionsstufe und ebenso

---

* »Agenda 2000«, bei J.H.W. Dietz, Bonn 1993.

Mitbestimmung in den innergewerkschaftlichen Entscheidungsprozessen. Matthöfers zentrales Prinzip bleibt die Humanisierung der Arbeitswelt. Wenn Oswald von Nell-Breuning noch lebte und er läse jenes Buch, dann würde er vielleicht sagen: »Sehr gut, hier gewinnt das Subsidiaritätsprinzip praktische Anwendbarkeit.«

In jeder Gewerkschaft, in jedem Unternehmen, in der Politik, in der Gesellschaft insgesamt müssen sich die Alten mit dem Generationswechsel abfinden. Einigen fällt das schwer, das war schon seit eh und je auf manchem Bauernhof nicht anders. Matthöfers Nachwort klingt etwas melancholisch. Er halte es *fast* für sinnlos, »der SPD und den Gewerkschaften etwas zu empfehlen«. Zu diesem Satz habe ich ihm geschrieben, das Wort *fast* lasse doch immerhin Hoffnung. Und tatsächlich wachsen ja tüchtige, verantwortungsbewußte Frauen und Männer nach, auch unter den Achtundsechzigern, vor allem aber unter den jüngeren Jahrgängen, die in viel geringerem Maße mit einengenden Ideologien und Vorurteilen aufgewachsen sind.

Die Jüngeren werden auf den Schultern der Vorgänger zu stehen haben, wenn sie denn stehen und nicht bloß Karriere machen wollen; wenn sie die Courage haben, sich von bequemer Konformität mit den gerade gängigen Meinungen ihrer Gruppe, ihrer Partei oder der Massenmedien zu lösen; wenn sie die Zivilcourage aufbringen, ihr eigenes Urteil zu vertreten und sich nicht nur denen anzupassen, von denen ihre Laufbahn abhängt. Leistung, Ehrgeiz und Selbstbewußtsein gehören zusammen. Kein Politiker kann ohne diese drei auskommen. Aber es gibt zwei Todsünden in der Politik – sie heißen Opportunismus und Eitelkeit. Jeder hat damit zu kämpfen, keiner ist gänzlich frei davon. Aber daß man ihrer Herr werden kann, das haben jene Sozialdemokraten gezeigt, die zu loben ich in diesem Kapitel versucht habe. Ihnen verdanke ich meine politische Heimat.

Kleeblätter

Wie ein Unternehmen intern zu führen sei, das ist ein wichtiges Thema. Es gibt heutzutage vielerlei Bücher darüber, manche Unternehmensberater haben diese Frage zu ihrem Lieblingsthema gemacht. Als ich 1952 in Hamburg zum ersten Mal ein Amt zu leiten hatte, gab es dergleichen nicht. In meiner Soldatenzeit hatte ich allein Führung durch Befehl erlebt, niemals aber den Fall, daß der Befehlende zuvor mit seinen Mitarbeitern oder seinen nächsten Untergebenen diskutierte, welche Möglichkeiten des Handelns offenstanden und für welche von diesen sich zu entschließen am vorteilhaftesten war. Unter Karl Schiller als Chef der hamburgischen Behörde für Wirtschaft und Verkehr hatte ich erlebt, wie er seine Gedanken im Gespräch mit dem einen oder anderen entwickelte und formte, bevor er zum Entschluß und zur Weisung kam; diese Gespräche fanden fast immer zu zweit, selten im Kreise von mehreren Personen statt. Mein eigenes kleines, Schiller untergeordnetes Amt für Verkehr habe ich in einem mehr kollegialen Führungsstil geleitet. Später habe ich Fritz Erler bewundert; er konnte eine größere Zahl von Personen zu Wort kommen lassen, sein eigenes Urteil mittels solcher Diskussion vervollkommnen und in wichtigen Punkten durchaus auch ergänzen oder ändern. Er gab allen Beteiligten das befriedigende, motivierende Gefühl, an der Führung und der Entschlußfassung beteiligt zu sein. Im Ergebnis aber wich er kaum wesentlich von den Vorstellungen ab, die er von Anfang an im Kopf gehabt hatte – worauf er dann anderntags das Ergebnis engagiert, eloquent und höchst wirksam in der versammelten Fraktion oder im Plenum des Bundestages vortrug. Als ich sein Nachfolger im Fraktionsvorsitz wurde, habe ich mich nach seinem Vorbild zu richten bemüht; dabei haben Alex Möller, Egon Franke und ich gemeinsam die Rolle eines Führungsteams gespielt – insoweit war ich 1969 auf das Verteidigungsministerium nicht schlecht vorbereitet.

Die Bundeswehr einschließlich ihrer zivilen Verwaltungen war nach Personalstärke, Umsatz (hier: Haushalt) und Investitionen größer als irgendeiner der größten deutschen Konzerne. Seit der Errichtung des Verteidigungsministeriums in den fünfziger Jahren bestand die feststehende Übung einer hierarchischen Führung: An der Spitze stand der Minister, nach ihm kam der beamtete Staatssekretär, der zugleich als sein interner Vertreter im Amt fungierte (der 1966 erstmalig eingeführte parlamentarische Staatssekretär stand seitwärts, außerhalb der Hierarchie), danach kam eine Reihe von militärischen und zivilen Abteilungsleitern. Die militärischen Abteilungsleiter hießen Inspekteur des Heeres, der Luftwaffe und der Marine (außerdem gab es den Inspekteur des Sanitätswesens), sie hatten Befehlsgewalt über ihre jeweiligen Streitkräfte; die Stellung des Generalinspekteurs war unklar. Weil es praktisch ausgeschlossen war, daß Minister und Staatssekretär den riesigen Komplex ausreichend überblicken, führen und kontrollieren konnten, hatte es unter allen meinen Vorgängern immer wieder größere und kleinere Pannen – auch sogenannte Skandale – gegeben, nicht allein auf dem Gebiet der äußerst kostspieligen Investitionen, das heißt der Entscheidungen über neue Flugzeuge, Schiffe, Fahrzeuge und Waffen und der Durchführung der Beschaffung.

Mir war schon lange vor meinem Dienstantritt klar, daß eine wesentliche Verbreiterung der Führungsspitze dieses Riesenunternehmens unumgänglich war. Ich hatte mich dazu in einem Buche ausführlich geäußert, das allerdings zur Hauptsache der zukünftigen außen- und sicherheitspolitischen Strategie der Bundesrepublik gewidmet war*. Ich hatte darin dafür plädiert, den militärischen Führungsstäben alle die Befugnisse zu geben, die nötig sind, um die Verantwortung für die Einsatzbereitschaft der Truppe wirklich tragen zu können. Das Lehrbeispiel Starfighter verlangte die Einrichtung moderner »system managements« für komplizierte Waffensysteme. Das Lehrbeispiel Gewerkschaftserlaß bedeutete: kein Hineinregieren in die Truppe, ohne daß die zuständige militärische Abteilung rechtzeitig vorher Kenntnis und Gelegenheit zur Gegenvorstellung hat – was keineswegs bedeutet, daß der Minister der Gegenvorstellung folgen muß. Eine wohl grotesk zu nennende Entdeckung bei der parlamentarischen Untersuchung der Starfighter-Affäre des Jahres 1966 war die Tatsache, daß damals allein in der Hauptabteilung Verwaltung etwa sechzig verschiedene zivile Beamte die Befugnis hatten, durch Fernschreiben unmittelbar an sämtliche Truppenteile der Bundeswehr Weisungen zu richten. Es war klar, daß die Ergebnisse solchen Organisationsunfugs niederschmetternd sein mußten. Der Zwang zu verwaltungsförmigen Verhaltensweisen und Entscheidungsprozessen, den militärischen Führungsstäben gegen ihre Wesensart von oben

* Helmut Schmidt, »Strategie des Gleichgewichts«, bei Seewald, 1969.

aufgestülpt, hatte ihre Entscheidungsfreude gelähmt und ihre Initiative stark behindert. Deshalb solle, so schrieb ich 1969, entgegen bisheriger Praxis der Bundeswehrführungsstab nicht ministeriell, sondern nach den international anerkannten Arbeitsmethoden und Erfahrungen militärischer Stäbe geordnet werden. Daneben müßten die in der Wirtschaft immer breiteren Eingang findenden Methoden modernen Managements und moderner Ablaufplanung als tragende Führungsverfahren auch in der Bundeswehr Eingang finden.

Hier noch ein die Führung unserer Streitkräfte betreffendes Zitat aus jenem Buch: »Wer die Truppe durch überflüssige Verwaltungsförmigkeit des Dienstbetriebes und des Dienstweges belastet und entmündigt, ist zur Führung nicht befähigt. Dieser harte Satz gilt auch für die oberste Spitze! Sie wird die Herde der Erkrankung nur dann herausfinden, wenn sie lernt, sich in die Lage der Truppe zu versetzen. Truppenbesuche der oberen Führung, Aussprache mit Truppenkommandeuren und Chefs, mit Leutnanten, Unteroffizieren und Wehrpflichtigen gleicherweise dürfen nicht seltene Ausnahmen, sie müssen selbstverständliche Regel sein. Wer von der Truppe Zustandsberichte einfordert, ohne erkennbar aus ihnen Konsequenzen zu ziehen, untergräbt das Vertrauen in seine Führungsfähigkeit ...«

Weil ich acht Jahre zuvor schon einmal ein Buch über den gleichen Problembereich geschrieben hatte, das besonders in den USA und in England unter militärischen Fachleuten auf Interesse gestoßen war, weil ich mich seit anderthalb Jahrzehnten im Bundestag um militärpolitische Fragen gekümmert und außerdem 1958 gemeinsam mit Willi Berkhan eine Reserveübung absolviert hatte (zum großen Ärger mancher linker Sozialdemokraten, die dahinter – völlig zu Unrecht – militärischen Ehrgeiz wähnten), betrachtete die Generalität ihren neuen Minister zwar mit verständlicher Neugierde, jedoch nicht mit Ablehnung. Immerhin war ich aber der erste Oberbefehlshaber in der deutschen Militärgeschichte, der zugleich Sozialdemokrat war.

Als erstes schuf ich an der Spitze des Hauses ein kollegiales Gremium aus vier Personen: den beiden beamteten Staatssekretären Birckholtz und Mommsen, dem parlamentarischen Staatssekretär Berkhan und mir. Weil ein vierblättriges Kleeblatt, das man auf deutschen Wiesen nicht allzu selten finden kann, angeblich Glück bringt, so nannte ich uns im internen Verkehr das Kleeblatt. Wenn als fünfter der Generalinspekteur (zunächst Viersternegeneral Ulrich de Maizière, später Admiral Armin Zimmermann, den ich selbst im Amt leider nur noch drei Monate erlebt habe) hinzutrat, was wohl regelmäßig einmal in der Woche der Fall gewesen ist, sprachen wir etwas formeller vom Kollegium. Das Kleeblatt saß häufig mehrfach in der Woche beisammen. Es gab in allen drei Jahren keine wichtige Entscheidung, die wir nicht vorher entweder im Kleeblatt oder im Kollegium miteinander beraten haben.

Mein von mir sehr respektierter Amtsvorgänger Gerhard Schröder hatte einen anderen, mehr herkömmlichen Arbeitsstil gehabt. Natürlich mußte auch er sich mit mehr als einer einzigen Person beraten; nach meinem Eindruck hatte dabei in Schröders engster Umgebung sein persönlicher Referent, der Ministerialrat Hans-Georg Wieck, eine wichtige Rolle gespielt, was offenbar auf seiten der Generalität nicht gerne gesehen worden war, weil sie wohl lieber den militärischen Adjutanten des Ministers in dieser Rolle gesehen hätte, da sie diesen beeinflussen konnte. Die Einrichtung des Kleeblatts und des Kollegiums hatte den Nebenvorteil, daß der Eindruck eines im verborgenen beratenden oder sogar im Namen des Ministers handelnden Küchenkabinetts gar nicht erst aufkam.

Gleichwohl spielten auch einige Menschen ohne hohe Rangabzeichen für mich persönlich eine wichtige Rolle; ich hatte sie von außen mitgebracht. Dazu gehörte Theo Sommer, vorübergehend ausgeliehen von der ZEIT, der die Ergebnisse der umfangreichen Diskussionstagungen der Generale, der Offiziere und auch der Unteroffiziere, die ich erstmalig veranstaltete, zu Papier brachte und gemeinsam mit Wieck – als seinem Stellvertreter und späteren Nachfolger an der Spitze des neugeschaffenen Planungsstabes – das erste umfassende »Weißbuch« schrieb. Das »Weißbuch 1970 – Zur Sicherheit der Bundesrepublik Deutschland und zur Lage der Bundeswehr« gab sowohl der Bundeswehr als auch dem Parlament und der Öffentlichkeit einen umfassenden Überblick und zugleich die Richtung für die kommende Arbeit.

Mein persönliches Büro war sehr klein, und dazu gehörte Lilo Schmarsow, die schon früher für Fritz Erler und dann für mich gearbeitet hatte und die mich auf allen weiteren Stationen bis zu meinem Ausscheiden aus dem Kanzleramt begleitet hat (Lilos Vater Fritz Ohlig hatte ich in meinen ersten Bundestagsjahren als einen wesentlich älteren und erfahreneren Kollegen schätzengelernt). Als wir im Verteidigungsministerium auf der Hardthöhe einmal ein großes Fest für alle veranstaltet haben – es trug den Namen Biwak –, trat Lilo mit einem Handwagen als Mutter Courage auf, frei nach Bertolt Brecht. Den Namen hat sie behalten. Sie hat sich über lange Jahre als abschirmende, immer zuverlässige Chefsekretärin bewährt. Zu ihr stieß auf der Hardthöhe Marianne Duden, die Lilo durch alle Stationen begleitet, für Notfälle auch deren Kommandeusen-Ton übernommen hat und noch immer für mich arbeitet. Claus Dölle kam als Regierungsinspektor aus der hamburgischen Verwaltung dazu; er blieb im Ministerium und wurde als Sozialdemokrat und Nichtakademiker schließlich von meinen CDU-Nachfolgern die Treppe bis zum Ministerialrat hinaufbefördert; das spricht für ihn und für seine Vorgesetzten gleichermaßen. Schließlich gehörte zu dieser Umgebung mittelbar auch der Oberstarzt Dr. Wolfgang Völpel im Bundeswehrkrankenhaus in Koblenz. Dieser gute Internist, Klinikchef und zugleich Lokis und mein Hausarzt, hat mich nacheinander wegen drei ernster Krankheiten mit Erfolg behandelt. Die größte Loyalitätsleistung aller hier Genannten war, daß aufgrund ihrer Diskretion niemals bekanntgeworden ist, daß sie den Chef im Laufe der Jahre wohl ein dutzendmal wegen Abfall des Blutdrucks ohnmächtig am Boden liegend aufgefunden haben. Inzwischen habe ich schon den vierten Herzschrittmacher, und alles ist längst in Ordnung.

Zwei grundverschiedene Kollegen

Hans (eigentlich Johannes) Birckholtz hatte ich erst 1961 näher kennengelernt, vorher waren wir uns in Hamburg nur zufällig und oberflächlich begegnet. Als uns der Hamburger Senat für die Leitung der Innenbehörde zusammenspannte, habe ich zunächst sehr deutlich den großen Altersunterschied von fünfzehn Jahren gespürt und ebenso den persönlichen Abstand. Daß dieser Abstand sehr schnell überwunden wurde, war Birckholtz' Verdienst. Der damalige Senatssyndikus (später wurde er Staatsrat betitelt) Birckholtz – langgedienter und hocherfahrener Beamter – kam dem frischgebackenen, reichlich unerfahrenen Senator sogleich weit entgegen; er überbrückte dessen natürliche Scheu vor der Autorität des Älteren und Erfahreneren. Und ich war ihm dankbar dafür, daß dieser nüchterne, stets reservierte Mann schon am ersten Tage eine Atmosphäre selbstverständlicher Kollegialität zwischen uns herstellte. Wenige Wochen später hat dann die Flutkatastrophe in Hamburg zur Kollegialität den gegenseitigen Respekt gegenüber den Fähigkeiten des anderen hinzutreten lassen. Und aus Kollegialität ist persönliche Freundschaft geworden.

Ich habe aus jenen gemeinsamen vier Hamburger Jahren gute Gründe, Hans Birckholtz für eine große Zahl guter Ratschläge dankbar zu sein. Zwar brachte ich damals einige politische Erfahrung mit, aber es war Birckholtz, der mich zum Diener am öffentlichen Recht erzogen hat. Unsere Zusammenarbeit beruhte entscheidend auf drei Faktoren. Was der Senator zuviel redete, sparte der Senatssyndikus an Worten ein – infolgedessen produzierte das Gespann stets eine ausgewogene Bilanz. Wenn der Senator Ideen hatte, waren einige davon brauchbar, andere nicht. Und so sorgte Birckholtz zweitens ohne eine einzige Ausnahme dafür, daß Spreu und Weizen voneinander gesondert wurden. Er war ein Meister in der Verhinderung von möglichen Fehlern anderer. Wenn er aber gesagt hatte, das geht in Ordnung, dann hat das immer gestimmt. Drittens bewältigte er eine große Arbeitsfülle schnell, trocken und präzise und hat damit dem anderen stets den Rücken freigehalten.

So haben wir uns unserer gemeinsamen Aufgabe im Rahmen der von uns neu aufzubauenden Behörde für Inneres zwar von zwei durchaus verschiedenen Lebens- und Berufserfahrungen her zugewendet – aber es gab von Anfang an auch zwei Gemeinsamkeiten. Denn zum einen fühlten wir uns in gleicher Weise dem öffentlichen Wohl verpflichtet. Der fundamentale Satz aus der Präambel der Hamburger Verfassung – »Jedermann hat die sittliche Pflicht, für das Wohl des Ganzen zu wirken« – war uns selbstverständlich, und wir gingen beide davon aus, daß unser beider moralische Pflichten weit über diejenigen von »Jedermann« hinausgingen, weil wir doch hohe Ämter innehatten. Zum anderen waren wir beide Sozialdemokraten. Hans Birckholtz hatte die kurze Tragödie der Weimarer Republik und die ganz entsetzliche Tragödie der Nazizeit sehr bewußt miterlebt und erlitten.

Unsere Wege trennten sich wieder vier Jahre später, als ich in den Bundestag nach Bonn zurückkehrte. Aber nach weiteren vier Jahren, als ich das Verteidigungsministerium übernahm, hatte ich keinen Zweifel: Dieses schwierige Amt darfst du nur mit Hans Birckholtz an deiner Seite übernehmen! Und so fuhr ich nach Hamburg, um Hans zu überreden – und Wilma, seine Ehefrau. Birckholtz hatte damals das Pensionsalter schon überschritten, er hatte sich längst eine bestimmte Vorstellung davon gemacht, wie sein Leben als Pensionär aussehen sollte. Ich erinnere mich, daß er damals mehrfach von seiner Liebe zum Schachspiel und von seinem Schachklub geredet hat – aber auch von Ehrenämtern, die er auszuüben hatte und die ihm weiterhin zuwachsen würden. Schließlich hat die Freundestreue obsiegt. Hans Birckholtz akzeptierte das Amt des Staatssekretärs im Bundesministerium der Verteidigung – ein Amt, das bis dahin gewiß völlig außerhalb seiner eigenen beruflichen Vorstellungen gelegen hatte. Und dann folgten zwei Jahre ganz einzigartiger Zusammenarbeit.

Die Hamburger Flutkatastrophe vom Februar 1962 machte Helmut Schmidt zum ersten Mal über Hamburg hinaus bekannt. Der junge und tatkräftige Senator bewältigte diese wirkliche Katastrophe, die die größten Überschwemmungen der Stadt seit Jahrhunderten brachte, bravourös und qualifizierte sich damit für größere Aufgaben. Das Foto zeigt Helmut Schmidt auf einer Krisensitzung gemeinsam mit Paul Nevermann (3. v. l.), Hans Birckholtz (2. v. r.) und Herbert Weichmann (r.).

Als ich Birckholtz von meiner Idee des Kleeblatts und des Kollegiums erzählte, hat er zunächst gesagt: »Kollegium – so was kann ja nie gutgehen.« Es war eines der ganz wenigen Male, wo er nicht recht bekommen hat. Wir vier – sein Staatssekretärskollege Mommsen, sein parlamentarischer Kollege Berkhan, Birckholtz und ich – hatten bis dahin völlig verschiedene Lebens- und Berufswege gehabt; am ehesten lagen noch Berkhans und meine eigenen Erfahrungen beieinander. Vielleicht gerade wegen unserer verschiedenen Blickweisen, wohl aber auch wegen unserer verschiedenen Temperamente haben wir uns gegenseitig sehr gut ergänzt. Wahrscheinlich hat es kaum irgendwo sonst eine vergleichbare Führungsmannschaft gegeben. Zum guten Funktionieren hat eine ziemlich klare Aufteilung der Verantwortlichkeiten beigetragen: Mommsen war für die Rüstung zuständig, Birckholtz für alle anderen Verwaltungszweige, Berkhan für die Vertretung im Parlament und für die Beobachtung der geistigen, seelischen und materiellen Situation der Streitkräfte. Jedoch hat jeder eine anstehende Entscheidung von Bedeutung zunächst im Kleeblatt zur Erörterung gestellt, die Anordnung und die Durchführung waren danach seine eigene Sache.

Hans Birckholtz war im Umgang trocken und wortkarg, auf manche wirkte er sehr unverbindlich. Zur Verblüffung der obersten Soldaten und Beamten hat er sich gleichwohl in sehr kurzer Zeit im ganzen Hause großen Respekt erworben, dank einer sehr sicheren und stetigen, eindeutigen und zugleich durchsichtigen Amtsführung. Jedermann in dem riesigen Ministerium hat sich auf seine strenge Gesetzestreue und Rechtsstaatlichkeit verlassen – auch wir Mitglieder des Kleeblatts. Ich erinnere mich an eine ihn charakterisierende Episode aus der wöchentlichen Abteilungsleiterkonferenz. Einer der Generäle trug eine Sache vor, und ich unterbrach ihn mit der Frage: »Mußte denn das sein? Wer hat dies denn veranlaßt? War das notwendig?« Die Antwort lautete: »Das waren Sie selbst, Herr Minister!« Darauf Birckholtz: »Das sagt noch nichts über die Notwendigkeit.«

Mir haben die Arbeit auf der Hardthöhe, die Zusammenarbeit mit den Soldaten und auch die Mitwirkung im Nordatlantischen Bündnis und dessen Gremien durchaus Freude gemacht; weil aber außerdem die Aufgaben im Kabinett und in der SPD-Parteiführung hinzukamen – die Notwendigkeit der Präsenz in Fraktion und Parlament nicht zu vergessen –, ergab sich für mich bald eine dauerhafte Überbelastung, obschon Lilo Schmarsow und die anderen persönlichen Mitarbeiter viele freundlich gemeinte (und auch unfreundliche) Belästigungen abgewehrt haben. Bei Hans Birckholtz war das ganz anders. Natürlich hielt er die Dienstzeit ein und arbeitete notfalls auch länger. Aber gegenüber der Betriebsamkeit des Ministeriums hat er es als einziger im Kleeblatt verstanden, sich vom Geschäftsablauf im eigenen Lebensrhythmus nicht tyrannisieren zu lassen – eine Fähigkeit, die ich immer noch bewundere.

Wilma Birckholtz, wie ihr Mann vor 1933 in der Arbeiterjugend und SPD-Mitglied, war mit ihm nach Bonn gezogen, ebenso wie Loki. Beide Frauen wurden für die vielen internationalen und nationalen Treffen als Gastgeberinnen gebraucht und mußten sich auf einem bisher ganz ungewohnten gesellschaftlichen Parkett zurechtfinden. Der Protokollchef hatte Loki zu Anfang Frau Schröder (die Ehefrau meines Amtsvorgängers) als leuchtendes Vorbild gepriesen, woran wir beide keinen Zweifel hatten. Aber ich glaube, Loki hat ihre Sache auch gut gemacht – und Wilma ebenso, die es sich zum ersten Mal in ihrem Leben gefallen lassen mußte, als »Gnädige Frau« angeredet zu werden. Ich weiß nicht, wie die beiden Birckholtzens ihre Sonntage verbracht haben; auf gemeinsamen Dienstreisen war er jedenfalls ein dauerhafter Skatspieler. Mehrfach habe ich ihn zum Schachspiel überredet, aber er war ein Könner und ich ein Dilettant; deshalb hat er immer gewonnen – mit einer einzigen Ausnahme, auf die ich stolz gewesen bin. Als ich Birckholtz aus Hamburg losgeeist hatte, war er bereits 66 Jahre alt. Ich wußte, daß er nicht ganz gesund war und nur zwei Jahre bleiben wollte. Dennoch hat es mich wie ein Schlag getroffen, als er im Herbst 1971, fast 68 Jahre alt, seiner Gesundheit wegen endgültig in den Ruhestand wollte. Ich habe nicht zu feilschen versucht, denn ich wußte ja: Jedes Wort meines Freundes war überlegt und geprüft, ehe er es aussprach.

Was den anderen beamteten Staatssekretär, Ernst-Wolf Mommsen, anlangt, so hat Birckholtz kurz vor seinem eigenen Weggang einmal geschätzt, Mommsen habe dem deutschen Steuerzahler binnen zwei Jahren rund 400 Millionen Mark erspart. Mich hat diese hohe Summe nicht erstaunt, denn ich hatte Mommsen ja bei seiner Arbeit im Rüstungs- und Beschaffungssektor beobachtet und war längst sehr zufrieden und glücklich damit, daß sich meine Idee bewährte, einen erfahrenen Industriellen in das Ministerium zu holen, damit endlich modernes Kostendenken und unternehmerisches Management im Bereich der Forschung, der Entwicklung, Erprobung und Beschaffung Platz griff.

Es war 1969 gar nicht einfach gewesen, für diese Aufgabe einen geeigneten Mann zu finden, der außerdem bereit war, vorübergehend seine eigene berufliche Laufbahn aufzugeben. Ein wenig hat das Beispiel des Amerikaners David Packard meine Aufgabe erleichtert. Packard hatte Anfang des gleichen Jahres seine Aufgabe an der Spitze des sehr erfolgreichen Unternehmens Hewlett-Packard mit der Aufgabe eines stellvertretenden US-Verteidigungsministers an der Seite von Melvin Laird vertauscht; der hochangesehene Multimillionär Packard mußte dazu seine Geschäftsanteile einem »blind trust« überschreiben (d.h. sein Vermögen einem Treuhänder übergeben, wobei er nicht einmal wissen durfte, was der Treuhänder damit machte), und sein Jahresgehalt verringerte sich auf weit weniger als ein Zehntel. Acht Jahre vorher hatte Robert McNamara ein ähnliches Beispiel gegeben. Mehrere mit mir befreundete deutsche Industrielle haben mir bei der Suche geholfen, vor allem Otto A. Friedrich. Mommsen wurde von verschiedenen Seiten empfohlen, so auch von meinem Freund Alex Möller.

Mommsen hatte eine bedeutende Position an der Spitze der soeben fusionierten Röhrenwerke von Thyssen (vormals Phoenix-Rheinrohr, deren Chef Mommsen gewesen war) und Mannesmann. Immerhin kannte ich Mommsen seit etwa einem Jahrzehnt; er war ein Enkel des großen Historikers Theodor Mommsen und ein Neffe der beiden großen Soziologen Alfred und Max Weber. Trotz seines preußischen Pflichtbewußtseins hatte Mommsen Bedenken, mein Angebot anzunehmen, nicht zum wenigsten wegen der zu erwartenden Kritik in Parlament und Presse. Das Verteidigungsministerium und die Bundeswehr hatten über mehr als ein Jahrzehnt einen sogenannten »Rüstungsskandal« nach dem anderen geliefert, dazu kam die wachsende Ablehnung der Streitkräfte in Teilen der Jugend und der vorhersehbar zunehmende Pazifismus meiner Partei – alles Erwägungen, die mir selbst den Entschluß zur Übernahme meines Amtes erschwert hatten und die es 1978 auch Hans Apel als Nachfolger Georg Lebers schwergemacht haben. Wie später im Falle Apel und wie schon vorher im Falle Birckholtz, so hat auch im Falle Mommsen schließlich den Ausschlag gegeben, daß ich die Ehefrau davon überzeugen konnte, hier handle es sich um eine Pflicht gegenüber dem öffentlichen Wohl, die wichtiger sei als die zu erwartende Kritik.

Mommsen hat vor seiner Zusage Birckholtz und Berkhan kennenlernen wollen, die ebenso neugierig auf die Bekanntschaft mit Mommsen waren. Unsere ersten Unterhaltungen zu viert haben positiv zu Mommsens Entschluß beigetragen, so daß wir Anfang 1970 einen Vertrag schließen konnten, der allerdings um eine Kleinigkeit anders ausfiel, als ich ihn mir vorgestellt hatte: Er sah nämlich vor, daß Mommsen keine Vergütung erhielt. Die Rechtsabteilung des Hauses fand meine Idee einer Jahresvergütung in Höhe von einer Mark völlig abwegig (Mommsen war im übrigen von seinem Unternehmen unter Fortzahlung seiner Bezüge beurlaubt, vergleichbar den Vereinbarungen, die einige Bundestagsabgeordnete betrafen). Trotzdem wurde Mommsen allgemein der »One-Dollar-Mann« genannt. Immerhin hat Loki ihm jedes Jahr aus ihrem Haushaltsgeld eine Mark ausgezahlt – zur allgemeinen Erheiterung. Entscheidend war natürlich, daß der Vertrag ihm Rang, Stellung und Befugnisse eines Staatssekretärs gab und ihn sinngemäß dem Beamtenrecht unterstellte – bei beiderseitigem Recht zur sofortigen Kündigung. Zur Kündigung ist es Ende 1972 durch Mommsen gekommen, weil Berthold Beitz ihn zum Vorstandsvorsitzenden der Fried. Krupp GmbH berief, eine Aufgabe, welche Mommsen bis zu seinem 65. Lebensjahr wahrgenommen hat.

Ernst Wolf Mommsen war ein Mann mit vielseitigen Interessen, Erfahrungen und Fähigkeiten, sehr temperamentvoll und beweglich, meist sehr verbindlich und im Umgang mit anderen menschlich angenehm. Es ist ihm in wenigen Monaten gelungen, Überblick und Durchblick auf der Hardthöhe zu gewinnen und sodann sein eigenes Managementkonzept zu verwirklichen. Dafür zog er Erfahrungen im Rüstungsmanagement der USA und Frankreichs, auch Schwedens und der Schweiz heran. Er setzte für alle größeren Waffensysteme sogenannte Systembeauftragte ein, so daß sowohl alle Abläufe gestrafft und vor allem Verantwortlichkeiten klargestellt wurden. Dies war für die herkömmliche Verwaltungsstruktur des Hauses zunächst nicht nur neu, sondern auch unbequem. Nachdem aber die Effizienz seiner Reorganisation offensichtlich wurde, haben sich die Beamten willig eingeordnet; die militärischen Führungsstäbe waren sehr erleichtert, für jedes ihrer Waffensysteme endlich als Gegenüber mit *einem* Verantwortlichen zu tun zu haben statt wie vorher mit einer schwer durchschaubaren, beinahe anonym bleibenden Bürokratie.

Mommsen stieß auf bisher im verborgenen blühende Waffen- und Munitionsexporte, bei denen – wen konnte dies wundern! – auch der BND seine Hand im Spiel hatte. Wir haben das abgestellt und dafür gesorgt, daß jeder weitere Fall von Waffenexport über den Tisch der Bundesregierung lief. Eine andere Entdeckung Mommsens war der bisher ziemlich unbemerkt gebliebene, tatsächlich aber enorme Umfang der Förderung von spitzentechnologischen Entwicklungen in der Industrie durch das Verteidigungsministerium. Zum Teil hatten dabei einzelne hohe Beamte (oder auch Offiziere) große Räder in Gang gesetzt, aber nachher hatten die Haushaltsmittel zur Fortführung gefehlt, und die Projekte versandeten, nachdem sie den Steuerzahler viel Geld gekostet hatten. Rund 35 Prozent aller Aufträge für Forschung, Entwicklung und Beschaffung gingen übrigens nach Bayern – mein Vor-Vor-Vorgänger Strauß hatte gute Arbeit geleistet! Wir hatten nicht die Absicht, in laufende Vorhaben einzugreifen, deshalb hat sich während meiner Amtszeit an diesem Rüstungsschwerpunkt Bayern vermutlich nicht viel geändert; es würde mich nicht wundern, wenn auch heute, ein Vierteljahrhundert später, dieser Tatbestand immer noch der gleiche wäre.

Mommsen hat mich 1972 in das Doppelministerium für Wirtschaft und Finanzen begleitet; auch als ich Regierungschef geworden und Mommsen längst in die Privatwirtschaft zurückgekehrt war, habe ich ihm vielerlei Fingerzeige und Ratschläge verdankt. Er hatte Erfahrungen im Osten, im Iran und in Saudi-Arabien; er konnte die Auswirkungen von DM-Aufwertungen auf unsere Industrie konkret beurteilen; er sah schon in der Mitte der siebziger Jahre die in feindlichen Unternehmensübernahmen (unfriendly take-overs) implizierten Gefährdungen; er gab 1972 (*vor* der

OPEC-Krise) gemeinsam mit Adolf Schmidt von der Bergarbeitergewerkschaft den Anstoß zur Entwicklung eines umfassenden Energiekonzeptes der Bundesregierung. Daß er sich im Vorfeld des von meiner Regierung vorgelegten und später vom Parlament verabschiedeten Mitbestimmungsgesetzes deutlich auf der Seite der Arbeitnehmer engagiert hat, trug ihm viel Feindschaft unter seinesgleichen ein; der BDI ließ ihn links liegen, und der vormalige BDI-Präsident Fritz Berg zischte ihn mit den Worten an: »Sie sind für mich ein knallroter Bruder.« Andererseits haben ihm einige Gewerkschaften übelgenommen, daß er bezüglich der Lohntarife für Ausnahmen von den üblichen flächendeckenden Lohntarifen in Gestalt von Haustarifen eingetreten ist; er hatte aber recht, wie ich heute noch denke.

Mommsen fungierte in vielfältiger Weise als Brückenbauer für persönliche Bekanntschaften und Beziehungen. So hat er für die Friedrich-Ebert-Stiftung einen losen unternehmerischen Gesprächskreis zustande gebracht, ebenso für das Verteidigungsministerium und später für mich in meinen nachfolgenden Ämtern. Wenn unser Kleeblatt auf der Hardthöhe bisweilen in unserer Wohnung zusammensaß, so ging Mommsen immer irgendwann zu Loki in die Küche, band sich eine grüne Schürze (»seine« Schürze) um und half. Solcherart menschliche Gesten haben den Mann ausgezeichnet. Es war typisch für ihn, daß er zum Amtsantritt auf der Hardthöhe erst dann erschien, als alle seine bisherigen Düsseldorfer Mitarbeiter eine neue, befriedigende und sichere Verwendung gefunden hatten. Er war zugleich fürsorglich, freimütig, unkonventionell und kollegial.

Birckholtz, Berkhan, Mommsen und ich, wir waren alle vier betrübt, als unsere freundschaftliche Zusammenarbeit auf der Hardthöhe im Sommer 1972 zu Ende ging, weil ich auf Brandts Wunsch das Doppelministerium Schillers übernahm. Wir hatten uns erstaunlich gut verstanden. Es gab keine wichtige Entscheidung, sei es über eine Spitzenpersonalie, sei es über eine strategische, grundsätzliche Frage, über eine Beschaffung, über Umorganisationen in den Streitkräften oder im Hause oder sei es über die Tendenz einer wichtigen Rede, die ich im Parlament oder anderswo zu halten hatte, die nicht vorher im Kleeblatt oder im Kollegium vorgetragen und beraten worden ist.

Der Generalinspekteur Ulrich de Maizière hat als Teilnehmer des Kollegiums vermutlich weder unter Kai-Uwe von Hassel noch unter Gerhard Schröder einen derart großen Einfluß auf die Entschlüsse seines zivilen Oberbefehlshabers ausgeübt. Als ich ihn 1969 auf der Hardthöhe antraf, hatte er als Inspekteur des Heeres und als Generalinspekteur – in dieses letztere Amt war er im Sommer 1966 nach den spektakulären Rücktritten der Generale Trettner und Panitzki befördert worden – schon zwei Verteidigungsminister erlebt. Er war das Gegenteil eines draufgängerischen Haudegens oder eines tollkühnen Jagdfliegers, vielmehr ein sehr kluger, seine Worte sehr sorgfältig abwägender und deshalb eindrucksvoller Soldat. Ich kannte de Maizière aus meiner Arbeit in den fünfziger Jahren im Verteidigungsausschuß (damals noch Sicherheitsausschuß genannt) des Parlaments; er hatte zu jener Zeit in der »Dienststelle Blank« gemeinsam mit Graf Baudissin und Graf Kielmannsegg Anteil an der Entwicklung des Konzeptes der Inneren Führung und des Bürgers in Uniform. Anders als die meisten Generale war er tief in die Probleme des Spannungsverhältnisses zwischen soldatischem Denken, das sich an Befehl und Gehorsam orientiert, und dem verfassungs- und rechtsstaatlichen Denken des aufgeklärten Staatsbürgers eingedrungen.

Der Zufall fügte es, daß ich bei Amtsantritt einen General in den Ruhestand schicken mußte, der das Konzept des Staatsbürgers in Uniform zur Maske erklärt hatte, die man abwerfen müsse. Gleichzeitig gab es in der Öffentlichkeit eine erregte Debatte und scharfe Kritik wegen einer Studie oder Denkschrift aus dem Heer, die eine Reihe von zum Teil zutreffenden, zum Teil abwegigen Kritiken und Vorschlägen enthielt. Ich rief die kommandierenden Generale des Heeres zusammen, dazu den Inspekteur des Heeres Schnez und den Generalinspekteur de Maizière.

Darüber schrieb ich am 10. Januar 1970 einen handschriftlichen Bericht an Bundeskanzler Brandt, dessen wichtigster Teil hier folgen soll, weil er die Lage beleuchtet, die ich auf der Hardthöhe vorgefunden habe: » Es war ein langes, offenes Gespräch. Bis auf den klugen Maizière sind die Dreisternegenerale politisch sehr naiv – aber sie sind andererseits gewiß zum Verfassungsgehorsam fest entschlossen. Sie halten sich für inzwischen gelernte Demokraten (und sind als solche bestimmt nicht schlechter als viele andere Konservative), haben aber das Ertragen öffentlicher Kritik immer noch nicht gelernt.

An der unklugen Denkschrift (sie enthält auch vieles Richtige, das in den Zeitungen leider kaum abgedruckt oder zitiert wird) hatten sie (außer Maizière, der sich schon unter Schröder vorsichtig schriftlich distanziert hatte) alle mitgewirkt; sie fühlen sich infolgedessen auch alle von der Kritik solidarisch betroffen. Ich habe ihnen deutliche Kritik nicht erspart – bin damit allerdings (wie besprochen) öffentlich recht vorsichtig gewesen. Die Leute sind gegenüber öffentlicher Kritik erschreckend verletzbar; dies wird meine Antworten in der Fragestunde diese Woche nicht einfach werden lassen. Es kommt hinzu, daß die im Juni 1969 abgelieferte ›Studie‹ damals durch von Hase (zu jener Zeit Staatssekretär unter Schröder) schriftlich mit den lobenden Worten ›klar, einheitlicher, guter Beitrag‹ qualifiziert worden ist und die Heeresgeneralität es deshalb subjektiv besonders schwer hat, die heutige Kritik zu begreifen. Natürlich gibt es zu allem Überfluß genug Hetzer von links und rechts – auch innerhalb der Armee.

Ich bin nach wie vor der in Djerba (dort war ich während Brandts Weihnachtsurlaub mit ihm zusammengetroffen) vorgetragenen Meinung, daß eine Kette von Generalsentlassungen weder im Effekt für die Armee noch innen- oder außenpolitisch vertretbar gewesen wäre. Die Notwendigkeit dazu scheint nun vermieden – ob es uns jemand dankt, ist höchst fraglich ...«

General de Maizière hatte schon unter Schröder gesehen, daß die Planungsziele der Bundeswehr in der Größe von 508 000 Soldaten mit den damals verfügbaren Finanzmitteln unrealistisch waren, und mehrere Modelle für einen kleineren Umfang vorgelegt. Daraufhin machte Schröder als Verteidigungsminister 1967 eine Vorlage an Bundeskanzler Kiesinger, die alternative Strukturen und Umfänge bis hinunter zu 400 000 Soldaten vorschlug. Kiesinger lehnte die Vorschläge ab, ließ die Bundeswehr bei der erreichten Umfangszahl von 460 000 Soldaten anhalten und stellte dafür zwei Milliarden DM zusätzlich in Aussicht. Im Sommer 1971 machte de Maizière das Kollegium und mich mit dieser Vorgeschichte bekannt, als er zu Recht darauf hinwies, daß angesichts der Haushaltslage auch ein Umfang von 460 000 aktiven Soldaten langfristig nicht aufrechterhalten werden könne. Langfristig hingegen seien erforderlich: verkleinerte, bewegliche Streitkräfte – größtenteils oder ganz aus Freiwilligen bestehend – und daneben Ergänzungstruppen geringerer Beweglichkeit, Bewaffnung und Ausbildung, bestehend aus Wehrpflichtigen bei verkürzter Wehrdienstzeit. Seither ist der Verteidigungshaushalt immer nur unterproportional gewachsen. Infolgedessen haben alle Verteidigungsminister nach mir mit diesem Alpdruck leben müssen, Leber, Apel, Wörner, Scholz, Stoltenberg und Rühe. Erst nach dem Zusammenbruch der Sowjetunion hat man – ohne dabei außenpolitisch-strategischen Schaden in Kauf nehmen zu müssen – mit der Umstrukturierung der Armee begonnen; abgeschlossen ist sie keineswegs.

Zu meiner Zeit ist jedoch – nach langen Erörterungen im Kollegium – endlich die Spitzengliederung der Streitkräfte und die bis dahin unklare Stellung des Generalinspekteurs geregelt worden. In meinem »Blankeneser Erlaß« (so genannt, weil ich ihn im Gebäude der Führungsakademie in Hamburg-Blankenese unterschrieben habe) wurden die drei Teilstreitkräfte Heer, Luftwaffe und Marine ausdrücklich nicht dem Generalinspekteur, sondern dem Minister unterstellt. Damit sollte die Möglichkeit ausgeschlossen werden, daß jemals ein Soldat eine ähnlich umfassende Kommandobefugnis erhielt wie der General von Seeckt in der Zeit der Reichswehr*. Maizière war mit dem Ergebnis nicht ganz glücklich, weil es seine Stellung gegenüber den drei Inspekteuren der Teilstreitkräfte zu schwächen schien; er hat sich aber der Begründung nicht verschließen können, die dem Geist und dem Zweck des Artikels 65a des Grundgesetzes entspricht. Der Blankeneser Erlaß ist heute noch in Kraft.

Ulrich de Maizière gehörte zu den wenigen hervorragenden Soldaten, die militärischen Sachverstand mit klugem Gespür für das politisch Notwendige und für das Mögliche verbanden. Außerdem verfügt er über eine ausgezeichnete Bildung und ist überdies ein guter Klavierspieler, was Loki und ich und manche unserer Gäste bezeugen können. Die Zusammenarbeit mit ihm gehörte für mich und für die anderen Mitglieder des Kleeblatts auf der Hardthöhe zu unseren besonders erfreulichen Erfahrungen. Er war ein herausragender Generalinspekteur, seine Leistung wurde auch in der NATO überall anerkannt. Er hat nie seine Person, sondern stets die Sache in den Vordergrund gestellt. Ich muß aber auch seine Ehefrau dankbar erwähnen. Die Frauen hoher Offiziere haben auf die Atmosphäre und den Ton der jeweiligen Offizierskorps einen großen Einfluß, weil sie oft als Gastgeberinnen an der Seite ihrer Ehemänner auftreten müssen. Eva de Maizière hat diese Rolle hervorragend gespielt, sie hat sich gut mit Loki verstanden, die beiden haben sich gut ergänzt. Und außerdem hat Eva de Maizière sich im Laufe ihres Lebens zu einer sehr eigenständigen Bildhauerin entwickelt. Bei uns zu Hause stehen drei entzückende kleine Plastiken von ihrer Hand, die wir gerne anschauen mögen.

Willi Berkhan

Die erste große Neuerung, die das Kollegium in Gang setzte, war eine umfassende Bestandsaufnahme der Bundeswehr – sozusagen eine Zwischeninventur nach fünfzehn Jahren Existenz der Armee.

---

* Vgl. S. 130.

Wir zwangen die Truppe durch eine Vielfalt von Diskussionstagungen, daran mitzuwirken. Im Ergebnis haben wir vielerlei Dinge verändert, reformiert und erneuert, in der Personalpolitik, in der Rüstungspolitik, in der Spitzengliederung, auch in der Ausbildung. Ich gründete zwei Bundeswehrhochschulen – eine in Hamburg, die andere in München –, weil die Allgemeinbildung der jungen Offiziere – etwa im Vergleich zu zivilen Lehrern – zu wünschen übrigließ; wer auf Lebenszeit als Berufsoffizier angestellt werden will, muß jetzt ein volles Studium mit abschließender Diplomprüfung durchlaufen. Manche der älteren Generale waren über diese in der preußisch-deutschen Militärtradition bisher unerhörte Neuerung gar nicht erbaut, ebensowenig wie auch über manche der anderen Neuerungen. Es war vornehmlich Willi Berkhan, der parlamentarische Staatssekretär auf der Hardthöhe, der in endlosen Truppenbesuchen und Gesprächen alles erklärte, verständlich machte und bei vielen Offizieren die anfängliche Scheu vor all den Neuerungen überwand, die sie in unserem Weißbuch gelesen hatten. Später, unter meinem Amtsnachfolger Georg Leber, hat Berkhan diese Praxis noch ausgebaut, was ihm den bisweilen benutzten Namen »Truppenminister« eingetragen hat.

Willi Berkhan hatte eine einmalige pädagogische Fähigkeit, auf die Soldaten geringer wie hoher Dienstgrade kameradschaftlich und mit viel Humor zuzugehen. Auch innerhalb des Kleeblatts hat er immer auf menschlichem Verständnis für die Psyche der Soldaten beharrt und sich damit durchgesetzt. Er war nicht der Kopf unserer Runde, wohl aber deren Seele. Er war durch seine Jugendzeit in der Sozialistischen Arbeiterjugend, seine Soldatenzeit im Kriege, durch seine berufliche Erfahrung als Maschinenschlosser, später Maschinenbauingenieur und danach als Gewerbelehrer und Studienrat im Umgang mit Menschen, vor allem mit jungen Soldaten, in einzigartiger Weise erfolgreich, weil man ihm Vertrauen entgegenbrachte.

Auch im Parlament brachte man ihm von allen Seiten persönliches Vertrauen entgegen, weil er andere nie verletzte, fast immer freundlich war und doch keinen Zweifel an seinen Überzeugungen aufkommen ließ. Jedermann mochte gern mit dem parlamentarischen Staatssekretär umgehen, auch die politischen Gegner. Berkhan blieb fast sechs Jahre in diesem Amt. In jene Zeit fällt seine entscheidende Mitarbeit an der 1972 erschienenen Zentralen Dienstvorschrift 10/1 »Hilfen für die Innere Führung«. Sie enthält, wie de Maizière gesagt hat, eine »klassische Kurzdefinition«: »Die Pflichterfüllung durchzusetzen und zugleich die Rechte des Soldaten zu garantieren ist Aufgabe der Inneren Führung.« Sie enthält damit die erstmalige Normierung des Begriffsinhaltes, der schon 1955 gedanklich allen Parteien vor Augen gestanden hatte.

1975 habe ich sehr darauf hingewirkt, daß mein Freund Berkhan sich für das Amt des Wehrbeauftragten zur Verfügung stellte, das als Hilfsorgan des Bundestages bei der Ausübung der parlamentarischen Kontrolle und zum Schutz der Grundrechte der Soldaten im Grundgesetz verankert ist. Dies bedeutete die Aufgabe seines Bundestagsmandates und den Abschied von seinem geliebten Amt – beides ist ihm schwergefallen. Aber danach hat er sich in überzeugender Weise seiner neuen Funktion gewidmet. Der Bundestag hat ihn zweimal mit sehr großen Mehrheiten mit dieser Aufgabe betraut, die Berkhan wie auf den Leib geschneidert war. Als er 1985 mit siebzig Jahren nach zehnjähriger Amtszeit aus dieser einzigartigen Verantwortung ausschied, gab es Lob von allen Seiten. Und ich selbst durfte in einer meiner letzten Bundestagsreden unter Beifall der SPD, der CDU/CSU und der F.D.P. sagen: »Du hast als Wehrbeauftragter nicht nur deinem eigenen politischen Leben die endgültige Form geben können, sondern du hast der Demokratie einen unverwechselbaren Dienst erwiesen. Wenn du jetzt aus dem öffentlichen Dienst an unserem Staat ausscheidest, so empfinde ich darüber ein ganz klein wenig Wehmut, sehr viel Dankbarkeit und noch mehr Stolz auf die Leistung meines Freundes ...«

Berkhan ist in den sechzehn Jahren seiner beiden Ämter der Zielvorstellung Fritz Erlers treu geblieben, nämlich der konsequenten Einbettung und Verankerung unserer Streitkräfte in das demokratische Gefüge unserer Gesellschaft und unseres Staates. Auf seiten der CDU/CSU und der F.D.P. hat es das gleiche Ziel gegeben. Heute darf man sagen, das große verfassungspolitische und verfassungsrechtliche Experiment ist geglückt. Freilich bedarf es auch fürderhin der Aufmerksamkeit, der Konsequenz und der Anstrengung.

Willi Berkhan, seine Frau Friedel, Loki und ich, wir waren Freunde über den allergrößten Teil unserer Lebenszeit. Die Freundschaft begann 1945 oder 1946 in der Hamburger Gruppe des Sozialistischen Deutschen Studentenbundes (SDS). Das war damals ein verantwortungsbewußter Verein von jungen Frauen und Männern, die aus dem Krieg nach Hause gekommen waren und alles daransetzen wollten, damit sich die Schrecken der Vergangenheit niemals wiederholen konnten. Später sind einige von uns Studienräte oder Professoren geworden, andere wurden Ärzte und Richter – einer von uns stieg sogar zum Präsidenten des Bundesverfassungsgerichts auf. Andere wurden Politiker. Berkhan und ich sind etwa gleichzeitig in die SPD gegangen – was für Willi angesichts seiner Zugehörigkeit zur SAJ (Sozialische Arbeiterjugend) von 1929 bis 1933 selbstverständlich war. Ich habe ihn niemals direkt gefragt, aber daß der SPD-Kreis Hamburg-Nord mich 1953 als Kandidat für den Bundestag aufgestellt hat, habe ich immer auf den damaligen Kreisvorsitzenden Willi Berkhan zurückgeführt. Vier Jahre später kam er selbst nach. Wir haben uns in Bonn eine Wohnung geteilt; ich wurde immer zehn Minuten zu früh wach, weil Willi aus dem Badezimmer Gesang ertönen ließ, meist falsch, aber dafür laut. Wir fuhren auch gemeinsam im Wagen zu den Sitzungen des Europäischen Parlamentes in Luxemburg oder in Straßburg – sogar bis nach Rom; unsere Fahrt über den nächtlichen Petersplatz werde ich nie vergessen. Die meisten Sitzungen fanden in Brüssel statt; weil es damals noch keine Autobahn gab, mußte man in aller Frühe aufstehen. Ruth Wilhelm fuhr unseren Volkswagen, und wir schliefen auf den Rücksitzen. Jedesmal trat sie irgendwann ruckartig auf die Bremse und schrie »Frühstück«, wir rutschten von der Bank, wachten auf und fanden uns vor unserem Lieblingslokal in Maastricht.

Von Hamburg aus sind wir bisweilen mit alten SDS-Freunden auf der Elbe und sogar auf der Ostsee gesegelt, vor allem aber zu zweit mit unserer Conger-Jolle auf dem Brahmsee, wobei Willi zumeist den Vorschotmann gemacht hat; er sorgte auch für die Wartung von Boot und Steg. Zweimal habe ich es fertiggebracht zu kentern. Das erste Mal – nach einer unfreiwilligen Halse – war harmlos, denn wir konnten das Boot ohne fremde Hilfe wieder aufrichten und das Wasser durch die achterlichen Ventile raussegeln. Beim anderen Mal waren wir auf Grund gelaufen, es war noch vor Ostern, das Wasser war entsetzlich kalt, und wir damals schon betagten Männer wagten der Kälte wegen nicht, die zweihundert Meter bis zum Ufer zu schwimmen. So hielten wir uns an den Wanten fest, bis uns jemand mit einem Ruderboot abholte und in die gegenüberliegende Kneipe »Zum Asmus« in Warder brachte. Dort mußten wir unter die heiße Dusche, kriegten heißen Rum-Grog, und schließlich haben unsere Frauen uns mit dem Auto abgeholt. Keiner hat eine Lungenentzündung gekriegt.

Der Brahmsee ist fast vierzig Jahre lang der geographische Mittelpunkt unserer Freundschaft gewesen. Gemeinsam mit einem dritten Nachbarn haben wir dort 1958 zweitausend Büsche und Bäume gepflanzt, die inzwischen so dicht stehen, daß wir schon stark ausdünnen mußten. Es gab dort immer etwas gemeinsam zu tun. Loki und ich ließen uns auf unser Grundstück sogleich ein kleines fertiges Holzhaus hinstellen, das wir später etwas erweitert

Zu den ältesten persönlichen Freunden Helmut Schmidts zählte Willi Berkhan. Zuerst waren beide Mitglieder in der Hamburger Gruppe des Sozialistischen Deutschen Studentenbundes, später fuhren sie als Abgeordnete häufig gemeinsam nach Luxemburg und Straßburg. In Bonn teilten Schmidt und Berkhan zunächst auch die Wohnung und einen Volkswagen. Beider Leidenschaft gehörte dem Segeln auf dem Brahmsee in einer Conger-Jolle.

und winterfest gemacht haben. Als Klaus Bölling es einmal eine Baracke genannt hat, waren wir empört. Friedel und Willi haben ihr Häuschen im Eigenbau mit Verwandten und Freunden aufgemauert; das hat natürlich länger gedauert, aber dafür war es von Anfang an winterfest. Über fast vier Jahrzehnte, bis zu ihrer beider Tod, haben wir den Sommerurlaub alljährlich gemeinsam am Brahmsee verbracht. Ein einziges Mal hatten Friedel und Willi Urlaub in den Alpen machen wollen, brachen ihn aber schon nach einer Woche ab; am Brahmsee und mit uns zusammen, so erklärten sie, sei es doch viel besser als in den Alpen.

Später habe ich oft allerlei schriftliche Arbeiten mit an den Brahmsee genommen, dann spielten Willi und unsere beiden Frauen Skat. Er hatte dabei komische stereotype Redensarten: »Der mußte ja kommen, hatte ja 'ne Postkarte geschrieben« oder »Und den von hinten« und »Bei Grand spielt man Ässe, oder man hält die Fresse«. Später, als Willi aus dem Amt war, mußten meine Sicherheitsbeamten ran, und die Wochenenden gerieten zum Dauerskat. Aber verlieren mochte er nicht so gern.

Die Sicherheitsbeamten haben ihr eigenes kleines Wachhäuschen am Brahmsee, es gehört dem Bund, dem ich es eines Tages abkaufen werde, wenn ich nicht mehr bewacht werden muß. Einstweilen ist es noch nicht soweit; zwar haben wir von der RAF nichts bemerkt, wohl aber von geistig Gestörten. Die meisten davon sind relativ harmlos, viele schreiben nur wirre Drohbriefe. Aber einmal hat Waldemar Guttmann, einer meiner Sicherheitsbeamten, in letzter Sekunde einen Mann zu Fall gebracht, der von hinten mit dem Messer auf mich losgehen wollte. Ein anderer Verrückter hat in der ZEIT einen Benzinkanister ausgegossen und angesteckt; und irgendwann einmal wollte eine Frau bei uns durchs Fenster, richtete dabei aber nur Kleinholz an. Inzwischen gehören die Hamburger Beamten Günter Warnholz, Otti Heuer, Werner Seewald und Jörg Millhahn beinahe schon zur Familie.

Wirklich zur Familie gehörten die beiden Berkhans. Wenn Loki einmal im Jahr in Hamburg ein großes Sippentreffen veranstaltete, so fragten manchmal am Telefon einige unserer Nichten und Großnichten und -neffen: »Kommt Willi auch?« Natürlich kamen er und Friedel – sie gehörten ja doch dazu. Willi hatte eine fast unerschöpfliche, gleichmäßig gute Laune und konnte jedermann zum Lachen bringen. Friedel hingegen war gesetzter, wie man in Hamburg sagt. Sie war in der Ehe der ruhende Pol im Hintergrund, fällte immer sehr klare, manchmal sogar scharfe politische Urteile, hängte sie aber nicht an die große Glocke. Sie war eine emanzipierte Frau, lange bevor die heutige Frauengeneration das Wort von der Emanzipation zu ihrem Kampfbegriff gemacht hat. Als wir sie kennenlernten, leitete Friedel einen Laden der Hamburger Konsumgenossenschaft, später ein Möbelgeschäft; bei ihr haben wir unsere allerersten fabrikneuen Möbel gekauft. Wenn Willi seine Späße zu toll trieb, sagte sie bloß: »Aber Willi!« – mit Vorwurf in der Stimme. Und mit Erfolg.

1992 beschlossen wir gemeinsam, für spätere Generationen jeder einen Bericht über unsere Jugend in der Nazizeit aufzuschreiben*; wir haben außerdem Ursula Philipp, die Ehefrau meines Jugendfreundes Dr. Kurt Philipp, dazu gewonnen, die eine begeisterte BDM-Führerin gewesen war; außerdem Ruth Wilhelm (inzwischen durch Eheschließung Ruth Loah), die erst 1933 geboren ist und die Nazizeit aus der Perspektive eines Kindes erlebt hat; meinen ZEIT-Kollegen Dietrich Strothmann, Jahrgang 1927, und den Verleger Wolf Jobst Siedler, 1926 geboren, der im Dritten Reich wegen Wehrkraftzersetzung zu neun Monaten Zuchthaus verurteilt worden ist.

---

* Helmut Schmidt und andere: »Kindheit und Jugend unter Hitler«, bei Siedler, Berlin 1992.

Für Willi und für mich war ein Nebenmotiv, durch Schilderung der Umstände, die uns junge Leute auf die eine oder andere Weise zu Werkzeugen der Nazidiktatur gemacht haben, bei den Westdeutschen Verständnis dafür zu wecken, daß während der zweiten deutschen Diktatur unter Ulbricht und Honecker viele Menschen durch vergleichbare Umstände verführt worden sind. Die Selbstgerechtigkeit mancher Westdeutschen ist mir ebenso widerlich wie die Selbstgerechtigkeit mancher Leute aus der 68er Studentengeneration gegenüber der ihnen vorangegangenen Generation. Sie bilden sich ein, *wenn* sie in der DDR gelebt hätten oder *wenn* sie nur früher geboren wären, so hätten sie natürlich heldenhaften Widerstand geleistet. Ach, Heldentum ... Mir ist dieses Heldentum ex post facto genauso unerfreulich wie die allermeiste Heldenverehrung.

Friedel und Willi Berkhan haben einen gemeinsamen Bericht geschrieben. Beide stammten aus der Sozialistischen Arbeiterjugend, waren 1933 achtzehn Jahre alt und auf dem Weg zur Sozialdemokratie. Über das, was dann kam, hat mein Freund geschrieben: »Der Strom des Geschehens hat mich mitgerissen, ich fühlte mich hilflos und wehrlos ... Sicher war es ehrenhaft, gegen die Nazis zu wirken, aber hatte dieser Widerstand Aussicht auf Erfolg? Ich wollte nicht unter das Fallbeil ... So wurde ich einer jener Deutschen, die sich durch die Zeit zu mogeln suchten, ... nicht ohne Zugeständnisse.« Ja, so ähnlich habe ich es auch erlebt. Und ähnlich haben es später viele Deutsche erlebt, die in der DDR aufgewachsen sind. Wer nach 1945 als Vierzehnjähriger der allumfassenden kommunistischen Erziehung und Propaganda anheimgefallen ist, der hatte es genauso schwer, sich davon innerlich zu befreien, wie die Vierzehnjährigen des Jahres 1933, die in der ersten deutschen Diktatur aufgewachsen sind.

Bis zu seinem Tode hat Willi es als eine wichtige Aufgabe angesehen, im Rahmen der Friedrich-Ebert-Stiftung die Förderung befähigter und engagierter junger Menschen zu betreiben. Jungen Leuten zu helfen, auf daß sie ihren Platz im Leben und in der Gesellschaft finden können, blieb sein großes Anliegen. Er ist seinem lebenslangen pädagogischen Impetus treu geblieben.

Willi ist 1994 gestorben, Friedel kurz danach. Sie waren Lokis und meine engsten Freunde. Für mich ist Willi Berkhan der ältere Bruder gewesen. Wie oft haben wir gemeinsam in der Sauna am Brahmsee gesessen und uns gegenseitig Ratschläge gegeben, wenn wir Sorgen hatten oder Probleme lösen mußten. Wie oft haben wir zusammen gegessen und dabei über die Wasservögel und über unsere Bäume geredet und natürlich auch über die Politik. Und wie oft habe ich mich bei Willi vergewissert, ob er das, was ich in der Regierung tat, billigte oder ob und warum er es kritisierte. Jüngst ist es am Brahmsee zweimal vorgekommen, daß ich zu Loki gesagt habe: »Ich gehe mal eben zu Willi rüber.« Aber er war ja doch schon tot.

Manfred Schüler und das Kanzleramt

Das Doppelministerium für Wirtschaft und Finanzen habe ich nur wenige Monate verwaltet. Bei der Auftrennung im Herbst 1972 übernahm ich die Zuständigkeit für Geld und Kredit aus dem Wirtschafts- in das Finanzministerium, ebenso die zugehörigen Beamten unter der Leitung des Ministerialdirektors Dieter Hiß, der ein ausgezeichneter Fachmann war; später habe ich ihn auch ins Bundeskanzleramt mitgenommen, noch später wurde er Präsident der Landeszentralbank Berlin. Die Konzentration von Steuern, Haushalt, Währung und privater Kreditwirtschaft im Finanzministerium entspricht der in den großen Industriestaaten der Welt üblichen Regierungsorganisation, die Anpassung der deutschen Organisation war im Interesse unserer internationalen Operationsfähigkeit geboten. Hinzu kam, daß eine überkommene Neigung zur liberalen Ideologie und zur Öffentlichkeitsarbeit das Wirtschaftsministerium in seiner Objektivität beeinträchtigte, was sich bis in die Gegenwart fortgesetzt hat; alle seither von der F.D.P. gestellten Wirtschaftsminister – mit Ausnahme von Hans Friderichs – haben sich gern der Attitüde des Wirtschaftsministeriums und seiner Atmosphäre angepaßt; sie haben allerdings wenig bewirkt, und ihre vielen Namen hat man mit Recht längst vergessen. Auch Graf Lambsdorff, unmittelbarer Nachfolger von Friderichs, war – anders als dieser – mehr im ideologisch-politischen als im fachlichen Bereich zu Hause.

Im Finanzministerium machte ich auf Rat Alex Möllers alsbald Manfred Schüler zum Staatssekretär, der dort bisher als Ministerialdirektor Leiter der Grundsatzabteilung gewesen war; später holte ich mir als weiteren Staatssekretär Karl Otto Pöhl aus Willy Brandts Kanzleramt, wo er bisher, ebenfalls als Ministerialdirektor, die ökonomische Abteilung geleitet hatte. Der Dritte im Bunde war, als parlamentarischer Staatssekretär, Hans Hermsdorf; er hatte dieses Amt schon unter Karl Schiller ausgeübt und war mir aus der Parlamentsarbeit seit vielen Jahren als Kollege und als herausragender Haushaltsfachmann vertraut. Neben Hermsdorf war Konrad Porzner, ein Steuerfachmann, als weiterer parlamentarischer Staatssekretär tätig; er ging bei meinem Ausscheiden zurück in die Fraktion und wurde viele Jahre später von Kanzler Kohl zum Chef des BND ernannt. So hatte ich zum zweiten Mal ein Kleeblatt beisammen; mich selbst mitgezählt, hatte es sogar fünf Blätter – was in Gottes freier Natur sehr selten vorkommt.

Es war eine finanzpolitisch turbulente Zeit. Zwar waren wir – anders als vorher im Verteidigungsministerium – nicht in größerem Umfang mit Neuerungen und Reformen beschäftigt. Aber die weltweiten währungspolitischen Turbulenzen im Zusammenhang mit dem für alle industriellen Demokratien unangenehmen Floating des amerikanischen Dollars und der Entmachtung des Weltwährungsfonds (IMF) machten uns gewaltig zu schaffen. Dazu kam die Überforderung des Bundeshaushaltes durch die von Brandt (und vor allem von seinem Amtschef Ehmke) gleichzeitig betriebenen allzu vielen Reformen – fast ausnahmslos kosteten sie Geld – und ein nahezu unverantwortliches Entgegenkommen gegenüber unerhörten Lohn- und Gehaltsforderungen des öffentlichen Dienstes. Dazu kam seit dem Herbst 1973 die erwähnte OPEC-Erdölkrise, die allen auf die Einfuhr von Öl angewiesenen Staaten enorme Preissteigerungen und damit eine allgemeine Preisinflation beschert und außerdem einigen Staaten schwerste Zahlungsbilanzprobleme verursacht hat, die nur vorübergehend durch ausländische Kredite bewältigt werden konnten. Die Krise der Herstatt-Bank – ein bedenkliches Vorkommnis, das in normalen Zeiten enorme Wellen geschlagen hätte – blieb wegen der allgemeinen Turbulenzen im relativen Schatten. Das Kleeblatt im Finanzministerium hatte mit einer Krise nach der anderen, bisweilen mit mehreren Krisen zugleich, alle Hände voll zu tun.

Für mich hatte die Zeit jedoch auch ihre positiven Seiten. Dazu gehörte die stetige beratende Hilfe durch Karl Klasen, aber auch die persönliche Berührung mit herausragenden ausländischen Fachleuten. Damals hat meine Freundschaft mit Valéry Giscard d'Estaing begonnen, der gleichzeitig in Paris Finanzminister war, ebenso meine Freundschaft mit den drei Amerikanern George Shultz, Paul Volcker und Arthur Burns, außerdem mit dem Japaner Takeo Fukuda.

Eine der leuchtendsten Erinnerungen jener Zeit hängt mit einer Jahrestagung von Weltbank und IMF in Nairobi und Kenia zusammen. Karl Klasen und sein Bundesbankkollege Irmler, meine Frau, meine Tochter und ich hatten uns an einem freien Nachmittag ein kleines einmotoriges Flugzeug gemietet, um über den Ngorongorokrater und die Serengeti zu fliegen. Loki und ich kannten diese Landschaften von einem Urlaub, nun sahen wir sie von oben: Elefantensippen, Herden von Antilopen und Gazellen, von Büffeln und Zebras. Es war ein wundervoller Tag. Sehr plötzlich zogen aber schwarze Wolken auf, der Regen trommelte auf die Tragflächen, Blitz und Donner links und rechts, vorn und hinten. Der junge Pilot konnte nichts mehr sehen, der Kompaß war auch keine Hilfe, denn wir hatten das Gebirge noch nicht überwunden und waren bis vor wenigen Minuten in niedriger Höhe nach Sicht geflogen; natürlich hatte der kleine Vogel kein Radar an Bord. Dazu ein ständiges Piep-piep aus irgendeinem Gerät im Cockpit. Loki fragte den jungen Mann nach der Bedeutung und erhielt zur Antwort: »Er zeigt an, daß wir an Höhe verlieren.« Als wir schließlich in Nairobi ankamen, sagte der Tower über Sprechfunk: »Very, very fine«, und wir stiegen bleich und mit zitternden Knien aus dem Flugzeug. Aber nachträglich, bei einem Beruhigungs-Whisky im Hotel, waren wir natürlich alle übereinstimmend der Meinung, es sei doch ein sehr schöner Tag gewesen.

Zu den positiven Erinnerungen gehört der Umstand, daß ich gezwungen war, mich ständig mit den Entwicklungen der Weltwirtschaft zu befassen, ein Lernprozeß, der mir später im Amt des Regierungschefs auf den Weltwirtschaftsgipfeln einen Vorsprung vor den meisten meiner Kollegen verschafft hat. Dabei haben wir im Kleeblatt ständig alle wichtigen Dinge diskutiert, ehe sie entschieden wurden. Auf diese Weise habe ich die außerordentlichen ökonomischen und die persönlichen Qualitäten Pöhls und Schülers kennen- und schätzengelernt. Ich hatte beide früher nicht gekannt; als ich aber im Mai 1974 das Ministerium verließ, wußte ich von beiden, daß sie zuverlässige Staatsdiener und sehr gute Ökonomen waren; entsprechend habe ich sie in Spitzenämter des Staates befördert.

Als Karl Klasen in den Ruhestand ging und Otmar Emminger, bisher Vizepräsident der Bundesbank, in das Präsidentenamt nachrückte, habe ich Karl Otto Pöhl, der über seine fachlichen, zumal währungspolitischen Fähigkeiten hinaus sich sehr kontaktfreudig auf fremde Gesprächspartner einstellen konnte und im Finanzministerium im Laufe von fünf Jahren große internationale Erfahrungen gesammelt hatte, 1977 zum Vizepräsidenten der Bundesbank vorgeschlagen. Da auch Emminger in weniger als drei Jahren in Pension gehen würde, hatte ich die Absicht, sodann Pöhl an die Spitze zu berufen. Für diese spätere Berufungsabsicht, über die ich vorsichtshalber niemanden informiert habe, schien mir eine dreijährige Einarbeitung Pöhls zweckmäßig. Außerdem war gegen seine Berufung eine heftige Opposition der CDU/CSU zu erwarten, weil er SPD-Mitglied war. Es schien mir zweckmäßig,

Karl-Otto Pöhl (r.) war von Hause aus Journalist, natürlich mit dem Schwergewicht auf der Geld- und Wirtschaftspolitik. Als Helmut Schmidts Freund Karl Klasen als Präsident der Bundesbank in den Ruhestand ging und sein Stellvertreter Otmar Emminger ihm im Amt folgte, konnte Schmidt Pöhl ohne allzu große Widerstände zum neuen Vizepräsidenten und drei Jahre später zum Präsidenten berufen, obwohl die CDU das nicht gern gesehen haben wird, da Pöhl langjähriges SPD-Mitglied war. Aber Pöhl meisterte sein neues Amt bravourös, bis er 1990 nach Mißhelligkeiten über die finanzpolitischen Aspekte der deutschen Einigung zurücktrat und sehr bald in die Privatwirtschaft ging.

daß Pöhl diese parteipolitisch motivierte Opposition zunächst als Vizepräsident abwetterte. Binnen drei Jahren, so kalkulierte ich, würde er als glänzender Fachmann jedermann im Zentralbankrat überzeugen, und bei der späteren Berufung zum Präsidenten würde es keine Opposition mehr geben. All diese Erwartungen sind tatsächlich eingetreten. Wie sehr Karl Otto Pöhl ab 1980 als Präsident der Bundesbank an Ansehen und Zustimmung gewonnen hat, konnte man 1988 erkennen, als er auf Vorschlag von Finanzminister Stoltenberg (CDU) für weitere acht Jahre berufen wurde.

Pöhls zweite Amtsperiode verlief weniger glücklich als die erste. Die der politischen Vereinigung Deutschlands um einige Monate vorauslaufende deutsche Währungsunion wurde von der Bundesregierung mittels einer verschwenderisch-luxuriösen Umstellung von Sparguthaben und Geldvermögen zugunsten der Besitzer von DDR-Mark ins Werk gesetzt. Pöhl hatte gewarnt und protestiert, mußte sich aber dem Bundeskanzler und der Bundestagsmehrheit beugen, deren Motiv offensichtlich war, sich – ohne Rücksicht auf die mittelfristig unvermeidlichen Folgen – für die Bundestagswahl Ende 1990 eine gute Stimmung bei den Wählern zu verschaffen, besonders in den neuen Bundesländern. Diese Rechnung ist aufgegangen. Es kam aber dadurch zu einer schlagartigen Ausweitung der DM-Geldmenge, infolgedessen zu einem Nachfragestoß in der deutschen Wirtschaft und zwangsläufig zwei Jahre später zu einem scharfen Abschwung, der auch 1996 noch anhält und der immer noch anwachsende Arbeitslosenziffern mit sich gebracht hat. Pöhl trat 1991 zurück. Seine Nachfolger Schlesinger und Tietmeyer haben mit sehr robuster Zinspolitik die Geldmenge wieder eingefangen; die Bundesbank ist dadurch zu einem der mehreren Hauptfaktoren der anhaltenden Rezession und Rekordarbeitslosigkeit geworden.

Als Hans Hermsdorf im Frühjahr 1974 zum Präsidenten der Hamburger Landeszentralbank berufen wurde, war es ein Zufall, daß sein Ausscheiden aus dem Kleeblatt im Finanzministerium fast gleichzeitig mit meinem eigenen Ausscheiden zusammentraf. Das gleichzeitige Ausscheiden von Manfred Schüler dagegen war kein Zufall. Als ich Willy Brandt im Mai 1974 als Kanzler nachfolgte, habe ich keine Minute gezögert, Schüler zu bitten, als Staatssekretär die Aufgabe des Chefs des Bundeskanzleramtes zu übernehmen und mit mir in das Palais Schaumburg überzusiedeln.

Schüler war aus doppeltem Grunde für dieses Amt prädestiniert. Zum einen war er ein überaus effizienter Verwaltungschef, sehr leise, aber sehr bestimmt, dazu jeglicher Publizität abgeneigt, vielmehr diskret und verschwiegen. Er war erst 42 Jahre alt, hatte aber bereits eine vielseitige Berufslaufbahn hinter sich: Verwaltungslehre, Kommunalverwaltung, Abendstudium und Promotion, mehrere Jahre Arbeit an wissenschaftlichen Instituten, vier Jahre in der Industrie, dann Stadtkämmerer in Gelsenkirchen, schließlich vier Jahre in der Spitze des Finanzministeriums, wo ich ihn näher kennengelernt habe. Zum anderen war er ein Mann mit ökonomischem Überblick und mit gutem finanzwirtschaftlichem Durchblick. Im Bundeskanzleramt zeigte sich schon nach wenigen Wochen, daß die Berufung Schülers ein wirklicher Glücksgriff war.

Das Amt war, nicht nur durch die Guillaume-Affäre, in den Augen der Bonner Journalisten und der öffentlichen Meinung ein wenig heruntergekommen. Die bisherigen Amtschefs Horst Ehmke und auch Horst Grabert hatten auf Diskretion der Beamten keinen allzu großen Wert gelegt; sie selber hatten sich allzuoft gegenüber der Presse zu Fragen und Inhalten der Regierungspolitik geäußert, die eigentlich in die Bereiche der fachlich zuständigen Minister gehörten. Dazu kam, daß die Kabinettskollegen bei Anfragen oder Anstößen aus dem Bundeskanzleramt nicht immer erkennen konnten, ob sie wirklich auf den Willen des Bundeskanzlers zurückgingen. Horst Ehmke hatte sich bei den Ministern den Ruf eines Unter-Bundeskanzlers zugezogen, er schien das Amt zur Machtzentrale oberhalb des Kabinetts machen zu wollen, und Horst Grabert war diesen Tendenzen in den anderthalb Jahren seiner Amtszeit nicht deutlich genug entgegengetreten. Natürlich muß das Kanzleramt als die Zentrale der Exekutive fungieren, aber nicht das Amt, sondern nur der Kanzler selbst hat die ihm vom Grundgesetz zugewiesene Aufgabe und Befugnis, gegenüber seinen Kabinettskollegen »Richtlinien der Politik« zu bestimmen. Als ich bei meinem Amtsantritt zu den leitenden Beamten sprach, habe ich gesagt, von allen denkbaren menschlichen und Verwaltungsfehlern gäbe es einen, den ich nicht hinnehmen würde, nämlich »wenn nach draußen geschwätzt wird über das, was drinnen gedacht und verhandelt und entschieden wird«. Schüler selbst war die Verschwiegenheit in Person. Binnen wenigen Wochen hatte er das Amt im Griff, es schwatzte keiner mehr nach draußen, und keiner lieferte mehr Gerüchte oder Schlagzeilen.

Ich selbst habe mich danach nicht mehr um die Struktur und die inneren Abläufe des Amtes gekümmert, weil es sich unter Schüler zu einem geräuschlosen, präzisen, sehr wirksamen Dienstleistungsbetrieb für den Kanzler wie für das Kabinett wandelte. Lediglich die Besetzung der Stellen der beiden Abteilungsleiter für Wirtschaft und Finanzen sowie für Außen- und Sicherheitspolitik haben immer meine Aufmerksamkeit gefunden; ich bin von beiden Abteilungen, deren Leiter für mich wichtige persönliche Berater waren, trotz mehrfachen Personalwechsels stets hervorragend bedient worden.

Natürlich habe ich mir die Personalia meines eigenen Büros vorbehalten. Im übrigen aber war das Bundeskanzleramt das Haus Manfred Schülers, nicht das meinige, er war der Chef. Wenn ich davon absehe, daß ich die Amtsführung durch Globke zur Zeit Adenauers nicht beurteilen kann, so hat ansonsten kein Amtsvorgänger Schülers – und bisher auch keiner seiner Nachfolger – das

Kanzleramt leiser, wirksamer und fehlerloser geführt. Auch die Kollegen, die dem Koalitionspartner F.D.P. angehörten, und die Kollegen aus der Führung der CDU/CSU-Opposition haben Schüler stets hohe Anerkennung entgegengebracht.

Er war ebenso geräuschlos in seinem Nebenamt als Koordinator der drei Geheimdienste BND, Verfassungsschutz und Militärischer Abschirmdienst (MAD) wie zugleich als Kontrolleur des BND. Ich brauchte die Leiter der drei Dienste nie selbst zu Vortrag oder Rücksprache zu bitten - wenn es etwas zu klären oder etwas Wichtiges gab, das der Kanzler wissen mußte, so sorgte Schüler dafür, schriftlich oder mündlich. Er setzte auch - im allwöchentlichen Gespräch mit den Staatssekretären der Ministerkollegen - die Tagesordnungen für die Kabinettssitzungen fest; er protokollierte die Koalitionsgespräche; er hielt die Verbindung zum Parteivorstand der SPD und dessen Bundesgeschäftsführer in der sogenannten Baracke (in Wahrheit war das ein sehr solides Bauwerk, der Name wurde aber mitgeschleppt aus früherer Zeit, in der die SPD in einem in der Tat barackenhaften Provisorium zu Hause gewesen war).

Ich meinerseits war entschlossen, in meiner persönlichen Umgebung kein Küchenkabinett entstehen zu lassen. Statt dessen bildete ich abermals ein Kleeblatt aus Staatssekretären, nämlich aus Manfred Schüler, Klaus Bölling als Chef des Presse- und Informationsamtes, Marie Schlei als parlamentarischer Staatssekretärin und mir selbst. Das Kleeblatt trat mehrere Male in der Woche zusammen, um alle wichtigen Fragen aus unseren verschiedenen Arbeitsbereichen miteinander zu beraten. Hier wurde in gleichberechtigter Weise zu viert freimütig geredet, kritisiert, gefragt und geantwortet. Jeder von uns wußte am Schluß, was er zu tun hatte, und jeder konnte sich darauf verlassen, daß auch die anderen sich an die getroffenen Verabredungen halten würden. In den ersten beiden Jahren, in denen wir dafür sorgen mußten, daß alle Minister und alle Abgeordneten der sozialliberalen Koalition die Notwendigkeit begriffen, sich auf das Finanzierbare und das Wesentliche zu beschränken und doch die Stetigkeit der von Brandt eingeleiteten Politik deswegen nicht zu opfern, haben wir alle vier normalerweise Arbeitstage von vierzehn bis sechzehn Stunden absolviert.

Der Tenor meiner eröffnenden Regierungserklärung im Parlament lautete: »Kontinuität und Konzentration«. Einige hatten es schwer zu erkennen, daß die Haushaltslage und die Ölpreisexplosion nebst steigenden Inflationsraten und drohender Arbeitslosigkeit uns tatsächlich unter den Zwang stellten, die Reformeuphorie zu beenden und von den vielen unter Willy Brandt angekündigten Reformen diejenigen auszuwählen, die besonders wichtig waren und die wir außerdem finanzieren konnten. Einige wenige sozialdemokratische Parlamentskollegen haben dagegen mit Fleiß verbreitet, hier fände ein Richtungswechsel statt, der abzulehnen sei. Marie Schlei hat mir in dieser Situation sowohl in den regelmäßigen Fragestunden des Parlaments als auch in der eigenen Fraktion den Rücken freigehalten.

Marie und ich waren im Kleeblatt die einzigen, die sich geduzt haben, so wie wir es aus der Fraktion gewohnt waren. Sie kam aus Pommern, hatte aber seit Kriegsende in Berlin gelebt und sprach mit deutlich berlinerischer Sprachfärbung. Auf dem zweiten Bildungsweg war sie in Berlin Lehrerin, Schulleiterin und Schulrätin geworden. Wenn ihr jemand »Herz mit Schnauze« attestiert hat, so war das ganz zutreffend. Ihre erste Fragestunde im Plenum des Parlaments habe ich am Fernseher beobachtet, es war eine Nervenprobe für sie. Aber sie wurde sehr bald ganz sicher und hat auf Zusatzfragen oft witzig und drastisch geantwortet; sie hat diese allwöchentliche Last zweieinhalb Jahre lang getragen. In der Fraktion war sie noch wesentlich drastischer. »Mensch, ick lass' ma doch nich von dir vascheißern«, hat sie mehrfach gesagt. Die Kollegen in der Fraktion und besonders Herbert Wehner haben sie gerne gehabt, wegen ihres großen, liebevollen Herzens, aber auch wegen ihrer komischen Sprüche. So ist auch überliefert, daß sie in der Fraktion gesagt hat: »Ick bin die Trösterin, die die Arme ausbreitet, um alle vom Kanzler auf den Schlips Getretenen wieder uffzumuntern.« Marie Schlei hatte einen guten politischen Instinkt. Im Kleeblatt war sie genauso kritisch wie Manfred Schüler und wie Klaus Bölling.

Böllings Sprache war eine völlig andere, obwohl auch er aus Berlin stammt (genauer gesagt: aus Potsdam). Einmal habe ich über ihn gelesen, er sei ein Sprachästhet, und das war wohl zutreffend, er sprach manchmal so, wie Thomas Mann geschrieben hat. Die Eleganz seiner gewählt formulierten Sätze konnte jedoch niemanden sehr lange darüber täuschen, daß hier ein Mann sprach, der in der Politik wirklich Bescheid wußte. Er wußte auch über die tägliche Politik seiner Regierung Bescheid, bis in entlegene Details. Die wichtigste Anlaufstelle für die über 700 in Bonn akkreditierten Journalisten war er selbst ganz persönlich, nicht so sehr die Beamten seines Presse- und Informationsamtes; deshalb mußte er sich täglich erst einmal rundherum selbst informieren. Lediglich den ökonomischen Bereich konnte er aussparen, den betreute sein Stellvertreter Armin Grünewald, der ein erstklassiger Wirtschaftsjournalist gewesen war. Beide waren erfahrene Journalisten gewesen, jetzt aber waren sie Staatsdiener. Klaus Bölling war ein Staatsdiener von altpreußischer, liberaler Staatsräson und von großer Loyalität gegenüber der Regierung, die er vertrat. Neben seiner Aufgabe als wichtigster Sprecher der Regierung mußte er ein großes Amt verwalten – 600 bis 700 Personen – und außerdem einen großen Etat.

Ich hatte Bölling als NDR-Chefredakteur in Hamburg kennen- und schätzengelernt und in Washington wiedergetroffen, wo er das ARD-Studio geleitet hat; 1973 wurde er Intendant von Radio Bremen. Ich habe ihn überreden können, von dort nach Bonn in die Regierung zu kommen. Den Wechsel vom Journalismus in das politische Beamtentum hat er mühelos vollzogen. Dabei hat er jede Woche zahllose Informationsgespräche mit einzelnen seiner früheren Berufskollegen und mit deren vielen kleinen Zirkeln geführt. Auch Bölling hatte einen erschöpfenden Arbeitstag. Für mich aber war das wichtigste seine Mitwirkung im Kleeblatt. Er wußte und berichtete, was die Journalisten dachten, was sie vielleicht demnächst schreiben würden – vor allem aber dachte er selbst.

Wenn Manfred Schüler seine Denkergebnisse kurz, trocken und präzise einbrachte, wenn Marie Schlei die ihrigen temperamentvoll im Volkston vortrug, so stand der nachdenkliche Klaus Bölling in seiner Sorgfalt keinem der anderen beiden nach. Ähnlich wie schon früher auf der Hardthöhe war das Kleeblatt im Kanzleramt aus Personen völlig verschiedener Lebenswege und Prägungen zusammengesetzt. Alle waren wir Sozialdemokraten, alle wollten wir das Beste für die Regierung, aber zugleich stellte jeder die res publica, die Verfassung und das Gesetz eindeutig über das Wohl von Partei und Regierung. Für mich war die Kritik sehr wichtig, die ich im Kleeblatt unverblümt zu hören bekam. Jeder Regierende braucht Kontrolle und Kritik; sie ist um so wirksamer, je weniger sie am parteipolitischen Zweck orientiert ist oder an der Lust, die aus der eigenen Polemik fließen kann.

Übrigens brauchte Schüler im Kleeblatt nicht zu protokollieren, sondern die Ergebnisprotokolle machte hier der Leiter des Kanzlerbüros, Klaus-Dieter Leister, der ansonsten meist schweigsam mit am Tische saß. Ich hatte ihn, ebenso wie Peter Walter, aus dem Finanzministerium mitgebracht. Wenn ich eine größere Rede zu halten hatte, informierte Leister auch meine Redenschreiber über die im Kleeblatt herausgefilterten Gedanken; zu diesen Redenschreibern zählten nacheinander Christian Bauer, Armin Halle, Rolf Breitenstein und Udo Löwke, der mich schon in meiner Zeit als Fraktionsvorsitzender begleitet hatte; später stieß der klassisch gebildete, gediegene Jens Fischer dazu. Oft haben die armen Redenschreiber ihre Manuskripte, je nach meinen Korrekturen und Wünschen, bis zu dreimal umschreiben müssen. Leister war ein umsichtiger, schneller Mitarbeiter, er wurde später Chef der Staatskanzlei bei Johannes Rau in Düsseldorf. Walter wurde zum Bürgermeister in Geesthacht gewählt, und Fischer hat sich als Unternehmensberater selbständig gemacht.

Natürlich gehörten zum Kanzlerbüro auch meine Sekretärinnen Lilo Schmarsow und Marianne Duden, wie schon vorher auf der Hardthöhe und im Finanzministerium. Schließlich will ich hier den zuverlässigen Fahrer Wilhelm Jülich nicht vergessen. Als er sich mit einer Russin befreundete (sie haben inzwischen längst geheiratet), empfahlen die für die Sicherheit zuständigen Beamten dringend, ihn aus meiner Nähe zu entfernen – der Fall Guillaume steckte ihnen in den Knochen. Ich habe mich mit großem Bedauern dem Rat gefügt; später hat sich gezeigt, daß Jülich unschuldig war, er ist heute noch im Kanzleramt.

Marie Schlei hat Ende 1976 das Kanzleramt verlassen, um als Bundesministerin das Ministerium für wirtschaftliche Zusammenarbeit zu übernehmen. An ihre Stelle trat Hans-Jürgen Wischnewski, eine der farbigsten und vielseitigsten Persönlichkeiten der Bonner Politik. Seine glänzende Rolle bei der Geiselbefreiung in Mogadischu wird nicht so bald in Vergessenheit geraten; dabei mußte er, bevor die Aktion der Grenzschutzgruppe 9 begann, erst einmal den somalischen Staatschef Siad Barre dafür gewinnen, die Deutschen auf dem Boden seines Landes agieren zu lassen.

Wischnewski hatte eine einmalige Fähigkeit, mit Politikern aus Entwicklungsländern eine tragfähige Gesprächsebene herzustellen, besonders mit Menschen aus dem Bereich des Islam. Jedermann im Parlament kannte ihn unter dem Namen Ben Wisch. Er war nacheinander bereits Bundesminister, Bundesgeschäftsführer der SPD und Staatsminister im Auswärtigen Amt unter Genscher gewesen, nun also wurde er Staatsminister im Bundeskanzleramt. Als Bundesgeschäftsführer hatte er Willy Brandt schon 1970 auf den in bestimmten Parteigliederungen überhandnehmenden Einfluß der jungen Akademiker auf die Diskussion hingewiesen, wodurch Arbeiterinnen und Arbeiter verärgert und zurückgedrängt wurden, was sich in einem eklatanten Rückgang ihres Anteils an den neu in die SPD eintretenden Mitgliedern niederschlug; der Rückgang des Anteils der Arbeiterschaft in der Gesellschaft insgesamt war vergleichsweise wesentlich geringer. Im gleichen Atemzuge hatte Wischnewski verlangt, die Partei solle sich von den Beschlüssen der Jusos »eindeutig abgrenzen«. Er hat mit seinen

Vorschlägen bei Brandt nicht viel ausgerichtet, ich aber empfand Ben Wisch als kongenial. Er brachte einen guten Überblick über die Innenpolitik und einen hervorragenden Überblick über alle auswärtigen Felder ins Kleeblatt.

Wischnewski übernahm alle Arbeitsfelder von Marie Schlei und hat zusätzlich mit viel gesundem Menschenverstand, mit Rückgrat und Beharrungsvermögen gegenüber dem um sich greifenden Opportunismus im Parteivorstand zu mir gestanden; typisch war, daß er nach Ende der sozialliberalen Koalition einer der wenigen gewesen ist, die 1983 gegen Brandt und Eppler auf dem NATO-Doppelbeschluß beharrt haben. Im Kleeblatt war er eine ganz wichtige Hilfe, weil er rückhaltlos kritisch war und weil seine Kritik auf umfassenden Kenntnissen und Erfahrungen beruhte. Wenn Wischnewski in einem der Gespräche sagte: »Das kannst du nicht machen« – und das ist mehrfach vorgekommen –, dann hatte er immer recht. Was er sagte und tat, war ohne Schnörkel, ohne Tricks, immer solide – deshalb hatte er in Bonn kaum irgendwelche persönlichen Feinde. Ben Wisch war eine hervorragende Ergänzung unseres Kleeblatts.

In seinem 1989 veröffentlichten Erinnerungsbuch haben mir drei Dinge besonders gefallen, die mir deshalb in Erinnerung geblieben sind. Erstens trug sein Buch den Titel »Mit Leidenschaft und Augenmaß«; er durfte wahrhaftig beanspruchen, in der Politik nach dieser Maxime gehandelt zu haben. Zweitens steht dort geschrieben, Ehrgeiz um der Sache willen sei unverzichtbar, aber Ehrgeiz um der Macht willen sei tödlich. Und drittens findet man dort die Bemerkung, Demokratie ohne Kompromisse sei nicht vorstellbar, aber »nichts ist schlimmer als Opportunismus«. Der Leser wird verstehen, warum ich Ben Wisch Ende 1979 gebeten habe, in die Parteiarbeit zurückzukehren und sich zu einem der beiden stellvertretenden Parteivorsitzenden wählen zu lassen. Für mich war er ein absolut zuverlässiger Feuerwehrmann oder, auf englisch, »a man for all seasons«.

Im Frühjahr 1982 kehrte Wischnewski auf meinen Wunsch noch einmal in die Regierung zurück, in gleicher Funktion wie vormals. In der Zwischenzeit hatte Gunter Huonker dieses Amt ausgefüllt, der mir in einem Koalitionsgespräch imponiert hatte, als er mit großer steuerpolitischer Sachkenntnis und mit Geschick den damaligen Wirtschaftsminister Graf Lambsdorff ausmanövrieren konnte. Huonker brachte finanzpolitische und entwicklungspolitische, das heißt außenpolitische Erfahrungen ein. Er galt als ein Linker und war Erhard Eppler vertraut; beides hat mich nicht gestört, weil er doch standfest und zuverlässig war und weil Herbert Wehner als Fraktionsvorsitzender (er hatte Huonker in jenes Koalitionsgespräch mitgebracht) große Stücke auf ihn hielt. Huonker machte seine Arbeit anders als Wischnewski und als Marie Schlei, aber auch er erwies sich als ein profunder, kritischer Geist. Das Kleeblatt blieb, was es zuvor gewesen war: eine Quelle gedanklicher Anregung, eine unbestechliche Instanz freundschaftlicher Kritik und Kontrolle – und außerdem ein Team, wie es im Lehrbuch eines Unternehmensberaters stehen mag, im praktischen Leben aber nur selten vorkommt. Als in der Spätphase der sozialliberalen Koalition Manfred Lahnstein an Stelle von Hans Matthöfer das Finanzministerium übernahm, ging Huonker mit ihm in die Rheindorferstraße (und Ben Wisch kehrte, wie schon gesagt, zu mir zurück).

Mit dem doppelten Wechsel von Wischnewski zu Huonker und zurück zu dem ersteren bin ich anderen Veränderungen in der Regierungszentrale etwas vorweggeeilt. Denn auch an der Spitze des Presse- und Informationsamtes gab es eine personelle Veränderung. Nach der Bundestagswahl 1980 hielt ich es für an der Zeit, unseren »Ständigen Vertreter« in der DDR auszuwechseln. Günter Gaus hatte diese Stelle seit fast sieben Jahren ausgefüllt. Das war angesichts der wohlbegründeten Übung unseres Auswärtigen Dienstes eine ungewöhnlich lange Zeit; man wechselt die Botschafter früher, um zu vermeiden, daß ein Botschafter den kritischen Abstand zum jeweiligen Gastland verliert. Auf meine Frage war Klaus Bölling gerne bereit, nach Ost-Berlin zu gehen; er hatte mich schon früher gebeten, ihm »den Mühlstein« des Presseamtes und des Regierungssprechers vom Halse zu nehmen. Es erwies sich bald, daß er in der Tat einen größeren inneren Abstand zu Honecker und seinen Leuten hatte als Gaus. Bölling war übrigens 1981 am Werbellinsee beteiligt an dem ersten und zugleich einzigen Besuch eines Bundeskanzlers beim Staatschef der DDR, den er vorbereitet hatte*. Bei der späteren Analyse jenes Besuches waren Bölling und ich uns einig, daß mit einem inneren Zusammenbruch der DDR nicht zu rechnen war, aber wir beide gaben die Zielsetzung der Wiedervereinigung nicht auf und auch nicht die Hoffnung. In der Phase des Verfalls der sozialliberalen Koalition habe ich Kurt Becker, Böllings Nachfolger in Bonn, bitten müssen, seinen Platz für Bölling wieder frei zu machen, der für das letzte halbe Jahr meines dritten Kabinetts nach Bonn zurückgekehrt ist.

Bölling hat seine Aufgabe in Ost-Berlin ungern aufgegeben und ist sehr ungern in seine frühere Tretmühle zurückgekehrt, aber

* Vgl. S. 374 ff.

persönliche Loyalität gab den Ausschlag. In dem Briefwechsel, den wir in jenen Tagen führten, schrieb ich Bölling: »... Ihre Sensibilität und Sensitivität ist viele Male so groß wie die meine. Manchmal kann dies für mich ein Nachteil sein für den Umgang mit Menschen, was das wichtigste im Leben ist! Denn meine eigenen Fingerspitzen sind wohl eher die eines ostafrikanischen Elefanten (was in der Politik nur selten ein Vorteil ist) ...«

Es war Klaus Bölling, der am 14. September 1982 auf den Gedanken gekommen ist, ich solle Lambsdorff und Genscher von mir aus den Stuhl vor die Tür setzen, was ich dann auch am 17. September im Plenum des Bundestages getan habe. Wir wußten seit Tagen von journalistischen Freunden, daß Genscher längst hinter meinem Rücken mit Kohl verhandelte, obgleich er immer noch an meinem Kabinettstisch saß, ohne mir auch nur ein Sterbenswörtchen über seine Absichten anzudeuten. Aus Anstand rief ich Genscher eine Stunde vor Beginn der Parlamentssitzung zu mir, um ihm zu eröffnen, ich würde im Plenum meinen Entschluß bekanntgeben, dem Bundespräsidenten die Entlassung Genschers und seiner F.D.P.-Kollegen vorzuschlagen. Genscher antwortete darauf, er erkläre hiermit den Rücktritt aller F.D.P.-Minister; aufgrund dieser taktischen Finte verbreitete die F.D.P. später, ihre Leute seien von sich aus zurückgetreten. Im Ergebnis ist dieser Spezialfall von »Genscherismus« allerdings ganz ohne Belang.

Zurück zum Kleeblatt, aus dem ich meine Freunde Wischnewski und Bölling zunächst verabschiedet habe und in das beide später wieder zurückgekehrt sind. Beide waren in der Zwischenzeit in der Politik geblieben, beide haben in der Zwischenzeit, wie vorauszusehen war, ihre politischen Stellungen voll zur Stützung meiner Politik verwandt. Im Falle des Abschieds von Manfred Schüler war das ganz anders. Wir waren uns nach der Bundestagswahl 1980 einig, daß er aus dem Staatsdienst und aus dem politischen Geschäft ausscheiden und in den Vorstand der Kreditanstalt für Wiederaufbau eintreten würde. Schüler hatte mehrfach schon Bemerkungen über seine langjährige Überlastung und seine Gesundheit gemacht, und ich fühlte mich verpflichtet, ihn gehen zu lassen. Aber sein Abschied aus dem Bundeskanzleramt ist mir ungeheuer schwergefallen. Er ging mir zu Herzen.

Zwar war ich ganz sicher, daß Schüler das Amt nach Inhalt, Form und Arbeitsweise in einen ganz ausgezeichneten Stand gebracht hatte, so daß sein Nachfolger Manfred Lahnstein von einem Tag zum anderen übernehmen konnte und das Amt unter ihm ohne Zweifel genausogut funktionieren würde wie bisher unter Schüler, was auch tatsächlich der Fall war, ähnlich wie im letzten halben Jahr der sozialliberalen Koalition unter Gerhard Konow, als Lahnstein von Matthöfer das Finanzressort übernahm. Aber diese Gewißheit wog den Abschied von Manfred Schüler nicht auf. Über sechs Jahre hatte er in einer überaus selbstlosen, die eigene Person stets im Hintergrund haltenden Weise als Chef dem Amt vorgestanden und – wenn ich unsere gemeinsame Zeit im Finanzministerium einrechne – mir über acht Jahre ohne Unterbrechung, ohne Murren oder Knurren zugearbeitet. Kürzlich habe ich einen Brief wiedergefunden, den ich Schüler drei Jahre *vor* seinem Abschied geschrieben habe und den ich heute für genauso gültig ansehe wie damals: »Ihnen einmal Dank zu sagen für vielerlei zugleich: für einen Dienst an der res publica, der seinesgleichen als Beispiel sucht, für persönliche und menschliche Zuverlässigkeit, wie ich sie nirgendwo stärker ausgeprägt erlebt habe; und für eine Loyalität, die mich immer wieder mit innerer Sicherheit erfüllt, wenn schwierige Perioden durchzustehen sind. Dabei muß ich meine Dankbarkeit für Ihre stetige Bereitschaft zur korrigierenden Kritik noch besonders hervorheben. Sie wissen selbst, daß ich und wie sehr ich abhängig bin von Rat, Kritik und Freundschaft ...«

Wenn ich heute zurückblicke auf meine drei Jahre als Vorsitzender der Bundestagsfraktion und auf die dreizehn Jahre als Minister und als Bundeskanzler der sozialliberalen Koalition, so habe ich die Gewißheit, einem hohen öffentlichen Amt die Technik der Führung in der Weise meiner Kleeblätter empfehlen zu dürfen – der Führung im Team, wie man heute zu sagen pflegt. Ich habe andere Menschen an der Spitze von Ministerien erlebt, die mit Hilfe eines kleinen persönlichen Stabes jüngerer Mitarbeiter regiert haben, oft als Küchenkabinett verspottet – mit der Konsequenz, daß die Staatssekretäre den Ministern gar nicht nahe genug waren, um Kritik anbringen oder gar regelmäßig Kritik üben und Alternativen vortragen und mit ihrem Chef durchdiskutieren zu können. Wieder andere haben regiert wie ein Generaldirektor, der seine eigenen Karten verdeckt hält und von einer höheren Ebene herab Weisungen gibt. Ich habe auch erlebt, wie Willy Brandt als Kanzler und ebenso als Parteivorsitzender einerseits nach außen einem sehr breiten Publikum ein charismatischer und visionärer Führer war und dadurch großes öffentliches Vertrauen gewann, während er nach innen oft alle Zügel so locker ließ, daß die jeweils Robustesten sie ergreifen oder wenigstens doch eigene Wege gehen konnten. In Wirklichkeit war der mitreißende Impetus der sozialliberalen Koalition 1973 verbraucht; der Rücktritt Willy Brandts nach viereinhalb Jahren seiner Regierung machte dies auch nach außen deutlich, Guillaume war bloß ein auslösender, im Grunde zweitrangiger Anlaß. Wenn es mir gelungen ist, die Koalitionsregierung weitere achteinhalb Jahre fortzuführen – nicht zum Nachteil unseres Volkes, wie ich mir einbilde –, so verdanke ich dies ganz wesentlich den Menschen im Kleeblatt.

Aus Gegnern können Freunde werden

In der Schule mußte ich die Definition des Politischen als Freund-Feind-Verhältnis lernen. Das Wort stammte von Carl Schmitt, einem klugen Juristen; er ist ein gelehrter Wegbereiter für den Nationalsozialismus gewesen, aber das habe ich erst nach dem Kriege verstanden. Als erwachsener Demokrat habe ich begriffen: Die Demokratie kann vor die Hunde gehen, wenn die politischen Gegner sich gegenseitig als Feinde behandeln. Trotzdem fiel es mir nach meinem ersten Schritt in den Bundestag schwer, Adenauer *nicht* als Feind anzusehen. Der Mann konnte im Umgang mit der sozialdemokratischen Opposition sehr verletzend, ja sogar bösartig sein. Ich erinnere mich an eine ganze Reihe seiner übelsten Ausfälle gegen die SPD:

»Die Politik der Sozialdemokratischen Partei würde dazu führen, daß 50 Millionen Deutsche in der Bundesrepublik und 18 Millionen Deutsche in der von uns abgetrennten Sowjetzone wie Schafe, wie Lämmer einfach in das Schlachthaus geführt würden ...« (28. Juni 1955)

»Bei der kommenden Bundestagswahl geht es um die Entscheidung, ob Deutschland und Europa christlich bleiben oder kommunistisch werden wollen. Wenn die Sozialdemokraten siegen würden, dann würde alles zerschlagen werden.« (2. Juni 1957)

»Wir sorgen dafür, daß die SPD niemals an die Macht kommt. Wir sind dazu fest entschlossen, weil wir glauben, daß dann ... der Untergang Deutschlands erfolgt.« (7. Juli 1957)

Adenauers Parteifreunde waren seine gelehrigen Schüler: 1953 klebten sie im ganzen Land Wahlplakate, auf denen in großer Schrift zu lesen war »Alle Wege des Marxismus führen nach Moskau«; im Hintergrund war ein überaus unsympathisches Gesicht mit einer militärischen Mütze mit Hammer und Sichel sichtbar; damit sollte die Kriegsfeindschaft zur Sowjetunion in Erinnerung gerufen und zugleich die Sozialdemokratie mit der Sowjetunion identifiziert werden. Ich war über Adenauer und die CDU empört und erbittert.

Als junger Abgeordneter habe ich den Alten – er war über vier Jahrzehnte älter als ich – einige Jahre später ganz anders erlebt.

Ich hielt meine erste außenpolitisch-strategische Rede im Parlament, in der ich versuchte, das schwierige Problem der Stabilisierung der Sicherheit Europas durch beiderseitige Rüstungsbegrenzungen in Ost und West darzulegen. Der Kanzler setzte sich auf seinen Abgeordnetenplatz, dem Redner unmittelbar gegenüber, hörte zu und machte sich Notizen. Für mich war es eine große Ermutigung, daß dieser Mann, der doch schon damals eine legendäre Figur war, mir eine volle Stunde zuwandte.

In den sechziger Jahren begriff ich den Unterschied im Karatgehalt zwischen den beiden Kanzlern Adenauer und Erhard. Erst ein weiteres Jahrzehnt später habe ich die volle Bedeutung und die Größe Adenauers richtig einzuschätzen gelernt. Aber ich sah auch, daß er sich relativ früh mit der Zweiteilung Deutschlands als unabänderlicher Tatsache abgefunden hatte. Möglicherweise hat er sie auch innerlich akzeptiert. Er benutzte zwar oft die Formel von der »Wiedervereinigung in Frieden und Freiheit«. Aber diese Formel bedeutete nicht viel, jedermann konnte sie unterschreiben, auch Kurt Schumacher, der – anders als Adenauer – bis zu seinem Tode 1952 überzeugt war, daß keineswegs schon alle Chancen vertan waren, den Deutschen wieder ein gemeinsames Haus zu geben.

Nein, ich kann nicht sagen, daß ich dem Alten seine Bosheiten gegen uns Sozialdemokraten verziehen hätte. Auch in der Erinnerung bleibt er ein Gegner, aber doch zugleich ein entscheidungskräftiger, bedeutender Staatsmann. 1955 nahm Adenauer, gegen die Bedenken wichtigster Berater, diplomatische Beziehungen mit Moskau auf; dies war unter allen denkbaren Gesichtspunkten eine richtige Entscheidung. Denn wer auch immer mit der Sowjetunion verhandeln wollte, worüber auch immer, der durfte ihr nicht den Respekt versagen, auf den diese Supermacht Anspruch hatte.

Honecker blieb ein Gegner

Seit der Mitte der sechziger Jahre bin ich viele Male in der Sowjetunion (und später in Rußland und in der Ukraine) zu Besuch gewesen; einige der dort herausragenden Staatsmänner und Repräsentanten habe ich auch auf deutschem Boden und im Ausland getroffen. Mit ganz wenigen Ausnahmen haben sie sich selbst nicht als Feinde Deutschlands gefühlt, wohl aber waren sie sich einiger wichtiger gegenläufiger Interessen unserer beiden Völker sehr bewußt – was legitim war. Zu Breschnew, der während meiner Regierungszeit der oberste Mann in Moskau war, hat immer ein gutes persönliches Verhältnis bestanden; es beruhte wohl darauf, daß wir beide den Krieg unmittelbar als Soldaten erlebt hatten. Einer kannte die Kriegserfahrungen des anderen, denn wir hatten darüber gesprochen; wir wußten voneinander, daß wir beide den Krieg haßten, und nicht nur ich, sondern auch Breschnew hatte Angst vor einem neuen Krieg. Breschnew war kein Feind, sondern ein von mir menschlich begreifbarer und deshalb respektierter Gegner. In seinen letzten, schon sehr greisenhaften Jahren sind wichtige strategisch-außenpolitische und militärische Entscheidungen offenbar nicht durch ihn, sondern gemeinsam von Andropow, Ustinow und Gromyko getroffen worden. Breschnew scheint sie nur noch formal abgesegnet zu haben; dies könnte auch für den Einmarsch in Afghanistan zutreffen.

Breschnew hatte 1978 und in den späteren Jahren durchaus Verständnis für meine tiefe Besorgnis wegen der sowjetischen SS-20-Aufrüstung, mit der die Sowjetunion alle wichtigen Städte und militärischen Ziele auf deutschem Boden auf einmal auszulöschen drohte und mit solcher Drohung Deutschland würde nötigen können, wenn dies in Moskau einmal für zweckmäßig gehalten würde.* Honecker war sich darüber klar, daß auch die DDR im Kriegsfalle mögliches Zielgebiet für die SS-20 werden konnte; noch mehr fürchtete er später die als Gegengewicht installierten amerikanischen Pershing II. Er hat diese wie die sowjetischen SS 20 gleichermaßen unter vier Augen »Teufelszeug« genannt – eines der sehr wenigen selbständigen Urteile, die ich von Honecker gehört habe. Wie man heute weiß, hat Breschnew 1979/80 einen Versuch gemacht, die Zahl der sowjetischen SS 20 einseitig zu verringern, aber er hatte nicht mehr die Kraft, sich gegen die Hardliner in Moskau durchzusetzen.

Als einen der sehr harten und zumeist unverständigen Gegner habe ich immer Gromyko empfunden; er war lange Zeit Molotows Gehilfe gewesen und hatte von ihm die Attitüde übernommen, zu allem, was aus dem Westen kam, »njet« zu sagen. In der Frage der Mittelstreckenraketen verfocht er, gemeinsam mit Marschall Ustinow (damals Verteidigungsminister und – wie inzwischen längst auch Gromyko – Mitglied des Politbüros), eine total

---

* Jede der Mittelstreckenraketen SS 20 trug drei atomare Sprengköpfe, die unabhängig voneinander auf verschiedene Ziele gelenkt werden konnten; mit einer einzigen Rakete hätten z.B. Hamburg, Hannover und Bremen gleichzeitig ausgelöscht werden können. Die Sowjetunion besaß 1983 350 Abschußrampen für SS-20-Raketen. Weil sie nicht bis nach USA reichten, hatte man in Washington diese neue, zusätzliche Bedrohung Deutschlands und Europas zunächst nicht sonderlich wichtig genommen.

In der Zeit, als die deutsch-sowjetischen Beziehungen aufgrund der Vorrüstung und Nachrüstung neuen Spannungen ausgesetzt waren, besuchte der Generalsekretär der KPdSU, Leonid Breschnew, den deutschen Bundeskanzler zu schwierigen Gesprächen in Bonn. Als Breschnew Helmut Schmidt in seinem Hamburger Privathaus besuchte, gewann sein Gastgeber den Eindruck, daß der gesundheitlich schwer angeschlagene sowjetische Partei- und Staatschef eher ein Getriebener als ein Treibender war. Die Stimmung bei dem Besuch (v. l. n. r.: Brandt, Breschnew, Loki und Helmut Schmidt) war trotz der Härte der Diskussion eher locker. Später fanden die Schmidts in ihrem Badezimmer die leeren Ampullen der Spritzen, die der Leibarzt Breschnews seinem Chef offensichtlich noch während des Besuchs geben mußte.

unnachgiebige Linie: »Warum sollen wir verhandeln? Wir haben die SS-20, und der Westen hat nichts dergleichen, das ist doch sehr gut so!«

Nach meinem Eindruck stand hinter der Stationierung der sowjetischen SS-20-Raketen der Generalstabschef Marschall Ogarkow. Von ihm habe ich 1980, nach zweistündiger Unterhaltung, einen sehr bestimmten, doppelten Eindruck mit nach Hause genommen. Zum einen war er glänzend informiert und außerordentlich kompetent. Zum anderen schien er sich sehr in seine Rolle im Falle eines Krieges hineinzuversetzen und uns Deutsche vor allem als potentielle Feinde zu betrachten. Er hat später die zwischen den USA und der Sowjetunion in Genf geführten INF-Verhandlungen sehr negativ beeinflußt, die schließlich 1983 ohne Erfolg blieben. Es würde mich auch nicht wundern, wenn nachträglich herauskäme, daß er es war, der am 1. September 1983 den Abschuß des koreanischen Verkehrsflugzeugs befohlen hat, wobei 270 Menschen ums Leben gekommen sind. Zu mir war Ogarkow höflich im Ton, aber er traute uns Deutschen alles Böse zu. Sein Chef Marschall Ustinow dagegen – deutlich verbindlicher als Ogarkow – ließ durchaus erkennen, daß er meine Besorgnisse verstand; aber auch er teilte offenbar die Überzeugung, die Position der Sowjetunion sei am besten dann gesichert, wenn sie dem Westen in Europa militärisch überlegen und der Westen sich dessen bewußt war.

Michail Suslow, der oberste Ideologe im Kreml, ist offenbar der gleichen Meinung gewesen. So blieb es lange Jahre bei dem Njet, und entsprechend dem NATO-Doppelbeschluß wurde 1983 die westliche Nachrüstung mit Pershing II begonnen*. Erst als der wesentlich jüngere Gorbatschow an die Stelle der starren alten Herren getreten war, wurde im Kreml erkannt, daß Moskau und andere russische Städte durch die Pershing II nunmehr in ähnlicher Weise gefährdet waren wie schon vorher die deutschen Städte durch die SS-20. So ist es dann endlich am 8. Dezember 1987 zur Unterzeichnung des INF-Vertrages und zur beiderseitigen Nulllösung gekommen, die ich seit 1979 propagiert hatte.

Mir ist aus der Rückschau klar, daß ich mit keinem meiner sowjetischen Gesprächspartner zu einem freundschaftlichen Verhältnis hätte gelangen können oder wollen; Gorbatschow wäre vielleicht eine Ausnahme gewesen, aber ihn habe ich erst im Juni 1989 kennengelernt, lange nach dem Ende meiner Amtszeit. Anders war das mit dem Polen Edward Gierek und dem Ungarn János Kádár. Beide waren alte Kommunisten, menschlich aber entgegenkommend – und unter vier Augen sehr offen und fast herzlich. Sie haben mir nicht verhehlt, daß sie ihre Völker lieber beim Westen sähen als im Schatten der Sowjetunion, in den ihre geographische Situation und das Kriegsende sie gezwungen hatten. Kádár hat mir unter vier Augen in vollem Ernst seinen Wunsch nach Anschluß Ungarns an die Europäische Gemeinschaft vorgetragen; ich habe ihm damals abraten müssen, weil die Sowjetführung einen solchen Schritt, wie ich überzeugt war, nicht tolerieren, sondern vielmehr eingreifen würde, wie schon einmal 1956. Kádár, der 1956 an den schrecklichen Vorgängen in Ungarn beteiligt war, hat nach meinem Eindruck zeit seines Lebens darunter gelitten; er hat versucht, seine alten Sünden durch eine teilweise liberale Politik in Ungarn wiedergutzumachen. Er ließ einen selbständigen gewerblichen

---

* Siehe hierzu ausführlicher Helmut Schmidt, »Menschen und Mächte«, bei Siedler, Berlin 1987.

Mittelstand entstehen und bat mich mehrfach – immer nur unter vier Augen – um Ratschläge dafür. Er hatte offenbar Vertrauen zu mir – daraus ergab sich ziemlich zwangsläufig, daß ich auch Vertrauen in seine Worte setzte. Auch auf Edward Giereks Wort habe ich vertraut. Ihm lag die Aussöhnung zwischen Polen und Deutschen am Herzen – auch wenn er öffentlich darin zurückhaltender sein mußte als ich. Unter anderen Verhältnissen hätte zu den Kommunisten Kádár und Gierek sehr wohl ein kontinuierliches freundschaftliches Verhältnis entstehen können. Kádár ist 1989 gestorben. Den Pensionär Gierek habe ich – inzwischen selbst Privatmann – noch einmal im polnischen Oberschlesien besucht.

Wenn Erich Honecker noch lebte und irgendwo seine Pension verzehrte, so würde ich ihn nicht besuchen. Der Mann hat mir nicht gefallen. Ich habe mit ihm insgesamt wohl fünfmal gesprochen, 1975 in Helsinki, dann in Belgrad, am Werbellinsee und auf der Fahrt von dort nach Güstrow, in Ost-Berlin und schließlich 1987 in Bonn, insgesamt wohl mehr als 25 Stunden, verteilt über zwölf Jahre, dazu kamen viele persönliche Botschaften und Telefonate. Ich habe ihm immer die zehn Jahre Zuchthaushaft unter den Nazis zugute gehalten, ebenso die Standhaftigkeit, mit der er an den kommunistischen Idealen und Überzeugungen seiner Jugend festgehalten hat. Im Interesse aller Deutschen habe ich mich um ein gutes persönliches Verhältnis bemüht, und der Gesprächston zwischen uns war höflich und korrekt.

Trotzdem habe ich zu Honecker keinen persönlichen Zugang gehabt, seine Persönlichkeit blieb mir rätselhaft. Einerseits trat er im Gespräch mit dem Anspruch eines welterfahrenen Staatsmannes auf. Er glaubte im Ernst, die DDR habe wirtschaftlich »Weltklasseniveau« erreicht und gehöre zu den zehn bedeutendsten Industrienationen, obwohl im gleichen Gespräch dann immer wieder von der Devisennotlage der DDR die Rede war, vom Wunsch nach DM-Krediten und vom schlechten Wechselkurs der DDR-Mark auf den Devisenmärkten, wobei er sich über die von ihm behauptete »Unterbewertung« seiner Währung beklagte. Sein Minderwertigkeitskomplex war deutlich zu spüren, obschon er ihn zu verbergen bemüht war. Einer der Gründe für diesen Komplex muß mit der moralisch hoch verwerflichen Tatsache zusammengehangen haben, daß er uns immer wieder gegen Barzahlung die Freiheit von Menschen verkaufte, die aus seinem Gefängnisstaat in den Westen ausreisen wollten. Möglicherweise war es ihm im Unterbewußtsein sehr deutlich, daß seine auf die DDR gemünzte Formel von der »sozialistischen Nation« Unfug war; jedenfalls hatte er

Zu Erich Honecker gewann Helmut Schmidt nie ein Vertrauensverhältnis. »Der Mann hat mir nicht gefallen. Wenn er heute irgendwo seine Pension verzehrte, würde ich ihn nicht besuchen.« Honecker begriff nach Meinung Helmut Schmidts weder die Weltlage noch die Situation der DDR, von der er allen Ernstes glaubte, sie habe »Weltklasseniveau« erreicht und gehöre zu den zehn bedeutendsten Industriestaaten der Welt. Hier zusammen mit dem amerikanischen Präsidenten Gerald Ford während der KSZE-Konferenz in Helsinki im Jahre 1975.

Sehnsucht nach seiner saarländischen Heimat im anderen Teil der deutschen Nation. Vielleicht hingen seine Minderwertigkeitsgefühle auch damit zusammen, daß er – zumindest unterschwellig – wußte, mit seiner Regierung nicht auf dem Vertrauen der DDR-Bürger zu beruhen, sondern auf der Präsenz sowjetischer Truppen.

Ich habe mich gegenüber Honecker immer korrekt, hilfreich und wahrheitsgemäß verhalten, auch offen und kollegial, aber in aller Regel blieb es bei den ihm offenbar geläufigen Metaphern und Redensarten; nur ausnahmsweise ließ er ein eigenständiges Urteil erkennen. Im Vergleich zu Tito oder auch zu Kádár wirkte er auf mich sehr simpel; außer in taktischen Dingen war er möglicherweise tatsächlich ohne eigene Urteilskraft. Er sprach in einer leicht sächselnden Weise – sein saarländisches Idiom war nur selten herauszuhören –, so daß ich häufig gedacht habe, er müsse sich in der Ulbricht-Ära an dessen Idiom angepaßt haben. Mir ist nie klargeworden, wie dieser mittelmäßige Mann sich an der Spitze des Politbüros so lange hat halten können, in dem mit Sicherheit Spannungen zwischen Cliquen und Seilschaften bestanden, die miteinander im Zwist gelegen haben.

Als Honecker in seinen letzten Jahren die tiefgreifende Bedeutung von Perestroika und Glasnost in der Sowjetunion völlig verkannte und sogar die DDR der Sowjetunion überlegen wähnte, hatte er den Bezug zur Realität ganz und gar verloren, er war tatsächlich einer selbstgemachten Illusion verfallen. Ich habe ihn deshalb nicht verachtet, eher hatte ich Mitleid. Aber er blieb doch immer bloß ein Gegner – auch immer ein Gegner der deutschen Einheit.

Fünf bedeutende Christdemokraten

Am 5. November 1959 sprach ein Neuling im Parlament. Mit schneidender Stimme kritisierte er den sozialdemokratischen Deutschlandplan und setzte in fast beispielloser Arrogranz ein polemisches Argument auf das andere: »Was Sie uns aber hier unter der euphorischen Überschrift der militärischen Entspannung vorschlagen, das ist in Wahrheit der sicherste Weg zum dritten Weltkrieg ... Das Wort von der militärischen Entspannung ist weiter nichts als ein Selbstbetrug ... Meine Damen und Herren, wo in Ihrem Plan von Freiheit die Rede ist, da sollte Sozialismus stehen. Was Sie an Ulbricht stört, das ist der Terror und damit die Methode, nicht die Sache. Deutschlands Freiheit, so wie Sie sie wünschen, das ist die Zone ohne Ulbricht, das ist die Bundesrepublik mit den sozialistischen Errungenschaften.«

Es war ein CSU-Redner, der so sprach. Am Schluß verzeichnet das Protokoll anhaltenden, lebhaften Beifall bei der CDU/CSU. Unmittelbar darauf folgte ein nicht weniger arroganter Sozialdemokrat: » ... Worauf es an dieser Stelle ankam, war zu erfahren, ob der Herr Baron von Guttenberg insinuieren wollte, daß vorauszusehen sei, die Sozialdemokraten würden in diesem Gremium mit den Kommunisten gemeinsame Sache gegen diesen Teil des Hauses machen. Das hat er nämlich insinuiert, und das ist infam! Es fällt schwer, meine Damen und Herren, bei der Polemik des Herrn Baron von Guttenberg nicht zu beklagen, daß die Deutschen niemals eine Revolution zustande gebracht haben, die dieser Art von Großgrundbesitzern die materielle Grundlage entzogen hätte ...« Das Protokoll sagt an dieser Stelle: Sehr stürmischer Beifall bei der SPD. Der Redner war ich. Dergleichen nannte man zu jener Zeit eine Redeschlacht.

Guttenberg und ich haben auch später noch Kontroversen ausgetragen. Guttenberg wurde unter Kiesinger parlamentarischer Staatssekretär; er mäßigte sich. Ich wurde Fraktionsvorsitzender und mäßigte mich auch. Inzwischen hatte es längst Gespräche zwischen dem von den Zeitungen »Sozialistenfresser« genannten Guttenberg und Herbert Wehner gegeben – der Guttenberg in jener Debatte einen Lügner genannt hatte –, nämlich über die Möglichkeit einer großen Koalition, Jahre bevor sie dann tatsächlich zustande kam. Zu Beginn der siebziger Jahre wurde Guttenberg unheilbar krank. Ich habe ihm Blumen geschickt, ihm auch geschrieben und ihn mehrfach besucht. Als er noch schreiben konnte, schrieb er mir 1972, es sei »eine besonders aufrichtende Erfahrung, daß gerade unter politisch Andersdenkenden viele gute Freunde sind; ich bin dankbar zu wissen, daß Sie dazugehören«. Er starb im Herbst desselben Jahres. Die Trauerfeier auf Schloß Guttenberg fiel mitten in einen Bundestagswahlkampf, sie glich einer Heerschau aller Kämpfer der CSU und der CDU. Gleichwohl lud die Witwe auch mich dazu ein, ich sollte auch sprechen. Ich sei, sagte ich, tief davon bewegt, »daß ich ein Wort des Dankes und des Respekts an der Bahre eines Mannes sagen darf, der zwar ein Gegner war, aber deswegen doch kein Feind, sondern vielmehr ein guter Kamerad ...« Am Schluß sprach ich von seiner Gelassenheit in Gott. Mein letztes Wort war: »Wir dürfen ihn getrost ein Vorbild nennen.« Später schenkte mir Guttenbergs Witwe den Druck mit dem Bildnis des leidenden Christus, der auf dem Nachttisch an seinem Bett gestanden hatte.

Acht Jahre später war Franz Josef Strauß als Kanzlerkandidat mein Gegner. Auch zwischen ihm und mir hatte es in den frühen Jahren scharfe Rededuelle gegeben, als unmittelbare Wahlkampfgegner 1980 haben wir uns gegenseitig nichts geschenkt. Aber wir hatten uns doch inzwischen oft genug auch privat unterhalten und hatten voneinander begriffen, daß auch der Gegner ein pflichtbewußter Mann war; wir hatten uns aus Anlaß von runden Geburtstagen oder familiären Todesfällen freundliche, kollegiale Briefe geschrieben. Das persönliche Verhältnis war intakt. Keiner trug dem anderen alte Kontroversen nach; und selbst die von Strauß angezettelte Spiegel-Affäre, in der ich zeitweilig wegen Beihilfe zum Landesverrat verfolgt worden war, hatte ich beinahe schon vergessen.

Ich habe Strauß immer für einen hoch bedeutsamen Mann gehalten. Aus dem Jahre 1966 gibt es eine Antwort von mir auf eine Frage von Günther Gaus* nach meinem Urteil über Strauß: »Strauß ist ein ungeheuer begabter Mann, ein Mann mit großen

* Im Rahmen von Gaus' damals ausgezeichneter Reihe von Fernsehinterviews »Zur Person«.

Fähigkeiten, ein Mann mit einer großen Palette von Fähigkeiten, einer ganz guten Bildung, einem guten Gedächtnis, einer glänzenden Beredsamkeit – er kann ein Gremium von Professoren genauso hinreißen wie eine riesenhafte Volksversammlung –, Entschlußkraft, Energie, auch wohl Mut. Auf der anderen Seite steht dieser großen Zahl von Fähigkeiten, die an und für sich alle wünschenswert sind für einen Politiker und die Strauß eben auch zu diesem Energiebündel machen, ein Mangel an Selbstkontrolle gegenüber. Ich bin nicht ganz sicher, ob Strauß vorher weiß, was er sagt ... Manchmal bin ich auf den Mann sehr zornig gewesen, manchmal habe ich ihn für eine ganz gefährliche Kraft gehalten. Ich glaube, daß er auch in Zukunft, wenn er Fehler macht, gefährlich sein kann. Andererseits sehe ich, daß er sich Mühe gibt, sich in den Griff zu kriegen. Und ich muß gestehen, daß mir in all diesen vielen Jahren doch eine gewisse Antenne für den Charme geblieben ist, den er bisweilen hat.« Auch heute, dreißig Jahre später, würde ich mich ähnlich äußern.

Im Wahlkampf 1980 war Strauß bayerischer Ministerpräsident. Er wollte Helmut Kohl, der 1976 gegen die von mir geführte sozialliberale Koalition unterlegen war und mit dem er schon mehrere Hühnchen gerupft hatte, unbedingt zeigen, daß er es als Kanzlerkandidat im Wettbewerb mit mir besser machen würde als Kohl. Daraus ist dann – zu meiner Befriedigung – nichts geworden. Das hat aber die menschliche Atmosphäre zwischen Strauß und mir nicht beeinträchtigt. Mehrfach ist es vorgekommen, daß ich zur Begrüßung zu ihm gesagt habe: »Na, Sie alter Gauner?«, worauf der bayerische Ministerpräsident regelmäßig geantwortet hat: »Na, Sie alter Lump!« Einmal schrieb Strauß mir einen Geburtstagsbrief, der es verdient, der Nachwelt erhalten zu bleiben, weil er den Briefschreiber kennzeichnet. Nach einem Glückwunsch folgten diese Sätze: »Sie werden mir nachsehen, wenn ich auch auf die Eigennützigkeit dieses Wunsches offen hinweise: Je gesünder und kräftiger Sie sind und bleiben, um so leichter wird es Ihnen möglich sein, sich vielleicht noch gegen Strömungen in Ihrer Partei, der SPD, durchzusetzen, die Ihnen, wie ich weiß, zutiefst zuwider sind ... Wenn ich unser Miteinander, Nebeneinander und auch Gegeneinander in vielen gemeinsamen politischen Jahren bewerten sollte, so könnte ich mich wohl, was meine Fähigkeit zur Kritik an Ihnen angeht, zu Ihrem Mitschüler ehrenhalber ernennen. Daß es bei aller Kritik und bei aller politischen Gegensätzlichkeit zumeist um die Sache, seltener um die Person ging – obwohl solches, wie wir wissen, nur schwer voneinander zu trennen ist –, hat dazu geführt, daß die Möglichkeit des Gespräches zwischen uns

Eine die beiderseitige Umgebung überraschende Vertrautheit verband Helmut Schmidt mit Franz Josef Strauß. In politischen Fragen waren sie meist verschiedener Meinung, aber beide Männer schätzten und respektierten sich.

immer erhalten geblieben ist. Ich hoffe und wünsche, daß dies auch in Zukunft so bleiben wird. Sie werden mir freilich nachsehen, daß ich mich mit einem Helmut Schmidt, der Bundeskanzler a.D. ist, nicht minder gerne unterhalten werde als mit einem amtierenden Regierungschef Schmidt.« Ich habe ähnlich geantwortet.

Nach dem Wahlkampf gegeneinander hat es mehrfach persönlichen Meinungsaustausch gegeben – dabei ging es nach meiner Erinnerung vornehmlich um außenpolitische Themen. Strauß besuchte mich zu solchem Zweck im Kanzlerbungalow, und zwar über einen Zugang durch den Park des Bundespräsidenten; die Presse und die CDU haben deshalb nie etwas davon bemerkt. Übrigens hat es auch bis zur Unterhaltung mit dem Bundeskanzler a.D. nicht lange gedauert, und einmal habe ich als Privatmann den Ministerpräsidenten in seinem Amt in München besucht. Unsere außen- und deutschlandpolitischen Auffassungen lagen nicht mehr allzuweit auseinander. Mein Besuch erinnerte mich an einen Besuch bei Alfons Goppel, Straußens Vorgänger, den ich geschätzt habe und der mir bei jener Gelegenheit eine kleine silberne Schnupftabaksdose geschenkt hat. Sie trägt die eingravierte Inschrift »Viae diversae – una finis«. Mir ist nie klargeworden, ob dieses Wort bedeuten soll: Auf verschiedenen Wegen zum gleichen Ziel; oder ob es sagen will: Auf welchen Wegen auch immer wir gehen, wir alle gelangen zum gleichen Tod.

Franz Josef Strauß starb 1988, nur 73 Jahre alt. Ich erfuhr die Nachricht in Peking. Deshalb konnte ich meinem Gefühl nur über das Fernsehen öffentlich Ausdruck geben: »Doch haben wir beide stets Respekt für den anderen empfunden – und auch menschliche Neigung ... Er wird vielen seiner Freunde sehr fehlen, aber auch manchen seiner Gegner. Ich bekenne freimütig: Mir wird Franz Josef Strauß fehlen.«

Ich meinte damit keinesfalls, Strauß und ich seien schließlich Freunde geworden, aber es ist gewiß keine Übertreibung zu sagen: Wir haben gegenseitig voneinander gelernt, weniger in ökonomischen und finanzpolitischen Fragen, obwohl wir beide Finanzminister gewesen sind, als vielmehr in der sachlichen Analyse außenpolitisch-strategischer Situationen und Möglichkeiten und über mehrere Jahrzehnte hinweg auch in Fragen der Ausgestaltung des militärischen Beitrages unseres Landes zum westlichen Bündnis.

Adenauer waren Geist und Gestalt der von ihm ins Leben gerufenen Bundeswehr in einer geradezu leichtfertigen Weise gleichgültig, und den hohen Rang einer klaren Einbettung unserer Streitkräfte in das Gefüge des Grundgesetzes hat er nicht erkannt. Ich habe* die große Verfassungs- und Gesetzgebungskoalition bereits angedeutet, die diese Aufgabe gegen Adenauers Willen in einem Geiste und mit einem Ergebnis gelöst hat, die in der ganzen deutschen Verfassungsgeschichte einmalig sind. Daran war auch Rainer Barzel beteiligt, damals ein junger Ministerialrat im Dienste der nordrhein-westfälischen Landesregierung. Er nahm als Gast an den Beratungen des Sicherheitsausschusses des Bundestages teil (worauf die Landesregierungen qua Bundesrat einen Anspruch haben), hielt sich allerdings bei den Beratungen unter den Bundestagsabgeordneten ziemlich zurück. Wenn er jedoch sprach, so waren seine Interventionen kurz, aber nützlich; er machte einen klugen Eindruck. Als ich Barzel zehn Jahre später zum zweiten Mal traf, war er inzwischen bereits der jüngste Bundesminister gewesen (unter Adenauer) und amtierte schon seit zwei oder drei Jahren als Fraktionsvorsitzender der CDU/CSU. Wir erinnerten uns sogleich aneinander.

Zu Beginn der Großen Koalition wurde ich Vorsitzender der SPD-Fraktion. Den beiden Vorsitzenden der koalierten Fraktionen fiel die Aufgabe zu, die Regierungspolitik nicht nur zu stützen,

---

* Vgl. S. 416.

sondern sie auch kritisch zu begleiten. Dies ist keine inhaltlose Floskel; insbesondere gegen Ende dieser Koalition haben wir in den beiden Regierungsfraktionen manche Entscheidung herbeigeführt, über die am Kabinettstisch keine Einigung mehr zu erzielen war, weil Kiesinger und Brandt sich gegenseitig herzlich unsympathisch waren und kaum noch miteinander reden mochten. Kiesinger hat über Barzel und mich einmal gesagt, uns beiden sei »alles zuzutrauen«; das sollte nach Scherz oder Ironie klingen, aber ich hörte seinen Ärger darüber heraus, daß wir ohne allzu große Mühe oder Geräusche alle jene Gesetzgebungskompromisse zustande brachten, die ihm als Kanzler nicht mehr gelingen wollten. Die zeitweilig fast tägliche Zusammenarbeit zwischen Barzel und Schmidt hat auch nach dem Ende der Großen Koalition noch Früchte getragen, als es unter dem Kanzler Brandt um die Ostpolitik ging.

Rainer Barzel war in der Ostpolitik innerlich stark engagiert. Der im Ermland in Ostpreußen geborene Katholik war lange schon von der Notwendigkeit einer deutsch-polnischen Aussöhnung überzeugt, in der deutsch-deutschen Politik hatte er 1966, fast gleichzeitig mit meiner eigenen ostpolitischen Rede auf dem Dortmunder SPD-Parteitag, also vor der Großen Koalition, versucht, neue Wege zu bahnen, ebenso im Bereich der wirtschaftlichen Zusammenarbeit mit der Sowjetunion, mit der damals bei uns noch Sowjetische Besatzungszone (SBZ) genannten DDR und mit den anderen Ostblockländern. Seine Vorschläge führten zur Beunruhigung der CDU und zur Ablehnung durch die CSU. Als die sozialliberale Koalition an die Verwirklichung der Ostpolitik ging, lag ihm als Fraktionsvorsitzendem daran, daß die CDU/CSU gestaltenden Einfluß auf unsere Ostverträge und die ihnen vorangehenden Verhandlungen erhielt; zugleich wollte er innerhalb seiner eigenen Fraktion eine vorzeitige Ablehnung der Ostpolitik vermeiden, wie sie schon seit 1970 durch Kiesinger und Strauß angestrebt worden war.

Wir haben in altgewohnter Kollegialität über seine und über unsere Probleme miteinander gesprochen. Mir war deutlich, Barzel würde sich um eine die Ostpolitik mittragende Rolle der Opposition bemühen; dies habe ich auch meinem Bundeskanzler Brandt berichtet und ihm sehr empfohlen, persönlich den Oppositionsführer außenpolitisch auf dem laufenden zu halten, Außenminister Scheel möge ein Gleiches gegenüber dem Vorsitzenden des Auswärtigen Ausschusses tun. Leider mochte Brandt den Oppositionsführer nicht; vollends nach Barzels Versuch, Brandt im April 1972 durch eine konstruktive Mißtrauensentscheidung des Parlaments zu ersetzen, ist das Gespräch zwischen beiden verödet – niemandem zum Nutzen.

Barzel hat ein großes Verdienst daran, daß die CDU/CSU-Opposition sich im Mai 1972 bei der Abstimmung über die Ostverträge der Stimme enthielt und dadurch die Annahme ermöglichte. Aus unseren persönlichen Gesprächen erinnere ich mich an einen Satz von ihm, der seine Sicht der Lage seiner Partei beleuchtete: »Stellen Sie sich vor, eure Regierung würde platzen und wir (die CDU/CSU) müßten danach mit einer ebenso knappen Mehrheit dieselbe Ost- und Vertragspolitik fortsetzen, die wir gegenwärtig scharf bekämpfen!« Tatsächlich hat Helmut Kohl später – allerdings erst ab 1982 – die Außen- und Sicherheitspolitik der sozialliberalen Koalition nahtlos fortgeführt. Inzwischen spielte Barzel in seiner Partei keine führende Rolle mehr; er hatte 1976 für die von mir vorgelegten Verträge mit Polen gestimmt, während eine große Mehrheit seiner Fraktion (die er damals schon nicht mehr führte) dagegen stimmte. Die früheren ostpolitischen Dummheiten der CDU/CSU, einschließlich ihrer Ablehnung der Helsinki-Schlußerklärung oder des deutschen Beitritts zu den Vereinten Nationen, hat die Öffentlichkeit nach 1982 vergessen.

Der Leser wird verstehen, daß ich nach den hier angedeuteten Erfahrungen Sympathie und Freundschaft für Rainer Barzel empfinde. Daran hat auch die Tatsache nichts geändert, daß er es gewesen ist, der im Oktober 1982 den konstruktiven Mißtrauensantrag der CDU/CSU gegen mich begründet hat, wo Barzel den Schwerpunkt seiner Argumente auf die innere Schwäche der SPD legte, besonders auf die zerstörerische Wirkung Erhard Epplers (der mich in der Tat gern beseitigt sehen wollte und sich einbildete, nach vier Jahren CDU/CSU-Regierung käme die SPD wieder dran, die sich in der Zwischenzeit nach seinen ideologischen Vorstellungen wandeln sollte) und auf die Eppler abschirmende Wirkung Willy Brandts. Diesmal gewann die CDU/CSU – dank eines Teils der F.D.P., der unter Graf Lambsdorffs Führung von der Fahne ging.

Rainer Barzel hat schwere Schicksalsschläge in seiner Familie ertragen müssen, den frühen Tod seiner Tochter, dann seiner Ehefrau Kriemhild und schließlich seiner zweiten Ehefrau Helga Henselder-Barzel. Er ist in die Flick-Affäre hineingezogen worden, wurde zwar nach zwei Jahren 1986 voll rehabilitiert, aber das hat seinen Rücktritt vom Amt des Bundestagspräsidenten natürlich nicht mehr rückgängig gemacht. Seine Partei hat ihn nach dem verlorenen Mißtrauensantrag gegen Willy Brandt, alles in allem, sehr unkameradschaftlich behandelt. Parteien fehlt es oft an

Helmut Schmidt scherte sich oft nicht um Parteigrenzen; mit Mitgliedern seiner eigenen Partei stand er mitunter auf distanziertem Fuß, während Angehörige der gegnerischen Fraktion ihm auch persönlich nahestanden. Das galt auch für den Fraktionsvorsitzenden der CDU, Rainer Barzel, der durch ein konstruktives Mißtrauensvotum vergeblich versuchte, Willy Brandt zu stürzen.

Großzügigkeit. Natürlich hat Barzel Ehrgeiz gehabt, wie wohl anders? Aber er hat seine deutschlandpolitischen und seine ostpolitischen Überzeugungen höher gestellt als seine persönlichen Interessen. Er ist von meiner eigenen Partei oft sehr anzüglich bekämpft worden. Aber nicht nur meine Frau und ich haben zu ihm gehalten; noch vierzehn Tage vor dem Unfalltod Frau Henselder-Barzels hatten wir zu viert in unserer Wohnung in Hamburg zu Abend gegessen. Auch Herbert Wehner hat ihm gezeigt, daß ihm frühere Injurien später leid getan haben.

1987 haben Barzel und ich – die Gleichzeitigkeit war ein Zufall – auf eine erneute Kandidatur zum Bundestag verzichtet; deshalb sehen wir uns jedes Jahr nur noch wenige Male. Wir sind immer noch parteipolitische Gegner, aber immer noch kann man sich auf das Wort des anderen verlassen. Aus Zuverlässigkeit haben sich Kollegialität und Freundschaft entwickelt – nicht immer zur Freude aller seiner oder meiner Fraktionskollegen.

Innerhalb jeder Gruppe, jeder größeren Firma, jeder Partei, auch jeder Kirche gibt es persönliche Sympathien und persönliche

Antipathien. Ich weiß nicht, wie Barzel und Biedenkopf oder Weizsäcker zueinander stehen und wie weit ihre politischen Übereinstimmungen reichen; dagegen empfinde ich bei allen dreien menschliche und auch politische Gemeinsamkeiten – so wie auch bei einigen anderen Politikern ihrer Partei. Guttenberg und Strauß sind lange schon gestorben, ebenso Wolfgang Döring*, mit dem ich herzlich befreundet war. Andere Freunde in gegnerischen Parteien, die zu meiner Altersgruppe gehören, sind aber noch quicklebendig und aktiv, so Hildegard Hamm-Brücher.

Während der sozialliberalen Koalition habe ich Kurt Biedenkopf nur flüchtig kennengelernt. Er hatte in der CDU nacheinander verschiedene Funktionen, teils in Bonn und teils in Nordrhein-Westfalen; als er Generalsekretär der CDU war, hat er – wie es seine Aufgabe war – gegen mich polemisiert. Einige seiner Parteifreunde haben ihn für einen brillanten intellektuellen Kopf gehalten, aber doch auch für einen Mann, der für die praktische Arbeit nicht stetig genug sei; seinem Parteivorsitzenden Kohl war er offensichtlich zu selbständig. Bei alledem habe ich mir nur beruhigt gedacht, warum soll nicht auch die CDU innere Querelen haben! 1987 schrieb Gunter Hofmann in der ZEIT: »Kurt Biedenkopf, der Politiker, hat verloren. Seine Karriere ist beendet worden.« Das war ein Irrtum. Denn als Biedenkopf nach der Vereinigung Ministerpräsident in Sachsen geworden war, konnte jedermann bald erkennen: Er ist sehr wohl ein Mann, der die tägliche Praxis des Regierens und auch des Verwaltens vorzüglich beherrscht, der seine Politik dem durchaus kritischen sächsischen Publikum erfolgreich plausibel machen kann und der gleichwohl seine Neigung nicht aufgegeben hat, von Zeit zu Zeit hörbar über die mittlere und die weitere Zukunft Deutschlands nachzudenken. Die ZEIT hat bereits 1990 ihr früheres Urteil korrigiert; nunmehr schrieb dort Jochen Steinmayr, Biedenkopf habe »die Chance seines Lebens« ergriffen. Aber auch dieser Satz war noch nicht hundertprozentig zutreffend; denn es war zwar eine Chance, vor allem aber war es die größte Aufgabe seines Lebens. Heute muß man sagen: Biedenkopf meistert seine Aufgabe.

Als 1993 Reimar Lüst und ich darüber nachdachten, wie wir die »Deutsche Nationalstiftung« begründen und in Gang setzen könnten, kamen wir sehr schnell zu der Erkenntnis, daß wir dazu nicht nur Kurt Biedenkopf brauchten, den hochanerkannten ostdeutschen Landesvater, welcher der CDU angehört, sondern auch Kurt Masur, einen Musiker von Weltruf, der in der unsicheren Zeit

---

* F.D.P.-Politiker in Nordrhein-Westfalen, er starb schon 1963.

der Wende in Leipzig tatkräftig und mutig geholfen hat, Blutvergießen zu vermeiden.

Wir waren froh und glücklich, daß Richard von Weizsäcker, damals noch Bundespräsident, die Schirmherrschaft über die Nationalstiftung übernommen hat – heute ist er Mitglied des Senats – und daß ihm Bundespräsident Roman Herzog als Schirmherr gefolgt ist. Sobald dieses Buch abgeschlossen sein wird, werde ich den größten Teil meiner freien Zeit für die Aufgaben der Nationalstiftung und für ihren Ausbau verwenden.

Auf die Frage, ob es eine deutsche Staatsräson gebe, hat Richard von Weizsäcker einmal geantwortet, das wisse er nicht, er wolle lieber über die Nation reden, die nicht durch Geographie, Sprache oder Rasse und nicht einmal durch Interesse bestimmt sei, sondern durch das Bewußtsein der Vergangenheit und durch den Willen zur Gegenwart. Weizsäcker hat ein ausgeprägtes Bewußtsein für Geschichte und Verantwortung, es hat ihn in den zehn Jahren seines Amtes als Bundespräsident zu einem geistigen Leuchtturm und Wegweiser werden lassen. In seiner Person hat er eine glückliche Symbiose der besten Tugenden dargestellt, ebenso der geistigen und der religiösen Werte, die unter uns Deutschen Geltung haben. Allerdings hätte er dies so nicht gekonnt, hätte ihn nicht zweimal die Bundesversammlung in das höchste Amt unseres Staates gewählt. Erst das Amt hat dem Mann die Legitimation gegeben, zum eigenen Volke wie zu unseren Nachbarn und zur Welt für uns alle zu sprechen. Es waren Person *und* Amt, die Richard von Weizsäcker zu einem Repräsentanten unserer Nation werden ließen – eine überaus fruchtbare Kombination von Aufgabe, Fähigkeiten und dem Bewußtsein einer hohen Verantwortung.

Theodor Heuss hatte das Amt des Bundespräsidenten vorgeprägt. Papa Heuss hat nicht nur mit Witz, behaglich schwäbelnd, an der Vermittlung zwischen Bürger und Staat gearbeitet, sondern zugleich hat er, ganz unprätentiös, den Staat repräsentiert. Er hat vergessen gemacht, daß er kaum irgendwelche politischen Machtbefugnisse besaß. Wer die grundgesetzliche Stellung des Bundespräsidenten mit den umfangreichen verfassungsmäßigen Kompetenzen des Weimarer Reichspräsidenten vergleicht, der vom Volk direkt gewählt wurde, der stößt auf Hindenburgs Rolle als Oberbefehlshaber der Reichswehr; auf den Artikel 48 der Weimarer Reichsverfassung, mit dem der Reichspräsident an Gesetzes Statt Notverordnungen erlassen konnte; auf seine insgesamt den Reichskanzler überragenden Befugnisse. Friedrich Ebert hatte unter dieser Machtfülle gelitten. Die persönliche Umgebung Paul von Hindenburgs hat dessen Machtstellung schmählich mißbraucht.

Es war diese Erfahrung, welche den Parlamentarischen Rat zu Bonn 1948/49 dazu geführt hat, im Grundgesetz dem Bundespräsidenten nur ein Minimum an Befugnissen zu geben, zugunsten des vom Parlament abhängigen Kanzlers. Mit kleinen Ausnahmen hat das Grundgesetz den Bundespräsidenten auf die Aufgaben der Repräsentation beschränkt. Die Wirkung des Bundespräsidenten ergibt sich deshalb vornehmlich aus seiner persönlichen Ausstrahlung.

Als er noch Oppositionsführer im Bundestag war, hat Helmut Kohl oft von »geistig-moralischer Führung« gesprochen und beklagt, meine Bundesregierung lasse solche Führung vermissen und deshalb nähmen die Grundwerte Schaden. Gewiß immer um moralische Führung meines Amtes bemüht, habe ich ihn damals auf die Artikel 1 bis 19 des Grundgesetzes hingewiesen, nämlich auf die im Grundgesetz verbrieften Grundrechte der Person, die allein das Fundament der moralischen Führung der Regierung zu sein haben. Später, als Kohl selbst Kanzler war, hat Weizsäcker ihm vorgeführt, was geistige, was moralische Führung sein kann, und zwar allein durch seine öffentlichen Reden – innerlich unabhängig, nicht als Parteimann, nicht als Duzfreund der Regierenden redend, sondern als einer, der sich dem Ganzen verpflichtet weiß.

Eigentlich habe ich Weizsäcker erst während seiner Amtszeit als Präsident kennengelernt. Vorher hatte es zu meiner Regierungszeit zwei oder drei Kontroversen gegeben; als ich später die Protokolle und die Briefwechsel noch einmal gelesen habe, bin ich zu dem Ergebnis gekommen, daß wir im Grunde beide jedesmal zugleich recht und unrecht gehabt haben. Als Weizsäcker 1979 in der späten Nachfolge von Louise Schröder, Ernst Reuter und Willy Brandt als Regierender Bürgermeister nach West-Berlin ging, habe ich ihm zunächst nicht zugetraut, die Aufgabe meistern zu können. Denn Berlin hat sich damals eigensinnig gegen eingeflogene Westimporte gewehrt, so auch Teile der Westberliner CDU gegen Weizsäcker. Die dortigen Parteien waren zum Teil zu Betonriegen verkommen, an Auszehrung und Filz leidend. Zugleich aber war die Halbstadt nicht nur Schauplatz lokaler Streitigkeiten, sondern vor allem war sie ein Brennpunkt des Ost-West-Konfliktes, ein Pfahl im Fleische des Kommunismus. West-Berlin suchte nach wirtschaftlich tragfähigen Aufgaben, blieb aber doch eigentlich nur eine verlängerte Werkbank des Westens.

Die Stadt steckte in einer permanenten Identitätskrise und wurde deshalb zugleich zu einem Mekka der alternativen Szene.

Die Deutsche Nationalstiftung war eine schwere Geburt; Willy Brandts erste Anregungen in dieser Richtung waren gescheitert, und erst Helmut Schmidt konnte die Stiftung nach der Wiedervereinigung ins Leben rufen (wobei er aus den Erträgen seiner Bücher den Grundstock des Stiftungsvermögens legte). Die erste Jahrestagung im April 1994 hielt man in Weimar ab, wo Bundespräsident Richard von Weizsäcker Helmut Schmidt als den Initiator begrüßte.

Auch heute ist Berlin noch lange nicht – auch seelisch noch lange nicht – wieder zu einem Ganzen zusammengewachsen. Wer heute nach Berlin kommt oder nach Greifswald, nach Leuna oder nach Magdeburg, wer heute in Dresden lebt oder in Neubrandenburg oder Cottbus, der merkt und weiß: Auch sechs Jahre nach der staatlichen Vereinigung haben wir die Aufgabe noch nicht gelöst, uns allenthalben als ein Volk, als eine Gesellschaft, als ein und dieselbe Nation zu fühlen. Wir werden dafür noch längere Jahre brauchen. Wir werden dafür uns gegenseitig noch sehr vieles über unsere sehr verschiedenen Leben in den langen Jahren der Trennung zu berichten haben. Wir müssen dazu wissen: Eine zum Teil dem normalen Bürger nur schwer verständliche Strafjustiz kann dazu nur sehr weniges beitragen, sie kann sogar schaden. Sie muß sehr darauf achten, nicht als Siegerjustiz mißverstanden zu werden; Richard von Weizsäcker hat sich skeptisch dazu geäußert – ich teile seine Skepsis.

Mir scheint heute, als habe die operative Rolle des Politikers Weizsäcker – und sein von außen erkennbarer Gestaltungswille – im Streit um die Ostpolitik begonnen. Zwar lag ein Großteil seiner kirchlichen Arbeit schon davor, z.B. seine Beteiligung an der »Ostdenkschrift« aus den Reihen der EKD. Besonders erinnere ich mich seiner die Opposition der eigenen Partei mäßigenden Rolle im Streit um die ostpolitischen Verträge im Februar 1972. Es ist ja eine der unvermeidlichen Schattenseiten der Demokratie, daß Oppositionsparteien die Regierung auch dann zu bekämpfen geneigt sind, selbst wenn die Regierung recht hat. Die damalige CDU/CSU-Opposition war davon keine Ausnahme, die spätere SPD-Opposition in Bonn auch nicht.

Richard von Weizsäcker war ein innerlich sehr unabhängiger Politiker. Deshalb vor allem fühle ich mich ihm verbunden. Weil er ein distanzierter und distanzierender, eher kühler Mensch ist, werde ich mich hüten, ihm an dieser Stelle meine Freundschaft anzutragen. Aber einen Satz möchte ich hier wiederholen, den ich ausgesprochen habe, als ich einmal eine Lobrede auf ihn zu halten hatte: »Kein ehrlicher Mensch kann eine Laudatio auf einen anderen halten, zu dem er – bei allen Unterschieden – keinerlei Affinitäten verspürt.«

Bundeskanzler Kohl hat die geistige Unabhängigkeit des Bundespräsidenten von Weizsäcker nicht gerne ertragen. Er schien zu meinen, die CDU habe Weizsäcker in sein Amt entsandt, dieser müsse sich dessen bewußt bleiben und sich entsprechend verhalten. Überhaupt wähnen ja viele Parteifunktionäre, wen sie in ein Amt »entsandt« haben, den dürften sie anschließend an kurzer Leine halten. In Wahrheit sagt aber das Grundgesetz von den Abgeordneten, sie werden in geheimer Wahl gewählt und »sind Vertreter des ganzen Volkes, an Aufträge und Weisungen nicht gebunden«. Auch der Bundespräsident wird nicht von einer Partei »entsandt«, sondern er ist in geheimer Wahl gewählt und an niemandes Weisungen oder Aufträge gebunden.

Bei Weizsäckers Abschied aus dem Amt hat jemand in der »Frankfurter Allgemeinen Zeitung« ihm Selbstgerechtigkeit und Selbstgefälligkeit vorgeworfen; hier wollte wohl einer Helmut Kohl gefallen. Ich hingegen habe Weizsäcker in den meisten seiner Urteile zugestimmt, derentwegen er kritisiert worden ist, so auch, als er gegen Ende seiner Amtszeit die »Machtversessenheit und Machtvergessenheit« von Politikern und von politischen Parteien angeprangert hat.

Ich bin seit über fünfzig Jahren Mitglied meiner politischen Partei. Ich denke nicht daran, die politischen Parteien für entbehrlich zu halten oder sie zu verteufeln. Wohl aber glaube ich zu erkennen, daß die Qualität unserer politischen Klasse gegenüber den fünfziger und den sechziger Jahren abgesunken ist. Zu Zeiten Adenauers und Schumachers oder Erhards und Erlers waren die Politiker, welche Nazis und Krieg am Leben gelassen hatten, die das Grauen und die Angst überstanden hatten, damals waren sie von dem unbändigen Willen erfüllt, unser Land und unsere Städte wiederaufzubauen, neu anzufangen und dafür zu sorgen, daß sich die Schrecken der Vergangenheit niemals wiederholen konnten. Die heutigen Politiker sind aus einem weniger harten Holz. Ihnen ist es alle fünf Jahre bessergegangen als vorher. Das ist nicht ihr Verdienst. Wenn sie die Früchte genießen, die die Alten gesät haben, so kann ihnen daraus kein Vorwurf gemacht werden. Wir müssen mit dem Wandel der Generationen leben. Die neuen Generationen werden mit der Tendenz zur Oberflächlichkeit leben müssen, welche uns die vielen Fernsehkanäle und die Demoskopie beschert haben. Manches aber wird die jüngeren politischen Generationen nicht von der meinigen unterscheiden. Und auch sie werden Freunde finden unter ihren Gegnern.

Aus Parteifreunden können Gegner werden

Seit der ersten Blüte einer auf gleichem Recht der Bürger beruhenden Demokratie im klassischen Athen, seit der Zeit des Perikles wissen wir: Neben ihren großen Vorzügen vor anderen Regierungsformen hat Demokratie auch ihre Schwächen und Versuchungen. Demokraten bedürfen der Führung und der Führer, wie Perikles einer gewesen ist oder wie es in unserer Zeit Churchill und Roosevelt oder Adenauer und Schumacher gewesen sind. Die Führer bedürfen der Parteien, auf die sie sich stützen können; sie bedürfen der Zustimmung nicht nur ihrer Parlamentsmehrheit, sondern – à la longue – auch der öffentlichen Meinung der Mehrheit ihrer Bürger. Aber die öffentliche Meinung ist dem Wechsel von Stimmungen unterworfen, und die politischen Parteien sind gleichfalls keine Idealtypen von Kontinuität und Stetigkeit.

Es besteht nicht nur Wettstreit zwischen den Parteien, sondern auch Wettstreit *innerhalb* jeder Partei. Dabei spielen Divergenzen hinsichtlich der Zielsetzungen der Partei eine Rolle, ebenso hinsichtlich der zweckmäßigen Mittel und Wege zu den Zielen, ebenso aber auch persönliches Geltungsbedürfnis und persönlicher Ehrgeiz. Jede Demokratie ist unvermeidlich auch ein Wettbewerbssystem. Jedweder Wettbewerb verführt manchen zu Regelverletzungen, so auf dem Fußballfeld, so im Parlament, so auch innerhalb einer politischen Partei. Im Sport entscheidet dann ein Schiedsrichter. Wenn unser Grundgesetz verletzt erscheint, entscheidet das Verfassungsgericht. Innerhalb einer Partei entscheidet in den allermeisten Fällen die Mehrheit ihrer Delegierten und Funktionäre; aber innerhalb einer Partei ist kaum jemals eine Entscheidung wirklich endgültig – die Unterlegenen können schon am nächsten Tage ihre Anstrengungen erneuern.

So haben auch die im unmittelbaren Gefolge der 1968er Studentenbewegung innerhalb der SPD lautstark auftretenden Planungseuphoriker, Systemveränderer und Neomarxisten sich anderthalb Jahrzehnte lang durch keine gegen sie ergangene Parteitagsentscheidung entmutigen lassen. Ihnen nützte zum Teil die Enttäuschung über die Unmöglichkeit, die durch das erste Kabinett Brandt/Scheel geweckten Illusionen in Wirklichkeit zu verwandeln; die große Abhängigkeit der wirtschaftlichen Entwicklung Deutschlands von den umwälzenden Veränderungen in der Weltwirtschaft wurde nicht verstanden, oder sie wurde geleugnet. Wenn ich zum Beispiel in den siebziger Jahren als Finanzminister und als Kanzler die weitgehend außerhalb der deutschen Einflußmöglichkeiten liegenden beiden Ölpreisexplosionen oder die weltweiten Währungsturbulenzen und deren Wirkungen auf Deutschland erklärte, so versuchte die innerparteiliche Opposition, meine Argumente als »Weltwirtschafts-Oper« lächerlich zu machen. Sie beschränkte sich auf die binnenwirtschaftliche Sicht und hielt sich für fähig, einen wirtschaftlichen Systemwechsel herbeizuführen. Zu einem anderen Teil spielte die von ihr selbst mit Fleiß geschürte Angst vor Kernkraftwerken der innerparteilichen Opposition in die Hände. Dazu kam die von ihr ebenso fleißig geschürte Angst vor atomaren Waffen und die fatale Neigung, sich des Friedens wegen weitgehend dem Willen der Sowjetunion anzupassen.

Mir ist die Angstmacherei als gefährlich und auch als widerlich erschienen, ich habe daran keinen Zweifel gelassen und bin ihr immer wieder auch öffentlich entgegengetreten. Das hat mich einige Freunde innerhalb der SPD gekostet und mir auch Feindschaften eingebracht. Diese haben sich fortgesetzt angesichts des in meinen Augen moralisch und politisch abwegigen gemeinsamen »Papiers« von SPD und SED aus dem Jahre 1987, welches instinktlos zu Mißdeutungen einlud. Weil ich aber zu dieser Zeit längst aus der Parteiführung ausgeschieden war und auch bereits von einer erneuten Parlamentskandidatur Abstand genommen hatte, habe ich mich mit meiner Meinung relativ zurückgehalten.

Als dann im Dezember 1989 das in Berlin verabschiedete neue Grundsatzprogramm der SPD in nahezu achtloser Weise an der sich abzeichnenden realen Gelegenheit zur Vereinigung der beiden deutschen Nachkriegsstaaten vorüberging und auf die mit der Wiederherstellung der Einheit der Nation verbundenen großen Probleme nur einen einzigen Satz verwendete – es war insgesamt eine ziemlich blutleere, außerordentlich umfangreiche, fleißige Kondensation aller Parteimanifestationen aus dreißig Jahren der Teilung – und als die Parteiführung im folgenden Jahre 1990 während des ersten gesamtdeutschen Wahlkampfes seit dem Ende der Weimarer Republik den irreführenden Eindruck zuließ, als ob der SPD-Führung die Vereinigung nicht sonderlich am Herzen läge, war ich nur noch traurig. Die deutliche Wahlniederlage meiner Partei war danach zu erwarten – und sie war verdient. Es hat danach großer Anstrengungen Rudolf Scharpings und anderer bedurft, um 1994 die Wähleranteile der SPD wenigstens im westlichen Teil Deutschlands wieder auf ungefähr jene Höhe anzuheben, die wir schon 1961 in der alten Bundesrepublik erreicht hatten und die zu ihrer Zeit noch weit entfernt war von den sozialdemokratischen Stimmanteilen, wie sie später während der dreizehn Jahre der sozialliberalen Koalition normal gewesen sind.

In der Fernsehgesellschaft bleiben die Versuchungen zur oberflächlichen Ideologie, zu Opportunismus und Populismus groß, ebenso die Versuchungen zur persönlichen Imagepflege zu Lasten der eigenen Kollegen aus der eigenen Partei. Weil ich davon nicht mehr betroffen bin, will ich dieses Kapitel hier abbrechen. Ich will auch keinen jener Sozialdemokraten namentlich erwähnen, die mir zu meiner Zeit aus Parteifreunden zu Gegnern geworden sind. Sie selber wissen, wer gemeint ist. Sie werden selbst ähnliche Erfahrungen machen. Aber dergleichen Erscheinungen sind keineswegs auf die Sozialdemokratie beschränkt. Vielmehr konnte man sie beinahe jederzeit auch in den anderen demokratischen Parteien in Deutschland beobachten; denn jede Demokratie hat unvermeidliche Schwächen und Gefährdungen.

Hanseatische Miniaturen

1968 erschien ein schöner Bildband mit Aufnahmen von damals wichtigen Hamburgern. Der Titel lautete »Merkurs eigene Stadt«. Auf einem der Bilder fand ich mich selbst. Das Bild stammte offensichtlich von der Versammlung »Eines Ehrbaren Kaufmanns«, die die Handelskammer an jedem Jahresende einberuft, viele hundert Menschen in einem schönen klassizistischen Saal. Ich war ein wenig stolz, als ich mich dort entdeckte; denn ich fühlte mich tatsächlich zugehörig. Ich fand auch den Buchtitel sehr schön; er stammte von Siegfried Lenz, aber das habe ich erst Jahrzehnte später erfahren. Hätten denn Berlin oder Düsseldorf, Frankfurt oder München sich mit dem Namen des römischen Gottes der Kaufleute als angemessen tituliert empfinden können? Wir Hamburger hingegen, wir waren doch die Leute des Überseehandels, der großen Schiffahrt und der wirklichen Weltkenntnis.

Ungefähr so muß ich damals gedacht haben. Gewiß wußte ich, daß Merkur im antiken Rom nebenher auch der Schutzpatron der Diebe gewesen ist, aber das war in Kauf zu nehmen. Gewichtiger war dagegen, daß die großen Zeiten des hamburgischen Seehandels und der Weltschiffahrt 1914 tatsächlich zu Ende gegangen und daß sie trotz großer Anstrengungen zwischen den beiden Weltkriegen keineswegs voll zurückgewonnen worden waren. Schlimmer noch: Ich wußte, daß in Zukunft die alte Höhe keineswegs wieder erreicht werden konnte. Die Teilung Deutschlands, vor allem aber der Strukturwandel der industriellen Unternehmen machten das unmöglich. Denn weder Siemens noch das Volkswagenwerk, noch Thyssen oder Bayer würden hamburgische Ex- und Importeure nötig haben. Ganz zu schweigen vom Verlust unserer Handelsflotte und von den Zerstörungen unserer Häfen und Werften.

Als ich anfangs der sechziger Jahre hamburgischer Senator geworden war, hatte ich vorher schon erkennen müssen, daß die meisten der tonangebenden Unternehmer und Politiker meiner Vaterstadt das Ende des Primats von Hafen und Überseehandel noch nicht begriffen hatten oder nicht begreifen wollten. Ich schrieb ihnen im Sommer 1962 in der »Welt« einen offenen Brief, forderte sie zur Einsicht auf, zum unternehmerischen und politischen Handeln, und provozierte sie, indem ich die Liebe zu unserer Vaterstadt mit Wehmut garnierte und der Stadt eitle Tugendhaftigkeit und schläfrige Selbstgefälligkeit vorwarf. Es war ein aus dem Verstand und zugleich aus dem Herzen kommender Appell, das große hamburgische Reservoir an weltweiter Erfahrung, an Fähigkeit zu realistischer Kalkulation, an geistigem Potential, an Weitblick und Wagemut besser zu nutzen.

Ich habe mit jenem Aufsatz damals eine breite Diskussion ausgelöst, es gab Gegenargumente und ebenso Zustimmungen. Allerdings wurde die Zuneigung des Urhebers zu Hamburg nicht bezweifelt – obschon dieser sich anonym bedeckt gehalten hatte. Tatsächlich liebte ich meine Stadt, und ich liebe sie immer noch. Ich bin hier geboren und aufgewachsen, und in all den Jahren meines Lebens bin ich mir meiner hanseatischen Wurzeln bewußt geblieben. Welch großes Glück, wenn ein Deutscher nicht nur Hitler überlebt hat, sondern außerdem auch seine Heimat behalten durfte, wenn er aus seiner Heimat weder hat flüchten müssen noch daraus vertrieben worden ist!

Hamburg und die erfahrenen Menschen, mit denen man hier Umgang hatte, das war der Ort, von dem aus ich mir als jüngerer Mann mein Bild von der Welt gemacht habe. Schon die überaus vielseitige Lichtwark-Schule hatte mich in der Mitte der dreißiger Jahre als Sekundaner eine Jahresarbeit über internationale Seehafen-Konkurrenz schreiben lassen. Anfang der fünfziger Jahre habe ich als junger Mitarbeiter des damals gleichfalls noch jungen Wirtschaftssenators Karl Schiller begriffen, daß es mit Hafen und Schiffen allein nicht ausreichen würde, sondern daß Hamburg modernste weltmarktfähige Industrie- und Dienstleistungsunternehmen der verschiedensten Sparten brauchte.

In Hamburg habe ich in der Mitte der fünfziger Jahre miterlebt, wie der wohlrespektierte Bürgermeister Kurt Sieveking (CDU) und der von mir geschätzte Hafen-Senator Ernst Plate (F.D.P.) als erste den Gedanken einer positiven deutschen Ostpolitik zu entwickeln begannen. Sie taten das sehr vorsichtig und tastend – Stalin war gerade erst gestorben. Sie haben sich damals die alten außenwirtschaftlichen Erfahrungen der Hamburger Kaufmannschaft zunutze gemacht. Und ich profitierte von ihren Gedanken, als ich zehn Jahre später auf einem Bundesparteitag meiner Partei den außenpolitischen Vortrag zu halten hatte; »keynote speech« würde man dergleichen in Amerika nennen.

Auch im Rückblick bin ich sehr zufrieden mit jenem 1966 in Richtung auf Entspannung und auf Ostpolitik zielenden Vortrag. Aber ich weiß auch, daß es dazu in erster Linie meines hamburgischen Hintergrundes bedurft hat – und außerdem natürlich meiner amerikanischen, französischen und englischen Verbindungen. Drei Jahre später, gedeckt durch den sogenannten Harmel-Bericht des Nordatlantischen Bündnisses von 1967, hat Bundeskanzler Willy Brandt die Entspannungs- und Ostpolitik operativ begonnen. Ich halte es nicht für einen Zufall, daß auch er aus einer alten Hansestadt kam; darüber hinaus spielten natürlich seine internationalen Erfahrungen in der Emigration, in Berlin und als Außenminister eine wichtige Rolle für seine Urteilsbildung.

Es ist nicht nur Stolz, sondern in der Tat auch Eitelkeit im Spiel, wenn wir Hamburger von hanseatischer Tradition und Gesinnung sprechen – ich will es nicht leugnen. Jedoch hat diese Tradition sehr reale, geschichtliche Ursprünge, und sie ist auch heute nicht bloß habituelle Dekoration, sondern ein Faktor, der heute und morgen Denken und Handeln beeinflußt und Teil unserer Wirklichkeit ist.

Hamburgs Geschichte reicht zwölf Jahrhunderte zurück – nicht entfernt so weit wie die Geschichte anderer großer europäischer Städte im historischen Raum des alten Rom, zu schweigen von Griechenland. Die Anfänge der Deutschen Hanse (Hanseatic League, sagen die Engländer) liegen acht Jahrhunderte zurück, erst seit jener Zeit ist Hamburg wirklich in die Geschichte eingetreten.

Aber vorher war die kleine Siedlung schon mehrfach von den Wikingern angegriffen und zerstört worden; deshalb wurde der Sitz des Erzbischofs sehr früh von Hamburg nach Bremen verlegt. Später hat es slawische und dänische Überfälle und Zerstörungen gegeben. Im 13. Jahrhundert und abermals im 19. Jahrhundert sind zweimal größte Teile der Stadt von Bränden zerstört worden. Einen schweren Rückschlag brachte die Einverleibung Hamburgs in das französische Kaiserreich durch Napoleon, dazu die Zerstörung der Vorstädte und die Lahmlegung des lebenswichtigen Handels mit England. Am Ende jenes Jahrzehnts war die Einwohnerschaft um ein Viertel verringert. Die schrecklichste Katastrophe der Stadt ereignete sich im Juli 1943. Infolge englischer und amerikanischer Bombenangriffe verbrannten innerhalb weniger Tage 35 000 Menschen, die Hälfte aller Wohnungen in der Stadt wurde total zerstört – den Katastrophen von Dresden oder Hiroshima durchaus vergleichbar.

Insgesamt aber ist diese ein Jahrtausend überspannende Serie von Zerstörungen zugleich eine Serie von Leistungen des immer wiederholten Neubeginns, des Wiederaufbaus und des erneuten phönixhaften Aufstiegs. Mein Stolz auf meine Stadt gründet sich auf diese Zähigkeit des Lebenswillens. »Das ist unser Wille, zu sein: Hamburg!« so schrieb der 1947 frühverstorbene Dichter Wolfgang Borchert. Er traf damit genau mein eigenes Lebensgefühl.

Beinahe ebenso wichtig ist die ursprünglich wohl den kaufmännischen Notwendigkeiten des Fernhandels entsprungene Neigung Hamburgs zur Toleranz. Weder ist nach 1814 eine antifranzösische Haltung übriggeblieben, noch hat die Bombenkatastrophe des Jahres 1943 die aus Hansezeiten stammende, althergebrachte Anglophilie der Hamburger beeinträchtigen können. Hamburg, nie Residenz eines Fürsten oder Kirchenfürsten, war fast immer tolerant. Hier – und im benachbarten Altona – wurden Hugenotten aufgenommen, adlige Flüchtlinge der Französischen Revolution wie Rivarol und Beaumarchais, Niederländer, Engländer, portugiesische und spanische Sephardim und ebenso deutsche Aschkenasim. Zu Beginn des 19. Jahrhunderts beherbergte Hamburg die größte jüdische Gemeinde in Deutschland. Zwar hatte es auch hier bisweilen antisemitische Neigungen gegeben, aufgestachelt durch eifernde lutherische Pastoren, aber keine Pogrome und kein Ghetto. In der Mitte des 19. Jahrhunderts wurden die letzten der zuungunsten der Juden noch verbliebenen Regelungen abgeschafft. Der letzte Hexenprozeß fand 1678 statt – viel früher als anderswo in Deutschland –, und er endete mit einem Freispruch.

Für das 18. Jahrhundert ist vielfach belegt, daß die eingesessenen Bürger literarisch interessiert und der Freiheit des Geistes zugeneigt waren. Hölty, Baggesen, Lessing und Lichtenberg haben die Hansestadt deshalb überschwenglich gepriesen. Klopstock lebte hier und Matthias Claudius, es gab Lesegesellschaften, Gazetten und Freimaurerlogen – dies alles bei starker Abneigung des Stadtregimentes gegen jedwede Zensur; bisweilen allerdings hat man dem Druck der Geistlichkeit nachgegeben – und natürlich auch der französischen Kommandantur zur Zeit der napoleonischen Besatzung.

Im Laufe ihrer Geschichte hat die Hanse einige Kriege geführt, zum Beispiel gegen Dänemark oder gegen die skandinavisch und friesisch angestachelte und unterstützte Seeräuberei. Hamburg hat sich an solchen Kriegszügen immer lieber mit Geld als mit bewaffneten Männern beteiligt, letzteres nur dann, wenn es anders überhaupt nicht ging. »Handel und Wandel« zu erhalten erschien wichtiger, als Krieg zu führen. Den allmählichen Gebietszuwachs der Stadt hat man zumeist nicht mit Gewalt errungen, sondern vielmehr mit Geld gekauft. Der Wille zu Entspannung und Verständigung war allerdings wohl weniger der Tugend entsprungen als vielmehr dem nüchternen kaufmännischen Kalkül. In dieser Tradition hat noch zu Beginn des 20. Jahrhunderts der Hamburger Albert Ballin, damals Chef der größten Reederei der Welt, nachhaltig versucht, Wilhelm II. in Richtung auf Mäßigung und auf Verständigung mit England zu drängen – vergeblich, wie man weiß.

Während die preußische und die österreichische Staatsräson auf Expansion orientiert war und Kriege durchaus nicht gescheut hat, während der große Friedrich einen Krieg nach dem anderen führte oder führen mußte und die deutschen Territorialfürstentümer in jedem Kriege ihre Grenzen zu erweitern trachteten, blieb Hamburg im allgemeinen frei von solchen Neigungen. Gewiß hat es bisweilen auch nationalistische Aufwallungen gegeben, so im August 1914, nicht aber 1939. Die Machtergreifung Hitlers 1933 hat hier geringere Begeisterung ausgelöst als andernorts, obschon Hamburg und besonders die Massen seiner Arbeiter und Angestellten von der großen Weltwirtschaftsdepression stärker betroffen waren als andere Großstädte Deutschlands – zum Beispiel als München, »Hauptstadt der Bewegung«, und als Nürnberg, »Stadt der Reichsparteitage«. Hitler hat Hamburg nicht leiden mögen. Sein Hamburg oktroyierter Statthalter ist jedoch im Laufe der Zeit ein wenig vom Geist der Stadt beeinflußt worden; er hat die Stadt noch vor Kriegsschluß unverteidigt den vordringenden englischen Truppen übergeben.

Ich will nicht verschweigen, daß auch in Hamburg Nazifunktionäre und Gestapo sich in übler Weise benommen und an vielen Verbrechen beteiligt haben. Beinahe 8000 jüdische Hamburger Bürger sind deportiert und ermordet worden. 1500 weitere Hamburger Bürger sind (zum großen Teil durch die pervertierte Strafjustiz) umgebracht worden, weil sie der Diktatur widerstanden haben.

Aber als wir Hamburger Sozialdemokraten zwanzig Jahre nach Hitler den bisherigen Finanzsenator Herbert Weichmann zum Bürgermeister der Stadt machten, da ist es niemandem eingefallen, auch nur für einen Augenblick zu überlegen, ob es denn klug sei, zum allerersten Mal einen jüdischen Mitbürger an die Spitze der Weltstadt zu berufen. Ich bin stolz darauf, an dem Vorschlag von Anfang an mitgewirkt zu haben. Denn in den folgenden Jahren wurde Weichmann, der ein überaus gebildeter und dabei zielsicherer, energischer Mann war, zu dem geistig bedeutendsten Bürgermeister, den Hamburg bis heute gehabt hat.

Auch Herbert Weichmann, der seinen Weltüberblick aus Amerika mitgebracht hatte, hat bisweilen, einer etwas skurrilen hamburgischen Tradition entsprechend, die Bedeutung der Tatsache betont, daß Handelskammer und Börse einerseits, Senat und Bürgerschaft andererseits »unter einem Dach« wohnen – will heißen: im gleichen Gebäudekomplex, durch einen Innenhof voneinander getrennt. Hinter der Symbolik steckt aber auch ein realer Kern. Denn tatsächlich gab und gibt es immer wieder Zusammenarbeit und gegenseitige Befruchtung. Und wenn die Kammer zum Jahresschluß die Versammlung eines »Ehrbaren Kaufmanns« einberuft, dann erscheinen auch die Senatoren als Gäste.

Daß dies prinzipiell so blieb, auch nachdem 1946 die Sozialdemokraten dauerhaft und nachhaltig das Stadtregiment in ihre Hände genommen hatten – gewiß nicht den sehnlichsten Wünschen eines »Ehrbaren Kaufmanns« entsprechend –, das war den Sozialdemokraten zu danken. Ihre großen Bürgermeister und Senatoren waren natürlicherweise auf die demokratische Linke hin orientiert, also auch auf die Gewerkschaften. Aber sie hatten schon in der Weimarer Epoche die Wahrheit von Rathenaus Satz erlebt, nach dem »die Wirtschaft unser Schicksal« ist. Deshalb waren sie auch, und das gilt bis auf den heutigen Tag, immer aufgeschlossen, interessiert und engagiert gegenüber den Notwendigkeiten der Unternehmungen und ihrer Leiter. Sie waren kooperativ in einem Maße, daß die Zusammenarbeit sozialdemokratischer Bürgermeister mit der Handelskammer auch in den vier Jahren des CDU-Bürgermeisters Kurt Sieveking eher besser war.

Aber nach 1945 war für die Handelskammer und für ihre führenden Mitglieder die Zusammenarbeit mit den regierenden Sozialdemokraten etwas Neues; keineswegs war sie selbstverständlich. Man hatte schlecht und recht mit den Nazis kooperiert, wenngleich man – schon des eigenen Konservatismus wegen und aus Welterfahrenheit – in der Mehrheit die Braunen innerlich kaum akzeptiert hatte. Man gründete geschichtlich und vor allem ideologisch in patrizischen Denktraditionen. Diese Denkweisen hatte man sich während der ganzen Weimarer Epoche bewahrt. Innerhalb der eigenen Firma, gegenüber den eigenen Angestellten und Arbeitern war man zwar sozial gesinnt und bezüglich der Wirtschafts- und Handelspolitik liberal. Innenpolitisch aber stand man rechts – wenn auch mit Ausnahmen. Man hatte anno Weimar »vaterstädtische« Rechtskoalitionen gebastelt und eine »deutschnationale« Politik gestützt. Man hatte innerhalb der Deutschen Volkspartei deren rechten Flügel gegen den linken ausgespielt. Natürlich hatte man Schwarz-Weiß-Rot geflaggt und nicht die schwarzrotgoldene Fahne der Republik. Und natürlich war man skeptisch bis feindselig gegen die Sozialdemokratie gewesen.

Nach 1945 hat es zunächst Versuchungen gegeben, in solche Attitüden zurückzufallen und die Sozialdemokraten vom Stadtregiment auszuschalten. Letzten Endes blieb das ohne Erfolg, weil die Hamburger Sozialdemokratie eine wirtschaftsfreundliche, liberale Politik betrieb. Und weil wichtige Personen des hamburgischen Großbürgertums dies registrierten und weil sie spürten, daß die Vaterstadt tatsächlich eines Zusammenwirkens von »Arbeitern und Kaufleuten« bedarf – Wilhelm Kaisens auf Bremen gemünzte Formel, die natürlich ebenso für Hamburg gilt. Und die für mich – zwar in geschichtsbedingter älterer Wortwahl – das gleiche ausdrückt, was ich selbst immer als Grundmotiv meiner Parteinahme für das Prinzip Mitbestimmung und als eines der Elemente meiner Arbeit an der Spitze der Bundesregierung empfunden habe.

In der hamburgischen Unternehmerschaft hat sich seit Mitte der fünfziger Jahre weitgehend innenpolitischer Realismus durchgesetzt, auch wenn man selbstverständlich weit davon entfernt blieb, sozialdemokratisch zu wählen. An diesem Realismus hatte Alwin Münchmeyer – engagiertes Mitglied der CDU und Präses der Handelskammer – einen guten Anteil. Vielleicht war es dies, was mich ursprünglich an ihm angezogen hat.

Dabei waren unsere Lebenswege zwar beide sehr hamburgisch, aber beide unterschieden sich voneinander doch geradezu kategorisch. Auf der einen Seite der auslandserfahrene Privatbankier – mit speziellem Stolz darauf, ein «merchant banker» zu sein –, der in der vierten Generation an der Spitze einer Familienfirma stand, ein repräsentatives Geschäftshaus am Ballindamm an der Binnenalster, einer der schönsten Straßen einer europäischen Großstadt, ein Wohnhaus hoch über der Elbe in einem der schönsten Vororte, mit Blick auf den Strom und die Schiffe. Auf der anderen Seite der Enkel eines ungelernten Stauerei-Arbeiters, aus einer Schicht, in der selbstverständlich die weiblichen Familienmitglieder in fremden Haushalten »in Stellung« gingen, bis sie heirateten. Und statt des Luusbarg in Rissen das Reihenhaus in Langenhorn, damals mit kleiner Eßecke neben der Küche. Aber die beiden Münchmeyers kamen in die Eßecke wie umgekehrt die beiden Schmidts in das große Haus über der Elbe.

Beide Seiten waren sich ihrer Verschiedenheit deutlich bewußt, aber beide waren auch stolz auf ihre hanseatische Prägung, beide gleichermaßen auf dem Boden einer Sozialphilosophie des »Leben-und-leben-Lassens«. Der eine die unternehmerischen Maximen des Älteren respektierend, der andere die Maximen zur sozialen Gerechtigkeit des Jüngeren anerkennend. Beide liberal. Und beide engagiert für das öffentliche Wohl oder, mit den Worten Münchmeyers, »für das Gesamtinteresse«.

Alwin Münchmeyers unternehmerische Grundeinstellung war mir stets respektabel. Zum Beispiel seine Maxime, Erfolgszwang und soziale Verantwortung des Unternehmers seien gar nicht ohne einander denkbar. Oder wenn er seinen Unternehmerkollegen bedeutete, sie hätten »keine besonderen Privilegien in Anspruch zu nehmen«, und sie gleichzeitig dringlich aufforderte, sich nicht nur kritisch zu äußern, sondern Kritik auch entgegenzunehmen. Wenn er von Wettbewerb nicht nur im geschäftlichen Bereich sprach, sondern auch vom Wettbewerb der Ideen in der politischen Auseinandersetzung. Wenn er davor warnte, Marktwirtschaft mißzuverstehen als ein »eo ipso harmonisches Gebilde«. Wenn er für marktwirtschaftlichen Wettbewerb, für klare staatliche Gesetzgebung zur Sicherung des Wettbewerbs eintrat und zugleich jene Unternehmensleiter kritisierte, deren marktwirtschaftliche Bekenntnisse nur ihr Verlangen nach staatlicher Intervention kaschieren und ihre branchenspezifischen oder gar unternehmensspezifischen Interessen bemänteln sollten. Wenn er das Gewinnprinzip des Unternehmens als notwendig proklamierte, sich im gleichen Atemzuge aber detailliert gegen »Geschäftemacher« abgrenzte. Wenn er, gesamtwirtschaftlich denkend, argumentierte, die »moderne Industrienation muß lernen, ... unternehmerisch zu denken, sie kann das nicht auf den Unternehmer isolieren«.

Alle diese Dikta sind mir im Laufe von Münchmeyers fünfundzwanzigjähriger ehrenamtlicher Verbandstätigkeit aufgefallen. Es hat mir keine Schwierigkeit gemacht, ihnen meine Zustimmung zu geben. Gewiß: In dieser Weise über »den Unternehmer« zu reden (Münchmeyer hat sie nicht alle über den gleichen Leisten geschlagen!) ist etwas anderes, als selbst unternehmerisch zu handeln. Wenn ein Mann in seinem Beruf aber tatsächlich das tut, was er theoretisch über seinen Beruf sagt und was er sozialethisch von seinem Beruf verlangt, dann ist er in Ordnung, in Ordnung mit sich selbst. Die eigene unternehmerische Leistung Münchmeyers kann ich nur aus der Ferne beurteilen. Er hat 1968 die Bank seiner Familie mit einer anderen Hamburger und einer Offenbacher Privatbank zur SMH-Bank vereinigt; wer und wessen Fehler für die fünfzehn Jahre später drohende Zahlungsunfähigkeit der SMH-Bank verantwortlich gewesen sind, habe ich von außen nicht erkennen können. Alwin Münchmeyer war damals nur Beiratsmitglied, aber er verlor den größten Teil seines Vermögens. Er hat diesen schweren Schlag in untadeliger Haltung ertragen – und deshalb haben seine alten Freunde zu ihm und zu seiner Frau gehalten, so auch Loki und ich. Und ich bin ihm immer noch dankbar für manche Ratschläge, die ich als Finanzminister, als Fraktionsvorsitzender und dann als Kanzler von ihm erhalten habe – auch wenn ich sie nicht immer befolgen konnte.

Besonders erinnere ich mich an einen längeren Brief vom Frühjahr 1968 an den SPD-Fraktionsvorsitzenden; es war die Zeit der sogenannten Studentenrevolte, zugleich die Zeit der Großen Koalition unter Kiesinger und Brandt. Münchmeyer empfahl dringend eine Reform der deutschen Hochschulen, und zwar durch den Gesetzgeber, weil er sie den Professoren nicht zutraute; zu diesem Zweck müsse der Bund anstelle der Länder die Kulturhoheit bekommen. Auf jeden Fall sei ohne solche Reform ein scharfes Vorgehen gegen die Ausschreitungen der außerparlamentarischen Opposition zu vermeiden, schließlich bestehe die Unruhe unter den Studenten zu Recht. Ich habe den Gedanken einer grundgesetzlichen Verlagerung der Hochschulhoheit auf den Bund nie für zweckmäßig gehalten. Nicht eine zentralisierte Hochschulpolitik, sondern vielmehr Wettbewerb zwischen den Universitäten erscheint mir dringend erwünscht. Volle Übereinstimmung zwischen dem Konservativen und dem Sozialdemokraten gab es jedoch in unserer Grundhaltung in Richtung auf die europäische Integration und auf einen möglichst liberalen Welthandel.

Ich fand mich im Vertrauen auf seine Wahrhaftigkeit bestätigt, als ich nach dem Tode Alwin Münchmeyers – er starb 1990 – sein Bekenntnis zu seinem Verhalten während der Nazizeit gelesen habe: »Wir haben uns verhalten wie die berühmten drei Affen: Nichts hören, nichts sehen, nichts sagen.«

Münchmeyer verkörperte den langsam aussterbenden Idealtypus eines hanseatischen Kaufmannes. Ein anderer Idealtypus aus der hamburgischen Gesellschaft ist der gediegene Facheinzelhändler am Neuen Wall oder im Hanseviertel, an den Großen Bleichen oder am Hafen. Auch dieser Typus kann aussterben. Supermärkte aller Arten, der Versandhandel und die Kaufhäuser machen ihm das Leben schwer, und unaufhörlich steigende Ladenmieten gefährden seine Gewinn- und Verlustrechnung. Aber es gibt immer noch hochspezialisierte Fachgeschäfte, zum Beispiel für Schiffsausrüstungen oder für Seekarten, und natürlich Juweliere und seriöse Kunsthändler; heute heißen sie allerdings zumeist Galeristen. Dankbar denke ich an den Buchhändler Dr. Walter Götze. Bei ihm konnte man Stadtpläne von Shanghai oder São Paulo oder eine detaillierte Landkarte von Australien oder Neuseeland kaufen (bei seinem Sohn und Nachfolger kann man das auch heute noch). Mir hat er in der Reichsmarkzeit Fachbücher für mein Studium verkauft, die ich nicht bezahlen konnte. »Ich weiß«, sagte er, »daß aus Ihnen später mal was Ordentliches werden wird. Sie können später bezahlen.« Was ich getan habe, später.

Zu den hamburgischen Grundtypen gehört der gewerkschaftlich organisierte sozialdemokratische Facharbeiter. Mancher der Facharbeiter hat es zum Werkmeister gebracht oder zum Ausbilder, der im Laufe seines Lebens Hunderten von Lehrlingen zur Fachausbildung verholfen hat. Oder er hat es zum immer wieder gewählten Betriebsrat gebracht oder sogar zum Betriebsratsvorsitzenden, der von seiner Betriebsleitung oder als Mitglied des Aufsichtsrates von seinen Aufsichtsratskollegen sehr ernst genommen wird. Er redet weniger als die hauptamtlichen Funktionäre seiner Gewerkschaft. Aber jeder hört aufmerksam zu, wenn er redet. Er hat nicht studiert, seine Urteilskraft ist in seiner praktischen Lebenserfahrung begründet. Sein Beruf und seine offenen Augen und Ohren haben ihm eine ziemlich gute Vorstellung von der Welt vermittelt, auch wenn er selbst gar nicht so viel draußen gewesen ist.

Max Brauer

Es ist diese gediegene Schicht der Facharbeiter und der gelernten Handwerker, aus der die sozialdemokratisch-hanseatischen Staatsmänner emporgewachsen sind: Wilhelm Kaisen in Bremen, Max Brauer, Adolph Schönfelder, Walter Schmedemann in Hamburg. Max Brauer war von 1946 an die beherrschende Gestalt auf der öffentlichen Bühne Hamburgs. Ich war dabei, als er in den Trümmerjahren, im Spätsommer 1946, in Planten und Blomen zum ersten Male vor eine große hamburgische Öffentlichkeit trat. Es war eine Massenkundgebung unter freiem Himmel, Erich Ollenhauer und der Franzose Salomon Grumbach sprachen. Aber den absoluten Höhepunkt bildete die Rede des deutschen Amerikaners Max Brauer. Viele von uns, auch ich, haben ihm damals zugerufen: »Max Brauer, hierbleiben!« Denn mit seiner ganz ungewöhnlichen persönlichen Ausstrahlung gab er uns Vertrauen in die Zukunft und weckte neues Selbstbewußtsein. Es war sein eigenes Selbstbewußtsein, das uns mitgerissen hat.

Er war mit einem Auftrag des amerikanischen Gewerkschaftsbundes A.F.L. nach Deutschland gekommen. Aber dann gab er tatsächlich seinen Auftrag zurück, wurde wieder deutscher Staatsbürger, und noch im Herbst des gleichen Jahres wählten ihn die Hamburger zum Ersten Bürgermeister. Er hat dieses Amt zehn Jahre lang ausgeübt, mit einer vierjährigen Unterbrechung. Der Wiederaufstieg Hamburgs ist unlösbar mit Brauers Namen verknüpft. Er wurde zum dominierenden, erfindungsreichen Chef beim äußeren Wiederaufbau der Stadt und bei der Wiederherstellung einer leistungsfähigen Wirtschaft. Und er wurde zum großen Inspirator bei der Schaffung eines staatsbürgerlichen Bewußtseins der durch Diktatur und Krieg zermürbten Männer und Frauen der Hansestadt. Er holte uns aus den Kellern, den Baracken und Nissenhütten und aus den Schreberlauben, damit wir anpackten. Und wir sind diesem begnadeten Willensmenschen gefolgt.

Davor hatte es bereits zwei andere bedeutsame Perioden in Max Brauers politischer Wirksamkeit gegeben. Zunächst als Bürgermeister und Oberbürgermeister von 1919 bis 1933 in Altona, das damals noch zur preußischen Provinz Schleswig-Holstein gehörte, und als Mitglied des Preußischen Staatsrates. 1933 wurde er verhaftet. Später konnte er mit falschem Paß nach Österreich entkommen, dann in die Schweiz. Von dort ging er mit einem Gutachten-Auftrag des Völkerbundes nach China, ein Jahr später nach Frankreich und schließlich 1936 in die USA. Ein typisches Emigrantenschicksal?

Nein, denn in Amerika begann die zweite Periode in Brauers politischer Biographie. Neben einem Lehrauftrag an der New Yorker Columbia University stritt er öffentlich gegen den Morgenthauplan und für ein gerechtes Urteil über Deutschland. Herbert Weichmann, der ihn in New York kannte, hat oft von Brauers Wirken in seiner neuen amerikanischen Heimat erzählt: »Max Brauer erreichte es mit seinem Willen, die Notwendigkeit eigener Existenzsicherung in der neuen Heimat zu verknüpfen mit seiner Verkündung, daß allein die sittlich-politischen Grundüberzeugungen der sozialdemokratischen Arbeiterbewegung die Würde des Menschen (in der alten Heimat) wiederherstellen konnten.« Der Emigrant Brauer hat während des Krieges fest an Deutschlands Wiederaufstieg geglaubt, und er hat dafür gestritten.

Die dritte und letzte, die Hamburger Periode in Brauers politischem Lebensweg habe ich aus der Nähe miterlebt. Meine Generation, die den Zusammenbruch der Weimarer Demokratie – oder, wie Hitler zu sagen pflegte, die Beseitigung »des Systems« – nur als Schuljungen erlebt hatte, die als blutjunge Männer auf die Schlachtfelder des Zweiten Weltkrieges geführt worden war, die die Verführung erlitten und sie am Ende dann doch als solche begriffen hatte, diese Generation war nach dem Kriege keineswegs begierig auf neue Führer. Aber gerade das ist Max Brauer damals gewesen – ein Führer von mitreißender Zielstrebigkeit. Und wie stolz waren wir jungen Sozialdemokraten, daß wir zu diesem Manne du sagen und daß wir ihn einfach mit Max anreden durften!

Was Brauer 1946 bei seinem Amtsantritt vor dem Stadtparlament sagte, erschien vielen als eine unglaubliche, durchaus unglaubwürdige Botschaft: »Hamburg wird wieder so schön sein, wie es einmal war. Der Hafen wird aus den Trümmern neu erblühen. Und wir werden wieder eine Flotte haben.« Die Wirklichkeit jenes Herbstes war: Über vierzig Millionen Kubikmeter Trümmerschutt, Hunderte von Schiffswracks im zerstörten Hafen, die Einwohnerzahl der Stadt halbiert; die Menschen froren entsetzlich und hatten kaum etwas zu essen. Wie sollte man angesichts dieser Wirklichkeit an Brauers Phönix-Vision glauben?

Tatsächlich hat er sie wahr gemacht. Er war damals schon 59 Jahre alt, aber sein Ungestüm wirkte jugendlich. Bei all seiner visionären Überzeugungskraft war er ein sehr pragmatischer Mann. Um für Hamburg Kohlen einzutauschen, schickte er Hamburger Theater zu Gastspielen ins Ruhrgebiet. Um den Schiffbau wieder in Gang setzen zu dürfen, setzte er erfolgreich seine persönlichen internationalen Beziehungen ein. Als es zum ersten Mal wieder Fensterglas gab, war die Menge allzu gering, um sie einigermaßen gerecht zu verteilen; deshalb ließ Brauer die Straßenbahnwagen damit verglasen, die bis dahin mit Brettern vernagelt gewesen waren. Wenn die Besatzungsmacht unsinnige Demontagen oder Zerstörungen vorbereitete, so griff er ein; halb konnte er sie durch seine Argumente überzeugen, und zur anderen Hälfte wirkte seine Rücktrittsdrohung.

Der Erste Bürgermeister war bei alledem keineswegs ein bloßer Parteimann. Aber als Staatsmann blieb er eben doch Mitglied der traditionell durch und durch demokratischen SPD, auf deren Zustimmung er angewiesen war. Aus dieser natürlichen Spannung, welche sich in der Kommunalpolitik wie auch auf der höheren Ebene von Bundestag und Kanzler so häufig und zwangsläufig wiederholt, haben sich für Max Brauer ebenso wie für seine sozialdemokratischen Kollegen und Genossen häufig genug Ärger und Verstimmung ergeben. Max war nämlich nicht nur stets zielstrebig, er war auch fast immer überzeugt, den richtigen Weg selbst zu wissen. Und er konnte in der Verfolgung seines Weges sehr hartnäckig und sehr kantig sein, und sein Weitblick verband sich gelegentlich mit Vorurteilen.

Als junger Delegierter habe ich ihn häufig erlebt und mehrere

Jahre auch als der Leiter eines Amtes, der ihm 1952 und 1953 – gemeinsam mit dem damaligen Baudirektor Otto Sill – Konzepte und Pläne über den Ausbau der U-Bahn, über einen Verbund aller öffentlichen Nahverkehrsmittel und über den Bau von Stadtautobahnen vortrug. Das Ergebnis war entmutigend, denn die Pläne erschienen dem Bürgermeister bei weitem zu ehrgeizig; sie wurden denn auch erst nach seiner Amtszeit in Angriff genommen. Ich erinnere mich auch an einen Landesparteitag, auf dem eine Mehrheit der Hamburger Sozialdemokraten wegen personalpolitischer Meinungsverschiedenheiten im heftigen Streit mit Max Brauer lag. Es wäre ganz unredlich und würde das Bild dieses Mannes zu flach bleiben lassen, wenn wir uns nicht auch an den eigenwilligen Autokraten erinnerten.

Häufig genug haben wir uns über ihn geärgert – trotzdem haben wir ihm dann jedesmal wieder unsere Stimme gegeben, weil wir ihn insgesamt eben doch hoch über alle anderen schätzten und ihn einfach nicht entbehren konnten. So kam es, nach vier Jahren Unterbrechung durch den sogenannten Block-Senat unter Kurt Sievekings Führung, 1957 zur Wiederwahl Brauers zum Ersten Bürgermeister, obgleich er damals schon das 70. Lebensjahr vollendet hatte.

Auch Kurt Schumacher, der unbestrittene Parteivorsitzende der Sozialdemokratie, hatte große Schwierigkeiten mit Brauers Eigenwilligkeit. Denn im Gegensatz zu Schumacher trat Brauer für die von der Besatzungsmacht nach dem Ruhrstatut von 1949 inaugurierte Internationale Ruhrbehörde ein, 1950 für den Schumanplan und jedenfalls für die Einfügung des westlichen Teils des Vaterlandes in die sich anbahnende Integration Westeuropas. Er hatte diese Linie schon seit Beginn des Jahres 1942 in den USA vertreten – unter erheblicher öffentlicher Kritik. Er hatte damals nicht nur verlangt, Deutschland dürfe nicht verstümmelt werden, sondern er sah auch bereits ein sich einigendes Europa als weltpolitische Notwendigkeit.

So hat er schon damals, mitten im Krieg, anderthalb Jahrzehnte vor den Römischen Verträgen, die Beseitigung der europäischen Zollgrenzen gefordert. Brauer hat immer die Notwendigkeit einer Vereinigung Europas gesehen und – weil er ein pragmatischer Mensch war – an deren schrittweise Verwirklichung geglaubt. Der Schumanplan war für ihn der erste große Schritt in Richtung auf sein Ziel. Kurt Schumacher hat sich 1950 mit seiner Ablehnung innerhalb der SPD durchgesetzt, wobei er durchaus gewichtige Argumente hatte. Der Verlauf der europäischen wie der deutschen Geschichte in der zweiten Hälfte des 20. Jahrhunderts hat jedoch

Brauer recht gegeben und ebenso Ernst Reuter, Wilhelm Kaisen, Willy Brandt und anderen – darunter ich selbst –, die 1950 auf einem Bundesparteitag der SPD gegen Schumacher in dieser Frage in der Minderheit blieben.

Brauer war im Nährboden sozialdemokratischer Gesinnung fest verwurzelt; besonders das Genossenschaftsprinzip lag ihm am Herzen. Aber er war kein Ideologe, sondern hatte sich als Autodidakt längst von alten Doktrinen freigemacht. In seinen Augen war Karl Marx gut gewesen, um im 19. Jahrhundert die Arbeiterschaft zur Selbstbefreiung aus Unterdrückung und aus unerträglichen Lebensbedingungen aufzurufen. Aber jetzt, in der Mitte des 20. Jahrhunderts, stellten sich in Brauers Augen ganz andere Aufgaben. Er glaubte weder an Sozialisierung noch an Verstaatlichung, sondern vielmehr an die Kombination von Privatunternehmen mit staatlicher Sozial- und Wirtschaftspolitik. Als ihm jemand antrug, die Stadt solle ein bestimmtes Unternehmen kaufen, hat er geantwortet: »Nein. Staatliche Unternehmungen führen doch bloß in die Pleite.«

Es war kein Wunder, daß die Hamburger Unternehmer und ihre Handelskammer Brauer schon sehr bald nach seinem Amtsantritt mit großem Respekt betrachteten. Keiner von ihnen hätte gewagt, den Offizieren der Besatzungsmacht mit Brauers Härte entgegenzutreten. Keiner wäre von Dean Acheson empfangen worden, kein Unternehmer hätte die Erlaubnis zum Wiederbeginn des Schiffsbaus durchgesetzt. Natürlich hat Brauer von Zeit zu Zeit ihren Rat eingeholt, häufiger aber den Rat seines Wirtschaftssenators Karl Schiller und seines Finanzsenators Walter Dudek. Der Kaufmann Erik Blumenfeld, der als CDU-Politiker zeitweilig Brauers oppositioneller Gegenspieler gewesen ist, hat später berichtet, Brauer habe bisweilen auch den Rat des jungen Axel Springer gesucht, und umgekehrt habe er es beinahe fertiggebracht, Springer zur Sozialdemokratie zu bekehren.

Insgesamt ist nach 1945 ein großer Teil der Initiative in Hamburg, die im 17., im 18. und 19. Jahrhundert, ja bis in die Zeit der Weimarer Republik hinein fast allein bei den Kaufleuten gelegen hatte, auf die Sozialdemokraten übergegangen. Natürlich hat dieser völlig traditionswidrige Tatbestand den Konservativen mißfallen. Deshalb haben sie 1953 versucht, mit Hilfe von CDU und Handelskammer eine andere Stadtregierung in den Sattel zu heben. Sie hatten dafür in Kurt Sieveking einen guten Bürgermeister, auch ein oder zwei gute Senatoren. Insgesamt aber blieb das Unterfangen zum jämmerlichen Scheitern verurteilt, und 1957 kam Max Brauer wieder. Wenn seither ohne Unterbrechung immer noch die Sozialdemokraten die Bürgermeister stellen, so verdanken sie dies in hohem Maße dem Ansehen, das ihnen Max Brauer verschafft hat. Sein Nachfolger Paul Nevermann hat als großer Wohnungsbauer zu dieser unangefochtenen Position der Hamburger Sozialdemokratie beigetragen, in höchstem Maße aber anschließend Herbert Weichmann. Von ihm wird in diesem Kapitel noch die Rede sein; an dieser Stelle ist zuvor ein Wort zu den kulturpolitischen Leistungen Brauers angemessen.

Max Brauer hat sich mit Leidenschaft um die Wiederherstellung eines freien und zugleich vitalen kulturellen Lebens bemüht. Seine besondere Liebe galt den Theatern, der Oper, für deren Wiederaufbau er die Bürger zur öffentlichen Sammlung aufgerufen hat, den öffentlichen Parkanlagen und den öffentlichen Bücherhallen. Eines seiner Paradestücke war der zähe Kampf mit den Villenbesitzern am Harvestehuder Weg, die zwischen der Straße und dem Becken der Außenalster im Alstervorland ihre großen privaten Gärten hatten. Schließlich hat Brauer obsiegt und hat entlang dem westlichen Ufer dieses unvergleichlich schönen Sees den siebzig Hektar großen öffentlichen Alsterpark errichtet. Man muß lange nachdenken, bis einem eine andere Weltstadt einfällt, die in ihrem Zentrum über einen vergleichbaren See verfügt, allseits von Bäumen und auch von flachem Grün gesäumt und von unzähligen Segelbooten befahren. Daß diese Landschaft, die der scharfe Kritiker Alfred Kerr schon vor Generationen mit lyrischen Worten gelobt hat, heute von allen Seiten für jedermann zugänglich ist, gehört zu den schönen Errungenschaften des großen Bürgermeisters.

Heute sind Außen- und Binnenalster, voneinander durch die beiden Lombardsbrücken getrennt, zwei sehr verschiedene Landschaften geworden. Auch um die fast quadratische Binnenalster herum stehen Bäume; vor allem aber wirkt hier der Grünspan der Kupferdächer, mit denen die meisten der sechsstöckigen repräsentativen Kontorhäuser, Hotels, Geschäftshäuser und Banken gedeckt sind. Mit der sommerlichen Fontäne in der Mitte, mit den Alsterdampfern, mit dem im Winter hell erleuchteten, lebendigen Jungfernstieg am Westufer ist dies der schönste öffentliche Raum meiner Vaterstadt – zumal kein Bauherr bei Wiederaufbau und Erneuerung aus der baulichen Tradition herausgefallen ist.

Es gibt kaum irgendwo in Hamburg mittelalterliche Bausubstanz und – abgesehen von einigen sehr wenigen Kirchen – auch kaum irgendwo größere Barockbauten und nur ganz wenige wirklich klassizistische Gebäude. Dies hat damit zu tun, daß Hamburg während seiner ganzen Geschichte niemals Residenz gewesen ist, und andererseits ist es natürlich eine Folge des Bombenkrieges. Aber es gibt eine für Hamburg sehr charakteristische Bauperiode aus dem ersten Drittel des 20. Jahrhunderts: Das ist der moderne Klinkerbau, vom Chilehaus oder vom Sprinkenhof bis zu vielen Schulen und anderen öffentlichen Gebäuden und bis zu größeren Wohnvierteln, zum Beispiel am Dulsberg oder in der Jarrestadt. Zwei große Baumeister, Fritz Höger und der bedeutende Stadtplaner Fritz Schumacher, haben diese Epoche geprägt. Manch ein Binnenländer mag die norddeutschen und die holländischen Backstein- und Klinkerbauten für langweilig halten. Aber ich habe es für selbstverständlich angesehen, daß Schumachers Nachfolger als Oberbaudirektoren in der zweiten Hälfte des Jahrhunderts mit Geschick sehr zielbewußt dafür gesorgt haben, mittels Backstein und Klinker ein weitgehend einheitliches Stadtbild entstehen zu lassen. Zugleich hat man sowohl Wolkenkratzer als auch architektonische Extravaganzen weitgehend vermieden, auch hierin Fritz Schumacher folgend: »Zurückhaltung, die Einheitlichkeit erzeugt, ist der eigentliche Maßstab einer wirklich gefestigten Allgemeinkultur, das Zeichen einer inneren Sicherheit, die keiner nur äußerlichen Effekte bedarf.«

So hat Hamburg – beginnend in der Ära Brauer – an Schumacher angeknüpft, zum Glück für die Stadt. Es sei »die Qualität des ebenmäßigen Durchschnitts«, welche Hamburg zu einer als schön empfundenen Stadt mache, so schrieb Manfred Sack, Architekturkritiker der ZEIT. Zum anderen sind mit den Mitteln moderner Technik einige ungewöhnlich klare und durchsichtige Bauwerke entstanden, so die neue Staatsoper oder die neue Lombardsbrücke oder die Großmarkthallen. Sack hat dazu geschrieben: »Es siegte eine zweite Moderne mit Licht und Rhythmus, Transparenz und Schwung, Optimismus und Bescheidenheit.« Eine Zeitlang hat sich leider – unter dem quantitativen Druck der Wohnungsnot und der knappen finanziellen Mittel – im sozialen Wohnungsbau eine ziemlich geistlose, gigantomanische Bauweise durchgesetzt, die auf die gesellschaftlichen Notwendigkeiten der Mieter keine Rücksicht genommen hat. In Steilshoop, am Osdofer Born oder am Mümmelmannsberg sieht das den gleichzeitigen Betonplatten-Wohnbauten der damaligen DDR ziemlich ähnlich. Heute ist dieser Irrweg erkannt. Ich hoffe auf eine breite Rückkehr des Klinkers, wie er unserer Landschaft gemäß ist, auf eine Wiedergeburt der Phantasie und auf eine liebevolle Einfühlung in die nachbarschaftlichen Notwendigkeiten der Mieter.

Im Stadtteil Eppendorf, der durch Zufall im Bombenkrieg relativ wenig zerstört worden ist, stehen viele in der zweiten Hälfte des 19. Jahrhunderts und Anfang des 20. Jahrhunderts errichtete Gebäude, teils aus rotem Backstein, teils verputzt, in denen alte Menschen, zumeist Witwen wohnen. Private Bürger haben dafür seit der Reformation Altersheime und Armenwohnungen gestiftet. Und in Hamburg sagt man: Sie wohnt im Stift. Oder: Sie lebt im Johannes-Kloster – einem der alten, heute noch sehenswerten Altenheime.

Heute kommen nur wenige neue Stiftungen dieser Art hinzu, denn die meisten hamburgischen Unternehmer beschränken sich inzwischen auf ihr eigenes Geschäft oder ihre eigene Bank, auf ihr eigenes Unternehmen. Sie tun dies durchaus in sozialer Weise. Sie anerkennen die Notwendigkeit und die Rolle von Gewerkschaften und Betriebsräten. Aber von den öffentlichen Aufgaben halten die meisten sich ziemlich fern – ganz anders als ihre Vorfahren.

In vergangenen Jahrhunderten war das wirklich anders. So hat im 19. Jahrhundert die damalige Commerzdeputation – das war die Vorläuferin der heutigen Handelskammer – wissenschaftliche Expeditionen und Forschungen zum Teil initiiert, zum Teil finanziert. Der Banksyndikus Karl Sieveking stiftete das Grundstück für das Rauhe Haus in Horn, das dann Wichern errichtete. Überhaupt diese Sievekings! Friedrich Sieveking konnte im 20. Jahrhundert Karl Sievekings Pläne zur Begründung der Hamburger Universität endlich verwirklichen – allerdings nur, weil der Kaufmann Edmund Siemers das Geld dafür gegeben hat. Amalie Sieveking hatte sich schon lange vorher um die Armen- und Krankenpflege verdient gemacht und ein Pflegeheim errichtet. Und hier müssen dann auch die Namen von Emilie Wüstenfeld und Elise Averdieck fallen. Öffentliche Armenpflege, Schule für Kinder der Armen (die allgemeine Schulpflicht gibt es in dieser Stadt erst seit 1870), das Nikolai-Stift, heute Alsterdorfer Anstalten genannt: alles dies wurde aus privater Initiative errichtet, aus der Initiative von Kaufleuten – und mit ihrem Gelde! Die »Patriotische Gesellschaft« hat die finanzielle Grundlage geschaffen für das einzigartige Museum für Kunst und Gewerbe. Mit der Berufung von Justus Brinkmann an dieses Museum ebenso wie mit der Berufung von Alfred Lichtwark an die Kunsthalle haben die Hamburger gegen Ende des vorigen Jahrhunderts zweimal einen ganz großen Glücksgriff getan. Auch die Kunsthalle ist 1868 aufgrund privater Spenden errichtet worden. Ebenso die Musikhalle, die 1908 aus dem Vermögen des

Reeders Karl Heinrich Laeisz gebaut worden ist. Nach der Nazizeit sind abermals einige kaufmännische und industrielle Wohltäter hinzugekommen. Menschen, die ich noch gekannt habe oder heute noch kenne, so Alfred Toepfer, Kurt Körber, Eric Warburg, Gerd Bucerius, Werner Otto, das Ehepaar Greve und andere.

Ein Land, dem keine Kaiser, keine Könige oder Fürstbischöfe ihre Schlösser, ihre Theater und Kunstsammlungen hinterlassen haben, hat private Stiftungen nötig. Das gilt für die große industrielle Demokratie USA, es gilt auch für den kleinen Stadtstaat Hamburg. Leider ist Hamburg als Bundesland zwar für sein Stiftungsrecht zuständig, nicht aber für das Stiftungs-*Steuer*recht, das als Teil der Einkommens- und Körperschaftssteuer und der Erbschaftssteuer in die Kompetenz des Bundes fällt. Das Stiftungs-Steuerrecht der Bundesrepublik ist ungleich weniger entgegenkommend, als dies in den USA der Fall ist. Jedermann hat von der riesigen Ford- oder der Rockefeller-Foundation gehört, von den privaten Spitzenuniversitäten in den USA, die – wie zum Beispiel Stanford oder Harvard – auf privaten Stiftungen beruhen. In Deutschland ist alles sehr viel bescheidener – mit einigen wenigen Ausnahmen, welche die Regel bestätigen. Auch in Hamburg sind die hier bestehenden weit mehr als sechshundert gemeinnützigen Stiftungen wesentlich bescheidener. Sie sind fast ohne nennenswerte Ausnahmen nicht von Großunternehmen ins Leben gerufen worden, sondern vielmehr von Einzelkaufleuten und von einzelnen Privatpersonen – um so größer ist deren Verdienst um das öffentliche Wohl.

Schon Horaz hat in seinen Oden den Maecenas gepriesen; dieser stammte aus römischem Uradel und besaß ein großes ererbtes Vermögen. Er hat sich als Politiker unfähig erwiesen und war als Literat kümmerlich. Aber er war offenbar ein sensibler Förderer der Dichter. Auch Vergil gehörte zu seinen Freunden, und dem Horaz, Sohn eines freigelassenen Sklaven, hat er materielles Auskommen und sogar ein Landgut verschafft. Heute ist in Deutschland der Begriff des Mäzens aus der Mode gekommen, auch der Begriff des Philanthropen. Weitgehend ist der Sponsor an deren Stelle getreten. Aber der Sponsor will gleichzeitig Reklame für seine Sportschuhe oder seine Sektmarke machen; er ist kein Wohltäter, sondern bloß ein ganz normaler Markenartikelverkäufer, der sein Sponsoring steuerlich voll auf das Vertriebskostenkonto verbuchen kann. Dagegen ist moralisch gar nichts einzuwenden. Darüber hinaus braucht unser Gemeinwesen aber echte Philanthropen und Mäzene und Stifter.

Hamburg hat in seiner Geschichte relativ viele Menschen aus

der Kategorie der philanthropischen Stifter unter seinen Bürgern gefunden; und diese hamburgische Tradition hat sich bis auf den heutigen Tag erhalten. Dabei bleiben einige Stifter ganz im verborgenen. Bei anderen, wie zum Beispiel Werner Otto, hat die Öffentlichkeit wenigstens eine vage Ahnung von ihren Aktivitäten für die res publica. Bei Eric Warburg weiß man, daß er sich um das Israelitische Krankenhaus verdient gemacht hat, aber Genaueres weiß man wiederum nicht. Von Gerd Bucerius hat man gehört, daß er qua Testament sein beträchtliches Vermögen in seine bereits tätige gemeinnützige Stiftung eingebracht hat.

Aber viele andere Wohltäter bleiben völlig anonym. Mir tut dies etwas leid. Denn zum einen ist Eitelkeit eine allzu menschliche, außerordentlich weit verbreitete Eigenschaft – und warum soll man dem Stifter nicht wenigstens dasjenige Maß an öffentlicher Anerkennung verschaffen, das jeder durchschnittliche Fernseh- oder Politikschauspieler erhält? Und zum anderen würde öffentliche Auszeichnung andere zur Nachahmung anregen. Als ich Kanzler war, habe ich versucht, in dieser Richtung etwas in Gang zu setzen, aber es verlief fast ganz im Sande. Später, wieder Privatmann geworden, habe ich beim Hamburger Senat angeregt, die Namen wohltätiger Stifter öffentlich sichtbar in die Wand der großen Treppenhalle des Rathauses eingravieren zu lassen. Man hat damit auch begonnen, aber mir scheint diese Übung schon einzuschlafen, bevor sie Tradition werden konnte. Deshalb soll hier von den beiden bedeutendsten der zeitgenössischen Hamburger Stifter die Rede sein, stellvertretend für andere.

Alfred C. Toepfer, weltweiter Getreidehändler, ist einer der erfolgreichsten deutschen Einzelkaufleute unseres Jahrhunderts gewesen, seine Gewinne gingen im Lauf seines Lebens in die Hunderte von Millionen Mark. Zugleich war er ein Mensch sehr bescheidener Lebensführung, unauffällig im Auftreten; eines seiner Leitworte, »Mehr sein als scheinen«, hätte von ihm selbst erfunden sein können. Im Laufe seines Lebens hat Toepfer große Teile seiner Gewinne dem öffentlichen Wohl zugewandt, für Jugendherbergen, für den Naturschutz, für Stipendien, für Preise an verdiente Menschen im Ausland und Inland – für viele notwendige, gute Zwecke. Die wichtigste seiner Stiftungen trug zu seinen Lebzeiten den Namen F.v.S.-Stiftung. Dieser schlichte Name steht für den großen politischen und sozialen Reformer Freiherr vom Stein, Wegbereiter bei der Befreiung Deutschlands von napoleonischer Unterdrückung, steht aber zugleich für Friedrich von Schiller, den herausragenden Dramatiker der Freiheit. Für Toepfer gehörten Freiheit und Ordnung zusammen, dabei war er immer jener Idee der Freiheit verbunden, die mit persönlichem Mut verschwistert ist und sich an die Moral und an das eigene Gewissen gebunden hält.

Es kennzeichnet diesen Mann, der aus dem Geist der Jugendbewegung des Hohen Meißner von 1913 lebte, daß er 1933 die Fahnenstange an seinem Hause absägte, um die Hakenkreuzflagge zu vermeiden. Er hat sich zweimal in öffentlicher Rede der Entfernung jüdischer Kaufleute aus der hamburgischen Börse widersetzt – natürlich ohne Erfolg. Er änderte die Zielrichtung seiner Stiftung, die bisher fünf Jugendherbergen gebaut hatte, weil er nicht die Jugendarbeit der Nazis und den von ihnen gleichgeschalteten Jugendherbergsverband finanzieren wollte. Auch lehnte er die ihm von der NSDAP empfohlenen Kandidaten für die Verleihung der Preise seiner Stiftungen ab. 1937 weigerte er sich, der NSDAP beizutreten. Tags darauf wurde er für ein Jahr eingesperrt; die Nazis täuschten zu diesem Zweck ein Devisenvergehen durch Toepfer vor. Danach mußte er – unter Androhung der Verlegung in ein Konzentrationslager – sein Vermögen auf seine Stiftungen und diese selbst auf die NSDAP übertragen.

Im Winter 1938/39 hat Loki eine für Toepfer typische Episode erlebt. Zwei Dozenten für die niederdeutsche Sprache planten mit ihren Studenten eine Radfahrt nach Holland und Flandern, Alfred Toepfer wurde dafür um finanzielle Hilfe gebeten. Er hat auch geholfen, lud die Gruppe zuvor aber über ein Wochenende auf seinen Hof Thansen in der Lüneburger Heide ein und überprüfte sie dort, zumeist auf plattdeutsch; denn er wollte keine Naziveranstaltung finanziell unterstützen.

Bei Kriegsbeginn hat sich Toepfer 1939 freiwillig zur Wehrmacht gemeldet, um Nazischikanen zu entgehen. Er hatte das Glück, daß ihn die Abwehr bewußt unter ihre schützenden Fittiche nahm. Dort traf er in Paris seinen alten Freund Ernst Jünger wieder. Jüngers Schrift »Der Friede« hat Toepfer sodann – wahrscheinlich Ende 1943 – nach Hamburg zu einem Verleger gebracht. Die Absicht war, sie am Tage X in mehreren Sprachen in großer Auflage zu verbreiten. Daraus konnte später nichts mehr werden. Toepfers Zugehörigkeit zur Abwehr führte aber nach Kriegsende dazu, daß ihn nunmehr die Engländer – und kurze Zeit auch die Franzosen – über zwei Jahre lang eingesperrt haben. Erst Mitte 1948 konnte Toepfer wieder die Leitung seiner Firma übernehmen. Seine Lebensgeschichte vor Wiederbeginn der Demokratie hat es verdient, festgehalten zu werden.

Heute, ein halbes Jahrhundert später, steht Toepfers Name in doppelter Weise für hamburgisch-hanseatische Traditionen, die er bewußt und zielstrebig fortgesetzt hat. Zum einen war er ein nüchterner, erfolgreicher Kaufmann, vergleichbar Salomon Heine, Albert Ballin oder M.M. Warburg. Im Laufe der Jahrhunderte ist es eine lange Namenskette geworden. Einige haben sich großartige Villen, sogar kleine Paläste, entlang der Elbchaussee oder an der Alster gebaut. Andere blieben im Lebensstil bescheiden und unauffällig – zu denen hat der stets sehr schweigsame Alfred Toepfer gehört.

Toepfer hat die große hamburgische Tradition der Stiftungen aus persönlichem Vermögen zugunsten des öffentlichen Wohls fortgesetzt, er hat schließlich sein eigenes Vermögen fast zur Gänze dem öffentlichen Wohl zugeführt; seinen eigenen fünf Kindern wurde lediglich eine gute Ausbildung zuteil. Seine größten Leistungen waren die Schaffung des Naturschutzparkes Lüneburger Heide und seine Initiative für ein nationales System von Naturschutzparks. Er war ein Grüner und ein Naturschützer, lange bevor es die Grünen gegeben hat. Daneben steht die Erhaltung des Beylingstiftes in der Peterstraße, einer der wenigen historischen Baukomplexe in Hamburg. Und schließlich die von der F.v.S.-Stiftung (nach seinem Tode wurde sie umbenannt in Alfred-Toepfer-Stiftung F.v.S.) alljährlich ausgeschütteten dreißig Preise, zusammen dotiert mit acht Millionen DM.

Aber zum dritten und über bisherige hamburgische Tradition hinaus hat Toepfer sehr früh einen Anfang für eine *neue* hamburgische Tradition gesetzt, nämlich für die energische, konsequente, immer tätige und zugleich opferbereite Hinwendung zu den Nachbarnationen unseres eigenes Volkes – in *alle* Richtungen der Kompaßrose, einschließlich der damals noch kommunistisch beherrschten Völker. Er war ein Freund Frankreichs und zugleich ein bewußter Europäer, ein Diener der europäischen Einigung. Zugleich hat er gewußt, daß die Menschen die Bindung an die eigene Nation ebenso brauchen wie die Bindung an die eigene Heimat, an die eigene Familie – und an die Natur.

Mein Freund Kurt A. Körber war ein Mann von sehr anderem Charakter; er war durchsichtig, während Toepfer sehr verschlossen gewesen ist. Aber von beiden können die deutschen Unternehmer und die Unternehmensvorstände heute und morgen ein und dasselbe lernen: nämlich das Bewußtsein vom notwendigen Primat des öffentlichen Wohls und der res publica *vor* der Anhäufung eigenen privaten Vermögens. Nur ein Unternehmer *dieses* Zuschnitts darf legitimerweise erwarten, daß ihm die Arbeitnehmer auch in wirtschaftlich schwierigen Zeiten innerlich folgen. Körber war vieles zugleich in ein und derselben Person. Er war als

Ingenieur ein erfolgreicher Erfinder. Er war zugleich ein erfolgreicher Unternehmer. Er war ein öffentlich wirksamer Philanthrop von hohem idealistischem Gemeinsinn. Und er war ein kritischer politischer Mensch, der seine Mitverantwortung deutlich und stark empfunden hat, Mitverantwortung für Hamburg, für Deutschland, für den Frieden unter den Völkern und Staaten und für den Frieden der Menschen mit der Natur.

Körber ist 1992 gestorben, damals knapp 83 Jahre alt. Als er 1946 nach Hamburg kam, war er 37. Er wurde zum Prototyp eines dynamischen Unternehmers im Sinne von Joseph Schumpeter. Er besaß nichts außer einer Aktentasche voller technischer Zeichnungen. Bei seinem Tode hatte er eine industrielle Firmengruppe geschaffen, mit Milliarden Produktionsumsätzen und Tausenden von Mitarbeitern. Sein erstes Patent hatte er im Alter von 15 Jahren angemeldet. Schließlich wurden es an die 200 Patente, von der Hochfrequenztechnik bis zum Maschinenbau. Er war ein entschiedener sozialer Reformer, der in seinen Hauni-Werken ungewöhnliche Führungsmethoden und Rechte der Arbeitnehmer zur Mitentscheidung ausprobiert hat – ebenso eine hohe Gewinnbeteiligung, sie hat im Laufe von zwanzig Jahren zur Ausschüttung von 160 Millionen DM an die Belegschaft geführt.

Gleichzeitig haben seine Stiftungen über 250 Millionen DM für wissenschaftliche, kulturelle und soziale Zwecke ausgegeben. Dabei hat er viele Aufgaben früher erkannt als die meisten anderen und lange bevor sie ins öffentliche Bewußtsein traten. Und jedesmal hat er sich kräftig ins Zeug gelegt, um zur Lösung solcher Aufgaben beizutragen. Er hat Wege gewiesen und hat Menschen gefördert, die Ideen zur Lösung der jeweiligen Aufgabe hatten und denen er die Kraft zur praktischen Verwirklichung zutraute. Er hat nicht bloß finanziert, sondern mit mutiger Naivität hat er dafür gesorgt, daß mit seinem Geld tatsächlich ein geistiger, ein wissenschaftlicher, ein sozialer oder auch ein politischer Ertrag zustande kam.

Eine seiner bekanntesten Schöpfungen ist der Bergedorfer Gesprächskreis, der seit über zwanzig Jahren nationale und internationale geistige Begegnungen zustande bringt. Mindestens ebenso wichtig ist aber der von Körber geschaffene Förderpreis für die Europäische Wissenschaft, der in einzigartiger Weise nicht bereits erbrachte Forschungsleistungen prämiert, sondern zukünftige Forschungsarbeit solcher Wissenschaftler finanziert, die sich durch ihre bisherigen Ergebnisse ausgezeichnet haben. Einmal hat Körber mich gebeten, die Verleihung des Förderpreises vorzunehmen. Es war 1989 die fünfte Verleihung. Sie war beispielhaft für Körbers

Denkansatz. Denn das durch den Förderpreis 1989 zu finanzierende Forschungsprogramm ging an eine wissenschaftliche Arbeitsgruppe, bestehend aus sechs Wissenschaftlern; von ihnen kamen zwei aus Westdeutschland, einer aus der damaligen DDR und je einer aus der Schweiz, aus England und aus der damaligen Sowjetunion. Das Thema jenes Forschungsprogramms hieß »Entwicklung pflanzlicher Zellkulturen zur Produktion von Naturstoffen, von Arzneimitteln und von Schwermetall bindenden Komponenten«. Damit wurden drei Körbersche Ziele zugleich erfüllt: nämlich zum ersten die internationale Zusammenarbeit europäischer Wissenschaftler zu fördern; zum zweiten solche Forschungen zu ermöglichen oder zu beschleunigen, die geeignet sind, unseren natürlichen Lebensraum zu erhalten und seinen Störungen entgegenzuwirken; und drittens und generell der in die Zukunft gerichtete Impuls.

Körber hat sich selbst des öfteren und mit Fleiß als »Anstifter« bezeichnet. Impulse und Anstöße zu geben, das ist immer Körbers Methode gewesen, um auch dort etwas zu erreichen, wo seine eigenen Mittel eigentlich nicht ausreichen konnten. Wenn er in der Gründungssatzung für den Förderpreis 40 Millionen DM bereitgestellt hat, was jährliche Preisgelder in der Größenordnung von etwa zwei Millionen DM möglich macht, so ist ihm natürlich klar gewesen, daß heutige naturwissenschaftliche Forschungsprogramme in den meisten Fällen insgesamt wesentlich höhere Mittel brauchen. So baute also der Anstifter mit dem Förderpreis auf den Mitreißeffekt, der – so hoffte er – den ausgezeichneten Forschern auch von anderer Seite Mittel zuführen würde.

Kurt Körber war ein politisch sehr interessierter Mann; ich habe manchen mündlichen und auch schriftlichen Ratschlag und Zuspruch von ihm erfahren. Im September 1978 schrieb er mir einen Brief – von meinen ihm bekannten Überlegungen ausgehend, ob und wann ich mein Regierungsamt aufgeben sollte –, in welchem er mir mitteilte, er habe mir nach meinem »... freien Ermessen zur Errichtung eines eigenen, souveränen und von Interessengruppen und der Regierung unabhängigen neuen Tätigkeitsfeldes jährlich bis zu zwei Millionen DM zur Verfügung gestellt ...« Dieses Angebot sollte für den Zeitraum bis zum Jahre 2000 gelten. Ich war über diesen Brief tief gerührt. Gleichwohl habe ich Körbers Angebot ausgeschlagen; denn »... nach dem Bundesministergesetz (ergeben sich) möglicherweise Zweifel, ob ich eine solche Zuwendung pro futuro annehmen darf ... Die Unabhängigkeit meiner Amtsführung könnte in Zweifel gezogen werden ...« Körber hatte meine Absage wohl nicht erwartet und war, wenn ich mich recht erinnere, darüber etwas verschnupft. Wir sind später auf diese Sache nicht mehr zurückgekommen. Wohl aber hat Körber mir für die Gründung der Nationalstiftung zwei Millionen DM zur Verfügung gestellt.

Körber hat sich auch um kommunale und städtische Nöte gekümmert. Ich denke an sein »Haus im Park« in Bergedorf, an die von ihm »angestiftete« Fachhochschule für Verfahrenstechnik, gleichfalls in Bergedorf, seine Erhaltung der beiden schönen Markthallen aus der Schumacherschen Bauperiode, die am Deichtormarkt den heutigen Marktvolumina nicht mehr genügen konnten. Und nicht zuletzt an sein stets interessiertes und engagiertes Mäzenatentum zugunsten der Hamburger Staatsoper und des Thalia-Theaters. Er war der darstellenden Kunst sehr zugetan. August Everding hat ihn deshalb einmal sehr doppelsinnig einen »homo theatralis« genannt. Jedenfalls hat er sich immer wieder die Aufgaben und die Sorgen der Theaterleute zu eigen gemacht. Daneben war er zeitlebens ein begeisterter Sonntagsmaler, der seine Bilder gerne gezeigt und auch verschenkt hat. Er war naiv genug – will heißen: ursprünglich genug –, seine kleinen Eitelkeiten nicht zu verstecken, darin anders als Toepfer und anders als die allermeisten von uns. Kurt Körber hat sich nirgendwo versteckt. Er hat auch nie einen Zweifel daran gelassen, daß ihm der Profit am Herzen lag. Aber er hat die zweite Hälfte seines Arbeitstages darauf verwandt, mit dem in der ersten Hälfte erzielten Gewinn Gutes zu tun oder Gutes anzustiften; für sich selbst hat er nur wenig Geld ausgegeben.

Es mag einer einwenden, für einen Quasi-Monopolisten auf einem engen Spezialsektor des Maschinenbaus sei es kein allzu großes Kunststück, Profite zu erwirtschaften. Aber man darf dabei nicht übersehen, daß die Hauni-Werke ihre ungewöhnliche Position auf dem Weltmarkt zuallermeist der erfinderischen und unternehmerischen Tüchtigkeit des Firmengründers verdanken und keineswegs einer geschickten Fusionspolitik oder einem »unfriendly buy-out« oder einer staatlichen Protektion. Gegen den Stifter Körber mag man einwenden, daß es eigentlich kein Kunststück sei, Stifter zu sein, wenn denn der Stifter keine eigenen Kinder habe. Ich sage dazu: Es ist gleichwohl ein Kunststück! Denn erstens setzten Körbers stifterische Leistungen seine eigene unternehmerische Leistung voraus; zweitens setzten sie sein Engagement für das öffentliche Wohl voraus; und drittens benötigten sie Körbers überragendes Gespür dafür, wo Stiftung und Anstiftung zum Tun durch andere nötig sind.

Gegen Ende 1988 haben hohe Repräsentanten der Sowjetunion – das war noch zu Zeiten von Gorbatschows Perestroika – meinem Freunde ein Geschenk gemacht. Vielleicht war es eine Anerkennung für sein Körber-Kolleg, an dem auch russische Nachwuchsingenieure jeweils 18 Monate teilnahmen. Das Geschenk war ein Stück Metall von einer der aufgrund des INF-Vertrages abgerüsteten atomaren Mittelstreckenraketen der Sowjetunion. Körber machte aus jenem Raketenbruchstück ein kleines Denkmal am Eingang seiner Hauni-Werke, erfand dafür das Motto »Piece for Peace« und freute sich mit mir über den Erfolg des NATO-Doppelbeschlusses. Er war ein Mensch, der sich sichtbar freuen konnte.

Kurt Körber war genauso uneigennützig wie Alfred Toepfer oder Gerd Bucerius oder Eric Warburg. Sie waren und sind Hamburger von Gesinnung, wenn auch nicht jeder schon von Geburt an. Der Artikel 14 des Grundgesetzes – »Eigentum verpflichtet. Sein Gebrauch soll zugleich dem Wohle der Allgemeinheit dienen.« – blieb für sie nicht nur ein schöner Satz auf teurem Papier, sondern sie haben ihn beherzigt. In ihrer Jugend waren sie Idealisten gewesen, dann sind sie Realisten geworden – aber ihr Idealismus ist deswegen nicht untergegangen. Körber hat mehrfach den Satz zitiert: »Wer mit zwanzig Jahren kein Kommunist ist, der hat kein Herz. Aber wer mit dreißig immer noch Kommunist ist, der hat keinen Verstand.« Körber ist beinahe 83 Jahre alt geworden, Toepfer sogar 99 Jahre. Sie sind beide ihr ganzes Leben lang sowohl ihrem Verstand als auch ihrem Herzen gefolgt. Der Generationsabstand zwischen Toepfer und mir war sehr groß, aber Kurt Körber und ich sind sehr herzliche Freunde geworden und bis zu seinem Tode geblieben, und Loki war in Körbers Freundschaft eingeschlossen.

Loki und ich, wir verdanken Körber vielerlei freundschaftliche Ratschläge und Hilfen. So hat er in den siebziger Jahren Loki auf die Idee gebracht, ihre »Stiftung zum Schutze gefährdeter Pflanzen« zu errichten, die sich seither durch ihre Arbeit – auch unter Fachleuten – einen guten Namen erworben hat. Mir hat er mehrfach politische Ratschläge gegeben. Vor mir liegt ein Brief vom 4. Januar 1981, in welchem Körber mir empfiehlt, die »Vollmacht, die das Volk im Herbst 1980 (durch die Bundestagswahl) dem Kanzler erteilt hat«, viel stärker in Anspruch zu nehmen: »Wenn ihm dafür die zuständigen Gremien die Zustimmung versagen, dann sollte er es der Nation sagen und von der Bonner Politik Abschied nehmen.« Ich habe ihm geantwortet, ich sei darauf eingestellt, die Vertrauensfrage gemäß Artikel 68 GG zu stellen, was die Drohung meines Rücktritts und/oder der Auflösung des Bundestages enthalte. Tatsächlich habe ich die Vertrauensfrage erst 1982, ein Jahr später, gestellt – und mich durch ihr positives Ergebnis, auch von seiten der F.D.P., vorübergehend täuschen lassen. Es wäre für mich wohl besser gewesen, wenn ich Kurts Ratschlag früher, entschiedener und damit rücksichtsloser gefolgt wäre.

Herbert Weichmann

So wie Körber ist auch Herbert Weichmann nicht in Hamburg geboren, sondern in Schlesien. Er kam über Berlin und New York in meine Stadt. Aber auch er wurde ein echter Hamburger. Max Brauer hat ihn 1948 aus der Emigration zurückgerufen und ihm das Amt des hamburgischen Rechnungshofpräsidenten gegeben; ein knappes Jahrzehnt später wurde er Finanzsenator und hat dieses Amt acht Jahre lang ausgeübt, nicht zu jedermanns Freude, denn er war von peinlicher Sparsamkeit und Genauigkeit. In der Mitte der sechziger Jahre zwang die Hamburger SPD ihren Bürgermeister Paul Nevermann zum Rücktritt (nebenbei bemerkt: aus sehr kleinkarierter, kleinbürgerlicher Ehrpusseligkeit, weil Nevermanns Ehe in die Brüche ging). Danach wurde ein neuer Bürgermeister gesucht. Zu diesem Zweck berief der Parteivorstand eine kleine »Findungskommission« mit dem Auftrag, einen Vorschlag zu machen. Ich war Mitglied dieser Kommission, deshalb weiß ich, wie der Vorschlag Weichmann zustande gekommen ist. Es hatte sich keiner gedrängt, niemand hatte sich für eine Kandidatur beworben, deshalb war die Kommission völlig frei von Druck oder Zwang zur Rücksichtnahme. In weniger als einer halben Stunde haben wir uns einmütig und einstimmig auf Herbert Weichmann festgelegt.

Weichmann war bis dahin kein großer Parlamentsredner gewesen, kein ausgesprochener Parteimann, schon gar kein Ideologe. Wohl aber war er ein Mann von erprobter Rechtschaffenheit und Solidität. Dies gab den Ausschlag. Wir Kommissionsmitglieder waren selber von unserem schnellen, so nicht erwarteten Beschluß überrascht. Nachdem wir uns einig waren, haben wir das Ende unserer Kommissionssitzung künstlich hinausgezögert; denn wir wollten nicht den Eindruck entstehen lassen, es habe sich um ein von vornherein hinter den Kulissen abgekartetes Spiel gehandelt und die Findungskommission sei bloß ein Feigenblatt gewesen. Als wir dann dem Hamburger Parteivorstand unseren Vorschlag vortrugen, gab es zunächst Verblüffung – wohl nur wenige hatten mit Weichmann gerechnet. Denn er galt allgemein zwar als sehr guter Finanzfachmann, aber kaum für mehr. Einer rief dazwischen: »Wat, den Pennschieter wüllt ji wählen?« (Dieses plattdeutsch-drastische Wort kann man anständigerweise nur mit Pfennigfuchser ins Hochdeutsche übertragen.) Gleichwohl, der Parteivorstand und die Bürgerschaftsfraktion stimmten zu.

Am 10. Juni 1965 wurde Herbert Weichmann zum Bürgermeister gewählt. Er war bereits 69 Jahre alt. Manch einer, und so auch die lokalen Zeitungen, empfand seine Wahl als eine bloße Übergangslösung. Kaum einer ahnte damals die glanzvolle Entwicklung Weichmanns, die sich anschließend vollzog. Befreit von den einengenden Zwängen und Notwendigkeiten des Finanzressorts, kam nunmehr seine profunde Bildung zum Vorschein, seine Lebenserfahrung, seine Auslandserfahrung, seine englischen und französischen Sprachkenntnisse. Vor allem seine vielerlei klugen politischen Einsichten und seine ethischen Maximen, welche man früher nur gelegentlich und nur als Andeutungen von ihm vernommen hatte.

Herbert Weichmann wurde kraft seiner Weisheit binnen kurzer Zeit zum Patriarchen Hamburgs. Er wurde die große Vaterfigur in der Stadt. Man vertraute ihm als dem politischen Lenker des Stadtstaates. Als er 1971, nunmehr 75 Jahre alt, seinen Rücktritt erklärte, hat mich sein Abschied aus dem Amt tief getroffen. Obschon mein enger Freund Peter Schulz an seine Stelle trat, so habe ich doch bei Herbert Weichmanns Abschiedsempfang im Rathaus meine Tränen nicht unterdrücken können.

Weichmann blieb auf längere Zeit der letzte Bürgermeister, der mit den Kardinalrisiken der geschriebenen hamburgischen Verfassung und der politischen Verfassungswirklichkeit erfolgreich umgehen und sich gegen das doppelte Handicap durchsetzen konnte. Das der bisherigen Hamburger Verfassung inhärente Risiko des Bürgermeisters ist der Öffentlichkeit kaum bekannt. Er wird nicht vom Parlament (»Bürgerschaft« genannt) gewählt, sondern vielmehr *alljährlich* von seinen eigenen Regierungskollegen, Senatoren genannt. Auch darf nicht er zu Senatoren berufen, wen er für geeignet hält, sondern alle Regierungsmitglieder (Senatoren) werden einzeln vom Parlament gewählt, ohne daß er ein Vorschlagsrecht hätte. Das bedeutet: Sein Einfluß auf die Zusammensetzung seiner Regierung ist gering. Darüber hinaus hat er – anders als etwa der Bundeskanzler – keine Richtliniengewalt gegenüber seiner Regierung (»Senat« genannt). Er kann seinen Senatoren keine politische Grundrichtung für ihre Arbeit vorschreiben. Diese Verfassung sieht also auf dem Papier hyperdemokratisch aus. Tatsächlich macht aber die öffentliche Meinung, welche die Verfassung nicht durchschaut, den Bürgermeister für fast alles in der Stadt verantwortlich. So liegt es bei seiner persönlichen Autorität, wieweit er sich tatsächlich im Senat durchsetzen kann. Denn einzelne seiner Senatoren brauchen bei ihren politischen Querschüssen und Sondertouren überhaupt nicht zu fürchten, etwa vom Bürgermeister entlassen zu werden. Vielmehr muß der Bürgermeister für ihre etwaigen Eskapaden gegenüber der Öffentlichkeit geradestehen!

Diese Verfassung funktioniert nur dann, wenn entweder die Senatoren sich aus politischer Einsicht freiwillig Selbstdisziplin auferlegen oder wenn der Bürgermeister über eine große, überragende und überzeugende persönliche und politische Autorität verfügt. Diese überragende Autorität war in den Fällen Brauer und Weichmann gegeben. Sie fehlte seinen Nachfolgern Peter Schulz und, nach diesem, Hans-Ulrich Klose. Sie waren zwar tüchtige Leute, aber sie wurden leider in einem zu jugendlichen Alter zu Bürgermeistern berufen; ihre persönliche Autorität ist ihnen im wesentlichen erst später, nach dem Ausscheiden aus dem Bürgermeisteramt, zugewachsen. Henning Voscherau, Bürgermeister seit dem Frühjahr 1988, ist bisher der einzige unter den relativ jungen Nachfolgern, dem es bereits während seiner Amtszeit gelungen ist, die nötige Autorität zu entfalten.*

Die hamburgische Verfassungs*wirklichkeit* wird weitgehend vom politischen Betrieb innerhalb der Parlamentsparteien bestimmt. Die hamburgische CDU ist seit einem halben Jahrhundert gekennzeichnet durch die Abwesenheit der Hoffnung, irgendwann einmal die Parlamentsmehrheit zu erreichen. Wegen dieser Aussichtslosigkeit war und ist es für tüchtige Menschen nicht attraktiv genug, ihre abendliche Freizeit auf christdemokratische Landespolitik zu verwenden – mit einigen wenigen Ausnahmen. Letztlich ist – nicht nur zu Weichmanns Zeiten – deshalb die CDU bisher keine wirksame Herausforderung für die (fast) immerwährende Regierungspartei SPD gewesen. Die beiden Flügelparteien F.D.P. und, seit 1968, die GAL (Grüne/Alternative Liste) haben der hamburgischen Wählerschaft gleichfalls kein überzeugendes Bild geboten. Die erstere hat sich – obwohl mehrfach und auch zu Weichmanns Zeiten ein erfolgreicher Koalitionspartner von SPD-geführten Senaten – allzusehr von ihrer Bonner Parteizentrale manipulieren und in den allgemeinen Niedergang der F.D.P. hineinziehen lassen. Die Grünen haben bis in die neunziger Jahre zwar durch ihre teils

---

* Gegenwärtig ist in Hamburg eine Verfassungsänderung im Gange, welche die Stellung des Bürgermeisters stützen soll. Das Ergebnis bleibt abzuwarten.

intellektuell-utopischen, teils ökologisch-idealistischen, teils anarchistischen Farbtupfer das Gesamtbild der Stadt etwas lebendiger gemacht, aber ihnen fehlen einstweilen Erfahrung und Wille zum konstruktiven parlamentarischen Handeln.

Im Ergebnis ist Hamburg seit dem Ende der Nazizeit auf die SPD als Regierungspartei angewiesen – bedauerlicherweise, denn gelegentlich wäre ein Wechsel im Rathaus zu wünschen. Zwar ist die hamburgische Sozialdemokratie hinsichtlich ihrer Wählerschaft immer noch eine Volkspartei, die aus allen Schichten Stimmen erhält, natürlich zum größten Teil von den Arbeitern und Angestellten. Aber hinsichtlich ihrer Delegiertenkörperschaften handelt es sich zunehmend um eine Akademikerpartei, und der öffentliche Dienst ist weit überproportional vertreten. Je mehr sich die Delegiertenversammlungen der Partei in Einzelfragen der täglichen Exekutive einmischen, um so stärker die Tendenz zu einer tatsächlichen Kontrolle der Verwaltung durch die Mitglieder der Verwaltung, im deutlichen Widerspruch zu den Absichten der geschriebenen Verfassung. In diesem Mißstand liegt das zweite Kardinalrisiko eines Bürgermeisters.

Herbert Weichmann hat diesen Mißstand während seiner Amtszeit kraft seiner Autorität noch einigermaßen überspielen können. Aber später hat der »lange Marsch durch die Institutionen«, den einstmals Rudi Dutschke den 68er Studenten anempfohlen hatte, ein weiter zunehmendes Ausmaß angenommen, ebenso die Tendenz zum imperativen Mandat, das heißt die Ersetzung der im persönlichen Gewissen eines Parlamentsabgeordneten getroffenen Entscheidung durch außerparlamentarische Entscheidung anonym bleibender Delegierter. Von ihnen ist der Parlamentarier aber abhängig, nämlich wegen seiner Wiederaufstellung als Listenkandidat und weil er in Hamburg gar nicht direkt gewählt werden kann. Weichmann hat diesen Zustand mehrfach öffentlich, dabei scharf und deutlich kritisiert. Seine späteren Amtsnachfolger Klaus von Dohnanyi und Henning Voscherau, die ebenso unter dieser Misere zu leiden hatten, haben das ebenfalls getan. Bisher hat diese Kritik nicht viel bewirkt. In den Medien ist dieser Übelstand bisweilen unter dem Schlagwort von den »Hamburger Verhältnissen« subsumiert worden, gemeinsam mit der Hafenstraße. Mich hat dies Wort immer geschmerzt, weil es einen unbestreitbaren, schädlichen Tatbestand trifft. Der Umstand, daß es in anderen, auch in CDU-dominierten Großstädten und dort innerhalb der CDU, nicht viel besser aussieht als in der Hamburger SPD, ist wahrlich kein Trost. Henning Voscherau, als Bürgermeister der vierte Amtsnachfolger nach Herbert Weichmann, hat bisher glück-

Zu den großen Bürgermeistern Hamburgs wurde zur allgemeinen Überraschung der Finanzfachmann Herbert Weichmann (3. v. l.); 1965 war der damals schon 69jährige als offenkundige Übergangslösung gewählt worden. Aber Weichmanns souveräne Weisheit machte ihn in den kommenden sechs Jahren zu einer großen Vaterfigur der Hansestadt, und er stand Helmut Schmidt so nahe, daß dieser bei Weichmanns Abschied die Tränen nicht unterdrücken konnte.

licher operiert als seine drei Vorgänger, zumal er während seiner langen Amtszeit ein herausragendes persönliches Ansehen erwerben konnte. Wie schon Peter Schulz, so eignet auch Voscherau eine pragmatische Nüchternheit, mit deren Hilfe er bisher und immer wieder die in zwei Flügel zerfallene Hamburger Regierungspartei zu vernunftgemäßen Lösungen und zu tragfähigen Kompromissen dirigiert hat.

Gleichwohl kommen in Hamburg immer wieder auch kommunalpolitische Großtaten zustande. Weichmann hatte persönlichen Anteil an der Errichtung des Congress Centrums, der City Nord, des Verkehrsverbundes der öffentlichen Nahverkehrsunternehmen, des Autobahntunnels unter der Elbe, an DESY, der Köhlbrand-Hochbrücke und des Bahntunnels unter der Alster. Manche dieser großen Investitionen hatten zwangsläufig eine lange Vorlaufzeit, so daß erst die Nachfolger bei der schließlichen Einweihung die Anerkennung einheimsen konnten, die eigentlich Weichmann zustand.

Jacob Burckhardt hat das Wort vom »Staat als Kunstwerk« geprägt. Es bezog sich auf die italienischen Stadtstaaten des 14. und 15. Jahrhunderts. Ich habe dieses Wort immer gerne auf Hamburg übertragen: Unsere Stadt als Kunstwerk. Damit ist der Gesamtorganismus gemeint, nicht nur Topographie und Architektur, nicht nur die schönen und die darstellenden Künste, sondern auch der Geist, das Flair und die Urbanität der Menschen, die hier leben. Herbert Weichmann hat in seinen sechs Bürgermeisterjahren vieles zum urbanen Geist Hamburgs beigetragen. Er ist der geistig bedeutendste Bürgermeister gewesen, den Hamburg im 20. Jahrhundert erlebt hat. Sein rechtsstaatlich-demokratisches Bekenntnis und seine politische Vernunft machten ihn zu einem Wegweiser. Seine Rede im Bundestag am 17. Juni 1982 und deren Echo haben erkennen lassen: Er strahlte über seine Stadt hinaus. Hier einige der Kernsätze aus Weichmanns Rede:

- »Freiheit, gesetzliche Ordnung und Leistung, die drei sind nur zusammen mit dem immanenten Gebot der Bindung zu begreifen, der Bindung an das Gesetz und an das Recht.«
- »Der errungene Wohlstand entbehrt einer rechten Würdigung durch eine im Leid unerfahrene und der Geschichtslosigkeit zuneigende Generation.«
- »Falsche Duldsamkeit schafft falsche Vorstellungen über die Grenzen des Erlaubten.«
- »Die pluralistische Gesellschaft mit ihren vieldifferenzierten Ansprüchen ist eine Herausforderung an unseren schöpferischen Geist.«
- »Die Weisheit der Demokratie ist schließlich die Weisheit des Kompromisses.«

Ein Schlüsselwort des Staatsmanns Weichmann ist das Wort vom *consensus omnium*, der Übereinkunft aller. In seiner Rede vom 17. Juni 1982 hat er sein Bild von der demokratischen Gesellschaft gleichsam als Vermächtnis noch einmal dargestellt. Er wollte Konflikte nicht aus der Welt reden, er sah sie als Quelle fruchtbarer Spannungen zwischen »Spruch und Widerspruch«. Aber damit die Quelle sprudelt, »bedarf es – sozusagen als Gegenpol des Konfliktes – eines *consensus omnium*, nämlich der Übereinstimmung darin, daß wir bei aller Wahrung der freiheitlichen Lebensform doch auch um die Grenzen der Freiheit wissen. Freiheit des Individuums bedingt auch das Bewußtsein seiner Pflicht, an das Wohl der Gemeinschaft zu denken, seiner Pflicht, um die Weisheit des Kompromisses zu wissen und die Entscheidung der Mehrheit zu akzeptieren und zu respektieren«.

Weichmanns Frau Elsbeth war, was die Hamburger deutlich bemerkt und honoriert haben, geistig eigenständig, aber ihrem Ehemann kongenial. Sie hat konzeptionell vieles zu seinen Gedanken und Formulierungen beigetragen. Der gemeinsame Lebensweg, die Flucht aus Deutschland 1933 über die Tschechoslowakei, Frankreich, Spanien, Portugal in die USA, der schwierige Neuanfang in New York: all das hat sie zusammenwachsen lassen. Elsbeth arbeitete in den USA in einer Puppenfabrik, und Herbert begann dort mit 44 Jahren ein neues Studium, um in einer Wirtschaftsprüfungsgesellschaft tätig zu sein. Lange vorher war Weichmann im Ersten Weltkrieg vier Jahre lang Soldat gewesen, er hatte als Jurist in Breslau promoviert, war Journalist gewesen, Verwaltungsbeamter, schließlich 1932 Ministerialrat und persönlicher Referent des preußischen Ministerpräsidenten Otto Braun. Aber nun, während der Zeit der Emigration, erreichten ihn die Nachrichten vom Mord an seinen engsten Angehörigen in Auschwitz und vom Verlust vieler Freunde, die gleichfalls in Konzentrationslagern ums Leben gekommen waren.

Nach alledem hat er dennoch den Entschluß zur Rückkehr gefaßt. »... ich habe es nicht ausschließlich als ein jüdisches Schicksal empfunden, sondern es war eben das Schicksal einer unterdrückten Schicht, die hier eine gewisse Gemeinsamkeit des Schicksals aufzuweisen hatte ... Es konnte mich aber nicht so weit treiben zu sagen, nun entziehe ich mich der Verantwortung, halte den Lauf der Welt an, steige aus Deutschland aus, für immer. Dazu war ich eben doch durch meine Geistesart hier zu sehr verwurzelt.«

So ist aus großem Leid ein Patriot geworden. Ein großer Staatsmann, der sich ganz und gar als Hamburger fühlte. Für Loki und mich waren beide Weichmanns vertraute Freunde. Ich verdanke Herbert vielerlei Rückenstärkung. Vor mir liegt ein längerer Brief, den er mir am 26. April 1976 schrieb: »... Vor allem empfinde ich ein wenig Staunen und viel Dankbarkeit, daß ich in Dir einen so guten Freund gefunden habe. Man schließt ja im Alter eigentlich keine Freundschaften mehr oder findet sie nicht, weil die Verknotung durch gemeinsame Jugenderlebnisse fehlt und der Generationenunterschied eine natürliche Distanz schafft. Um so dankbarer muß man das Gegenteil feststellen. Wenn es aber so ist, so liegt das wohl daran, daß wir beide auf der gleichen Welle denken ...« Tatsächlich aber hatte ich viel mehr Grund zur Dankbarkeit als Herbert.

Tradition und Vitalität

Amerika ist ein Schmelztiegel, so sagt man zu Recht. Aber die Integration der Kinder und Enkelkinder der Einwanderer in die amerikanische Gesellschaft braucht ihre Zeit, bei Weißen mindestens eine Generation. Bei Gelben oder Schwarzen dauert es zumeist länger, sofern es überhaupt gelingt. In manchen amerikanischen Großstädten siedeln sich die Minoritäten in bestimmten Stadtteilen oder auch nur Straßenblocks an, wo man sich gegenseitig stützt, wodurch aber auch die Einschmelzung behindert und verlangsamt wird. Im Vergleich damit ist Hamburg glücklicher dran, denn die Stadt hat bis zum Beginn der sechziger Jahre keine erwähnenswerten Minoritäten gekannt. Erst in den letzten Jahrzehnten sind größere Zahlen aus der Türkei und aus den südlichen Regionen Europas nach Hamburg gekommen, fast ausschließlich aus dem wirtschaftlichen Motiv, hier einen wesentlich höheren Lebensstandard zu finden. Bis ans Ende der achtziger Jahre hat deren Eingliederung keine großen Schwierigkeiten bereitet; die Zuwanderer haben sich willig eingefügt. Sie waren gekommen, um hier zu arbeiten und durch Arbeit Geld zu verdienen; und sie schickten ihre Kinder in die staatlichen Hamburger Schulen.

Seit dem Zusammenbruch der Sowjetunion und Jugoslawiens kommen aber zusätzlich und in großen Zahlen Menschen aus den vielen Völkern dieser untergegangenen Staaten – nicht nur Wirtschaftsflüchtlinge, sondern auch Kriegsflüchtlinge, politisch Verfolgte, die Asyl suchen, aber auch solche, die bloß vorgeben, verfolgt zu sein. Ob die Hamburger fähig sind, all diese Menschen – soweit sie denn dauerhaft hierbleiben wollen – zu integrieren, das ist noch sehr ungewiß. Es wird mindestens so lange dauern wie in den amerikanischen Großstädten, und es wird entscheidend von der zukünftigen Bundesgesetzgebung abhängen. Diese hat bezüglich der Gewährung von Asyl, aus irrealem Idealismus, bereits allzulange der Klarheit und Stringenz ermangelt. Und umgekehrt hat sie bezüglich der Gewährung deutscher Staatsangehörigkeit schon allzulange, aus ideologischer Verblendung, die tatsächliche Einschmelzung der zweiten Generation verhindert.

Hamburg hat heute erhebliche Probleme mit seinen vielen Ausländern, sie unterscheiden sich jedoch kaum von den Problemen anderer deutscher Städte. In ganz Deutschland wird es – zumal im Falle von andauernder hoher struktureller Arbeitslosigkeit und besonders von Jugendarbeitslosigkeit – zu einer herausragenden moralischen Bewährungsprobe, ob wir die in den neunziger Jahren aufgeflackerte Ausländerfeindlichkeit überwinden. Diese Probe kann nur dann bestanden werden, wenn Politik und Gesetzgebung des Bundes eine Überflutung verhindern – und damit die Entstehung zusätzlicher psychologischer Ängste vor Überflutung.

Bis an den Beginn des letzten Jahrzehnts unseres Jahrhunderts hat Hamburg drei Jahrhunderte lang eine große Integrationskraft bewiesen. Die Stadt hat nicht nur Flüchtlinge aus vielen Teilen Europas aufgenommen und eingeschmolzen, sondern Hamburg hat ihnen darüber hinaus auch seine typisch hanseatisch-hamburgischen Eigenarten des reservierten Stils, des zurückhaltenden Umgangs mit anderen, zugleich der Liberalität und der Weltoffenheit eingeprägt.

Leben und leben lassen, auf diese Kurzformel darf man die Philosophie der Hamburger bringen. Sie neigen nicht zum philosophischen Denken, sondern huldigen vielmehr der praktischen Vernunft. Große Worte sind ihnen zuwider, sie dürfen nur bei ganz großen Geburtstagen, eigentlich nur bei Trauerakten gebraucht werden. Die Übertreibungen der Hamburger liegen in ihren Untertreibungen. Unser Lokalpatriotismus und unser leicht provinzieller Traditionsstolz gehören in die gleiche Kategorie.

Deutsche aus anderen Teilen des Vaterlandes, die ihr Lebensweg nach Hamburg geführt hat, nehmen relativ bald unsere Attitüden an – wobei ich nicht weiß, ob und wie schnell oder wieweit sie diese wieder ablegen, sobald sie nach Sachsen oder Bayern zurückgekehrt sind. In den sechziger Jahren traf sich einige Jahre lang eine Mittwochsrunde in Marion Dönhoffs Wohnzimmer (ich hatte sie dazu angestiftet). Dazu gehörten drei Hamburger, nämlich Karl Klasen, Alwin Münchmeyer und ich selbst. Die Hausherrin, Carl-Friedrich von Weizsäcker, Otto A. Friedrich und Karl Schiller stammten aus anderen Gegenden. Es wurde über Gott und die Welt geredet, über die Wissenschaft, die Wirtschaft, bisweilen auch über die Politik. In der Sprache und im Gestus einer gewissen Beiläufigkeit – wobei aber jeder den anderen ganz ernst nahm – waren wir uns sehr ähnlich, obwohl wir doch aus sehr verschiedenen Landesteilen und aus verschiedenen sozialökonomischen Schichten kamen und sehr verschiedene politische Neigungen hatten. Ein Vierteljahrhundert später habe ich eine ähnliche Runde als Hamburger Freitagsgesellschaft begründet, sie ist von ähnlicher Ergiebigkeit. Aber damals habe ich mich gefragt, ob es dergleichen wohl auch in München oder Düsseldorf, in Frankfurt oder Berlin geben könne.

Gerd Bucerius ist vor Jahr und Tag einmal gefragt worden, wie ihm Hamburg gefalle. Seine Antwort: »Diese Stadt war immer von nobler Gesinnung. Daher ist sie so attraktiv.« Diese Antwort war gar nicht als Schmeichelei gemeint. Vielmehr war der geborene Westfale schon so lange in Hamburg ansässig, daß ihm das Lob Hamburgs beinahe selbstverständlich geworden war. Immerhin: Seine Wortwahl war notabene doch ein wenig zu großartig, um bereits völlig hamburgisch zu sein. Wenn man Marion Dönhoff fragte, wenn man Ida Ehre, Kurt Körber oder Karl Schiller noch fragen könnte oder wenn man Inge Meysel oder meine Freunde Werner und Maren Otto oder Siegfried Lenz, Peter und Sonja Schulz oder Gyula Trebitsch fragte – sie alle keine Hamburger, wohl aber hier lebend –, so würde man vermutlich ähnliche Antworten hören. Hamburg hat eine starke Kraft zur Integration.

Gewiß: Beruf, Stand und Wohlstand sind hier genauso unterschiedlich wie anderswo. Aber man zeigt seinen Wohlstand nicht. Er ist eigentlich nur an der Adresse erkennbar. Einige wohnen in Reinbek oder in Blankenese, an der Alster oder an der Elbchaussee; andere dagegen in Eimsbüttel oder Barmbek, wieder andere in Fuhlsbüttel oder Langenhorn, wie der aus der Arbeiterschaft aufgestiegene Senator Walter Schmedemann, der ein hamburgischer Staatsmann war, oder wie die Schmidts. Aber immerhin sind manche ausländische Staatsmänner in Langenhorn zu Gast gewesen, von George Shultz bis zu Giscard d'Estaing und Mitterrand, von Breschnew und Gromyko bis zu Juan Carlos. Im Gefüge der Gesellschaft der bewußten Hamburger spielt das Domizil keine Rolle. Sie sind alle gemeinsam stolz auf ihr Hanseatentum, was immer sie darunter verstehen, auf ihre Schiffe, wer immer sie finanziert hat – und natürlich auf den Michel, ihr großes Wahrzeichen. Insgeheim zählen sie außerdem sorgfältig die vielen ausländischen Konsulate und hoffen, daß deren Anzahl nicht von New York übertroffen wird. Aber jedenfalls sind wir stolz, zusammen an der Spitze aller Städte in der Welt zu stehen.

Wenn auch im Rathaus viel häufiger als unvermeidlich kleinkarierte Kirchturmpolitik streitig ausgetragen wird, so kann man doch heute, gegen Ende des Jahrhunderts, nicht mehr sagen, daß Hamburg schlafe. Die Stadt ist aufgewacht, sie hat ihre Versäumnisse verstanden, sie ist selbstkritisch geworden, sie arbeitet bewußt an ihrer Zukunft.

In vielen Hamburger Familien sind jedoch einige schlimme Wunden aus der Nazizeit nicht vergessen. Es ist auch notwendig, daß Narben zurückbleiben. Denn bei aller Vitalität der Gegenwart müssen wir uns des menschlichen Versagens und der Katastrophen in der Vergangenheit bewußt bleiben. Aus den Schäden der Vergangenheit müssen wir klüger werden für die Zukunft. Wie mein toter Freund Eric Warburg es gesagt hat: »Wir Deutschen haben dafür zu sorgen, daß wir niemals wieder so tief fallen, aber auch dafür, daß wir nicht allzu hoch steigen.« Er war ein in Hamburg geborener Jude, der aus deutschem Patriotismus nach Hamburg zurückgekehrt ist.

Am Ende bleibt Dankbarkeit

Siegfried Lenz hat gemeint, zu diesem Buch gehöre der heimliche Titel »Der Ratsucher«. Daran ist richtig, daß ich in den vorstehenden Kapiteln mich bemüht habe, Rechenschaft darüber zu geben, wieviel Rat, Beispiel und Hilfe ich im Laufe des Lebens von anderen erfahren habe; gleichwohl erschien mir Lenzens Titelvorschlag als zu sehr ichbezogen.

Dem Verleger Wolf Jobst Siedler und mir selbst waren andere Titel durch den Kopf gegangen, in denen von Freunden oder von Freundschaft die Rede war; aber auch diese Titel habe ich verworfen, weil sie den Eindruck von Selbstherrlichkeit des Autors hervorrufen könnten, so als ob dieses Buch auch solche Menschen als Freunde vereinnahme, die sich selbst nicht als Freunde des Autors bezeichnen würden. So blieb es also lapidar bei »Weggefährten« – wenngleich auch diesem Titel ein Manko anhaftet, weil er nämlich die Dankbarkeit nicht zum Ausdruck bringt, die ich empfinde. Ja, es ist wahr: Das, was mir gegen das Ende eines halben Jahrhunderts im öffentlichen Leben bleibt, ist zur Hauptsache Dankbarkeit.

Plato, Aristoteles, viele Philosophen haben über die Freundschaft geschrieben, so auch ungezählte Dichter und Schriftsteller; und die Lexika geben Auskunft über vielerlei Definitionen von Freundschaft. Für meine Generation und für mich hat mir am besten gefallen, was ich bei Marie Luise Kaschnitz* gefunden habe. Sie spricht von Freundschaft aus Erkenntnistrieb, auch von Freundschaft aus der Gemeinsamkeit des Schicksals, und fährt fort: »Die Sympathie ist das irrationalste aller Freundschaftsmotive, der Stern der flüchtigen Begegnungen … Mit den alten Freunden hat es dennoch auch etwas auf sich, die Treue, die eigene wie die fremde, rührt ans Herz, und würde sie auch nur schweigend gehalten, über Jahrzehnte und Weltmeere hinweg. Dankbarkeit ist da ein starkes Bindemittel …

… Die eigene Vergangenheit bleibt im Bewußtsein der Freunde

---

* M. L. Kaschnitz, »Engelsbrücke – Römische Betrachtungen«, bei Claassen, Hamburg 1955.

lebendig, die der Freunde in unserem, und immer das beste Teil davon, eine Biographie, die in lauter verschiedenen Herzen aufgezeichnet wird und die aus lauter lichten, zumindest aus lauter spannungsreichen Momenten besteht ... Ein Symposion aller Freunde eines Lebens wäre trotz alledem unsinnig, sie würden sich keineswegs vertragen, ja, es würde für manche von ihnen die Tatsache, daß wir mit dem oder jenem auch gut sind, ein Beweggrund zum Bruche sein. Sind wir so schillernd, so in Facetten geschliffen, so charakterlos bunt? Wahrscheinlich wenden wir jedem Menschen eine andere Seite unseres Wesens zu, wahrscheinlich zeigt uns jeder ein anderes Gesicht ...«

Ich möchte diesen Gedanken das Element der Zuverlässigkeit hinzufügen: Freunde können sich darauf verlassen, daß einer dem anderen seine Meinung sagt; Ehrlichkeit und Wahrhaftigkeit sind auch Bindemittel der Freundschaft. Natürlich müssen Freunde miteinander streiten können, aber ebenso selbstverständlich gehört die Toleranz gegenüber der begründeten Meinung des anderen zur Freundschaft dazu.

Das Gebot der Toleranz – nicht aus Gleichgültigkeit, sondern aus Achtung – fehlt zumeist in den Tugendkatalogen, die einem Politiker zu Recht vorgehalten werden. Allerdings gilt hier eine zweifache Ausnahme: Gegenüber der Intoleranz und gegenüber der Gewalttat darf es keine Toleranz geben! Ich habe die neomarxistische Intoleranz weder der Frankfurter Schule noch der achtundsechziger Studentenbewegung, noch erst recht die daraus entspringende terroristische Gewalttätigkeit toleriert und bin auch heute – Jahrzehnte danach – überzeugt, diesen verderblichen Beeinträchtigungen unserer Demokratie mit vollem Recht energisch entgegengetreten zu sein.

Zum Teil lag dem Anarchismus jener Jahre nichts anderes zugrunde als ein normaler Generationenkonflikt – zum Beispiel in der Parole formuliert: »Trau keinem über dreißig!« Zu anderen Teilen lagen die Ursachen in pauschalisierenden Deutungen der Geschichte der von unzähligen, unsäglichen Verbrechen gekennzeichneten Nazizeit, vor allem aber in der Empörung darüber, daß nach 1945 »Trauerarbeit« und »Aufarbeitung« nicht ausreichend erfolgt sei. Manches an jenen Analysen war zutreffend, mancher der moralisch-politischen Vorwürfe gegenüber meiner Generation war berechtigt.

Weniger akzeptabel waren manche der Schlußfolgerungen. Insgesamt fehlte die Einsicht, daß geschehene Geschichte nicht änderbar ist. Nicht einmal Gott kann nachträglich die Geschichte ändern. Zwar können Menschen sich sehr verschiedene Vorstel-

Bei einer Schachpartie mit Loki.

lungen von der Geschichte machen, sie können sehr verschiedene, konstruktive wie destruktive Lehren aus der Geschichte ziehen. Aber wenn denn einer seine Bekenntnisse zur Freiheit der einzelnen Person und zur Demokratie ernst meint, dann sind damit zugleich Intoleranz und Gewalttat ausgeschlossen. Dem Marxismus aller Spielarten hat weder die Freiheit des einzelnen noch die Demokratie sonderlich am Herzen gelegen. Ganz abgesehen von ihrer praktischen Unmöglichkeit war die »Diktatur des Proletariats« von Anfang an eine moralisch unhaltbare Vorstellung, denn die Bereitschaft zu Gewalt und Vergewaltigung war ihr immanent.

Gewalt zur Durchsetzung eigener politischer Ziele hatten wir nach 1945 zunächst nicht mehr erlebt; aber seit 1968 ist sie auf unseren Straßen gang und gäbe. Wir haben dieses Erbe der Achtundsechziger bis heute nicht wirklich überwunden. Aber auch ein anderes Erbteil der späteren Nachkriegszeit ist bisher nicht überwunden, nämlich die selbstsüchtige und zugleich quasi-selbstverständliche Erwartung vieler Deutscher, der Staat habe ihnen gefälligst jedwede Beschwernis und Besorgnis abzunehmen. Der Staat und seine Institutionen sollen tausend Forderungen erfüllen, aber viele empfinden keine Pflicht zum eigenen Beitrag und zur eigenen Verantwortung für das Wohl des Ganzen. Der von den Nazis gepredigte – von ihnen keineswegs vorgelebte – Propagandaspruch »Gemeinnutz geht vor Eigennutz« wird von manchem tatsächlich ins genaue Gegenteil verkehrt. Man trifft auf diesen Tatbestand heute bei Chefmanagern großer Unternehmen, aber auch bei Arbeitnehmern, bei Professoren und Studenten – und auch bei Politikern links und rechts.

Aber jede Politik hat sittlich gerechtfertigten Zielen zu dienen, Politik ohne Moral und Gewissen tendiert zum Verbrechen. Politik ist pragmatisches Handeln zu sittlichen Zwecken, so habe ich oft mein eigenes Bekenntnis formuliert, bisweilen auch abgewandelt in den Satz: Politik soll sein die Anwendung feststehender sittlicher Grundsätze auf wechselnde Situationen. Das hamburgische Stadtregiment, das Orden weder verleiht noch akzeptiert, ehrt bisweilen verdiente Mitbürger durch die Verleihung einer Medaille; sie trägt die Inschrift: »Das Gemeinwohl ist das höchste Gesetz« – frei nach dem uns durch Cicero vermittelten altrömischen Satz »Salus publica suprema lex«.

Auch wenn alle Demokraten immer nach diesem Satz handeln würden – was sie nicht tun –, so bleibt doch jede Demokratie eine allzumenschliche Veranstaltung. Das war schon vor zweieinhalbtausend Jahren im alten Athen des Perikles nicht anders – weil doch in der Demokratie alle Leidenschaften zum Austrag kommen. Man soll deshalb unsere Demokratie nicht übermäßig idealisieren, aber man muß die vielen anderen, sehr viel schlechteren Herrschaftsformen im Bewußtsein halten, die früher in Deutschland ausprobiert worden sind. Die allermeisten meiner Weggefährten haben diese Erkenntnis geteilt, manche der Weggefährten sind Freunde geworden, allen Weggefährten bin ich dankbar.

Kurze Zeit nach meinem Ausscheiden aus öffentlichen Ämtern habe ich einem Freunde geschrieben, jetzt gäbe es »Zeit zur Reflexion, zum Erkennen dessen, was im Leben wirklich zählt, nämlich Freunde, gute Musik, erfüllte Pflicht – und die Suche nach der Wahrheit«.

Aus solcher Reflexion ist dieses Buch entstanden. Am Schluß bleibt mir, diejenigen zu nennen, die mir dabei geholfen haben. Die archivalische Vorarbeit für dieses Buch lag in den bewährten Händen von Ruth Loah, der ich für die Auffindung von Briefen und Notizen und für Tausende von Fotokopien herzlich danke. Rosemarie Niemeier mußte die Probleme der Entzifferung meiner Handschrift lösen, wofür ich ihr danke. Marianne Duden, Birgit Krüger-Penski, Dr. Uwe Plachetka und Dr. Petra Rosenbaum danke ich für die Nachprüfung von Zahlen, Daten oder Namen. Ebenso danke ich Justus Frantz, in dessen Haus in den Bergen von

Gran Canaria ich die zur Konzentration nötige Ruhe hatte. Nina Grunenberg und Christoph Bertram danke ich für ihre Kritik. Besonderen Dank schulde ich meiner Frau Loki und meinen Freunden Siegfried Lenz und Peter Schulz; alle drei haben das Rohmanuskript gelesen und mir vielerlei kritische und korrigierende Hinweise gegeben. Aber außer mir selbst trägt niemand eine Verantwortung für Fehler oder für fehlerhafte Urteile, die in diesem Buch enthalten sein mögen.

Hamburg, 15. Juli 1996 *Helmut Schmidt*

Auswahlbibliographie Helmut Schmidt

Hier sind nur die wichtigeren Bücher aufgeführt, Ausgaben in fremden Sprachen sind weggelassen. Desgleichen sind keine der zahlreichen Aufsätze, Beiträge zu Büchern u. dgl. aufgeführt.

- Verteidigung oder Vergeltung. Seewald, Stuttgart 1961
- Beiträge. Seewald, Stuttgart 1967 (auch als Paperback)
- Strategie des Gleichgewichts. Seewald, Stuttgart 1969 (auch als Taschenbuch bei Ullstein, Frankfurt 1970)
- Auf dem Fundament des Godesberger Programms. Neue Gesellschaft, Bonn 1973
- Kontinuität und Konzentration. Neue Gesellschaft, Bonn 1975
- Als Christ in der politischen Entscheidung. Mohn, Gütersloh 1976
- Der Kurs heißt Frieden. Econ, Düsseldorf 1979 (auch als Taschenbuch bei Ullstein, Frankfurt 1982)
- Pflicht zur Menschlichkeit. Econ, Düsseldorf 1981
- Kunst im Kanzleramt – Helmut Schmidt und die Künste. Goldmann, München 1982
- Freiheit verantworten. Econ, Düsseldorf 1983
- Weltwirtschaft ist unser Schicksal. Robinson, Frankfurt 1983
- Eine Strategie für den Westen. (Ursprünglich erschienen als »A Grand Strategy for the West«, bei Yale University Press, New Haven, USA 1985). Siedler, Berlin 1986 (auch als Taschenbuch bei Knaur, 1988)
- Vom deutschen Stolz. Bekenntnisse zur Erfahrung von Kunst. Corso bei Siedler, Berlin 1986
- Menschen und Mächte. Siedler, Berlin 1987 (auch als Taschenbuch bei Goldmann, München 1990)
- Die nüchterne Leidenschaft zur praktischen Vernunft – Die Abschiedsreden des Bundeskanzlers a. D., Röll, Berlin o. J. (1987)
- Die Deutschen und ihre Nachbarn. Menschen und Mächte II. Siedler, Berlin 1990 (auch als Taschenbuch bei Goldmann, München 1992)
- Mit Augenmaß und Weitblick. (Enthält die Originalfassung von »Mögliche Stufen eines wirtschaftlichen und sozialen Wiedervereinigungsprozesses« von 1959). Verlag der Nationen, Berlin 1990
- Einfügen in die Gemeinschaft der Völker. Luchterhand, München 1990.
- Kindheit und Jugend unter Hitler. Siedler, Berlin 1992
- Handeln für Deutschland, Rowohlt. Berlin/Reinbek 1993
- Das Jahr der Entscheidung, Rowohl. Berlin/Reinbek 1994

Personenregister

Abbildungsnachweis

AP, Fritz Reiss: 33, 487 · Bundesbildstelle Bonn: 38, 271, 277, 293, 301, 365, 369, 437, 443, 509 · dpa: 197, 267, 459 · Jupp Darchinger, Bonn: 119 · Foto Kramer, Hamburg: 552 · Horst Kunik, Frankfurt: 233 · F. Laubental, Essen: 47 · Süddeutscher Bilderdienst, München: 109, 455, 517 · Stern, Hamburg: 481 · Sven Simon: 285 · Michael Utech, Potsdam: 373
Alle anderen Bildvorlagen stammen aus dem Privatarchiv des Autors.

Die Deutsche Bibliothek – CIP-Einheitsaufnahme

Schmidt, Helmut:
Weggefährten: Erinnerungen und Reflexionen / Helmut
Schmidt. – 1. Aufl. – Berlin: Siedler, 1996
ISBN 3-88680-603-0

Der Siedler Verlag
ist ein Unternehmen der Verlagsgruppe Bertelsmann.

Register: Brigitte Kochmann
Schutzumschlag: Venus & Klein, Berlin unter Verwendung
eines Fotos von Jupp Darchinger, Bonn
Satz und Reproduktionen: Bongé + Partner, Berlin
Druck und Buchbinder: GGP, Pößneck
Printed in Germany 1996
ISBN 3-88680-603-0
Erste Auflage